MIRA®

Der Preis dieses Bandes versteht sich einschließlich
der gesetzlichen Mehrwertsteuer.

Umwelthinweis:
Dieses Buch wurde auf chlor- und säurefreiem Papier gedruckt.

Ein Millionär und Gentleman

MIRA®

MIRA® TASCHENBUCH
Band 20014
1. Auflage: Oktober 2010

MIRA® TASCHENBÜCHER
erscheinen in der Cora Verlag GmbH & Co. KG,
Valentinskamp 24, 20350 Hamburg
Deutsche Taschenbucherstausgabe

Titel der englischen Originalausgaben:
A Rich Man's Revenge / Mistress for a Month / Sold to the Sheikh

Konzeption/Reihengestaltung: fredebold&partner gmbh, Köln
Umschlaggestaltung: pecher und soiron, Köln
Redaktion: Eva Spundflasche
Titelabbildung: Getty Images, München;
pecher und soiron, Köln
Autorenfoto: © by Harlequin Enterprises S.A., Schweiz
Satz: Buch-Werkstatt GmbH, Bad Aibling
Druck und Bindearbeiten: CPI – Ebner & Spiegel, Ulm
Printed in Germany
Dieses Buch wurde auf FSC-zertifiziertem Papier gedruckt.
ISBN 978-3-89941-783-8

www.mira-taschenbuch.de

Miranda Lee

Ich heirate einen Millionär

Roman

Aus dem Englischen von
Marion Koppelmann

MIRA®

1. KAPITEL

„Musst du eigentlich *jeden* Freitag pokern?"

Im Spiegel sah Charles eine sehr schöne Blonde bäuchlings auf seinem Kingsize-Bett liegen. Das herrlich goldfarbene Haar umspielte ihre schmalen Schultern, während sie den Kopf auf die Hände gestützt hielt. Ihr Blick aus großen himmelblauen Augen begegnete seinem, und sie versuchte, ihn damit umzustimmen.

Charles zögerte, aber nur für einen Moment, dann knöpfte er sein graues Seidenhemd weiter zu. Auch wenn es ihn reizte, sich wieder zu der Blonden aufs Bett zu legen, konnte er unmöglich den jeden Freitag stattfindenden Pokerabend ausfallen lassen.

„Meine Freunde und ich haben schon vor einiger Zeit ein Abkommen geschlossen", erklärte er nun. „Wenn wir an einem Freitagabend in Sydney sind, müssen wir erscheinen. Eigentlich reicht schon, in *Australien* zu sein. Wir können Treffen nur absagen, wenn wir uns in Übersee oder im Krankenhaus befinden. Und sogar als Rico dort letzten Winter nach einen Skiunfall behandelt wurde, bestand er darauf, dass wir zu ihm kommen, um in seinem Krankenzimmer zu spielen."

Charles lächelte, während er an seinen besten Freund und dessen Pokerleidenschaft dachte. „Ich schätze mal, falls Rico wieder heiratet – was unwahrscheinlich ist –, wird er uns bitten, ihn in die Flitterwochen zu begleiten, damit er nicht auf seinen wöchentlichen Pokerabend verzichten muss. Ich dagegen habe während der gesamten vier Wochen meiner Hochzeitsreise gern darauf verzichtet", fügte er mit einem jungenhaften Lächeln hinzu.

„Deine Frau wäre sonst auch verstimmt gewesen."

„Tatsächlich?" Lächelnd wandte er sich ihr zu. „Und wie verstimmt?"

„Ernsthaft."

„Und, sind Sie das heute Abend auch, Mrs. Brandon?", fragte er neckend.

Die Blonde zuckte die Schultern und rollte sich auf den Rücken, bevor sie sich genüsslich auf dem Satinlaken räkelte. Charles versuchte, ihre perfekte Figur und ihre Schönheit zu ignorieren. Aber es war schwer, nicht darin zu schwelgen: Dominique verkörperte wahr gewordene Männerfantasien und gehörte ganz allein ihm.

Dabei konnte er immer noch nicht fassen, dass es ihm gelungen war, die Hand – und die Liebe – dieses herrlichen Geschöpfes für sich zu gewinnen. Und sie liebte ihn wirklich. Er wusste, wann Zuneigung nicht nur geheuchelt war. Dazu hatte er sich oft genug mit Frauen verabredet, die es nur auf sein Geld abgesehen hatten.

Während Dominique ihn unter ihren langen Wimpern ansah, seufzte sie. „Ich schätze mal, ich kann einige Stunden ohne dich auskommen. Ich muss mich sowieso daran gewöhnen, da du ja am Montag wieder arbeiten gehst."

Arbeiten? Bei der Vorstellung stöhnte Charles auf, und das war noch nie vorgekommen. Nachdem die Familienbrauerei *Brandon Beer* vor zwanzig Jahren vor dem Bankrott gestanden hatte – aufgrund der Verschwendungssucht seines Vaters –, hatte ihr Charles sein Leben gewidmet, das Studium abgebrochen, Schwierigkeiten als Herausforderung angesehen und Überstunden nicht gezählt. Dabei war es ihm gelungen, *Brandon Beer* wieder zum Exportschlager zu machen. Gleichzeitig hatte er sich auch noch ein halbes Dutzend Hotels in Sydney gekauft, wobei ihm jedes ein beträchtliches Vermögen einbrachte, seitdem dort „Einarmige Banditen" standen.

Während sich Charles zu einem der erfolgreichsten Geschäftsmänner Australiens hochgearbeitet hatte, mussten Ehe und Familie warten. Doch seitdem er Dominique kannte und mit ihr verheiratet war, spielte die Arbeit für ihn nur noch eine untergeordnete Rolle. Investitionsmöglichkeiten, Marktforschungsergebnisse und Expansionsprogramme interessierten ihn nicht mehr so sehr wie früher. Und obwohl seine Flitterwochen jetzt zu Ende waren, konzentrierte er sich vorwiegend auf Dinge, die nichts mit der Arbeit zu tun hatten.

Die Vorstellung, in nächster Zukunft eine Familie zu gründen, fand er fast genauso aufregend wie die Frau an seiner Seite. Dominique wollte wenigstens zwei Kinder haben und hatte beschlossen, kommenden Monat die Pille abzusetzen. Das kam Brandon sehr entgegen, genauso wie ihre Entscheidung, als seine Ehefrau nicht wieder arbeiten zu gehen. Ihre Stellung in der Marketing-Abteilung von *Brandon Beer* hatte sie bereits aufgegeben, nachdem sie seinen Heiratsantrag angenommen hatte. Es war ihr nicht richtig vorgekommen, auch weiterhin dort zu arbeiten.

Natürlich hätte sie mit ihrer Persönlichkeit und ihrem guten Aussehen im Handumdrehen eine neue Anstellung bekommen, und er hatte ihr auch zu verstehen gegeben, dass sie nicht glauben solle, er sei dem altmodischen Gedanken verfallen, seine Frau dürfe nicht arbeiten. Aber sie hatte erklärt, sie wolle die nächsten Jahre erst einmal als seine Ehefrau und Mutter seiner Kinder Karriere machen. Vielleicht würde sie wieder arbeiten gehen, wenn ihr jüngstes Kind eingeschult wurde.

Charles hielt sich durchaus für modern, musste aber zugeben, dass ihm die Vorstellung gefiel, seine Frau vorzufinden, wenn er von der Arbeit nach Hause kam, und sich von ihr verwöhnen zu lassen. Ohnehin schien es ihr ein besonderes Anliegen zu sein, ihn zu umsorgen.

„Ich werde dich schrecklich vermissen", sagte sie jetzt und klang ein wenig vorwurfsvoll. „Bist du ganz sicher, dass du am Montag wieder zur Arbeit musst?", fragte sie dann und warf ihm den verführerischsten Blick seit Adam und Eva zu, woraufhin sich bei Charles sofort etwas regte. Er würde es zwar heute Abend einige Stunden ohne Dominique aushalten, aber die Vorstellung, in Zukunft nicht mehr mit ihr schlafen zu können, wann immer ihm der Sinn danach stand, behagte ihm gar nicht. Flitterwochen konnten einen ganz schön aus der Bahn werfen, genauso wie schöne Ehefrauen, die einem keinen Wunsch abschlugen.

„Ich schätze, eine Woche kann ich schon noch freimachen", sagte er nun und dachte: Meine Mitarbeiter werden auch fünf weitere Tage klarkommen, ohne dass ich persönlich erscheine. Wozu gab es Telefon und Internet? „Dann hätten wir ein bisschen Zeit, um uns nach unserer neuen Bleibe umzusehen." Er wollte sein Penthaus gegen ein Einfamilienhaus in einem Nobelvorort Sydneys eintauschen. Dann müsste er auch nicht mehr jeden Tag die *Harbour Bridge* überqueren, wenn er zur Arbeit fuhr.

„Was für ein wunderbarer Einfall!", rief Dominique jetzt und strahlte. „Aber kannst du wirklich auf die Arbeit verzichten? Ich meine, deinen Ruf als Workaholic hast du ja wohl nicht umsonst!"

Gespielt wehmütig erwiderte Charles ihren Blick. „Du weißt doch, dass ich fast alles tun würde, um dir einen Gefallen zu tun. Du hast mich verhext", flüsterte er dann und beugte sich über sie.

„So, habe ich das?" Sie sprach ganz leise und lasziv, und er stand sofort in Flammen. Dabei war er bald einundvierzig Jahre alt und kein unerfahrener Siebzehnjähriger mehr. Aber er konnte von Dominique einfach nicht genug bekommen. Auch das war ihm noch bei keiner Frau passiert, und er hatte auch noch keine so geliebt.

Zärtlich strich sie ihm jetzt übers Gesicht. „Ich kann mir gar nicht vorstellen, Darling, wie du dich in dieser Verfassung aufs Kartenspielen konzentrieren willst. Deine Freunde würden doch bestimmt nichts sagen, wenn du ein kleines bisschen zu spät kommst."

Wie gern hätte er ihr nachgegeben. Aber bei einem Quickie würde es dann nicht bleiben, und er konnte sich schon jetzt Ricos Reaktion vorstellen, wenn er, Charles, deutlich zu spät kam. Nein, er musste stark bleiben und durfte Dominique nicht zu Willen sein. Was vielleicht auch mal ganz gut war. Seit ihrer Heirat hatte er sie ungeheuer verwöhnt. Während der zwei Wochen in Paris hatte er ein Vermögen für Designermode ausgegeben, und bei ihrem Zwischenstopp in Rom vor dem Weiterflug nach Australien war noch einmal ein großer Betrag für handgearbeitete italienische Schuhe hinzugekommen. Aber genug war genug! Sie mussten endlich mit ihrem Ehealltag beginnen, und dazu gehörte auch, dass er jeden Freitagabend zum Pokern ging.

„Ganz im Gegenteil", erklärte Charles jetzt mit einem jungenhaften Lächeln, „ich werde mich hervorragend konzentrieren können. Unbefriedigte Lust spornt Männer an. Bestimmt gewinne ich heute Abend, und wenn ich nach Hause komme, hast du auch noch etwas davon. So, und jetzt hör auf, mich zu verführen, und zieh dir etwas über."

Sie lachte und rollte sich auf den Bauch. „Wird es so gehen?"

„Ich denke schon." Obwohl natürlich auch ihr Rücken und Po eine Augenweide darstellten. Dominique war einfach in jeder Beziehung ein Traum! Ganz im Gegensatz zu ihm. Charles wusste, dass er kein ausgesprochener Frauenschwarm war. Als Teenager hatten ihn die Mädchen überhaupt nicht wahrgenommen, und später wollten sie ihn höchstens als „guten Freund". Aber seitdem er ein gewisses Vermögen sein Eigen nannte, fanden ihn plötzlich zahllose umwerfende Frauen unwiderstehlich. Zwar hatte er sich mit dem Älterwerden zu seinem Vorteil verändert, aber man konnte nicht behaupten, er sei besonders gut aussehend wie sein Vater oder Rico. Deshalb war Charles auch immer davon ausgegangen, dass die Frauen es vor allem auf sein Geld abgesehen hatten.

Inzwischen sah er ganz passabel aus. Er war sehr groß, hielt sich fit und besaß immer noch volles Haar. Der berufliche Erfolg hatte sicher auch sein Auftreten verändert. Manche Journalisten beschrieben ihn als „beeindruckend und übermächtig“, andere als „rücksichtslos und arrogant“. Aber Charles interessierte nur, was Dominique von ihm hielt. Offensichtlich war er für sie attraktiv genug. Das hatte sie ihm auch in ihrer Hochzeitsnacht gesagt. Von Anfang an habe sie ihn unglaublich sexy gefunden, und das war bei ihm, was sie betraf, nicht anders gewesen.

Bei der letzten Betriebsweihnachtsfeier war er auf Dominique aufmerksam geworden. Sie hatte gerade begonnen, für *Brandon Beer* zu arbeiten, nachdem sie zuvor von Melbourne nach Sydney gezogen war. Natürlich kannte Charles ihre Personalunterlagen und wusste, dass sie achtundzwanzig Jahre alt und in Tasmanien, dem kleinsten Bundesstaat Australiens, geboren war. Sie besaß keine besonders gute Schulausbildung, hatte sich aber in Abendkursen weitergebildet. Das gefiel ihm. Bei ihrer letzten Anstellung war sie immerhin persönliche Assistentin des Firmengründers gewesen.

Von seinem Personalchef wusste Charles bereits, dass „die Neue“ eine sehr attraktive Blondine war, aber als er sie in natura erlebte, verschlug es im buchstäblich den Atem. Dominique trug ein dreiviertellanges weißes Satinkleid mit tiefem V-Ausschnitt und Holderneck, das keinen Zweifel an ihrer umwerfenden Figur ließ. Ihre vollen Lippen glänzten rosig, und an ihren Ohrläppchen baumelten Perlenohrringe. Als Charles näher kam, roch er einen unheimlich exotischen und verführerischen Duft, der, wie er inzwischen wusste, „Casablanca“ hieß.

Schon Minuten nachdem sie einander vorgestellt worden waren, bat er Dominique, mit ihm auszugehen, da er sie bereits zu diesem Zeitpunkt unheimlich begehrte. Daran gewöhnt, dass Frauen ihm zu Willen waren, traf ihn Dominiques ablehnende Antwort umso härter, besonders da sie im Lauf der Unterhaltung zugab, nicht anderweitig gebunden zu sein. Sie sagte ihm höflich, aber bestimmt, dass sie niemals mit ihrem Chef etwas anfangen würde – egal, wie sehr sie sich zu ihm hingezogen fühlen mochte.

„Dann finden Sie mich also durchaus attraktiv“, hatte er teils geschmeichelt, teils frustriert erwidert.

Dominique warf ihm einen merkwürdig nervösen Blick zu, wirbelte auf ihren hohen Absätzen herum und verließ die Party. Doch Charles war so hingerissen, dass er sich während der Betriebsferien zu Weihnachten an ihre Fersen hängte. Jeden Tag schickte er ihr Blumen und rief sie abends an – Adresse und Telefonnummer entnahm er der Personalakte –, bis Dominique endlich einwilligte, mit ihm essen zu gehen. Trotzdem bestand sie darauf, sich im Restaurant zu treffen und danach allein mit dem Taxi nach Hause zu fahren – was ihn nur noch mehr reizte.

Offensichtlich hatte sie Angst, mit ihm allein zu sein. Aber warum?

Das fand er erst beim Nachtisch heraus. Sehr bewegt erzählte sie ihm, dass sie eine Affäre mit ihrem letzten Chef gehabt habe. Er hatte ihr den Himmel auf Erden versprochen, am Ende aber eine junge Frau der Gesellschaft geheiratet. Deshalb war Dominique auch nach Sydney gezogen und hatte beschlossen, sich nie wieder auf ihren Chef einzulassen. Vorgesetzte, so ihre Meinung, seien nur darauf aus, eine hübsche Angestellte ins Bett zu bekommen, um sie dann fallen zu lassen wie eine heiße Kartoffel.

Charles nahm sich vor, Dominique das Gegenteil zu beweisen, aber sie war nur schwer zu überzeugen. Zwar akzeptierte sie auch weitere Einladungen zum Dinner und zeigte ihm auf zahllose unglaubliche süße Weisen, dass sie ihn sehr gern mochte, wies aber auch weiterhin seine Avancen zurück. Charles' Gefühle für sie wurden immer tiefer, und er schwor sich, ihr das auch zu zeigen.

Noch heute erinnerte er sich an ihren erschrockenen Gesichtsausdruck, als er ihr eines Abends Anfang März beim Essen im Restaurant eröffnet hatte, dass er sie mehr liebe, als Worte es ausdrücken könnten. Doch als er sie daraufhin bat, seine Frau zu werden, und einen wunderschönen, unheimlich kostspieligen Diamantring aus der Jackentasche nahm, verwandelte sich Dominiques Schreck rasch in offene Ablehnung.

„Das meinst du doch nicht ernst! Das sagst du doch nur, um mich ins Bett zu bekommen. Du glaubst, du könntest meine Liebe kaufen. Pah! Das Geld für den Klunker hättest du dir sparen können. Das Schlimme ist, dass ich mich längst in dich verliebt habe und heute Nacht ohnehin mit dir schlafen wollte."

Als er das hörte, war es ihm unmöglich, nicht zu zeigen, wie begeistert er darüber war und dass sich diese Begeisterung gleichzeitig als körperliche Reaktion ausdrückte.

„Meinetwegen steck mir das blöde Ding an den Finger! Und dann bring mich von hier weg, und nimm mich endlich. Aber wir wissen beide, dass danach keine Hochzeitsglocken läuten werden. Wenn du hattest, was du willst, wirst du mich genauso fallen lassen wie mein letzter Chef."

„Da irrst du dich aber!", beharrte Charles leidenschaftlich, während er ihr den glitzernden Diamantring an den Finger steckte. Und dass sie sich tatsächlich irrte, bewies er ihr dann auch: Vier Wochen später heirateten sie, ohne dass er sie vorher ein einziges Mal angerührt hätte. Der Kuss, den er ihr nach der schlichten Zeremonie im kleinsten Kreis gab, war der erste richtige überhaupt. Natürlich war es für Charles die reinste Hölle gewesen, sich so lange zu beherrschen. Aber er hatte sich auf sein eigentliches Ziel konzentriert.

Rico nannte es „verrückt", eine Frau zu heiraten, mit der er vorher nicht einmal intim geworden war. Merkwürdig eigentlich für einen Italiener. Die standen doch auf Jungfrauen, oder? Nicht, dass Dominique eine gewesen wäre. Daraus machte sie auch keinen Hehl. Aber sie hatte so etwas rührend Unschuldiges gehabt, als sie in der Hochzeitsnacht mit ihrem cremefarbenen Satinnachthemd im Schlafzimmer erschienen war.

Sie wirkte nervös und war vielleicht auch besorgt, weil sie einen Mann geheiratet hatte, mit dem sie noch nie geschlafen hatte. Schließlich hätte es sich bei ihm auch um den schlechtesten Liebhaber der Welt handeln können! Aber ihre Hochzeitsnacht verlief für sie beide märchenhaft. Als er sah, mit welch ehrfürchtiger Freude seine Braut seine Berührungen genoss, kannte auch Charles' eigene Leidenschaft keine Grenzen mehr.

Danach, irgendwann im Morgengrauen, lagen sie einander rundum zufrieden in den Armen, und Dominique sagte: „Bisher wusste ich ja nicht, was wahre Liebe ist. Aber dich, Charles, liebe ich so sehr, dass ich sterben würde, wenn du mich irgendwann nicht mehr liebtest."

Ein Ding der Unmöglichkeit, hatte er damals gedacht und war nach wie vor derselben Meinung. Wenn überhaupt, liebte er Dominique inzwischen noch mehr als vorher, und er wäre derjenige, der sterben müsste, sollte sie sich eines Tages von ihm abwenden.

„Ich muss los“, sagte er jetzt liebevoll und fühlte sich ein wenig schuldig, sie allein zu lassen. „Ich will versuchen, nicht so spät nach Hause zu kommen, aber …“

„Ja, ich weiß.“ Sie seufzte. „Rico wird versuchen, dich bis zum Morgengrauen dazubehalten.“ Bei dem Gedanken an Charles’ Trauzeugen biss Dominique unwillkürlich die Zähne zusammen, und das hatte nichts mit Ricos Pokerleidenschaft zu tun.

Von Anfang an hatte Enrico Mandretti keinen Hehl daraus gemacht, dass er Zweifel an ihrer Liebe zu Charles hatte. Das war seinen Blicken eindeutig zu entnehmen gewesen. Bestimmt glaubte er, sie habe es nur auf Charles’ Geld abgesehen, und das Schlimme war: Er hatte recht und auch wieder nicht. Bevor sie Charles kennengelernt hatte, war sie tatsächlich auf der Suche nach einem reichen Mann gewesen – eine junge Frau, die ihr gutes Aussehen und ihren Körper benutzte, um ihr Hauptziel im Leben zu erreichen: sich einen reichen Mann mit einer hervorragenden Krankenversicherung zu angeln, die ihr das Schicksal ihrer Mutter ersparte.

Bestimmt machten reiche Frauen nicht durch, was ihre Mutter auszustehen gehabt hatte. Und falls diese Frauen nicht ohnehin wieder gesund wurden, weil sie in der Lage waren, sich eine kostspielige Behandlung zu leisten, konnten sie zumindest in Würde sterben. Nach dem qualvollen Dahinsiechen ihrer Mutter hatte sich Dominique geschworen, reich zu heiraten. Aber das war nicht so einfach, selbst wenn man so gut aussah wie sie. Wohlhabende Männer heirateten Frauen, die sich in ihren gesellschaftlichen Kreisen bewegten oder mit ihnen arbeiteten: weltgewandte Akademikerinnen.

Unglücklicherweise hatte ihre, Dominiques, Ausbildung sehr zu wünschen übrig gelassen. Oft hatte sie tagelang von der Schule fern bleiben müssen, weil ihre sterbenskranke Mutter ihre Hilfe brauchte. Mit achtzehn war ihr klar geworden, dass es sie Jahre kosten würde, um einen akademischen Grad zu erwerben, der sie schließlich in den Dunstkreis gut betuchter Geschäftsleute bringen würde. Aber sie war hübsch und ehrgeizig und erreichte schließlich auch ohne Universitätsabschluss ihr Ziel, an der Seite eines wohlhabenden, gut aussehenden und unverheirateten Mannes zu arbeiten.

Dummerweise verfolgte Jonathon Hall seine Ziele noch rücksichtsloser als sie, und in seinem Lebensentwurf war kein Platz für eine unvermögende Ehefrau aus den Wäldern Tasmaniens, egal, wie viel sie inzwischen aus sich gemacht haben mochte und wie sehr er sich zu ihr hingezogen fühlte. Mit ihr zu schlafen war wunderbar, sie anzulügen auch. Aber sie zu heiraten kam nicht infrage!

Nach dem Scheitern ihrer Mission, Mrs. Jonathon Hall zu werden, hatte Dominique traurig und auch ein wenig verbittert dessen großzügige Abfindung und das von Schuldgefühlen diktierte, besonders positive Arbeitszeugnis entgegengenommen, um sich in Sydney einen noch größeren Fisch zu angeln. Dort angekommen, hatte sie kaltblütiger als je zuvor ihre Strategie verfolgt, Mrs. Charles Brandon zu werden.

Aber an den Gefühlen, die Charles bereits bei ihrem ersten Treffen in ihr hervorrief, war nichts kaltblütig gewesen. Auf Fotos hatte sie ihn auch vorher schon recht attraktiv gefunden – niemals hätte sie sich mit einem Mann einlassen können, der sie abstieß –, aber in natura war er so sexy, dass es ihr den Atem nahm.

Bisher hatte sich Dominique noch nie richtig verliebt oder wirklich nach einem Mann verzehrt. Seit der Pubertät fühlte sie sich mal mehr oder weniger zu jemandem hingezogen, hatte gelegentlich sogar mit dem einen oder anderen geschlafen. Von Jonathon war sie sogar ganz besonders angetan, und auch der Sex mit ihm war recht angenehm gewesen. Aber ungezügelte Liebe und Leidenschaft hatte es dabei nicht gegeben. Sie verlor auch nie den Kopf und spielte den Männern ihre Höhepunkte immer nur vor.

Doch als Charles ihre Figur bewunderte, durchbrach er mit seinem Blick aus stahlgrauen Augen ihren Schutzwall und sah ihr direkt ins Herz. Dominique war ganz hin und weg von seiner Größe und Fitness … und reagierte geradezu panisch darauf. Kein Wunder, dass sie ihrem Plan, Charles Brandon zu verführen, abschwor! Sie wollte zwar einen reichen Mann heiraten, aber sich nicht in ihn verlieben. Liebe machte Frauen blind und verletzlich und brachte nur Unglück.

Aber Charles hatte einfach nicht locker gelassen, und jetzt war sie seine Frau und liebte ihn geradezu abgöttisch. Nun wusste sie auch, was ihre Mutter auf die Frage hin, warum sie einen so abgehalfterten Typen wie ihren Vater heiraten musste, gemeint hatte mit: „Ich war einfach unsterblich in ihn verliebt." Und das, obwohl diese Liebe sie schließlich ins Grab brachte.

Während Dominique ihrem Mann jetzt zusah, wie er seine Jacke anzog, versuchte sie, sich nicht allzu große Sorgen darüber zu machen, dass sie ihn tatsächlich liebte. Bei ihm konnte sie es sich wohl erlauben, ein wenig Schwäche zu zeigen. Schließlich erwiderte er ihre Gefühle und war ohnehin ganz anders als Jonathon. Verrückt, dachte sie dann, dass ich mir Charles genau aus diesem Grund als Heiratskandidaten ausgesucht habe – weil er eben nicht mehr so jung war und nicht ganz so gut aussah wie Jonathon. Sie hatte gehofft, das würde ihn für ihre Verführungskünste empfänglicher machen und ihr mehr Macht über ihn geben.

Aber genau das Gegenteil war der Fall. Von Anfang an hatte Charles sie im Griff gehabt und dazu gebracht, mit ihm auszugehen, trotz ihrer Befürchtung, sich in ihn zu verlieben. Aber es gab keinen Grund, Angst zu haben. Charles war ein wunderbarer Ehemann und Liebhaber, und er würde auch ein wunderbarer Vater sein.

Der plötzliche Kinderwunsch war auch so etwas, worüber sich Dominique immer wieder wunderte. Bisher hatte sie sich nie als Hausfrau und Mutter gesehen. Doch jetzt konnte sie es kaum erwarten, ein Kind zu bekommen. Und nicht nur eins. Mit einem Mal war es ihr Wunschtraum, ein Haus voller Kinder zu haben.

Natürlich hätte es nichts mit dem ihrer Mutter gemein. Es wäre keine erbärmliche Hütte, sondern eine Vorortvilla. Ihr Ehemann war auch kein Taugenichts und konnte sich locker eine Frau und mehrere Kinder leisten, nicht so wie ihr Vater – der Versager! –, dem es nicht einmal gelungen war, für sich selbst zu sorgen, geschweige denn für Frau und Kind.

„Ich bin weg“, sagte Charles jetzt, während er Handy und Schlüsselbund vom Nachttisch nahm. „Du hast ja meine Telefonnummer, falls etwas sein sollte. So, und jetzt sei schön brav!“, fügte er lächelnd hinzu.

Als Dominique ihn das Schlafzimmer verlassen sah, ergriff sie irgendwie Panik. „Charles!“

Stirnrunzelnd drehte er sich um. „Was ist denn?“

„Ach nichts. Ich … Ich liebe dich.“

„Ich weiß.“ Wieder lächelte er sein jungenhaftes Lächeln. „Ich kann es kaum erwarten, zurückzukommen.“

2. KAPITEL

Von Charles' Penthaus in der Innenstadt bis zum *Regency Hotel* war es nicht weit, trotzdem fuhr er mit dem Wagen. Zu Fuß zu gehen gehörte nicht zu seinen Lieblingsbeschäftigungen. Fünf Minuten später gab er den Schlüssel des silberfarbenen Jaguars dem Parkwächter und ging mit großen Schritten in das Fünfsternehotel.

Während er über den Marmorboden der weitläufigen, im Arkadenstil gehaltenen Eingangshalle eilte, fiel sein Blick auf die Auslage einer australischen Schmucknobelmarke. Unvermittelt blieb er vor der Vitrine stehen und betrachtete ein wunderbar gearbeitetes zweireihiges Halsband aus oval geschliffenen Opalen in fein gearbeiteter, diamantbesetzter Weißgoldfassung.

Diese Kette würde an Dominique mit ihrem grazilen Hals und dem langen Haar einfach wunderbar aussehen! Rasch warf er einen Blick auf die Uhr. Ihm blieben noch zwölf Minuten bis zum offiziellen Beginn der Pokerrunde um zwanzig Uhr. Die zugehörige Niederlassung von „Whitmore Opals" war auch noch geöffnet. Dabei sagte sich Charles, dass er wirklich aufhören müsse, Dominique zu verwöhnen. Aber es war zu spät: Vor seinem geistigen Auge sah er sie bereits mit dem Collier. Natürlich hatte es einen stolzen Preis, aber Diamanten gab es nun einmal nicht umsonst.

Die Sache war also entschieden, und fünf Minuten später schob er eine lederne Schmuckschatulle in seine Jackentasche. Zwei Minuten vor zwanzig Uhr betrat er den Privatlift zum obersten Stockwerk, und eine Minute später öffneten sich ihm die Türen zur Präsidentensuite.

Als er Dominique erzählt hatte, dass sie immer im *Regency* zu pokern pflegten, war sie erstaunt über den kostspieligen Treffpunkt gewesen. Warum sie nicht einfach reihum bei sich zu Hause spielten, hatte sie gefragt. Das wäre doch viel billiger!

Er hatte ihr erklärt, dass ihn der Spaß nichts koste. Einer seiner Pokerfreunde war ein arabischer Scheichsohn, der jedes Wochenende in der Luxussuite des *Regency* verbrachte, nachdem er sich zuvor per Hubschrauber von seinem australischen Landsitz im hundertachtzig Kilometer entfernten *Hunter Valley* nach Sydney bringen ließ.

Über diese Neuigkeit geriet Dominique natürlich ganz aus dem Häuschen und wollte mehr über den geheimnisvollen Scheich wissen, mit dem ihr Mann pokerte. Charles erzählte ihr dann das bisschen, das er selbst wusste. Prinz Ali war dreiunddreißig Jahre alt, sah umwerfend aus und war der jüngste Sohn König Khaleds von Dubar, einem der reichsten Staaten der Vereinigten Emirate. Bei vier älteren Brüdern war es ziemlich unwahrscheinlich, dass er jemals den Thron bestieg, und so hatte man ihn vor einigen Jahren nach Australien entsandt, damit er sich hier um die Rennpferde der königlichen Familie kümmerte.

Und das war ihm offensichtlich gut gelungen. Aus dem königlichen Vollblutgestüt wurden jedes Jahr zu Ostern Jährlinge der Spitzenklasse verkauft und zu eben solchen Preisen. Aber der Gerüchteküche war zu entnehmen, dass sein Händchen in Sachen Pferde nichts damit zu tun hatte, dass er sich nun um das königlich-väterliche Gestüt kümmerte. Angeblich hatte man ihn um seiner Sicherheit willen aus dem Emirat „entfernt", nachdem es einen Skandal mit einer verheirateten Frau gegeben hatte.

Charles' Meinung nach konnte da durchaus etwas dran sein. Auch in Australien hatte sich Ali einen Namen als Frauenheld gemacht, aber nicht, weil er seine Affären in die Öffentlichkeit trug. Er war noch nie allein mit einer Frau gesehen oder fotografiert worden. Wenn er bei seinen wöchentlichen Besuchen auf der Rennbahn eine Frau entdeckte, die ihm gefiel, traf er bei gegenseitigem Interesse entsprechende Vorbereitungen, um sein „Objekt der Begierde" auf seinen Landsitz fliegen zu lassen.

Keine von Alis so genannten Freundinnen hatte jemals ihre Geschichte an die Medien verkauft, deshalb blieben diese Beziehungen nur Spekulation. Auch Ali sprach niemals über sein Liebesleben. Aber Charles ging davon aus, dass an dem Gerede etwas Wahres sein musste. Jemand mit Alis Aussehen und dem märchenhaften Reichtum war ja schon fast gezwungen, zum Casanova zu werden. Ein bisschen war er, Charles, das auch gewesen, bevor er Dominique kennengelernt hatte. Aber an Ali konnte er sich natürlich nicht messen. Schließlich handelte es sich bei dem Mann um einen Prinzen!

Seine Herkunft war auch der Grund dafür, dass sie sich jeden Freitag in der Hotelsuite trafen und er sie nicht besuchen kam. Im *Re-*

gency war alles viel sicherer und entspannter. Als sie letztes Jahr bei Rico im Krankenhaus gespielt hatten, war Ali von zwei Leibwächtern begleitet worden. Der eine stand die ganze Zeit vor der Tür, und der andere saß in einer Ecke bei ihnen – wohlgemerkt, nachdem er die Vorhänge zugezogen hatte.

Ein bisschen beunruhigend war das schon gewesen. Aber in der Hotelsuite gab es keinen Grund, ein mulmiges Gefühl zu bekommen. Der Sicherheitsdienst war ständig im Einsatz, und wenn Prinz Ali im *Royal* residierte, bestand Alarmstufe eins. Außerdem kam niemand ohne Geheimnummer für den Lift in die Präsidentensuite. Und selbst im Aufzug wurde die Identität noch einmal überprüft und mit den Fotos unerwünschter Gäste verglichen, die dem Sicherheitspersonal vorlagen. Gleiches galt, bevor sich die Tür zur Suite öffnete.

Als Charles jetzt klingelte, wurde ihm im Handumdrehen aufgemacht. Seine Ankunft war eindeutig schon mit Ungeduld erwartet worden.

„Guten Abend, Mr. Brandon“, begrüßte ihn der Butler.

„Guten Abend, James“, antwortete Charles beim Eintreten.

„Sicher hatten Sie sehr angenehme Flitterwochen, Sir“, fuhr James förmlich fort. Er arbeitete für das Hotel, war in England ausgebildet worden und jeden Freitagabend der Präsidentensuite zugeteilt. Er verhielt sich respektvoll, hatte ein Auge auf die kleinste Kleinigkeit und verfügte über ein hervorragendes Gedächtnis, was Namen, Gesichter und Fakten betraf.

„Die Flitterwochen waren herrlich“, antwortete Charles jetzt. „Aber Paris im Frühling ist immer eine Reise wert.“

„Und Mrs. Brandon?“

Charles lächelte schalkhaft. „Sie ist auch herrlich.“

James gestattete sich den Anflug eines Lächelns. „Wenn ich das sagen darf, Sir, sehen Sie auch ganz besonders erholt aus.“

„*So* fühle ich mich auch.“

„Das kann ich von Mr. Mandretti nicht behaupten“, fügte der Butler nun in vertraulichem Flüsterton hinzu.

„Oh, ist Rico in meiner Abwesenheit krank gewesen?“

„Nein, aber irgendetwas scheint ihn schwer zu beschäftigen. Auf jeden Fall ist er heute sehr kurz angebunden mit mir, was sonst ja gar nicht seine Art ist.“

Da sich Rico von ganz unten nach ganz oben hochgearbeitet hatte, war er geneigt, die Angestellten, mit denen er zu tun hatte, mindestens genauso freundlich zu behandeln wie die vom Glück Verwöhnten, mit denen er inzwischen verkehrte. Ihn mochte und bewunderte Rico, weil er sich sein Geld selbst verdient hatte. Für Menschen, die schon mit einem silbernen Löffel im Mund geboren wurden, hatte er normalerweise wenig übrig. Eine Ausnahme bildete dabei ihr Gastgeber.

Prinz Ali verfügte zwar von Geburt an über ein Riesenvermögen, aber er war kein Faulpelz. Rico hatte sich schon einige Male auf seinem Landsitz aufgehalten und ihn in Aktion erlebt. Auf dem Gestüt schuftete Prinz Ali wie ein Pferd und packte selbst mit an, wenn es um seine geliebten Vollblüter ging. Der Mann war in Ordnung – trotz seiner Milliarden –, und deshalb behandelte Rico ihn entsprechend respektvoll.

Das vierte und letzte Mitglied in ihrer privaten Pokerrunde respektierte Rico dagegen nicht wirklich. Aber seine Haltung Mrs. Renée Selinsky gegenüber war ohnehin zwiespältig. Obwohl sie der Arbeiterschicht entstammte und zunächst als Model und dann als Eigentümerin einer sehr erfolgreichen Modelagentur zu Reichtum gelangt war, kam Rico nicht darüber hinweg, dass sie danach einen Banker geheiratet hatte, der alt genug gewesen war, um ihr Großvater zu sein. Seiner Meinung nach war es genauso verwerflich, des Geldes wegen zu heiraten, wie es zu erben. Dass Renée tatsächlich einen Mittsechziger geliebt haben wollte, konnte er einfach nicht glauben.

Mit dreißig war sie Witwe geworden – eine äußerst reiche noch dazu – und hatte begonnen, in Rennpferde zu investieren. So hatten sich die vier auch kennengelernt, als sie alle Anteile an einem von Alis wunderschönen Jährlingen erwarben. Und an dem Tag, an dem ihr Pferdchen den „Silver Slipper Stakes“ gewann, entdeckten sie und der stolze Züchter beim Feiern in eben dieser Suite ihre gemeinsame Leidenschaft fürs Pokern und machten ihr erstes Spiel.

Das war nun etwa fünf Jahre her. Inzwischen war die „lustige Witwe“, wie Rico Renée manchmal nannte, fünfunddreißig, sah immer noch super aus, und ihre nach wie vor kühle, zurückhaltende Art ging ihm unter die Haut. Doch ihre Cleverness brachte Rico am meisten auf. Er hasste es, wenn er beim Pokern gegen sie verlor. Aber Renée konnte einfach unerhört gut bluffen. Wenn sie ihr Spiel spielte, war keiner von ihnen in der Lage, ihr das Wasser zu reichen.

Charles hatte längst akzeptiert, dass Renée besser war als er, und verhielt sich zurückhaltend, wenn sie den Pot hatte. Er verlor einfach nicht gern Geld. Ali dagegen versuchte, sie herauszufordern, indem er den Einsatz in Schwindel erregende Höhen trieb, und hatte damit sogar gelegentlich Erfolg. Renée war reich, aber nicht so reich wie der Prinz. Rico dagegen wurde reizbar und unhöflich und versuchte, Renée damit aus der Fassung zu bringen. Aber dann wollte er meistens im falschen Moment „sehen", passte, wenn er besser dabei geblieben wäre, oder erhöhte den Einsatz, wenn Renée ein unschlagbares Blatt auf der Hand hielt.

Charles' Meinung nach hatte es Rico heimlich auf sie abgesehen, würde es aber nie zugeben – nicht einmal sich selbst gegenüber. Doch wenn er seine Spitzen gegen Renée losließ, lag eindeutig eine sexuelle Botschaft in seinem Blick. Ohnehin war Rico mit seinen vierunddreißig Jahren ein sehr leidenschaftlicher Mensch. Der typische Latin Lover. Unwillkürlich fragte sich Charles jetzt, ob Ricos schlechte Laune an diesem Abend nur an einem Zuviel männlicher Hormone lag.

Rico war jetzt seit einem Jahr geschieden und hatte bisher keine feste Freundin. Das bekam ihm einfach nicht. Er brauchte Sex wie das tägliche Brot! Sicher wäre es das Beste, er würde wieder heiraten, und zwar eine Frau, die ihn wirklich liebte. Doch nachdem er einmal hereingefallen war, weil seine Exfrau Jasmine es nur auf sein Geld abgesehen hatte, war er jetzt auf der Hut.

Als Charles den Rundbogen vom Flur in den Salon durchschritt und Rico sah, kam er zum gleichen Schluss wie James: Der Mann war nicht krank, er strotzte geradezu vor Gesundheit. Er trug eine Designerhose, einen lässigen Pullover, und sein welliges Haar glänzte wie immer. Aber er hatte eindeutig schlechte Laune und machte ein Gesicht wie drei Tage Regenwetter, während er sein Glas Rotwein – wahrscheinlich Chianti, denn er zog italienische Weine den australischen vor – leerte.

„Wird aber auch Zeit, dass du auftauchst!", fuhr er ihn jetzt ohne seinen Akzent an, dessen er sich in seiner beliebten Kochsendung *Pasta-Leidenschaft* immer bediente. Seine Eltern waren vor über einem halben Jahrhundert nach Australien ausgewandert, und ihre Kinder –

fünf Mädchen und drei Jungen – samt und sonders in Sydney geboren. Rico war der Jüngste, und Charles als Einzelkind fand es nach wie vor unfassbar, dass man so viele Geschwister haben konnte.

„Ich bin pünktlich“, antwortete er jetzt gelassen.

„Nein, das bist du nicht! Das Spiel sollte eigentlich um acht Uhr beginnen. Jetzt ist es schon fünf Minuten nach acht, weil du dich mit dem Personal unterhalten musstest. Hier, James, füllen Sie das bitte nach.“ Er reichte dem Butler sein leeres Glas.

Charles überlegte, was Rico ärgerte, entschied sich aber, nicht danach zu fragen. Am besten, sie fingen sofort an zu pokern. Die anderen saßen schon am Spieltisch, der wie immer direkt neben dem Fenster stand, das aus schusssicherem Glas war und einen wunderbaren Blick über Sydney bot. Renée in ihrem zartrosa Kaschmirpullover sah sanfter aus als normalerweise und prostete ihm mit ihrem Weißweinglas zu. Ali in Jeans und Hemd nickte zur Begrüßung, während er einen Schluck Mineralwasser trank. Alkohol rührte er nicht an, sorgte aber immer dafür, dass seinen Gästen nur das Beste serviert wurde.

„Siehst du, Rico“, meinte Renée jetzt mit ihrer rauchigen Stimme, „ich habe dir gleich gesagt, dass Charles kommt! Obwohl ich hätte verstehen können, wenn er heute Abend noch einmal zu Hause geblieben wäre. Schließlich ist er erst vier Wochen verheiratet, und seine Frau sieht umwerfend gut aus.“

Das tust du auch, Renée, dachte Charles. Sie war nur nicht sein Typ, hatte hohe Wangenknochen und ungewöhnlich geformte hellgrüne Augen mit Schlafzimmerblick, den sie noch betonte, indem sie sich die Brauen ganz fein zupfte. Dadurch wirkte sie beim Lächeln immer entweder belustigt oder spöttisch, aber nie püppchenhaft. Ansonsten konnte man sie von ihrem Gesichtsausdruck her leicht für hochnäsig oder zumindest sehr von sich eingenommen halten. Das war ihr auf dem Laufsteg wahrscheinlich zugute gekommen, aber im täglichen Leben stieß sie damit eher auf Ablehnung.

Am Anfang hatte Charles Renée auch nicht gemocht. Doch der erste Eindruck trog oft. Zwar konnte er selbst nach fünf Jahren noch nicht behaupten, sie gut zu kennen, fand sie allerdings schon viel sympathischer. Schließlich war es unmöglich, eine Frau, die so hervorragend pokerte, nicht zu mögen.

Ihm war auch egal, ob sie den Banker nun des Geldes wegen geheiratet hatte oder nicht. Zweifellos hatte sie ihre Gründe gehabt. Trotzdem kam ihm Renée immer viel zu kühl und beherrscht vor. Ganz anders als Dominique, die ständig zwischen süßer Hingabe und unersättlichem Verlangen schwankte. „Noch einmal, Charles!", pflegte sie zu sagen, wenn er der Meinung war, er hätte seine eheliche Pflicht längst erfüllt. Aber eigentlich konnte er von Dominique nie genug bekommen.

Verdammt, er hätte nicht wieder an sie denken sollen!

Nachdem man entschieden hatte, wer die Karten gab – wobei Renée zu Ricos großer Verärgerung gewonnen hatte –, versuchte Charles, sich auf das Spiel zu konzentrieren. Aber es war zwecklos. Und als sie um zweiundzwanzig Uhr dreißig eine Pause einlegten, um etwas zu essen, hatte er bereits mehr verloren, als ihm lieb war.

„Du bist heute Abend nicht mit den Gedanken dabei, Charles", stellte Ali mit seinem englischen Elite-Uni-Akzent fest, als sie beim Nachtisch angelangt waren.

„Ich bin einfach ein bisschen aus der Übung."

„Vielleicht macht er uns auch nur etwas vor", meinte Renée, „um später einen Superstich zu landen."

Charles lächelte, wobei er hoffte, es würde geheimnisvoll wirken.

„Das ist ja mal wieder typisch!", sagte Rico irritiert. „Ein teuflisches Weib wie du würde genau das tun. Aber Charles ist geradeheraus. Er spielt heute Abend nur schlecht, weil es ihm nicht gelingt, seine Gedanken oberhalb der Gürtellinie zu halten."

„Und wer könnte ihm das verdenken?", fragte Ali. „Renée hat recht: Du kannst dich sehr glücklich schätzen, Charles, dass du eine so schöne Frau für dein Bett gefunden hast."

„Dominique ist nicht nur schön, Ali, sondern auch sehr geistreich", antwortete Charles leicht vorwurfsvoll. Es passte ihm nicht, dass Ali Dominique und sein Leben mit ihr auf ihre sexuellen Reize reduzierte. „Wir sind nicht nur ein Liebespaar, sondern auch gute Freunde – Gleichberechtigte in allen Lebenslagen."

Rico lachte. „Wem willst du denn damit etwas vormachen, Charles? Die Frau hat dich doch fest im Griff!"

„Musst du so anzüglich sein?" Renée warf ihm unter halb geschlossenen Lidern einen entsprechenden Blick zu, bevor sie sich an

Charles wandte. „Achte einfach nicht auf ihn. Er ist nur eifersüchtig, weil er niemanden hat, der seine Liebe ehrlich erwidert."

Wieder lachte Rico, aber es klang irgendwie künstlich. „Ich wünschte, ich wäre eifersüchtig. Das würde mir besser bekommen."

„Besser als was?", fragte Charles, der ihm nicht ganz folgen konnte.

„Ach nichts, ich rede Unsinn." Plötzlich wirkte Rico betreten. „Wahrscheinlich habe ich einfach zu viel getrunken. Ab jetzt halt ich mich an Kaffee."

„Eine hervorragende Idee", meinte Ali. „Alkohol ist der Anfang allen Übels."

„Ich dachte, das sei Geld!", entgegnete Rico.

„Nein, Sex", erklärte da Renée überraschend. „Ohne ihn würde es uns allen viel besser gehen."

„Aber dann würde es auch keine Kinder geben", gab Charles zu bedenken.

„Eben", antwortete Renée.

„Dass *du* keine Kinder magst war ja klar!", schimpfte Rico schon wieder.

„Das habe ich nicht gesagt", erklärte Renée pikiert. „Aber die Welt ist ohnehin schon übervölkert, und so viele Kinder leben im Elend. Da sollte man nicht noch selbst welche bekommen."

„Entschuldige, Renée, aber da bin ich anderer Meinung", sagte Charles. „Dominique und ich wollen Kinder haben, und zwar schon bald."

Blitzartig wandte sich Rico ihm zu. „Ich dachte, den Kinderwunsch hättest du erst einmal verschoben." Stirnrunzelnd fuhr er fort: „Verdammt, Charles, du bist doch erst seit vier Wochen verheiratet!"

„Ich werde einundvierzig, Rico, und habe keine Zeit mehr zu verlieren. Außerdem möchte Dominique unbedingt sofort ein Baby."

„So, möchte sie das?" Rico klang spöttisch wie immer, wenn er von ihr sprach. Er konnte sie nicht leiden, da brauchte sich Charles nicht länger etwas vorzumachen. Ricos Meinung nach war Dominique wie seine Exfrau, die es nur auf sein Geld abgesehen hatte.

Charles hätte allen Grund gehabt, sich durch die Einstellung seines Freundes beleidigt zu fühlen. Konnte sich Rico denn nicht vorstellen, dass ihn, Charles, eine Frau nur um seiner selbst willen liebte?

Aber ihm war natürlich klar, dass Rico die eigene Scheidung immer noch nicht verwunden hatte. Mit der Zeit würde er schon feststellen, dass man Dominique nicht mit Jasmine vergleichen konnte. Und dann würde er vielleicht auch wieder heiraten.

„Ich finde, wir sollten aufhören, über persönliche Themen zu reden, und weiterspielen", machte Ali nun einen Vorschlag zur Güte. „Schließlich kommen wir freitags hierher, um zu pokern und die kleinen Probleme des Alltags zu vergessen."

Rico und Renée sahen ihn mit einem Blick an, der die Frage aufwarf, welche „kleinen Probleme des Alltags" jemand mit Alis Reichtum und Einfluss wohl haben könnte? Bevor Charles Dominique begegnet war, hätte er den beiden vielleicht zugestimmt: Geld hatte Ali mit Sicherheit den Weg geebnet. Aber inzwischen wusste Charles aus eigener Erfahrung, dass Reichtum allein nicht glücklich machte. Das konnte nur die Liebe.

Ohne sie mochte man noch so reich sein und fühlte sich trotzdem unausgefüllt. Wahrscheinlich war Alis Privatleben nicht glücklicher als Ricos oder das der „lustigen Witwe". Man brauchte Renée nur in die Augen zu sehen, um zu wissen, dass sie nicht zufrieden war.

Vorhin hatte sie zwar geklungen, als würde sie keine Kinder wollen. Aber entsprach das auch der Wahrheit? Oder hatte sie sich einfach nur damit abgefunden, wohin ihr Leben steuerte? Bald wäre es für sie nicht mehr so leicht, schwanger zu werden, vor allem nicht ohne festen Partner.

Natürlich stellte Charles damit nur Mutmaßungen an. Denn genau wie Ali sprach Renée äußerst selten von sich. Bestimmt hatte sie ein Liebesleben, aber mit wem, vermochte Charles nicht zu sagen. Er wusste nur, dass sie immer allein zu den Pferderennen kam und noch keinen Freitagabend abgesagt hatte. Ziemlich ungewöhnlich für eine Frau.

Aber auch was das Auftreten in der Öffentlichkeit betraf, war Renée nicht wie andere Frauen. Sie wirkte ziemlich einschüchternd. Der Mann, der sich jemals in sie verlieben sollte, tat ihm jetzt schon leid. Schließlich wollte sich doch niemand von der Frau an seiner Seite das Selbstvertrauen nehmen lassen, sondern sich gut fühlen so wie er mit Dominique.

Ah, Dominique! Heute Abend ging sie ihm wohl gar nicht mehr

aus dem Kopf. Da konnte Ali noch so vehement fordern, dass sie ihre persönlichen Angelegenheiten außen vor ließen. Dazu war seine, Charles', Liebe zu ihr noch zu neu und vereinnahmend. Unwillkürlich berührte er die Schmuckschatulle in der Jackentasche und lehnte sich zurück. Dabei stellte er sich vor, wie Dominique den Deckel öffnen würde, und spürte ein angenehmes Kribbeln. Er konnte es gar nicht erwarten, ihr die Kette anzulegen.

Entsprechend lang kamen ihm die folgenden beiden Stunden vor, und sein Spiel wurde noch schlechter. Er machte so viele Fehler, dass Ali den Kopf schüttelte, Renée milde lächelte und Rico ein Gesicht schnitt.

„Was soll ich nur mit dir machen, Charles?", fragte Rico, als der Pokerabend beendet war und sie sich gemeinsam im Aufzug befanden. Renée war wie immer als Erste gegangen. An diesem Abend hatten sie bis halb ein Uhr gespielt, etwas länger als sonst, weil Charles später gekommen war.

Jetzt lachte er. „Nächste Woche spiele ich besser." Bis dahin müsste es ihm doch gelungen sein, einen Großteil seiner Libido abzubauen. Das sagte er Rico natürlich nicht. Der würde sofort über den Ausdruck „Libido" herfallen und behaupten, er habe recht gehabt, dass seinen Freund lediglich der Gedanke an Sex davon abhalte, konzentriert zu spielen.

Charles lächelte. Dabei war es nur natürlich, dass er und Dominique einander sexuell immer noch besonders anziehend fanden. Anders als die meisten Jungverheirateten hatten sie vor der Ehe nicht zusammengewohnt, ja, sich nicht einmal geküsst!

„Hast du eigentlich ernst gemeint, dass ihr schon gleich Kinder wollt?", riss ihn da Rico aus seinen Gedanken.

„Warum sollte ich bei so etwas lügen?", fragte Charles erstaunt.

„Aber du hast sie doch noch nicht geschwängert, oder?"

„Nein, Dominique will die Pille nächsten Monat absetzen."

„Ehrlich gesagt, halte ich das für keine gute Idee. Du solltest wenigstens ein Jahr warten, bevor du einen so großen Schritt machst, Charles. Lern Dominique erst einmal besser kennen. Schließlich kennst du die Frau doch kaum."

„Ich weiß von ihr, was ich wissen muss", antwortete Charles kurz angebunden. Unwillkürlich begann seine Zurückhaltung, was Ricos feindselige Einstellung Dominique gegenüber betraf, zu schwinden. „Jetzt pass mal auf, Rico, mir ist bewusst, dass du denkst, Dominique habe es nur auf mein Geld abgesehen, aber …“

„Da irrst du dich, mein Freund“, unterbrach Rico ihn mit grimmigem Gesichtsausdruck. „Ich *denke* es nicht nur, ich *weiß* es.“

3. KAPITEL

Die Hände zu Fäusten geballt, wirbelte Charles herum. „Ich warne dich, Rico, hör jetzt ein für alle Mal damit auf! Nur weil Jasmine dich an der Nase herumgeführt hat, heißt das nicht, dass Dominique dasselbe mit mir macht. Meine Frau liebt mich. Und Renée hat recht: Du bist eifersüchtig."

Als die Türen aufglitten, warf Charles Rico noch einen unnachgiebigen Blick zu. „Ich schlage vor, du entschuldigst dich, bevor wir den Aufzug verlassen, sonst betrachte ich unsere Freundschaft als beendet."

„Es tut mir leid, Charles, und zwar mehr, als du denkst", erklärte Rico, wirkte allerdings eher besorgt denn schuldbewusst. „Aber ich kann nicht mit ansehen, wie du dich zum Narren machen lässt. Und bestimmt werde ich nicht zulassen, dass du blind in dein Unglück rennst, wenn du mit dieser Frau ein Kind zeugst. Ich habe handfeste Beweise für meine Behauptungen."

Zunächst hatte Charles empört das Kinn gehoben, doch jetzt war er noch mehr verärgert. „*Beweise?* Was denn für welche?", fragte er hitzig.

„Unwiderlegbare."

„Und woher?"

„Von einer angesehenen Detektei. Tatsachen und Zahlen, Mitschnitte von Gesprächen, die Dominique mit ehemaligen Mitbewohnerinnen, Kollegen und Liebhabern geführt hat. Du kannst sie dir gern anhören und den Bericht einsehen. Deine Frau ist eine Abzockerin, mein Lieber, daran besteht kein Zweifel. Während der Zeit in Melbourne hat sie auch ganz offen zugegeben, dass es ihr Ziel sei, reich zu heiraten. Und nachdem es mit dem letzten Kandidaten nicht geklappt hat, hat sie dich ausgeguckt und ist nach Sydney gezogen."

Charles schluckte, um das Kloßgefühl im Hals loszuwerden. Doch Rico fuhr gnadenlos fort: „Der Mann war ihr letzter Arbeitgeber, ein gewisser Jonathon Hall, ein ziemlich erfolgreicher Sportmanager, allerdings nicht so reich, wie es sein Lebensstil vermuten ließ. Deshalb hat er schließlich selbst des Geldes wegen geheiratet. Anscheinend war Dominique sehr ungehalten darüber. Danach hat sie einer Freundin erzählt, sie würde sich das nächste Mal nicht wieder jemanden aussuchen, der so gut aussehe und so charmant sei wie Hall. Sie wolle es mit einem Älteren versuchen, der dankbar sei, dass ihm jemand wie sie überhaupt Aufmerksamkeit schenkt."

Charles hätte am liebsten geschrien, dass nichts von all dem wahr sei und Dominique ihn liebe. Aber Rico fuhr mit seinem Bericht fort: „*Dominique* ist nicht einmal ihr richtiger Name. Eigentlich heißt sie ganz banal *Jane* oder *Joan,* genau erinnere ich mich nicht mehr. Als sie mit neunzehn Jahren von Tasmanien nach Melbourne kam, hat sie sich *Dominique* genannt. Da fällt mir noch etwas ein. Ihre Eltern wurden auch nicht bei einem Autounfall getötet. Ihre Mutter ist an Krebs gestorben, als Dominique achtzehn war, und ihr Vater ist immer noch ungeheuer lebendig. Er wohnt in einer Kleinstadt an der Westküste und arbeitet in einer der Minen. Deine über alles geliebte Dominique ist eine Kunstfigur, mein Lieber!"

Charles spürte, wie ihm das Blut aus dem Gesicht wich, und dann wurde er auf Ricos entsetzten Blick aufmerksam. Offensichtlich sah er, Charles, genauso aus, wie er sich fühlte.

„Du meine Güte, kipp mir jetzt bloß nicht um! He, Mann, ich wusste ja nicht, wie sehr du sie liebst. Ich habe gedacht, du würdest dich nur sexuell zu ihr hingezogen fühlen. Du siehst furchtbar aus! Ich glaube, du brauchst jetzt was Hochprozentiges. Komm, ich gebe dir einen aus."

Charles ließ sich von Rico in die nächste Bar bringen und dort auf einen Barhocker setzen. Den ersten Drink schüttete er in einem Schluck hinunter genau wie den zweiten, während er wie gebannt auf die Flaschen hinter der Theke starrte. Aber schon bald tat der Brandy seine Wirkung, und das Blut kehrte in seine Wangen zurück, während seine Verzweiflung für den Moment von einer zwanghaften Neugier überlagert wurde.

„Wann hast du das alles herausgefunden?", fragte er, nachdem er sich Rico zugewandt hatte. „Doch wohl nicht schon vor der Hochzeit?"

„Nein, ich habe den Privatdetektiv angeheuert, während du in den Flitterwochen warst. Der Abschlussbericht ist erst gestern gekommen."

„Aber wieso hast du überhaupt einen Detektiv auf Dominique angesetzt?"

„Eine ihrer ehemaligen Mitbewohnerinnen ist eine Cousine von mir und vor einigen Jahren nach Melbourne gezogen, nachdem ihre Ehe in die Brüche gegangen war. Erst vor Kurzem ist sie nach Sydney zurückgekehrt. Ich habe sie anlässlich einer Familienfeier getroffen und einige Fotos von eurer Hochzeit gezeigt. Claudia hat deine Frau wiedererkannt und erzählt, sie sei besessen davon gewesen, irgendwann einmal reich zu sein. Anscheinend hat Dominique ihr auch anvertraut, dass sie wohl selbst nie genug Geld verdienen könne und ihr deshalb nur die Möglichkeit bleibe, reich zu heiraten. Darauf habe Dominique ihr ganzes Tun ausgerichtet, sagt meine Cousine."

Charles gab seiner Verzweiflung mit einem deftigen Schimpfwort Ausdruck.

„Da bin ich ganz deiner Meinung", meinte Rico. „Aber jetzt weißt du wenigstens, warum ich es als meine Pflicht erachtet habe, alles über Dominique herauszufinden."

„Wobei du offensichtlich kaum erwarten konntest, es mir zu erzählen", sagte Charles verbittert. „Ich frage mich nur, zu welchem Zweck? Indem du mich mit einem Schlag von meiner ‚Wolke sieben' herunterholst, tust du mir keinen Gefallen! Du hättest mich ruhig unwissend lassen können. Das wäre netter gewesen."

„Glaub mir, das wollte ich ja, zumindest eine Zeit lang. Aber nicht mehr, nachdem du heute Abend erzählt hast, du wollest eine Familie gründen. Da konnte ich einfach nicht länger schweigen, Charles."

„Und warum nicht?"

„Damit du nicht ins offene Messer läufst."

Charles seufzte. „Ich weiß nicht, ob mir das nicht lieber gewesen wäre."

„Sieh mal, mein Junge, es gibt zwei Kategorien von Frauen, die es auf dein Geld abgesehen haben", erklärte Rico. „Zunächst sind da die Jasmines dieser Welt, die dich heiraten, weil sie sich an deiner Seite ein Leben im Luxus erhoffen, das sie von einer High-Society-Party zur nächsten bringt. Nicht einmal im Traum würde diese Kategorie Frau daran denken, sich die Figur für ein Baby zu ruinieren. Ihre Absicht ist es, es sich eine Weile auf deine Kosten gut gehen zu lassen, bis du auf das Thema ‚Kinder' zu sprechen kommst, wie ich es dummerweise getan habe. Dann lassen sie sich von dir scheiden und erwarten, dass du ihnen Unterhalt zahlst, damit sie ihren kostspieligen Lebensstil fortführen können. Frauen der zweiten Kategorie – in die fällt offensichtlich deine Dominique – bekommen so früh wie möglich ein Kind, um ihre Stellung zu festigen, die ihnen dann eine noch höhere Unterhaltszahlung beschert, wenn sie sich schließlich doch von dir scheiden lassen. Dabei ist das Kind nur Mittel zum Zweck und nicht das kostbare Geschenk, für das du es hältst.“

Charles konnte kaum glauben, wie mühelos es Rico gelang, seine Vorfreude, mit Dominique ein Kind zu haben, zu zerstören.

„Deshalb musste ich auch etwas sagen, Charles“, fuhr Rico nun fort und legte ihm mitfühlend eine Hand auf die Schulter. „Nicht nur deinetwegen, sondern auch um des Babys willen. Kein Kind verdient es, nur in die Welt gesetzt zu werden, um den Preis hochzutreiben.“

Charles nickte, obwohl er irgendwie immer noch wünschte, Rico hätte geschwiegen. Jetzt würde er wahrscheinlich nie einen Sohn oder eine Tochter haben.

„Trenn dich von ihr, Charles, lass sie fallen und dich scheiden. Nachdem der Richter die Unterlagen eingesehen hat, die ich gesammelt habe, kann Dominique von Glück reden, wenn sie überhaupt etwas bekommt.“

Ricos Rat war nicht von der Hand zu weisen. Aber er würde ihn nicht befolgen, zumindest nicht sofort. Etwa, weil er es nicht konnte? Er schob die Hand in die Jackentasche und berührte die Schmuckschatulle.

Nein, er würde sich jetzt noch nicht von seiner wunderschönen Frau trennen. Dominique sollte ihm für die Halskette bezahlen … und für alles andere. Das verlangte einfach sein Stolz, und der Groll auf sie trug ein Übriges dazu bei.

Wenn er daran dachte, wie er sich von Dominique hatte an der Nase herumführen lassen, wurde ihm ganz schlecht. Er war ein dummer, verliebter, eingebildeter Trottel gewesen. Von Anfang an hatte sie mit ihm gespielt. Dass sie die vergangene Weihnachtsfeier so plötzlich verlassen hatte, war genauso Teil ihres Plans gewesen wie ihre anfängliche Weigerung, mit ihm auszugehen, und auch das konsequente Zurückweisen seiner Avancen.

Lächerlich, wie er triumphiert hatte, als sie seinen Heiratsantrag angenommen hatte! Dabei war sie diejenige gewesen, die allen Grund zum Jubeln gehabt hätte. Bestimmt war sie hinter seinem Rücken in schallendes Gelächter ausgebrochen, nachdem er beschlossen hatte, erst in der Hochzeitsnacht mit ihr zu schlafen.

Nun, wer zuletzt lachte, lachte am besten. Er war gespannt, wie gut sie ihm in den kommenden vier Wochen etwas vortäuschen würde. Denn das wollte er ihr und sich noch zugestehen: einen Monat, einen Monat der Rache! Während er daran dachte, was er sich für diese vier Wochen vorgenommen hatte, schnitt er ein Gesicht. Wahrscheinlich würde Dominique sogar so tun, als gefiele es ihr, das war schließlich ihr Kapital.

„Du wirst dich nicht von ihr scheiden lassen, stimmt's?", fragte Rico erstaunt, als er Charles' Gesicht sah. Der ließ den Rest seines dritten Brandys stehen – betrunken zu sein war das Letzte, was er jetzt gebrauchen konnte – und wandte sich seinem Freund zu. „Nein", sagte er dann bedrohlich gelassen, „noch nicht. Aber mach dir keine Sorgen. Es wird kein Baby geben." Dominique war nicht die Einzige, die lügen und betrügen konnte.

Stirnrunzelnd sah Rico ihn an. „Ich weiß nicht, ob *du* mir leidtust oder Dominique."

„Ich würde mein Mitleid nicht an sie verschwenden."

„Du machst doch keine Dummheiten, Charles?"

„Was meinst du damit?"

„Du wirst sie doch nicht erwürgen, während du mit ihr schläfst?"

Charles lachte abfällig. „Glaubst du wirklich, ich gehe wegen so einer Schlampe ins Gefängnis? Du kannst sicher sein, dass meine Rache nicht außer Kontrolle gerät." Während er vom Barhocker glitt, legte er seinem Freund eine Hand auf die Schulter, einerseits um sich abzustützen, weil ihm die Knie weich waren, andererseits, um Rico zu beruhigen. „Mach dir keine Sorgen, mein Junge. Ich werd's überleben. Was machst du morgen?"

„Morgen? … Ich … Ich gehe auf die Rennbahn."

Charles runzelte die Stirn. „Von unseren Pferden tritt doch keins an."

„Ich weiß, aber Ali hat einige viel versprechende Tiere laufen", fügte Rico hinzu. „Und außerdem habe ich dann etwas zu tun. Wieso fragst du?"

„Ich wollte eigentlich vorbeikommen, um mir den Bericht der Detektei und die Kassetten abzuholen. Aber vielleicht könntest du sie auf dem Weg zur Rennbahn bei mir vorbeibringen?“

„Ich weiß nicht, ob es gut ist, sie jetzt schon zu lesen. Du solltest dich erst einmal ein bisschen beruhigen.“

„Ich bin superruhig“, stieß Charles hervor. „Bring sie einfach vorbei, ja?“

Rico seufzte. „Meinetwegen.“

„Falls dir Dominique dabei begegnen sollte, tu bitte so, als würdest du sie mögen. Benutz deinen berühmt-berüchtigten Latino-Charme.“

„Wenn du darauf bestehst?“

„Das tue ich. Jetzt muss ich aber los. Dominique ist wahrscheinlich noch auf und gibt vor, mich sehnlichst zu erwarten. Da will ich sie nicht enttäuschen.“

Ricos Stirnrunzeln vertiefte sich. „Es gefällt mir gar nicht, wie du auf die Situation reagierst, Charles. Manchmal benimmst du dich zwar etwas anmaßend, aber eigentlich bist du ein guter Kerl. Und das will bei einem Multimillionär etwas heißen! Sieh mal, ich weiß, dass du aufgebracht bist, und dazu hast du auch allen Grund, aber du denkst nicht logisch.“

Charles lachte und hatte dabei das Gefühl, sein Herz wäre aus Stein. „Seit Monaten habe ich nicht mehr so logisch gedacht.“

„Vielleicht, aber es ist falsch, sich zu rächen. Mit Rache erreicht man nichts, damit tut man sich nur selbst weh. Trenn dich einfach von ihr, das ist das Beste, glaub mir!“

„Das werde ich am Ende auch tun. Bis morgen dann.“

Rico sah seinen Freund noch aus der Bar wanken und fragte sich unwillkürlich: Was habe ich getan? Er hätte seine große Klappe halten und nicht schlafende Hunde wecken sollen. Stattdessen hatte er einen Rosenkrieg vom Zaun gebrochen, und keiner wusste, wie das alles enden würde.

Auf jeden Fall nicht glücklich, das war mal sicher. Rico seufzte, wandte sich wieder der Theke zu und trank den Rest von Charles' Brandy. „Ich nehme noch einen“, sagte er dann zum Barkeeper. „Aber diesmal keinen Brandy, sondern Bourbon. Pur, ohne Eis.“ Er konnte es sich erlauben, sich zu betrinken. Freitagnachts fuhr er immer mit dem Taxi nach Hause, wo ihn nur ein kaltes Bett erwartete. Aber das war vielleicht immer noch besser, als zu einer Frau wie Dominique zurückzukehren, oder?

Rico blickte sich in der Bar um und entdeckte am anderen Ende des Tresens eine umwerfend gut aussehende Blondine von etwa dreißig Jahren. Als er ihr zulächelte, erwiderte sie sein Lächeln, wie es Frauen schon seit Jahrhunderten taten. Sie war keine Professionelle – dafür war sie ein bisschen zu teuer gekleidet –, aber auf jeden Fall gut für einen One-Night-Stand. Heute Nacht würde er also nicht allein bleiben, und sie brauchten auch nicht weit zu gehen. Das *Regency* hatte mit Sicherheit ein hübsches Zimmer frei.

Nur eins ließ ihn zögern: Mit der Blonden ins Bett zu gehen würde nichts an seiner Frustration ändern. Das konnte im Augenblick nur eine ganz bestimmte Frau, und die würde ihm als Bettgenossin bestimmt nicht zur Verfügung stehen. Renée verachtete ihn beinah genauso wie er sie. Warum es ihn trotzdem so furchtbar nach ihr verlangte, konnte er nicht sagen. Es war geradezu abartig und wurde immer schlimmer.

Vielleicht …

Er warf der Blonden noch einen Blick zu. Nein, für seinen Geschmack ähnelte sie viel zu sehr Dominique, und ein Mann in seiner Stellung konnte es sich nicht erlauben, mit jeder ins Bett zu steigen. Was das betraf, hatte er sich in der Vergangenheit ein bisschen zu sorglos verhalten. Schöne Frauen bedeuteten unweigerlich Ärger. Als er Dominique das erste Mal gesehen hatte, war ihm das sofort bewusst geworden. Aber Charles hatte sie ja unbedingt heiraten müssen. Na ja, verliebte Männer waren nun einmal nicht zurechnungsfähig.

Rico umfasste das Whiskeyglas. Er wollte nicht an Liebe denken. Er wollte überhaupt nicht denken!

Verflixt und zugenäht! Es gab nur eine Lösung für sein Problem, auch wenn die nicht von Dauer, unklug und überflüssig war. Doch Rico stand trotzdem auf, nahm sein Whiskeyglas und ging ans andere Ende der Bar, wo er sich neben die Blonde auf einen freien Barhocker setzte. „So ganz allein?", fragte er daraufhin mit demselben herausfordernden Lächeln, das weltweit jede Woche Millionen von Frauen vor den Bildschirmen in Bann zog.

Die Fremde warf ihm einen selbstsicheren Blick zu. „Jetzt nicht mehr", sagte sie dann.

4. KAPITEL

Dominique schreckte aus dem Schlaf hoch und wusste gleich, dass Charles zu Hause war. Sie hörte ihn im Penthaus umhergehen. Sofort setzte sie sich auf, stopfte sich das Kopfkissen in den Rücken und nahm das Buch, das ihr beim Einschlafen aus der Hand gefallen war. Sie hatte versucht, für Charles wach zu bleiben, sich dazu zwei Filme angesehen und dann einen Thriller zu lesen begonnen, bei dem man laut Schutzumschlag von der ersten bis zur letzten Seite hellwach bleiben sollte. Aber sie war bereits bei Seite zwanzig eingedöst.

Sie sah zum Wecker: zehn Minuten nach ein Uhr. Nicht besonders spät, um von einem Pokerabend nach Hause zu kommen. Viele Männer spielten die ganze Nacht. Nicht, dass Charles' Pokerfreunde alle männlichen Geschlechts gewesen wären. Das konnte man von der wunderschönen Mrs. Renée Selinsky, einer vermögenden Witwe und Eigentümerin der Topmodelagentur „Renées", nun wirklich nicht behaupten.

Dominique hatte sie zum ersten Mal eine Woche vor der Hochzeit auf der Rennbahn getroffen und war mehr als nur ein bisschen beunruhigt gewesen, dass Charles nach den Flitterwochen wieder jeden Freitag einige Stunden in ihrer Gesellschaft verbringen würde. Die Frau sah nicht nur umwerfend aus, sondern war offensichtlich auch besonders intelligent und gefährlich ungebunden. Sowohl auf der Rennbahn als auch bei der Hochzeit war sie ohne Begleiter erschienen.

Aber richtig eifersüchtig wurde Dominique erst, als sie Charles und Renée beim Hochzeitsempfang im Penthaus miteinander plaudern sah. Die beiden standen auf der Terrasse, hatten die Köpfe zusammengesteckt und wirkten dabei eher wie ein heimliches Liebespaar denn wie gute Freunde. Als sie ihn später danach fragte – bemüht, nur interessiert zu klingen –, hatte er ihr mehr über seine Beziehung zu dieser Renée erzählt.

Es gefiel Dominique absolut nicht, dass die Frau den Beinamen „lustige Witwe" trug, schließlich ließ der einige Rückschlüsse zu. Keinen festen Partner zu haben bedeutete heutzutage schließlich nicht mehr, sexfrei leben zu müssen. Dominique überlegte sogar, ob Charles nicht hin und wieder mit ihr geschlafen hatte. Schließlich spielten sie seit fünf Jahren jeden Freitagabend in einem Hotel zusammen Karten. Da war es ein Leichtes, sich danach ein Zimmer zu nehmen.

Diese Vorstellung hatte Dominique am meisten zugesetzt, als Charles an diesem Abend zum Pokern gegangen war. Nicht dass sie es ihm gegenüber erwähnt hätte. Die Blöße wollte sie sich nicht geben. Eifersüchtige Ehefrauen liebten zu sehr, und das war gefährlich, manchmal sogar tödlich. Aber sie konnte nun einmal nichts an ihrer Liebe zu Charles ändern.

Wie auch immer, als er einfach nicht ins Bett kommen wollte, umklammerte Dominique den Thriller, bis ihre Knöchel weiß hervortraten. Was hielt ihn denn auf? Er hatte doch bestimmt gesehen, dass bei ihr noch Licht brannte und sie für ihn wach geblieben war.

Als sie hörte, wie irgendwo im Apartment Wasser aufgedreht wurde, begann ihr Herz wie wild zu schlagen. Wusch er sich jetzt den Duft der anderen Frau vom Körper und sorgte dafür, dass auch ja keine Lippenstiftspuren zu sehen waren?

Dann malte sie sich noch Schlimmeres aus. War er überhaupt zum Pokern gegangen? Vielleicht diente das Kartenspiel nur als Vorwand, damit er jeden Freitagabend im Bett der „lustigen Witwe" verbringen konnte. Erotische Spielchen beherrschte eine Frau wie sie bestimmt bis zur Perfektion.

Sein Freund Rico würde ihn mit Sicherheit decken. Aber würde Prinz Ali das auch tun? Wahrscheinlich nicht. Er war kein enger Freund von Charles, mehr ein Bekannter. Trotzdem hatte Dominique nicht vor, einen arabischen Scheichsohn zu fragen, wie er seine Freitagabende verbrachte. Sie war ihm erst ein einziges Mal begegnet – beim Pferderennen, am gleichen Tag wie Renée – und hatte ihn besonders einschüchternd gefunden. Glücklicherweise war er nicht zur Hochzeit gekommen. Es hatte sie schon Nerven genug gekostet, Ricos Missfallen und die Anwesenheit der „lustigen Witwe" zu ertragen.

Jetzt wurde der Wasserhahn zugedreht, und es vergingen fünf Minuten, aber Charles kam immer noch nicht ins Schlafzimmer. Draußen war es plötzlich ganz still, und Dominique wäre am liebsten aufgestanden, um nachzusehen, was ihr Mann machte. Doch irgendeine unbegründete Furcht hielt sie davon ab, das Bett zu verlassen.

Ich benehme mich lächerlich, dachte sie schließlich, sitze hier und gebe mich meiner Eifersucht hin, obwohl ich mir geschworen habe, es nie so weit kommen zu lassen. *Charles liebt mich, das weiß ich doch genau. Wahrscheinlich ist er beim Nachhausekommen direkt ins Wohnzimmer gegangen, ohne nachzusehen, ob unter der Schlafzimmertür noch Licht brennt. Jetzt denkt er, ich sei längst eingeschlafen, und nimmt nur Rücksicht. Deshalb benutzt er auch das Gästebad und nicht das ans Schlafzimmer angrenzende.* Er war eben ein sehr umsichtiger Mann.

Sie hatte zwei Möglichkeiten: Entweder sie blieb, wo sie war, bis er endlich ins Bett kam, oder sie stand auf und zeigte ihm, dass sie sich nach ihm verzehrte. Er musste ja nicht unbedingt mit ihr schlafen, dazu war er bestimmt zu müde. Aber seine Gesellschaft wäre schön gewesen, genauso wie sich mit ihm zu unterhalten und von ihm in die Arme genommen zu werden.

Sie warf die Bettdecke zurück und eilte zum begehbaren Kleiderschrank. Obwohl sie auf Charles' Wunsch hin seit der Hochzeitsnacht immer nackt schlief, besaß sie zwei hübsche Negligé-Kombinationen, die sie sich im Hinblick auf die Flitterwochen gekauft hatte. Das Nachthemd, das sie in ihrer Hochzeitsnacht getragen hatte, war lang und bestand aus schimmerndem cremefarbenem Satin. Das andere war aus schwarzer Spitze gearbeitet und fast durchsichtig. Sie zog es über und schlüpfte dann ins dazu passende Negligé, wobei sie sich einredete, Charles damit nicht verführen zu wollen. Aber als sie sich im Spiegel betrachtete, war ihr klar, dass sie sich nur selbst etwas vormachte. Dieses Nachthemd diente einzig und allein dem Zweck der Verführung. Deshalb hatte sie es schließlich gekauft.

Und jetzt musste sie einfach wissen, dass Charles sie noch immer begehrte und nicht mit dieser Renée zusammen gewesen war. Dabei spielte Zeit eine wichtige Rolle – Charles hätte sich schnell erholt. Rasch schlüpfte sie in die zum Negligé passenden hochhackigen Satinslipper, legte etwas Lippenstift und Parfüm auf und machte sich auf die Suche nach ihrem Ehemann.

Er saß auf dem großen Wildledersofa im Wohnzimmer, hielt ein Brandyglas in der Hand und sah wie gebannt zum Fenster hinaus auf die Skyline Sydneys. Als er Dominique bemerkte, wandte er sich ihr halb zu.

Die Heiratsschwindlerin ist also wieder wach?, dachte er verbittert, während er spürte, dass sein Körper nach wie vor auf sie reagierte. Dieses sexy Outfit hatte es in sich. Beim Nachhausekommen war er direkt ins Schlafzimmer gegangen, weil er unbedingt mit seinem Rachefeldzug hatte beginnen wollen. Aber als er Dominique sah, die im Schlaf so mädchenhaft unschuldig wirkte, brachte ihn das ganz von seinem Vorhaben ab.

Beinah wäre er an ihrem Bett schwach geworden und hätte sie zur Rede gestellt. Um das zu verhindern, ging er rasch ins Wohnzimmer und schenkte sich einen doppelten Brandy ein, in der Hoffnung, Trost im Alkohol zu finden. Aber wenn man wusste, dass man eine Lüge lebte und die Liebe des Partners nur vorgespielt war, gab es keinen Trost, nur diese schreckliche innere Leere.

Als Dominique jetzt auf ihn zuschwebte, ließ er den Blick über sie gleiten. Ihr schwarzes Negligé hatte sich leicht geöffnet, und darunter kam ein dazu passendes atemberaubendes Nachthemd zum Vorschein. Es war fast durchsichtig, und der Ausschnitt ging bis zum Nabel, wobei die Spitzenbahnen lediglich zwischen Dominiques herrlichen Brüsten von einer kleinen Satinschleife zusammengehalten wurden.

Vor zwanzig Minuten hatte sie noch wie ein unschuldiges Mädchen gewirkt, jetzt aber, mit diesem Outfit, sah sie danach aus, was sie war: eine Verführerin vom Scheitel bis zur Sohle. Obwohl Charles inzwischen ihre wahren Beweggründe kannte, spürte er, wie er auf sie reagierte. Erstaunlich, dachte er, und armselig. Aber genau das hatte er erwartet.

„Du brauchst mir nichts zu erzählen", flötete sie jetzt und ließ sich vor ihm auf dem cremefarbenen Teppich nieder. „Du hast verloren."

Wie gebannt sah er zu ihr hinunter, bemüht, sich den Hass *und* die Lust, die er auf sie verspürte, nicht anmerken zu lassen. Ja, er hatte verloren, und zwar alles, mit Ausnahme dessen, was er jetzt noch vor sich sah und berühren konnte: ihre Lippen, ihre Brüste, ihren Körper, mit dem sie ihm zu Willen sein würde, so wie immer. Obwohl auch seine Erregung immer stärker wurde, fragte er sich, wie sie das machte, welchen Trick sie anwandte.

„Armer Darling", säuselte sie jetzt, bettete ihren Kopf in seinen Schoß und sah gleichzeitig zu ihm auf.

„Nicht so schlimm", flüsterte er, „es ist ja nur Geld gewesen." Unwillkürlich legte er ihr eine Hand auf den Kopf und spielte mit ihrem

Haar. Dabei stellte er entsetzt fest, dass es ihm immer noch Freude bereitete, sie zu berühren. Dabei müsste er doch eine Gänsehaut bekommen.

„Das Negligé kenne ich ja noch gar nicht", sagte er dann, während er einen Schluck Brandy trank und weiter mit ihrem Haar spielte. „Wie lang hast du es schon?" Bei der Vorstellung, dass sie es womöglich getragen hatte, um den Mann vor ihm zu verführen, hätte er es am liebsten zerrissen.

Sie lächelte, und Charles dachte: Was für ein hübsches Lächeln, was für schöne Lippen, und was für ein mieser Charakter!

„Ich habe es für unsere Flitterwochen gekauft", erklärte sie, „aber nach der Hochzeitsnacht wolltest du ja nicht, dass ich im Bett überhaupt etwas trage." Verführerisch blickte sie erneut zu ihm auf.

„Stimmt." Charles spielte mit dem Gedanken, von ihr zu verlangen, dass sie generell keine Kleidung mehr tragen solle, wenn sie allein im Penthaus waren. Mit der Zentralheizung war das kein Problem, es sei denn, Dominique würde auf die Terrasse gehen. Aber der Pool war ja beheizt. Auf jeden Fall wollte er in Zukunft darauf beharren, dass sie sich auszog, wenn sie zusammen schwimmen gingen, obwohl man die Terrasse von mehreren umstehenden Bürogebäuden aus einsehen konnte. Wenn sie sich von Fremden begaffen lassen würde, war klar, dass sie wirklich geldgierig war.

Ob sie ihm wohl nachgeben würde? Natürlich, dachte er und wurde rot vor Wut.

„Gefällt dir das Negligé nicht?"

„Doch, doch, es ist sehr sexy. Steh mal auf, damit ich es mir besser ansehen kann."

Sofort kam sie seinem Wunsch nach, und das erregte ihn irgendwie noch mehr. An eine eigene Sexsklavin könnte er sich gewöhnen. Wissen war wirklich Macht. Was er in Zukunft von Dominique zu verlangen beabsichtigte, hätte er unter normalen Umständen niemals zu erbeten gewagt. Plötzlich fiel ihm Ricos Warnung, Rache sei selbstzerstörerisch, wieder ein. Wollte er diesen Weg wirklich beschreiten und Dominiques wunderschönen Körper benutzen, um seine geheimen Sexfantasien auszuleben und sich dadurch an ihr zu rächen?

Als er zu ihr aufsah, wie sie so vor ihm stand und ihn mit diesem gespielt liebevollen Blick ansah, wusste er, wie seine Antwort lauten würde: *Ja.* Jetzt war er am Zug und würde *ihr* etwas vorspielen – ein sehr befriedigender Gedanke. *Rache ist nicht selbstzerstörerisch, Rico, sondern süß und unheimlich aufregend.*

„Zieh das Negligé aus“, befahl er dann, „und lass es fallen.“ Sie gehorchte.

Du liebes bisschen! Kein Wunder, dass er so in ihrem Bann stand! Sie hatte einen unheimlich schönen Körper.

„Öffne die Schleife“, verlangte er daraufhin kalt, obwohl ihm ganz heiß war. Sie gehorchte auch diesmal, wenn auch zögerlich und mit bebenden Fingern.

Raffiniertes Luder! Das hatte sie wirklich gut drauf. In ihrer Hochzeitsnacht war sie ihm mit demselben Trick gekommen. „Jetzt entblöß deinen Oberkörper … Nein, noch weiter. Ich will dich sehen.“

Sie machte große Augen, und als sie schließlich die Träger von den Schultern streifte, zitterten wieder ihre Hände. Langsam ging ihm ihr jungfräuliches Getue auf die Nerven. „Komm her!“, befahl er deshalb kurz angebunden, „und knie dich zwischen meine Beine.“

Erneutes kurzes Zögern, aber dann gehorchte sie, wie erwartet, atmete sogar schneller, und es wirkte ganz echt.

Nachdem Charles sein Glas weggestellt hatte, beugte er sich vor und nahm ihre Brustknospen zwischen Daumen und Zeigefinger. Während er zudrückte und gleichzeitig daran zog, entlockte er ihr sowohl lustvolles Stöhnen als auch einen erstaunten Aufschrei.

„Hat dir das gefallen?“, fragte er ungerührt, ja geradezu unbeteiligt.

„Ja“, flüsterte sie heiser.

Lügnerin!

Er tat es wieder und immer wieder.

Als sie zu wimmern begann, hörte er auf und zog ihr das Nachthemd herunter, sodass sie ganz nackt vor ihm kniete. Ihre Knospen hoben sich dunkelrot von der blassen, schimmernden Haut ab, beinah wie ihre feuerroten Lippen. Als er Dominique vorhin schlafend betrachtet hatte, waren sie nicht so rot gewesen. Da hatte sie kein Make-up getragen und auch sonst nichts Künstliches, um ihre Reize zu unterstreichen.

Er bewunderte ihre Taktik und ihre Schauspielkunst. Wer die Wahrheit nicht kannte, musste denken, Dominique sei im Moment unheimlich erregt. Ihr Blick wirkte leicht verhangen, und die Lippen hatte sie verführerisch geöffnet, während sie vorgab, schneller atmen zu müssen.

Charles beugte sich vor und ließ die Hände über ihre geschwungenen Hüften gleiten, ehe er ihr erst einen und dann zwei Finger in den Mund schob. „Saug daran", flüsterte er heiser und ließ die Finger vor- und zurückgleiten. Sie blinzelte erstaunt und schwankte ein wenig, doch dann schloss sie die Augen und tat, was er von ihr verlangte.

Während sie an seinen Fingern saugte, wurde ihm ganz anders. Das war mehr als nur eine Anmache. Doch im Augenblick konnte er es nicht gebrauchen, die Kontrolle zu verlieren. Da fiel ihm die Halskette wieder ein und was er sich bei deren „Übergabe" vorgestellt hatte.

„Charles", flüsterte Dominique flehentlich, als er die Hand zurückzog, um seine Jacke von der Rückenlehne zu nehmen.

Beinah hätte er gelacht, so echt klang ihre Frustration. „Mir ist gerade eingefallen", sagte er dann, „dass ich dir heute Abend etwas gekauft habe." Dabei nahm er die lederne Schmuckschatulle aus der Jackentasche und öffnete sie, um Dominique den Inhalt zu zeigen.

„Aber Charles", rief sie völlig begeistert, „das … das hättest du nicht tun sollen!"

Wie wahr, wie wahr! Aber sie wird mir dafür bezahlen, schwor er sich noch einmal.

„Wann bist du denn dazu gekommen?" Nach wie vor sah sie wie gebannt auf die diamantengefassten Opale, dann zu ihm. „Ich meine … Ich dachte, du hättest den ganzen Abend gepokert."

Erstaunlich, dass sie so misstrauisch klang. War sie womöglich der Meinung, die Kette sei so etwas wie eine Wiedergutmachung, weil er anstatt Karten zu spielen irgendeine Dummheit begangen habe? Mit wem denn, zum Teufel?

Da fiel ihm ein, dass Dominique ihn an ihrem Hochzeitstag ziemlich intensiv über Renée ausgefragt hatte. Stirnrunzelnd überlegte er, ob seine Frau glaubte, er habe eine Affäre mit der „lustigen Witwe"?

Wahrscheinlich gingen Leute, die selbst falsch spielten, einfach davon aus, dass es andere auch taten. Dominique hatte ja keine Vorstellung davon, was wahre Liebe und Treue bedeuteten. Menschen wie sie lebten nur dafür, möglichst viel Geld und materielle Güter zusammenzuraffen. Wenn sie sich jetzt wegen Renée Sorgen machte, dann nur, weil sie nicht aus dem Paradies vertrieben werden und ihren Goldesel an eine andere verlieren wollte.

Gut zu wissen, dass sie Renée als Gefahr sah. Diese Schwäche konnte er sich vielleicht später einmal zu Nutze machen. Bis dahin wollte er auch weiterhin den völlig vernarrten Ehemann spielen – in gewisser Weise zumindest.

„Im Foyer des *Regency* gibt es eine Niederlassung von *Whitmore Opals*", beruhigte er sie dann, während er das funkelnde Collier aus seinem Samtbett nahm. „Sie ist freitagabends bis einundzwanzig Uhr geöffnet. Ich habe den Schmuck in der Auslage gesehen und musste diese Kette einfach für meine hübsche Frau kaufen. Nimm dein Haar hoch, Darling, ich will sehen, wie sie an dir aussieht."

Diesmal gehorchte Dominique umgehend, und Charles dachte spöttisch: Sehr kooperativ! Dann legte er ihr das Collier um. Dabei musste er unwillkürlich daran denken, dass Rico schon befürchtet hatte, er, Charles, könnte Dominique beim Sex erdrosseln. Bestimmt nicht! Die kommenden vier Wochen brauchte er sie ganz im Gegenteil quicklebendig, sonst wäre sie ihm ja nicht mehr von Nutzen. Außerdem wollte er ihren Gesichtsausdruck sehen, wenn er ihr am Ende offenbarte, wie lange er schon Bescheid wusste und dass er dieses Wissen benutzt hatte, um all die unmöglichen Dinge von ihr zu verlangen, die ihm so vorschwebten. Wie jetzt zum Beispiel …

Ungeheuer zufrieden ließ er den Verschluss zuschnappen und setzte sich zurück, um Dominique zu betrachten, die lediglich seine Kette trug. Das war herrlich dekadent und *so* erotisch, dass es ihn noch mehr erregte. „Du kannst dein Haar jetzt herunterlassen", sagte er, während er langsam den Reißverschluss seiner Hose öffnete.

Es dauerte einen Moment, bis Dominique gehorchte. Wollte sie ihm etwa nicht zu Willen sein oder gar widersprechen?

Weder noch, obwohl sie bisher nie so von ihm behandelt worden war. Erstaunlich, was eine Kette für vierzigtausend Dollar bewirken konnte! Mit wachsender Erregung beobachtete Charles, wie Dominique ihn in den Mund nahm, wobei sich Verlangen und Abscheu ihr gegenüber mischten. Sie war eine raffinierte Hexe, und er stand ganz in ihrem Bann. Womöglich würde das in sexueller Hinsicht immer so bleiben.

Krampfhaft versuchte er, seine Verärgerung und Rachegelüste wieder aufleben zu lassen, aber das wurde immer schwieriger, je mehr er sich nach der endgültigen Befriedigung sehnte. Mit gequältem Stöhnen sank er schließlich gegen die Sofalehne und gab sich ganz der Frau hin, die er idiotischerweise geheiratet hatte. Die Gefühle, die Dominique in ihm hervorrief, waren unglaublich stark. Körperlich stand er kurz vor der Ekstase, während er gleichzeitig seelische Höllenqualen litt. Aber schon bald wurden seine verletzten Gefühle von Leidenschaft und Begierde ausgeblendet und der Groll, den er gegen Dominique hegte, wurde durch die zärtlichen Berührungen ihrer Lippen und Hände gemildert.

Wie konnte sie ihn bloß so liebkosen, obwohl sie ihn nicht liebte? Er stöhnte und strich ihr zärtlich über den rechten Arm. Als sie den Kopf hob, sah er ihre leuchtenden Augen und die weichen, schimmernden Lippen. „Soll ich aufhören?“, fragte sie mit bebender Stimme.

Wollte er das? Würde er es überhaupt aushalten, wenn sie mit den Liebkosungen fortfuhr? In diesem Augenblick wurde er wieder auf das Collier aufmerksam, das ihn anfunkelte wie ein exquisites Hundehalsband. Und plötzlich fiel ihm alles wieder ein, vor allem, wie weh es getan hatte, die Wahrheit zu erfahren. Und wie gedemütigt er sich danach gefühlt hatte. Erneut paarte sich der Wunsch nach sexueller Erfüllung mit dem nach Rache. „Nein“, sagte er deshalb, „ich will nicht, dass du aufhörst.“

Und wie erwartet beugte sie gehorsam den Kopf über seinen Schoß. Diesmal spielte er locker mit ihrem Haar und behielt für einen erstaunlich langen Zeitraum die Kontrolle über sich. Aber natürlich musste die irgendwann schwinden, und als es so weit war, kam er sofort zum Höhepunkt. Dabei schwor er sich, dass er heute Nacht mit Dominique noch lange nicht fertig war. Während er sie immer wieder zu nehmen gedachte, wollte er nur an sein eigenes Vergnügen denken und so fordernd und egoistisch wie möglich sein.

Schon jetzt war er gespannt, ob sie jemals wagen würde, Nein zu sagen. Wahrscheinlich nicht. Und dann, morgen früh, wenn er sich von seinen nächtlichen Exzessen erholt hatte, würde sein Rachespiel von vorn beginnen, wobei er die Messlatte noch ein wenig höher zu legen gedachte.

5. KAPITEL

Als Dominique am nächsten Morgen in die Dusche stieg und das Gesicht in den warmen Wasserstrahl hielt, summte sie vergnügt. Es war schon fast zehn Uhr, und Charles schlief immer noch. Aber nach seinen unglaublichen Leistungen von letzter Nacht hatte er die Ruhe auch bitter nötig.

Obwohl Dominique am Anfang erstaunt über die Verwandlung ihres Mannes gewesen war, hatte sie schon bald festgestellt, dass es sie unheimlich erregte, wenn er ein bisschen grob war. Und so hatte sie bei seinen Spielchen liebend gern mitgemacht, angefangen mit der Episode im Wohnzimmer, über die denkwürdige Liebesszene in der Dusche bis hin zur darauf folgenden glühenden Liebesnacht in ihrem Doppelbett.

Irgendwie wünschte sie beinah, Charles würde jeden Freitagabend beim Pokern verlieren, wenn das solche Auswirkungen hatte. Nur die reine körperliche Erschöpfung hatte ihm am Ende Einhalt geboten, und sie waren beide – noch ineinander verschlungen – eingeschlafen. Dabei hatte Charles den Kopf in ihrem Haar geborgen und ihre Brüste umfasst.

Dominique hörte auf zu summen und sah an sich herab. Sie zuckte ein wenig zusammen, als sie die Knospen berührte. Sie waren wund, würden sich aber schon wieder erholen! Nach dem Duschen wollte sie es mit Kamillecreme versuchen. Charles hatte sich ein bisschen gehen lassen. Aber so aufregend diese Erfahrung auch gewesen war, glaubte Dominique nicht, dass sie dieses Ausmaß der Leidenschaft jeden Abend aushalten würde.

Wie auch immer, die vergangene Nacht hatte zumindest jeden Verdacht über eine heimliche Liaison ihres Mannes aus der Welt geschafft. Kein Mann wäre zu diesen sexuellen Hochleistungen fähig gewesen, hätte er sich vorher schon mit einer anderen Frau vergnügt. Nein, was das betraf, hatte sie nichts zu befürchten. Und sie brauchte auch nicht eifersüchtig zu sein, wenn er nächsten Freitag wieder pokern ging.

Während sie sich mit Duschgel einrieb, begann Dominique erneut zu summen.

Im Badezimmer lief der Föhn, als Charles aufwachte. Er hatte einen Kater und war total erschlagen. Stöhnend rollte er sich herum und sah, dass es schon auf elf Uhr zuging. Wieder entrang sich seinen trockenen Lippen ein Stöhnen. Er musste sofort aufstehen. Rico konnte jeden Augenblick hier sein. Aber Charles hatte einfach nicht die Energie, das Bett zu verlassen. Die letzte Nacht hatte ihn fix und fertig gemacht.

Letzte Nacht? Nun, die war nicht ganz so verlaufen, wie er es geplant hatte. Was als Racheakt begonnen hatte, war schließlich zum aufregendsten Sexabenteuer seines Lebens geworden. Diese Frau war nicht nur eine Hexe, sie war der Teufel in Frauengestalt.

Im Badezimmer wurde es plötzlich still, und gleich darauf ging die Tür auf. Und da war sie, in einen cremefarbenen Frotteemantel gehüllt, das lange Haar duftig, die Wangen glühend rot vom Föhnen.

„Bist du endlich wach?“, fragte sie mit einem aufreizenden Lächeln, während sie barfuß über den dicken, flauschigen Teppich ging.

Das Penthaus war komplett eingerichtet gewesen, als Charles es gekauft hatte. Schlafzimmer und angrenzendes Bad hatte man in Cremetönen gehalten und mit goldfarbenen Akzenten aufgelockert. Ihm gefiel der Einheitslook nicht wirklich, aber Dominique fand ihn elegant.

Charles beobachtete, wie sie sich auf den mit Brokatstoff bezogenen Hocker vor die Frisierkommode setzte und eins von den dort aufgereihten Cremedöschen auswählte. Schon kurz nach ihrer Hochzeit war ihm bewusst geworden, dass Dominique sehr viel Wert auf Make-up, Körperpflege und Fitness legte. Selbst während ihrer Flitterwochen hatte sie sich jeden zweiten Tag einem mörderischen Trainingsprogramm unterzogen.

Er hielt sich lieber mit Schwimmen fit und wollte keine Muskelpakete aufbauen, sondern nur schlank und gesund bleiben. Bis zu den Enthüllungen am Abend zuvor hatte er an der Fitnessleidenschaft seiner Frau nichts Negatives finden können. Aber jetzt wusste er, dass sie nur so hart trainierte, weil sie ihren Körper als Mittel zum Zweck benutzte. Wenn man einen reichen Mann heiraten wollte, musste man einfach umwerfend aussehen.

Dabei konnte Charles nicht umhin zuzugeben, dass er sich zunächst vor allem von Dominiques Gesicht und ihrer Figur angezogen gefühlt hatte. Machte ihn das genauso oberflächlich wie sie, oder ließen sich Männer einfach eher von optischen Reizen verleiten als Frauen?

„In der Dusche habe ich mir gerade so meine Gedanken gemacht", sagte sie nun, während sie die Cremedose aufdrehte. „Wenn du jedes Mal zum Tier wirst, wenn du beim Kartenspielen verlierst, muss ich ja fast hoffen, dass du nun jeden Freitag schlechte Karten hast." Mit wehmütigem Lächeln fügte sie dann hinzu: „Aber vielleicht auch wieder nicht", während sie die Fingerspitze in die Creme tauchte. „Ich glaube nicht, dass meine armen Brüste es aushalten würden. Heute Morgen sind sie richtig wund. Du kannst sie wahrscheinlich eine Zeit lang … nun, sagen wir einige Stunden, nicht mehr anfassen."

Im Spiegel warf sie ihm ein unerhört verführerisches Lächeln zu, und Charles beobachtete mit zusammengebissenen Zähnen, wie Dominique den Bademantel öffnete und sich die linke Brust samt Knospe einrieb. Dabei wurden seine Kopfschmerzen immer schlimmer, und sein Mund wurde noch trockener.

„Was machen wir heute?", wollte sie wissen, während sie Charles mit ihrem Anblick weiter folterte. „Nachdem ich dir Frühstück gemacht habe, heißt das natürlich. Aber kannst du überhaupt etwas essen, Darling? Du siehst ein bisschen mitgenommen aus."

„Ich bin auch total kaputt, und du trägst die Schuld daran."

Sie lachte. „Darf ich dich erinnern, dass du letzte Nacht mit diesen Spielchen angefangen hast? Ich bin nur noch einmal aufgestanden, um einen Kuss von dir zu bekommen und Gute Nacht zu sagen."

„In dem schwarzen Spitzenfummel?", fragte er belustigt. „Jetzt hör aber auf, Dominique! Du hattest es doch auf etwas ganz anderes abgesehen. Oder willst du behaupten, du hättest es nicht bekommen?" Er beobachtete genau, wie sie darauf reagierte. Aber sie lachte nur, sodass Charles ihr am liebsten den Hals umgedreht hätte. Unwillkürlich fühlte er sich dabei an Ricos Worte erinnerte. „Ich muss jetzt aufstehen", sagte er dann. „Rico kann jeden Augenblick hier eintrudeln."

Dominique schnitt ein Gesicht, und Charles dachte: Sie weiß also, dass Rico Bescheid weiß.

„Was will er denn hier? Und warum hast du mir nicht schon früher etwas davon erzählt? In der Nacht zuvor zum Beispiel?"

„Da bin ich einfach nicht dazu gekommen", sagte er lächelnd. „Wir waren doch mit anderen Dingen beschäftigt. Aber du brauchst dir wegen Rico keine Gedanken zu machen", fügte er hinzu und ergänzte bei sich: Jetzt zumindest noch nicht. „Er bringt mir nur etwas vorbei."

„Was denn?", fragte sie und klang irgendwie schuldbewusst, oder?

„Einen Bericht von einem Privatdetektiv", antwortete Charles mit, wie er hoffte, entwaffnender Ehrlichkeit. Dabei sah er Dominique forschend ins Gesicht, um festzustellen, ob sie blass wurde. „Rico hat ihn während unserer Flitterwochen in meinem Auftrag angeheuert. Es ging um eine ehemalige Führungskraft." Wieder achtete er genau auf Dominiques Reaktion.

„Tatsächlich? Was hat der arme Kerl denn getan, dass du zu so drastischen Maßnahmen greifen musstest?"

„Wie kommst du darauf, dass es sich um einen Mann handelt?"

Sie zuckte die Schultern.

Vielleicht hatte er sich nur eingebildet, dass sie sich schuldbewusst benahm. Denn so wie es jetzt aussah, wusste sie absolut nicht, dass er von ihr sprach.

„Die meisten deiner Angestellten sind Männer, besonders in den gehobenen Positionen."

Da hatte sie recht. Dominique war eine der wenigen weiblichen Führungskräfte gewesen. Das lag aber nicht daran, dass er etwas gegen Frauen in leitender Funktion hatte. Die meisten Bewerber für Führungspositionen waren Männer und in der Regel auch besser ausgebildet als die Frauen. In Dominiques Fall hatte er eine Ausnahme gemacht, weil er beim Lesen ihres Lebenslaufs ihre Zielstrebigkeit und ihren Ehrgeiz bewundert hatte. Damals war ihm ja noch nicht bewusst gewesen, wie zielstrebig und ehrgeizig sie tatsächlich war.

Du liebes bisschen, er wünschte wirklich, sie würde aufhören, dieses Zeug in ihre Brüste einzumassieren! Das machte ihn ganz heiß. Aber er wollte verdammt sein, wenn er sie heute Morgen überhaupt anfasste. Von ihr zu verlangen, sie solle nackt sein, sobald er nach Hause kam, konnte er dann wohl auch vergessen. Am Ende würde er nur ständig Lust verspüren und müsste ihren gespielten Seufzern lauschen, während er rein körperlich trotzdem auf sie reagierte.

Ganz allgemein sollte er seinen Rachefeldzug eine Weile aussetzen, um wieder zu Kräften zu kommen. Am besten, sie verließen für einige Stunden das Penthaus. In der Öffentlichkeit wäre Dominique ordentlich bekleidet, und es würde sich viel seltener die Gelegenheit zum Sex ergeben. Sosehr er auch davon geträumt haben mochte, draußen im Pool unter den Blicken zahlreicher Büroangestellter mit ihr zu schlafen, wusste er jetzt, dass er so etwas nie tun würde. Auch dabei wäre die Demütigung für ihn am Ende größer als für sie.

Schließlich war Dominique immer noch seine Ehefrau, und solange sich das nicht änderte, würde er sie zumindest in der Öffentlichkeit mit Respekt behandeln, sonst verlor er noch die Selbstachtung.

„Was hat er getan?"

Im ersten Moment wusste Charles überhaupt nicht, wovon sie sprach. Dann fiel es ihm wieder ein. Er sah ihr in die scheinbar unschuldig blickenden Augen und versuchte sich vorzustellen, wie sie reagieren würde, wenn er ihr am Ende erzählte, dass der Detektiv ihretwegen eingeschaltet worden war. Würde sie dann alles abstreiten und versuchen, ihn ihrer Liebe zu versichern, indem sie ihren Körper einsetzte?

Bestimmt, und er musste zugeben, dass er sich schon darauf freute. Er wollte seine geheimsten Sexfantasien für den Augenblick aufheben, wenn Dominique ganz verzweifelt war. Und dann würde er zum letzten Gefecht blasen. „Nichts richtig Illegales", antwortete er nun. „Aber wenn man feststellt, dass ein Mitarbeiter, den man in eine Vertrauensposition gehoben hat, einen regelmäßig belügt, fragt man sich schon, warum."

„Weswegen hat er dich belogen?"

„Ich glaube nicht, dass ich jetzt darüber sprechen sollte. Womöglich geht die Sache vor Gericht." Und das war nicht nur eine Ausflucht: Dominique würde ihn bei einer Scheidung bestimmt auf Unterhalt verklagen.

„Aber hast du nicht gerade gesagt, er habe nichts Illegales getan?" Sie ließ nicht locker. „Außerdem bin ich deine Frau. Mir kannst du es doch erzählen."

„Das werde ich auch", antwortete er ausweichend, „wenn ich den Bericht gelesen habe. Im Augenblick kenne ich die Details noch nicht. Auf jeden Fall ist da wohl eine ziemliche Schweinerei gelaufen. Aber jetzt muss ich unbedingt duschen und mich anziehen. Du dich übrigens auch, Darling. Wenn Rico wieder weg ist, gehen wir irgendwo zum Brunch, und danach sehen wir uns einige Häuser an."

Bei dieser Neuigkeit hellte sich ihr Gesichtsausdruck verständlicherweise auf. Wahrscheinlich zählte es auch zu ihren Zielen, Herrin eines großen Hauses am Meer zu werden, in dem sie extravagante

Partys gab und ihre Designerklamotten vorführte. Es hatte schließlich keinen Sinn, des Geldes wegen zu heiraten, wenn man die Früchte seiner Arbeit nicht zeigen konnte.

Und sie hatte wahrlich hart gearbeitet, um sich ihn zu angeln, und noch härter, um ihn danach bei Laune zu halten. Bestimmt war es nicht leicht, vierundzwanzig Stunden lang so zu tun, als würde man jemanden lieben, um ihn dann auch noch, obwohl ihr die Brustknospen schmerzten, anzulächeln. Charles warf die Decke zurück und eilte ins Bad.

Während Dominique ihm nachblickte, seufzte sie. Enrico Mandretti! Charles' Tempo nach zu urteilen, musste er jeden Augenblick hier sein. Dabei hätte sie gut auf den Kerl verzichten können. Sie ertrug es einfach nicht, wie er sie musterte, wenn er sich unbeobachtet glaubte – als wäre sie unter irgendeinem Stein hervorgekrochen. Aber sie musste sich beeilen. Bestimmt würde sie ihm nicht im Morgenmantel gegenübertreten. Den Blick, den er ihr dann zuwarf, konnte sie sich jetzt schon vorstellen.

Dominique eilte zum begehbaren Kleiderschrank und wählte nach kurzem Überlegen einen hellbraunen Hosenanzug aus, dessen langes Jackett ihre Kurven eher überspielte, als sie zu betonen. Normalerweise bevorzugte sie figurbetonte Kleidung – und Charles mochte sie auch. Aber was in seiner Gegenwart eine gute Wahl war, musste es noch lange nicht für seinen Trauzeugen mit den verächtlichen Blicken sein.

Fünf Minuten später saß Dominique wieder vor ihrer Frisierkommode, nahm das Haar zu einem lockeren Knoten zurück und legte nur ein ganz leichtes, natürlich wirkendes Make-up auf. Auf Lidschatten oder Lidstrich verzichtete sie ganz, selbst den Lippenstift wählte sie lediglich eine Nuance intensiver als ihre natürliche Lippenfarbe.

Sie hatte gerade ganz schlichte Ohrstecker ausgewählt, als es klingelte. *Mist!* Charles duschte immer noch, wahrscheinlich hatte er sich vorher rasiert. Es blieb ihr also nichts anderes übrig, als die Tür zu öffnen.

Unwillkürlich machte sich Dominique darauf gefasst, dass ihr Rico unter vier Augen noch höhnischer gegenübertreten würde als gewöhnlich. Während sie das elegante Foyer des Penthauses durchquerte, klapperten die Absätze ihrer italienischen Schnürstiefeletten auf dem Marmorboden. Doch bevor sie die Tür öffnete, überprüfte sie noch einmal ihr Aussehen im Flurspiegel. Dann sah sie durch den Spion, um sich zu vergewissern, ob da draußen tatsächlich Rico wartete.

Ja, leider! Dominique entriegelte die Tür und öffnete. „Hallo, Rico, komm doch herein!", sagte sie höflich und rang sich ein Lächeln ab. Manch andere Frau wäre begeistert gewesen, ihn bei sich begrüßen zu dürfen. Immerhin war er ein weltbekannter Fernsehkoch für italienische Küche, auch wenn er nie eine diesbezügliche Lehre gemacht hatte und nicht einmal in Italien geboren war.

Heute trug er einen schwarzen Anzug, der seine Ein-Meter-neunzig noch bedrohlicher wirken ließ – oder attraktiver, je nach dem, von welchem Gesichtspunkt aus man es betrachtete. Sein etwas längeres welliges Haar hatte er mit Gel aus dem markanten Gesicht gekämmt. Der Dreitagebart diente wohl der verwegenen Ausstrahlung.

„Ich fürchte, Charles duscht noch", sagte Dominique nun, klang aber eher herausfordernd als entschuldigend.

„Um diese Zeit?", fragte Rico erstaunt und sah auf die Uhr.

Unwillkürlich verschränkte Dominique die Arme vor der Brust. Sie mochte Rico genauso wenig wie er sie, und sie würde ihm bestimmt nicht weismachen, es wäre anders. „Heute ist Samstag", erklärte sie deshalb kühl, „und mein Mann kann den ganzen Tag im Bett bleiben, wenn ihm danach ist. Das geht dich überhaupt nichts an."

Rico biss die Zähne zusammen. Charles hatte ihn gebeten, freundlich zu Dominique zu sein. Aber das war ein Ding der Unmöglichkeit. Am besten, er ließ einfach den verdammten Bericht da und sah zu, dass er wieder wegkam. Mehr konnte er ohnehin nicht für seinen Freund tun. Er hatte Charles ja schon geraten, das Ganze kurz und schmerzlos zu beenden und diese kleine Schlampe vor die Tür zu setzen. Aber nein, der Junge war so verknallt, dass er sich noch eine Zeit lang quälen wollte, während er sich einbildete, er würde sich nur rächen.

Vielleicht änderte Charles ja seine Meinung, wenn er den Bericht gelesen und sich die Aufnahmen angehört hatte. Vielleicht aber auch nicht.

Während Rico Dominique musterte, konnte er nicht umhin zuzugeben, dass sie verdammt gut aussah, obwohl sie ganz offensichtlich versucht hatte, ihre Figur herunterzuspielen – warum auch immer.

Aber er hatte sie schon in ganz anderen Klamotten gesehen und ließ sich von dem konservativen Outfit nicht beirren. Sie besaß nun einmal Kurven, die einem Mann den Kopf verdrehten. Aber nach ihrer spitzen Bemerkung sehnte er sich geradezu danach, ihr Kontra zu geben. Daran änderte auch Charles' Wunsch, er möge freundlich zu ihr zu sein, nichts.

„Ich habe noch nie erlebt, dass Charles nicht spätestens um sieben Uhr auf war. Normalerweise zieht er jeden Morgen vor dem Frühstück zwanzig Bahnen im Pool. Aber das war natürlich vor seiner Heirat. Vor … dir."

„Und was soll das heißen?", fuhr sie ihn an.

„Nur, dass sich die Dinge geändert haben. Sag Charles, ich konnte nicht bleiben. Das erste Rennen findet um Viertel nach zwölf statt. Hier ist der Bericht, den ich ihm versprochen habe." Er gab Dominique einen dicken Umschlag, der mehr als genug Beweise dafür enthielt, um sie ohne einen Cent Unterhalt vor die Tür zu setzen. Aber würde Charles das Material auch benutzen?

Rico hoffte es. Sonst müsste er selbst aktiv werden. Er konnte einfach nicht mit ansehen, dass diese Frau seinen besten Freund noch länger zum Besten hielt. Charles war ein echter Gentleman, und er würde es nicht zulassen, dass der Stolz seines Freundes verletzt wurde und Charles noch mehr Zeit mit dieser hinterhältigen Schlampe verschwendete.

„Ach ja", sagte sie jetzt geziert, „der Bericht. Charles hat mir alles davon erzählt."

„Er hat dir davon *erzählt?*" Rico war wie vor den Kopf geschlagen, während Dominique ihn herausfordernd ansah und den Umschlag an sich drückte.

„Ja, natürlich! Warum auch nicht, ich bin schließlich seine Frau."

Was ging denn hier vor?

„Warum so überrascht? Hast du vergessen, dass ich auch mal für Charles gearbeitet habe? Glaubst du vielleicht, es würde mich nicht interessieren, wenn sich einer der Angestellten, denen er vertraut hat, als Lügner entpuppt?"

Ah, jetzt begriff er! Charles hatte ihr eine halb wahre Geschichte aufgetischt, um den Bericht zu erklären. Wie clever! Wie unerhört raffiniert! Am Ende machte er sich um seinen Freund ganz umsonst Sorgen. Vielleicht war Charles doch in der Lage, seine geldgierige Frau in Schach zu halten und seine durchaus verständlichen Rachegefühle auszuleben.

„Weißt du, Rico“, sagte sie nun und funkelte ihn mit ihren blauen Augen an, „ich habe es bis hier oben satt, dass du ständig deine überhebliche pseudo-italienische Nase rümpfst, wenn du mich siehst. Was hast du eigentlich für ein Problem mit mir? Du denkst wohl, ich hätte es nur auf Charles' Geld abgesehen? Er hat mir von deiner Erfahrung mit deiner Exfrau erzählt. Also gehe ich mal davon aus, du überträgst ihr Verhalten auf mich. Aber lass dir eins gesagt sein: Ich liebe meinen Mann. Ach was, ich bete ihn an! Er ist mein Leben. Seine Sorgen sind auch meine. Was ihn traurig macht, macht auch mich traurig. Tu mir also einen Gefallen, und behalt deinen Zynismus und deine Verdächtigungen in Zukunft für dich!“

Wie gebannt sah Rico sie an. Diese Frau kämpfte wie eine Löwin. Und wie überzeugend sie sich anhörte! Hätte er es nicht besser gewusst, hätte er ihr geglaubt. Er musste Charles unbedingt davor warnen, die Sache vor Gericht auszutragen. Womöglich glaubte ihr noch irgend so ein blöder Richter. Sie könnte damit argumentieren, dass sie es vorher durchaus darauf abgesehen gehabt habe, reich zu heiraten. Aber in dem Augenblick, als sie Charles begegnet sei – kawumm! – habe sie sich Hals über Kopf in ihn verliebt und in eine treu sorgende Ehefrau verwandelt.

Männer konnten ja so dumm sein, wenn es um eine schöne Frau ging. Das wusste er selbst nur zu gut. „Vergiss nicht, Charles den Bericht zu geben“, sagte er jetzt mit einem wehmütigen Lächeln. „Ich rufe ihn heute Abend an, um mit ihm darüber zu sprechen. Bis dann.“

Hinter seinem breiten Rücken schnitt Dominique ein Gesicht. Was für ein blöder Kerl und Unruhestifter noch dazu! Wenn es nach ihm ginge, würde er ihre Ehe kaputtmachen. Er wollte doch nur seinen Kumpel zurück, damit er wieder mit ihm herumziehen konnte. Dabei interessierte ihn Charles' Glück überhaupt nicht, sondern nur sein eigenes.

„War das Rico?“

Dominique wirbelte herum. Charles kam gerade durchs Foyer auf sie zugeeilt und zog sich dabei einen Pullover über den Kopf. Rasch schloss sie die Tür, damit er dem Kerl nicht noch nachlief.

„Ja“, antwortete sie dann, „er musste sich beeilen, um noch rechtzeitig zur Rennbahn zu kommen. Hier ist der Bericht, den er dir dagelassen hat.“

„Hat er mir nichts ausrichten lassen?“, fragte Charles ungewöhnlich mürrisch.

„Doch, dass er dich heute Abend anruft.“

Charles nickte und sah dann wie gebannt auf den Umschlag.

„Du willst das doch jetzt nicht etwa lesen, oder? Bist du nicht hungrig? Also, ich bin es.“

Charles blickte auf und lächelte. „Für eine Frau, die so viel Wert auf ihre Figur legt, hast du einen erstaunlichen Appetit.“

Dominique zuckte die Schultern. „Ich trainiere bloß so viel, damit ich die guten Dinge im Leben genießen kann.“

„Ich verstehe. Lass mich den Umschlag nur schnell in mein Büro legen, dann können wir los.“

„Wohin fahren wir denn?“ Sie war ihm ins Büro gefolgt.

„Ich dachte, wir könnten ins Rocks-Viertel schlendern und dort brunchen“, antwortete Charles, während er den Umschlag auf seinen Schreibtisch warf, ehe er sich umdrehte und Dominique in die Arme nahm. „Dann rufe ich einen mir bekannten Makler an, und wir lassen uns von ihm einige Häuser zeigen. Was hältst du davon?“

„Das wäre super!“ Sie umfasste sein Gesicht und küsste ihn.

Charles' Herz begann heftig zu schlagen und erinnerte ihn wieder daran, wie verletzlich ihn diese Frau machte. Er hätte sie nicht in die Arme nehmen sollen. Aber es war ihm so selbstverständlich vorgekommen, und beinah hätte er ihren Kuss erwidert. Er wollte alles um sich vergessen und sehnte sich nur noch danach, mit Dominique eins zu werden. Aber er hielt sich zurück, auch wenn es schwerfiel.

Hoffentlich legte sich seine Lust auf sie ein wenig, sobald er den Bericht gelesen hatte. „Lass uns gehen!“, sagte er nun unvermittelt, nahm Dominique beim Ellbogen und schob sie aus dem Zimmer.

6. KAPITEL

Nun, was hältst du davon?“, fragte Charles voller Erwartung, sodass Dominique vor Begeisterung ganz aus dem Häuschen geriete.

Es war vier Uhr nachmittags, und sie besichtigten gerade das dritte Haus am Meer, allerdings auch das erste unmöblierte. Es war ganz neu und hatte zwei Jahre Bauzeit in Anspruch genommen. Das Grundstück lag in einer Topgegend, und der Vorbesitzer hatte die alte Hütte, die zunächst darauf errichtet worden war, abreißen lassen, um ein Haus zu bauen, das zu der inzwischen exklusiv gewordenen Lage passte. Der verlangte Preis spiegelte auch das Bankkonto der Nachbarn wider: fünfzehn Millionen Dollar.

„Und?“, fragte Charles mit Nachdruck, als Dominique nichts sagte. Sie standen in dem riesigen Wohnbereich an einem großen Erkerfenster mit Blick auf die Terrasse und einen Swimmingpool, der jedem Wellness-Hotel alle Ehre gemacht hätte. Dahinter lagen die Gartenanlage und ein privater Tennisplatz. Zum Hafen hin fiel das Grundstück leicht ab. Am Privatpier ankerte noch keine Jacht, aber Dominique würde bestimmt eine haben wollen.

Jetzt krauste sie die hübsche Stirn. „Ich weiß nicht, Charles. Das Haus ist so groß! Ich meine … Es tut mir leid, aber ich glaube, so eins möchte ich nicht haben.“

Charles traute seinen Ohren nicht. Das Anwesen musste für jemanden, der darauf aus war, im Reichtum zu schwelgen, doch das Paradies sein. Es war alles vorhanden und gerade mal einen Steinwurf von der Innenstadt entfernt.

„Ich möchte ein richtiges Zuhause“, fuhr sie nun fort, „kein Prunkschloss.“

Und *das* von einer Frau, die ihn nur des Geldes wegen geheiratet hatte! Irgendetwas stimmte hier nicht. Was für ein Spiel spielte Dominique denn jetzt? Wie gebannt sah Charles sie an. „Aber wir könnten hier doch ganz wunderbare Partys geben!“ Er wies auf den luxuriösen und sehr weitläufigen Wohnbereich.

„Ich hätte nicht gedacht, dass Partys für dich in Zukunft noch eine große Rolle spielen würden“, erklärte Dominique daraufhin überrascht. „Ich dachte, du wolltest eine Familie gründen.“

„Das will ich noch", beharrte er. „Aber das heißt nicht, dass ich nicht hin und wieder ein Fest ausrichten müsste. Falls dir der Kaufpreis Sorgen macht, kann ich dich beruhigen. Das Haus ist erschwinglich."

„Ja, bestimmt kannst du es dir leisten, aber darum geht es nicht. Darf ich offen sein, Charles?"

„Unbedingt."

„Ich mag es nicht. Es ist viel zu übertrieben und überhaupt nicht dein Stil."

„Nicht mein …?"

„Genau, du bist kein Angeber. Du bist reich, ja, aber du prahlst nicht damit. Dein Penthaus ist super, aber es ist nicht ausstaffiert wie die Junggesellenbleibe eines reichen Playboys. Ich wette, du hast es vor allem gekauft, weil es so günstig liegt: in der Innenstadt und doch mit relativ guter Anbindung, um zur Brauerei zu gelangen."

Da hatte sie verdammt recht. Er verabscheute es, Zeit damit zu verschwenden, von seiner Wohnung ins Büro zu gelangen. Dabei war das Penthaus ein guter Kompromiss gewesen. Vorher hatte er auf der gegenüberliegenden Seite des Hafens gewohnt, an einem der Strände im Norden, und es hatte eine halbe Ewigkeit gedauert, bis er morgens im Büro gewesen war.

„Ich verstehe ja, dass du ein repräsentatives Haus haben willst", fuhr Dominique nun fort, „aber das hier ist kein Zuhause. Es ist eine Bühne für jemanden, der Wert darauf legt, sich zu produzieren. Vielleicht solltest du Rico davon erzählen. Ihm würde es bestimmt gefallen."

„Du magst Rico wirklich nicht, hm?"

„Nun, mit uns ist es wie mit dem Ei und der Henne", erwiderte sie. „Rico hat mich von Anfang an nicht leiden können. Und es ist schwer, jemanden zu mögen, der einem nur Verachtung entgegenbringt."

Erschrocken sah Charles sie an. „Hat Rico sich dir gegenüber etwa unangemessen benommen?", fragte er dann. Ich hätte ihn doch selbst in Empfang nehmen sollen, dachte er. Aber als es klingelte, war er ja noch unter der verdammten Dusche gewesen.

„Nein, er ist klug genug, nicht unumwunden unhöflich zu sein. Aber ich spüre, dass er mit mir nicht einverstanden ist. Er glaubt, ich sei nur hinter deinem Geld her."

Charles seufzte erleichtert. Sein Freund hatte ihr also nichts erzählt. „Rico macht im Augenblick eine ziemlich schwierige Phase durch, was Frauen betrifft."

„Jetzt nimm ihn nicht auch noch in Schutz!", rief Dominique aufgebracht.

„Das tue ich nicht. Ich erkläre dir nur, warum er sich so verhält. Seine Ex hat ihn unheimlich verletzt. Sobald sie verheiratet waren, hat sie sein Geld mit beiden Händen zum Fenster hinausgeworfen, sich geweigert, Kinder zu bekommen, und ihm dann bei der Scheidung eine Riesensumme abgeknöpft."

„Vielleicht wollte sie einfach keine Kinder haben", gab Dominique zu bedenken. „Eine Frau hat durchaus das Recht, sich so zu entscheiden."

„Ja, natürlich, aber vor der Hochzeit hat Jasmine behauptet, welche haben zu wollen. Vergiss nicht, dass Rico Italiener ist. Er hätte nie wissentlich eine Frau geheiratet, die erklärtermaßen keine Kinder haben will."

„Ich verstehe. Nun, bestimmt war er verletzt, aber das ist kein Grund, es an mir auszulassen. Abgesehen davon, möchte ich mit dir Kinder haben. Hast du ihm das erzählt?"

„Ja, allerdings", sagte Charles. Aber seine Reaktion darauf würde dir nicht gefallen, dachte er spöttisch. Offensichtlich hatte Rico Dominique ganz richtig eingeschätzt, was die Strategie betraf, die sie verfolgte. Im Gegensatz zu Jasmine spielte sie die ergebene Gattin und würde sogar ein Kind bekommen, das sie in eine unangreifbare Position brachte, wenn es erst einmal zur Scheidung kam. Immerhin wäre sie dann die Mutter seines Kindes und könnte entsprechend Unterhalt verlangen.

Da kam ihm der Gedanke, dass Dominique das Haus und Anwesen hier nur nicht gefiel, weil es zu viel Geld binden würde. Schließlich kam nicht jeden Tag jemand vorbei, der ein Haus für fünfzehn Millionen Dollar kaufen wollte.

Nur mit Mühe gelang es Charles, seine Verbitterung nicht zu zeigen. Wie konnte jemand, der so schön war wie Dominique, bloß so hinterhältig sein? Und heute, in dem klassischen Hosenanzug, sah sie ganz besonders hübsch aus. Dass er ihre üppigen Kurven verbarg, machte sie für ihn nicht weniger sexy. Ganz im Gegenteil, dadurch verlangte es ihn noch mehr nach ihr. Jedes Mal, wenn er sie ansah, dachte er daran, mit wie viel Vergnügen er ihr später die superkonservativen Kleidungsstücke ausziehen und darauf bestehen würde, bei Mondschein nackt mit ihr im Pool zu baden. Die umliegenden Büros wären bis dahin geschlossen, und er könnte sich richtig gehen lassen.

Bei dem Gedanken und all den anderen Sexfantasien, die er noch auszuleben gedachte, schlug sein Herz schneller. Dabei wurde ihm klar, dass er endlich sicherstellen musste, Dominique während seines „Rachemonats" nicht zu schwängern. Der Makler war draußen und telefonierte. Sie konnten also ungestört reden.

„Da wir gerade vom Kinderkriegen sprechen, Darling ... Würde es dir etwas ausmachen, wenn wir das mit dem Baby noch eine Weile verschieben?"

„Aber wieso denn?" Sein Wunsch missfiel ihr eindeutig. „Ich dachte, du wolltest genauso gern eine Familie gründen wie ich."

„Ich rede ja nur von ein, zwei Monaten Aufschub." Lächelnd nahm er sie in die Arme. Das musste leider sein, wenn er sich ihr gegenüber ganz normal verhalten wollte. „Nenn es egoistisch, aber ich möchte dich gern noch eine Zeit lang für mich allein haben. Ich will nicht, dass dir jeden Morgen schlecht ist und du mich zum Teufel jagst, wenn ich mit dir schlafen möchte. Wir sind schließlich erst seit einem Monat verheiratet und haben vor der Hochzeit nichts miteinander gehabt. Ich kann im Augenblick einfach nicht genug von dir bekommen, Darling", fügte er dann wahrheitsgemäß hinzu. „Warum glaubst du wohl, habe ich mir nächste Woche freigenommen? Nicht nur, um Häuser zu besichtigen. Gedulde dich noch ein wenig, und versuch, mich zu verstehen. Ich bin zum ersten Mal in meinem Leben richtig verliebt, und bestimmt wird sich meine Lust auf dich mit der Zeit abschwächen."

Das hoffte er zumindest, sonst würde er noch verrückt werden. Er brauchte Dominique nur in die Arme zu nehmen, und schon verspürte er ungeheure Lust auf sie.

„Möchtest du, dass ich die Pille so weiter nehme wie bisher?", fragte sie gespielt schüchtern.

„Geht das denn?" Während der Flitterwochen hatte sie nach drei Wochen sofort die Tabletten für den nächsten Monat angebrochen, um keine Blutung zu haben.

„Noch einen Zyklus bestimmt, aber dann höre ich auf. Was hältst du davon, Charles? Und vergiss nicht, dass wir nicht jünger werden. Ich möchte schon sehr bald ein Kind von dir."

Charles spürte, wie sich in ihm alles zusammenzog. Würde sie doch bloß die Wahrheit sagen! Aber wahrscheinlich hatte Rico recht. Das Kind war für Dominique so etwas wie eine Versicherungspolice.

„Wenn du darauf bestehst", sagte er dann.

„Das tue ich. Und jetzt lass uns zum Makler gehen. Vielleicht hat er ja noch einige gemütliche Häuser im Angebot."

„Gemütlich", wiederholte Charles trocken. „Meine Frau hätte es also gern gemütlich?"

Dominique lächelte. „Ja, zumindest im Vergleich zu diesem Haus. Gegen Meeresblick oder einen Swimmingpool hätte ich nichts einzuwenden. Auch eine Putzfrau, die einmal in der Woche vorbeikommt wie im Penthaus, ist okay. Aber ich will nicht, dass wir Angestellte beschäftigen müssen, die mit uns unter einem Dach wohnen, weil das Haus so viel Arbeit macht. Im Großen und Ganzen möchte ich mich selbst um unsere vier Wände kümmern und um dich, mein Geliebter. Schließlich habe ich nicht geheiratet, damit jemand anders meine Aufgaben übernimmt. Und da wir gerade davon reden, heute Abend würde ich lieber nicht ins Restaurant gehen, sondern uns etwas Leckeres kochen. Vorratskammer und Kühlschrank sind voll, und ich bin eine wirklich gute Köchin."

Essen war das Letzte, was Charles im Augenblick interessierte. Sein Hunger ging in eine ganz andere Richtung. Trotzdem war es immer noch besser, sich von Dominique bekochen zu lassen, anstatt Stunden im Restaurant zu verbringen, bevor er sie endlich nehmen konnte.

„Ich habe auch nicht geheiratet, um mich auf deine Bettgefährtin reduzieren zu lassen", fuhr sie nun fort.

Wie schade, dachte Charles, denn genau das wirst du mir die kommenden Wochen sein! Schließlich hatte er dafür bezahlt, uneingeschränkt Zugang zu ihrem Körper zu haben, und das würde er ausleben! Wenn Dominique ihm allerdings zusätzlich noch die eine oder andere warme Mahlzeit bieten wollte, hatte er nichts dagegen einzuwenden.

Charles warf einen Blick auf seine Armbanduhr. „Es ist schon spät. Bald wird es dunkel. Wie wär's, wenn wir uns erst morgen weitere

Häuser ansehen und jetzt nach Hause fahren? Wir könnten etwas trinken, während du den Kochlöffel schwingst."

Sie lachte. „Du machst mir nichts vor, Charles Brandon. Dir steht der Sinn nicht nach Alkohol oder etwas zu essen."

Er lächelte. „Du hast mich durchschaut."

„Das ist schon in Ordnung, Darling", flüsterte sie, stellte sich auf die Zehenspitzen und drückte ihm einen Kuss auf die Lippen. „Mir geht es genauso."

Er presste sie an sich, damit sie spüren konnte, wie erregt er war. Einen Augenblick sahen sie sich tief in die Augen, und Charles hätte schwören können, dass aus Dominiques Blick echte Leidenschaft sprach.

„Charles", stieß sie nun hervor und klang ganz verzweifelt vor Lust.

Was, wenn er etwas in ihr ausgelöst hatte, das noch keinem vor ihm gelungen war? Am Ende machte sie ihm gar nichts vor und war Opfer ihres eigenen kaltblütigen Plans geworden. Dabei bildete er sich bestimmt nicht ein, dass sie so etwas wie Liebe für ihn empfinden würde. Frauen wie sie liebten nur Geld. Aber selbst der geldgierigste Mensch war in der Lage, Sex zu genießen. Rico hatte nie behauptet, Jasmine habe ihm auch im Bett etwas vorgemacht. Er ging nach wie vor davon aus, dass seine Exfrau gern mit ihm geschlafen hatte.

Da kam ihm, Charles, noch ein Gedanke. Vielleicht hatte sein Liebesspiel von letzter Nacht Dominique besonders angemacht. Hm, durchaus möglich. Aber das wollte er gleich hier und jetzt überprüfen. „Weißt du, dass ich es eigentlich nicht mehr erwarten kann, bis wir zu Hause sind?", erklärte er.

Dominique machte große Augen. Vor Schreck oder weil sie es selbst kaum erwarten konnte, von ihm genommen zu werden?

„Ich sage dem Makler, dass wir uns noch einmal das obere Badezimmer ansehen wollen", fuhr Charles fort, während sein Herz wie wild schlug. „Du musst dich ja nicht ganz ausziehen. Außerdem bekommt er es gar nicht mit, und wenn doch, ist es auch egal."

„Aber …"

„Kein Aber, lass uns gehen!"

7. KAPITEL

Du bist böse auf mich", war das Erste, was Dominique sagte, als sie schließlich nach Hause kamen.

Charles schloss die Tür und wandte sich seiner Frau zu. Sie wirkte beunruhigt. „Nein", antwortete er dann wahrheitsgemäß, „ich bin nicht böse auf dich." Er war nur verwundert. Sie hatte sich geweigert, im Badezimmer der Riesenvilla mit ihm Sex zu haben, und zwar ziemlich vehement. Sie hatte behauptet, es sei ihr unmöglich, wenn da unten dieser Mann warte. Als er nicht nachgeben wollte, machte sie ein so verzweifeltes Gesicht, dass er einfach aufhören musste. Vielleicht hatte sie ihm dabei ja nur etwas vorgespielt, vielleicht aber auch nicht.

Wie auch immer, Dominique würde auf jeden Fall nicht alles tun, was er von ihr verlangte. Sogar bei ihr gab es Grenzen.

„Du hast allen Grund gehabt, dich zu weigern", sagte er nun, bemüht, ruhig und nicht verwundert zu klingen. „Ich würde dich niemals zu etwas zwingen. Wenn du da einfach keinen Sex mit mir haben wolltest, war das schon in Ordnung."

Sie schüttelte den Kopf. „Das ist nicht der Grund gewesen. Ich hätte sogar liebend gern Sex mit dir gehabt. Viel zu gern", fügte sie leise hinzu, während sie sich von ihm abwandte.

Doch Charles packte sie bei den Schultern und drehte sie wieder zu sich um. „Wie bitte? Was hast du eben gesagt?"

Blitzartig hob sie den Kopf. „Das hast du doch gehört!", erklärte sie dann aufgebracht und sah ihm tief in die Augen. „Ich wollte sogar liebend gern mit dir schlafen. Seitdem ich dich kenne, will ich das dauernd. So wie bei dir habe ich noch bei keinem empfunden, und das macht mir manchmal richtig Angst. Ich bin es nicht gewöhnt, die Kontrolle über mich zu verlieren. Verstehst du das, Charles?"

„Ja", stieß er hervor und fühlte sich auf einmal richtig beschwingt. Dann empfand sie ja doch etwas für ihn, und das war von Anfang an so gewesen. Zumindest was das betraf, hatte sie nicht gelogen. Sie war wie Wachs in seinen Händen, so wie er es sich immer gewünscht hatte. Das war ja noch besser, als sie mit Hilfe ihrer Geldgier zwingen zu müssen, ihm zu Willen zu sein.

Während er sie wild und unnachgiebig küsste, verstärkte sich sein Griff um ihre Schultern. Sie erstarrte zunächst, wehrte sich aber nicht und erwiderte schließlich seinen Zungenkuss. Aber erst als er sicher war, dass sie sich bestimmt nicht mehr beherrschen konnte, hob er den Kopf. Dann zog er sie langsam aus, und so wie sie ihn dabei ansah, wäre es bald auch mit seiner Beherrschung vorbei.

„Charles!", rief sie flehentlich, als sie ganz nackt war und er sie an sich drückte, anstatt sich selbst auszuziehen.

„Gleich", versprach er heiser, „gleich."

Es war unheimlich erotisch, Dominique einfach so im Arm zu halten, besonders da er ihrer beider Spiegelbild sehen konnte. Dominiques Po hob sich hell gegen Charles' dunkelgraue Hose ab. Er ließ seine sonnengebräunten Händen darüber gleiten, umfasste und knetete ihn. Dabei barg Dominique stöhnend das Gesicht an Charles' Hals. Auch er konnte sich kaum mehr zurückhalten, war aber wild entschlossen, nichts zu überstürzen. Seine neue Erkenntnis, dass Dominique ihm zumindest beim Sex nichts vormachte, musste er einfach noch eine Weile genießen.

Schließlich drehte er sie um, sodass sie sehen konnte, wie er sie liebkoste.

„Oh", stieß sie hervor, als ihr Blick auf ihr Spiegelbild fiel.

Er strich mit den Handflächen über ihre harten Brustknospen, und sie zuckte ein wenig zusammen. „Entschuldige!", rief er und ließ die Hände sinken. Offensichtlich waren ihre Brüste immer noch gereizt – kein Wunder nach seinen Eskapaden der letzten Nacht! Bei dem Gedanken daran erschauerte er, und Dominique nahm seine Hände und legte sie wieder auf ihre Brüste.

„Hör nicht auf, Charles", sagte sie heiser. „Es tut kaum noch weh. Bitte mach weiter."

Ihre ungezügelte Erregung machte ihn unwahrscheinlich an, aber er brachte es einfach nicht über sich, ihre Brustknospen noch mehr zu reizen. Trotzdem tat er, worum Dominique ihn gebeten hatte: Er hörte nicht auf, sie zu streicheln, und ließ die Hände über ihren straffen Bauch gleiten. Dabei drückte er ihren Po an seinen Körper, sodass sie spüren konnte, wie erregt er war. Dann schob er eine Hand zwischen ihre Schenkel.

„O ja!", stöhnte sie, noch bevor er spürte, wie bereit sie schon war. Auch er konnte jeden Augenblick kommen. Wenn er sich jetzt bewegte, wäre er verloren. Also blieb er stocksteif stehen und bewegte nur die Hand in Dominiques Schritt.

Sie bog sich seinen Liebkosungen entgegen, ließ den Kopf gegen seine Schulter sinken, erschauerte und rief seinen Namen.

Da Charles ihren Höhepunkt nicht nur hören und fühlen, sondern auch im Spiegel beobachten konnte, kam auch er auf der Stelle, und für einen Augenblick dachte er an nichts mehr. Aber sobald der wilde Moment der Ekstase vorbei war, begann er wieder, sich zu quälen. Was sollte er bloß mit dieser Frau anfangen, nach der er sich immer noch verzehrte? Seine Liebe für sie hatte sich nicht in Hass verwandelt, da brauchte er sich gar nichts vorzumachen. Auch sein Bedürfnis nach Rache begann bereits zu schwinden. Der anfängliche Wunsch, Dominique für alles büßen zu lassen, war nur seiner Reaktion darauf zuzuschreiben gewesen, dass er die Wahrheit über ihre Beweggründe erfahren hatte.

Jeder Mann hätte so darauf reagiert. Als er aber Dominique, der die Knie zu versagen drohten, jetzt hochhob und durchs Foyer trug, wurde ihm bewusst, dass sich inzwischen alles verändert hatte. Sie hegte durchaus Gefühle für ihn. Vielleicht nur sexueller Natur, aber was machte das schon? Da konnte er lange suchen, bis er wieder eine Frau fand, die beim Sex so auf ihn reagierte. Er könnte damit leben, dass sie seinen Körper und sein Geld wollte. Außerdem war sie auch noch bereit, ihm ein Kind zu gebären.

Natürlich würde Rico sagen, er sei ein Narr, wenn er sich nicht trotzdem von ihr scheiden ließe. Und vielleicht hatte Rico recht: Er war von Dominique besessen. Aber Rico machte wirklich eine ganz schlimme Phase durch.

Womöglich wollte sich Dominique auch gar nicht scheiden lassen, wenn sie ihm ein Kind geboren hatte. Vielleicht fände sie es angenehm, den Rest des Lebens an seiner Seite zu verbringen und sich von ihm aushalten zu lassen. Warum sollte er sie dann loswerden wollen? Verdammt noch mal, immerhin liebte er sie.

Ja, aber sie erwidert deine Liebe nicht, ließ sich da seine innere Stimme vernehmen. *Dass sie dir trotz allem Gefühle sexueller Natur entgegenbringt, ist reiner Zufall. Sie hat dich belogen, betrogen und zum Narren gehalten. Kannst du wirklich mit diesem Bewusstsein leben, ohne ihr gegenüber je ein Wort darüber zu verlieren, dass du Bescheid weißt?*

Charles war sich nicht sicher. Sein Stolz war immer ein zweischneidiges Schwert gewesen. Er würde den Gedanken verabscheuen, dass seine Frau ihn für einen Dummkopf hielt. Offensichtlich wurde es höchste Zeit, diesen Bericht zu lesen, um im Detail all die Beweise gegen sie vor Augen zu haben. Besser informiert, könnte er auch eine bessere Entscheidung treffen.

„Ich werde duschen und mich umziehen", sagte er, während er Dominique aufs Bett legte. „Und du, meine Liebe, solltest dir etwas anziehen."

„Warum denn?", fragte sie träumerisch, und er lachte.

„Weil es eine unwiderstehliche Versuchung für mich darstellt, wenn du nackt bist. Aber ich muss jetzt wirklich diesen Bericht lesen. Hast du nicht gesagt, Rico würde mich heute Abend anrufen? Er wird wissen wollen, was ich davon halte. Und da kann ich ihm wohl kaum sagen, ich hätte keine Zeit gehabt."

„Du nimmst viel zu viel Rücksicht auf ihn."

„Er ist mein bester Freund, und ein sehr cleverer Geschäftsmann. Ich bespreche derartige Themen gern mit ihm."

Plötzlich verschwand der leidenschaftliche Ausdruck aus ihren Augen. „Ich bin deine Frau und nicht gerade auf den Kopf gefallen. Warum besprichst du diesen Bericht nicht mit mir? Schließlich habe ich schon einmal für *Brandon Beer* gearbeitet."

„Ja, aber du tust es nicht mehr", sagte er und gab ihr einen Kuss auf die Stirn. „Ich will auch nicht, dass du dir dein hübsches Köpfchen über Geschäftsprobleme zerbrichst." Insgeheim hoffte er, sie so von dem Bericht abzulenken, von dem er ihr besser nicht erzählt hätte.

Sie rümpfte die Nase. „Jetzt behandle mich bloß nicht wie ein blondes Dummchen, Charles. Das passt mir überhaupt nicht."

„Wie schade! Ich wollte immer so eine Frau haben", erklärte er lächelnd, um ihr zu verdeutlichen, dass er nur Spaß machte.

„Das ist doch nicht dein Ernst!", schimpfte sie gespielt böse.

„Da wäre ich mir an deiner Stelle nicht so sicher!", sagte er noch, bevor er zum Badezimmer ging.

„Was möchtest du zum Abendessen?", rief sie ihm nach.

Dich, hätte er am liebsten gesagt. „Egal", rief er dann über die Schulter. „Ich bin leicht zufrieden zu stellen." Zu leicht, wenn es um Dominique ging. Jeder andere hätte sie längst vor die Tür gesetzt. Und was tat er? Er suchte nach Entschuldigungen und klammerte sich an jeden Strohhalm, damit sie bloß seine Frau bleiben und er auch weiterhin mit ihr schlafen konnte. Das musste aufhören. Es wurde höchste Zeit, diesen Bericht zu lesen und mit Rico zu sprechen, um eine andere Sichtweise zu bekommen und dann hoffentlich in der Lage zu sein, eine harte Entscheidung zu fällen.

Sobald Charles die Badezimmertür hinter sich geschlossen hatte, rollte sich Dominique auf der cremefarbenen Tagesdecke zur Seite und barg das Gesicht in den Händen. Sie war gefährlich kurz davor, zu weinen, und wusste nicht einmal, warum. Es gab keinen richtigen Grund, Angst zu haben, dass ihre Ehe auf eine Katastrophe zusteuerte. Trotzdem machte sie sich Sorgen.

Lag es am Sex, den Charles plötzlich von ihr wollte? Oder rührte ihre Angst immer noch von der Furcht her, jemanden so sehr zu lieben wie ihren Mann? Heute Nachmittag war sie kurz davor gewesen, ihm in diesem Mausoleum von einem Haus zu Willen zu sein. Seine wilde Entschlossenheit hatte sie erregt, da gab es keinen Zweifel. Immerhin waren sie den ganzen Tag noch nicht intim miteinander gewesen, und sie hatte sich nach ihm verzehrt. Offensichtlich war sie inzwischen geradezu süchtig nach seinen Berührungen.

Auch was da gerade im Foyer passiert war, bewies nur, welche Gewalt er über sie hatte und dass sie dafür immer empfänglicher wurde. Deshalb hatte sie heute Nachmittag auch so kategorisch Nein gesagt, aus Angst, dass ihr auch egal gewesen wäre, wenn der Makler sie dabei überrascht hätte.

Eine solche Liebe war gefährlich. Einerseits wollte sie ihr entfliehen, andererseits fühlte sie sich davon unheimlich angezogen. Es gefiel ihr, wie Wachs in Charles' Händen zu sein, eine von Leidenschaft getriebene Frau, die nichts mit dem kaltblütigen, geldgierigen Roboterweibchen zu tun hatte, zu dem sie in Melbourne geworden war. Sich nur von der Begierde treiben zu lassen und nicht von Geldgier war eine echte Erleichterung.

Geld …

Dominique drehte sich auf den Rücken und sah zur Decke. War sie überhaupt noch scharf darauf? Aber ja, das musste sie doch sein. Nichts würde sie jemals von der Angst befreien, in Armut zu sterben. Und zu glauben, dass sie Charles sogar geheiratet hätte, wäre er arm gewesen, konnte sie getrost vergessen. Charles war Charles, weil er einen regen Verstand besaß, erfolgreich war und Geld hatte. Ein Mann im wahrsten Sinne des Wortes, beeindruckend entscheidungsfreudig mit einem ausgeprägten Ego, das sie unheimlich sexy fand.

Charles …

Unwillkürlich liefen ihr Tränen über die Wangen. Einerseits verzehrte sie sich nach ihm, andererseits hatte sie Angst, sie könnte zu lüstern wirken. Kein Wunder, dass er über ihre Zurückweisung heute Nachmittag erstaunt gewesen war! Wann hatte sie ihm jemals einen Wunsch abgeschlagen? Aber in letzter Zeit verlangte er immer mehr von ihr. Die vergangene Nacht schien einen anderen Charles entfesselt zu haben – einen Mann, der auch dunkle Seiten besaß. Wie würde sie reagieren, wenn seine Anforderungen noch stiegen?

Wahrscheinlich, indem sie ihm in allen Punkten entgegenkam. Nun ja, damit müsste sie sich dann wohl abfinden. Aber jetzt brauchte sie ihn einfach, wollte von ihm in die Arme genommen und geküsst werden. Erst dann würde sie sich wieder sicher – und zufrieden fühlen. Sie sprang aus dem Bett und eilte zur Badezimmertür. Als sie feststellte, dass die nicht verschlossen war, schnitt sie ein Gesicht – Beweis für ihre innere Zerrissenheit. Warum hatte Charles nicht abgeschlossen? Warum machte er es ihr so leicht, ihrer wachsenden Schwäche nachzugeben?

Egal, sie ging ins Badezimmer, wobei sie sich bei jedem Schritt in Demut übte und ihr die Tränen nur so über die Wangen liefen.

Charles stand unter der Dusche, hatte die Hände gegen die Fliesen gestützt und den Kopf gebeugt. Er sah nicht, dass sie ihn durch die gläserne Duschkabine beobachtete. Erst als sie die Tür öffnete, wandte er ihr blitzartig den Kopf zu. „Was, zum …?“ Sobald er ihr tränenüberströmtes Gesicht sah, verstummte er. „Was ist denn los?“

Was los war? „Du … Du … musst unbedingt mit mir schlafen“, stieß sie hervor und schluchzte. „Jetzt sofort … und richtig. Bitte …“ Als sie sah, wie er darauf reagierte, erschauerte sie. Gleichzeitig entdeckte sie erstaunt, dass er genauso in ihrem Bann stand wie sie in seinem. „Du willst mich also auch“, flüsterte sie ehrfürchtig, als sie sah, wie erregt er war.

„Immer“, sagte er heiser und hielt ihr eine Hand hin, die sie umfasste, bevor sie ihn verlegen unter Tränen anlächelte. „Dann liebst du mich also?“

„Wie kannst du das bezweifeln?“, fragte er, zog sie unter die warme Dusche und in seine Arme.

In Zukunft werde ich es nicht mehr anzweifeln, schwor sich Dominique, während er sie küsste. All die negativen Gedanken musste sie ein für alle Mal aufgeben. Von nun an wollte sie glücklich sein und keine Angst mehr haben. Sie konnte sich Charles’ Liebe sicher sein.

„Dominique!“, stieß er heiser hervor, als er ihren Mund schließlich freigab.

„Ja, ja, hier bin ich“, sagte sie und legte ihm die Arme um den Nacken, „bitte küss mich weiter!“

Das tat er, während er sie gegen die Fliesenwand drängte und zu ihr kam, sodass sie sich auf die Zehenspitzen stellen musste. Dabei verflüchtigten sich all ihre negativen Gedanken. „Charles“, rief sie, und dann nahm er sie mit an einen Ort, an dem es nur sie beide gab, sodass sich auch ihre letzten Befürchtungen zerstreuten. Ihr Herz jubilierte, und ihre empfindsamste Stelle pulsierte vor Lust. Charles liebte sie, und sie liebte ihn. Was wollte sie mehr?

8. KAPITEL

Dominique hieß eigentlich Jane Cooper, stand in dem Bericht. Sie war die einzige Tochter von Scott und Tess Cooper, die beide als Siebzehnjährige von ihrem Zuhause – einem kleinen Städtchen in Tasmanien – weggelaufen waren, um in Hobart – der größten Stadt der Insel – zusammenleben zu können. Als Tess mit achtzehn Jahren schwanger wurde, erhielten die beiden eine Sondergenehmigung zum Heiraten. Wobei sie auch danach nicht mehr in den Schoß ihrer Familien zurückkehren konnten, weil man sie dort nicht mehr akzeptierte.

Jane wurde in Hobart geboren, doch die junge Familie zog bald nach Keats Ridge an die Westküste Tasmaniens, wo ihr Vater mehrere Jahre lang am Bau eines Staubeckens mitarbeitete. Nach dessen Fertigstellung gab es in der Gegend allerdings kaum noch Beschäftigungsmöglichkeiten, und Keats Ridge entwickelte sich allmählich zur Geisterstadt. Jane war elf, als die Familie von Sozialhilfe leben musste.

Unwillkürlich runzelte Charles die Stirn. Warum hatte der Mann sich nicht woanders Arbeit gesucht und seine Familie nachkommen lassen? Was stimmte nicht mit ihm? Hatte er keinen Mumm in den Knochen, keinen Biss gehabt?

Anscheinend nicht.

Charles konzentrierte sich wieder auf den Text. Janes Mutter hatte nie gearbeitet, von einer kurzen Anstellung in einer Teestube einmal abgesehen. Obwohl der Detektiv kein Foto von ihr hatte auftreiben können, entnahm er aus Erzählungen, dass Tess Cooper eine sehr schöne Frau mit langem blondem Haar und einer großartigen Figur gewesen war. Man sagte, ihre Tochter sei ihr wie aus dem Gesicht geschnitten.

Jane besuchte die Grundschule von Keats Ridge und ging dann in die nächst größere Stadt auf eine weiterführende Schule, in der sie lediglich durch Abwesenheit glänzte. Die mittlere Reife schaffte sie gerade noch, aber in der Oberstufe kam sie nicht mehr mit. Ehemalige Nachbarn konnten sich erinnern, dass Tess über die Jahre immer mal wieder krank gewesen war. Man erzählte sich, sie habe Krebs gehabt, der irgendwann in der Lunge Metastasen gebildet habe. Am Ende war Jane überhaupt nicht mehr zur Schule gegangen, um ihre Mutter pflegen zu können, die mit gerade einmal fünfunddreißig Jahren starb. Da war Jane siebzehn. Scott Cooper hatte seine Familie nicht unterstützt und die meiste Zeit in der einzig noch geöffneten Bar des Ortes verbracht.

Nach dem Tod ihrer Mutter zog Jane nach Launceston, der zweitgrößten Stadt Tasmaniens, und arbeitete dort in einer Pommesbude. Mit achtzehn verließ sie die Insel und fing als Zimmermädchen in einem Melbourner Hotel an. Kurz danach änderte sie ihren Vornamen in Dominique und begann mit der Abendschule, wobei sie sich auf Sekretariatswesen und den Umgang mit Computern spezialisierte. Dem fügte sie noch Abschlüsse in Betriebswirtschaft und Marketing hinzu.

Während der folgenden sechs Jahre brachte sie es im Bereich „Hotellerie und Gaststätten" ziemlich weit, bevor sie sich mit sechsundzwanzig als persönliche Assistentin bei Jonathon Hall bewarb und zwei Jahre bei ihm blieb.

Was danach geschah, brauchte Charles nicht zu lesen. Diesen Teil ihrer Geschichte kannte er.

Der Schilderung von Dominiques Kindheit, Ausbildung und ihres beruflichen Werdegangs folgten Niederschriften der Tonbandaufzeichnungen, wobei insgesamt zehn ihrer ehemaligen Bekannten zu Wort gekommen waren. Charles hatte keine Zeit, sich die Kassetten anzuhören – Dominique wollte in einer Stunde das Essen fertig haben –, also blätterte er lediglich die Niederschriften durch.

Die ersten drei Interviews waren mit Arbeitskolleginnen geführt worden. Alle beschrieben Dominique als intelligent und relativ skrupellos, wenn es darum ging, ihr Lebensziel zu erreichen: reich zu heiraten. Sie habe ausschließlich mit den wohlhabenderen männlichen Gästen geflirtet und wahrscheinlich auch mit ihnen geschlafen. Bei konkreter Fragestellung zu diesem Thema erklärten allerdings alle Interviewten, dass Letzteres nur eine Mutmaßung sei. Beweise dafür hätten sie nicht. Dominique habe während der Zeit auch einige feste Freunde gehabt, die die Frauen sogar mit Namen benennen konnten.

Vier der Männer hatte der Detektiv aufgespürt und interviewt. Sie waren einfache Arbeiter und jünger als Dominique. Alle gaben zu, verrückt nach ihr gewesen zu sein, und behaupteten, mit ihr geschlafen zu haben.

Einer von ihnen sagte: „Sex fand sie klasse, sie hatte nur etwas gegen Liebe. Als ich ihr erzählt habe, ich würde sie lieben, hat sie erklärt, die Sache würde ihr zu ernst. Sie sagte, dass sie mich sehr gern habe, aber nicht heiraten wolle. Am nächsten Tag hat sie mich verlassen."

Während Charles das las, schüttelte er betrübt den Kopf. Dominiques unglückliche Kindheit hatte Mitleid und Verständnis in ihm geweckt. Aber wie konnte man jemandem verzeihen, der so kaltblütig mit den Gefühlen anderer umging? Es war offensichtlich, dass Dominique die jungen Männer nur benutzt hatte, um herauszufinden, worauf das andere Geschlecht im Bett stand. Erstaunlich fand er, dass keiner ihrer so genannten Freunde Groll gegen sie hegte. Alle vier erklärten, dass sie ihr alles Gute wünschten.

Dagegen ließen ihre Kolleginnen kein gutes Haar an ihr. Alle drei hielten sie für eine Heiratsschwindlerin und Abzockerin, die im Leben nur eins im Sinn hatte – reich zu werden – und auch keinen Hehl daraus machte. Sie hofften, dass Dominique eines Tages dafür büßen müsste.

Erst als Charles das Interview mit einer ihrer Mitbewohnerinnen in Melbourne – Sandie – las, kam ihm der Gedanke, dass die Frauen womöglich eifersüchtig waren. Beim Lesen konnte er den Wahrheitsgehalt gewisser Aussagen nicht beurteilen. Manches klang einfach nur gehässig, und er beschloss, die Kassetten abzuspielen. Vielleicht diente es der Wahrheitsfindung, wenn er die Stimme der jeweils Befragten hörte. Also suchte er die Kassette mit der Aufschrift „Dominiques Mitbewohnerinnen in Melbourne" und schob sie in die Stereoanlage hinter sich auf dem Bücherregal.

Nach dem Betätigen der Abspieltaste hörte er sofort, dass er richtig gelegen hatte. Sandie genoss es geradezu, schmutzige Wäsche zu waschen. Am besten schien ihr zu gefallen, dass sie dem Interviewer erzählen konnte, was Dominique angeblich über ihren nächsten „Heiratskandidaten" gesagt hatte: dass er älter, weniger gut aussehend und dankbarer als Hall sein solle.

„Was ist denn passiert?", wollte Sandie dann wissen. „Hat Dominique irgend so einen alten Knilch in Sydney verführt, und jetzt ist seine Familie auf die Barrikaden gegangen?"

Charles war erleichtert und froh, dass der Interviewer die Frage nicht beantwortete.

Die zweite Mitbewohnerin, eine gewisse Tricia, war noch schlimmer, und ihre Bemerkungen waren richtig bösartig. „Frauen wie Dominique haben Eiswasser in den Adern und kein Blut. Mir ist noch niemand begegnet, an dem so vieles künstlich war wie bei Dominique Cooper. Sie brauchen sich ja nur einmal ihr Haar und ihre Brüste anzusehen, dann wissen Sie Bescheid."

Charles stöhnte auf, auch wenn keine der beiden letzten Beschuldigungen der Wahrheit entsprach. Soweit er das beurteilen konnte, hatte Dominique ihr gutes Aussehen von ihrer Mutter geerbt. Ihre Schönheit war genetisch bedingt und nicht im OP und Schönheitssalon entstanden.

Trotzdem musste er sich wohl damit abfinden, dass ein Großteil der Erzählungen der beiden Mitbewohnerinnen der Wahrheit entsprach, und seine Bestürzung wuchs.

„Dauernd hat sie irgendwelche Fortbildungen gemacht", fuhr Tricia bissig fort. „Sie hat alles belegt, um Männer noch besser umgarnen zu können. Kurse für Verhalten und Stilsicherheit in Kleidungsfragen, Kunst- und Weinbeurteilung, sogar Kochkurse. Als ich sie gefragt habe, warum sie das mache, hat sie gelacht und erklärt, schließlich gehe Liebe durch den Magen. Wenn es mit dem Sex nicht funktioniere, könne sie sich immer noch in das Herz eines Mannes kochen. Na, vielleicht hätte sie es mit dem Kochen mal bei Jonathon versuchen sollen, denn anscheinend ist er auf ihre vorgetäuschten Orgasmen nicht reingefallen. Am Ende hat er ihr den Laufpass gegeben oder nicht? Und das hat mich wirklich ungemein gefreut!"

Nur eine der Mitbewohnerinnen wirkte ausgeglichener, was ihre Einstellung zu Dominique betraf. Sie zeichnete nicht alles schwarzweiß, verurteilte Dominique auch nicht in Bausch und Bogen und zeigte sogar so etwas wie Verständnis. Bei ihr handelte es sich um Ricos Cousine Claudia.

„Man muss einfach wissen, dass Dominique schon viel mitgemacht hat", sagte sie irgendwann. „Sie hat mir eines Abends anvertraut, dass niemand, der nicht so gelebt habe wie sie, verstehen könne, warum ihr Geld so wichtig sei. Dabei ging es gar nicht so sehr darum, dass sie als Kind arm gewesen ist. Es hatte irgendetwas mit dem Tod ihrer Mutter zu tun. Da war etwas, das ihr unheimlich zu schaffen machte, worauf sie aber immer nur angespielt hat, ohne es mir zu erklären. Ich schätze mal, ihre Mutter ist ziemlich lange krank gewesen, und wahrscheinlich ist Dominique über ihren Tod nie hinweggekommen."

Das bezweifelte Charles nicht. Der Tod seiner Mutter war auch sehr tragisch gewesen und hatte ihn furchtbar mitgenommen. Er konnte sich gut vorstellen, dass ein Mädchen, das über Jahre und unter finanziell sehr begrenzten Umständen seine todkranke Mutter pflegte, einen seelischen Schaden davontrug. Vielleicht glaubte Dominique, mit Geld hätte ihre Mutter gerettet werden können – was nicht ganz von der Hand zu weisen war.

„Im Grunde ihres Herzens ist sie wahrscheinlich ein sehr trauriger Mensch", fuhr Claudia fort und gab damit nur Charles' eigene Meinung wieder. „Sie hat mir leidgetan und war kein schlechter Mensch. Ich habe sie sogar ganz gern gemocht, aber die anderen Mitbewohnerinnen konnten sie nicht ausstehen. Natürlich waren Sandie und Tricia einfach nur eifersüchtig. Ich meine ... Dominique sieht umwerfend aus! Und die Freunde der anderen Mädchen wollten auch bei ihr landen. Nicht, dass Dominique sie irgendwie dazu ermutigt hätte. Sie flirtete nicht wild herum. Aber – he! – sie brauchte einen Raum nur zu betreten, und alle Männer waren wie hypnotisiert. Das lag an ihrer Figur, nehme ich an. Von ihrem Haar, der Haut, den Augen, Lippen und Beinen gar nicht zu reden. Diese Aufzählung könnte ich endlos fortführen, aber ich glaube, Sie wissen, was ich meine. Wenn ich ehrlich sein soll, habe ich nicht viel Mitleid mit ihrem Ehemann. Soweit ich weiß, ist er superreich und alt genug, um zu wissen, was er tut. Wahrscheinlich wollte er nur eine Frau zum Vorzeigen und Dominiques Körper. Rico hat mir erzählt, er habe sie in null Komma nichts geheiratet. Warum hat er sich nicht Zeit gelassen und versucht, sie vorher besser kennenzulernen? Wahrscheinlich wollte er das gar nicht, sondern ihr nur an die Wäsche."

Als Charles das hörte, schnitt er ein Gesicht. Irgendwie hatte Claudia recht. Er hatte Dominique nie nach ihrer Vergangenheit gefragt. Unbewusst zog er es wohl vor, ihre Beziehung in gewisser Weise oberflächlich zu halten. Dabei hatte er sie eigentlich mehr betrogen als sie ihn.

„Dominique hat bekommen, was sie wollte, und er auch", verkündete Claudia jetzt mit schonungsloser Offenheit. „Hört sich für mich nach einem fairen Deal an. Außerdem ist Liebe bei einer Heirat kein

Garant für die Dauer der Ehe. Ich weiß, wovon ich rede. Bei mir ging am Ende alles den Bach runter. He, ich hoffe, dass Dominique nichts von dem zu hören bekommt. Rico hat gesagt, Sie würden Stillschweigen wahren. Ich will nicht, dass sie denkt, ich könne sie nicht leiden. Das stimmt nämlich nicht. Ich wäre ihr wirklich gern eine gute Freundin gewesen. Aber sie ließ niemanden an sich heran. Wahrscheinlich hat sie Angst vor echten Gefühlen gehabt. Ja, ich denke, so war es."

Zu diesem Schluss kam jetzt auch Charles und sprang auf. Das erklärte alles. Dominique hatte Angst, sich in ihn zu verlieben.

Dabei liebte sie ihn längst. Warum hätte sie sonst weinen sollen, als sie vorhin zu ihm ins Badezimmer gekommen war? Warum sollte sie sich sonst Sorgen darüber machen, dass es sie zu sehr nach ihm verlangte?

Ob es ihm wohl gelungen war, ihre Ängste zu lindern, indem er sich wieder zärtlicher verhalten hatte, erst unter der Dusche und dann im Bett? Zumindest sah es so aus. Danach hatte sie sich strahlend an ihn gekuschelt, geflüstert: „Sag mir, dass du mich liebst!" und ihm tief in die Augen gesehen.

Jetzt war er froh, ihrem Wunsch nachgekommen zu sein, obwohl er zu dem Zeitpunkt nicht sicher gewesen war, ob es ein guter Einfall wäre, ihr seine Liebe zu gestehen – zumal er nicht wusste, ob er seine Ehe bald beenden würde oder nicht.

Inzwischen war er schlauer: Er würde sie fortführen.

Er stoppte das Band und spulte es zurück. Als er den Bericht zusammen mit den anderen beiden Kassetten wieder in den Umschlag schob, hörte er Dominiques Schritte im Flur und hatte gerade noch Zeit, den Umschlag in die oberste Schreibtischschublade zu legen.

Gleich darauf steckte Dominique den Kopf zur Tür herein. „Darf ich reinkommen, oder ist es immer noch geheim?"

„Komm ruhig rein." Er versuchte, normal zu reagieren und nicht so, als würde er sie jetzt mit ganz anderen Augen sehen. „Ich bin fertig."

Das blonde Haar hatte sie zu einem Pferdeschwanz zusammengenommen und eine hellblaue Fleecejacke angezogen. Bis auf einen Hauch rosa Lippenstift war sie nicht geschminkt und sah ganz jung und umwerfend hübsch aus. Ihr Lächeln wirkte entspannt, und man sah nicht mehr, dass sie geweint hatte.

„Und?“, fragte sie, als sie neben dem Schreibtisch stehen blieb, fügte aber sofort hinzu: „Vergiss es! Ich will nichts von diesem vermaledeiten Bericht wissen, solange du nicht bereit bist, mir freiwillig davon zu erzählen. Hat Rico dich angerufen? In der Küche konnte ich das Telefon nicht hören.“

„Nein, noch nicht.“

„Warum rufst du ihn dann nicht an und bringst die Sache hinter dich? Es wäre wirklich das Letzte, von diesem Menschen beim Essen gestört zu werden.“

„Wann ist es denn fertig?“

„In etwa zehn Minuten.“

„Und auf welche kulinarischen Köstlichkeiten darf ich mich dabei freuen?“

„Hähnchenbrust mit Pilzrisotto, gefolgt von einem Käsekuchen mit Passionsfrucht. Er war im Gefrierfach. Dazu reiche ich einen Chardonnay, den du im Kühlschrank versteckt hattest. Ich weiß, dass du lieber Rotwein trinkst, aber zu Risotto passt der einfach nicht!“

Charles bemühte sich, nicht negativ über ihre Weinkenntnisse und Kochkünste zu denken. Aber in Erinnerung dessen, was er gerade gehört und gelesen hatte, war das schwierig. „Rico wäre ganz deiner Meinung“, meinte er nun.

„Rico, Rico“, sagte sie gereizt. „Ich werde nie verstehen, was du an diesem Entertainer findest.“

„Er hat Qualitäten, die du niemals für möglich halten würdest.“

„Rico? Bring mich nicht zum Lachen. Er macht doch nur auf Show. Wahrscheinlich kann er nicht einmal kochen!“

„Da irrst du dich! Aber ich will mich nicht streiten.“

„Ich mich auch nicht. Dazu bin ich heute Abend viel zu glücklich. Also, mach nicht so lang, ich habe einen Riesenhunger.“

„In zehn Minuten bin ich bei dir.“

„Ich verlasse mich darauf.“

Plötzlich war sie wieder weg, aber ihr Parfüm hing noch in der Luft, und Charles sah vor seinem geistigen Auge nach wie vor ihr Gesicht. Sie hatte gesagt, dass sie glücklich sei, und auch so ausgesehen. Ob sie wohl zu dem Schluss gekommen war, keine Angst mehr vor ihrer Liebe zu ihm haben zu müssen? Immerhin hatte sie ihm heute Nachmittag beim Sex mehrmals gesagt, dass sie ihn liebe.

Auch er hatte ihr seine Liebe gestanden. Dieses Gefühl wurde jedes Mal übermächtig, wenn er mit ihr zusammen war. Und um der Wahrheit Genüge zu tun, musste er zugeben, dass er noch nie so glücklich gewesen war wie mit Dominique. Was interessierte es da schon, aus welchen Gründen sie ursprünglich zu ihm gekommen war und dass sie es am Anfang nur auf sein Geld abgesehen hatte? Er war überzeugt von ihrem Sinneswandel.

Natürlich würde Rico kein Wort davon glauben, es Gefühlsduselei nennen und behaupten, er, Charles, habe sich ordentlich an der Nase herumführen lassen.

Aber er hatte keine Lust, sich Ricos Argumente anzuhören. Sein Freund würde schon noch begreifen, wie Dominique wirklich war. Bis dahin wollte er einfach nicht mehr mit ihm über sie reden. Sollte Rico doch denken, dass er Dominique nur noch so lange behielt, bis er sich innerlich von ihr gelöst hatte. Das war besser, als sich ständig anhören zu müssen, dass er sie nun endlich loswerden solle.

Charles nahm den Hörer ab und wählte Ricos Nummer. Aber sein Freund ging nicht ans Telefon. Also versuchte es Charles auf dem Handy und wollte schon wieder auflegen, als er Rico mit schwerer Zunge fragen hörte: „Hallo?"

„Hier ist Charles", antwortete er und dachte dabei: Rico trinkt normalerweise nur, wenn ihn etwas aufgeregt hat. „Wie ich höre, hast du beim Pferderennen nicht gewonnen", mutmaßte er dann messerscharf.

Rico lachte. „Doch, wenn man es in Geld bemessen möchte, schon."

„Und in welcher Hinsicht nicht?"

„Sagen wir einfach, die ‚lustige Witwe' hat mir den Tag verdorben."

„Wie denn?"

„Wie immer. Was muss sie auch so sarkastisch sein!"

„Wusstest du denn, dass sie ebenfalls auf der Rennbahn sein würde?"

Ricos Zögern war Antwort genug.

„Ich verstehe. Deshalb bist du überhaupt hingegangen. Du stehst auf Renée."

„Red nicht so 'n Quatsch! Ich kann sie nicht ausstehen."

„Sag ich doch“, meinte Charles spöttisch.

„Hast du den Bericht gelesen?“, fragte Rico unvermittelt.

„Ja.“

„Und?“

„Klingt vernichtend.“

„Allerdings. Was unternimmst du jetzt?“

„Erst einmal nichts.“

„Das wusste ich von Anfang an. Aber wie du willst, Charles, ich habe dich gewarnt: Rache ist ein zweischneidiges Schwert. Am Ende wirst du nur noch mehr verletzt.“

„Ich weiß zu schätzen, dass du dir Sorgen um mich machst und mir diesen Bericht verschafft hast. Tut mir leid, wenn ich dich deswegen gestern Nacht so angegangen habe. Es war richtig, mir davon zu erzählen“, fügte Charles hinzu. Auf diese Weise hat meine Ehe eine echte Chance, dachte er dabei. Jetzt würde er alles daransetzen, um Dominique besser kennenzulernen. Dazu musste er ihr natürlich auch von sich erzählen. Er würde sie ganz ins Vertrauen ziehen und ihr Dinge offenbaren, die nicht einmal Rico wusste. Und dann, eines Tages, wäre sie sich seiner Liebe vielleicht sicher genug, um ihm alles zu beichten.

„Ich wünschte, mir hätte jemand über Jasmine die Augen geöffnet“, sagte Rico nun niedergeschlagen. „Und zwar vor der verdammten Hochzeit.“

„Du hättest doch auf niemanden gehört. Du warst völlig vernarrt in sie.“

„Das ist ja mein Problem, dass ich immer auf den falschen Frauentyp abfahre. Nein, vergiss es. Ich fahre ja nicht auf die ‚lustige Witwe‘ ab, ich würde ihr nur mal gern ...“

„... an die Wäsche?“, beendete Charles den Satz für ihn.

„Nein, verdammt, ich will, dass sie schon nackt ist.“ Er stöhnte. „Vergiss es! Ich habe zu viel getrunken.“

„Das ist mir auch schon aufgefallen. Ich hoffe, du bist nicht mit dem Wagen unterwegs.“

„Jetzt hör bloß auf, mich zu bemuttern. Ich kann selbst auf mich aufpassen. Aber zu deiner Information, ich bin in der *Foyer Bar* beim *Regency,* da, wo wir gestern Abend waren. Ich habe mich mit dem Taxi herbringen lassen und werde bestimmt nicht vor Mitternacht nach Hause gehen. Leanne kommt gleich.“

Charles zog die Augenbrauen hoch. „Wer ist denn das?"

„Eine sehr nette Blondine, die ich gestern kennengelernt habe. Sie ist Dominique ein wenig ähnlich, abgesehen davon, dass Leanne selbst reich ist. Sie will nur meinen Körper. Das ist mal eine nette Abwechslung."

Charles seufzte. „Was Renée gestern Abend gesagt hat, stimmt nicht. Geld ist doch die Wurzel allen Übels, aber Sex kommt gleich danach."

„Stimmt, sonst würdest du dich nicht so an deine Dominique klammern und behaupten, du wollest dich nur an ihr rächen. Ich hoffe, sie ist es wert, alter Junge, denn jeden Tag, den du an ihr festhältst, wird dich teuer zu stehen kommen. Frauen wie sie gehen nicht einfach, und der Familienrichter, der schließlich über deinen Fall zu entscheiden hat, wird sich fragen, warum du dich nicht von ihr getrennt hast, als du den Bericht hattest. Du verlierst deine beste Waffe, wenn du noch weiter gemeinsame Sache mit dem Feind machst. Das ist dir doch hoffentlich klar?"

„Es ist mein Leben, Rico. Ich sage dir auch nicht, was du zu tun hast."

„Wie du willst, dann sei ein Narr! Mir doch egal!" Und er legte auf.

Charles seufzte. War er wirklich ein Narr? Führte ihn Dominique immer noch an der Nase herum? Nein, nein, das wollte er einfach nicht glauben. Sie liebte ihn, und er liebte sie. Sie kannten sich nur noch nicht gut genug. Aber das würde sich mit der Zeit schon ändern. Gleich heute Abend wollte er etwas dagegen tun.

9. KAPITEL

„Weißt du, Darling, dass wir eigentlich ganz schön wenig übereinander wissen?", fragte Charles, als er sich zu Dominique an den hübsch gedeckten Tisch setzte.

Dominique war sofort alarmiert und hätte sich beinah an ihrem Wein verschluckt. Erst danach begriff sie, dass Charles es nicht böse gemeint hatte. Auch er trank jetzt einen Schluck gut gekühlten Chardonnay und sah ziemlich gelassen aus. Dass sie sich bei seiner Bemerkung sofort in ihr Schneckenhaus zurückgezogen hatte, bewies eins: Egal, wie glücklich und sicher sie sich im Hinblick auf Charles' Liebe fühlen mochte, befürchtete sie insgeheim immer noch, er würde eines Tages die Wahrheit über ihre Vergangenheit herausfinden. Wie sollte sie ihm auch erklären, dass sie früher ein ganz anderer Mensch gewesen war? Oder dass sie ihm völlig falsche Angaben über ihren familiären Hintergrund gemacht hatte?

Sie könnte es nicht. Ohnehin würde sie nichts damit erreichen, wenn sie ihm die Wahrheit sagte.

Wenigstens war Melbourne oder Tasmanien nicht gerade um die Ecke und Charles kein Mensch, der viel reiste, nicht einmal beruflich. Die Wahrscheinlichkeit, dass er jemanden aus ihrer Vergangenheit traf, war gleich null, und sie hatte sich wieder einmal ganz umsonst Sorgen gemacht.

Selbst wenn er irgendwann nach Melbourne reisen würde, wusste dort niemand etwas Genaues. Okay, es gab einige ehemalige Mitbewohnerinnen und Kolleginnen, in deren Beisein sie vielleicht einmal eine unbedachte Bemerkung hatte fallen lassen, aber Jonathon stellte keine Gefahr dar. Er würde bestimmt nicht abfällig von ihr reden. Schließlich trug er die Schuld am Ende ihrer Beziehung. Außerdem hatte sie Charles so ziemlich alles darüber erzählt.

Nun ja, sie hatte auch behauptet, Jonathon geliebt zu haben. Aber das musste sie ja wohl, wenn sie nicht als Flittchen dastehen wollte. Immerhin hatte sie sich damals enorm zu ihm hingezogen gefühlt, seinen Tatendrang und Ehrgeiz bewundert und sogar gern mit ihm geschlafen. Er war ja auch ein erfahrener Liebhaber gewesen, ganz anders als die Jungen, mit denen sie vor ihm ausgegangen war.

Wahnsinn, an diese Zeit hatte sie schon lange nicht mehr gedacht!

Ob sie die drei wohl verletzt hatte? Hoffentlich nicht. Sie waren alle ganz süß und nicht nur ihre Liebhaber gewesen, sondern auch ihre Freunde. Und einen guten Freund brauchte schließlich jeder einmal. *Freundinnen* hatte sie nie gehabt. Andere Frauen fühlten sich meist durch ihr gutes Aussehen bedroht.

„Du isst ja gar nichts!", unterbrach Charles sie da in ihren Gedanken. „Dabei ist es köstlich. Wenn ich wieder arbeiten gehe, werde ich abends bestimmt liebend gern zum Essen nach Hause kommen."

„Wie bitte? Oh, das ist nett von dir." Dominique zwang sich, nicht mehr an die Vergangenheit zu denken und sich auf die Gegenwart zu konzentrieren. Mit Charles hatte sie einen neuen Anfang gemacht. Sie liebte ihn, und sich über Dinge Sorgen zu machen, die sie ohnehin nicht ändern konnte, war doch bloß Zeitverschwendung. Von nun an sollten Charles und ihre gemeinsame Zukunft das Wichtigste sein. Zu diesem vernünftigen Schluss gekommen, erklärte sie lächelnd: „Freut mich, dass es dir schmeckt. Und der Wein?"

„Wunderbar, ab heute werde ich mich ganz auf deine außerordentlichen Kenntnisse in diesem Bereich verlassen."

„Jetzt hör aber auf, Charles! Du hast doch viel mehr Ahnung von kulinarischen Dingen als ich. Im Vergleich dazu bin ich eine blutige Anfängerin. Aber das ist schon in Ordnung. Du kannst mir ja alles beibringen."

„Gern." Eindeutig zweideutig lächelte er ihr zu, und Dominique bekam wieder ein ganz merkwürdiges Gefühl, das sich noch verstärkte, als sie dieses neue, verwegene Glitzern in seinen Augen sah. Schlagartig wurde ihr dabei bewusst, dass sie keinen BH trug, und ihre Knospen richteten sich auf und rieben an dem weichen Material der Fleecejacke.

In freudiger Erwartung dessen, was er wohl heute Abend noch von ihr wollte, verblasste die Erinnerung an seine Zärtlichkeiten von heute Nachmittag. Das war auch so etwas, das ihr Sorgen machte: Wie Charles sich verändert hatte und wie bereit sie plötzlich war, allem gerecht zu werden, was ihm so einfiel.

Der Sex mit ihm war immer schon etwas ganz Besonderes gewesen. Mit einem einzigen Kuss konnte er sie zum Dahinschmelzen bringen. Charles war bei weitem der beste Liebhaber, den sie je gehabt hatte, aber mit seiner neuen ausschweifenden Art wirkte er sowohl auf ihren Körper als auch auf ihren Geist. Sobald er sie so ansah wie jetzt, konnte sie sich nur noch mit Mühe auf etwas anderes konzentrieren. Dabei stellte sich ihr nur eine Frage: Was würde er wohl nach dem Essen mit ihr machen?

Wenn sie es überhaupt so lange aushielten.

Plötzlich saß sie wie auf glühenden Kohlen, und Hunger hatte sie auch keinen mehr. Sie nahm ihr Weinglas und trank einen großen Schluck und dann noch einen. Manchmal regte Alkohol ihren Appetit an und brachte eine gewisse Entspannung. Im Augenblick hatte sie beides bitter nötig.

Glücklicherweise senkte Charles nun den Blick und wandte sich wieder seinem Risotto zu. Typisch Mann! Nicht einmal der Gedanke an Sex hielt ihn vom Essen ab.

Schließlich nahm auch Dominique erneut die Gabel auf, stocherte aber nur im Essen herum, mit den Gedanken war sie ganz woanders.

„Hast du keinen Hunger?“, fragte Charles, als sein Teller leer war und er sah, dass sie den Reis nur von einer Seite zur anderen schob.

„Ich will mir noch etwas Platz für den Nachtisch lassen“, log sie. „Käsekuchen ist eine Schwäche von mir.“ Dominique stand auf und wollte schon den Tisch abräumen, als Charles sie bat, sich wieder hinzusetzen.

„Was ist denn?“, fragte sie, während sie erneut Panik befiel.

„Setz dich einfach hin, Dominique.“

Überrascht ließ sie sich auf ihren Stuhl sinken.

Eigentlich hatte Charles mit seinem Versuch, Dominique Geheimnisse ihrer Vergangenheit zu entlocken, bis nach dem Dessert warten wollen. Ein so heikles Thema verlangte Fingerspitzengefühl. Außerdem hatte er gehofft, dass ihr der Wein bis dahin die Zunge lockern würde. Aber von zwei, drei Schlucken einmal abgesehen, hatte sie ihr Glas nicht angerührt.

„Ich muss dir ein Geständnis machen“, sagte er jetzt.

„Oh?“ Sie rang sich ein Lächeln ab. „Was hast du denn verbrochen? Erzähl mir bloß nicht, dass du doch eine Affäre mit der ‚lustigen Witwe‘ hast.“

„Aber nein!“ Überrascht sah Charles sie an. „Wie kommst du denn darauf?“

Anstatt seine Frage zu beantworten, bohrte Dominique weiter. „Du hast auch vor meiner Zeit nicht mit ihr geschlafen?“

„Nein“, sagte er gespielt verärgert, obwohl ihn ihre Eifersucht freute. Ehefrauen, die es nur aufs Geld abgesehen hatten, würden nicht eifersüchtig reagieren. Warum auch? Schließlich waren sie nicht verliebt.

„Dann ist es ja gut. Das hätte ich auch nicht ertragen, besonders da du jeden Freitag mit ihr pokerst.“ Sie rang sich erneut ein Lächeln ab. „Was willst du mir denn dann beichten?“

„Nichts Schlimmes, nur dass ich dir nicht die ganze Wahrheit über den Tod meiner Mutter gesagt habe.“

„Ist sie denn nicht an Nierenversagen gestorben?“

„Doch, aber nur, weil sie vorher eine Überdosis Schlaftabletten in Whiskey aufgelöst und getrunken hat.“

„Ach, du meine Güte, Charles, das ist ja schrecklich!“

Während ihm das Herz ganz schwer wurde, dachte er: Merkwürdig, dabei war ich der Meinung, ich hätte den Selbstmord meiner Mutter längst verarbeitet. Aber würde er dann so ein Geheimnis darum machen? Nein. Eigentlich unterschied er sich nicht besonders von Dominique, auch in seinem Leben gab es Dinge, die er lieber für sich behielt. Zumindest, was den Tod seines Vaters betraf, der beim Skifahren in Neuseeland in eine Gletscherspalte gefallen war, hatte er ihr die Wahrheit gesagt. Andererseits war ihm aber nie ein Wort über die Lasterhaftigkeit seines Vaters über die Lippen gekommen oder über die immer schlimmer werdende Depression seiner Mutter, die mit ihrer zerrütteten Ehe zusammengehangen hatte.

„Ja“, stimmte er Dominique nun zu und nahm sein Weinglas, „es war schrecklich.“

„Möchtest du darüber sprechen?“, fragte sie vorsichtig und sah ihn mitfühlend an.

Charles erwiderte ihren Blick und trank einen Schluck Wein.

„Du musst nicht, wenn du nicht willst“, fügte sie dann hinzu. „Das würde ich verstehen.“

„Nein, nein, ich will, dass du es weißt.“ Und obwohl es ihm unheimlich schwerfiel, erzählte er ihr die ganze schreckliche Wahrheit.

Sein Vater hatte seine Mutter misshandelt – nicht körperlich, aber seelisch. Geheiratet hatte er sie nur, weil sie schwanger von ihm war und sein Vater gedroht hatte, ihn sonst zu enterben. Aber Jason Brandon eignete sich weder als Vater noch als Ehemann. Er war und blieb ein Frauenheld und Taugenichts. Als sein Vater starb, übernahm er ein gesundes Unternehmen. Doch als er selbst mit Ende vierzig abtrat, hatte er *Brandon Beer* völlig heruntergewirtschaftet. Die Brauerei stand kurz vor dem Ruin.

Zu dieser Zeit studierte Charles noch und war froh, nicht zu Hause zu sein. Seine Mutter war gerade einmal ein Jahr lang tot, und er wollte nichts mehr mit seinem Vater zu tun haben. Erst nach dem tödlichen Unfall, als er den Schreibtisch seines Vaters durchsuchte, fand er das Tagebuch seiner Mutter. Darin schilderte sie ausführlich die Gründe ihrer wachsenden Depression. Anscheinend hatte sein Vater mit Mitte vierzig begonnen, junge Mädchen mit nach Hause zu nehmen und auch über Nacht dazubehalten, während seine Frau ins Gästezimmer verbannt wurde. Schwach und wehrlos, wie sie war, ließ sie es geschehen.

Dass sein Vater nicht nur faul und unfähig, sondern auch grausam und unmoralisch gewesen war, kam für Charles wie ein Schock, genauso wie die Begründung, warum seine Mutter keine weiteren Kinder bekommen hatte. Nach der Hochzeitsnacht weigerte sich sein Vater schlichtweg, noch einmal mit ihr zu schlafen. Im Tagebuch der armen Frau stand darüber, er habe sie am Morgen danach als hässlich und langweilig im Bett beschimpft und damit ihr Selbstvertrauen untergraben und die Hoffnung zerstört, dass er sie vielleicht doch liebte.

Entsprechend war ihre Ehe eine einzige Farce, bei der sie um ihres Sohnes willen und der irgendwann zu erwartenden Erbschaft gute Miene zum bösen Spiel machte.

Charles gestand Dominique, dass er als Kind und junger Mann nichts von den Eheproblemen seiner Eltern gewusst habe. Er war so gut wie nie zu Hause gewesen, ins Internat gegangen und während der unterrichtsfreien Zeit in irgendwelche Ferienlager geschickt worden. Schließlich hatten seine Eltern darauf bestanden, dass er sich ein Zimmer im Studentenwohnheim nahm. Auf diese Weise lernte er seinen Vater nie richtig kennen, und von seiner Mutter wusste er auch nicht viel mehr, nur dass sie zeitlebens unglücklich war.

„Eins würde mich aber doch interessieren", stieß er nun hervor, „warum mein Vater dieses verdammte Tagebuch aufgehoben hat? Manchmal denke ich, es hat ihm einfach gefallen, darin zu blättern und seine Gemeinheiten aus Sicht meiner armen Mutter nachzulesen."

„Bestimmt nicht, Charles! So schlecht ist niemand."

„Doch, mein Vater war durch und durch schlecht. Wenn ich mir vorstelle, dass sein Blut in meinen Adern fließt, wird mir ganz anders. Manchmal tröste ich mich damit, dass ich ihm gar nicht ähnlich sehe."

„Vielleicht schlägst du nach deinem Großvater. Was man so hört, war er ein hart arbeitender Mann."

„Ja, und ein guter Mensch. Wer weiß schon, warum mein Vater so geworden ist? Was glaubst du, welchem deiner Elternteile du nachschlägst?", fragte Charles und hoffte, seine Offenheit und sein Vertrauen würden Dominique dazu veranlassen, ihm ebenfalls entgegenzukommen.

Doch der freundliche Ausdruck in ihren Augen verschwand, und mit einem Mal wirkte sie einfach nur noch traurig. „Ich … Ich spreche nicht gern über meine Eltern."

„Und warum nicht? Weil sie auf so tragische Weise ums Leben gekommen sind?"

„Nein, weil sie der Vergangenheit angehören. Ich hasse die Vergangenheit. Zumindest die Zeit, bevor wir geheiratet haben. Für mich war unser Hochzeitstag so etwas wie ein Neubeginn, und was davor geschehen ist, ist es nicht wert, sich daran zu erinnern."

„Deine Mutter ist es also nicht wert, sich ihrer zu erinnern?", bohrte Charles vorsichtig weiter. „So etwas von der Tochter zu hören ist aber merkwürdig."

„Bitte, Charles", sagte Dominique beunruhigt, „können wir nicht über etwas anderes reden?"

Er seufzte. So viel also zu seinem Einfall, ihre Geheimnisse auszutauschen. Wahrscheinlich war es einfach noch zu früh. Aber … „Ich will dich bestimmt nicht aufregen. Ich habe mir nur Gedanken darüber gemacht, wie wenig wir eigentlich voneinander wissen. Ich meine … Ich kenne zwar deinen Geschmack, weiß, was du gern isst, welche Weine, Bücher und Filme du bevorzugst. Ich weiß, dass du großen Wert auf dein Äußeres legst und viel dafür tust. Ich weiß auch, dass du Pastelltöne magst und es nicht leiden kannst, wenn Männer fluchen. Ich weiß, dass du intelligent und gut im Bett bist. Was dich aber tief im Innern bewegt, weiß ich nicht", fügte er hinzu und lehnte sich zurück.

Ihrem Blick standhaltend, fuhr er fort: „Wer und was wir sind, erklärt sich meist durch unsere Kindheit und unsere Eltern. Meine Mutter war zum Beispiel eine unheimlich gefühlvolle, aber auch sehr schwache Frau. Ich bin in dem Glauben groß geworden, selbst auch sensibel und schwach zu sein, vor allem, weil mein Vater mir das ständig eingeredet hat. Erst nach dem Tod meiner Mutter habe ich aufgehört, ihm überhaupt noch etwas zu glauben. Er hat nicht einmal Anstand genug besessen, um zu trauern. Sein Tod war dann eine echte Befreiung für mich, weil sich mein wahres Ich danach erst entwickeln konnte. Überrascht habe ich festgestellt, dass ich viele bis dahin verborgene Stärken besaß, so zum Beispiel Zielgerichtetheit und grenzenlosen Ehrgeiz. Natürlich war ich in mancher Hinsicht immer noch sensibel, was zum Beispiel Frauen betrifft. Da ich weder über das Aussehen noch den Charme meines Vaters verfüge, hatte ich anfangs ziemliche Schwierigkeiten mit dem anderen Geschlecht."

„Das kann ich mir überhaupt nicht vorstellen!", rief Dominique erstaunt. „Du stellst doch nur dein Licht unter den Scheffel."

„Siehst du? Du kennst mich eben nicht gut genug."

„Was ich von dir weiß, reicht mir. Du bist ein hervorragender Liebhaber und siehst gut aus, zumindest für meinen Geschmack. Du hast die schönsten Augen, die ich kenne."

Wie sie ihn dabei ansah, war er fast geneigt, ihr zu glauben. Sofort meldete sich seine mittlere Körperregion, und Charles verwarf sein Vorhaben, Dominique heute Abend noch irgendwelche Vertraulichkeiten zu entlocken. Wahrscheinlich war es dazu ohnehin zu früh. Schließlich gestand eine Frau ihrem Mann nicht mal eben ein, dass sie früher nur auf sein Geld aus gewesen war. Dominique brauchte einfach noch mehr Zeit. Vielleicht würde sie es ihm aber auch nie gestehen.

„Warum überspringen wir nicht den Nachtisch, nehmen die Weinflasche mit hinaus und baden nackt im Pool?"

Zunächst leuchteten ihre Augen auf, doch dann verfinsterte sich ihr Blick. „Sind wir da denn auch ungestört?", wollte sie wissen. „Bist du sicher, dass uns niemand sieht? Ich meine … da draußen gibt es doch einige Gebäude, die höher sind als dieses."

„Ja, aber das sind nur Bürogebäude, und kein Mensch arbeitet samstagnachts."

„Woher willst du denn das wissen?"

Wie merkwürdig, dachte Charles. Es ärgerte ihn, dass sie nicht sofort auf seinen Vorschlag einging, dabei hätte er doch erfreut sein sollen. „Nun, wenn da wirklich noch einige Idioten sind, die meinen, arbeiten zu müssen, hängen sie bestimmt nicht am Fenster. Ich bade auf jeden Fall nackt. Wenn du willst, zieh ruhig einen Badeanzug an."

„In letzter Zeit bist du unheimlich draufgängerisch", meinte Dominique jetzt teils erregt, teils pikiert. „Und du weißt doch, dass ich dem nicht widerstehen kann!"

Ja, das wusste er, und es freute ihn diebisch. Trotzdem war er sich ihrer noch nicht hundertprozentig sicher. Einige Enthüllungen in dem Bericht waren einfach nicht von der Hand zu weisen. Erst wenn Dominique ihm von sich aus erzählte, was früher passiert war, konnte er auf ihre Liebe vertrauen. Inzwischen musste er sich damit zufrieden geben, dass sie ganz heiß auf ihn war.

O ja, ihre Erregung konnte sie nicht verbergen! Sie zeigte sich deutlich an ihren glänzenden blauen Augen und den sich unter der Fleecejacke abzeichnenden Brustknospen. Diesmal müsste er sich nicht mit einem Nein zufrieden geben. Die Lust würde auch noch ihre letzten Bedenken hinwegfegen, da draußen möglicherweise gesehen zu werden. Allein der Gedanken daran, sie nackt im Pool zu lieben, brachte sein Blut in Wallung und ließ den Platz in der Hose noch enger werden. Dominique würde tun, was und wo er es von ihr verlangte. Zum Teufel mit der Vergangenheit, zum Teufel mit allen Bedenken! Für ihn zählte nur noch, mit Dominique zusammen zu sein – mit seiner Frau, seiner Geliebten, seiner Achillesferse!

10. KAPITEL

„Wenn es dir so gut gefällt, sollst du es haben!"

Dominique wirbelte herum. Sie stand in der Küche eines zu besichtigenden Hauses, die sie gerade bewundert hatte, und machte große Augen. Ihr gefiel zwar alles an dem Objekt, aber Charles hatte bisher ziemlich unbeeindruckt gewirkt.

„Ist das dein Ernst?", fragte sie nun. „Obwohl du jeden Morgen über die Brücke fahren müsstest, um zur Arbeit zu kommen?"

„Damit könnte ich leben."

Schon den ganzen Morgen über hatten sie sich ein Haus nach dem anderen angesehen, aber keines hatte Dominique auch nur im Mindesten zugesagt. Die Häuser waren entweder zu groß oder zu klein, und nachdem sie in einem Café in der Innenstadt zu Mittag gegessen hatten, schlug Charles vor, das Maklerbüro zu wechseln. Diesmal wurden sie von einer Frau begleitet. Sie hieß Coral, war Mitte vierzig und clever genug, sich darauf zu konzentrieren, was die Frau wollte, auch wenn der Mann bezahlen würde. Bevor Coral mit ihnen auf Besichtigungstour gegangen war, hatte sie Dominique gebeten, ihr Traumhaus zu beschreiben.

Es sollte wenigstens vier Schlafzimmer haben, wobei das Elternschlafzimmer über einen begehbaren Kleiderschrank und ein eigenes, geräumiges Bad verfügen musste. Sie benötigten ein Arbeitszimmer für Charles sowie ein zusätzliches Wohn- und Esszimmer für offizielle Anlässe. Ganz besonders wichtig war ihr ein großer Aufenthaltsraum für die ganze Familie, eine ebenso große Küche mit Blick auf den Garten, inklusive solarzellen-beheiztem Pool und einem separaten Spielzimmer für die Kinder, mindestens eine Doppelgarage und Stellplätze für Gäste. Abschließend fügte Dominique noch hinzu, dass ihr, was die Bauweise betraf, klare Linien, hohe Decken und viele Fenster gefielen, sie keine grellen Farben mochte und keine Treppen im Haus haben wollte. Ach ja, dafür sei aber eine Klimaanlage schön.

Die Frage, ob sie Meeresblick wünsche, verneinte sie. Auch wenn es nett klang, wusste sie nach Besichtigungen derartiger Objekte, dass die dem Wasser zugewandten Terrassen, Balkone und Freiflächen immer im Wind lagen und kalt waren. Im Sommer mochte das angenehm sein, aber sie suchte ein Zuhause, in dem sich die Familie das ganze Jahr wohl fühlen konnte.

Eigentlich hatte Dominique gedacht, es würde schwierig werden, all ihre Wünsche zu erfüllen, aber Coral brachte sie direkt zu dem Anwesen in Clifton Gardens – einem Vorort, nicht weit nördlich von der Brücke. Und siehe da, wie durch Zauberhand entsprach das Haus hundertprozentig ihrer Beschreibung! Es gab sogar eine Klimaanlage, und auch die Außenanlagen sagten ihr zu. Das Haus wurde von einer cremefarben gestrichenen Mauer umgeben und besaß schmiedeeiserne, aber nicht kitschige Verzierungen. Alles in allem machte es einen sehr hochwertigen und eleganten Eindruck.

Ein weiteres Plus: Es war unbewohnt, und der Besitzer wollte so schnell wie möglich verkaufen. Er arbeitete als Koordinator bei einem TV-Sender und hatte vor Kurzem einen Job in Hongkong angenommen. Er und seine Familie waren erst vor wenigen Tagen ausgezogen, und das Haus roch immer noch, als ob es bewohnt würde – frisch und warm. Und es vermittelte ein angenehmes Gefühl! Über diesen Gedanken war Dominique selbst überrascht. Sie war immer ein sehr praktisch veranlagter Mensch gewesen und glaubte weder an Geister noch an Vorsehung. Ihrer Meinung nach hatten Häuser auch keine Seele oder eine bestimmte Aura.

Trotzdem hatte sie den Eindruck, dieses Haus sei genau das Richtige. Als sie Charles davon erzählte, lächelte er.

„Wenn du meinst, Herzchen."

„Herzchen?"

„Ja. Dieses Haus ist zu groß", imitierte er dann eine Kleinmädchenstimme, „und jenes zu klein. Aber das hier ist genau das Richtige."

Dominique und Coral lachten. „Ihr Mann hat Sinn für Humor", sagte die Maklerin dann.

„*Ihr Mann* hat es vor allem satt, sich noch mehr Häuser anzusehen", meinte Charles spöttisch. „Können wir jetzt nach Hause gehen, wenn ich verspreche, bis morgen eine Anzahlung zu leisten?"

Dominique zwang sich, nicht sofort aus dem Häuschen zu geraten. „Aber du hast ja noch gar nicht gefragt, wie viel es kosten soll."

„Gut, dann frage ich jetzt. Also, Coral, was soll es kosten?"

Sie räusperte sich. „Der ... Der Besitzer hätte gern zweieinhalb Millionen."

Dominique kamen Bedenken, während Charles ganz gelassen blieb. „Ist es so viel wert?"

„Jeden Cent", antwortete die Frau unumwunden. „Das Grundstück ist sehr groß und hat eine Eins-a-Lage. Aber an Ihrer Stelle würde ich erst einmal nur zwei Millionen bieten. Die Jenkins' wollen unbedingt so schnell wie möglich verkaufen."

„Nein, nein, kein Gefeilsche. Ich zahle die volle Summe. Hier ist meine Visitenkarte."

Wie gebannt sah Coral auf die Karte. „Sie sind Charles Brandon von *Brandon Beer?*"

„Stimmt genau."

„Ich habe Sie ja gar nicht erkannt. Wie dumm von mir ... Wow!"

„*Wow,* was?"

„Diesen Monat bekomme ich die Extraprämie, weil Sie das Haus hier tatsächlich kaufen wollen, oder?"

„Klar will ich das, Coral. Mein Notar setzt sich gleich morgen früh mit Ihnen in Verbindung. Wenn Sie mich jetzt entschuldigen würden ... Es war ein langer Tag, und ich möchte wirklich nach Hause."

„Ich weiß, was du *wirklich* möchtest", raunte Dominique ihm zu, als er sie zur Haustür schob.

„Was meinst du?", fragte er gespielt unschuldig, aber sein jungenhaftes Lächeln sprach Bände.

Dominique bekam sofort Gänsehaut. Für Charles und seine unersättliche Libido war nirgendwo der falsche Platz, und es gab auch keine unpassende Zeit. Er wollte sie in allen möglichen Stellungen und Lebenslagen. Am Abend zuvor zum Beispiel im Pool ... Das war ein echtes Erlebnis gewesen! Bei dem Gedanken daran erschauerte Dominique jetzt noch. Aber danach war es ihr irgendwie peinlich gewesen, und sie hatte sich geschworen, es nie wieder so weit kommen zu lassen.

Gerade wollte sie Charles sagen, dass er Sex im Pool heute vergessen könne, als sie ein Geräusch ablenkte – ein Mitleid erregendes Miauen. Inzwischen befanden sie sich auf dem gewundenen Weg, der zum Gartentor führte. Dominique wirbelte herum und sah nach oben. Auf dem Dach saß eine schlanke rotbraune Katze mit verhältnismäßig großen Ohren und einem süßen Gesicht.

„Sieh nur, Charles, eine Katze!"

Charles verdrehte die Augen. „Ja", sagte er dann neckend, „das würde ich auch sagen", und nahm sie beim Arm.

Doch Dominique entzog sich seinem drängenden Griff. „Sie sieht hungrig aus und so, als wäre sie ausgesetzt worden."

„Na, das bezweifle ich doch stark. Sie trägt ein Halsband."

Wieder miaute die Katze herzzerreißend, und Dominique beschloss, ihrem Gefühl zu trauen und Charles' logischen Einwand zu überhören. „Nein, sie ist in Not, und ich werde ihr helfen. Wahrscheinlich kommt sie nicht mehr vom Dach und sitzt schon seit Tagen da oben. Sieh nur, wie dünn sie ist!"

„Haben Sie gerade gesagt, da sei eine Katze auf dem Dach?", fragte Coral, nachdem sie die Haustür verschlossen hatte und zu ihnen kam.

„Ja, da oben. Sehen Sie nur!" Dominique zeigte auf das Tier, das traurig zu ihnen herunterblickte. Offensichtlich wollte es zu ihnen, traute sich aber nicht.

„Du meine Güte, das ist die Katze der Jenkins'. Ich habe sie schon einige Male gesehen. Sie heißt Rusty und hat Abessinerblut in den Adern."

„Was macht sie dann noch hier?", fragte Dominique betroffen. „Ihre Besitzer haben sie doch nicht einfach zurückgelassen?"

„Nein, nein, das würden sie nicht tun. Die Jenkins' sind nette Leute. Einen Tag vor dem Umzug haben sie die Katze zu Freunden nach Newport gegeben, weil sie keine Haustiere mit nach Hongkong nehmen durften. In dem Apartmentblock, in dem sie dort wohnen werden, ist das Halten von Tieren verboten. Die Katze ist auch nicht mehr so jung, ich glaube, neun Jahre alt, und kennt nur dieses Haus." Coral seufzte. „Ich werde die Jenkins' in Hongkong anrufen, um die Telefonnummer ihrer Freunde zu erfahren. Dann können sie die Katze holen."

„Aber dann läuft sie nur wieder weg!", rief Dominique aufgeregt. „Und nächstes Mal kommt sie vielleicht nicht mehr heil hier an. Bis nach Newport sind es mehrere Meilen! Womöglich wird sie überfahren oder von einem Hund angefallen!" Dominique wusste sofort, was sie zu tun hatte. „Wir nehmen sie zu uns", verkündete sie. „Ich lasse sie im Haus, bis wir hierher ziehen. Dann kann sie den Rest ihres Lebens in der Umgebung verbringen, die ihr vertraut ist."

„He, Moment mal!", protestierte Charles. „Da habe ich ja wohl auch noch ein Wörtchen mitzureden. In unserem Gebäude sind auch keine Haustiere erlaubt."

„Jetzt lüg doch nicht! Das Penthaus gehört dir. Außerdem können wir die Katze hineinschmuggeln. Es wäre ja nur für wenige Wochen. Haben Sie nicht gesagt, die Besitzer hier wollten so schnell wie möglich verkaufen, Coral?"

„Ja, das stimmt, und ich finde, die Katze zu sich zu nehmen ist ein großartiger Einfall, Dominique, und sehr nett von Ihnen. Mrs. Jenkins wird bestimmt erleichtert sein. Sie war ziemlich aufgebracht, dass sie Rusty zurücklassen musste. Ich glaube nicht, dass ihr Mann das verstanden hat, sonst hätte er in Hongkong bestimmt ein anderes Apartment gewählt."

„Manche Männer sind einfach gefühllos", stimmte Dominique ihr zu. „Ganz anders als mein Charles." Während sie sich bei ihm unterhakte, sah sie wimpernklimpernd zu ihm auf, ehe sie ihm zuraunte: „Sag schön Ja und Amen, sonst gibt es zu Hause kein Bonbon."

Charles lächelte, aber ob nun, weil ihn Dominiques Verhalten amüsierte oder er keine andere Möglichkeit sah, war schwer zu sagen. Auf jeden Fall hatte sie jetzt die Hosen an und ließ ihn springen, ganz anders als letzte Nacht ... Verdammt, er hätte nicht daran denken sollen.

„Also, dann mal hoch mit dir, Darling", hörte er da Dominique sagen. „Schließlich muss jemand Rusty runterholen."

„Du willst, dass ich aufs Dach klettere?" Ungläubig sah er sie an, und wieder setzte sie ihren einschmeichelndsten Blick aus blauen Augen ein, gefolgt von Wimpernklimpern. „Ja!"

„Und wie? Hier gibt's weit und breit keine Leiter mehr, und ich kann nicht fliegen."

„Dir fällt schon etwas ein", entgegnete Dominique zuversichtlich, während sie ihn herausfordernd anlächelte.

An diesem Punkt beschloss Charles, aufzugeben und sich ganz den Wünschen seiner Frau unterzuordnen. Irgendwie wirkte dieser Entschluss unheimlich befreiend, denn er beinhaltete auch, dass er sie immer lieben würde, egal, was noch geschah. Gleichzeitig beschloss er, davon auszugehen, dass sie seine Liebe tatsächlich erwiderte – und das vermittelte ihm echten Seelenfrieden. Plötzlich waren all die Zweifel und Ängste, die ihn nicht losgelassen hatten, verflogen, genauso wie das Bedürfnis, Dominique auf alle möglichen Weisen zu testen.

„In Ordnung“, sagte er und machte sich auf die Suche nach etwas, das ihm bei seiner Rettungsaktion helfen konnte.

Die Mülltonne um die Ecke war ideal. Nachdem er sie gegen die Garage gestellt hatte – dort, wo die Dachrinne am tiefsten war –, konnte er sich ganz leicht aufs Dach schwingen. Schließlich hielt er sich täglich mit Schwimmen fit, und auf seine Kleidung brauchte er auch nicht zu achten, denn er trug Jeans und T-Shirt. Es dauerte noch einen Moment, um das Vertrauen der Katze zu gewinnen. Aber nach einigen sanften Worten und mehreren Streicheleinheiten ließ sich Rusty von ihm hochheben, und er reichte sie vorsichtig zu Dominique hinunter.

Ihren Blick dabei zu sehen war ergreifender, als wenn sie ihm in die Augen sah, während sie zusammen schliefen. „Danke“, sagte sie dann nur, aber dieses Wort drückte deutlicher aus, dass sie ihn liebte, als es irgendein atemlos hervorgebrachter Liebesschwur konnte.

Bis Charles wieder sicheren Boden unter den Füßen hatte, hatte sich die Katze in Dominiques Arme gekuschelt, als wäre sie nie woanders gewesen.

„Ist sie nicht süß, Charles?“, fragte Dominique, als Rusty zu schnurren begann.

„Ja.“ Aber dabei sah er seine Frau an und nicht die Katze.

„Wir müssen unbedingt noch einige Sachen für Rusty kaufen“, erklärte Dominique glücklich. „Sie braucht mindestens zwei, drei Katzenklos. Schließlich soll sie überall in der Lage sein, ihr Geschäft zu machen, und ein Körbchen und natürlich einige Wasserschalen und Fressnäpfe, die Katzennahrung nicht zu vergessen. Ach ja, und morgen sollten wir sie zu einem Tierarzt bringen und untersuchen lassen. Coral, könnten Sie mich heute Abend noch einmal anrufen und mir Mrs. Jenkins Nummer in Hongkong geben? Ich möchte ihr gern Bescheid sagen und sie fragen, was Rustys Lieblingsfressen ist.“

Charles schüttelte den Kopf, während Coral nickte. „Das mache ich. Ihre Frau ist wirklich ein guter Mensch, Mr. Brandon. Es gibt nicht viele, die sich so um eine zugelaufene Katze kümmern würden.“

Das war ihm auch klar.

„Ich bin gar nicht *gut*“, widersprach ihr da Dominique, „ich bin sogar ziemlich egoistisch. Ich wollte schon immer eine Katze haben.“

Nachdem sie sich von der Maklerin verabschiedet hatten und wieder im Wagen saßen, sah Dominique doch ein wenig besorgt zu ihrem Mann. „Du hast doch nichts dagegen, Charles?" Inzwischen war die offensichtlich völlig übermüdete Katze in ihrem Schoß eingeschlafen.

Lächelnd sah Charles zu den beiden. „Nein, natürlich nicht. Du sollst haben, was dein Herz begehrt."

Noch einmal warf Dominique einen Blick auf das Haus. „Ich kann dir ja gar nicht sagen, wie viel es mir bedeutet, so ein Heim zu haben, um meine Kinder aufzuziehen. Wenn du die armselige Hütte gesehen hättest, in der ich aufgewachsen bin … Nein, nein, ich will nicht mehr daran denken. Das alles ist längst vorbei." Sie legte ihm die Hand auf den Arm und sah ihm in die Augen. „Ich bin so froh, einen Mann wie dich gefunden zu haben."

Er beugte sich vor und küsste sie sanft auf den Mund. „Ich glaube, ich bin hier derjenige, der von Glück reden kann." Erschrocken stellte er dabei fest, dass Dominique Tränen in den Augen hatte.

„Ich … Ich liebe dich wirklich, Charles", sagte sie in einem Ton, der ihm zu verstehen gab, dass sie den Eindruck hatte, er könnte ihr nicht so recht glauben.

„Ich weiß", sagte er deshalb besonders herzlich, „ich liebe dich auch. Und jetzt lass uns nach Hause fahren."

Danach war Charles froh, dass er seine Aufmerksamkeit dem Fahren widmen konnte. Tränen waren ihm immer irgendwie unangenehm. Seine Mutter hatte viel geweint.

„Wir werden in dem Haus sehr glücklich sein. Es ist ein Haus, das glücklich macht."

„Ein Haus, das glücklich macht? Eine merkwürdige Formulierung!"

„Das ist nur so ein Gefühl, das ich gehabt habe, als wir hineingegangen sind. Vielleicht ist Rusty auch deshalb zurückgekommen."

Charles lächelte. „Ich wusste ja gar nicht, dass du so sentimental bist."

„Das bin ich auch nicht, normalerweise zumindest nicht. Aber seitdem ich dich geheiratet habe, bin ich auf dem besten Weg dahin, es zu werden."

„Wie süß! Du bist süß."

„Der Meinung war bisher noch niemand", erklärte Dominique und seufzte, während sie die Katze auf ihrem Schoß streichelte.

„Das stimmt nicht, Coral hat dich auch nett gefunden."

„Das ist aber auch die erste Frau, glaub mir. Normalerweise können mich meine Geschlechtsgenossinnen nicht ausstehen."

„Ich kann mir schon vorstellen, dass dich eine weniger reife Frau um dein Aussehen beneidet. Aber ich versichere dir, dass Renée dich mag. Letzten Freitag beim Pokern hat sie gesagt, du seist nett." Als Charles Dominiques erstaunten Gesichtsausdruck sah, war er ganz gerührt.

„Hat sie das wirklich?"

„Aber ja." Es war keine richtige Lüge, obwohl Charles wusste, dass sich Renée hauptsächlich auf Dominiques Aussehen bezogen hatte.

„Ich würde sie gern näher kennenlernen", sagte Dominique. „Aber sie ist ein bisschen … unnahbar, findest du nicht?"

Charles lachte. „Ich weiß, was du meinst. Zauderer kann die ‚lustige Witwe' nicht ausstehen, und sie macht dem armen Rico das Leben ganz schön schwer."

„Entschuldige bitte, wenn ich kein Mitleid mit dem *armen* Rico habe."

Charles wusste, warum Dominique so reagierte. Die Haltung seines Freundes ihr gegenüber war untragbar. Rico musste einfach erkennen, dass Dominique ihn nicht nur des Geldes wegen geheiratet hatte. Er war allerdings nicht so blauäugig zu glauben, Dominique hätte jemals einen armen Mann geheiratet. Aber das war schließlich etwas ganz anderes, als sie für eine Abzockerin zu halten. Offensichtlich hatte sie ein etwas gestörtes Verhältnis zum Geld und eine tief sitzende Angst, einmal ohne dazustehen.

„Charles …"

„Was denn?"

„Du fährst in die falsche Richtung. Ich bezweifle, dass sonntags in der Innenstadt ein Zoogeschäft geöffnet hat. Wir müssen ein Einkaufszentrum vor den Toren der Stadt finden."

Als Charles fluchte, hielt Dominique Rusty die Ohren zu. „Doch nicht vor der Katze, Darling!"

Er stöhnte. „Ich glaube, ich werde es noch bereuen, dir das verdammte Tier erlaubt zu haben."

„Nein, das wirst du ganz bestimmt nicht, denn dadurch liebe ich dich nur noch mehr."

„Wegen der Katze?"

„Ja." Sie seufzte und schien den Tränen wieder gefährlich nah zu sein. „Als ich ungefähr vierzehn Jahre alt war, ist uns ein Kätzchen zugelaufen und hat an der Küchentür gesessen und ganz kläglich miaut. Als ich ihm etwas Milch bringen wollte, hat mich mein Vater angeschrien, das bloß sein zu lassen. Dann hat er die Katze verscheucht. Er sagte, wir könnten uns kein Tier leisten. Dabei hätte er bloß ein bisschen weniger zu trinken brauchen", fügte sie verbittert hinzu.

Charles wusste nicht, was er sagen sollte. Vielleicht war es das Beste, wenn er den Mund hielt und sie einfach reden ließ.

„Er war Alkoholiker, und ich will wirklich nicht weiter über ihn sprechen. Ich brauche nur an ihn zu denken und habe schlechte Laune. Aber die will ich heute nicht haben. Heute bin ich glücklich und werde es auch in Zukunft sein. Bitte frag mich nichts mehr über meinen Vater, Charles."

„In Ordnung", sagte er, obwohl er wünschte, sie hätte ihm mehr erzählt. Aber schon dieser kleine Einblick war wichtig. Stück für Stück fügte sich das Puzzle zusammen, das seine Frau ausmachte. Als Kind musste es für sie die Hölle gewesen sein. Auf der einen Seite war ihre Mutter eines schleichenden Todes gestorben, auf der anderen ihr Vater ein hoffnungsloser Alkoholiker gewesen.

Zweifellos wäre Dominique geschockt, wenn sie erfuhr, dass sich ihr Vater in den vergangenen zehn Jahren um hundertachtzig Grad gedreht hatte. *Geschockt* wäre vielleicht nicht der richtige Ausdruck, sie wäre wahrscheinlich eher außer sich und würde nicht verstehen, warum er sich keine Arbeit hatte suchen können, als sie und ihre Mutter das Geld nötig brauchten.

Nein, über die Neuigkeit, dass ihr Vater jetzt arbeitete, wäre sie nicht erbaut. Andererseits würde sie es wahrscheinlich nie herausfinden. Bestimmt machte sie sich nicht auf die Suche nach ihm, und er beabsichtigte nicht, ihr von ihm zu erzählen. Wie sollte er ihr auch erklären, dass er wusste, wo er sich aufhielt?

Nein, er dürfte nie etwas offenbaren, das er durch den Bericht erfahren hatte, und musste auch sicherstellen, dass Rico dichthielt.

Rico …

Der könnte wirklich zum Problem werden. Glücklicherweise würden sie sich diese Woche vor Freitag nicht sehen. Dann wollte er ihm aber erzählen, dass er beabsichtigte, seine Ehe fortzuführen, ein Haus zu kaufen und auch zu versuchen, ein Kind zu zeugen. Er wollte Rico klar machen, dass auch er seine Einstellung zu Dominique ändern musste, sonst …

Was sonst?, überlegte Charles.

War er bereit, für Dominique seine Freundschaft zu Rico aufs Spiel zu setzen? Vielleicht sogar seinen Pokerabend und seine Beteiligung an den Rennpferden, die er sich mit Rico teilte?

Ja, dazu wäre er bereit – so sehr liebte er diese Frau und so stark war sein Vertrauen zu ihr. Dominique stand bei ihm an erster Stelle – heute, morgen und in Zukunft!

11. KAPITEL

„Ich kann gar nicht glauben, dass es erst eine Woche her ist, seitdem du das letzte Mal zum Poker gegangen bist", sagte Dominique, während sie Charles beim Umziehen zusah. „Mir kommt es viel länger vor."

Charles lächelte und meinte dann gespielt gekränkt: „Da wird es aber höchste Zeit für mich, wieder arbeiten zu gehen. Wenn man sich in langweiliger Gesellschaft befindet, vergeht die Zeit immer langsam."

Dominique sah ganz erschrocken drein. „Was für ein Blödsinn! Du weißt genau, dass ich das nicht so gemeint habe, Charles. Aber die Woche war so angefüllt mit Unternehmungen. Am Wochenende haben wir ein Haus nach dem anderen besichtigt, uns schließlich für eins entschieden und dann überlegt, wie wir es einrichten, und ..."

„... haben diese furchtbare Katze bemuttert, die ich dich in meiner grenzenlosen Güte behalten ließ", beendete er ihren Satz, während er wehmütig auf das Fellknäuel neben seiner Frau auf dem Bett sah.

In der ersten Nacht hatte er noch verkündet, die Katze dürfe nicht ins Schlafzimmer. Doch ein winziges Miauen draußen vor der Tür hatte genügt, und Dominique war aus dem Bett geschossen. Natürlich hörte das Miauen auf wundersame Weise auf, sobald Dominique Rustys Körbchen neben das Bett stellte.

Innerhalb von vierundzwanzig Stunden war es dem Tier gelungen, sich des gesamten Penthauses zu bemächtigen und Dominique zu seiner Leibeigenen zu machen. Nichts war ihr zu viel für ihren Liebling.

Aber es machte Charles nicht wirklich etwas aus. Er mochte Dominiques mütterliche Seite, auch im Hinblick auf die Kinder, die sie bald zusammen haben würden. Und um ehrlich zu sein, war Rusty ziemlich selbstständig und machte kaum Mühe. Seit Dienstag war es der Katze sogar egal, wo sie schlief, Hauptsache, dort war es warm und gemütlich. Tagsüber suchte sie sich ein sonniges Plätzchen auf dem Teppich und döste, und abends saß sie am liebsten im Sessel beim Fernsehen. Offensichtlich sah sie gern fern.

Charles ließ für sie sogar die ganze Nacht den Apparat an, wenn er dafür nicht ihren neugierigen Blick ertragen musste, während er mit Dominique schlief. Es war schon schlimm genug, dass ihre Möglichkeiten jetzt tagsüber eingeschränkt waren, nicht so sehr wegen der

Katze, sondern weil Dominique die ganze Zeit am Rechner saß und im Internet nach passenden Möbeln und anderen Einrichtungsgegenständen für das Haus suchte. Und sie nahm diese Aufgabe wirklich ernst. Vielleicht hätte er ihr nicht völlig freie Hand lassen sollen, nachdem sie erklärt hatte, sie wolle es selbst einrichten.

Bis Mittwoch war er eifersüchtiger auf dieses verdammte Haus als auf die Katze gewesen. Und heute hatte er es einfach nicht länger ausgehalten und war am helllichten Tag über Dominique hergefallen. Dabei hatte er sie gleich auf dem Schreibtisch genommen. Zunächst war sie ein wenig erstaunt gewesen, machte dann aber bereitwillig mit.

„Was wirst du tun, während ich weg bin?", fragte er jetzt und verstaute Schlüsselbund und Portemonnaie in der Hosentasche.

„Mich ein bisschen um meine Schönheit kümmern. Mein Haar könnte mal wieder eine Packung vertragen, und meine Nägel müssen dringend gemacht werden. Aber zuerst nehme ich ein großes Schaumbad zum Entspannen. Dann starte ich meine Verschönerungsaktion, und wenn du nach Hause kommst, sehe ich wieder hinreißend aus und heiße dich mit offenen Armen willkommen."

„Ich finde, du siehst immer hinreißend aus", sagte Charles und beugte sich zu ihr, um ihr einen Kuss aufs Haar zu geben.

„Das sagst du doch nur, damit ich dir den Überfall von heute Nachmittag im Büro verzeihe."

Er lachte. „Ich habe nicht gehört, dass du Nein gesagt hättest."

„Dafür warst du zu schnell!"

„Aber nicht so schnell, als dass du es nicht genossen hättest, hm?", meinte er und dachte: Süß, wie sie errötet.

„Ich weiß immer noch nicht, wie du das anstellst."

„Was denn?"

„Charles Brandon, stell dich nicht dumm! Du weißt genau, was ich meine."

„Du solltest dir wegen meiner Libido keine Gedanken machen. Leg dich das nächste Mal einfach hin, und genieß es."

„Hm, das ist nicht so einfach, wenn man unter sich Büroklammern und Disketten spürt. *Nächstes Mal* räum bitte zuerst die Schreibtischplatte ab."

„Mit Vergnügen, und das Erste, was noch Heute verschwindet, ist der Computer."

„Wag es bloß nicht! Ich finde den Computer toll."

„Du findest nur das Online-Shopping toll. Fast die ganze Woche warst du online."

„Ich weiß. Wie wär's, wenn ich dir verspreche, den Computer übers Wochenende nicht mehr anzurühren? Erst am Montag, wenn du wieder arbeiten gehst, mache ich weiter."

„Schwörst du es?"

„Ja."

„Super, ich freue mich schon darauf."

„Aber du musst versprechen, dass du auch mit mir ausgehst."

„Und was noch?", fragte er und tat ganz unschuldig.

Sie schnitt ein Gesicht. „Ich hoffe, heute Abend bluffst du besser."

„Ich bin das personifizierte Pokerface."

Sie lachte. „Letzte Woche hast du verloren, wenn ich dich daran erinnern darf."

„Heute Abend ist alles anders."

„Wenn aber nicht, lass den Neandertaler im Schrank."

„Wie bitte? Ach so, das meinst du", fügte er hinzu und fühlte sich richtig schuldig, wenn er daran dachte, was Freitagnacht passiert war. Hoffentlich erfuhr Dominique nie, weshalb er so reagiert hatte. „In Ordnung, versprochen. Jetzt muss ich aber los, sonst komme ich zu spät."

„Und das wäre ja ganz, ganz furchtbar!"

Dominique sah ihm nach, während er aus dem Zimmer eilte. Was faszinierte ihn bloß so an diesem Spiel? Sie hatte nie gern Karten gespielt und schon gar nicht um Geld. Ohnehin war sie kein Glücksspiel-Fan. Es machte ihr einfach keinen Spaß, ihr sauer verdientes Geld zu riskieren. Charles dagegen schien es zu gefallen. Aber wahrscheinlich war es für ihn eher ein Zeitvertreib.

Dominique bezweifelte, dass er ernsthaft Geld gewinnen wollte, wenn er Karten spielte oder auf seine Rennpferde setzte. Er war auch so schon märchenhaft reich. Bei ihm hatte das Gewinnen oder Verlieren eher etwas mit seinem Ego zu tun. Wie alle erfolgreichen Geschäftsleute war Charles einfach sehr wettbewerbsfreudig.

Dominique stand auf und ließ Rusty auf dem Bett schlafen. Glücklich summend ging sie ins Bad, drehte die Wasserhähne auf und goss ihr Lieblingsschaumbad in die Wanne. Sie freute sich schon darauf, in den

Schaumbergen zu liegen und dabei Musik zu hören. Was für ein Stimmungswechsel im Vergleich zu letztem Freitag, als sie sich furchtbare Sorgen gemacht hatte, dass Charles mit der „lustigen Witwe" womöglich nicht nur pokerte. Wirklich erstaunlich, wie viel sich in einer Woche ändern konnte. Sie war nie glücklicher gewesen und hatte noch nie mit so viel Zuversicht in die Zukunft geblickt. Sie sah Renée nicht mehr als Bedrohung an, weil sie jetzt wusste, dass Charles sie wirklich liebte.

Dann war da noch das schöne Haus, das er für sie beide gekauft hatte, und ihre Katze. Jetzt brauchte sie nur noch ein Baby, und ihr Leben wäre perfekt. Bei dem Gedanken runzelte sie unwillkürlich die Stirn. Sie wollte die Pille nicht noch einen weiteren Monat nehmen. Wer wusste schon, wie lange es dauerte, bis sie schwanger wurde? Der Kinderwunsch allein reichte dazu oft nicht aus. Schwanger zu werden hatte viel mit dem richtigen Zeitpunkt und einer gewissen Abstinenz zu tun, die man davor wahren sollte. Zu viel Sex verringerte die Spermienanzahl im Ejakulat. Das hatte sie eine Woche vor der Hochzeit beim Friseur gelesen.

Seufzend kam Dominique zu dem Schluss, dass Charles gerade jetzt keine Lust auf Enthaltsamkeit haben würde. Wahrscheinlich würde seine sexuelle Aktivität aber nachlassen, sobald er wieder arbeiten ging. Vielleicht konnte sie da noch etwas nachhelfen, indem sie am Wochenende so viel Sex von ihm verlangte, dass er eine Weile genug davon haben würde. Wenn er heute Nacht nach Hause kam, wollte sie gleich damit anfangen.

Was für ein raffinierter Plan! Dominique musste unwillkürlich lächeln. Am Montag würde Charles geradezu ins Büro hetzen, um eine Auszeit zu nehmen. Bestimmt wäre er dann auch einverstanden, dass sie die Pille jetzt schon absetzte, um es gleich nächsten Monat mit dem Baby zu versuchen.

Allein der Gedanke, mit Charles ein Kind zu haben, beschwingte Dominique. Dabei hatte sie noch letzte Woche befürchtet, es könne etwas schief gehen, weil sie Charles zu sehr liebte. Jetzt aber war ihr klar, dass ihr gar nichts Besseres hatte passieren können, als sich in ihn zu verlieben. Auch wenn es ihr am Anfang nicht gefallen hatte. Die Dominique von damals konnte mit Liebe nicht umgehen, doch jetzt hatte sie endlich begriffen, dass Liebe nicht unbedingt etwas mit Schwäche und Narretei zu tun haben musste. Zu lieben und wieder geliebt zu werden konnte das schönste, wärmste und sicherste Gefühl der Welt sein.

Nur Rico trübte noch ihr Glück, aber auch er stellte nicht mehr wirklich ein Problem dar. Charles hatte ihn diese Woche nicht einmal angerufen. Vielleicht war er zu dem Schluss gekommen, die Freundschaft zu Rico ein wenig abkühlen zu lassen, nun, da er ein verheirateter Mann war und bald auch Vater werden würde. Wie auch immer, heute Abend wollte sie nicht weiter über Rico nachdenken. Nichts konnte ihre gute Laune verderben oder die Aussicht auf einen Abend, an dem sie es sich mal wieder so richtig gut gehen lassen würde, bevor sie ihr Projekt „Liebesüberschuss“ startete.

Sobald das Bad eingelaufen war, wählte Dominique einige Lieblings-CDs aus. Dann ging sie ins Büro, um den tragbaren CD-Player zu holen, den sie auf dem Bücherregal hinter Charles' Schreibtisch entdeckt hatte. Das Gerät stellte sie auf einen Hocker im Badezimmer, sodass sie es von der Wanne aus gut bedienen konnte, aber nicht riskierte, dass es ins Wasser fiel. Schließlich zog sie sich aus und stieg in ihr dampfendes Duftbad.

Erst als sie bereits ganz im Schaum versunken war, wurde ihr bewusst, dass sie gar nicht auf die „Play“-Taste gedrückt hatte. Das holte sie nun rasch nach, ohne zu bemerken, dass die elektronische Vorauswahl noch auf „Kassette“ stand. Als eine Männerstimme durchs Badezimmer hallte, war sie zunächst überrascht. Aber schnell wurde aus der Überraschung Entsetzen, als ihr Name erwähnt wurde und eine Frau zu sprechen begann.

„Sandie?“, stieß Dominique entgeistert hervor und setzte sich kerzengerade hin. In ihrem Kopf ging alles durcheinander, während sie sich überlegte, wieso Charles eine Kassette mit der Stimme ihrer Mitbewohnerin aus Melbourne besaß.

Dominique bezweifelte keine Sekunde, dass es sich bei der Frau um Sandie handelte. Ihre Stimme war sehr prägnant, ein wenig nasal, und die Bemerkungen waren typisch für sie. Aber was sie da losließ, war wirklich die Krönung. Sie hatte ja immer gewusst, dass Sandie sie nicht leiden konnte, besonders nachdem deren Freund auf ziemlich plumpe Art versuchte hatte, bei ihr zu landen. Darüber hatte sie sich dann bei Sandie beschwert. Aber was sie jetzt hörte, war nicht nur Missfallen, es war blanker Hass und Verachtung.

Tricia blies ins selbe Horn und stellte sie als herzlose Glücksritterin dar. Das Problem war nur: Sie konnte den beiden nicht absprechen, dass deren Aussagen im Kern der Wahrheit entsprachen. Damals war sie tatsächlich herzlos, rücksichtslos und nur hinter dem Geld her gewesen.

Wie erstarrt saß sie nun in der Wanne, während ihr das Herz bis zum Hals schlug. „Du meine Güte!“, sagte sie immer wieder. Die Vorstellung, dass Charles ihr einen Privatdetektiv auf die Fersen gesetzt hatte, verwunderte sie und machte ihr gleichzeitig Angst. In ihren Schläfen kündigte sich bereits ein pochender Schmerz an, und sie konnte kaum einen klaren Gedanken fassen. Dazu trug auch ihr verzweifeltes Bemühen bei, sich einen Reim auf das Ganze zu machen.

Wenn Charles Bescheid gewusst hatte, wieso hatte er sie dann geheiratet?

Erst als die Kassette bis zum Interview mit Claudia – der dritten Mitbewohnerin in Melbourne – abgespielt war und diese Rico erwähnte, fiel bei Dominique der Groschen. *Rico! Er* hatte sie überprüfen lassen, nicht Charles. Darum war es auch in dem Bericht von letztem Samstag gegangen. Die Unterlagen hatten nichts mit irgendeinem Exmitarbeiter von *Brandon Beer* zu tun, sondern mit ihr.

Aber das erklärte auch nicht alles. Wenn es in diesem Bericht um sie gegangen war, warum hatte Charles dann bis Samstagabend gewartet, um ihn zu lesen? Bestimmt wäre er doch total neugierig gewesen. Es sei denn …

Es sei denn, er hatte schon gewusst, was darin stand, weil Rico ihm am Abend zuvor davon erzählt hatte. Deshalb war Charles auch in dieser düsteren Stimmung nach Hause gekommen, nicht, weil er beim Pokern verloren, sondern weil er herausgefunden hatte, dass seine Frau eine kaltblütige Abzockerin war.

Während Dominique die Ereignisse von vergangenem Freitag unter diesem Aspekt Revue passieren ließ, wich ihr das Blut aus dem Gesicht. Was Charles da mit ihr getan und von ihr verlangt hatte, hatte sie damals aufregend gefunden. Jetzt ekelte es sie an und bestürzte sie. Während sie das Gesicht in den Händen barg, lief es ihr eiskalt den Rücken hinunter. Dabei hatte sie gedacht, Charles würde sie lieben, und sein Verlangen und seine Begierde rührten von dieser Liebe her. Doch sein Handeln hatte gar nichts damit zu tun. Er wurde von Hass und nicht von Liebe getrieben. Und von Rache!

Nun ergaben auch andere Merkwürdigkeiten einen Sinn: dass er seinen Kinderwunsch aufgeschoben hatte und sich neuerdings für ihre Vergangenheit interessierte. Er musste sie wirklich verabscheuen!

Andererseits … Wenn das tatsächlich der Fall war, warum hatte er dann dieses Haus gekauft und ihr erlaubt, Rusty zu behalten? Nicht alles erklärte sich mit seinem vermeintlichen Wunsch nach Rache. Und in der vergangenen Woche war er ausgesprochen lieb zu ihr gewesen.

In ihr keimte Hoffnung auf. Vielleicht hatte sich seine Liebe gar nicht in Hass verwandelt, weil er Claudias Aussage mehr Gewicht beimaß als den Hetzparolen der anderen beiden. Und vielleicht war er am Ende zu dem Schluss gekommen, ihr noch eine Chance zu geben.

Die Hoffnung war stärker als alles andere, aber bevor sie sich ihr hingab, musste sie diesen Bericht finden. Erst wenn sie dessen Inhalt kannte, wüsste sie, wie sie sich verhalten sollte. Rasch stieg sie aus der Wanne und hüllte sich in ein Handtuch.

12. KAPITEL

Genervt blickte Rico auf sein Blatt. Heute Abend bekam er wirklich immer ganz üble Karten. Und es war unmöglich, überzeugend zu bluffen, wenn man nicht hin und wieder einen Stich machen konnte. Abgesehen davon, wusste Renée jedes Mal, wenn er bluffte, egal, was er für Karten hatte. Wie sie das machte, war ihm ein Rätsel.

„Ich bin draußen“, sagte er jetzt, schnitt ein Gesicht und warf die Karten auf den Tisch.

Als gleich darauf sein Handy klingelte, blickten ihn seine Mitspieler irritiert an.

„Wir haben uns doch darauf geeinigt, die Dinger auszumachen, wenn wir pokern“, meinte Renée spitz.

„Tut mir leid! Aber ich erwarte einen wichtigen Anruf“, sagte Rico, was komplett gelogen war. Er hatte einfach nur vergessen, das verdammte Ding abzustellen. In letzter Zeit vergaß er vieles, wenn er wusste, dass er Renée treffen würde. „Bei dieser Runde bin ich ja ohnehin ausgestiegen“, meinte er dann und stand auf. „Ich gehe rasch ins Bad, dann störe ich euch nicht weiter.“

Ganz gewiss würde er die anderen nicht zuhören lassen, wenn er versuchte, Leanne abzuwimmeln. Sonst würde Renée garantiert eine spitze Bemerkung darüber fallen lassen, dass man sich als Frau einfach nicht auf ihn verlassen konnte. Und Charles und Ali würden bestimmt nicht verstehen, dass er die völlig unkomplizierte Beziehung, die Leanne mit ihm haben wollte, nicht in vollen Zügen auskostete. Aber er hatte bei seinem zweiten Treffen mit ihr festgestellt, dass er dabei nur noch mehr an Renée denken musste.

Bevor er sich an jenem Abend schließlich von Leanne verabschiedete, hatte er begriffen, dass er lieber eine Minute in Renées nervenaufreibender Gegenwart verbrachte als eine ganze Nacht mit Leanne. Deshalb sagte er ihr beim Abschied auch, dass es zwischen ihnen vorbei sei. Aber seitdem war sie schrecklich aufdringlich und konnte einfach nicht begreifen, dass ein Mann einmal nicht nach ihrer Pfeife tanzte.

„Rico!“, meldete er sich jetzt entsprechend kurz angebunden, als er das Gespräch entgegennahm.

„Lass Charles nicht wissen, dass ich es bin“, sagte eine Frau, aber nicht Leanne, sondern *Dominique!* Wieso, um alles in der Welt, rief sie ihn an?

„Mach dir keine Sorgen“, stieß er nun hervor.

„Kannst du sprechen?“

„Ja, diese Runde bin ich ausgeschieden und ins Bad gegangen, um die anderen mit dem Telefonat nicht noch mehr zu nerven. Ehrlich gesagt, hätte ich nicht damit gerechnet, dass du es bist.“

„Keine Sorge, ich mach's kurz. Ich habe nur eine Frage, Rico. Warum hast du mir einen Privatdetektiv auf die Fersen gesetzt?“

Rico schluckte, als ihm klar wurde, dass Charles' Rachefeldzug gegen seine Frau damit ein jähes Ende nahm. Aber das war auch besser so. Wer mit der Gefahr spielte, kam darin um. Und Dominique war unheimlich gefährlich. Es wurde höchste Zeit, dass Charles diese Hexe aus seinem Leben verbannte. „Ich schätze mal, du hast den Bericht gefunden“, sagte er spöttisch. Typisch, dass sie in Charles' Sachen herumschnüffelt, sobald er die Wohnung verlässt, dachte er dabei. Wahrscheinlich hatte sie seine Bankauszüge gesucht.

„Ja, ich habe ihn gelesen und mir die Kassetten angehört, und zwar alle.“

Sie klang außer sich. Kein Wunder, der Bericht war nun einmal nicht angenehm. „Da bin ich aber froh“, sagte Rico. „Meiner Meinung nach hätte es dir Charles sofort auf den Kopf zusagen sollen. Aber glaub mir, das hätte er noch getan. Bilde dir bloß nicht ein, du wärst ungeschoren davongekommen. Und einen Anspruch auf Unterhalt kannst du dir auch an den Hut stecken – mit diesem Bericht. Das Spiel ist aus, Dominique. Ich schlage vor, du betreibst Schadensbegrenzung, raffst all die teuren Geschenke und Klamotten zusammen, mit denen Charles dich zweifellos überhäuft hat, und machst dich vom Acker. Es sei denn, du willst, dass er dich noch länger dafür bluten lässt. Das hat er nämlich getan, seitdem er dir auf die Schliche gekommen ist. Er wollte sichergehen, dass er für sein Geld auch einen entsprechenden Gegenwert bekommt, bevor er dich vor die Tür setzt. Und da du nur eins zu bieten hast ... Nun, ich muss wohl nicht ins Detail gehen.“

Rico hörte, wie Dominique entsetzt den Atem anhielt, und höhnte: „Das hat wehgetan, hm? Sehr schön. Du hättest dabei sein sollen, als ich Charles letzten Freitag die Wahrheit über dich erzählt habe. Der Mann war am Boden zerstört.“

„Oje, mein armer Charles! Aber du … du irrst dich, was mich betrifft, Rico. Und ich glaube, du irrst dich auch, was Charles betrifft. Mit Sicherheit hat ihn dieser Bericht verletzt, vielleicht wollte er sich am Anfang sogar an mir rächen. Aber ich glaube, er hat seine Meinung in der vergangenen Woche geändert und erkannt, dass ich ihn wirklich liebe. Ganz nebenbei hat ihm dieser Bericht die Augen über meine Vergangenheit geöffnet. Wusstest du übrigens, dass er uns und unseren zukünftigen Kindern ein Haus gekauft hat? Würde ein Mann, der sich von seiner Frau trennen will, so etwas tun?"

Einen Augenblick war Rico erstaunt. Charles hatte ihm nichts davon erzählt. Aber sie hatten vergangene Woche ja auch keine Gelegenheit gehabt, miteinander zu sprechen. Er, Rico, war die ganze Zeit damit beschäftigt gewesen, die nächsten beiden Folgen von „Pasta-Leidenschaft" abzudrehen. Und heute hatte er es gerade noch rechtzeitig zum Pokern geschafft und keine Zeit mehr gehabt, vorher noch mit Charles zu plaudern.

Andererseits, wenn Charles seine Meinung über Dominique geändert hätte, hätte er ihn angerufen. Genau, Dominique klammerte sich nur an den letzten Strohhalm. „Bist du dir auch sicher, dass er das Haus wirklich gekauft hat?", entgegnete er jetzt. „Man kann schnell mal eine Anzahlung leisten, das heißt noch nicht, dass man den Vertrag unterschrieben hat und die Gesamtsumme auch wirklich anweist. Er macht dir nur etwas vor, damit du noch ein bisschen länger lieb zu ihm bist. Glaub mir, für dich wird es kein Haus und keine Familie geben, zumindest nicht mit Charles."

„Du … Du lügst", sagte Dominique mit bebender Stimme. „Charles würde nie so etwas Gemeines tun."

„So, meinst du? Frag ihn doch, wenn er heute Nacht nach Hause kommt."

„Dann … Dann bin ich nicht mehr da."

„Hervorragender Einfall!"

„Dass du so denkst, war ja klar, aber Charles ist da vielleicht anderer Meinung. Doch jetzt ist ohnehin alles kaputt. Unsere Ehe hätte vielleicht eine Chance gehabt, wenn du dich rausgehalten hättest."

„Du meinst wohl, wenn meine Cousine Claudia nicht mit dir zusammengewohnt hätte."

„Sie ist deine Cousine? Jetzt verstehe ich …"

„Das bezweifle ich. Frauen wie du haben es allein auf das Erreichen ihrer Ziele abgesehen. Dass du deinen Weg mit seelischen Wracks pflasterst, siehst du nicht. In deinen Augen sind doch alle Männer Mistkerle."

„Charles hat gesagt, du würdest gerade eine schwierige Phase durchmachen, aber er hat sich geirrt. Du hast einfach nur einen Knall! Ich liebe Charles und werde nie etwas anderes behaupten. Du, Rico, bist derjenige, der ihm wehgetan hat. Du hast sein Leben zerstört. Er hätte glücklich mit mir werden können. Wir hätten glücklich sein können. Aber jetzt ist alles aus."

„Du denkst doch nicht im Ernst, dass ich dir diesen Mist abkaufe? Du hast Charles nie geliebt."

„Da irrst du dich. Ich habe ihn von Anfang an geliebt und werde ihn auch in Zukunft lieben. Ich gestehe, dass es mich zunächst selbst überrascht hat. Ursprünglich hatte ich es wirklich auf sein Geld abgesehen. Aber das hat sich geändert, sobald ich ihn persönlich kennengelernt habe."

„Blödsinn! Wir wissen doch beide, dass du Charles nie geheiratet hättest, wäre er ein normaler Lohnempfänger gewesen."

„Wäre Charles irgendein Durchschnittsmann gewesen, hätte ich mich erst gar nicht in ihn verliebt."

„Ach ja, natürlich! Frauenlogik!", höhnte er. „Sicher ist es leichter, einen reichen Mann zu lieben als einen armen."

Sie seufzte müde. „Ich weiß, dass ich dich niemals überzeugen werde, deshalb versuche ich es erst gar nicht. Du hast sowieso gewonnen. Meine Ehe ist vorbei. Jetzt kann ich nicht mehr bei Charles bleiben, weil er nie wirklich an meine Liebe glauben wird. Da würde immer ein Zweifel bleiben, und das könnte ich nicht ertragen. Ich hinterlasse ihm eine Nachricht, in der ich im alles erkläre, und ich werde ihm schreiben, dass er die Sache mit der Scheidung ruhig vorantreiben soll. Du brauchst ihm nicht von diesem Anruf zu erzählen oder von den gemeinen Dingen, die du über ihn gesagt hast. Ich tue es auf jeden Fall nicht. Vielleicht könntest du ihm ja ausnahmsweise mal ein guter Freund sein, anstatt dich als ein engstirniger, zynischer, egoistischer Mistkerl zu erweisen. Auf Wiedersehen, Rico, und viel Glück. Du wirst es brauchen."

Sie legte auf, ohne dass Rico noch etwas hätte sagen können. Es war frustrierend, nicht das letzte Wort zu haben. Verärgert machte er das Handy ganz aus und kehrte an den Kartentisch zurück, wobei er sich einzureden versuchte, dass er und Charles sich glücklich schätzen konnten, Dominique los zu sein. Bei dem merkwürdigen Gefühl im Magen konnte es sich doch nicht um Schuldgefühle handeln, oder? Nein, nein, er war einfach nur hungrig.

„Zeit fürs Abendessen", sagte er, als er sich wieder zu den anderen setzte. Sie hatten offensichtlich gerade die Runde beendet, wobei Charles den Pot einsammelte und ihm glücklich zulächelte.

Wieder machte sich Ricos Magen bemerkbar.

„Wer war denn am Telefon?", fragte Charles.

Rico wollte schon antworten, überlegte es sich aber anders.

„Bestimmt eine Frau", meinte Renée spöttisch.

„Leanne, was?", fragte Charles.

„Nein."

„Und wer ist Leanne?", wollte Renée wissen.

„Irgendeine Blonde, mit der sich Rico neuerdings trifft", erklärte Charles, und Renée zog die sorgfältig gezupften Augenbrauen hoch.

„Tatsächlich? Was für eine Überraschung! Ich dachte, nur Gentlemen würden auf blonde Frauen stehen."

„Ich würde sagen, wir lassen das, bevor ihr euch in die Haare geratet", erklärte nun Ali mit fester Stimme. „Abendessen gibt's wie immer um halb elf, Rico. Und jetzt gib endlich!"

Rico verteilte die Karten, aber Dominiques Anruf ging ihm nicht aus dem Kopf, und auch sein Magen beruhigte sich nicht. Die ganze Zeit überlegte er dabei, ob er sich in Dominique geirrt hatte. Was, wenn sie Charles tatsächlich liebte? Was, wenn Charles das in der vergangenen Woche herausgefunden und beschlossen hatte, sich nicht scheiden zu lassen? Das würde diesen Hauskauf eher erklären als die gemeinen, gefühllosen Motive, die er Charles unterstellt hatte.

Sein Freund wäre nie gemein oder gefühllos. Das lag einfach nicht in seinem Wesen.

Jetzt sah Rico zu ihm und hoffte inständig, dass er ihm nicht gerade einen Bärendienst erwiesen hatte.

13. KAPITEL

So schlecht hatte Charles Rico noch nie spielen sehen. Irgendetwas beschäftigte ihn. Der Anruf! War er womöglich doch von Leanne gewesen?

Als das Abendessen aufgetragen wurde, nahm Charles Rico beiseite. „In Ordnung, jetzt will ich die Wahrheit hören. Der Anruf war doch von Leanne, oder nicht? Du wolltest nur nicht, dass Renée davon erfährt."

„Nein, er war nicht von Leanne", antwortete Rico sichtlich aufgeregt.

„Von wem dann? Komm schon, raus damit!"

„Hast du diese Woche nun ein Haus gekauft, ja oder nein?", fragte da Rico völlig überraschend.

Charles blinzelte. Du liebes bisschen! Wer war denn da am Telefon gewesen? Die Maklerin?

„Hast du beschlossen, dich nicht von Dominique scheiden zu lassen?", fuhr Rico jetzt fort. „Komm schon, raus damit!"

Charles war froh, dass dieses Thema zur Sprache kam. „Nein, ich werde mich nicht von Dominique scheiden lassen, und ja, ich habe uns ein Haus gekauft."

Als Rico laut zu fluchen begann, erweckte das Renées Aufmerksamkeit. Sie saß immer noch am Spieltisch und nippte an ihrem Kaffee. „Was ist denn los?", fragte sie besorgt.

„Nichts", antwortete Charles kurz angebunden. „Nur eine persönliche Angelegenheit unter Männern."

„Du meinst, ihr redet über Frauen und Sex", spottete Renée.

„Nein, verdammt!" Auch Charles ging ihr Sarkasmus allmählich auf die Nerven. „Wir reden über Frauen und Liebe. Sogar wir Männer machen da einen Unterschied, weißt du? Und gelegentlich stufen wir die Liebe sogar höher ein als den Sex."

Renée errötete, und Rico stöhnte. Charles gefiel gar nicht, wie sich sein Freund dabei anhörte – viel zu schuldig. „Ich mache mir langsam Sorgen, Rico", raunte er ihm zu. „Ich finde, du solltest mir erzählen, worum es hier eigentlich geht. Wer war da am Telefon, und was hat er gewollt?"

Rico wirkte betroffen, und Charles bekam Panik.

„Es war Dominique", platzte da Rico heraus. „Sie ... Sie hat den Bericht gefunden."

Charles' Flüche übertrafen Ricos noch. Er nahm den Freund beim Arm und schüttelte ihn. „Was hat sie gesagt?"

„Dass sie nicht mehr zu Hause sei, wenn du kämst, und dass sie die Scheidung wolle."

Charles konnte sich lebhaft vorstellen, dass sie noch viel mehr gesagt hatte, so schuldbewusst, wie Rico aussah. Aber er hatte jetzt keine Zeit, auf Detailsuche zu gehen. Stattdessen wirbelte er zu ihrem Gastgeber herum, der wie gebannt zu ihnen sah. Mit seinen Flüchen hatte er ihn wahrscheinlich vor den Kopf gestoßen. Ali war immer ganz Gentleman. „Ich muss gehen, Ali, und zwar sofort."

Während er das sagte, war er bereits auf dem Weg zur Tür, und die Fahrt im Aufzug schien nie enden zu wollen. Aber sobald sich die Türen öffneten, rannte er los. Er hielt nicht einmal an, um sich seinen Wagen bringen zu lassen. Das hätte zu viel Zeit gekostet. Stattdessen lief er zu Fuß nach Hause. Drei Minuten später war er bei dem Apartmentblock und stürmte ins Foyer.

Der Wachmann sah ihn erschrocken an.

„Haben Sie heute Abend meine Frau gesehen, Jim?", fragte Charles heftig atmend.

Der Mann runzelte die Stirn. „Nein, Mr. Brandon. Aber meine Schicht hat auch erst um zehn Uhr angefangen. Ist etwas passiert? Kann ich etwas für Sie tun?"

„Nein, nein, danke", stieß Charles hervor und rannte weiter zum Aufzug. Eine Minute später gab er den Code ein und betrat das Penthaus. Dabei war ihm ganz mulmig zumute. Hier und da brannte ein Licht, aber es war unheimlich ruhig. Zu ruhig. Charles wagte kaum weiterzugehen. Er wollte seine Vermutung nicht bestätigt finden, dass Dominique schon weg war und er zu spät kam.

Als ihm Rusty plötzlich um die Beine strich, keimte so etwas wie Hoffnung in ihm auf. Bestimmt hätte sie ihre geliebte Katze nicht zurückgelassen. „Dominique?", rief er und war ganz erschrocken, wie panisch er klang. Aber er hatte tatsächlich Angst, sie zu verlieren. Nein, mehr noch, seine Seele schrie.

Charles nahm die Katze auf den Arm und ging langsam zum Schlafzimmer. Wenn Dominiques Kleider noch da waren, war auch sie nicht weit.

Ihr Teil des begehbaren Kleiderschranks war voll, und Charles atmete auf. Dann eilte er ins Wohnzimmer und rief wieder ihren Namen. Aber der Raum war leer, genau wie die Küche und die Terrasse – das gesamte Penthaus. Vielleicht war sie nur spazieren gegangen oder blieb die Nacht über in einem Hotel, um ihm einen Denkzettel zu verpassen. Bestimmt wäre sie bald wieder da. Keinesfalls würde sie Rusty für immer zurücklassen.

Zum ersten Mal, seitdem er das Penthaus betreten hatte, beruhigte sich sein Herzschlag ein wenig, und er schöpfte tatsächlich so etwas wie Hoffnung. Er setzte Rusty auf ihren Lieblingssessel und eilte ins Gästezimmer und dann in sein Büro, um sich zu vergewissern, dass Dominique auch nicht dort war.

Der Brief lag auf seinem Schreibtisch, beschwert mit der Schmuckschatulle des Colliers, das er ihr vergangenen Freitag gekauft hatte. Je näher er dem Schreibtisch kam, desto größer wurde die Gewissheit, dass sich seine Befürchtung, zu spät gekommen zu sein, bewahrheitete.

Wie in Trance ließ er sich auf den Schreibtischstuhl sinken, und als er die beiden handgeschriebenen Seiten unter der Schmuckschatulle hervorzog und zu lesen begann, bebte seine Hand.

Mein geliebter Charles,
ich hoffe, Du hast nichts dagegen, dass ich Dich so nenne, denn an meiner Liebe zu Dir wird sich nie etwas ändern.

Lass mich Dir zunächst erklären, wie es dazu kam, dass ich den Bericht gefunden habe. Ich habe nicht etwa in Deinen Unterlagen herumgeschnüffelt, sondern wollte beim Baden Musik hören. Dazu holte ich Deinen tragbaren CD-Player aus dem Büro. Als ich auf die Abspieltaste drückte, stand die Vorauswahl wohl noch auf „Kassette“.

Verdammt! Charles stöhnte. Die Kassette hatte er ja ganz vergessen! Wie hatte er nur so dumm sein können?

Als ich dann hörte, was darauf war, habe ich natürlich eins und eins zusammengezählt. Rasch wurde mir klar, dass der Bericht, den Rico Dir vergangenen Samstag gebracht hat, von mir handelte. Als ich dann darüber nachdachte, wurde mir auch be-

wusst, dass Rico Dir wahrscheinlich schon am Freitagabend davon erzählt hat.

Es tut mir sehr leid, dass Dich mein Verhalten in der Vergangenheit so verletzt hat. Ich kann mir gut vorstellen, wie wütend Du gewesen bist, als Du davon erfahren hast. Deshalb nehme ich Dir auch nicht übel, was Du Freitagnacht und während der vergangenen Woche mit mir gemacht hast. Schmerz veranlasst Menschen zu Handlungen, die sie unter normalen Umständen verurteilen würden.

Ich wollte es eigentlich nicht erwähnen, aber ich habe Rico heute Abend angerufen, weil ich herausfinden wollte, warum er diesen Detektiv auf mich angesetzt hat. Zu diesem Zeitpunkt war ich wohl selbst ein wenig außer mir. Wie auch immer, als Rico mutmaßte, es würde zu Deinem Racheplan gehören, nur so zu tun, als würdest Du das Haus kaufen, war mir einen Moment lang ganz anders.

„O nein!", rief Charles.

Aber schließlich kam ich zu dem Schluss, Ricos Erklärung nicht zu glauben. Inzwischen gehe ich davon aus, dass Du bereits herausgefunden hast, dass Du mich genauso liebst wie ich Dich. Das heißt natürlich nicht, dass Deine Liebe für mich anhalten wird. Und daran bin allein ich schuld. Ich hatte einen Lebensweg eingeschlagen, der genauso verworren und krank war wie der, den Rico gerade beschreitet. Leute, die sich so verhalten wie er, und wie ich es jahrelang getan habe, durchleiden ihre eigene private Hölle. Du hast mich da herausgeführt, mein Liebling, und meinen Glauben an die Menschheit wieder hergestellt. Du hast mir sogar die Augen geöffnet, was Geld betrifft. Es zu haben oder auch nicht hat nichts damit zu tun, ob man glücklich ist.

Es ist leicht, andere Menschen zu verurteilen, besonders wenn man kein Verständnis oder Mitgefühl für sie aufbringt. Zu beidem ist Rico nicht mehr in der Lage. Er tut mir wirklich leid, und ich wünsche ihm, dass er eines Tages die richtige Frau findet, die ihn um seiner selbst willen liebt. Dabei kann man nur hoffen, dass er ihr dann auch glaubt.

Jetzt muss ich mich aber beeilen. Ich will nicht mehr hier sein, wenn Du nach Hause kommst. Du sollst mich nicht zum Bleiben überreden, obwohl ich genau weiß, dass ich gehen muss.

Rusty lasse ich Dir aus zwei Gründen da: um Dir zu zeigen, dass ich nicht glaube, dass Du mich hasst, zumindest nicht tief im Innersten, und weil ich es Rusty gegenüber nicht fair finde, ihr schon wieder ein Zuhause zu nehmen. Es gefällt ihr bei Dir. Behalt sie, Charles, als Erinnerung an mich. Und wenn Du sie ansiehst, denk immer daran, wie sehr ich Dich geliebt habe. Meine Gefühle für Dich hatten nie etwas mit Geld zu tun, das ist sogar mir am Ende klar geworden. Ich habe Dich von Anfang an geliebt.

Die Sachen und Kleidungsstücke, die Du mir gekauft hast, habe ich zurückgelassen, um Rico zu beweisen, dass er sich geirrt hat. Glücklicherweise habe ich noch meinen eigenen Wagen und einige Ersparnisse. Nach einer gewissen Zeit werde ich mich wieder bei Dir melden, damit Du weißt, wohin Du die Scheidungspapiere schicken sollst. Es erübrigt sich wohl, zu erwähnen, dass ich keinen Unterhalt von Dir haben möchte. Also bitte keine großzügige Geste. Ich würde das Geld nur verschenken. Siehst Du? Schließlich bin sogar ich erwachsen geworden.

Jetzt muss ich aber los. Ich bin schon zu lange geblieben.

Geh nicht zu hart mit Rico ins Gericht. Er hatte wahrscheinlich nur Dein Wohl im Auge.

In Liebe, Dominique

Charles ließ die Briefbögen auf den Schoß sinken und sich im Stuhl zurückfallen. Was machte er denn jetzt? Was *konnte* er machen?

Er beugte sich vor und öffnete die Schmuckschatulle. Darin lag das Collier in seiner ganzen trügerischen Herrlichkeit. Aber nicht etwa der Anblick der Halskette betrübte ihn, sondern der von Dominiques Ehe- und Verlobungsring. Es hatte so etwas furchtbar Endgültiges, wenn eine Frau ihre Ringe zurückließ.

Als es an der Haustür klingelte, holte ihn das aus seinem Selbstmitleid. Im Handumdrehen stand er auf und eilte zur Tür. „Dominique!“, rief er. Sie hatte ihre Meinung geändert und war zurückgekehrt! Doch als er die Tür öffnete, stand da draußen nicht Dominique, sondern

Rico, der genauso schlecht aussah, wie Charles sich plötzlich wieder fühlte. „Oh“, sagte Charles ausdruckslos, „du bist’s nur.“

Rico zuckte regelrecht zusammen. „Dominique hat am Telefon gesagt, du würdest jetzt einen Freund brauchen. Deshalb bin ich sofort hergekommen.“

Charles lachte gequält. „Ich glaube, du bist mir schon ein viel zu guter Freund gewesen.“

„Es tut mir leid, Charles. Ich habe wirklich gedacht, sie sei nicht gut für dich. Du wirst zugeben müssen, dass es nach dem Bericht auch so aussah.“

Charles seufzte. Rico hatte recht. Dieser Bericht war vernichtend. „Sie hat mir einen Brief dagelassen“, erklärte er dann betrübt. „Vielleicht solltest du ihn lesen.“

Nachdem Rico fertig war, sah er betroffen zu Charles. „Sie klingt so ganz anders, als ich sie mir vorgestellt habe.“

„Sie ist anders.“

„Ich glaube, sie liebt dich wirklich.“

„Ich weiß, dass sie mich liebt.“ Es laut zu sagen gab Charles den dringend benötigten Energieschub, sodass er einen Entschluss treffen konnte. „Ich suche sie und bringe sie zurück.“

„Gute Idee“, stimmte ihm Rico zu. „Aber wohin, glaubst du, ist sie gegangen?“

„Heute Nacht wahrscheinlich erst einmal in irgendein Hotel in der Stadt. Wir rufen einfach alle an.“

Doch nirgends war eine Dominique Brandon abgestiegen.

„Vielleicht benutzt sie einen anderen Namen“, mutmaßte Rico.

„Und vielleicht ist sie überhaupt nicht in Sydney“, entgegnete Charles nachdenklich. „Vielleicht ist sie erst einmal von hier weggefahren.“

„Aber wohin?“

„Ich weiß es nicht. Ich muss nachdenken. Sie hat bestimmt einen Plan. Dominique hat immer einen Plan.“

„Wahrscheinlich wollte sie erst einmal nur weg von hier, Charles, und von dir. Aber du weißt ja, wie groß Australien ist. Sie könnte überall sein.“

„Vielleicht sollte ich einen Detektiv anheuern, um sie zu finden. Am besten den, den du schon für den Bericht bemüht hast.“

„Hältst du das wirklich für sinnvoll?"

„Ja, ich muss sie finden, Rico."

Rico seufzte. „Ich glaube nicht, dass Dominique glücklich darüber wäre, wenn du ihr von einem Detektiv nachstellen ließest. Warte lieber, bis sie sich wieder bei dir meldet. Sie hat doch geschrieben, dass sie das vorhat. Jetzt braucht sie erst einmal Zeit, Charles."

Charles stöhnte. Vielleicht hatte Rico recht, vielleicht aber auch nicht.

„Es tut mir so leid, Charles, ich wollte dir nicht wehtun."

Charles klopfte seinem Freund auf die Schulter. „Schon in Ordnung. Du hast es ja nur gut gemeint. Aber vielleicht solltest du das nächste Mal ein wenig vorsichtiger sein, bevor du jemanden verurteilst … Jetzt beherzige ich erst einmal deinen Vorschlag und warte ein bisschen. Aber nicht länger als einen Monat. Wenn ich bis dahin nichts von ihr gehört habe, mache ich mich persönlich auf die Suche nach ihr."

14. KAPITEL

Es war bitterkalt, und die von Dunstschleiern verhangene Sonne spendete kein bisschen Wärme. Aber so war es nun einmal im Winter an der Westküste Tasmaniens. Dominique knöpfte ihren Mantel zu, bevor sie den Kofferraumdeckel öffnete und die Blumen herausnahm, die sie mitgebracht hatte. Gelbe Rosen – die Lieblingsblumen ihrer Mutter.

Vorsichtig ging sie über den durchweichten Boden und versuchte, die umgestürzten Grabsteine nicht zu beachten. Aber es war schwer, über die Vernachlässigung des Friedhofs von Keats Ridge hinwegzusehen. Dabei war es in der Stadt selbst nicht viel anders. Alles war noch heruntergekommener, als sie es in Erinnerung hatte.

Sie ging direkt zu der Stelle, an der ihre Mutter begraben lag, und befürchtete schon, dass es dort nicht einmal einen Grabstein geben würde. Sie war zehn Jahre lang nicht mehr hier gewesen und wusste nicht, was ihr Vater mit dem Grab gemacht hatte. Wenn er überhaupt irgendetwas damit getan hat, dachte sie dann verbittert. Was er ansonsten gemacht hatte, wusste sie aus dem Bericht: sich einen ordentlichen Job gesucht und dann eine neue Familie gegründet, die er offensichtlich gut versorgte.

Dominique haderte immer noch mit ihm. Warum hatte er das nicht für ihre Mutter und sie tun können? Warum hatte er sie allein gelassen, während er das bisschen Geld versoff, das sie besaßen?

Der Grund dafür würde wohl immer ein Geheimnis bleiben. Denn bestimmt suchte sie ihn nicht auf und fragte, welches Wunder seine Hundertachtziggrad-Wendung verursacht hatte. Dabei wohnte er nur eine Stunde von Keats Ridge entfernt. Aber sie wüsste auch gar nicht, was sie sagen sollte. Wahrscheinlich wäre sie nicht einmal in der Lage, die Formen der Höflichkeit zu wahren, dazu hatte sie ihn zu lange gehasst. Nein, es machte keinen Sinn, sich bei ihm blicken zu lassen, nur weil sie neugierig war. Sie würde heute noch zum Festland zurückkehren. Vielleicht fand sie ja dann den Mut, Charles anzurufen, um sich nach seinem Befinden zu erkundigen.

Genau vor einem Monat hatte sie ihn verlassen, und es kam ihr vor wie eine Ewigkeit. Die meiste Zeit hatte sie in einer Pension in einem kleinen Küstenort westlich von Melbourne verbracht. Sie war früher schon einmal da gewesen und hatte den Ort als sehr friedlich empfunden.

Aber wer Schuld auf sich geladen hatte, fand keinen Frieden, und Dominique plagten Tag und Nacht Schuldgefühle. Nachdem sie den Bericht gelesen und Rico gesagt hatte, wie sehr sie Charles verletzt hatte, war ihr erst einmal ihr skrupelloses Verhalten während der vergangenen zehn Jahre bewusst geworden. Sie hatte die Menschen nur benutzt, um ihr einziges Lebensziel zu erreichen: reich zu werden.

So gern sie auch in Selbstmitleid über ihre gescheiterte Ehe versunken wäre, konnte sie bei Charles keine Schuld finden. Sie allein trug die Verantwortung dafür. Rico hatte ganz recht gehabt, sie war eine Abzockerin gewesen. Dafür gab es keine Entschuldigung, nur Gründe. Und der Hauptgrund lag hier auf dem Friedhof, in diesem …

Erstaunt blieb Dominique stehen. Denn was sie jetzt sah, bestätigte keineswegs ihre Befürchtungen. Da waren kein von Unkraut überwucherter Hügel und kein billiges Holzkreuz, sondern ein gepflegtes Grab mit einer Marmorplatte und einem großen, dazu passenden Grabstein. Die einfache Inschrift rührte Dominique zutiefst.

Hier ruht Tess Cooper, meine wunderschöne Frau und Mutter unserer geliebten Tochter Jane. In inniger Verbundenheit und tiefer Liebe, Scott Cooper

Dominique sank neben dem Grabstein auf die Knie und berührte die Inschrift. Dabei wurde ihr bewusst, dass dies das erste Mal seit der Beerdigung war, dass sie das Grab besuchte. Heute vor zehn Jahren war ihre Mutter begraben worden, und sie, Dominique, war seitdem kein einziges Mal hier gewesen.

„O Mum“, flüsterte sie nun unter Tränen, „bitte verzeih mir.“

Doch irgendjemand musste vor noch nicht allzu langer Zeit hier gewesen sein. In der Marmorvase standen vertrocknete Blumen.

„Verzeih mir“, stieß Dominique noch einmal hervor, während sie den verwelkten Strauß durch ihren ersetzte.

„Ich habe so gehofft, dich heute hier anzutreffen.“

Erschrocken sprang Dominique auf und wirbelte herum. „Charles!“, rief sie dann und wischte sich die Tränen aus den Augen, um den Mann, den sie liebte, besser sehen zu können. Du liebes bisschen, er war ganz dünn geworden und sah müde aus. „Aber wie …?“

„Frag nicht“, unterbrach er sie heiser, „und widersprich mir nicht. Komm einfach mit nach Hause.“

Wie gebannt sah Dominique ihn an. Da war er den ganzen Weg nach Tasmanien gekommen, um sie zurückzuholen. Er musste sie wirklich lieben. Trotzdem rührte sie sich nicht von der Stelle, und Charles wiederholte: „Komm mit nach Hause.“

„Aber …“

„Kein Aber“, stieß er hervor. „Bei unserer Heirat habe ich dir einen Schwur geleistet. In guten wie in schlechten Zeiten, habe ich gelobt, bei dir zu bleiben. Ob du nun krank würdest oder uns das Geld ausgehen sollte, nur der Tod könnte uns scheiden. Dieser Bericht war schlimm, ja, aber ich werde mich nicht von dir scheiden lassen, Dominique. Ich liebe dich, und das wird immer so bleiben, egal, was geschieht. Wenn du meine Liebe erwiderst, kommst du mit mir zurück – und zwar noch heute. Keinen Tag halte ich es mehr ohne dich aus, und Rusty tut das auch nicht. Wir sehnen uns nach dir, Darling. Wir brauchen dich, bitte komm zurück. Aber jetzt … komm erst einmal her“, fügte er hinzu und breitete die Arme aus.

Dominique brach erneut in Tränen aus und ließ sich von seinen starken Armen umfangen. Charles drückte sie so fest an sich, dass sie keinen Atem mehr zum Weinen hatte.

„Jetzt will ich aber auch keine Tränen mehr sehen“, befahl er dann. „Wir gehen nach Hause und leben zufrieden in unserem Haus.“ Auf Dominiques erstaunten Blick hin fuhr er fort: „Ja, ich habe es gekauft. Das wollte ich die ganze Zeit. Rico rauft sich noch heute die Haare, wenn er daran denkt, was er mir mit der Anzahlung unterstellt hat. Aber nach jener denkwürdigen Nacht von Freitag auf Samstag habe ich keine Rache mehr empfunden. Den Kaufvertrag für das Haus habe ich letzte Woche unterzeichnet und schon einmal die Möbel aus dem Penthaus dorthin bringen lassen. Ich finde, es sieht ganz gut aus. Rusty war völlig begeistert, wieder zu Hause zu sein, bis sie entdeckt hat, dass du nicht da bist. Danach hat sie das Fressen verweigert.“

Dominique machte einen Schritt zurück, um ihrem Mann in das markante, ein wenig schmale Gesicht zu blicken. „Du siehst aus, als würdest du auch die Nahrung verweigern, Charles.“

Er lächelte. „Du musst einfach wieder für mich kochen."

„Wer kümmert sich denn jetzt um Rusty?"

„Rico hat sich freiwillig dazu gemeldet. Der Arme, Renée spricht jetzt überhaupt nicht mehr mit ihm. Sie gibt ihm die Schuld am Scheitern unserer Ehe. Die letzten Freitage beim Pokern waren ziemlich ruhig und ein bisschen langweilig. Ich wusste gar nicht, wie unterhaltsam Ricos und Renées kleine Streitereien gewesen sind. Aber ..."

„Jane? *Jane?* Bist du das?"

Immer noch in Charles Armen wirbelte Dominique herum und lehnte sich an ihn, als sie bestätigt fand, was sie bereits gehört hatte.

„Du bist es wirklich", sagte ihr Vater. „Ich hatte ganz vergessen, wie ähnlich du deiner Mutter siehst!"

Wie gebannt sah Dominique ihn an. Er sah gut aus, nein, er sah verdammt gut aus, trotz der grauen Schläfen und der zusätzlichen Pfunde. Dabei wirkte er gar nicht so alt, wie sie vermutet hatte. Bei ihrer Geburt war er achtzehn gewesen. Wie alt war er dann jetzt? Sechsundvierzig. Nicht viel älter als Charles.

Gleich darauf wurde sie auf den Strauß gelber Rosen in seiner Hand aufmerksam. „Dann hast du die Blumen auf ihr Grab gestellt?", fragte sie ungläubig.

Er nickte und kam näher, um seine Rosen zu ihren zu stecken. Jetzt machten sie richtig etwas her. „Ich komme alle paar Monate vorbei, um mich zu vergewissern, dass alles ordentlich und nett aussieht, so wie Tess es gern gehabt hätte. Weißt du noch?"

Ja, Dominique erinnerte sich gut. Ihre Mutter hatte immer viel Wert auf Ordentlichkeit gelegt, das galt sowohl für sie selbst als auch für ihr Zuhause, auch wenn es nur eine Bretterbude gewesen war.

„Wie kannst du es wagen, hierher zu kommen?", platzte Dominique da heraus. „Ausgerechnet heute! Dass du es überhaupt erträgst, an ihrem Grab zu stehen, nach all dem, was du ihr angetan hast?"

Dominique spürte Charles' Griff um ihre Schultern fester werden. „Denk daran, was du in deinem Brief geschrieben hast", sagte er dann sanft, „dass die Menschen immer einen Grund für ihr Tun haben. Gib deinem Vater eine Chance, sich zu erklären, Darling. Das hat er verdient."

„Danke", sagte Scott Cooper. „Das weiß ich wirklich zu schätzen. Und wer sind Sie?"

„Charles Brandon, Dominiques Ehemann."

„Dominiques? Aber ..."

„Ich habe meinen Vornamen geändert, nachdem ich hier weggegangen bin", stieß Dominique hervor, und ihr Vater nickte ... langsam und traurig.

„Ich verstehe. Du wolltest das alles vergessen. Ich mache dir keinen Vorwurf, ich wollte es auch vergessen."

„Das scheint dir ja ganz gut gelungen zu sein", warf sie ihm nun vor. „Eine neue Frau, zwei neue Söhne."

„Du weißt von ihnen?", fragte ihr Vater erstaunt.

„Ich weiß alles, und auch von deinem wunderbaren neuen Job. Sag mir nur eins, Dad, wie hast du das alles geschafft? Denn als ich Tasmanien nach Mums Beerdigung verlassen habe, bist du nichts als ein heruntergekommener Alkoholiker gewesen, ohne Stolz oder Mumm in den Knochen."

„Ich bitte dich, Dominique", sagte Charles betreten, „hab doch ein bisschen Mitleid."

„Nein", erklärte da ihr Vater, „sie hat durchaus das Recht, so von mir zu denken. Ich bin zum Alkoholiker geworden, weil ich mit der Krankheit und den Ängsten ihrer Mutter nicht klarkam. Dabei hätte ich Tess vor allem nicht versprechen sollen, was ich ihr versprochen habe. Auch da schon war ich schwach, aber wenn es um Tess ging, bin ich immer schwach geworden. Ich habe sie zu sehr geliebt, um mich ihren Wünschen zu widersetzen, besonders nachdem ich meinen Job verloren hatte. Da ... Da fühlte ich mich so macht- und nutzlos. Zu trinken erschien mir als einziger Ausweg. Dabei überließ ich meiner minderjährigen Tochter die Bürde, die ich hätte tragen sollen."

„Du redest wirres Zeug!", fuhr ihn nun Dominique an. „Von welchen Wünschen sprichst du? Von welchen Ängsten? Mum war sehr tapfer, als sie starb. Viel tapferer, als ich es je sein könnte, und viel, viel tapferer, als du es bist!"

„Ja, sie war tapfer, aber ihr geduldiges Leiden ist so sinnlos gewesen."

„Das kannst du laut sagen. Wenn du sie nur zu einem ordentlichen Arzt gebracht hättest, wäre sie vielleicht noch am Leben."

„Glaubst du etwa, das wollte ich nicht? Ich habe sie angefleht, ärztliche Hilfe in Anspruch zu nehmen, aber sie hat sich geweigert.

Nach den Erfahrungen, die sie während der Schwangerschaft mit dir gemacht hatte, verabscheute sie Ärzte."

„Was denn für Erfahrungen?"

„Sie hat mir erzählt, ihr Gynäkologe habe sie bei der Untersuchung jedes Mal unsittlich berührt. Das hat sie mir allerdings erst nach deiner Geburt gesagt und danach noch tagelang geweint. Daraufhin begann sie, sich vor allem Möglichen zu fürchten. Vor Großstädten, Menschenmassen und fremden Männern. Wir sind nach Keats Ridge gezogen, weil es so weit ab von allem lag. Doch ihre Angst vor Männern und Ärzten blieb. Und das, obwohl der Arzt vor Ort ein guter Mensch war. Du hast ihn doch gekannt, Jane, Dr. Wilson. Tess ist mit dir zu ihm gegangen, hat sich aber nie selbst untersuchen lassen. Kein einziges Mal. Als sie eine Fehlgeburt nach der anderen erlitt, habe ich sie angefleht, ihn aufzusuchen und wenigstens einen Abstrich machen zu lassen. Aber sie hat sich geweigert. Sie meinte, sie würde von allein wieder gesund werden, und so war es auch, selbst wenn sie nie wieder schwanger geworden ist. Etwa zu der Zeit, als ich meinen Job verlor, hat sie dann einen Knoten in ihrer Brust entdeckt. Sie meinte aber, es könne kein Krebs sein, weil er nicht wehtat. Aber es ging ihr nicht gut. Und dann, irgendwann, fingen die Schmerzen an. Ich glaube, der Krebs hat auch auf ihr Knochenmark übergegriffen. Schließlich wurde die Lunge befallen, und das war das Ende."

Dominique traute ihren Ohren nicht. „Aber Mum hat mir gesagt, sie sei beim Arzt gewesen, und es sei zu spät für eine Operation gewesen. Man habe nichts mehr tun können, hat sie gesagt. Als ich sie gefragt habe, warum du sie nicht in eine Spezialklinik nach Hobart gebracht hättest, um eine zweite Diagnose einzuholen, meinte sie, du hättest es dir nicht leisten können."

Entsetzt sah ihr Vater sie an. „Aber das ist nicht wahr! Ich hätte sie sofort hingebracht, und es hätte nicht einmal etwas gekostet, da ich damals arbeitslos gewesen bin. Sie wollte einfach nicht dahin. Sie wollte nicht einmal die Stadt verlassen, damit ich mir anderswo Arbeit suchen konnte. Ihre Angst vor der Welt da draußen und vor Ärzten war größer als ihre Angst vor dem Tod!"

„Aber das ist doch verrückt!"

„Ja, ich weiß, das war es auch. Und es hätte mich beinah in den Wahnsinn getrieben, sie so sterben zu sehen. Aber du weißt ja nicht, wie sie sein konnte, wenn du nicht da gewesen bist, wie sie mich angefleht hat, bei ihr zu bleiben und nichts zu unternehmen. Am Ende war ich ohnehin so weit, dass ich kaum noch etwas für sie tun konnte. Ich habe ihr lediglich Morphiumtabletten gegen die Schmerzen besorgt. Nach ihrer Beerdigung habe ich die restlichen Tabletten genommen und wäre beinah selbst gestorben. Aber Dr. Wilson hat mir das Leben gerettet und mir eine Therapeutin geschickt, die sich um mich gekümmert hat. Das ist bei Selbstmordversuchen so üblich. Sie war sehr nett. Sehr ... verständnisvoll. Sie heißt Karen und hat mir geholfen, wieder auf die Beine zu kommen. Ich bin nach Holt Mountain gezogen, habe mir einen Job gesucht, und zwei Jahre nach Tess' Tod habe ich Karen geheiratet."

Dominique wusste nicht, was sie sagen sollte. Auch wenn die Ausführungen ihres Vaters viele Fragen beantworteten, vermochten sie nicht den Hass abzubauen, den sie so viele Jahre gegen ihn geschürt hatte. „Wie schön für dich!", spottete sie nun. Doch als sie seinen betrübten Blick sah, begann sie sich zu besinnen.

„Es tut mir leid, Jane. Ich hätte deine Mutter nicht im Stich lassen dürfen, aber ganz besonders nicht dich. Das hat mir in den vergangenen zehn Jahren große Sorgen bereitet. Immer musste ich daran denken, wie böse und verbittert du bei der Beerdigung gewesen bist und wie sehr du mich verachtet hast. Jetzt ist mir klar, dass du mir die ganze Schuld geben musstest und dass ich Tess hätte retten können, wenn ich nur stärker gewesen wäre und sie nach Hobart zu einem Arzt gebracht hätte. Aber ich habe es nicht getan, und ich kann das Rad der Zeit nicht zurückdrehen. Das Einzige, was ich noch für Tess tun kann, ist hierher zu kommen und dafür zu sorgen, dass ihr Grab ordentlich ist, so wie sie es gern gehabt hätte."

Als er auf sie zuging, schreckte Dominique zurück und sah ihn warnend an.

Kopfschüttelnd gab sich ihr Vater geschlagen. „Ich kann dir ja gar nicht sagen, wie oft ich schon hier gewesen bin und gehofft habe, dich anzutreffen. Allein dich heute wiederzusehen und zu wissen, dass es dir gut geht ...", er schluckte, „... bedeutet mir unheimlich viel, Jane. Ich habe mir solche Sorgen um dich gemacht, auch wenn du mir das wahrscheinlich nicht glaubst. Schließlich bin ich dir kein guter Vater gewesen. Aber vielleicht kannst du mir ja trotzdem verzeihen. Ich ...

Ich …“ Er verstummte, während er den Blick auf den Boden richtete und seine Schultern zu beben begannen.

„Schon gut, Daddy!“, rief sie gleich darauf unter Tränen. Wie sie in seine Arme geraten war, blieb ihr ein Rätsel. Hatte Charles sie zu ihm geschoben, oder war sie selbst auf ihren Vater zugegangen, getrieben von dem Verlangen, ihm zu vergeben, damit sie sich selbst vergeben konnte – für all das, was sie während der vergangenen zehn Jahre getan hatte und zutiefst bedauerte? „Ich verzeihe dir. Es wird alles wieder gut. Es wird alles wieder gut.“

Charles war ganz gerührt, als er die beiden so sah, und sehr erleichtert. Auch er war der Meinung, dass nun alles wieder gut werden würde. Für ihren Vater, für sie und für ihn.

15. KAPITEL

„Ich … Ich bin ganz nervös“, sagte Dominique, als Charles ihren silberfarbenen Wagen in die Auffahrt des Hauses in Clifton Gardens lenkte.

Sie hatten drei Tage gebraucht, um von Tasmanien zurückzukehren – einen Tag mit dem Schiff von Devonport aufs Festland, und dann zwei Tage mit dem Auto von Melbourne nach Sydney, wobei sie unterwegs in einem Motel übernachtet hatten.

„Weswegen denn nervös?“, wollte Charles wissen, nachdem er neben Ricos knallrotem Ferrari geparkt hatte.

„Rico gegenüberzutreten.“

„Da gibt es nichts, weswegen du nervös sein müsstest. Er war ganz begeistert, als ich ihm am Telefon gesagt habe, dass wir wieder zusammen sind.“

Sie stiegen aus und gingen zum Haus. Dominique seufzte, als sie bei der vorderen Veranda ankamen. „Irgendwie kann ich mir nur schwer vorstellen, dass ihn das gefreut hat.“

Doch noch bevor Charles den Schlüssel herausholen konnte, riss Rico höchstpersönlich die Haustür auf. „Na, das wurde aber auch Zeit mit euch! In der Zwischenzeit hätte ich nach Timbuktu und zurück fahren können.“

„Dominique mag es nicht, wenn ich mit ihrem Auto so rase“, erklärte Charles.

„Wie bitte? Ach so, stimmt ja, ihr musstet ja mit dem Wagen zurückfahren. Hallo, Dominique, du siehst ganz bezaubernd aus. Ich bin echt froh, dass ihr euch wieder zusammengerauft habt. Du hast ja keine Vorstellung, wie schrecklich es mit Charles war, als du nicht da gewesen bist. Deine Katze war genauso unmöglich. Zumindest bis heute Morgen. Da hat sie endlich aufgehört zu maunzen und wieder gefressen. Sie muss wohl gespürt haben, dass du nach Hause kommst. Wie auch immer, sie schläft jetzt auf dem Sessel vorm Fernseher, nachdem sie zwei Dosen von dem Luxusfutter verdrückt hat, das Charles für sie gekauft hat. Tut mir leid, dass ich schon wieder auf dem Sprung bin. Aber mit meinen Drehterminen bin ich diese Woche furchtbar ins Hintertreffen geraten, wie ihr euch vielleicht vorstellen könnt. Bis morgen Abend dann, Charles, beim Pokern. Und vergiss nicht, Dominique, dass ich eine Einladung zum Abendessen erwarte, um mich für das zu entschädigen, was ich mit deiner Katze und deinem Ehemann in den vergangenen vier Wochen durchgemacht habe. Aber bitte tisch mir keine Pasta auf, Dominique. Ich hab das Zeug bis hier oben. *Ciao!*"

Dann griff er nach seiner Reisetasche und war verschwunden, bevor Dominique „buh" machen konnte. Sie hörte nur noch das Quietschen der Reifen, während er seinen Wagen zurücksetzte, ehe er die Straße entlangbrauste.

„Du meine Güte!", rief Dominique. „Ist er oft so?"

„Nur wenn er nervös ist", antwortete Charles lächelnd. „Aber mach dir keine Sorgen. In null Komma nichts hat er sich wieder in den bekannten Zyniker verwandelt."

„Das glaube ich unbesehen. Trotzdem werde ich ihn zum Essen einladen. Vielleicht kann er Renée mitbringen."

Charles lachte. „Aber nur über ihre Leiche."

„Mag sie Rico denn wirklich nicht?"

Charles überlegte einen Moment, ob sich hinter Renées feindseliger Haltung Rico gegenüber so etwas wie ungewollte Zuneigung verbarg. „Ich bin nicht sicher", sagte er schließlich. „Hm, wie wär's, wenn ich morgen Abend beiden eine Einladung ausspreche? Dann sehen wir ja, was passiert."

„Ja, tu das, Charles."

„So, und jetzt hole ich unsere Koffer."

„Nein, warte noch. Führ mich erst einmal herum, damit ich sehen kann, was du mit meinem Haus gemacht hast."

„Nicht viel, ich habe nur die Speisekammer aufgefüllt und die Möbel aus dem Penthaus herbringen lassen."

Dominique ging durch den Eingangsbereich in die Küche und dann in den Aufenthaltsraum für die ganze Familie. Dabei ließ sie die Atmosphäre auf sich wirken, die sie schon beim ersten Mal in dem Haus gespürt hatte. Als sie am Fernsehsessel vorbeikam, erwachte Rusty und folgte ihr. Sobald Dominique im Elternschlafzimmer stehen blieb, strich sie ihr schnurrend um die Beine.

Lächelnd bückte sich Dominique und nahm die Katze hoch. „Ich habe also recht gehabt, nicht wahr, Rusty? Es ist ein Haus, das alle glücklich macht."

„Vor allem jetzt, da du zurück bist."

Mit Tränen in den Augen wandte sich Dominique zu Charles um. „Wie nett von dir, so etwas zu sagen! Aber du bist ja auch ein netter Mann. Wie kann ich dir jemals dafür danken, dass du mich zurückgeholt hast und trotz meiner Vergangenheit liebst? Ich … Ich verdiene das hier alles überhaupt nicht."

„Doch, für dich ist nur das Beste gerade gut genug, und ich werde von nun an dafür sorgen, dass du es immer bekommst. Als Kind hast du genug gedarbt. Einerseits verstehe ich das Verhalten deines Vaters, aber richtig verzeihen kann ich es ihm aber auch nicht. Ich glaube, da geht es ihm genauso. Es war gütig von dir, ihm zu vergeben – sehr sogar."

„Das musste ich doch, schließlich hast du mir auch vergeben", sagte Dominique mit tränenerstickter Stimme. „Abgesehen davon, ist er nicht immer nur ein schlechter Vater gewesen. Ich hatte ganz vergessen, wie rührend er sich um mich gekümmert hat, als ich noch klein war, er arbeiten ging und Mum nicht krank gewesen ist. Das Gute vergisst man nur allzu leicht und erinnert sich leider nur an das Schlechte."

„Das stimmt."

„Ich wünschte, ich hätte mich besser in meine Mutter hineinversetzen können und sie hätte sich mir anvertraut, anstatt mich diese schrecklichen Dinge glauben zu lassen."

„Das konnte sie nicht, Dominique. Sie hat zu viel Angst gehabt, dir die Wahrheit zu erzählen. Bestimmt hat sie befürchtet, dadurch deine Liebe und deinen Respekt zu verlieren."

„Ja, jetzt kann ich das verstehen. Ich wünschte nur … Ach, ich weiß auch nicht, was."

„Dein Vater hat es schon auf den Punkt gebracht, Dominique. Du kannst das Rad der Zeit genauso wenig zurückdrehen, wie er es kann. Was geschehen ist, ist geschehen. Wir können nur aus unseren Fehlern lernen und es in Zukunft besser machen."

„Versprich mir, dass du mir immer die Wahrheit sagen wirst", verlangte sie.

„Ich verspreche es."

„Ich dir auch." Dominique schluckte. „Was … Was hast du mit meinen Ringen gemacht?"

„Sie sind hier." Charles fasste in die Jackentasche, nahm die Ringe heraus und steckte sie Dominique an die rechte Hand. „In guten wie in schlechten Zeiten, Dominique", sagte er dabei und gab ihr einen Handkuss. „In Freud und Leid … Auf immer und ewig."

– ENDE –

Miranda Lee

Die Einzige unter Millionen

Roman

Aus dem Englischen von
Marion Koppelmann

MIRA®

1. KAPITEL

Schwungvoll stieg Rico Mandretti in seinen roten Ferrari, fuhr aber nicht etwa zur Pferderennbahn in Randwick, sondern zum Haus seiner Eltern in einem der ländlich angehauchten Vororte Sydneys. Dass sich seine Pläne für diesen Samstag geändert hatten, lag am vergangenen Abend.

Nicht heute! sagte er sich, während er sich durch den Samstagmorgenverkehr schlängelte und an einer roten Ampel halten musste. Die Frauen in den Wagen neben ihm warfen ihm interessierte Blicke zu. Aber ihn interessierte in letzter Zeit nur eine: Renée Selinsky. Dabei wünschte er sich sehnlichst, dass sie in ihm endlich den Mann sah und nicht den seichten TV-Playboy und Vorzeigekoch.

Seit mehr als fünf Jahren ertrug er nun jeden Freitag beim Pokern und jeden Samstag beim Pferderennen ihre spitzen Bemerkungen. Fünf Jahre waren eine lange Zeit – eine *zu lange* Zeit.

Allerdings musste er zugeben, dass er ihre verbalen Auseinandersetzungen bisher irgendwie genossen hatte, obwohl Renée fast immer siegreich daraus hervorging. Als sie ihm vor einigen Monaten vorübergehend die kalte Schulter gezeigt hatte, war ihm klar geworden, dass es ihm lieber war, wenn sie ihn auf die Palme brachte, als wenn sie ihn ignorierte.

Aber am Abend zuvor war sie einfach zu weit gegangen. Da ließ er sich nicht auch noch heute auf der Rennbahn zum Gespött der Leute machen. Genug war genug!

Die Ampel wurde grün, und Rico trat aufs Gaspedal, nur um gleich darauf an der nächsten Ampel wieder abzubremsen. Jetzt war Renée bestimmt schon da, saß wahrscheinlich in der Mitglieder-Lounge und nippte kühl und selbstbewusst wie immer an einem Glas Champagner, während er seine Entscheidung bereits bereute, nicht hingegangen zu sein. Was sie mit Sicherheit überhaupt nicht kümmerte. Dabei ging er so gern auf die Rennbahn. Pferderennen waren seine große Leidenschaft, genau wie Renées.

Dadurch hatten sie sich auch kennengelernt. Vor gut fünf Jahren waren sie zusammen mit seinem Freund Charles Anteilseigner des viel versprechenden Jungpferdes *Flame of Gold* geworden. Renées Namen kannte Rico lediglich von den Verträgen und wusste nicht, dass es sich bei ihr um die gleichnamige Renée handelte, die eine Modelagenturkette besaß und außerdem noch Witwe des superreichen Bankiers Joseph Selinskys war. Am ersten Renntag der Stute sahen sie sich dann zum ersten Mal.

Selinskys Witwe hatte sich Rico eigentlich anders vorgestellt: vierzig Jahre älter, äußerst matronenhaft und mit einem Hang zum Glücksspiel. Auf die elegante, weltgewandte und superintelligente Dreißigjährige war er damals nicht gefasst gewesen und auch nicht auf ihre abweisende Reaktion ihm gegenüber. Normalerweise lagen ihm die Frauen zu Füßen.

Dabei fühlte *er* sich von Anfang an zu ihr hingezogen, obwohl zu jener Zeit eine andere schöne Frau bei ihm gewesen war: seine Verlobte Jasmine, die er einen Monat später aus Liebe – wie er glaubte – geheiratet hatte. Aber ihre Ehe war von vornherein zum Scheitern verurteilt gewesen. Wenn er sich rechtzeitig von dieser Abzockerin getrennt und stattdessen die rätselhafte und umwerfende Renée umgarnt hätte …

Er seufzte. Wäre er damals Single gewesen und nicht über beide Ohren in eine Frau vernarrt, die es ganz offensichtlich nur auf sein Geld abgesehen hatte, hätte Renée womöglich ganz anders auf ihn reagiert. Immerhin war er Rico Mandretti, Produzent und Star der erfolgreichen Kochsendung *Pasta-Leidenschaft.* Die „lustige Witwe" – wie er Renée bald nannte – kannte den Wert des Geldes und hatte auch schon einmal deswegen geheiratet. Dass eine Frau ihres Alters und ihrer Schönheit einem Mittsechziger aus Liebe ihr Jawort gab, konnte sich Rico einfach nicht vorstellen.

Natürlich war sein Bankkonto nicht ganz so gut bestückt wie das von Renées verstorbenem Ehemann, aber Rico hatte auch damals schon gut dagestanden und Aussichten auf ein weitaus größeres Einkommen gehabt. Diese Einschätzung hatte sich inzwischen bewahrheitet. Seine „kleine Kochsendung", wie Renée sie immer scherzhaft nannte, wurde inzwischen in mehr als zwanzig Ländern ausgestrahlt, und die Tantiemen flossen in Strömen. Außerdem taten sich ständig neue Geldquellen auf – von Kochbüchern über Werbeunterstützungen für Küchenartikel bis hin zu seinem neuesten Einfall: der Restaurantkette *Pasta-Leidenschaft,* die inzwischen in jeder größeren australischen Stadt durch einen Franchising-Partner vertreten war.

Von seinen Verdienstaussichten einmal abgesehen, war Rico damals mit neunundzwanzig Jahren auf dem Höhepunkt seiner sexuellen Leistungsfähigkeit gewesen. Da hätte Renée doch allen Grund gehabt, sich in ihn zu verlieben. Aber wahrscheinlich machte er sich da nur etwas vor. Inzwischen lebte er seit zwei Jahren von Jasmine getrennt, und seit einem Jahr waren die Scheidungspapiere unterzeichnet, aber Renées Einstellung zu ihm hatte sich nicht verbessert, eher verschlechtert. Während er sich immer mehr nach ihr verzehrte, war sie ihm gegenüber noch feindseliger geworden, und ihn schmerzte die Vorstellung, dass sie nichts an ihm attraktiv fand.

Ganz im Gegenteil, offensichtlich verabscheute sie ihn. Aber warum? Hatte er ihr jemals Grund dazu gegeben? Oder lag es an seiner italienischen Herkunft? Manchmal ließ sie sich darüber aus, dass er ganz der Latin-Lover-Typ sei – ganz hormongesteuert und mit zu wenig Hirn. Dabei hatte er viel mehr zu bieten. Leider nur nicht, wenn er sich in ihrer Nähe aufhielt. Darunter litt in letzter Zeit sogar sein Pokerspiel. Ach, zum Teufel, eigentlich litt alles unter Renées Gegenwart. Da verließ ihn nicht nur sein Charme, sondern auch sein Denkvermögen. Doch selbst wenn er über eine ihrer Bemerkungen aufgebracht war, brannte das Feuer für sie lichterloh. Deshalb ging er an diesem Wochenende auch nicht auf die Rennbahn. Wer wusste schon, was er das nächste Mal sagen würde, wenn sie ihn wieder so auf die Palme brachte wie am Abend zuvor?

Charles hatte verkündet, dass seine Frau ein Kind erwartete, und er, Rico, hatte festgestellt, wie sehr er ihn beneiden würde. Daraufhin meinte Renée: „Hättest du jemanden wie Dominique geheiratet, hättest du jetzt auch schon ein, zwei Kinder. Wenn du wirklich so scharf auf eine Familie bist, dann hör endlich auf, den Leannes dieser Welt nachzusteigen, und such dir ein nettes Mädchen, mit dem du deinen angeblichen Wunsch verwirklich kannst.“

Rico musste sich buchstäblich auf die Zunge beißen, um nicht zu antworten, dass er mit Frauen wie Leanne ins Bett ging, weil er damit sein Verlangen nach ihr, Renée, zu stillen versuchte – doch vergeblich. Aber wie lange würde er sich noch am Riemen reißen können, ihr nicht die Wahrheit zu sagen? Was, wenn er plötzlich aus der Haut fuhr? In Sydney geboren und aufgewachsen, war er vom Temperament her durch und durch Italiener. Einen *Bauern*, hatte Renée ihn einmal genannt und damit ziemlich ins Schwarze getroffen. Er kam tatsächlich vom Land und war stolz darauf.

Seine beiden anderen Pokerfreunde Charles und Ali dagegen waren absolute Gentlemen. Bei Charles handelte es sich um den Eigentümer von *Brandon Beer,* Australiens bekanntester Schankbierbrauerei. Ali war der jüngste Sohn des Scheichs von Dubar und vor zehn Jahren nach Australien geschickt worden, damit er sich um das Vollblutgestüt der Familie kümmerte. Beide waren reich geboren, aber keiner war deswegen faul oder eingebildet. Charles hatte die Familienbrauerei nach dem Tod seines Vaters erst einmal wieder aus den roten Zahlen führen müssen. Und auch Ali war kein verwöhnter Prinz und arbeitete hart, um das riesige Gestüt im „Hunter Valley" zu führen. Dabei war er sich nicht zu schade, selbst mit anzupacken.

Er war es auch gewesen, der ihre Pokerrunde begründet hatte. *Flame of Gold* stammte aus seiner Zucht. Nachdem die Stute Siegerin des „Silver Slipper Stakes" geworden war, hatte Ali die drei Anteilseigner zu einem gemeinsamen Essen eingeladen, um das Ereignis gebührend zu feiern. Dabei stellten sie fest, dass sie nicht nur ihre Schwäche für Rennpferde, sondern auch fürs Pokern teilten. Das erste gemeinsame Spiel wagten sie gleich am selben Abend und beschlossen, sich in Zukunft jeden Freitag um zwanzig Uhr zum Pokern im „Regency Hotel" zu treffen, wo Ali regelmäßig das Wochenende verbrachte. Nur bei Krankheit oder Aufenthalt in Übersee war man entschuldigt.

Lächelnd dachte Rico daran, wie er einmal mit gebrochenem Bein im Krankenhaus gelegen und darauf bestanden hatte, dass die anderen zum Pokern zu ihm kamen. Der Abend war allerdings kein rechter Erfolg geworden, da sich alle wegen Alis Leibwächtern unwohl fühlten. Rückblickend musste sich Rico eingestehen, dass er nur auf den Pokerabend bestanden hatte, um Renée zu sehen. Und jetzt?

Inzwischen war er nicht sicher, ob er sie überhaupt noch einmal sehen wollte. Bald wäre er mit seiner Geduld am Ende. Es musste einfach etwas geschehen.

Nachdem Rico den Innenstadtverkehr hinter sich gelassen hatte und durch die weniger dicht besiedelten Vororte fuhr, entspannte er sich ein wenig. Auch die Luft war hier besser, und er atmete mehrmals tief durch. Schon bald kam er in die Gegend, in der er seine Kindheit verbracht hatte. Da waren die Grundschule, die er vier Jahre besucht hatte, das Flüsschen, in dem sie als Kinder schwimmen gegangen waren, und die alte Gemeindehalle, in der er zum Ärger seines Vaters die ersten Tanzstunden genommen hatte.

So lange wie Rico zurückdenken konnte, war er immer wild entschlossen gewesen, eines Tages ein Star zu werden. Mit zwölf träumte er von einer Karriere als Musicalheld à la John Travolta. Doch leider sang er nicht gut genug und wurde bald zu groß, um beim Tanzen noch elegant zu wirken. Daraufhin wandte er sich der Schauspielerei zu, ohne jedoch von einer der Eliteakademien aufgenommen zu werden. Aber er bekam einige Sprechrollen in Vorabendserien, Werbesendungen und sogar eine kleine Rolle in einem Fernsehfilm. Bei Castings für größere Engagements erteilte man ihm meistens Absagen, weil er zu italienisch aussehen würde, für den typischen „Latin Lover" aber zu groß sei.

Auch wenn er davon nicht überzeugt war, kümmerte sich Rico bald mehr um eine Karriere hinter der Kamera und machte eine Ausbildung als Kameramann bei „Fortune Productions", einer Filmgesellschaft, die damals zahlreiche Fernsehshows in Australien produzierte. Nach der Ausbildung wurde er übernommen und sammelte so lange Erfahrungen, bis er der Meinung war, eine eigene Show auf die Beine stellen zu können.

Mit Unterstützung seiner großen Familie – Rico hatte drei nachsichtige ältere Brüder und fünf völlig in ihn vernarrte ältere Schwestern – begann er die Produktion von *Pasta-Leidenschaft,* nachdem er festgestellt hatte, dass Koch- und Life-Style-Sendungen im Kommen waren. Aber der italo-australische Küchenchef, den er für die ersten Folgen engagiert hatte, erwies sich vor der Kamera als reines Nervenbündel, sodass Rico ständig selbst mit anpacken und den Gastgeber der Show mimen musste.

Obwohl er keinerlei Kochausbildung besaß, wurde bald offensichtlich, dass es sich bei ihm um ein Naturtalent handelte. Damit hatte er seinen Nischenplatz gefunden. Plötzlich war seine Größe unerheblich, sein italienisches Aussehen ein Plus, und der Akzent, den er bei Bedarf vortäuschen konnte, ließ das Ganze noch echter wirken. Natürlich war auch von Vorteil, dass es sich beim ihm um einen leidenschaftlichen Hobbykoch handelte, der die meisten Kniffe seiner

„Mamma" verdankte. So gingen Idee und Inhalte der Show letztlich auf Signora Mandrettis Pasta-Leidenschaft und ihren Einfallsreichtum zurück: Schließlich war es nicht so einfach, mit einem knappen Haushaltsbudget jeden Tag eine elfköpfige Familie satt zu bekommen.

Sobald Rico eine Fernsehanstalt gefunden hatte, die bereit war, *Pasta-Leidenschaft* zu senden, wurde die Show zum Publikumsrenner, und er hatte seine Entscheidung nie bereut, sich von der Schauspielerei zu verabschieden. Doch Renée beeindruckten seine Erfolge nicht, Jasmine dagegen umso mehr. Bei dem Gedanken an die Abzockerin, die er auch noch geheiratet hatte, schnitt er ein Gesicht. Nach wie vor war er betroffen, wie viel ihr der Familienrichter für die drei Jahre Eheleben im Luxus zugesprochen hatte.

Sogar sein schwarzes Porsche-Cabriolet hatte sie mitgenommen! Doch am Ende hätte er jeden Preis bezahlt, um Jasmine loszuwerden.

Schwarz war immer seine Lieblingsfarbe gewesen, sowohl was Kleidung als auch Fortbewegungsmittel betraf. Den roten Ferrari hatte er nur gekauft, weil er dachte, ein „Tapetenwechsel" könnte nicht schaden. Dafür hatte er allerdings sofort eine spitze Bemerkung von Renée kassiert, die ihn auf dem Parkplatz vor der Rennbahn einsteigen sah.

„Dass der rote Ferrari dir gehört, hätte ich mir ja denken können!" Naserümpfend fuhr sie fort: „Was sollte ein italienischer Playboy auch sonst fahren?"

Dummerweise fiel ihm wie so oft in letzter Zeit keine passende Retourkutsche ein, und Renée glitt spöttisch lächelnd in ihrer eleganten Limousine davon. Jetzt schnitt er unwillkürlich ein Gesicht. Eigentlich wollte er heute mal nicht an diese Hexe denken. Das hatte er in der Vergangenheit schon viel zu oft getan.

Sobald der ihm nur allzu vertraute Briefkasten seiner Eltern in Sicht kam, hellte sich seine Miene auf. Haus und Grundstück waren nichts Besonderes. Das schlichte zweistöckige Backsteinhaus stand inmitten eines Gemüsegartens. Trotzdem ging Rico jedes Mal das Herz auf, wenn er nach Hause kam, und auch heute musste er unwillkürlich lächeln.

Es ging doch nichts über einen Besuch bei den Eltern! Da wusste man, dass man um seiner selbst willen geliebt wurde und nicht, weil man ein bekannter TV-Star war und viel Geld besaß.

2. *KAPITEL*

Teresa Mandretti hielt sich im Garten auf, als sie aus den Augenwinkeln jemanden auf sich zukommen sah.

„Enrico!“, rief sie überrascht und erfreut zugleich, sobald sie ihr jüngstes Kind erkannte. „Du hast mich erschreckt! Ich habe dich erst morgen erwartet.“

Der erste Sonntag im Monat war traditionell Familientrefftag bei den Mandrettis, wobei ihr Jüngster fast immer kam und seine älteren Geschwister mit ihren Familien erschienen, soweit sie es einrichten konnten.

„Mum!“ Rico nahm seine Mutter in die Arme. Mit seinen ein Meter achtzig und den breiten Schultern vereinnahmte er ihre kleine, gedrungene Gestalt völlig.

Teresa Mandretti konnte nur mutmaßen, wieso ihr Jüngster so groß geraten war. Von seinem Vater hatte er die Körpergröße jedenfalls nicht geerbt. Als die Verwandten in Italien Bilder von Enricos einundzwanzigstem Geburtstag sahen, erinnerte er sie an seinen Großvater Frederico I., der ein wahrer Riese gewesen sein sollte. Teresa hatte ihren Schwiegervater nie kennengelernt. Mit fünfunddreißig war er bei einer Messerstecherei ums Leben gekommen, nachdem der Gegner Fredericos Frau „ungebührende“ Blicke zugeworfen hatte. Von diesem Großvater väterlicherseits rührte wohl auch Enricos Temperament.

„Hast du schon etwas zu Mittag gegessen?“, fragte Teresa Mandretti, als ihr Sohn die Umarmung lockerte und sie wieder zu Atem kommen ließ. Wie alle Mandrettis war Enrico ein Schmuser. Sie selbst war da viel zurückhaltender. Deshalb hatte sie sich auch so zu ihrem Frederico hingezogen gefühlt. Er überging ihre Schüchternheit und trug sie zum Bett, ehe sie noch ein Nein hätte hauchen können. Wenige Wochen später fand die Heirat statt. Da war Teresa bereits schwanger gewesen. Einige Monate danach wanderten sie nach Australien aus. Gerade noch rechtzeitig, damit Frederico III. in der neuen Heimat zur Welt kommen konnte.

„Nein, ich bin nicht hungrig“, sagte ihr Jüngster nun, und Teresa runzelte überrascht die Stirn.

Enrico und nicht hungrig? Da stimmte etwas nicht. „Was ist denn los, mein Junge?“, fragte sie besorgt.

„Nichts, Mum, ehrlich, ich habe nur ziemlich ausgiebig gefrühstückt, und das ist noch nicht so lange her. Wo ist Dad?"

„Beim Hunderennen. Onkel Guiseppe hat heute einige seiner Tiere am Start."

„Dad sollte sich selbst ein oder zwei Hunde zulegen. Regelmäßige Spaziergänge würden ihm guttun. Ich glaube, er hat einfach zu viel von deiner Pasta gegessen."

„Willst du damit sagen, dein *Papa* sei fett?", fragte Teresa Mandretti aufgebracht.

„Aber nein, Mum, nur gut genährt."

Teresa mutmaßte schon, dass Enrico mit dem Hinweis auf die Leibesfülle seines Vaters von den eigenen Problemen ablenken wollte. Sie kannte all ihre Kinder gut, aber Enrico noch am besten. Er war unterwegs gewesen, als sie längst nicht mehr mit einem *bambino* gerechnet hatte. Nachdem sie beinah jährlich einmal niedergekommen war – drei Jungen gefolgt von fünf Mädchen – riet ihr der Arzt, keine weiteren Kinder zu bekommen, weil ihr Körper ausgezehrt sei. Mit Erlaubnis ihres Pfarrers nahm sie die Pille und brauchte sich neun Jahre keine Gedanken mehr über eine eventuelle Schwangerschaft zu machen.

Allerdings war auch diese Verhütungsmethode nicht perfekt, denn schließlich hatte Teresa doch wieder empfangen. Ein Abbruch kam nicht infrage, aber glücklicherweise verlief die Schwangerschaft problemlos, und die Geburt war erstaunlich leicht. Dabei empfand es Teresa als zusätzlichen Vorteil, dass nach den fünf Mädchen wieder ein Junge dabei herausgekommen war. Natürlich wurde Enrico von allen verwöhnt, aber ganz besonders von seinen Schwestern. Auch wenn er seinem Temperament freien Lauf ließ, sobald es einmal nicht nach seinem Kopf ging, war er ein süßes Kind, aus dem ein liebenswerter Mann wurde.

Alle Familienmitglieder mochten ihn, und am meisten war sie ihm wohl selbst zugetan. Natürlich hätte Teresa es den anderen gegenüber nie zugegeben, aber Enrico nahm einen ganz besonderen Platz in ihrem Herzen ein – wahrscheinlich, weil er ihr Jüngster war. Mit den zehn Jahren Altersunterschied zu seiner jüngsten Schwester hatte ihm Teresa viel Zeit widmen können. Als kleiner Junge folgte er ihr wie ein Hündchen, und Mutter und Sohn bauten einen besonders innigen Kontakt auf.

Enrico konnte ihr auch heute nichts vormachen. Abgesehen von seiner schon verdächtigen Appetitlosigkeit, stimmte etwas nicht, wenn er samstagnachmittags nicht auf die Rennbahn ging. Die Intuition sagte ihr, dass es mit einer Frau zu tun haben müsse. Wahrscheinlich mit dieser Renée, von der er so oft redete, die er ihr aber noch nie vorgestellt hatte. Dabei war ihr aufgefallen, dass Enricos Stimme immer einen ganz merkwürdigen Klang bekam, wenn er von ihr sprach. Ansonsten wusste Teresa nur, dass die Frau jeden Freitagabend mit ihm pokerte und zu ihrer Eigentümergemeinschaft gehörte.

Direkt nach Renée zu fragen hielt Teresa für Zeitverschwendung. Mit seinen vierunddreißig Jahren war ihr jüngster Sohn längst zu alt, um sich in Herzensangelegenheiten seiner Mutter anzuvertrauen – was sie bedauerlich fand. Hätte er sie nur um Rat gefragt, ehe er sich auf diese Jasmine eingelassen hatte, wäre ihm viel Herzschmerz erspart geblieben.

Die Frau war vielleicht ein Miststück gewesen! Aber clever, das musste Teresa ihr lassen. Bis zur Hochzeit verhielt sie sich, als könnte sie kein Wässerchen trüben, und war bei den Familientreffen ganz liebreizend gewesen. Danach kam sie zunehmend seltener und ließ sich dafür immer fadenscheinigere Ausreden einfallen, bis sie schließlich unentschuldigt wegblieb.

Glücklicherweise war sie inzwischen Geschichte. Auch wenn Teresa im Allgemeinen nichts von Scheidung hielt, war dieser Schritt manchmal einfach unumgänglich. Trotzdem wollte sie nicht, dass Enrico den gleichen Fehler zweimal beging und sich wieder mit einer Frau einließ, die nicht zu ihm passte.

„Hast du gestern Abend Karten gespielt?“, fragte sie nun, während sie sich bückte, um Minzeblatter zu zupfen.

„Natürlich!“, antwortete er, ohne dass sie daraus schlauer geworden wäre.

„Und Charles geht's gut?“ Charles war der einzige von Enricos Pokerfreunden, den Teresa persönlich kannte, obwohl sie die drei schon mehrmals eingeladen hatte. Diese Renée war ein bisschen wie Jasmine und ließ sich immer eine Entschuldigung einfallen. Der andere Mann, ein arabischer Scheichsohn, hatte ihre Einladung ebenfalls jedes Mal ausgeschlagen – wobei sie dessen Beweggründe verstand.

Enrico hatte ihr erklärt, Prinz Ali lebe sehr zurückgezogen, weil er so reich war. Anscheinend konnte der arme Mann nirgends ohne seine Leibwächter hingehen. Was für ein schreckliches Leben!

Auch ihr Sohn wurde häufig von Journalisten oder Fotografen belästigt, aber er konnte immer noch tun und lassen, was er wollte, ohne um sein Leben fürchten zu müssen.

„Charles geht es sehr gut", antwortete Enrico nun. „Seine Frau erwartet ein Baby. In sechs Monaten ist es so weit."

„Wie schön für die beiden!", rief Teresa und kam zu dem Schluss, dass sie zu alt war und zu sehr Italienerin, um noch lange um den heißen Brei herumzureden. „Und wann hörst du endlich mit deinen Dummheiten auf und heiratest, mein Junge?"

Er lachte. „Tu dir bloß keinen Zwang an, Mum, und sprich aus, was du auf dem Herzen hast."

„Ich will dir nicht zu nahe treten, Enrico, aber du bist jetzt vierunddreißig Jahre alt und wirst nicht jünger. Du brauchst eine Frau, die gern zu Hause bleibt und dir Kinder schenkt. Ein Mann mit deinem Aussehen und deinem Erfolg sollte doch in der Lage sein, eine passende junge Frau zu finden. Wenn du willst, höre ich mich bei unseren Verwandten in Italien nach einer geeigneten Kandidatin um."

Teresa hielt eigentlich nicht viel von arrangierten Ehen und glaubte zumindest bis zu einem gewissen Grad an eine Liebesheirat. Aber das sagte sie ihrem Jüngsten besser nicht.

„Jetzt fang bloß nicht mit dem altmodischen Quatsch an, Mum! Wenn ich überhaupt wieder heirate, dann eine Frau meiner Wahl und aus Liebe."

Er mochte ja italienisches Blut in den Adern haben, aber in mancher Hinsicht war er doch ganz Australier. So nannte er seine Eltern zum Beispiel immer *Mum* und *Dad* im Gegensatz zu seinen älteren Geschwistern, die als Anrede *Mamma* und *Papa* verwendeten.

„Das hast du beim ersten Mal auch gesagt, aber du siehst ja, wohin es dich geführt hat."

„Nicht jede Frau ist wie Jasmine."

„Ich verstehe sowieso nicht, was du an ihr gefunden hast."

Er lachte. „Weil du kein Mann bist."

Teresa schüttelte den Kopf. Glaubte ihr Sohn etwa, sie wisse nicht mehr, wie sich sexuelle Anziehung auswirkte? Sie war erst dreiundsiebzig und nicht hundertunddrei! „Jasmine hatte vielleicht ein hübsches Gesicht und einen schönen Körper, aber sie ist auch eingebildet und egoistisch gewesen. Nur ein Narr hätte das nicht erkannt."

„Verliebte Männer sind Narren, Mum", sagte Rico in einem Ton, als würde das inzwischen schon wieder auf ihn zutreffen.

Erschrocken blickte Teresa zu ihm hoch, aber Enrico hatte den Blick in die Ferne gerichtet. Sie konnte nur hoffen, dass er mit den Gedanken nicht bei dieser Renée war. Auch wenn Teresa die Frau nicht kannte, hatte sie sich anhand von Enricos Erzählungen ein Bild von ihr machen können. Nach dem Tod ihres viel älteren Mannes war sie eine unheimlich reiche Witwe geworden. Außerdem handelte es sich bei ihr um ein Exmodel, das sich zur cleveren Geschäftsfrau gemausert hatte und eine Modelagentur führte. Um dem Ganzen die Krone aufzusetzen, war sie schon Mitte dreißig, aber kinderlos, wahrscheinlich weil sie wie so viele Karrierefrauen nie welche hatte haben wollen.

Mit anderen Worten, diese Renée war nicht so ganz das, was sich Teresa Mandretti unter der idealen Schwiegertochter vorstellte.

„Ich komme morgen nicht zum Essen, Mum", sagte Enrico da plötzlich. „Ich muss noch woanders hin."

„Und wohin?"

„Unser Pferdetrainer will den Beginn der Frühjahrssaison feiern und hat morgen Tag der offenen Tür."

„Dann gibt er also eine Party?"

„Ja, ich glaube, so kann man es nennen."

Zu Jahresbeginn hatte Ward Jackmans Assistentin Lisa den cleveren Einfall gehabt, einmal im Monat die Türen des Rennstalls für Besitzer und Interessierte zu öffnen, damit diese mit den Trainern oder Stallburschen die Fortschritte und Erfolgsaussichten der Tiere besprechen konnten. Danach gab es immer ein kleines Mittagsbüfett. Aber morgen sollte daraus ein kulinarisches Highlight werden, zu dem Champagner gereicht wurde.

Ursprünglich hatte Enrico nicht teilnehmen wollen, weil das Fest auf ihren Familiensonntag fiel. Und der war ihm wichtiger, als mit den Reichen und Schönen Sydneys Small Talk zu halten oder sich womöglich noch einmal mit Renée zu streiten. Doch nach dem vergangenen Abend wäre morgen der Tag der Entscheidung.

„Ich verstehe", sagte seine Mutter nachdenklich. „Kommt Charles auch mit seiner Frau?"

„Wahrscheinlich nicht. In letzter Zeit interessieren ihn Pferde nicht mehr so sehr wie früher."

„Kein Wunder, schließlich hat er jetzt eine Frau und bald auch ein *bambino.* Was ist mit dem Scheichsohn? Er ist ja nicht verheiratet. Kommt er?"

„Nein, Ali geht nie auf solche Veranstaltungen."

Bleibt noch die Witwe, schloss Teresa messerscharf. Es sei denn, der Pferdetrainer beschäftigte einen blonden weiblichen Jockey. Aber die waren eigentlich viel zu klein und dürr für Enricos Geschmack. Wie wohl diese Renée aussah? Als Exmodel war sie bestimmt groß, und wenn sich ihr Sohn zu ihr hingezogen fühlte, musste sie einfach blond sein. Vielleicht hatte sie sogar eine üppige Oberweite wie Jasmine.

„Was ist mit deiner Pokerfreundin?", konnte Teresa schließlich nicht umhin zu fragen. „Renée, oder?"

„Die kommt bestimmt." Enrico lächelte, aber nicht glücklich, sondern wehmütig.

Da wusste Teresa, was sie wissen wollte: Ihr Sohn war verliebt, doch seine Gefühle wurden nicht erwidert. Was sie davon halten sollte, wusste sie allerdings nicht. Dabei wollte sie bestimmt nicht, dass er sich noch einmal auf eine Frau wie Jasmine einließ. Aber es ärgerte sie, dass es überhaupt eine Frau gab, die ihrem Jüngsten widerstehen konnte.

Teresa steckte die Minzeblätter in die Schürzentasche und hakte sich bei ihrem Sohn unter. „Komm, Enrico, ich will dir mein neuestes Pastarezept zeigen."

Sie schlenderten zum Haus, und Teresa erzählte Rico schon einmal, worauf es bei dieser neuen Kreation ankam. Er genoss die Aufmerksamkeit und Fürsorge seiner Mutter und ließ sich davon trösten. Morgen wäre der Tag der Entscheidung, da brauchte er all seine Kräfte. Dabei war es nicht von Belang, dass er sich gerade erst entschlossen hatte, zum Rennstall zu gehen. Das bewies nur, wie sehr er bereits von der „lustigen Witwe" abhing.

Aber irgendetwas musste sich ändern. Durch das Meiden der Rennbahn heute Nachmittag hatte er nichts erreicht. Und da er keinen Einfluss auf Renée nehmen konnte, musste er wohl bei sich anfangen. Aber wie schlug man sich etwas aus dem Kopf, nach dem man sich nun schon Jahre verzehrte?

Sich mit ihr anzulegen half nicht, sie zu meiden auch nicht. Hm, vielleicht sollte er psychiatrische Hilfe in Anspruch nehmen. Aber das brachte wahrscheinlich auch nichts. Er würde als „Masochist mit zwanghafter Neigung zu einer weiblichen Person außerhalb seiner Reichweite“ eingestuft und mit einem Rezept für Antidepressiva, Therapiestunden für die nächsten Monate und einer Schwindel erregend hohen Rechnung nach Hause geschickt.

Nein, nein, das mit der professionellen Hilfe vergaß er lieber. Blieb nur eins: Ran an den Feind! Er könnte die „lustige Witwe“ um ein Rendezvous bitten – ein echtes, keine Grillparty bei „Mamma“. Da Renées Antwort wahrscheinlich trotzdem negativ ausfallen würde, wäre es zwar purer Masochismus, sie zu fragen, aber was blieb ihm denn sonst übrig? Schließlich hatte er nichts zu verlieren.

Genau! Gleich morgen wollte er sich in die Höhle des Löwen begeben, dann sah er ja, was passierte.

3. KAPITEL

Am nächsten Morgen gegen elf Uhr dreißig verließ Rico mit mulmigem Gefühl sein neues Apartment. Das Penthaus hatte er von seinem Freund Charles übernommen, nachdem dieser in einen Vorort im Norden Sydneys gezogen war. Mit dem Privataufzug fuhr Rico direkt in die Tiefgarage, glitt hinter das Lenkrad seines Ferrari-Cabriolets und startete den Motor.

Die Einladung galt bereits ab elf Uhr, und er war ein wenig spät dran. Aber bis zum Rennstall würde er nicht lange brauchen – maximal fünfzehn Minuten. Dass man in kurzer Zeit überall in der Stadt war, stellte einen großen Vorteil von Charles' altem Apartment dar, abgesehen vom herrlichen Ausblick.

Als Rico etwa einen Block weit gefahren war, bemerkte er, dass sich das Wetter an diesem Frühlingstag nicht wirklich für eine Fahrt ohne Verdeck eignete. Während er auf den entsprechenden Schalter drückte, um das zu ändern, dachte er unwillkürlich: Der graue Himmel ist kein gutes Omen für mein Vorhaben. Dabei war dieses Wetter typisch für Anfang September. Dass bei den Olympischen Spielen immer strahlender Sonnenschein geherrscht hatte, war ihm nach wie vor ein Rätsel. Normalerweise zeigte sich das Wetter um diese Jahreszeit wechselhaft, und man konnte es nur vorhersehen, indem man morgens den Kopf zum Fenster hinausstreckte. Sich auf die Vorhersage zu verlassen war genauso unvernünftig, wie sich vorzustellen, dass Renée tatsächlich mit ihm ausgehen würde.

Aber sein Entschluss stand fest. Er hatte schon immer versucht, seine Ziele zu erreichen, und erst aufgegeben, wenn er ganz sicher wusste, dass es aussichtslos war – so wie mit der Schauspielerei. Solange ihm Renée also keine deutliche Absage erteilt hatte, hegte er zumindest noch einen Funken Hoffnung.

Während der kurzen Fahrt nach Randwick gelang es Rico sogar, sich davon zu überzeugen, dass es eine ernst zu nehmende Chance gab. Offensichtlich hatte die „lustige Witwe" keinen festen Freund, sonst hätte der sie sicher einmal auf die Rennbahn begleitet. Abgesehen davon, kam sie regelmäßig zu den Pokerabenden, es sei denn, sie hielt sich in Übersee auf. Keine Frau mit festem Partner wäre über Jahre jeden Freitagabend verfügbar gewesen.

Nicht, dass Rico auch nur für eine Sekunde glaubte, Renée würde wie eine Nonne leben. Bestimmt hatte sie seit dem Tod ihres Mannes zahlreiche Liebhaber gehabt. Immerhin war sie jetzt schon seit über fünf Jahren Witwe, eine zu lange Zeit für eine Frau ihres Alters, um jede Nacht allein zu verbringen.

Aus irgendeinem Grund – wahrscheinlich Selbstschutz – hatte sich Rico in der Vergangenheit nicht viel Gedanken darüber gemacht, mit wem Renée schlief. Doch plötzlich konnte er an nichts anderes denken. Nachdem er sämtliche Szenarien von Affären mit verheirateten Männern über One-Night-Stands bis hin zu Kurzzeitbeziehungen mit bindungsunwilligen Scheidungsgeschädigten verworfen hatte, kam er zu dem Schluss, dass sich Renée ihre Gespielen wahrscheinlich aus den männlichen Models auswählte, die täglich an die Tür ihrer Agentur klopften.

In einer derartigen Beziehung würde sie wahrscheinlich immer darauf bestehen, der Boss zu sein, vor allem beim Sex. Bei der Vorstellung reagierte Rico wie seit Teenagerzeiten nicht mehr und versuchte stöhnend, die plötzliche Enge in der Hose zu beheben, aber vergebens. Nichts änderte etwas an seinem Problem, außer eine Nacht mit Renée.

Als Rico in die *Randwick Street* einbog, in der sich Wards Stallungen befanden, schwor er sich, Renée dazu zu bringen, mit ihm auszugehen und ins Bett zu steigen, und wenn er dazu seine Seele verkaufen musste. Beim Anblick ihrer blauen Limousine verschwand Ricos düstere Stimmung für einen Moment. Renée war da und wartete auf ihn! Doch gleich darauf bekam sein gesunder Menschenverstand wieder die Oberhand. Sie war da, Punkt, und er würde sich gleich zum Narren machen. Doch jetzt gab es kein Zurück mehr. Schließlich war er kein Feigling, oder?

Für den Bruchteil einer Sekunde gab ihm der volle Parkplatz beinah die Rechtfertigung, weiterzufahren und seine verrückte Mission zu vergessen. Doch dann entdeckte er eine Lücke zwischen einem silberfarbenen Jaguar und einem S-Klasse-Mercedes und lenkte seinen Ferrari seufzend auf den freien Platz. Nachdem er den Motor ausgestellt hatte, warf er einen Blick auf die Uhr – kurz nach zwölf. Rasch stieg er aus und schlug die Tür zu. Gerade noch rechtzeitig fiel ihm dabei ein, sein Aussehen im Seitenspiegel zu überprüfen.

Er strich sich einige dunkle Locken aus dem Gesicht und runzelte beim Anblick seines Dreitagebartes die Stirn. Am Wochenende rasierte er sich nie – da hatte er heute keine Ausnahme machen wollen, damit sich Renée nicht einbildete, er habe sich ihretwegen irgendwelche Umstände gemacht.

Doch da er vorhatte, sie um ein Rendezvous – mit Aussicht auf eine Liebesnacht – zu bitten, wäre es vielleicht keine schlechte Idee gewesen, sich zu rasieren. Aber wie immer, wenn es um Renée ging, hatte da wohl wieder einmal sein gesunder Menschenverstand ausgesetzt. Nun musste er sich einfach zusammenreißen, sonst würde sie ihm nie die Hand reichen. Nicht dass er die „lustige Witwe" heiraten wollte. So verrückt war er nun auch wieder nicht! Er wollte nur einige Nächte mit ihr verbringen. Danach wäre er sicher von dieser sexuellen Besessenheit – denn Liebe konnte man das ja wohl nicht nennen – geheilt, die ihn nun schon mehrere Jahre verfolgte.

Nein, er liebte sie nicht, bestimmt nicht! Was war an Renée schon liebenswert? Sie war genauso kaltblütig, hartgesotten und geldgierig wie Jasmine und darauf spezialisiert, Männer zum Narren zu halten – und ganz besonders ihn. Mit diesem wenig charmanten Gedanken schob Rico die Hände in die Hosentaschen und schlenderte auf Wards Anwesen, wobei er Renées Limousine im Vorbeigehen einen abfälligen Blick zuwarf. Sie musste die Erste gewesen sein, um einen so hervorragenden Parkplatz zu bekommen.

Einen Augenblick blieb er bei Wards Eingangstor stehen und betrachtete das supermoderne zweistöckige Wohnhaus. Die meisten Gäste waren jetzt bestimmt mit der Besichtigung der Pferde fertig und ließen sich die Leckereien vom Büfett schmecken. Alle außer Renée. Höchstwahrscheinlich befand sie sich noch in den Ställen und kümmerte sich um die letzte und bisher kostspieligste Errungenschaft ihrer Eigentümergemeinschaft, ein dreijähriges schwarzes Hengstfohlen namens *Ebony Fire,* das sie als Jährling von Ali erworben hatten. Leider hatte sich das Tier schon bald eine Sehnenentzündung zugezogen, sodass mit dem Training nicht fortgefahren werden konnte.

Seit einigen Wochen versuchte man es nun erneut, und Wards Assistentin Lisa hatte Rico am vergangenen Abend telefonisch mitgeteilt, dass *Ebony Fire* sich zu seinem Vorteil verändert habe und allen die Show stehle. Zweifellos hatte Lisa Renée die gleichen Informationen zukommen lassen. Der Startrainer selbst war viel zu einsilbig, um telefonischen Kontakt zu den Besitzern aufzunehmen.

Von Renée persönlich wusste Rico erstaunlich wenig. Er kannte nur ihr Verhältnis zu den Pferden, die sie komplett oder anteilig besaß: Sie liebte sie und war gern bei ihnen, um sie zu streicheln und mit ihnen zu reden. Wenn er sie an einem der offenen Sonntage getroffen hatte, war es ihm fast nicht gelungen, sie von den Ställen wegzulocken.

„Ich komme doch nicht her, um zu essen", hatte sie ihn einmal angefahren, als er vorschlug, doch gemeinsam ans Büfett zu gehen. „Ich komme her, um meine Pferde zu besuchen."

In Erinnerung daran lächelte Rico wehmütig. O ja, auch jetzt war sie bestimmt noch nicht im Haus. Da konnte er ganz sicher sein. Irgendwie tröstete ihn das. Denn die Vorstellung, sie unter vier Augen um ein Rendezvous zu bitten, war wesentlich angenehmer, als sie in einem Raum voller Menschen danach zu fragen, die dann alle ihr hysterisches Lachen hören würden. So erfuhr wenigstens niemand von dem demütigenden Augenblick.

Er atmete tief durch, um sich zu beruhigen. Dann ging er auf den Seitenweg zu, der um das Wohnhaus herum zu den Ställen führte. Am Ende des Weges befand sich ein Tor, an dem sich immer ein Mann vom Sicherheitsdienst aufhielt. Heute hatte Jed Dienst, ein großer, feister Kerl, der alle Pferdebesitzer vom Sehen kannte.

„Schönen guten Tag, Mr. Mandretti", begrüßte er Rico und öffnete ihm das Tor. „Sie sind ein bisschen spät dran. Alle anderen befinden sich bereits im Haus beim Lunch."

Das hörte Rico mit Betroffenheit, bis ihm bewusst wurde, dass Jed von seinem Platz aus gar nicht alle Ställe überblicken konnte. Ohnehin blieb Renée meist nicht vor den Boxen stehen, sondern ging hinein, wenn sich die Tiere ruhig verhielten.

„Das ist nicht schlimm, Jed", sagte Rico im Vorbeigehen. „Ich bin heute nicht zum Essen gekommen. Bis dann."

Im Innenhof war nur ein Pferdepfleger. Man hatte wohl einige Tiere zu Showzwecken auf dem Gelände herumgeführt, und der junge Mann entfernte jetzt die Pferdeäpfel. „Sie sind ja noch schwer am Arbeiten, Neil", sagte Rico beim Näherkommen.

Erstaunt und erfreut zugleich sah Neil auf. „Hallo, Mr. Mandretti", begrüßte er Rico dann und hielt inne, damit nicht versehentlich

Pferdedung auf die edle Hose des TV-Stars geriet. Neil mochte Mr. Mandretti fast genauso, wie er Mrs. Selinsky mochte. Im Gegensatz zu den anderen, meist hochnäsigen Besitzern erinnerte sich Mr. Mandretti immer an seinen Namen. Außerdem war er nett und freundlich, und man hätte nie gedacht, dass es sich bei ihm um einen bekannten Fernsehstar handelte. Natürlich konnte er Mrs. Selinsky nicht überbieten. Sie war eine echte Lady und so großzügig. Jedes Mal, wenn eines ihrer Pferde ein Preisgeld errang, erhielten die Pferdepfleger ein Handgeld.

Aber es lag nicht nur an ihrem großzügigen Umgang mit Geld, dass sie bei den Mitarbeitern so beliebt war, sondern auch an ihrer Art, mit Pferden umzugehen. Die Tiere lagen ihr wirklich am Herzen, und sogar der Chef mochte Mrs. Selinksy, sonst würde er sich nicht so häufig mit ihr unterhalten. Normalerweise verabscheute er es, seine Zeit mit Kundengeplauder zu vertun.

„Sie sind bestimmt gekommen, um sich Ihr Hengstfohlen anzusehen“, mutmaßte Neil nun. „Mrs. Selinksy ist immer noch bei ihm. Ich glaube, sie würde in der Box übernachten, wenn der Chef es erlauben würde.“

In diesem Augenblick beschloss Rico – sollte es so etwas wie Wiedergeburt geben –, das nächste Mal als eines von Renées Rennpferden auf die Welt zu kommen. „In welcher Box befindet sich Blackie denn?“ *Blackie* war *Ebony Fires* Stallname.

„In der Nummer achtzehn. Das ist die letzte Box da drüben. Wenn er diesmal so gut läuft, wie es sein Aussehen verspricht, haben Sie da ein Tier erster Klasse.“

„Das wollen wir doch hoffen, Neil. Leider spielen zwischen der Übungsrennbahn und dem Verleihen der Siegerschärpe noch viele Faktoren eine Rolle.“

„Da haben Sie wohl recht. Es ist alles ein Glücksspiel. Ein bisschen wie im Leben.“

Rico nickte. „Und manchmal gehört man zu den Gewinnern und manchmal zu den Verlierern.“ Doch wenn man sich vorher schlau machte, erhöhte das die Gewinnchancen. Plötzlich wünschte Rico, mehr über Renée zu wissen. Darüber hätte er sich allerdings vorher Gedanken machen sollen.

Trotz seiner wachsenden inneren Anspannung winkte er Neil zum

Abschied zu und machte sich auf den Weg zu *Ebony Fires* Box. Einige der Pferde wieherten, als er an ihnen vorbeiging. Auf den ersten Blick sah *Ebony Fires* Box leer aus. Aber sobald sich Ricos Augen an das Dämmerlicht im Stall gewöhnt hatten, erkannte er, dass das schwarze Hengstfohlen auf einem dicken Strohbett in der hinteren Ecke der Box stand, während Renée ihm die Flanke streichelte. Dabei redete sie auf das Tier ein wie auf ein geliebtes Kind.

Den linken Arm hatte sie ihm um den Hals gelegt und die Wange an seine glänzende schwarze Mähne geschmiegt. „Du bist so ein schöner Junge“, flüsterte sie zärtlich. „Ward hat gesagt, nichts würde darauf schließen lassen, dass deine Sehnenentzündung wiederkommt, und du würdest schon bald dein erstes Rennen bestreiten können. Er ist überzeugt davon, dass du gewinnen wirst. Ich habe gesagt, du seist am Anfang vielleicht ein bisschen nervös, und wir dürften nicht zu viel erwarten. Aber er meinte, du habest nichts Nervöses an dir und seist das geborene Rennpferd, ein potenzieller Champion. Ich wünschte nur, du würdest mir allein gehören, mein Liebling. Aber ein Drittel ist immer noch besser als nichts.“

Rico wusste nicht, ob er nun eifersüchtig auf das Pferd sein sollte oder auf Renée, weil sie offensichtlich Dinge von Ward Jackman erfuhr, die dieser den anderen vorenthielt. Aber wieso?

Womöglich hatten Renée und er ein Verhältnis! Plötzlich tat sich auch eine ganz andere Erklärung für Renées hervorragenden Parkplatz auf. Vielleicht war sie nicht als Erste gekommen, sondern schon die Nacht über hier gewesen. Bei dem Gedanken wurde Rico richtig übel. Doch er versuchte, vernünftig zu bleiben und nicht in Panik zu geraten. Die beiden hatten nie irgendwelche Intimitäten ausgetauscht, und da waren auch keine viel sagenden Blicke gewesen.

Aber wenn sie trotzdem ein Liebespaar sein sollten, würde das erklären, warum Renée so ausführlich über *Ebony Fire* Bescheid wusste. Selbst der schweigsamste Mann ließ sich im Bett zu der einen oder anderen vertraulichen Bemerkung hinreißen.

Bei der Vorstellung, dass Renée mit diesem gut aussehenden Raubein schlief, hatte Rico das Gefühl, ihm würde ein Dolch ins Herz gestoßen. Unwillkürlich ballte er die Hände zu Fäusten. Aber mit mutmaßlichen Liebhabern konnte man noch schlechter umgehen als mit reellen, und es war ein bisschen wie Schattenboxen. Doch wenn seine

Annahme der Wahrheit entsprach, würde das auch erklären, warum Renée immer ohne Partner auf die Rennbahn kam. Ihr Freund war ja bereits da!

Wie gebannt beobachtete Rico nun, wie sie das Pferd tätschelte. Dabei stellte er sich allerdings vor, Ward Jackman räkelte sich nackt und erregt unter ihren Händen, wobei Rico unwillkürlich ein Schauer über den Rücken lief.

Plötzlich wandte ihm das Pferd den Kopf zu und wieherte zur Begrüßung. Renée wirbelte herum. Als sie sah, wer da vor der Box stand, machte sie große Augen. Dabei rang sie für einen Moment sichtlich um ihre übliche Fassung, fuhr sich aufgeregt durchs Haar und eilte zur Boxentür, wobei ihr das Pferd nicht von der Seite wich. „Was, zum Teufel, machst du denn hier?“, herrschte sie Rico schließlich an, ehe sie die Boxentür öffnete und rasch hinausging, damit *Ebony Fire* ihr nicht folgen konnte. „Bist du nicht am ersten Sonntag im Monat normalerweise bei der *Familie?*“

So, wie sie das sagte, konnte man meinen, er sei ein Mitglied der Mafia und nicht Sohn eines schwer arbeitenden Wochenmarktbeschickers. „Ich wünsche dir auch einen schönen Tag“, antwortete Rico scheinbar gelassen, obwohl die Eifersucht an ihm nagte. „Weißt du, meine liebe Renée, ich konnte einfach nicht noch einen Tag ohne deine charmante Gesellschaft auskommen.“ Er klang spöttisch, obwohl er es eigentlich ernst meinte.

Renée tat so, als würde ihre gesamte Aufmerksamkeit vom Vorschieben des Boxentürriegels in Anspruch genommen. Doch schließlich sah sie mit ihren smaragdgrünen Augen Rico an. „Warum bist du dann gestern nicht auf die Rennbahn gekommen?“

„Sag bloß, das hast du bemerkt?“ Rico lächelte. „Ich fühle mich geschmeichelt.“

„Das brauchst du nicht. Ich hatte trotzdem – oder gerade deshalb – einen sehr angenehmen Nachmittag und habe so manches Mal aufs richtige Pferd gesetzt.“

„Warum bist du dann heute so sauer? Oder hat das einfach mit deiner generellen Haltung mir gegenüber zu tun?“ Rico spürte, wie er die Beherrschung verlor. Wenn er weiter in diesem Ton mit Renée sprach, konnte er ein Rendezvous vergessen. Nicht, dass er sie jetzt noch darum bitten wollte. Kein Mensch machte sich absichtlich zum Narren, selbst wenn er so verzweifelt war wie er. Erst musste er erfahren, ob zwischen ihr und Ward Jackman etwas lief.

Rico ließ den Blick über Renée gleiten und versuchte dabei, nicht zu offensichtlich auf ihre herrlich schlanken Beine zu sehen, die in der kamelfarbenen engen Hose so gut zur Geltung kamen. Ihr T-Shirt saß genauso eng und ließ ihre Oberweite größer wirken, als er sie in Erinnerung hatte. Entweder das, oder sie trug einen Push-up-BH. Nein, von wegen, ganz im Gegenteil: Sie hatte gar nichts darunter an, und ihre Brustknospen zeichneten sich deutlich unter dem weißen Baumwolljersey ab. Vielleicht lag das an der kühlen Witterung heute, vielleicht aber auch daran, dass Renée die Nacht in Wards Bett verbracht hatte.

Bei der Vorstellung, dass dieser Mann an Renées Brüsten saugte, wurde Rico ganz anders. Am besten ging er sofort wieder, ehe er noch etwas tat oder sagte, das er später bereuen würde. Aber er konnte sich nicht abwenden.

„Dürfte ich dir vielleicht eine ganz persönliche Frage stellen?“, wollte er schließlich wissen. Dabei gab er sich betont locker, um seine wahren Gefühle zu verbergen.

„Würde dich denn ein Nein davon abhalten?“

„Nein.“

„Das habe ich mir schon gedacht. Also los!“

„Bist du mit Ward zusammen?“, fragte Rico unumwunden und ließ Renée dabei nicht aus den Augen.

Sie zog die fein gezupften Brauen hoch, während sie ihn mit großen Augen anblinzelte. Zweifellos war sie geschockt, fing sich aber schnell und sah ihn kurz darauf überheblich an. Dann bückte sie sich nach ihrer schwarzen Lederjacke und der dazu passenden Handtasche, die sie neben die Boxenwand gelegt hatte. Durch die Bewegung fiel ihr das schulterlange braune Haar über die hohen Wangenknochen und verbarg für einen Moment ihr Gesicht.

Als sie sich wieder aufrichtete, saß ihre Frisur erneut perfekt – ein Zeichen für ihren exzellenten Friseur. Sie hob das Kinn und warf Rico aus ihren schräg stehenden grünen Augen einen kühlen Blick zu. „Warum fragst du? Hat jemand über uns geredet?“

„Nein, aber ich habe gehört, was du zu Blackie gesagt hast, und das klang ganz so, als wärt du und Ward dicke Kumpel. Ich meine, normalerweise bekommt man aus ihm doch nicht mehr als zwei zusammenhängende Worte heraus. Mit dir scheint er allerdings stundenlang über die Fortschritte unseres Pferdes geredet zu haben."

„Und da hast du messerscharf geschlossen, dass wir dabei im Bett waren?"

„Ja. Und, liege ich damit richtig?"

„Ich wüsste nicht, was dich das angeht!" Renée wandte sich noch einmal dem Pferd zu und tätschelte ihm den Kopf.

„Es passt mir einfach nicht, dass du mit Jackman schläfst!"

Renée sah ihn ganz erstaunt an. „Aber warum nicht?"

Was sollte er darauf antworten? Dass er einfach nicht wollte, dass sie mit anderen Männern schlief, weil er sie selbst begehrte? Da würde sie ihm doch geradewegs ins Gesicht lachen, und das hätte sein Stolz nun wirklich nicht verkraftet. „Er ist der Trainer der Eigentümergemeinschaft", stieß er deshalb hervor. „Und es passt mir einfach nicht, dass du Informationen bekommst, die Charles und mir vorenthalten werden."

Sie lächelte abschätzig. „Dass so etwas der Grund ist, hätte ich mir ja denken können. Aber ich schlafe nicht mit Ward. Und wenn du Augen im Kopf hättest, wüsstest du längst, dass Lisa und er ganz verrückt nacheinander sind. Sie ist sogar bei ihm eingezogen. Ward spricht nur deshalb mehr mit mir als mit dir, weil ich Pferde wirklich gern habe. Ich besitze sie nicht des Status' wegen oder um dadurch andere reiche Menschen zu treffen. Bist du nun zufrieden?", fragte sie noch und wollte weggehen.

Aber Rico hielt sie am Arm fest. Renée erstarrte und warf ihm einen Blick zu, bei dem so mancher vor Schreck losgelassen hätte. Doch Rico verstärkte den Griff. „Warum verachtest du mich? Was habe ich dir getan?"

Renée sah so lange auf seine Hand, bis er Renée losließ, und als es so weit war, erschauderte sie sichtlich. Da wusste Rico, dass sie niemals freiwillig mit ihm ausgehen, geschweige denn ins Bett steigen würde. Aus irgendeinem Grund fühlte sie sich von ihm abgestoßen, und das war die schrecklichste Erkenntnis seines Lebens, noch schlimmer, als sich eingestehen zu müssen, dass Jasmine es nur auf sein Geld abgesehen hatte.

Jetzt war er derjenige, den es schauderte. Aber nicht so, dass man es sehen konnte, sondern innerlich – tief in seinem Herzen.

„Du kannst nicht ernsthaft wollen, dass ich dir diese Fragen beantworte", meinte sie nun. „Glaub mir, die Antwort würde dir nicht gefallen."

„Ich will sie trotzdem hören."

„Na gut." Der Blick ihrer grünen Augen wirkte jetzt noch kälter, wenn das überhaupt möglich war. „Du verkörperst alles, was ich an Männern nicht ausstehen kann. Du bist egoistisch und unheimlich oberflächlich. Du behauptest ständig, mehr Tiefgang in deinem Leben anzustreben, läufst aber dauernd irgendwelchen Träumen hinterher. Außerdem urteilst du vorschnell über andere Menschen, ohne dir die Mühe zu machen, einmal hinter die Fassade zu blicken. Wenn ich mir vorstelle, dass du dadurch beinah Charles' Ehe ruiniert hättest ..."

Verächtlich rümpfte sie die Nase, und Rico zuckte förmlich zurück. Zugegeben, als er Dominique auf die gleiche Stufe gestellt hatte wie Jasmine, war das ein furchtbarer Fehler gewesen. Aber die äußeren Umstände hatten einfach darauf schließen lassen, dass Dominique ebenso hartherzig und geldgierig war wie seine Exfrau.

„Und das alles nur, weil du nicht über dein ach so schlimmes Ehedrama hinwegkommen kannst", fuhr Renée mit beißendem Spott fort. „Wie ich schon sagte, du bist egoistisch und oberflächlich. Natürlich trifft das auf die meisten gut aussehenden Männer zu. Außerdem hältst du dich für unwiderstehlich, nur weil du einen tollen Körper hast und unheimlich viel Sex-Appeal besitzt. Glaubst du, ich wüsste nicht, dass du deine Nase immer so hoch trägst, weil du nicht fassen kannst, dass ich nicht jedes Mal in Ohnmacht falle, wenn du den Raum betrittst? Genauso wie es dich ernsthaft ärgert, dass ich besser pokere als du. Ich hätte vielleicht mehr Achtung vor dir, Rico Mandretti, wenn du nur einmal erkennen lassen würdest, dass du dich in andere Menschen hineinversetzen kannst und es auch bei dir so etwas wie Tiefgang gibt. Aber nein, du machst einfach in deiner typischen Playboymanier weiter, und wenn es nicht nach deinem Kopf geht, benimmst du dich wie ein verzogenes Gör."

Sie war ein wenig laut geworden, und Rico sah sich peinlich berührt um. Erleichtert stellte er fest, dass niemand im Hof und Neil nirgends zu sehen war.

„Aber das Schlimmste ist", fuhr Renée nun unbeirrt fort, „dass du von einer blonden Sexbombe zur nächsten fliegst und dich dann darüber beklagst, dass du nicht hast, was Charles hat. Werd endlich erwachsen, Rico! Such dir ein nettes Mädchen zum Heiraten, und gründe mit ihm eine Familie. Die willst du doch angeblich unbedingt haben. Vielleicht werde ich dir dann auch so etwas wie Zuneigung entgegenbringen. Oder auch nicht", meinte sie dann höhnisch. „Mögen werde ich dich wohl nie. Aber wenigstens könnte ich dir dann ein wenig Respekt zollen."

Endlich war sie fertig, und das Gleiche galt für Rico. Noch nie hatte ihm jemand so deutlich die Meinung gesagt – nicht einmal Jasmine, wenn sie ganz schlecht auf ihn zu sprechen gewesen war.

Natürlich hätte er Renée eine passende Antwort geben und ihre eigene, wohl kaum perfekte Vergangenheit auseinander nehmen können. Aber irgendwie hatte er das Gefühl, der Schuss könnte nach hinten losgehen. Trotzdem würde ihn kein Mensch je davon überzeugen, dass Renée den alten Tattergreis aus Liebe geheiratet hatte, auch wenn Geld vielleicht nicht ihr Hauptmotiv gewesen war. Dass er, Rico, ihr das zunächst unterstellt hatte, war vielleicht eines jener vorschnellen Urteile seinerseits, die sie erwähnt hatte.

„Jetzt mach nicht so ein Gesicht! Ich habe dich gewarnt und will mich nicht schuldig fühlen müssen, weil ich dir die Wahrheit gesagt habe. Außerdem ist es dir doch völlig egal, was ich denke. Männer wie du interessieren sich nur für sich selbst", fügte sie noch hinzu, warf ärgerlich den Kopf zurück und ging.

Wenigstens hält sie mich für gut aussehend, dachte Rico, während er ihr betrübt nachblickte. Ihr missfiel nur sein Charakter, und daran konnte man arbeiten, oder nicht? „Na klar, Rico!", sagte er dann zu sich selbst. „Wenn's weiter nichts ist?" Er schnitt ein Gesicht und schob die Hände in die Hosentaschen. Dann ließ er den Kopf hängen und ging hinaus in den Hof, der glücklicherweise immer noch menschenleer war. Als er bei Jed vorbeikam, riss er sich zusammen, nickte ihm zum Abschied zu und lief so schnell wie möglich zu seinem Wagen, um nach Hause zu fahren.

4. KAPITEL

Über den Spieltisch hinweg blickte Charles zu einer ungewöhnlich stillen Renée und dann zu einem erstaunlich grimmig dreinsehenden Rico und überlegte, was sich während der vergangenen Woche bloß zwischen den beiden zugetragen hatte. Am letzten Freitag waren sie noch hervorragend in Form gewesen und hatten sich gegenseitig mit ihren spitzen, aber immer sehr unterhaltsamen Bemerkungen übertroffen.

Doch an diesem Abend war das ganz anders. Sie wechselten kein Wort und saßen da, als hätten sie unterm Tisch die Hände zu Fäusten geballt. Auch die Einsätze waren bisher nur klein gewesen. Weder Rico noch Renée schienen daran interessiert zu sein, sich wie sonst im Bluffen gegenseitig zu übertrumpfen. Besonders Rico verhielt sich unheimlich zurückhaltend. Selbst wenn er ganz gute Karten hatte, erhöhte er den Einsatz nicht im sonst üblichen Maß.

Alles in allem schien das der langweiligste Pokerabend zu werden, den Charles je erlebt hatte. Stattdessen wäre er viel lieber bei Dominique geblieben und konnte das Ende des Abends kaum erwarten. Dummerweise war es erst zwanzig nach zehn. Na ja, wenigstens würden sie gleich eine Pause einlegen.

„Du bist dran, Charles", erinnerte ihn da Ali. „Wir spielen noch eine Runde vor dem Essen."

„In Ordnung", sagte Charles, und Renée nickte. Auch Rico war einverstanden. Er wollte dieser Folter nur so schnell wie möglich entgehen und begann mit einem müden Seufzer, die fünf Karten aufzunehmen, die Charles ihm hingelegt hatte. Die erste war eine Herzdame, die zweite ein Herzbube. Als sich die dritte als Herzkönig erwies, begann sein Herz, wie wild zu schlagen. Das änderte sich blitzartig bei der vierten Karte, einem Herzas: Rico blieb fast das Herz stehen.

Du liebes bisschen!

Jetzt konnte er nur hoffen, dass seine letzte Karte ebenfalls ein Herz wäre, egal, mit welcher Augenzahl, denn dann hätte er einen *Flush* – fünf Karten der gleichen Farbe. Sollte er eine Zehn aufdecken, wobei sogar die Farbe egal war, hätte er eine *Straße* – fünf Karten von verschiedenen Farben, aber mit lückenlos aufeinander folgenden Werten. Wenn es die Herzzehn wäre, hätte er ein *Royal Flush*, wofür die Chancen je Spiel bei eins zu fünfundsechzigtausend standen.

Bevor er die letzte Karte aufnahm, stieß er einmal kurz mit den Fingerspitzen auf die Tischplatte. Sofort sah Renée zu ihm, und Rico erwiderte unwillkürlich ihren Blick. Das war das erste Mal an diesem Abend. Nur als sie pünktlich um acht Uhr in Alis Präsidentensuite gekommen war, hatte Rico schon einmal zu ihr gesehen. In der feinen cremefarbenen Flanellhose und dem hellgrünen Twinset sah sie sexy und elegant zugleich aus.

Seit dem Fiasko vom vergangenen Sonntag hatte Rico beinah ununterbrochen an sie gedacht und sich überlegt, was er gegen seine beständig wachsende Frustration tun konnte. Heute Abend war er hergekommen, ohne diesbezüglich eine Entscheidung getroffen zu haben. Doch seine körperliche Reaktion auf ihren Anblick hatte ihm da weitergeholfen: Heute wäre das letzte Mal, dass er mit der „lustigen Witwe" pokerte. Er würde auch aus ihrer Eigentümergemeinschaft aussteigen. Außerdem beabsichtigte er, Sydney zu verlassen und für eine Weile nach Übersee zu gehen. Von einem italienischen Fernsehsender hatte er ein Angebot erhalten, seine Kochsendung dem italienischen Publikum vorzustellen. Das wollte er jetzt tun, um sich nicht noch weiter in Renées Gegenwart zerfleischen zu müssen.

Doch auch wenn seine Entscheidung vernünftig war, stimmte sie ihn traurig und hatte ihn den Pokerabend bisher wie durch einen Nebelschleier erleben lassen. Aber die vier Karten, die er bereits auf der Hand hielt, sorgten einfach für einen Adrenalinstoß. Und als leidenschaftlicher Pokerspieler war Rico plötzlich wieder voll da und sah Renée an. Ihr Lächeln erstaunte ihn. War es als Entschuldigung gedacht oder so etwas wie ein Friedensangebot?

Nein, das wurde rasch klar. Dazu war es viel zu spöttisch. Bestimmt hatte sie seine plötzliche Anspannung bemerkt und wartete jetzt auf seine Reaktion, wenn er sich die letzte Karte ansah. Sie selbst hielt bereits alle fünf in der Hand und wusste über ihre Chancen Bescheid.

Ob es ihm gelingen würde, seine Reaktion in Schach zu halten? Schließlich bekam man nicht oft die Gelegenheit, eine Karte aufzunehmen, die einem die Möglichkeit auf ein unschlagbares Blatt bot.

Unschlagbar? Tatsächlich, die fünfte Karte war eine Herzzehn.

Während er versuchte, äußerlich ganz ruhig zu wirken, pochte ihm das Blut in den Schläfen, und sein Mund wurde ganz trocken.

„Willst du Karten tauschen, Rico?", fragte Charles ein wenig ungeduldig.

Rico gab vor zu zögern, bevor er sich übertrieben entspannt zurücklehnte. Normalerweise reagierte er nicht so, wenn er ein gutes Blatt auf der Hand hielt. Damit wollte er seine Gegner verwirren, sie glauben machen, dass er nur bluffte. Sonst würden sie alle aussteigen, und er würde keinen Cent verdienen. „Danke, ich bleibe bei den Karten, die ich habe."

Als Ali stirnrunzelnd zu ihm sah, erwiderte Rico seinen Blick mit einem Lächeln. Wie gern hätte er den Scheichsohn um einige zehntausend Dollar erleichtert. Aber der war nicht dumm und verlor nur selten. Würde er den Braten auch jetzt riechen?

„Dann ist Rico heute Abend ja doch bei der Sache", meinte Ali nur und tauschte drei Karten.

Nun war Renée an der Reihe. „Ich bleibe auch bei meinem Blatt", sagte sie, ohne dass Rico irgendetwas daraus hätte schließen können. Manchmal bluffte sie, wenn sie sich so verhielt, manchmal hatte sie dann aber auch einen *Drilling* – drei wertgleiche Karten – oder sogar ein *Full House* – einen Drilling und ein Paar. Aber selbst wenn sie diesmal einen *Vierling* auf der Hand hielte, für den die Chance eins zu viertausend stand, würde er mit seinem *Royal Flush* als Sieger hervorgehen.

„Ich tausche zwei Karten", sagte jetzt Charles. Als er sich daraufhin zufrieden zeigte, stieg Ali sofort aus, aber Renée blieb dabei und erhöhte den Einsatz genau wie Rico.

Sobald die Summe im Pot sechsstellig wurde, stieg auch Charles aus. „Das ist mir zu heiß. Macht ihr beide das mal lieber unter euch aus."

„Ich denke, Rico sollte sein Geld zusammenhalten und auch passen", erklärte Renée kühl. „Es sei denn, er verliert gern. Und so, wie er heute Abend bisher gespielt hat ..."

Das hätte sie besser nicht gesagt, besonders bei dem Blatt, das er auf der Hand hielt, und bei den Gefühlen, die ihn seit einer Woche beherrschten. Plötzlich war es Rico nicht mehr genug, nur Renées Geld zu gewinnen. Er wollte sie in ihrem Stolz treffen, um sich für letzten

Sonntag zu rächen. Was ihm dabei so vorschwebte, ließ sein Herz höher schlagen. Wenn Renée nicht bluffte – was wahrscheinlich war –, würde sie seinem Vorschlag nicht widerstehen können … und ihm gehören, zumindest für eine Nacht.

Der Gedanke daran bescherte ihm umgehend eine heftige Reaktion seines Körpers. „Wenn du so zuversichtlich bist", sagte er dabei so locker wie möglich, obwohl er sich vor Aufregung kaum halten konnte, „lass uns den Einsatz doch erhöhen."

„Du meinst, noch mehr Geld setzen?"

„Nicht unbedingt. Wie wär's, wenn wir einmal um etwas anderes spielen würden?"

Sie warf den Kopf zurück und blinzelte Rico mit ihren smaragdgrünen Augen an. „Worum zum Beispiel?"

„Das würde ich auch gern wissen", mischte sich Charles ein.

„Egal, was uns so vorschwebt. Renée sucht sich etwas aus, das ich ihr geben oder kaufen kann, und umgekehrt."

Ihr Blick wurde spöttisch. „Was sollst du mir schon geben können, das ich mir nicht selber kaufen kann?"

„Darf ich dich an letzten Sonntag erinnern? Da hatte ich den Eindruck, da wäre schon etwas." Während er ihr in die Augen blickte, sah er regelrecht, wie bei ihr der Groschen fiel: *Ebony Fire.* Er meinte seinen Anteil an dem Hengstfohlen. Wenn Renée sein Drittel gewann, wäre es für sie ein Leichtes, Charles auszuzahlen. Der zeigte in letzter Zeit ohnehin immer weniger Interesse an ihrer Eigentümergemeinschaft. Bestimmt könnte Renée der Versuchung, Alleineigentümerin von *Ebony Fire* zu werden, nicht widerstehen und würde in die Falle gehen.

„Ich bin nicht sicher, ob das okay ist", meinte jetzt Charles, ganz Gentleman. „Es hört sich nicht korrekt an."

„Kümmere dich um deinen eigenen Kram!", wies ihn Renée zurecht, die offensichtlich bereits angebissen hatte. Sich an Rico wendend, fuhr sie fort: „Und wie hast du dir die weitere Vorgehensweise vorgestellt?"

„Wir schreiben unseren Herzenswunsch auf ein Stück Papier, stecken es in einen Umschlag und legen es zu dem Geld. Dann decken wir unsere Karten auf, und der Gewinner bekommt den Pot, wobei der Verlierer auch noch den Wunsch des Gewinners bedienen muss."

„Dann brauchen wir also nicht offen zu legen, worum wir spielen?“, fragte Renée nachdenklich. „Und es bleibt ein Geheimnis?“

„Ja, das ist spannender.“

„Und was geschieht mit dem Umschlag des Verlierers?“

„Der geht ungeöffnet zurück.“

„Hm“, meinte sie stirnrunzelnd, „ich kann mir einfach nicht vorstellen, was du von mir willst.“

„Vielleicht wollen wir das Gleiche.“

Wie gebannt sah sie ihn an. „Vielleicht, aber irgendwie bezweifle ich das. Trotzdem könnte es interessant sein, es herauszufinden.“

„Vorausgesetzt, ich gewinne, natürlich“, fügte Rico hinzu, um den Eindruck zu erwecken, es würde immer noch die Möglichkeit bestehen, dass ihr Blatt besser war. „Wenn ich verliere, nehme ich meinen Umschlag auf jeden Fall wieder an mich“, erklärte er abschließend und hätte liebend gern den Blick zu deuten gewusst, den Renée ihm jetzt zuwarf. Aber sie war immer schon besonders gut darin gewesen, die Wahrheit vor ihm geheim zu halten. Deshalb wusste er auch nie, ob sie bluffte.

„Na, dann her mit dem Papier und den Umschlägen!“, sagte sie schließlich.

„Mir gefällt die Idee überhaupt nicht“, erklärte Charles missmutig.

„Wieso nicht?“ Rico zuckte die breiten Schultern. „Es wird ja niemandem wehgetan, und es ist einfach spaßiger, als nur um Geld zu spielen.“

„Das hoffe ich doch!“ Charles war immer noch nicht überzeugt. „Eine kleine Aufheiterung könnte dir allerdings nicht schaden.“

„Aber diese Art von Einsätzen machen wir uns nicht zur Gewohnheit“, erklärte nun Ali, der immer darauf bedacht war, dass es am Spieltisch nicht zu persönlich zuging. „James“, wandte er sich dann an den Butler, „bringen Sie den beiden Papier und Bleistift.“

Offensichtlich wusste Renée genau, was sie von Rico wollte, denn sie schrieb ihren Wunsch umgehend auf den Hotelnotizblock, den Rico ihr reichte, nachdem er sich ein Blatt abgerissen hatte. Er dagegen war sich plötzlich nicht mehr sicher, was er verlangen wollte. Eine Nacht oder zwei oder vielleicht eine ganze Woche? Doch auch das wäre ihm nicht genug, beschloss er, während seine Erregung immer stärker wurde.

Schließlich schrieb er:

Du bist einen Monat lang meine Geliebte, beginnend mit heute Nacht.

Daraufhin faltete er das Stück Papier zusammen, steckte es in den Umschlag und schrieb seinen Namen darauf, ehe er den Umschlag auf Renées warf. Ja, obenauf, dachte er dabei, auf Renée. Das würde er jede der kommenden Nächte sein. Es sei denn, er verlangte ausdrücklich das Gegenteil. Geliebte konnte man schließlich nach Bedarf anweisen. Das war eindeutig ein Vorteil gegenüber Ehefrauen.

Natürlich würde er für Extrawünsche bezahlen müssen. Geliebte waren auch nicht viel günstiger als Ehefrauen, vor allem, wenn diese es nur aufs Geld abgesehen hatten. Aber es würde ihm große Freude bereiten, Renée mit Juwelen zu behängen und sie in italienische Designerklamotten zu stecken. Für seinen Geschmack trug sie viel zu oft eine Hose, auch wenn die ihre langen Beine betonte. Er wollte endlich einmal ein weich fallendes Seidenkleid an ihr sehen oder ein schwarzes Satinnachthemd, das von Spaghettiträgern gehalten wurde.

Genauso interessierte ihn, wie Renée aussah, wenn sie nur dieses betörende moschushaltige Parfüm trug, das ihn am Spieltisch schon so manches Mal beinah um den Verstand gebracht hatte. Aber vor allem wollte er wissen, wie sie aussah, wenn sie kam. Das wäre sein größter Triumph und Balsam für seine geschundene Seele.

Er freute sich schon darauf, Renée um die Selbstbeherrschung zu bringen und dabei zu beobachten, wie sie lustvoll die Lippen öffnete, bevor sie stöhnend zum Höhepunkt kam, auch wenn das nicht in ihrer Absicht liegen mochte. Über die Jahre hatte er sich das nötige Wissen angeeignet, um Frauen garantiert so weit zu bringen. Zugegebenermaßen hatte ihm sein gutes Aussehen, das Renée letzten Sonntag so abfällig erwähnt hatte, die Sache um einiges erleichtert. Seit seinem vierzehnten Lebensjahr konnte er sich vor Angeboten kaum retten.

Aber wie es so seine Art war, hatte es ihm nicht genügt, es einfach nur zu tun. Er wollte in allen Bereichen Spitzenergebnisse erzielen. Deshalb nahm er sich als ganz junger Mann vor, alles zu lernen, was ihm und der Partnerin Freude bereiten konnte. Nach und nach war er da auf so manchen geheimen Wunsch gestoßen und hatte erfahren, wie man ihn erfüllte. Jasmine mochte ihn nur des Geldes wegen geheiratet haben, aber den Sex mit ihm hatte sie mit Sicherheit auch genossen.

Rico war zuversichtlich, dass es Renée dabei genauso ergehen würde – wenn er erst einmal die erste Hürde genommen hatte. Bestimmt wäre sie nicht begeistert, wenn sie seinen Herzenswunsch las, wahrscheinlich sogar richtig wütend. Tja, aber sie wusste genau, dass man einen Wetteinsatz zahlen musste. An ihn stellte sich dabei die Herausforderung, ihr zu beweisen, dass es ein Vergnügen war, seine Geliebte zu sein. Dabei erregte ihn die Vorstellung, Renée nach allen Regeln der Kunst zu verführen genauso wie ein Blick auf seine Karten.

„Jetzt zeig schon, was du auf der Hand hast!"

Die Stimme seines besten Freundes ließ Rico zusammenzucken. Er hatte gar nicht bedacht, was Charles von seinem Herzenswunsch Renée gegenüber halten würde. Sicher wäre er geschockt. Bei Ali brauchte er sich da keine Gedanken zu machen. Dessen Einstellung zu Frauen und Sex war viel weniger romantisch als Charles'. Wenn Ali auf der Rennbahn eine Frau kennenlernte, die ihm gefiel, lud er sie erst in seine Hotelsuite und dann noch eine Woche auf sein Gestüt ein. Aber am darauf folgenden Freitag war noch jede zurückgebracht und auch nicht wieder eingeladen worden.

Obwohl sich Alis einwöchige Affären inzwischen bei Sydneys Pferderennsportbegeisterten herumgesprochen hatten, stellte es keine Schwierigkeit für ihn dar, willige Gefährtinnen zu finden. Wenn sich aber die Frauen einbildeten, einen Ehemann aus ihm machen zu können, hatten sie sich geschnitten. Ali hatte Rico einmal anvertraut, er hege kein Interesse an der Ehe oder an Kindern. Seine Pferde seien seine Kinder und Frauen gelegentlich eine willkommene Abwechslung.

Nein, Ali wäre über seine Forderung Renée gegenüber nicht schockiert, aber Charles schon. Doch jetzt war es zu spat, sich daruber Gedanken zu machen. Es wurde Zeit, seinen Gewinn in Empfang zu nehmen.

5. KAPITEL

„Also, wollen wir unsere Karten jetzt aufdecken?“, fragte Rico.

Renée zuckte lässig die Schultern, aber da war auch ein Blitzen in ihren Augen. Befürchtete sie inzwischen doch zu verlieren? Während sie die Karten vor sich hinlegte, zitterten ihre Hände leicht.

Sie *hat* Angst, dachte Rico, und dazu auch allen Grund.

„Ich hoffe, du bluffst nicht, mein Junge“, sagte Charles, der nicht wissen konnte, dass Renée mit ihrem Neuner-Vierling immer noch schlechter dastand als Rico.

Als dieser seine Karten offen legte, hielt Renée den Atem an. „Du meine Güte“, rief Charles, „ein *Royal Flush!* Das habe ich noch nie gesehen.“

„Ich schon“, bemerkte Ali nüchtern. „Wie gerissen von dir, Enrico, Renée mit einem solchen Blatt zu einem Sondereinsatz zu überreden.“

„Sie hätte ja nicht zuzustimmen brauchen“, erwiderte Rico, der viel zu begeistert war, um sich schuldig zu fühlen. „Sie hätte wissen müssen, dass ich nicht bluffe.“

„Das habe ich gewusst“, meinte Renée. „Mir war nur nicht klar, dass dein Blatt unschlagbar sein würde. Schließlich sind meine Karten auch ziemlich gut.“

Stirnrunzelnd sah Rico zu ihr. Eigentlich hätte sie viel enttäuschter sein müssen. Aber noch wusste sie ja nichts von seinem Zusatzwunsch. Wahrscheinlich würde sie nicht einmal dann eine Szene machen, sondern sich zurückhalten, bis sie ihn unter vier Augen sprechen konnte. Dann durfte er sich allerdings auf etwas gefasst machen.

Als sie die Hand nach den beiden Umschlägen ausstreckte, hatte Rico plötzlich ein ganz merkwürdiges Gefühl. Aber Renée ließ den Umschlag mit seinem Namen liegen und nahm lediglich ihren wieder an sich. „Das darf ich doch?“, fragte sie dabei. „Der Verlierer kann seinen Herzenswunsch geheim halten, oder?“

„Für mich ist das kein Geheimnis“, antwortete Rico ärgerlich, weil sie es so lang hinauszögerte, seinen Umschlag zu öffnen. „Ich weiß ohnehin, was du dir gewünscht hast.“

„Das bildest du dir nur ein“, meinte Renée daraufhin, und Rico konnte es nicht glauben. Selbst im Augenblick seines großen Erfolgs musste Renée noch eine Bemerkung machen, die ihn zum Nachdenken veranlasste. Jetzt wünschte er, er hätte diese spezielle Bedingung nicht gestellt und nachsehen können, was sie sich gewünscht hatte. Auch wenn er sich ziemlich sicher war, dass es dabei um seinen Anteil an *Ebony Fire* ging, hätte er sich doch gern vergewissert.

„Das wird mir jetzt alles ein bisschen zu viel", schimpfte Charles. „Öffne einfach Ricos Umschlag, Renée, damit wir sehen, was er will! Ich hoffe nur, du hast genügend Geld. Mit diesem Blatt hätte Rico alles verlangen können."

„Ich bezweifle, dass unser italienischer Freund sich etwas gewünscht hat, das man kaufen kann", meinte Ali gelassen. „Ich nehme an, es handelt sich um etwas, das nur Renée ihm geben kann."

„Das denke ich auch", bemerkte Renée kühl und verstaute erst einmal ihren Umschlag in der Handtasche, die immer zu ihren Füßen stand. „Liegen wir da richtig, Rico?", fragte sie dann, während ihre Lippen ein wissendes Lächeln umspielte.

Rico wurde es ganz heiß. Offensichtlich wusste Renée Bescheid – wie peinlich! Und Ali ahnte es anscheinend auch. Hatte er sich denn in den letzten Jahren so auffällig benommen? Wussten die anderen, dass er jeden Freitagabend wie auf glühenden Kohlen saß, weil er sich nach Renée verzehrte? Charles hatte schon vor einiger Zeit darauf angespielt, aber er war ja auch sein bester Freund und wurde von ihm häufig ins Vertrauen gezogen.

Wieder einmal war es Renée gelungen, ihn in seiner Ehre zu treffen. Am liebsten hätte Rico sie böse angefunkelt, aber er durfte sich nichts anmerken lassen, auch wenn ihm das nie so gut gelang wie ihr. Während sein Herz wie wild schlug, schwor er sich, sie dafür bezahlen zu lassen – und er wusste auch schon, wie.

Noch bevor sie den Umschlag öffnete, war ihm klar, welche Reaktion er von ihr zu erwarten hatte: keinerlei Anzeichen von Schock oder Verärgerung. Sie würde ihren Stolz unter allen Umständen bewahren. Seiner interessierte sie dabei überhaupt nicht.

„So, so!" Mehr sagte sie nicht und zog eine Augenbraue hoch wie immer, bevor sie eine ihrer spöttischen Bemerkungen machte. „Ich bin überrascht, Rico. Wenn das alles ist, hättest du mich doch nur zu fragen brauchen und nicht eine Jahrhundertchance damit vertun müssen."

Rico biss die Zähne zusammen. „Soll das heißen, du hättest Ja gesagt, wenn ich dich darum gebeten hätte?"

„Worum denn?", wollte Charles wissen. „Oder dürfen wir das nicht erfahren?"

„Natürlich dürft ihr es wissen", beschwichtigte ihn Renée. „Da gibt es nichts zu verheimlichen. Rico will nur mit mir ausgehen."

Rico war erstaunt. Eigentlich hatte er erwartet, sie würde ihn bloßstellen. Aber dann dämmerte ihm, was sie damit wirklich bezweckte. Natürlich! Mit dieser Antwort schützte sie nur ihren eigenen Stolz. Die anderen sollten nicht wissen, wozu sie die kommenden vier Wochen verpflichtet war.

„Aber das ergibt doch überhaupt keinen Sinn", sagte Charles mehr als erstaunt. „Wenn du mit Renée ausgehen wolltest, warum hast du sie dann nicht einfach gefragt, so wie sie gesagt hat?"

„Weil er nicht das Risiko einer abschlägigen Antwort eingehen wollte", erklärte Ali. „Kein Mann hört gern ein Nein."

„Renée hätte seine Einladung nicht abgeschlagen", stellte Charles im Brustton der Überzeugung fest. „Nicht wahr, Renée?"

„Selbstverständlich nicht, Charles", antwortete Renée in dem leicht spöttischen Ton, den Rico nur zu gut kannte. „Ricos Charme hätte ich auf keinen Fall widerstehen können."

„Ich habe sie schon früher eingeladen", stieß Rico zwischen zusammengebissenen Zähnen hervor.

„Nur zu Familientreffen", erwiderte sie. „Nicht zu einem Tête-à-Tête." Ihre Blicke begegneten sich, und Rico hätte schwören können, dass er in ihrem ein Glitzern der Vorfreude entdeckte. Aber nein, da musste er sich irren. Sie konnte doch unmöglich mit ihm schlafen *wollen.* Na gut, letzten Sonntag hatte sie ihn als attraktiv bezeichnet, ihm aber auch ganz deutlich gemacht, dass sie ihn nicht leiden könne. Er sei bestimmt der letzte Mann auf der Welt, den sie sich freiwillig zum Liebhaber nehmen würde.

„Dominique wird ganz aus dem Häuschen sein, wenn ich ihr davon erzähle", meinte nun Charles mit einem zufriedenen Lächeln. „In Zukunft könnt ihr unsere Einladungen zum Dinner nicht mehr ausschlagen."

„Renée und ich gehen nur ein paar Mal zusammen aus, Charles", wandte Rico ein, „um festzustellen, ob wir miteinander auskommen."

„Aber eine gemeinsame Einladung zum Abendessen werden wir doch wohl annehmen können“, meinte da Renée völlig überraschend. „Ich habe sowieso ein schlechtes Gewissen, dass ich Dominique letztes Mal absagen musste. Sie soll mich anrufen, Charles, dann machen wir etwas aus.“

Rico rang sich ein Lächeln ab, während er insgeheim kochte. Er wollte mit Renée nicht als Paar auftreten, höchstens in schummrigen Cocktailbars, wo sie sich auch so kleiden konnte, wie er es von einer Geliebten erwartete. Er wollte auch nicht den Gentleman spielen müssen und sich später anhören, wo er seine Freundin gelassen habe. Aber er würde schon noch einen Ausweg aus dieser Dinner-Einladung finden.

„James hat den Imbiss vorbereitet“, verkündete Ali und erhob sich, um zum Couchtisch zu gehen, wo bereits Sandwichplatten, Kuchenstückchen und Kaffee angerichtet waren. In der Regel dauerte ihre Essenspause kaum länger als eine halbe Stunde, und Renée benutzte die letzten zehn Minuten, um auf dem Balkon zu rauchen. Eine Gewohnheit, die noch aus ihrer Zeit als Model stammte. Mit dem Rauchen hatte sie ihr Gewicht gehalten. Mittlerweile war sie allerdings dabei, es sich abzugewöhnen, und beschränkte sich weitestgehend auf eine Zigarette und eine große Tasse Kaffee.

Nach dem Essen entschuldigte sich Ali kurz, und Charles wollte Dominique anrufen, um ihr von der Neuigkeit bezüglich Renée und Rico zu erzählen. *Die* Gelegenheit für Rico, Renée auf dem Balkon aufzusuchen, um festzustellen, wie sie gelaunt war. Als er an dem Aschenbecher auf dem Gartentischchen vorbeikam, lagen darin verkohlte Papierfetzen. Da war sie also nur so rasch auf den Balkon geeilt, um ihren Herzenswunsch zu verbrennen. Ein Umstand, der Ricos Neugier nur noch weiter anstachelte.

Aber er war entschlossen, das Thema nicht anzusprechen, genauso wie er sich vorgenommen hatte, Renée nicht vom Haken zu lassen, egal, wie schuldig er sich inzwischen fühlen mochte.

Als er sie nun am Geländer lehnen sah, wurden seine Schuldgefühle nicht besser. Wie war er bloß auf die Idee verfallen, diese Pokerwette durchzuziehen? Inzwischen hatte er allerdings keine andere Wahl mehr und musste wenigstens einmal mit Renée schlafen, sonst käme er nie zur Ruhe. Aber zu erwarten, dass er sie einen Monat lang zu seiner Sexsklavin machen konnte, war dann doch ein bisschen übertrieben gewesen.

„Woran denkst du?", fragte er, als er sich neben sie ans Geländer stellte.

Renée antwortete nicht, sah nicht einmal zu ihm, zog einfach nur weiter an ihrer Zigarette.

„Eine Nacht", stieß er schließlich hervor und bedauerte die Worte, sobald sie gesagt waren. „Ich reduziere meine Forderung auf eine Nacht."

Renée atmete langsam den Rauch aus und sah dann hochmütig und höhnisch zugleich zu ihm. „*Gnade,* Rico? Und das von dir. Ich bin überrascht. Aber es tut mir leid, Darling, ich muss deine galante Geste ablehnen. Einsatz ist Einsatz. Du wolltest mich als Geliebte für einen Monat haben, und das sollst du bekommen – keinen Tag mehr, keinen Tag weniger."

Rico war erstaunt. Sprach da immer noch der Stolz aus ihr, oder hatte sie etwas vor? Da er allerdings aus Erfahrung wusste, dass es ihm nie gelingen würde, Renées Absichten zu erraten, zuckte er nur die Schultern. „Umso besser", sagte er dann, denn nichts lag ihm ferner, als ihr in diesem Punkt Vernunft beizubringen.

„Heute Abend magst du noch so darüber denken", antwortete sie. „In einem Monat hast du deine Meinung vielleicht geändert."

„Ist das eine Drohung oder ein Versprechen?"

„Ein Versprechen. Inzwischen kann ich dich nicht mehr nur nicht leiden, ich verachte dich."

„Warum hast du Charles dann nicht die Wahrheit gesagt, sondern mich mit einer Lüge geschützt?"

„Du liebes bisschen!", rief sie ungeduldig. „Ich habe doch nicht deinetwegen gelogen, sondern wegen Charles. Er muss nicht wissen, was für ein Mistkerl sein bester Freund ist."

„Wieso kümmert dich das?"

„Weil dieser Narr dich gern hat und weil ich ihn gern habe. Du hast ihn dieses Jahr schon genug verletzt, meinst du nicht? Warum sollten wir ihn mit der Sache aufregen? Diese Schlacht wird allein zwischen uns beiden ausgetragen."

„Schlacht? Komische Bezeichnung!"

„Ich finde sie passend", meinte Renée. „Du und ich befinden uns doch im Kriegszustand, und das schon seit langem."

„Vielleicht sollten wir endlich damit aufhören und uns lieben, anstatt uns zu bekriegen."

„Lieben?“, höhnte Renée. „Du bist ja verrückt! Dir geht es doch dabei genauso wenig um Liebe wie mir. Du willst Rache für das, was ich letzten Sonntag gesagt habe.“

In diesem Augenblick wurde Rico bewusst, dass es ihm keineswegs in erster Linie nur darum ging, sich zu rächen. Viel lieber wäre ihm gewesen, Renée hätte ihn gemocht und respektiert, und ja, es wäre auch schön, wenn sie ihn um seiner selbst willen begehren würde. Aber das konnte er wohl vergessen. Deshalb behielt er seinen eigentlichen Beweggrund für den außergewöhnlichen Einsatz für sich.

„Glaub, was du willst, Renée. Sobald der Pokerabend zu Ende ist, buche ich uns hier im Hotel ein Zimmer und erwarte, dass du mir heute Nacht Gesellschaft leistest. Da Charles ja nicht erfahren soll, was für ein Mistkerl ich bin, kannst du mich gern unten in der Lobby treffen, sobald er gegangen ist.“

Renée zuckte nicht einmal mit der Wimper, und Rico fragte sich schon, ob sie überhaupt eine Frau aus Fleisch und Blut sei oder eher ein bösartiges Roboterweibchen, das man ausgeschickt hatte, um Narren wie ihn zu quälen.

„Umso besser. Ich habe nur noch eine Frage, bevor wir wieder hineingehen. Es gibt solche und solche Geliebte, Rico, welche Variante erwartest du? Eine Frau, die alles mit sich machen lässt, oder lieber den Dominatyp in Lackleder mit Peitsche und hohen Absätzen?“

Zunächst war Rico erstaunt, aber dann auch neugierig. „Was, wenn ich mich für den Dominatyp entscheide?“

Ihr Lächeln wurde eisig. „Darüber wäre ich hocherfreut. Eine ordentliche Tracht Prügel könnte dir nicht schaden.“

Wenn sich Renée so kratzbürstig gab, mochte Rico sie am liebsten. „Da ist es ja ganz gut, dass ich nicht auf Dominas stehe“, antwortete er lächelnd. „Die vier Wochen möchte ich gern mit heiler Haut hinter mich bringen.“

„Und was ist mit deinem Gewissen?“, fragte Renée. „Glaubst du wirklich, du kannst danach noch in den Spiegel sehen?“

Rico zögerte. Er wusste genau, dass sein Vorhaben falsch war. Aber bei dieser Frau konnte er einfach nicht anders, er musste sie haben. „Bestimmt hast du recht“, sagte er schließlich und gab sich zerknirscht, wobei er Renées erstaunten Blick genoss. „Wahrscheinlich fühle ich mich danach schlecht. Aber ich kann ja immer noch zur Beichte gehen."

Während er das sagte, nahm er ihr die Zigarette aus der Hand und drückte sie aus. „Und jetzt komm wieder mit hinein, meine Liebe." Er warf ihr einen eindeutig zweideutigen Blick zu. „Nicht, dass ich mich noch weiter auf das Pokerspiel konzentrieren könnte. Viel lieber stelle ich mir vor, was ich nachher alles mit dir anstelle. Dabei ist mir allerdings ein Rätsel, wie du meinen Wünschen nachkommen willst, wo du mich doch angeblich so verachtest. Aber Models sollen ja auch hervorragende Schauspielerinnen sein. Da brauchst du nur zu tun, was du auch schon bei den Modeschauen getan hast … und nachdem du Mr. Selinsky geheiratet hast."

6. *KAPITEL*

Wie bist du nur auf die Idee gekommen, eine Hochzeitssuite zu mieten?", fragte Renée ärgerlich, als Rico die Tür öffnete.

„Beschwer dich nicht", sagte er lediglich und dachte: Sie ist nervös, sehr gut, das bin ich auch. Aber bestimmt würde er ihr nicht verraten, dass er kein einfaches Zimmer hatte haben wollen, weil er sich darin immer mit Leanne getroffen hatte. Seine erste Nacht mit Renée sollte etwas Besonderes werden.

Sobald er die Schlüsselkarte ins vorgesehene Lesegerät gesteckt hatte, wurde die Suite dezent beleuchtet, und beim Umsehen hielten Renée und er unwillkürlich den Atem an. Wow, wenn das nicht romantisch war?

„Ich kann's gar nicht glauben", sagte Renée, als sie durch den mit schwarzem Marmor ausgelegten Vorraum auf einen Türbogen zuging, hinter dem sich ein Wohnzimmer wie aus „Tausendundeiner Nacht" befand. Rico folgte ihr und war genauso erstaunt über die Dekoration. Am Boden lag ein sündhaft teurer Orientteppich in zahlreichen Rot-, Blau- und Orangetönen. Die Wände waren gekalkt und mit blinden arabischen Fenstern versehen, deren indirekte Beleuchtung sie wie echt wirken ließ. Die Möbel hatte man im gleichen Stil gehalten – ausladende Diwane, Kamelhocker und mit Blattgold verzierte kleine Zedernholztische. Die echten Fenster schmückten leichte, golddurchwirkte Seidenschals, die mit dazu passenden verschwenderischen Quasten in Form gebracht wurden. Auf einem der Tische standen der obligatorische Sektkühler inklusive einer Flasche eisgekühltem Champagner, zwei hohe Kristallflöten mit Goldrand sowie ein Messingtablett, auf dem verschiedene Käsesorten, Weißbrot und frische Früchte angerichtet waren.

„Das ist ja wie im Märchen", meinte Renée, während sie ihre Handtasche auf ein Beistelltischchen legte und zum nächsten Türbogen ging. „Du meine Güte!", rief sie dann erstaunt, als sie das Zimmer betrat.

Rico, der ihr gefolgt war, wusste, was sie meinte. Bei dem Raum handelte es sich um das Schlafzimmer, und es setzte dem Dekor des Wohnzimmers noch eins drauf. Der Teppich war smaragdgrün und sein Flor so dicht, dass man den Eindruck hatte, auf einem herrlich grünen Rasen zu gehen. Rico freute sich schon darauf, ihn barfuß zu betreten. Die Wände waren bis auf Hüfthöhe getäfelt und darüber mit Trompe-l'œil-Malerei versehen, die einem den Eindruck vermittelte, dass man sich auf der Terrasse einer marokkanischen Villa mit Meeresblick befand. In der Mitte des Raums erhob sich ein Himmelbett mit weich fallenden, halb durchsichtigen Seidenschals, einer wunderbar orientalischen Tagesdecke und zahlreichen dazu passenden Kissen.

Sowohl Renée als auch Rico wandten sich schließlich um, und ihr Blick fiel auf zwei nackte Statuen, die den Türbogen von innen flankierten. Sie waren lebensgroß, bestanden aus rot geädertem Marmor und wirkten unheimlich erotisch. Beim Betrachten dachte man unwillkürlich an Sex. Aber Rico war auch so schon schmerzlich erregt und brauchte keine weitere Stimulation.

Renée dagegen sah weiter wie gebannt auf die beiden Figuren und bemerkte gar nicht, dass Rico zu ihr trat. Als er ihr die Hände auf die Schultern legte, zuckte sie zusammen, protestierte aber nicht.

Vorsichtig beugte er sich zu ihr und flüsterte: „Sind die beiden nicht sexy?“ Als er dabei mit den Lippen ihr Ohrläppchen berührte, überlief Renée ein Schauer, und Rico wusste, was er wissen wollte. Sie fühlte sich nicht etwa von ihm abgestoßen, sondern konnte es kaum noch erwarten. „Ich bin schon ganz groß und hart, Renée, und unheimlich heiß auf dich“, raunte er ihr daraufhin zu. „Kannst du mich spüren?“ Er presste sich an ihren wohlgeformten Po. „Fühlst du jetzt, wie sehr es mich nach dir verlangt?“

„Hm.“

„Und, willst du mich nicht auch ein bisschen?“

Sie wirbelte herum und funkelte ihn an. „Ich hasse dich, Rico Mandretti“, erklärte sie dann mit geröteten Wangen, während sie ihm trotzdem die Arme um den Nacken legte und ihm den leicht geöffneten Mund darbot.

Rico war erleichtert: Renée wollte ihn – vielleicht sogar mehr als nur ein bisschen. „Mir gefällt dein Hass“, sagte er, drückte sie fest an sich und küsste sie leidenschaftlich. Aber Renée entzog sich ihm nicht, im Gegenteil, sie kam ihm entgegen und erwiderte seinen Zungenkuss mindestens genauso heftig. Sie küssten sich so lange, bis Renée wie Wachs in Ricos Händen war und er vor lauter Lust kaum noch wusste, was er tat. Schließlich zog er Renée auf den weichen Teppich und begann, sie zu entkleiden.

Half sie ihm etwa?

Wie auch immer, schon bald trugen sie weder Boxershorts noch Slip. Rico schob Renées Beine auseinander und berührte sie an ihrer empfindsamsten Stelle. Sie war mehr als bereit und er ganz begeistert über den Beweis ihrer Erregung. Auf jeden Fall konnte sie jetzt nicht mehr behaupten, sie habe ihn nicht gewollt. Seine Finger glitten ganz leicht in sie, und Renée warf stöhnend den Kopf hin und her.

„Nein, nein", flehte sie dann. Aber Rico wusste, dass sie damit nicht meinte, er solle aufhören. Sie wollte, dass er es ihr nicht nur mit den Fingern besorgte, sondern sie richtig nahm. Damit kam sie ihm sehr entgegen, obwohl es ihm eigentlich viel zu schnell ging. Wo war bloß seine Raffinesse geblieben? Aber er musste sie einfach haben. *Jetzt sofort!*

Im Bruchteil einer Sekunde kam er zu ihr. Die Heftigkeit der Gefühle ließ ihn den Atem anhalten. Wie wunderbar sich Renée anfühlte, und wie herrlich hingegeben sie war! Länger würde er sich kaum noch kontrollieren können. Wenn sie ihre langen Beine nicht längst um ihn gelegt und die Nägel nicht bereits in seine Pobacken gekrallt hätte, würde er es noch ein bisschen länger aushalten. Aber …

„Verdammt!", rief er, als er spürte, dass er nun gleich kommen würde. Doch nachdem er jahrelang nur geschützten Sex gehabt hatte, war er plötzlich alarmiert. Aber es war zu spät, und Rico drückte Renée an sich, während er sich standhaft weigerte, sich über die möglichen Folgen Sorgen zu machen.

Na und, dann wurde sie eben schwanger. Das wäre schließlich nicht das Ende der Welt. Ganz im Gegenteil, womöglich wäre es ein wunderschöner Neuanfang. Für ihn und für Renée. Er hatte sich immer Kinder gewünscht und Renée von Anfang an haben wollen.

Sie kamen gemeinsam zum Höhepunkt, der so intensiv war, wie es ein fünfjähriges Vorspiel erwarten ließ.

Schließlich löste Renée mit einem erschöpften Seufzer die Beine von seiner Taille und ließ die Arme sinken. Er stützte sich auf die Ellbogen und sah ihr ins erhitzte Gesicht. Den Kopf hatte sie zur Seite gewandt und die Augen geschlossen. Doch ihre Lippen waren immer noch leicht geöffnet, ihr Atem ging flach, normalisierte sich aber langsam wieder.

„Ist mit dir alles in Ordnung?", fragte er vorsichtig.

Sie wandte ihm das Gesicht zu und öffnete die Augen. „Willst du wissen, ob ich mir Sorgen mache, weil ich gerade ungeschützten Verkehr mit einem berüchtigten Playboy hatte?", fragte sie kühl wie immer, und Rico biss die Zähne zusammen.

Es hatte sich nichts geändert. Einmal sarkastisch, immer sarkastisch. „Ich bin kein Playboy", stieß er schließlich hervor, „aber davon einmal abgesehen, kann ich dir versichern, dass ich gerade das erste Mal seit meiner Trennung von Jasmine ohne Kondom mit einer Frau geschlafen habe. Und um deiner Frage zuvorzukommen, ja, ich habe mein Blut testen lassen, als mir bewusst wurde, was für eine Frau Jasmine gewesen ist. Wie steht's da bei dir?"

„Du brauchst dir keine Sorgen zu machen, Rico, über gar nichts."

„Du meinst, du verhütest?"

„Wenn ich sage, es gibt kein Baby, dann gibt es keins. Für wie blöd hältst du mich eigentlich?"

Rico biss die Zähne zusammen. Sie warf ihm vor, ein Playboy zu sein, aber in der Modelszene ging es auch nicht gerade prüde zu. Soweit er das beurteilen konnte, ging es in der Modewelt zu wie in Sodom und Gomorrha. Wie hatte er da bloß an eine gemeinsame Zukunft mit dieser Frau denken können? Was für eine Ehefrau oder Mutter würde sie denn abgeben? Offensichtlich war sie ziemlich schnell erregbar und hatte bestimmt zahlreiche Liebhaber gehabt. „Was ist mit den anderen möglichen Gefahren?", beharrte er deshalb.

„Wenn du es unbedingt wissen willst, das war das erste Mal, dass ich ungeschützten Sex gehabt habe. Und da ich regelmäßig Blut spende, ist davon auszugehen, dass ich gesund bin."

„Na, da bist du ja ein echtes Fundstück!"

„Ja, und besonders für dich. Wenn du willst, kannst du einen ganzen Monat Sex ohne Schutz haben. Davon träumen Männer heutzutage doch."

Rico musste zugeben, dass ihm die Vorstellung gefiel. Sehr sogar. Bei dem Gedanken, ohne irgendwelche Vorkehrungen treffen zu müssen, mit ihr schlafen zu können, regte sich bei ihm sogar wieder etwas. Dabei stellte er fest, dass er immer noch eins mit ihr war und sie von Sekunde zu Sekunde mehr ausfüllte.

Renée bekam große Augen. „Das kann doch nicht sein!", rief sie ungläubig. „So schnell?"

„Wir Playboys können immer so weitermachen", erklärte er mit echtem Pokerface. „Oder sollte ich sagen, ständig kommen? Wie auch immer, das Ergebnis ist dasselbe: besonders zufriedene Partnerinnen. Aber diesmal ziehen wir dir auch die anderen Sachen aus. Ich wollte dich immer schon nackt sehen."

Renée war blass geworden. Doch Rico hätte wissen müssen, dass sie sich schnell von dem Schock erholen würde.

„Dann musst du dich aber auch ausziehen!"

„Mit Vergnügen." Im Handumdrehen hatte er seinen Pulli ausgezogen, und zweifellos gefiel Renée, was sie nun sah.

„Ich wusste, dass du einen wunderbar männlichen Oberkörper hast", flüsterte sie. Ihr Blick verklärte sich, und sie schien rasch in eine andere Welt hinüberzugleiten. Jetzt hatte sie offenbar nur noch Augen für seine breite Brust und den Waschbrettbauch. Als sie begann, die Fingerspitzen darüber gleiten zu lassen, spannte Rico unwillkürlich die Muskeln an.

Glücklicherweise hielt Renée auf Höhe seines Nabels inne und ließ die Finger wieder nach oben gleiten. Doch Ricos Erleichterung währte nur kurz. Gleich darauf entdeckte sie seine längst erregierten Brustwarzen und begann, damit zu spielen. Rico atmete tief durch, ehe er ihre Handgelenke festhielt. Wahnsinn, sie machte ihn schneller an als jede Frau, mit der er bisher zusammen gewesen war! „Aufhören", stieß er dann hervor, „oder das hier ist vorüber, bevor es richtig begonnen hat."

„Wie beim ersten Mal, meinst du?", fragte sie spöttisch.

„Du warst genauso schnell dabei", erinnerte er sie. „Und jetzt zieh deine anderen Sachen aus, aber langsam, ich will dir dabei zusehen."

Renées Augen blitzten. „Du bist ein raffinierter Teufel, weißt du das?"

Er lächelte vielsagend, und sie entledigte sich ihrer hellgrünen Strickjacke, was nicht so einfach war, wenn man am Boden lag. Noch mehr Schwierigkeiten bereitete ihr der kurzärmlige Pulli. Sie bekam ihn kaum über den Kopf, und Rico musste ihr helfen. „Ich werde dir ein paar Sachen kaufen, an die man besser rankommt", sagte er dabei. „Oder ich lasse dich immer nackt herumlaufen, wenn du bei mir bist."

„So, meinst du?", fragte sie.

„Hm." Renée war nicht so vollbusig wie Jasmine oder Leanne oder viele der anderen Frauen, mit denen er sich über die Jahre getroffen hatte. Ihr BH bestand aus hellrosa Seide, ein süßes Nichts, das keine Oberweite vortäuschte. Aber was er durch den Stoff erkennen konnte, sah hübsch rund und wohlgeformt aus, wobei sich die Brustknospen deutlich abzeichneten. Renée wollte den BH schon öffnen, zögerte dann aber.

„Du brauchst nicht schüchtern zu sein", sagte Rico heiser. „Du musst doch wissen, wie schön du bist."

„Ich ... ich habe immer gedacht, du würdest dralle Blondinen bevorzugen."

„Eigentlich ja", sagte er erstaunt über ihren plötzlichen Mangel an Selbstbewusstsein. „Du bist die Ausnahme. Komm, lass mich das machen!" Er schob ihre Hände weg und öffnete mit geübtem Griff den Verschluss. Dabei kamen herrlich geformte Brüste zum Vorschein, und nachdem er ihr den BH komplett ausgezogen hatte, konnte Rico nicht widerstehen, an ihren wunderbaren Knospen zu saugen. Renée hinderte ihn nicht daran, sondern bog sich ihm sofort entgegen. Er hätte ewig so weitermachen können und schrie erschrocken auf, als ihn Renée plötzlich an den Haaren zog. Stirnrunzelnd hob er den Kopf und sah in ihr gerötetes Gesicht.

„Hör auf damit", sagte sie heiser, „sonst komme ich."

Er blinzelte und spürte dann, wie sie sich leicht bewegte und ihn sanft massierte. „Wie lange ist es eigentlich her, dass du mit einem Mann zusammen gewesen bist?"

„Zumindest eine Woche." Sie schnitt ein Gesicht. „Aber bitte fang nicht an, dumme Fragen zu stellen. Besorg's mir einfach!"

Nachdem Rico zu dem Schluss gekommen war, dass sie den Hinweis auf eine Woche spöttisch gemeint hatte, kam er ihrem Wunsch nur allzu gern nach. Kurz darauf begann sie zu stöhnen und spornte Rico damit nur noch weiter an. „Ja, ja, ja!", schrie sie und klammerte sich an ihn, während Rico sich bereits Sorgen machte, wie er so von seiner Obsession Renée betreffend loskommen sollte. Noch nie hatte er es mit einer Frau zu tun gehabt, die dermaßen widersprüchlich, faszinierend und aufregend zugleich gewesen war. Er befürchtete fast, ihr Zusammensein würde nur dazu führen, dass er mehr wollte. Aber er hatte sie ja einen ganzen Monat für sich. Das war eine ziemlich lange Zeit.

Hoffentlich auch lang genug ...

7. KAPITEL

Als Rico erwachte, war es ganz still im Raum, und auf Renées Kopfkissen lag die leere Champagnerflasche, in deren Hals ein zusammengerollter Zettel steckte. Er nahm ihn heraus und strich ihn auf der Matratze glatt.

Lieber Don Juan,
entschuldige, dass ich nicht zum Frühstück oder auch darüber hinaus bleiben konnte. Um acht Uhr habe ich einen Termin bei „André's", und wenn Du wüsstest, wie beliebt dieser Schönheitssalon ist, könntest Du nachvollziehen, dass man einen solchen Termin nicht sausen lässt. Danach muss ich noch einkaufen, bevor ich wie immer samstags auf die Rennbahn gehe. Dort triffst Du mich bestimmt. Du weißt ja, wo ich mich immer aufhalte. Davon ausgehend, dass Du für heute Abend schon etwas geplant hast, bin ich eine brave kleine Geliebte und halte mir die Zeit für Dich frei.
Ciao, Renée
P.S. Bitte rasier Dich nicht.

Rico runzelte die Stirn. Warum sollte er sich nicht rasieren? War das wieder eine ihrer spöttischen Bemerkungen? Verdammt, konnte sie überhaupt einmal ernst sein?

Er hatte sofort schlechte Laune und zerknüllte die Mitteilung. Diese Frau verstand es, einem die Stimmung zu vermiesen. Sie hatten eine wunderbare gemeinsame Nacht verbracht, und was tat sie? Bei der ersten Gelegenheit, die sich ihr bot, aus der Suite stürzen.

Jede andere Frau wäre noch da gewesen, hätte sich an ihn geschmiegt und mehr von dem gewollt, was er ihr schließlich zu bieten in der Lage gewesen wäre. Stundenlang hatte sie vor Lust geschnurrt wie ein Kätzchen und immer wieder leidenschaftlich gestöhnt. Da hätte sie doch wenigstens zum Frühstück bleiben können.

„Aber nein", schimpfte Rico, während er die Seidenschals des Betthimmels teilte, „Renée muss natürlich wieder etwas für sich machen!"

Beim Aufheben seiner Kleidungsstücke dachte er daran, wie sie sich hier auf dem Fußboden zum ersten Mal geliebt hatten. Danach war Renée sehr erstaunt gewesen, dass er mehrmals hintereinander kommen konnte, aber sie hatte es immer wieder genossen. Kein Wunder, dass sie ihren Pokereinsatz nicht auf eine einzige Nacht reduzieren wollte. Wahrscheinlich gefiel ihr die Vorstellung, einen Monat lang einen Liebhaber wie ihn auf Abruf zu haben.

Als er ins Badezimmer kam, standen zwei leere Sektgläser auf dem Rand der immer noch vollen Luxusbadewanne. Das fast leere Tablett stand daneben, und am Boden lagen überall Handtücher. Rico hob sie auf, ließ das Wasser ab und hängte die Handtücher über den Wannenrand. Dann ging er zum Waschbecken, stützte sich auf die Konsole und betrachtete seine übermüdeten Augen. Sofort fiel ihm dabei Renée ein, wie sie so am Waschbecken gestanden und ihn im Spiegel mit verschleiertem Blick betrachtet hatte, während er tat, was sie am liebsten hatte.

Doch irgendwie erinnerte er sich nicht gern daran, weil er da eigentlich nur ihr Lustobjekt gewesen war. Darauf hatte er sich letzte Nacht reduzieren lassen und sich jedes Mal, wenn er ihr zu willen war, verausgabte.

Kein Wunder, dass sie ihn in ihrer Mitteilung scherzhaft „Don Juan“ genannt hatte. Sex war alles, wozu er in ihren Augen taugte. Vergangene Nacht hatten sie sich auch über nichts Weltbewegendes unterhalten, nur Themen gewählt, die ihre Lust wach hielten. Und am Ende hatte er sich Renée gegenüber genauso gezeigt, wie sie es ihm immer vorgeworfen hatte: oberflächlich. Aber wenigstens konnte sie nicht behaupten, er sei egoistisch. Ihr Vergnügen hatte bei ihm an erster Stelle gestanden, oder etwa nicht?

Rico war nicht sicher, ob er bei jedem neuen Mal darauf gedrungen hatte, es langsam angehen zu lassen, um sie zufrieden zu stellen oder um ihr zu zeigen, wie gut er im Bett war. Hm, die vielen verschiedenen Stellungen waren durchaus dazu angetan gewesen, ihr sein Können unter Beweis zu stellen.

„O Rico, Rico!“ Kopfschüttelnd blickte er in den Spiegel. Was war er eigentlich für ein Mensch? Der liebe Junge, wie seine Mutter immer behauptete, oder der durchtriebene Aufreißer, den Renée in ihm sah?

Aber in sich zu gehen war eigentlich nicht sein Ding. Dabei hatte er erst vor einigen Monaten allen Grund dazu gehabt, nachdem er völlig übereilt Charles' Frau verdächtigt hatte, es nur auf dessen Geld abgesehen zu haben. Damit hatte er seinem Freund das Leben ganz schön schwer gemacht und gelernt, dass er selbst, was schöne Frauen betraf, zum Zyniker geworden war – wenn auch aus gutem Grund.

Da draußen gab es zahlreiche Frauen, deren einziges Ziel es war, reich zu heiraten. Renée hatte auch einmal dazugehört. Aber das war jetzt vorbei. Sie machte keinerlei Anstalten mehr, sich einen zweiten Joseph Selinsky zu angeln oder einen Rico Mandretti. Dabei bedurfte es nicht viel, um seine Lustgefühle für sie in Liebe zu verwandeln. Da brauchte er nur an den Augenblick zu denken, als er sich vorgestellt hatte, sie könnte von ihm schwanger werden. Es wäre ihm nicht unangenehm gewesen, ganz im Gegenteil …

Das bedeutete, seine Gefühle für diese Frau gingen schon jetzt tiefer, als er es wahrhaben wollte. Dabei *wollte* sie doch frei und unabhängig bleiben und war nicht im Entferntesten daran interessiert, wieder zu heiraten und eine Familie zu gründen. Das Einzige, was sie von den Männern erwartete, war sexuelle Befriedigung, so, wie er sie ihr letzte Nacht verschafft hatte.

Von *den* Männern? Schimpfend wandte sich Rico vom Waschtisch ab und eilte aus dem Badezimmer, um die zerknüllte Mitteilung zu suchen.

Während er sie ein zweites Mal las, schnürte sich ihm der Magen zusammen. Sie wolle sich den Abend freihalten, stand da. Bedeutete das, sie würde ein anderes Rendezvous absagen? Auf seine Frage, wie lange sie schon keinen Sex mehr gehabt habe, hatte sie geantwortet: „Zumindest eine Woche lang nicht." Gestern Nacht hatte er es für einen Scherz gehalten, jetzt war er sich da nicht mehr so sicher. Eine Frau mit ihrer Libido hatte wahrscheinlich jeden Samstagabend ein heißes Date.

Bei der Vorstellung, dass sie auch noch mit anderen Männern schlief, packte ihn die Eifersucht. Was in der Vergangenheit geschehen war, konnte er nicht mehr ändern. Aber er wollte ihr klar machen, dass er während der kommenden vier Wochen keine anderen Männer neben sich duldete. Geliebte räumten einem doch das ausschließliche Recht auf ihren Körper ein oder nicht? Andererseits machte Renée immer, was sie wollte, und auf seinem Wunschzettel hatte er sich kein Exklusivrecht ausbedungen.

Ein Fehler! Dabei hätte er wetten können, dass *ihr* bei der Formulierung ihres Wunsches keiner unterlaufen war. Zu dumm aber auch, dass sie den Zettel verbrannt hatte. Er hätte gern gelesen, mit welchen Worten sie sich seinen Anteil an *Ebony Fire* gewünscht hatte. Lange hatte sie dazu ja nicht gebraucht. Da war er länger beschäftigt gewesen, zum einen, weil er nicht genau wusste, wie viele Nächte er von ihr verlangen sollte, zum anderen, weil es ziemlich schwierig gewesen war, ohne Unterlage auf den Zettel zu schreiben. Schließlich hatte er Renée den Block überlassen. Der Notizblock! Rico kam eine Idee: Womöglich konnte man mit Schraffieren sichtbar machen, was sie geschrieben hatte.

Er eilte zum Telefon und wählte die Rezeption an. „Könnten Sie mich bitte zur Präsidentensuite durchstellen?"

James, der Butler, ging an den Apparat. „Einen Moment, ich reiche das Telefon weiter, Mr. Mandretti."

„Hallo?"

„Ali, ich bin's, Rico!"

„Guten Morgen."

„Guten Morgen, Ali. Könnte ich kurz zu dir raufkommen und einen Blick auf den Block werfen, den Renée für ihren Wunsch benutzt hat?"

„Darf ich daraus schließen, dass ihr die Nacht zusammen verbracht habt und Renée bereits gegangen ist?"

„Du darfst. Sie hatte einen Termin im Schönheitssalon."

„Ich will nicht so unhöflich sein und fragen, wie es gelaufen ist. Das sehe ich ja demnächst mit eigenen Augen. Um auf deine Frage zurückzukommen: Ich würde mich freuen, wenn du mit mir Kaffee trinkst. James wird den Block bereitlegen. Ich nehme an, du brauchst auch einen Bleistift mit weicher Mine?"

„Ja, ich wusste, dass ich auf deine Kooperation zählen kann. Und auf dein Verständnis."

Ali lachte. „Wir Männer müssen zusammenhalten, besonders wenn es um schöne *und* komplizierte Frauen geht."

„Das kannst du laut sagen. Ich bin gleich bei dir. Ich muss mich nur schnell anziehen."

8. KAPITEL

Rico bewunderte nur selten das Aussehen eines anderen Mannes. Aber als er den Balkon der Präsidentensuite betrat, bot Ali in seiner seidenen Pyjamahose auf der Chaiselongue einfach einen atemberaubenden Anblick. Wenn sein arabischer Freund sich jemals dazu entschließen sollte, Schauspieler zu werden, wäre er bestimmt die Idealbesetzung für jeden Wüstenfilm – nicht nur wegen seiner Herkunft. Mit seiner dunklen Haut, dem rabenschwarzen Haar und der geschwungenen Nase wirkte er auch so wie ein Prinz aus „Tausendundeiner Nacht". Sein Körper ließ ebenfalls nichts zu wünschen übrig: Er war groß, breitschultrig und durchtrainiert. Rico konnte gut verstehen, warum sich die Frauen seit Jahren auf ihn stürzten – aus dem gleichen Grund, warum auch er, Rico, keine Probleme hatte, eine Frau für ein, zwei Nächte zu finden.

Aber gutes Aussehen war nicht alles – im Gegenteil. Jetzt fragte er sich sogar, ob es für Ali nicht eher ein Hindernis darstellte. Irgendwann wollte er ihn darauf ansprechen, aber nicht heute. Im Augenblick hatte er ganz andere Sorgen.

„Guten Morgen, Enrico", sagte Ali noch einmal und zeigte beim Lächeln alle Zähne, was Rico unwillkürlich an einen Piraten des fünfzehnten, sechzehnten Jahrhunderts denken ließ, der im Mittelmeer sein Unwesen trieb. Dabei hörte sich Ali an wie ein englischer Gentleman – eine äußerst ungewöhnliche Mischung. „Du siehst gut aus", fuhr er nun fort, „vielleicht ein bisschen durch den Wind. Nimm Platz. Kaffee, oder möchtest du erst einmal das Geheimnis deiner Freundin aufdecken?"

Rico setzte sich an den Tisch und nahm Block und Bleistift, die James ihm bereits hingelegt hatte. „Sie ist nicht meine Freundin."

Ali runzelte die Stirn. „Ich verstehe nicht ganz. Wenn sie die Nacht mit dir verbracht hat, ist sie doch bestimmt …"

„Das war Teil meines Pokergewinns", fiel ihm Rico ins Wort. Er hatte beschlossen, Ali die Wahrheit zu sagen, weil er unbedingt die Meinung eines anderen Mannes hören musste. Aber mit Charles konnte er nicht darüber reden. Der hätte es nicht verstanden. Ali dagegen lebte selbst sehr unkonventionell, besonders wenn es um seine Beziehungen zum anderen Geschlecht ging. „Ich habe Renée nicht um ein Rendezvous gebeten", fuhr Rico nun fort. „Was das betrifft, hat sie gelogen, um Charles' Gefühle nicht zu verletzen. Ich habe sie gebeten, für einen Monat meine Geliebte zu sein, beginnend mit letzter Nacht."

Jetzt blickte Ali doch erstaunt drein. „Mein lieber Freund", sagte er dann vorsichtig, „ich bewundere deine Dreistigkeit, aber damit spielst du mit dem Feuer, vor allem bei einer Frau wie Renée."

„Das ist mir inzwischen auch klar geworden. Deshalb muss ich wissen, was sie sich von mir gewünscht hat."

„Was glaubst du, könnte es gewesen sein?"

„Mein Anteil an *Ebony Fire.* Sie liebt das Pferd über alles und will es unbedingt für sich allein haben."

„So wie du Renée."

„Ja", sagte Rico unumwunden.

„Dann hast du deinen Anteil also als Lockmittel benutzt, damit sie bei diesem sonderbaren Einsatz mitmacht, obwohl du genau wusstest, dass sie am Ende verlieren und dein Flittchen werden würde."

„Sie ist meine *Geliebte*", widersprach Rico ihm sofort, „nicht mein Flittchen."

„Da, wo ich herkomme, ist es dasselbe. Eine Geliebte ist eine Frau, die man aushält und die einem dafür unbeschränkt Zugriff auf ihren Körper gewährt – genau wie eine Prostituierte."

Rico bezweifelte inzwischen, dass es ein guter Einfall gewesen war, sich Ali anzuvertrauen. Offensichtlich waren dessen Moralvorstellungen denen von Charles nicht unähnlich. „In der westlichen Welt sehen wir Geliebte nicht in diesem Licht", erklärte Rico nun ein wenig aufgebracht.

„Und ich verstehe nicht, wieso ihr das nicht tut", erwiderte Ali. „Aber lassen wir das. Warum willst du unbedingt sehen, worum dich Renée im Fall ihres Sieges gebeten hätte? Du weißt es doch schon."

„Weil ich inzwischen glaube, dass es ihr vielleicht doch nicht um das Pferd ging."

„Und wieso? Weil sie in deinen Armen dahingeschmolzen ist?"

Rico lachte. „So würde ich es nicht ausdrücken. Aber sie hatte auch nichts gegen meine Umarmung."

„Nur nicht so bescheiden, mein Freund! Ich bin sicher, dass sie dahingeschmolzen ist. Bei deinem Ruf – wie soll ich mich ausdrücken? –, mehr als gut im Bett zu sein."

Rico erstarrte. „Wer hat dir denn so etwas erzählt?"

„Ohne indiskret sein zu wollen, aber dieses Jahr hat uns einmal die gleiche Frau beglückt."

„Wie bitte? Wen meinst du? O ja, natürlich! Das war mir entfallen: Leanne!"

„Als Gentlemen wollen wir doch keine Namen nennen, hm? Sagen wir einfach, dass diese Frau … nun … von deinen Fähigkeiten geschwärmt hat. Aber da ich nicht nur Gentleman, sondern auch ein Mann bin, musste ich ihr natürlich beweisen, dass Araber im Bett nicht zu überbieten sind."

Rico lächelte. Ali war dann doch mehr Pirat als Gentleman, außerdem eingebildet und ehrgeizig. „Solange wir uns Renée nicht geteilt haben …", meinte Rico.

„Nur ein Italiener ist verrückt genug, sich auf eine solche Frau einzulassen. Und jetzt schraffier endlich die Seite, um deine und meine Neugier zu befriedigen."

Rico wünschte, seine Hand würde nicht so zittern. Er wollte sich in Alis Gegenwart nicht noch mehr zum Narren machen.

„Und?", fragte Ali schließlich, nachdem Rico fertig war und nur wie gebannt auf das Blatt Papier sah. „Was steht da?"

Rico war noch immer sprachlos und reichte ihm einfach den Block.

„Heirate mich!", las Ali laut vor und sah dann zu seinem Freund. „Wenn du *sie* gebeten hättest, dich zu heiraten, wäre ich nicht überrascht gewesen. Aber so etwas … ist wirklich eine merkwürdige Bitte von einer Frau, die die letzten fünf Jahre damit verbracht hat, sich mit dir zu streiten."

„Das kannst du laut sagen."

„Ob sie vielleicht heimlich in dich verliebt ist?"

„Du machst wohl Witze? Letzten Sonntag hat sie mir erzählt, wie wenig sie mich leiden kann, und gestern Nacht hat sie hinzugefügt, dass sie mich jetzt auch noch hasst."

„Während du bis über beide Ohren in sie verliebt bist."

„Wie bitte? Nein, bestimmt nicht. Wie kommst du denn darauf?"

„Ich habe bemerkt, wie du sie ansiehst, wenn sie es nicht merkt. Den Blick kenne ich. So habe ich auch einmal eine Frau angesehen. Man tut und riskiert dann alles, selbst seine Ehre, um wenigstens einmal mit ihr schlafen zu können."

Rico war erstaunt über Alis unerwartetes Geständnis, das nebenbei auch noch auf seinen eigenen, Ricos, Gemütszustand zutraf. Trotzdem war er nicht der Meinung, dass es sich bei dem Gefühl, das er Renée entgegenbrachte, um Liebe handelte. Es war nur Lust. „Wer war sie?“, fragte er nun.

Ali lächelte wehmütig. „Die einzige Frau, die ich niemals haben konnte. Die Verlobte meines ältesten Bruders, des Kronprinzen.“

„Verdammt, das war echt Pech! Und was ist passiert?“

„Nichts“, stieß Ali hervor. „Ich wurde nach Australien verbannt, mein Bruder hat meine große Liebe geheiratet, und ihre Ehe ist bis heute glücklich. Sie haben sogar einen Sohn.“

Der arme Ali, dachte Rico, kein Wunder, dass er sich niemals in eine der zahlreichen Gespielinnen verliebt hat, die auf seinem Gestüt waren. Sein Herz hatte er in Dubar gelassen.

„Warum hat sich Renée wohl gewünscht, dass du sie heiratest?“, kam Ali nun auf ihr eigentliches Thema zurück. „Wenn nicht aus Liebe, weshalb dann? Des Geldes wegen?“

„Nein, sie ist selbst sehr wohlhabend. Und wenn es ihr tatsächlich um Geld gehen würde, hätte sie sich mir gegenüber bestimmt anders benommen. Nein, jetzt, da ich darüber nachdenke, glaube ich, es war aus Trotz.“

„Wie bitte? So etwas würde eine Frau nicht tun! Andererseits ist Renée nicht wie andere Frauen. Aber aus Trotz jemanden heiraten wollen? Erklär mir das.“

Das war nicht schwer. Rico wusste noch gut, wie er am vergangenen Abend festgestellt hatte, dass Renée bereits ahnte, er würde sich eine Liebesnacht von ihr wünschen. Vielleicht hatte sie dem mit ihrem Wunsch einfach noch eins draufsetzen wollen. Fragte sich bloß, ob sie schon länger mit dem Gedanken spielte oder ob er aus der Situation erwachsen war und sie ihn unmittelbar danach bereut hatte?

Letzteres würde manches erklären. Rico wusste noch, wie wenig ihr die Niederlage ausgemacht hatte. Womöglich hatte sie Angst gehabt, er würde am Ende auf einer Heirat bestehen.

„Ich finde, das Geldmotiv ist trotzdem nicht von der Hand zu weisen“, meinte nun Ali. „Vielleicht ist Renée nicht mehr so wohlhabend, wie wir glauben, und hat zum Beispiel einige derbe Kursverluste am Aktienmarkt hinnehmen müssen. Vielleicht hat sie auch einen Großteil des Geldes ihres verstorbenen Mannes mittlerweile durchgebracht, und ihr Geschäft geht nicht so gut, dass sie sich ihren großzügigen Lebensstil auf Dauer leisten kann. Vergiss nicht, wie gern sie pokert und auf Pferde setzt. Es könnte sich für dich lohnen, da mal nachzuhaken."

„Hm, womöglich hast du recht." Auf keinen Fall wollte Rico ein zweites Mal auf eine Frau hereinfallen, die es nur auf sein Geld abgesehen hatte. „Aber wie soll ich denn das anstellen? Sie nach ihren Kontoauszügen fragen?"

„Nein, engagier doch noch einmal den Detektiv, den du schon auf Charles' Frau angesetzt hast", schlug Ali vor und schenkte sich Kaffee nach. „Detektive haben viel bessere Verbindungen als Normalsterbliche."

Zunächst missfiel Rico dieser Vorschlag. Renée war völlig außer sich geraten, als sie das mit Dominique und dem Detektiv erfahren hatte. Wenn sie herausfände, dass er dasselbe bei ihr getan hätte, würde sie …

Was denn, fragte sich Rico verärgert, mich noch ein bisschen mehr verabscheuen?

„Es gibt einen weiteren Grund, der Frauen vor den Altar bringt", sagte Ali jetzt. „Vielleicht möchte sie ein Baby haben?"

Rico stockte der Atem. „Ein Baby?", rief er dann.

„Die Frau ist fünfunddreißig Jahre alt", fuhr Ali fort, „und du behauptest immer, dass du dir eine Familie wünschst."

Rico schluckte. Ob Ali recht hatte? Einen Monat lang Sex ohne Schutz hatte sie ihm versprochen. Was, wenn sie gar nicht verhütete, weil sie tatsächlich ein Kind von ihm wollte? Und wenn dem so war, worin hatte sie ihn dann in der Nacht zuvor noch belogen? Waren ihre Höhepunkte nur vorgetäuscht gewesen?

Nein, nein, diese Gedankengänge liefen in die falsche Richtung. Keine Frau, die einen Höhepunkt fingierte, wäre so weit gegangen wie Renée. Sie hatte den Sex genossen – und zwar jedes Mal aufs Neue. Wenn sie tatsächlich ein Baby wollte, dann bestimmt nicht von ihm. Es war wohl doch eher der Trotz, der ihr den Wunschzettel diktiert hatte, und als zweitwahrscheinlichster Grund das Geld. Auch wenn ihm der viel abwegiger erschien, konnte es nicht schaden, sie daraufhin durchleuchten zu lassen.

Schließlich hatte sie schon einmal des Geldes wegen geheiratet. Wenn ihre Barschaft jetzt zur Neige ginge, würde sie es wieder tun. Dazu brauchte sie gar nicht bankrott zu sein. Frauen wie Renée hatten einen Grundsatz: Man konnte nie reich oder schlank genug sein. „Du hast recht, Ali, ich lasse ihre Finanzen überprüfen." Und nicht nur die. Rico war neugierig, mit wem sie seit dem Tod ihres Mannes geschlafen hatte. Und in der Zwischenzeit …

Er riss das schraffierte Blatt vom Notizblock, stand auf und schob es in die Hosentasche. „Du hast doch nichts dagegen, wenn ich den Zettel behalte?"

„Was hast du denn damit vor?"

„Nichts. Noch nicht. Aber es kommt mir dumm vor, ein Beweismittel zu zerstören."

„Warum sagst du Renée nicht einfach, dass du sie liebst, und fragst sie, ob sie dich heiraten will?"

Wie gebannt sah Rico zu Ali hinunter, ehe er in schallendes Gelächter ausbrach. „Würdest du das an meiner Stelle tun?"

„Ich an deiner Stelle hätte als Herzenswunsch auf meinen Zettel geschrieben, dass ich sie heiraten will. Dann hätte ich beides gehabt: Sex und die Ehe mit ihr."

Rico lachte wieder. „Wie ich sehe, bist du noch nicht ganz so vertraut mit den Gepflogenheiten der westlichen Welt. Wenn man hier verheiratet ist, bedeutet das noch lange nicht, dass man unbeschränktes Zugriffsrecht auf den Körper seiner Frau hat."

„Warum dann heiraten?", fragte Ali erstaunt.

„Eben. Du hast vielleicht schon bemerkt, dass sich immer weniger australische Männer darum reißen, vor den Traualtar zu treten."

Ali schüttelte den Kopf. „Eine traurige Situation, wenn ein Mann nicht nach Lust und Laune mit seiner Frau schlafen kann. War das womöglich das Problem mit deiner ersten Frau?"

„Nein."

„Das habe ich auch nicht erwartet. Aber wenn ich dir noch einen Rat geben darf, mein Freund: Solltest du herausfinden, dass Renées Beweggrund nicht das Geld war, und du willst sie immer noch heiraten, versuch sie zu schwängern."

„Sie kann mich nicht ausstehen. Außerdem will ich sie doch gar nicht heiraten."

Diesen Einwand überhörte Ali geflissentlich. „Wenn ein Baby unterwegs ist, ändert das oft schlagartig die Einstellung einer Frau."

„Hm, das wäre eine Überlegung wert. Aber wie soll ich Renée daran hindern, die Pille zu nehmen?"

Ali zuckte die Schultern.

„Ja, ja, ich weiß, du an meiner Stelle würdest sie auf eine einsame Insel entführen, wo es keine Apotheken gibt und man nichts tun kann, als miteinander zu schlafen."

Eigentlich kein schlechter Einfall! Rico war fast versucht, ihn in die Tat umzusetzen, wäre er nicht sicher gewesen, dass Renée ihn anschließend wegen Entführung und sexueller Belästigung verklagen würde.

Ali lächelte. „So etwas hätte ich fast schon einmal getan, aber jetzt gebe ich mich mit vorübergehenden Freuden zufrieden, wenn es um Frauen geht. Ich schlage vor, du tust das Gleiche mit der ‚lustigen Witwe'. Genieße sie für den nächsten Monat, und dann lass sie fallen."

„Das könnte aber bedeuten, dass auch unsere Pokerabende beendet sind", gab Rico zu bedenken.

Ali zuckte die Schultern. „Alle guten Dinge enden einmal, mein Freund. Aber über ungelegte Eier sollte man sich keine Gedanken machen. Eine gute Lebensphilosophie, findest du nicht?"

Nein, das fand Rico nicht. Er wusste immer gern, was auf ihn zukam, dann konnte er rechtzeitig reagieren, anstatt untätig abzuwarten, wie sich die Dinge entwickelten.

9. KAPITEL

Nachdem Rico das Hotel verlassen hatte und zu seinem Penthaus in der City gelaufen war, rief er erst einmal die Privatdetektei an. Er musste unbedingt wissen, woran er bei Renée war, sowohl was ihre Finanzen als auch ihr bisheriges Sexualleben betraf. Renée persönlich danach zu fragen wäre wenig sinnvoll gewesen. Sie hätte ihm wohl kaum die Wahrheit gesagt.

Keith, der Chef der Detektei, versicherte Rico, dass er ihn bis zum Ende der kommenden Woche über Mrs. Selinskys Finanzen aufklären könne. Zum Erlangen der darüber hinausgehenden Information bräuchte er allerdings einige Wochen. „Derartige Erkundigungen nehmen viel Zeit in Anspruch, Mr. Mandretti, besonders wenn der Betroffene nichts davon erfahren soll."

Schließlich legte Rico zufrieden den Hörer auf. Endlich hatte er Renée betreffend einmal seine Vernunft walten lassen. Ali irrte sich. Er war nicht über beide Ohren in sie verliebt, sondern fühlte sich nur sexuell besonders zu ihr hingezogen. Hoffentlich ließ sich das kurieren, bevor sich sein Begehren tatsächlich in Liebe verwandelte.

Auf jeden Fall musste er sich davor hüten, ihr in die Falle zu gehen. Dass sie sich auf diesem Zettel die Ehe von ihm gewünscht hatte, hatte ihn kurzzeitig ein wenig aus der Bahn geworfen. Aber wahrscheinlich war es nicht ernst gemeint gewesen. Das hoffte er zumindest. Leise lachend betrat er das Wohnzimmer und öffnete die Glasschiebetür, die auf die sonnenüberflutete Terrasse führte. Über die Terracottaplatten ging er dann am Pool vorbei zum Geländer. Rico hatte das Penthaus von Anfang an gemocht, sowohl was seine Einrichtung als auch seine zentrale Lage betraf. In Sydney gab es nicht viele Apartments direkt am Hafen, von denen aus man so viele Sehenswürdigkeiten im Blick hatte: das Opernhaus mit dem kühn geschwungenen weißen Dach, die *Harbour Bridge* mit ihrem über fünfhundert Meter langen, den Hafen überspannenden Bogen, die *Rocks,* das charmante Altstadtviertel, und natürlich die City selbst.

Rico bewunderte gerade wieder einmal den herrlichen Ausblick, als sich ein dunkles Wolkenband vor die Sonne schob und das Wasser und die Gebäude unter ihm in ein bedrohlich wirkendes Licht tauchte. Gleichzeitig erhob sich eine frische Brise, und er ging kopfschüttelnd hinein. Dieses sprunghafte Frühlingswetter! Aber jetzt will ich erst einmal frühstücken, dachte er auf dem Weg in die Küche. In letzter Zeit hatte er an alles Mögliche gedacht, nur nicht ans Essen. Dabei musste er essen, wenn er bei Renée auch weiterhin Leistung bringen wollte.

Eins musste er ihr ja lassen, wenn sie einen Wetteinsatz tätigte, gab sie alles – auch wenn sie verlor.

Im Handumdrehen hatte sich Rico ein Riesenfrühstück mit Ei und Schinken zubereitet und setzte sich an die Anrichte in der Küche. Während er es sich schmecken ließ, trank er eine Tasse starken Kaffee und bewunderte die Einrichtung. Dabei stammte sie nicht einmal von ihm. Nach der Übernahme des Penthauses hatte er eine Innenarchitektin beauftragt und ihr beschrieben, welcher Möbelstil ihm gefiel – klare Linien und modernes italienisches Design – und dass er Grundfarben bevorzugte.

Die Designerin hatte sich um alles gekümmert: Mobiliar, Dekoration, Tischwäsche, Pfannen und Töpfe, Besteck und Gläser. Sämtliche Einrichtungsgegenstände und Accessoires waren klassisch-modern gehalten. Und so konnte er drei Wochen später in ein Penthaus ziehen, das seinen Vorstellungen entsprach und nebenbei noch sehr praktisch eingerichtet war. Die Frau hatte sogar den Kühlschrank gefüllt, worüber Rico sich besonders gefreut hatte.

Nach seiner Scheidung war er in ein möbliertes Apartment gezogen und hatte kein einziges Küchenutensil mehr besessen. Die waren sämtlich Jasmine zugesprochen worden, da sie behauptet hatte, dass ihr die Dinge – brave gute Hausfrau, die sie gewesen sein wollte – doch mehr bedeutet hätten als ihm. Der blanke Hohn! Jasmine konnte nicht einmal kochen. Das hatte er getan, wenn sie ausnahmsweise zum Essen zu Hause geblieben waren. Und die Putzfrau brachte am nächsten Morgen die Küche wieder auf Vordermann.

Rückblickend musste sich Rico eingestehen, dass es ganz schön unvernünftig gewesen war, Jasmine zu heiraten, und vor allem viel zu überstürzt. Wenn seine Gefühle für sie echt gewesen wären, hätte er sich niemals so zu Renée hingezogen gefühlt. Er hatte sich bloß eingebildet, Jasmine zu lieben, und war einfach davon ausgegangen, dass sie diese „Liebe“ erwiderte. Aber Renée …

Da war er mit den Gedanken also schon wieder bei ihr. Na, wenigstens hatte er jetzt endlich einmal etwas unternommen. Obwohl das Problem „Renée" nach diesem Monat wahrscheinlich nicht gelöst wäre. Irgendwie wurde Rico das Gefühl nicht los, dass er sich am Ende sexuell noch mehr zu ihr hingezogen fühlen würde als vorher. Da fiel ihm ihr herausforderndes Postskript *Und rasier dich nicht!* auf der Mitteilung von heute Morgen wieder ein, und er strich sich unwillkürlich über den Zweitagebart.

Zweifellos verband sie damit etwas Sexuelles. Zu gern hätte er gewusst, welche erotischen Fantasien sie dabei geleitet hatten. Über welche erogenen Zonen sollte er sein raues Kinn gleiten lassen? Über die gleichen, auf die er vergangene Nacht Champagner gegossen und die er dann abgeleckt hatte? In der Erinnerung daran reagierte sein Körper sofort. Ohnehin war die letzte Nacht ganz anders verlaufen als erwartet. Er hatte Renée überhaupt nicht zu verführen brauchen. Irgendwie war sie ihm immer einen Schritt voraus gewesen. Dabei überraschte sie ihn mit ihrer Leidenschaft und Begierde und vermittelte fast den Eindruck, sie könnte nicht genug von ihm bekommen.

Deshalb war er heute Morgen auch so betroffen gewesen, dass sie gegangen war. Dabei hatte er gehofft, sie sei an ihm persönlich interessiert. Aber sie ließ sich einfach nur leicht erregen und hatte wahrscheinlich zu lange keinen Mann mehr gehabt. Dabei war er sehr gespannt, wie lange bei ihr „zu lange" war.

Plötzlich bemerkte Rico, dass er schon ewig keinen Bissen mehr angerührt hatte. Als er sich eine Gabel voll in den Mund schob, war alles kalt, und er schnitt ein Gesicht. Wenigstens hatte er das meiste gegessen, und in der Kanne befand sich noch Kaffee. Rico entsorgte die Reste, stellte Teller und Besteck in die Spülmaschine und schenkte sich erneut eine Tasse ein, die er mit ins Schlafzimmer nahm, um sich umzuziehen. Er musste sich beeilen, wenn er noch rechtzeitig zum Pferderennen kommen wollte, damit er keine Sekunde von Renées stimulierender Gegenwart verpasste.

Doch am Ende verspätete sich Rico trotzdem gehörig, weil er vergessen hatte, dass die Rennen heute nicht auf der Bahn in Randwick, sondern auf der in „Rosehill Gardens" am anderen Ende der Stadt stattfanden. Daran wurde er erst erinnert, als er schon fast in Randwick war. Kurz vorher hatte er das Radio eingeschaltet, um einige einstimmende Berichte zu hören. Als der Sprecher Rosehill Gardens erwähnte, machte Rico fluchend kehrt und lenkte seinen Ferrari in westliche Richtung.

Am Ziel angekommen, war der Startschuss fürs erste Rennen bereits gefallen, und Rico konnte die Anfeuerungsrufe der Zuschauer hören, während er über den Parkplatz eilte. Er ging direkt zur Mitglieder-Lounge und stellte sich dort an die Bar. Höchstwahrscheinlich würde Renée zwischen zwei Rennen ebenfalls hier auftauchen. Jetzt brauchte er erst einmal ein Bier, auch wenn es heute überhaupt nicht heiß war, im Gegenteil. Die bedrohlich wirkende Wolke vom Vormittag hatte sich inzwischen zu einer geschlossenen Wolkendecke entwickelt. Doch trotz der kühlen Witterung war es Rico plötzlich ganz heiß. Das musste an der Vorfreude liegen, Renée wiederzusehen.

Als sie auch nach seinem ersten Bier nicht aufgetaucht war, ging er auf die Veranda, von der aus man das Rennbahngelände gut überblicken konnte. Überall standen Menschen in Grüppchen zusammen. Die Pferde hatte man inzwischen von der Bahn geholt, und die drei erstplatzierten Tiere standen in einer Box. Während sich ihre Jockeys wiegen ließen, strahlten ihre Trainer und Besitzer – vierzig- bis fünfzigjährige Männer in Anzügen – und unterhielten sich lachend. Es gab nichts Schöneres, als ein Pferd in Empfang zu nehmen, das gerade gewonnen hatte, und Rico beneidete sie einen Moment lang.

Doch dann entdeckte er Renée. Beinah hätte er sie nicht erkannt. Normalerweise trug sie zu den Rennen maßgeschneiderte Hosenanzüge, flache Pumps, wenig Make-up und eine schlichte Frisur. Aber heute … Rico traute seinen Augen nicht.

Zunächst war da das figurbetonte schwarze Kleid, wobei Renées ohnehin schon schmale Taille von einem besonders breiten Gürtel betont wurde. Der tiefe Ausschnitt ließ einen kaum den Blick von ihrem Dekolleté wenden, bis man den Schlitz im Kleid entdeckte, der ihre langen Beine, mit denen sie ihn erst letzte Nacht umfangen hatte, noch besser zur Geltung brachte. Was sonst unter Hosenbeinen verschwand, wurde heute mit schimmernder Strumpfhose und Stilettos inklusive Fesselriemchen betont, die ähnlich breit waren wie das schwarze Satinband um ihren Hals.

Und das waren noch lange nicht alle Veränderungen. Auch das Haar trug Renée anders, zwar immer noch schulterlang, aber schwarz gefärbt und fransig geschnitten, wie es der aktuellen Mode entsprach.

Die Frisur stand ihr genauso gut wie das auffällige Make-up, das vor allem ihren Mund betonte, von dem Rico gar nicht mehr den Blick wenden konnte. Diese Lippen hatten ihn letzte Nacht überall liebkost und bewegten sich jetzt ähnlich sinnlich, während Renée mit einem reich wirkenden älteren Herrn sprach, der wie gebannt auf ihren Ausschnitt starrte. Kaum fünf Meter von den beiden entfernt, wusste Rico verdammt genau, was der alte Lüstling im Blick hatte.

Offensichtlich spürte Renée Ricos Anwesenheit, denn jetzt sah sie zu ihm hinüber. Als sich ihre Blicke begegneten, sprach aus seinem Eifersucht und aus ihrem eine gewisse Herausforderung. Trotzdem winkte sie ihm zu und verabschiedete sich von dem Fremden. Während sie zur Veranda kam, blieb Rico, wo er war, und versuchte, sich wieder zu beruhigen. Er wusste genau, dass sich Renée heute nur so zurechtgemacht hatte, um ihn zu quälen. Das Pokerspiel gestern Abend hatte sie verloren, aber ihren Kleinkrieg wollte sie nach wie vor gewinnen und diejenige sein, die ihn verführte und manipulierte. Deshalb ihr Engagement letzte Nacht und die heutige Verkleidung.

Unwillkürlich ging Ricos Atem schneller. Dabei konnte er nicht umhin, Renée zu bewundern: Sie besaß Mut und Köpfchen. Dabei vermutete er allerdings stark, dass sie ihm vergangene Nacht doch das eine oder andere vorgespielt hatte und ihr sein Liebesspiel gar nicht so sehr gefiel. Wie auch immer, jetzt musste er über ihren Vamp-Look hinwegsehen, sonst ging er ihr direkt in die Falle.

Gerade als Rico dachte, er habe sich wieder unter Kontrolle, nahm Renée die letzte Treppenstufe, wobei ihr der Wind den Rock hochwehte, sodass der Spitzenbesatz ihrer halterlosen Strümpfe zum Vorschein kam. Rico reagierte umgehend, und ihm wurde einmal mehr bewusst, dass er die Hoffnung begraben konnte, nach diesen vier Wochen von Renées sexueller Anziehungskraft kuriert zu sein.

Glücklicherweise trug er heute einen seiner lässigeren Anzüge und knöpfte rasch das Sakko zu. Sollte sie doch ihre erotischen Spielchen mit ihm spielen! Er würde jeden Moment genießen und sich nach Italien absetzen, bevor sie ihn fallen ließ. Bestimmt blieb er nicht noch einmal fünf Jahre an ihrer Seite, um sich damit zu quälen, dass er sie nicht mehr haben konnte. Nein, bevor es dazu kam, wäre er für sie einfach *nicht mehr* zu erreichen. Aber heute gehörte sie ganz ihm, und das wollte er ausnutzen.

„Du liebes bisschen, Renée!“, rief er, als sie mit ihrem superkurzen Kleid auf ihn zukam. „Wenn du eine Rolle übernimmst, dann gehst du wohl ganz darin auf, hm? Bei diesem Outfit könntest du genauso gut ein Schild mit ‚sexy Domina‘ vor dir hertragen. Meinst du nicht, du bist ein wenig zu weit gegangen? Soll etwa jeder Tattergreis, der dir über den Weg läuft, glauben, er könne dich haben, wenn er nur genug dafür hinlegt?“ Ehe Renée antworten konnte, fuhr er fort: „Es sei denn, dir gefällt das Flittchenimage.“

Das war gemein und wohl noch auf seine Eifersucht zurückzuführen. Aber Renée schien sich nicht daran zu stoßen. Sie lachte nur. „Vielleicht hast du recht, mein Lieber. Wie erklärst du dir sonst, dass ich gestern Nacht so viel Spaß mit dir hatte?“

Aha, es machte ihr also doch etwas aus. Sonst hätte sie nicht mit dieser Retourkutsche reagiert. Trotzdem war er nicht beleidigt. Vielleicht machte sie sich mit ihrer spöttischen Bemerkung nur über sich selbst lustig. Vielleicht war er aber auch darüber hinaus, sich von ihr kränken zu lassen, jetzt, nachdem er sie zum Höhepunkt hatte kommen sehen.

„Als mir klar geworden ist, dass ich mich zu den bösen Buben hingezogen fühle, habe ich beschlossen, aus der Not eine Tugend zu machen und ein bisschen Spaß zu haben. Diesen Fummel habe ich letzte Woche in einem Schaufenster gesehen, und du wolltest doch, dass ich etwas trage, an das man besser herankommt. Leichter kann ich es dir kaum machen.“

Sie beugte sich zu ihm, sodass er noch besser in ihren Ausschnitt sehen konnte, und flüsterte: „Hast du Lust herauszufinden, wie gut man mit diesem Outfit an alles rankommt, Darling?“, ehe sie ihm einen Kuss auf die Wange drückte. „Wir könnten uns doch hier irgendwo ein abgeschiedenes Eckchen suchen. Oder willst du bis heute Abend warten? Bis dahin gehen wir wahrscheinlich beide die Wände hoch.“ Zum Abschluss biss sie ihm sanft ins Ohrläppchen, wich zurück und beobachtete zufrieden, wie schnell er atmete. „Vielleicht gehst du ja jetzt schon die Wand hoch?“, fügte sie hinzu und legte ihm eine Hand in den Schritt, wobei eindeutig wurde, wie bereit er war.

Rico lächelte, was hätte er auch sonst tun sollen? „Aber, aber, Renée …“, sagte er dann und schob sanft ihre Hand weg, „… jetzt reiß dich doch ein bisschen zusammen! Und bitte vergiss nicht, wer hier den Ton angibt. Ich stellte die Regeln auf, nicht du. Ach übrigens, was schulde ich dir für diese erstaunliche Verwandlung?“

Sie zuckte die Schultern, wobei sich ihre ohnehin schon durch einen Push-up-BH hervorgehobenen Brüste noch deutlicher in sein Blickfeld schoben. „Keinen Cent, ich bin eine billige Geliebte.“

„Das hast du gesagt. Ach übrigens, mit wem hast du denn da gerade gesprochen?“

„Mit einem alten Freund meines verstorbenen Mannes. Wieso?“

„Er konnte gar nicht den Blick von dir wenden.“

„Ich weiß.“

„Lässt du dich gern von alten Kerlen anglotzen?“

„Nein, aber von dir“, erwiderte sie heiser, und Rico hielt unwillkürlich den Atem an. Ihre Blicke begegneten sich, und die Leidenschaft flirrte zwischen ihnen wie Sommerhitze. Doch bevor es zu mehr hätte kommen können, legte jemand Rico die Hand auf die Schulter.

„Dass ich dich hier treffe, Rico! Wir haben uns ja ewig nicht mehr gesehen. Wie geht's denn so?“

Rico drehte sich um und konnte sich erst gar nicht an den Namen des Mannes erinnern, wusste nur, dass er vor Jahren einmal beim Fernsehen mit ihm gearbeitet hatte. Doch dann fiel ihm wieder ein, wie er hieß: Davidson, Ian Davidson. „Ich kann nicht klagen, Ian. Und dir?“

„Gut, danke. Ich mache jetzt Tierfilme, die gehen immer, genau wie Kochsendungen“, sagte Ian und sah zu Renée.

„Da hast du recht“, meinte Rico, der genau wusste, dass er Renée vorstellen sollte. Aber er hatte genug davon, wie die Männer sie heute ansahen. Und Ian war kein alter Tattergreis, sondern verhältnismäßig jung und attraktiv.

„Du hast dich scheiden lassen, habe ich gehört“, sagte Ian jetzt, nach wie vor mit Blick auf Renée.

„Ja“, antwortete Rico kurz angebunden.

„Willst du mich deiner Bekannten nicht vorstellen?“

„Nein!“

Renée verdrehte die Augen und stellte sich selbst vor.

Ian hielt ihre Hand länger als nötig, und Rico biss die Zähne zusammen.

„Renée“, wiederholte Ian dann mit einem Lächeln. „Schöner Name. Sind Sie und Rico ein Paar oder nur gute Freunde?“

„Um ehrlich zu sein, ich bin Mr. Mandrettis Geliebte.“

Als Rico Ians Blick sah, brach er in schallendes Gelächter aus. „Renée, Darling“, meinte er dann, „wie ungezogen von dir.“ Sich an Ian wendend fuhr er fort: „Sie ist eigentlich nicht wirklich meine Geliebte, ich habe sie nur bei einer Wette gewonnen.“ Mit einem Blick gab er ihr dabei zu verstehen, dass er ihrer Dreistigkeit durchaus noch eins draufsetzen konnte. Außerdem war ihm egal, was Ian dachte. Dessen Blick nach zu urteilen, war er verwirrt und fühlte sich gar nicht wohl in seiner Haut. Er räusperte sich.

„Unterbreche ich euch da vielleicht gerade bei irgendeinem Spiel?“

„Ich fürchte, ja“, antwortete Rico. „Renée ist spielsüchtig.“

„Wer im Glashaus sitzt, sollte nicht mit Steinen werfen“, erwiderte Renée mit blitzenden Augen. „Rico ist hier derjenige mit der Spielneurose. Aber es langweilt ihn, um Geld zu spielen. Deshalb erhöht er den Einsatz gern um Sex. Gerade hat er einen Strippoker vorgeschlagen – hier in der Lounge. Wir brauchen nur noch einen dritten Mann.“

Ian räusperte sich wieder. „Hört sich ja interessant an, aber ihr müsst mich einen Augenblick entschuldigen. Ich will kurz auf ein Pferd setzen, das in der nächsten Runde antritt“, sagte er und eilte davon.

„Viel Glück!“, rief ihm Renée nach.

„Dir auch, Süße“, antwortete Ian aus sicherer Entfernung. „Und geh nicht weg, ich bin gleich wieder da.“

In diesem Augenblick beschloss Rico, dass er heute keine Lust mehr auf derartige Scherze hatte. Ihre Pferde waren ohnehin nicht aufgestellt, und es gab auch sonst keinen zwingenden Grund, zu bleiben, dafür aber umso mehr Gründe, zu gehen. Und er wollte auch keine Bekannten mehr treffen. Abgesehen von seinem drängenden Bedürfnis, wieder mit Renée zu schlafen, missfiel ihm vor allem die Vorstellung, Ali zu begegnen. Am Ende müsste er seinem arabischen Freund noch eins verpassen, wenn dieser wieder von Prostituierten anfing, weil Renée heute angezogen war wie ein Callgirl.

„Ich habe keine Lust, Strippoker in der Öffentlichkeit zu spielen“, sagte Rico jetzt missmutig. „Wir gehen zu mir, und zwar sofort und ohne Ian.“

Als er Renée beim Arm fasste, warf sie ihm einen drohenden Blick zu. „Und wenn ich mich weigere?“ Plötzlich war sie wieder ganz die alte Kämpferin.

Rico verstärkte den Griff, und auch sein Blick schien sich noch zu intensivieren. „Dann küsse ich dich hier und jetzt so lange, bis du kommst."

Hatte er da gerade ein erschrockenes Blitzen in ihren Augen gesehen?

„Das würdest du wirklich tun, du raffinierter Teufel", sagte sie dann lächelnd. Die neue, umgängliche Renée war wieder da.

„Darauf kannst du wetten."

Sie lachte. „Okay, dieses Scharmützel hast du gewonnen. Aber unser Kleinkrieg ist noch lange nicht zu Ende."

10. KAPITEL

Sie mussten ziemlich weit über den Parkplatz laufen, um zu Ricos Ferrari zu gelangen. „Und wo hast du deinen Wagen geparkt?"

„Ich bin mit dem Taxi gekommen", erklärte Renée, die in ihren Stilettos Schwierigkeiten hatte, mit Rico Schritt zu halten.

„Und warum?"

„Es kam mir unsinnig vor, meinen Wagen mitzunehmen, wo ich doch wusste, dass du mich nach den Rennen mit zu dir nehmen würdest."

„Aha, die Frau baut vor. Das gefällt mir."

„Ich denke immer voraus."

Das bezweifle ich nicht, dachte Rico zynisch, sagte aber nichts, weil er sich nicht mit Renée streiten wollte. Kurz darauf erreichten sie seinen Wagen. „Ich erwarte, dass du das Wochenende über bei mir bleibst", meinte Rico, als er Renée die Beifahrertür aufhielt.

Wieder erschien in ihren Augen dieses merkwürdige Blitzen. Aber es verschwand genauso schnell, wie es gekommen war. „Dann musst du erst noch bei mir vorbeifahren."

„Warum denn? Ich habe eine Gästezahnbürste."

Renée lächelte. „Ich hätte gern noch etwas anderes zum Anziehen und Nachtwäsche."

„Die wirst du wohl kaum brauchen. Es sei denn, du besitzt einen schwarzen Seidenfummel, dessen Träger ständig herunterrutschen und der mehr zeigt, als er verbirgt."

„Damit kann ich leider nicht dienen. Aber im Augenblick trage ich ein schwarzes Strapstop, sodass ich mich heute morgen komplett epilieren musste."

Rico stöhnte und versuchte, sich nicht vorzustellen, wie sie mit dem Dessous aussah.

„Ich habe auch noch einen seidenen Babydoll, bei dem ich das Höschen verlo…"

„Hör damit auf!" Lächelnd schüttelte er den Kopf. „Und du nennst mich einen raffinierten Teufel …"

„Ich bin doch nur deine brave kleine Geliebte."

„Ich glaube eher, du setzt tatsächlich alles daran, dass ich mich in dich verliebe."

Damit hatte Renée nicht gerechnet und sah ihn entsetzt an. Doch er nutzte die Gunst der Stunde und stellte eine Frage, die ihm seit langem auf der Zunge lag. „Und wie steht's mit meinem Geld? Bist du vielleicht darauf aus?“

„Noch weniger als auf deine Liebe.“ Sie sah ihm tief in die Augen. „Weißt du, wir könnten uns jetzt noch jahrelang die Bälle zuwerfen, so wie wir das immer gemacht haben. Aber ehrlich gesagt, habe ich genug davon.“

Rico machte ein betretenes Gesicht, und Renée fuhr fort: „Falls du dich danach besser fühlst, kann ich dir auch sagen, dass ich dich nicht so verachte, wie ich dachte. Ich habe dich schon immer unheimlich attraktiv gefunden und bin nur verbal auf dich losgegangen, weil du nicht mit mir schlafen wolltest.“

Rico fühlte sich von dieser Neuigkeit mehr als geschmeichelt, bemühte sich aber, sich nichts anmerken zu lassen. „Hättest du mir das mal früher gesagt! Ich dachte immer, ich sei der Einzige, der freitagabends frustriert am Pokertisch sitzt.“

„Nein, nein, so manches Mal hätte ich mich in der Pause am liebsten vom Balkon gestürzt.“

Er lächelte. „Da bin ich aber froh, dass du es nicht getan hast.“

„Typisch Rico, egoistisch wie immer.“ Sie lächelte. „Jetzt fange ich schon wieder damit an, dich zu necken.“

„Die Macht der Gewohnheit.“

„Wahrscheinlich. Aber mal im Ernst, Rico, wir sollten uns den kommenden Monat nicht mit Zanken verderben, sondern unsere gegenseitige Gesellschaft zur Abwechslung mal genießen.“

„Gern, anstatt uns zu bekriegen, ziehe ich es ohnehin vor, wenn wir uns lieben.“

„Na, so weit wollen wir dann doch nicht gehen. Wir spielen nur ein Spiel, Rico, wenn auch ein ziemlich erotisches. Aber bitte lass uns nicht mehr von Liebe reden.“ Sie schauderte. „Ich kann mir nichts Schlimmeres vorstellen.“

Rico war erschrocken und gekränkt zugleich, aber auch das ließ er sich nicht anmerken, sondern stellte lediglich fest: „Sehr ungewöhnlich, so etwas von einer Frau zu hören.“ Während er den Motor startete, sah er aufs Armaturenbrett, damit Renée ihm nichts von den Augen ablesen konnte. „Normalerweise denken Frauen doch zuerst an Liebe.“

„Ich bin aber nicht wie andere Frauen."

„Wie wahr, wie wahr. Ich kenne dich jetzt seit fünf Jahren und weiß immer noch nicht, was dich antreibt."

„Das brauchst du auch nicht zu wissen." Sie sah ihn an, ohne dass er ihrem Gesichtsausdruck etwas hätte entnehmen können. „Konzentrier dich einfach darauf, was du mit mir tun willst, wenn wir bei dir sind – so wie letzte Nacht. Ehrlich gesagt, hat es mir noch keiner besser besorgt."

Das war wahrscheinlich als Kompliment gedacht, aber Rico fühlte sich wieder auf seine Rolle als Lustobjekt reduziert. Und er wollte mehr für Renée sein, viel mehr. Verdammt! Hatten Ali und Charles womöglich doch recht? Liebte er diese Frau? Um sich von dem Gedanken abzulenken, stellte er beim Verlassen des Parkplatzes fest: „Das hört sich ganz so an, als hättest du ziemlich viel Erfahrung mit Männern."

Sie warf ihm einen spöttischen Blick zu. „Ich bin fünfunddreißig Jahre alt, Rico. Was erwartest du? Willst du Einzelheiten?"

„Nein!", stieß Rico kurz angebunden hervor. „Sag mir lieber, wo du wohnst."

„In *Balmain.*"

„Tatsächlich?" Rico war erstaunt. Eigentlich hatte er gedacht, eine Frau wie sie würde in einem reicheren Viertel Sydneys wohnen oder irgendwo an der Nordküste. Andererseits war Balmain in den letzten Jahren extrem aufgewertet worden, genau wie viele andere Gebiete im Innenstadtbereich. Seitdem man die Straßenzüge chic renoviert hatte, wohnten dort kaum noch Arbeiter, dafür umso mehr Yuppies. Abends machten sie es sich auf ihren Terrassen gemütlich oder besuchten die In-Cafés und -Restaurants, die es bald an jeder Ecke gab. „Gut, dann also nach Balmain."

„Weißt du etwa nicht, wo das ist?", fragte Renée, die sein Zögern falsch gedeutet hatte.

„Natürlich weiß ich, wo Balmain ist. Freunde von mir wohnen da."

„Dann brauche ich dir ja nicht zu sagen, wie man hinkommt."

„Nein."

Daraufhin ging ihnen dummerweise der Gesprächsstoff aus, und Rico konnte nur noch daran denken, was er mit Renée tun würde, wenn er sie erst einmal in ihrer schwarzen Korsage, den Strapsen und Stilettos zu Hause hatte. Das lenkte ihn allerdings so sehr ab, dass er an einer Ampel beinah auf einen LKW aufgefahren wäre.

„Kannst du nicht aufpassen?“, fragte Renée aufgebracht.

„Entschuldige.“ Er lächelte betreten. „Jetzt sind wir ja gleich in Balmain. Vielleicht sagst du mir genau, wo du wohnst.“

Eine Viertelstunde später wartete er im Wagen vor ihrem Haus und klopfte ungeduldig aufs Lenkrad.

„Beeil dich!“, hatte er ihr noch nachgerufen, ehe sie in dem exklusiven, wenn auch kleinen Stadthaus verschwunden war, um einige Sachen zusammenzupacken. Eine Frau wie sie hätte sich durchaus etwas Größeres leisten können, oder? Rico war gespannt auf den Bericht über ihre Finanzen. Doch viel mehr interessierte ihn, mit wie vielen Männern sie in den vergangenen fünf Jahren geschlafen hatte. Dass sie sexuell aktiv war, hatte sie ja schon zugegeben. Aber offensichtlich wollte sie sich nicht gefühlsmäßig binden. Das ärgerte ihn genauso wie der Umstand, dass sie so lange brauchte, um ihre Sachen zu packen. Hoffentlich zog sie sich nicht um.

Gerade wollte Rico den Wagen verlassen und an ihre Tür klopfen, als Renée wieder auftauchte. Sie trug immer noch dieselben Sachen und hatte eine große Segeltuchtasche dabei.

„Du bleibst doch nur übers Wochenende“, sagte er, nachdem er ausgestiegen war, um ihr die Tasche abzunehmen. „Dem Gewicht nach zu urteilen, reichen die Klamotten für einen ganzen Monat.“ Eigentlich keine schlechte Idee. Aber er wollte nichts überstürzen. Dass Renée überhaupt eingewilligt hatte, das Wochenende bei ihm zu verbringen, war außergewöhnlich genug. Auch wenn sie dabei aus reinem Egoismus gehandelt hatte. Sie wollte einfach noch mehr Spaß, Spiel und *Sex.*

Aber am Montagmorgen würde sie wieder ihrer Arbeit nachgehen, genau wie er. Nächste Woche stand viel an. Es sollten mehrere Folgen „Pasta-Leidenschaft“ abgedreht werden, und er hatte ein Treffen mit dem Geschäftsführer seiner Restaurant-Franchising-Kette vereinbart. Außerdem wollte er mit der Film-Crew über die geplante Italienrundreise sprechen. Das Geschäft musste weitergehen, und egal, wie gut er sich im Bett erwies, wäre die Sache mit Renée am Ende des Monats ohnehin beendet. Es sei denn, sie hatte es tatsächlich auf sein Geld abgesehen. Aber da standen die Chancen eins zu einer Million. Und auch dann würde er so schnell wie möglich verschwinden, um nicht ihr nächstes Opfer zu werden.

Rico ließ den Blick über Renées sexy Outfit gleiten und spürte sofort, wie er darauf reagierte. „Was, zum Teufel, hast du so lange da drin gemacht – außer deine Tasche mit Wackersteinen zu füllen?", fragte er, um sich abzulenken.

„Meinen Anrufbeantworter abgehört und einige Telefonate geführt."

„Mit wem?"

„Das geht dich nichts an."

Rico biss die Zähne zusammen und stellte ihre Tasche in den Fond. „Schön, wie du willst. Dann mal los!" Sie wollte ihn nur als Don Juan sehen? Das kann sie haben, dachte Rico und nahm sich fest vor, die nächsten sechsunddreißig Stunden nur noch in sexueller Hinsicht an Renée zu denken.

Mit dem Umsetzen seiner Rolle begann er, sobald er Renées Gepäck im Penthausflur abgestellt hatte. Jetzt waren seine Hände frei zum Angriff, und er drückte Renée gegen die nächste Wand. Ihr überraschter Aufschrei konnte ihn genauso wenig beeindrucken wie ihr vorgetäuschter Versuch, ihn sich mit der Handtasche vom Leib zu halten. Rasch lag das Designerstück bei der Reisetasche, sodass Renée zum Verteidigen nur noch ihre spitze Zunge blieb. Und die verlor nach einigen Zungenküssen ihre Schärfe.

„Du küsst sehr gut", flüsterte Renée, als Rico schließlich den Kopf hob.

„Ich mache die meisten Dinge ziemlich gut", sagte er heiser und wich ein wenig zurück, um Renée zu entkleiden, so wie er es schon auf der Rennbahn vorgehabt hatte. Dabei wäre er am liebsten gleich zur Sache gekommen. Während er den breiten Gürtel um ihre Taille löste, musste er sich anstrengen, ruhig und lässig zu wirken. Unwillkürlich ging sein Atem schneller, genau wie Renées, wodurch sich ihm ihre Brüste jedes Mal entgegenzuheben schienen.

Das Kleid fiel jetzt weicher, war aber an einigen Stellen immer noch fixiert – mit Druckknöpfen. Er hätte sie einfach aufreißen können, wollte Renée aber genauso hinhalten, wie sie es bei ihm getan hatte. Ihre Augen waren schon ganz groß, und er spürte ihre Anspannung. Auch er war hin- und hergerissen zwischen dem Wunsch, diesen herrlichen Moment so lange wie möglich hinauszuziehen, und dem drängenden Bedürfnis, alles sofort zu sehen und zu haben.

Doch er wollte, dass Renée zuerst die Kontrolle verlor. Das gab ihm schließlich die Geduld, es langsam angehen zu lassen. Also nahm er sich Zeit, öffnete Druckknopf um Druckknopf und passte genau auf, dass er Renée nicht berührte – auch wenn er einige Male kurz davor war. Schließlich streifte er ihr das schwarze Seidenkleid von den schmalen Schultern. Dabei wusste er gar nicht, wo er zuerst hinsehen sollte – auf ihren herrlichen Hals, ihr Dekolleté oder … unweigerlich glitt sein Blick tiefer.

Du liebes bisschen, was die Korsage betraf, hatte sie nicht übertrieben. An den Beinen war sie superhoch geschnitten, und dazwischen verlief lediglich ein schmales schwarzes Satinband. Als Rico spürte, dass er allmählich die Kontrolle verlor, ließ er den Blick wieder nach oben gleiten. Aber beim Anblick ihrer Brüste, deren Rundungen der Push-up-Einsatz betonte, wurde alles nur noch schlimmer. Jedes Mal, wenn Renée einatmete – und das kam ziemlich oft vor –, rutschten ihre Brustknospen beinah aus der Satinumhüllung.

Zweifellos war das Strapstop ein Meisterstück erotischer Bekleidungskunst, das ihre Taille und ihre Brüste betonte. Nebenbei stand ihr Schwarz hervorragend und hob sich wunderbar von ihrem zarten Teint ab. Dabei wirkte der glänzende Satinstoff genauso erotisierend wie Leder, war aber weicher und damit weiblicher. Wenn ihr Ziel gewesen sein sollte, ihn zu einem willenlosen Etwas zu machen, hätte sie das Darunter nicht besser wählen können. Längst befand sich Rico in einem Zustand, der nach umgehender Erleichterung verlangte.

Wieder ließ er den Blick nach unten gleiten, zu ihren herrlich langen Beinen und der Spitzenborte, mit der ihre Seidenstrümpfe abschlossen, was seine Erregung nur verstärkte. Wollte er etwas daran ändern, musste er den Blick schon abwenden. Aber selbst mit geschlossenen Lidern hatte er Renée in diesem sexy Outfit vor Augen.

„Was für ein raffiniertes Dessous!“, sagte er schließlich lächelnd. „Wie oft bist du einem Mann damit schon gegenübergetreten?“

„Noch nie.“

„Nein?“

„Ich habe es erst heute Morgen gekauft, genau wie das Kleid und die Schuhe. Alles nur für dich, Rico“, behauptete sie mit verschleiertem Blick. Dabei konnte er nicht sagen, ob sie es ernst meinte oder ihm nur etwas vorspielte. Aber das wollte er gar nicht so genau wissen, zumindest noch nicht. Stattdessen umfasste er ihren Oberkörper und ließ die Hände über ihre wunderbar weibliche Figur gleiten. Als er bei der Taille angekommen war und den Druck verstärkte, stöhnte Renée auf und begann zu beben. Daraufhin strich ihr Rico über die Außenseite der Schenkel, befühlte die Spitzenborte und genoss das Seidenmaterial ihrer Strümpfe. Dann begann er auf Höhe der Knie sanft über die Innenseite ihrer Schenkel zu streichen, diesmal allerdings nach oben.

„Öffne die Beine!“, befahl er heiser.

„Du … du kannst es abnehmen“, sagte sie stockend, während sie seinem Wunsch nachkam.

„Was abnehmen?“

„Das Satinband dazwischen. Vorn und hinten gibt es entsprechende Haken.“

Er sah ihr in die Augen, bevor er den Blick wieder senkte. War er vorher schon aufgeregt gewesen, dann war er es jetzt erst recht. Doch schon bald gelang es ihm, den Satinstreifen zu lösen, der ihre empfindsamste Stelle ohnehin mehr schlecht als recht bedeckte, den Anblick dafür aber umso aufreizender machte. Rico wich zurück, um Renée betrachten zu können und sich wieder in die Gewalt zu bekommen. Aber das Gegenteil war der Fall. Renée sah unglaublich sexy und verführerisch aus.

Aber noch nicht verführerisch genug, dachte er dann schalkhaft und hob die Hände, um die Halbschalen, die ihre Brüste umfingen, herunterzuziehen, sodass die Knospen endgültig zum Vorschein kamen. Sie waren längst erblüht und schienen dringend auf Zuwendung zu warten. Als Rico jede einmal kurz zwischen Daumen und Zeigefinger rieb, stöhnte Renée auf. Dann trat er zurück, um seine Geliebte erneut zu betrachten.

Währenddessen presste sie die Hände gegen die Wand, als sollte ihre Unschuld geopfert werden. Und genauso sah sie ihn an. Was für eine Schauspielerin! Dabei hatte sie doch genau diese Reaktion bei ihm erreichen wollen. Warum sonst das Kleid und die Dessous? Mit den Klamotten hatte sie ihm Appetit machen wollen, bis er einfach nicht mehr anders konnte, als sie zu nehmen. Und jetzt stellte sie sich so an! Das machte Rico wirklich wütend.

„Wie ich schon gesagt habe“, meinte er schließlich, „verführerisch!“

„Rico, ich …“

„Pst, sag jetzt nichts. Es sei denn, du willst betteln, Renée.“

Ihre Blicke begegneten sich, und allmählich wich die Panik aus ihrem Blick, aber nur, um durch eine wilde Entschlossenheit ersetzt zu werden. Beinah hätte sich Rico davon abschrecken lassen. Doch wenn er wütend war, war er wütend.

„Lieber würde ich sterben, bevor ich dich um irgendetwas anbettle“, stieß sie hervor.

„Das werden wir ja sehen“, erwiderte Rico. „Und jetzt bleib schön hier, ich bin gleich wieder da.“

„Wo … wo gehst du denn hin?“, brachte sie geradeso heraus, während sie sich von der Wand abstieß. Offensichtlich hatte sie die als Stütze gebraucht, denn jetzt schwankte sie bedenklich in ihren Stilettos.

Gut so!, dachte Rico. Auch ihr gequälter Blick gefiel ihm. „In mein Schlafzimmer“, antwortete er dann, „um mir etwas Bequemeres anzuziehen. Aber mach dir keine Sorgen, ich bin gleich wieder da. Doch eins noch, bevor ich gehe …“ Er kam zurück und drückte sie wieder gegen die Wand. „Ich will dir einen Vorgeschmack dessen geben, was dich erwartet.“ Er umfasste ihr Kinn, sah ihr tief in die Augen und legte ihr die andere Hand zwischen die Beine, wo sie bereits erstaunlich feucht war. Dann berührte er sie überall, nur nicht an der Stelle, bei deren Stimulierung sie stöhnend zum Höhepunkt kommen würde.

Schließlich war ihr eiserner Wille gebrochen, und Rico konnte den flehenden Blick sehen. Als sich Renées Lippen ein Stöhnen entrang, gab er ihr noch einen herrischen Kuss auf den Mund und ließ sie in Ruhe. „Ich brauche nicht lange“, sagte er und wandte sich zum Gehen.

„Du Mistkerl!“, stieß sie hervor. „Wenn du glaubst, dass ich hier bleibe und auf dich warte wie ein braves kleines Mädchen, hast du dich geschnitten.“

„Du wirst schon dableiben, sonst komme ich nicht zurück, sondern verlasse auf der Stelle das Penthaus. Da draußen finde ich haufenweise Frauen, die mir genau das geben, was du mir vorenthalten willst. Es liegt also ganz bei dir, Sweetheart. Entweder du tust, was ich sage – zumindest in sexueller Hinsicht –, oder es ist vorbei.“ Sein Gesichtsausdruck war nicht völlig abweisend, aber überzeugend. Trotzdem bluffte er, doch zum ersten Mal, seitdem er Renée kannte, machte er das richtig gut.

„Und“, fragte er schließlich, „wie hast du dich entschieden?“

Sie sagte kein Wort, funkelte ihn nur an. Dann wandte sie den Kopf ab, blieb aber, wo sie war.

Rico ging ins Schlafzimmer, ohne seinen Sieg zu genießen. Offensichtlich stand Renée auf derartige Spielchen und war nur nicht daran gewöhnt, dass der Mann die Regeln aufstellte. Sie hielt gern selber die Zügel in der Hand und wollte nicht herumkommandiert werden.

Doch Rico war entschlossen, nicht zurückzueilen. Er dachte daran, zu duschen. Aber damit hätte er den Bogen überspannt. Trotzdem ließ er sich Zeit, putzte sich die Zähne und legte ein teures Aftershave auf. Nach gut zehn Minuten hielt er es selbst nicht mehr aus, schlüpfte in seinen seidenen Morgenmantel und ging betont lässig zurück in den Flur.

Keine Spur von Renée. Mist! Da war sie ihm doch tatsächlich davongelaufen. Er wollte ihr schon nachstürzen – ein ziemlich blöder Einfall in seinem Aufzug – und riss fluchend die Wohnungstür auf, als ihm auffiel, dass Renées Gepäck noch im Flur stand – die Reisetasche prall gefüllt. Bestimmt war Renée nicht halb nackt auf die Straße gelaufen. Ach was, so weit hätte sie der Wachmann unten in der Lobby gar nicht kommen lassen. Aber wo ist sie?, überlegte Rico ärgerlich.

Plötzlich öffnete sich die Tür zum Gästebad. Renée kam wie in Zeitlupe auf ihn zugeschlendert und sah ihn völlig cool an. Rico schluckte. Einen Moment ruhte sein Blick auf ihren immer noch entblößten Brüsten, dann ließ er ihn zu ihrem Venushügel gleiten. Mit einem Schlag war seine Verärgerung verflogen, die bis dahin seine körperliche Reaktion auf Renées Anblick in Schach gehalten hatte. Und plötzlich war seine Begierde so groß, dass er selbst erschrak.

„Du bist lange weggeblieben“, sagte Renée lässig, als sie bei ihm ankam, „da dachte ich, ich könnte mal mein Make-up erneuern.“ Sie ließ Lippenstift und Puderdöschen in ihrer Handtasche verschwinden. „Aber keine Sorge, ich kehre sofort an meinen Platz zurück.“ Als sie ihn im Vorbeigehen berührte, umfasste Rico ihr Handgelenk und zog sie mit einem Ruck an sich.

„Leg mir die Arme um den Nacken", befahl er dann, wobei sie der Aufforderung umgehend Folge leistete. Ihre Augen glühten, und die Lippen hatte sie leicht geöffnet. Mit den hohen Schuhen befand sich ihre empfindsamste Stelle genau auf der richtigen Höhe für Rico, und er begann endgültig, die Kontrolle zu verlieren. So riss er sich den Morgenmantel herunter und veranlasste Renée, die herrlich langen Beine gerade so weit zu öffnen, dass er zu ihr kommen konnte.

Wagte er es noch, sich vorher an ihr zu reiben? Ja, und der Effekt war es wert.

„Oh!", stöhnte sie und bog sich ihm entgegen, ehe sich ihrer Kehle kleine Schreie entrangen – aber weniger solche der Lust als der Frustration. Renée war dem Höhepunkt so nah, dass sie wohl zu kommen fürchtete, bevor er mit ihr eins geworden war.

„Sieh mich an!", flüsterte Rico, während er in sie eindrang.

„Oh!", rief sie wieder, diesmal vor Überraschung.

Er war groß und erregt wie nie. Falls das ihr Ziel gewesen sein sollte, hatte sie es erreicht.

„Rico …", sagte sie dann flehentlich.

„Was?"

„Nichts, besorg's mir einfach!"

Das hatte sie letzte Nacht auch gesagt. Wie er diese Formulierung hasste, besonders bei ihr. Weiß sie denn nicht, dass sie mir wirklich etwas bedeutet?, überlegte Rico. Nein, dachte er dann aufgebracht, während er ihren nackten Po umfasste und seinen Gefühlen freien Lauf ließ, das weiß sie nicht. Für Renée tat es jeder Mann, solange er gut gebaut war und mit Frauen umzugehen wusste.

Als sie zum Höhepunkt kam, drangen ihre Schreie wie kleine Dolche in sein Herz. Auch ihre körperliche Reaktion empfand er eher als schmerzlich. Zwar kam er dabei unweigerlich selbst zum Höhepunkt, aber so sollte es nicht sein. Wenn er mit Renée schlief, wollte er zärtlich sein und ihr zeigen, wie sehr er sie mochte. Konnte sie das denn nicht verstehen? Offensichtlich nicht. Ihr alleiniges Ziel bestand darin, sexuelle Erfüllung zu erlangen, die sie jetzt auch bekam, wenn man es an der Dauer und Intensität ihres Höhepunkts festmachen wollte.

Schließlich wurden ihre Bewegungen ruhiger, sie löste die Arme von seinem Nacken und lehnte den Kopf an seine Schulter. Als sie ihm auch noch einen Kuss auf den Hals hauchte, dachte Rico: Heuchlerin! Eigentlich wollte sie weder Zärtlichkeit schenken noch empfangen. Renée wollte nur Sex und dabei den Ton angeben.

Als ihr die Beine den Dienst zu versagen drohte, hob er sie hoch und trug sie ins Schlafzimmer. Sie wollte Sex? Den konnte sie haben. Sie wollte zur Abwechslung mal federführend sein? Auch das war kein Problem für ihn. Er würde trotzdem jeden Moment genießen.

11. KAPITEL

Rico erwachte vom Plätschern der Dusche, fuhr hoch und warf einen Blick auf den Wecker: achtzehn Uhr dreiundfünfzig. Lange hatte er nicht geschlafen, höchstens zwanzig Minuten.

Erleichtert rollte er herum, setzte sich auf und lehnte sich ans Kopfende. Immerhin war Renée diesmal nicht verschwunden. Warum auch? Er hatte ja alles in die Tat umgesetzt, was er jemals über Frauen gelernt hatte, um Renée so oft wie möglich in Stimmung zu bringen, und dabei seine Leistung von vergangener Nacht noch übertroffen: fünf Stunden voller Sex, Vor- und Nachspiel.

Währenddessen hatte er zu seiner großen Überraschung festgestellt, dass Renée gern außer Kontrolle geriet. Zumindest bei ihm. Er war die ganze Zeit über derjenige, der die Zügel in der Hand hielt, verführte und fordernd war. Sie hatte zwar auf ihm gesessen, aber nur, weil er es von ihr verlangt hatte. Dabei lag er eine Weile nur da, betrachtete sie und fragte sich, wer diese Frau wirklich war, die ihn so gefangen nahm und veränderte.

An sich war er nicht der finstere Machotyp, der die Frauen nach seiner Pfeife tanzen ließ. Im Gegenteil, er beabsichtigte, Renée dazu zu bringen, bei ihm zu bleiben. Wenn er sie schon nicht lieben durfte, wollte er sie wenigstens um sich haben.

Um dieses Ziel zu erreichen, blieb ihm ein Monat. In dieser Zeit musste er ihr zeigen, dass nur er sie richtig befriedigen konnte. Ihre geheimsten Fantasien hatte er wohl schon erfüllt, sonst wäre sie heute Nachmittag nicht so unterwürfig gewesen. Und bald würde er sie genau da haben, wo er sie haben wollte. Sie würde ihn vielleicht nicht lieben, aber begehren, und Lust war fast noch mächtiger als Liebe.

Im Badezimmer wurde das Wasser abgestellt, und Ricos mittlere Körperregion reagierte sofort, als er daran dachte, Renée gleich wiederzusehen. Das durfte ja wohl nicht wahr sein! Aber was sollte er jetzt tun? Immerhin war er auch nur ein Mensch und keine Maschine. Noch einmal mit ihr zu schlafen würde wahrscheinlich auch seine Kräfte übersteigen. Besser, er ließ sie noch ein bisschen zappeln. Das würde ihre Lust schüren und seine Reserven mobilisieren.

Erst einmal wollte er sie zum Essen ausführen. Dabei konnte er zwei Fliegen mit einer Klappe schlagen: Sie hätten Zeit, sich auszuruhen, und Renée wäre gezwungen, sich mit ihm zu unterhalten. Er wollte unbedingt mehr über sie erfahren und musste die Gunst der Stunde nutzen, solange Renée noch wie Wachs in seinen Händen war.

Also bestellte er für neunzehn Uhr dreißig einen Tisch in seinem Stammlokal. Rico fand den Plan gut, sich zur Abwechslung mal mit Renée zu unterhalten – bis sie nur in ein Handtuch gehüllt aus dem Badezimmer kam. Und darauf reagierte seine mittlere Körperregion schon wieder, was unter der Seidensteppdecke kaum zu übersehen war.

„Das ist doch nicht dein Ernst?“, stieß Renée hervor und sah ungläubig auf die Bettdecke. „Das ist doch unmöglich!“

„Anscheinend nicht“, bemerkte Rico trocken und zog ein Knie an, um seine Erregung zu verbergen. „Achte einfach nicht darauf. Ich habe uns für halb acht einen Tisch bestellt. Du hast also noch eine Stunde, um dich fertig zu machen.“

„Ich muss mich doch nicht in Schale werfen, oder? Ich habe nur bequeme Kleidung mitgebracht, und das schwarze Kleid möchte ich nicht noch einmal tragen.“

„Warum denn nicht?“

„Weil es eine unerhörte Wirkung auf mich hat.“

„Hast du es nicht deshalb gekauft?“

„Nein, es sollte auf *dich* wirken.“

Er lachte.

„Lach nur, dieses sexy Zeug hat mich ein Vermögen gekostet.“

„Du wolltest ja nicht, dass ich dir die Kosten erstatte. Außerdem hast du die Nachwirkungen den ganzen Nachmittag genossen. So gesehen, war es eine lohnende Investition“, fügte Rico hinzu. Merkwürdigerweise erregte sie ihn im Augenblick mehr als mit dem Kleid. Er bräuchte nur an dem Handtuch zu ziehen, und Renée wäre nackt. Irgendwann an diesem Nachmittag hatte er festgestellt, dass ihm Renée unbekleidet noch besser gefiel als mit Dessous. Natürlich hatte die Korsage ihre Wirkung nicht verfehlt, aber jede Stelle von Renées Körper problemlos sehen und erreichen zu können war einfach mehr wert. Jede Kurve, Mulde und Rundung, jede erogene Zone hatte er erkundet und sein Kinn mit dem Dreitagebart daran gerieben. Das machte sie ganz verrückt – und ihn auch.

Jetzt hör aber auf, an Sex zu denken! befahl er sich, als er merkte, was dadurch mit seiner mittleren Körperregion geschah. Das kleine Nickerchen hatte ihn offensichtlich richtig erfrischt.

„Du hast meine Frage noch nicht beantwortet“, sagte da Renée, die inzwischen neben dem Bett stand, ihr feuchtes Haar auflockerte und damit unglaublich sexy aussah.

„Was denn für eine Frage?“ Rico klang entspannt, obwohl das durchaus nicht für seinen Zustand galt.

„Ob ich eine Hose und einen Pulli in das Restaurant anziehen kann.“

„Na klar, dort geht es locker zu, und zu Fuß sind wir in fünf Minuten da.“

„Gut, wenn das so ist, mache ich mir noch einen Kaffee. Möchtest du auch einen?“

„Nein, danke, jetzt nicht. Ich werde erst einmal duschen“, erklärte er. Und zwar kalt, dachte er dann.

„Klar!“ Renée verließ das Zimmer, wobei sie sich noch einige Male durchs feuchte Haar fuhr und Rico wie gebannt auf ihren sexy Hüftschwung sah. Sobald sie außer Sichtweite war, sprang er aus dem Bett und eilte unter die Dusche. Fünf Minuten später kam er zähneklappernd wieder heraus und hüllte sich in ein Badehandtuch. Das kalte Wasser hatte ganze Arbeit geleistet. Doch dieser Zustand war nicht von Dauer. Als er sich abgetrocknet und frisiert hatte, war alles wieder beim Alten.

„Du benimmst dich jetzt mal für eine Weile“, sagte Rico, indem er an sich hinabsah, und zog den Bademantel an. „Die nächsten Stunden will ich versuchen, die Frau besser kennenzulernen. Also beruhige dich, ja?“

Als Rico ins Schlafzimmer zurückkehrte, war er erstaunt, Renée an der Terrassentür stehen zu sehen. In der Hand hielt sie eine Tasse mit dampfendem Kaffee und bewunderte die Aussicht – genau wie er. Das Handtuch war ihr ein wenig verrutscht. Noch ein Zentimeter, und er konnte ihre Brüste sehen. Schon jetzt zeichneten sich die Knospen unterm Frottee ab. Ruhig, mein Junge! versuchte sich Rico einzureden.

„Ich wäre ja hinausgegangen“, erklärte Renée, als sie ihn bemerkte, „aber es ist zu kalt. Hier drin ist es schön warm.“

Ja, dachte Rico, und es wird von Sekunde zu Sekunde wärmer.

„Während der Kaffee durchgelaufen ist, habe ich mir erlaubt, mich ein bisschen in deinem Penthaus umzusehen. Ich hoffe, du hast nichts dagegen."

„Ganz und gar nicht."

„Es ist richtig schön geworden, mit deinen Möbeln, meine ich. Das rote Ledersofa im Wohnzimmer sieht super aus. Aber am besten gefällt mir der Honigton der Schlafzimmermöbel", schwärmte sie weiter, wobei sie zum Bett ging und die Hand über das Kopfende gleiten ließ. „Das ist so viel netter als Charles' cremefarbene Schleiflackmöbel."

Verwundert sah Rico zu ihr. Bisher war er noch nie auf die Idee gekommen, Charles könnte einer von Renées Verflossenen sein. Doch möglich war es. Bevor sich Charles im vergangenen Jahr in Dominique verliebt hatte, war er kein Kind von Traurigkeit gewesen. Eigentlich hatte er sogar mehr Frauen gehabt als er, Rico. Das Playboyimage, das Renée ihm immer andichtete, war nicht zutreffend.

Rico hatte plötzlich das Gefühl, einen Kloß im Hals zu haben, und dachte: Bitte nicht Charles, jeder, nur nicht mein bester Freund! „Ist Charles dein Liebhaber gewesen?", musste er dann einfach fragen.

„Wie bitte?" Renée sah selbstvergessen zu ihm. Doch ihr träumerischer Ausdruck verflog sofort. „Sei doch nicht albern! Natürlich nicht."

„Woher weißt du dann, wie es in seinem Schlafzimmer aussieht?"

„Ich bitte dich, Rico! In den vergangenen Jahren war ich einige Male auf Partys hierher eingeladen und erst kürzlich anlässlich seiner Hochzeit. Außerdem bin ich eine Frau. Die macht schon einmal die eine oder andere Tür auf."

Das klang logisch, und Rico war unheimlich erleichtert! Aber gleich darauf ließ ihn etwas anderes nicht mehr los. „Warum hast du dann gesagt, er sei *natürlich nicht* dein Liebhaber gewesen? Ist er zu alt für dich? Brauchst du junge, potente Männer, die mit dir mithalten können?"

Seufzend trank Renée einen Schluck Kaffee. „Könnten wir derartige Unterhaltungen in Zukunft lassen? Das ist doch Zeitverschwendung. Ich bin jetzt bei dir, und wenn du willst, auch die nächsten vier Wochen. So lange habe ich eingewilligt, deine Geliebte zu sein. Das gibt dir aber nicht das Recht, mir Vorhaltungen über mein früheres

Liebesleben zu machen. Wir können gern über alles Mögliche sprechen, Rico. Über die Arbeit, das Wetter, Religion, Politik, deine Wohnungseinrichtung und natürlich über Sex. Aber lassen wir mein Privatleben aus dem Spiel – und meine Vergangenheit."

„Ich verstehe", stieß Rico hervor. Renée zum Essen einzuladen würde dann wohl auch nicht den erhofften Zweck erfüllen. Trotzdem mussten sie etwas zu sich nehmen. Aber in seiner derzeitigen körperlichen Verfassung konnte er unmöglich das Haus verlassen. Da musste Renée ihm schon helfen.

„In Ordnung", meinte Rico schließlich, „wenn du es so haben willst … Aber jetzt stell die Kaffeetasse hin, nimm das Handtuch ab und beweg deinen süßen Hintern hierher, und zwar *pronto!*"

Er genoss ihren erstaunten Gesichtsausdruck und ließ die Hüllen fallen, um ihr zu zeigen, was auf sie wartete. Wie gebannt sah sie ihn an. Dann schluckte sie, und als sie sich die Lippen befeuchtete, wusste er, dass er leichtes Spiel haben würde.

„Machst du das mit allen Frauen?", fragte sie trotzdem.

„Was denn?"

„Sie so zu manipulieren?"

Er musste lachen. „Nein, nur bei grünäugigen Hexen, die mir jahrelang das Leben schwer gemacht haben. Jetzt stell endlich die Tasse hin, und komm her!"

Sie gehorchte und ging mit wiegendem Gang und hochnäsigem Gesichtsausdruck auf ihn zu, als wäre sie wieder auf dem Laufsteg. Dabei sah sie ihm tief in die Augen, aber nicht etwa liebevoll, sondern verärgert. „Was willst du von mir, Herr und Meister?", fragte sie dann spöttisch. „Soll ich mich einfach nur hinlegen und die Beine breit machen oder vor dir knien?"

Sie bekam keine Antwort.

„Aber warum sagst du denn nichts? Kannst du dich nicht entscheiden, Darling? Dann werde ich dir die Entscheidung abnehmen."

Sie ging vor ihm auf die Knie.

Fasziniert beobachtete Rico, wie Renée die Hand zwischen seine Beine schob, ihn umfasste und mit der anderen sanft massierte. Es fühlte sich großartig an, ein bisschen, als hätte sie ihn unter Strom gesetzt. Als sie den Kopf beugte und ihn mit den Lippen umschloss, hielt er unwillkürlich den Atem an.

Wie einfach sie mich auf diese Weise zum Höhepunkt bringen könnte, dachte er stöhnend und ließ sich ein bisschen verwöhnen. Aber im letzten Augenblick fasste er sie bei den Schultern und zog sie hoch. Renée war immer noch verärgert, und so wollte er sich nicht von ihr befriedigen lassen. Wenn überhaupt, sollte es aus Leidenschaft geschehen.

„Was ist?", fragte sie und sah ihn erstaunt an. „Magst du das nicht?"

„Doch, aber nicht so. Ich ... ich will zärtlich zu dir sein, verstehst du das nicht? Dich in die Arme nehmen und deine Brüste liebkosen, dir süße Nichtigkeiten ins Ohr flüstern und ... und ..." Er verstummte und küsste sie einfach, bis sie in seinen Armen dahinschmolz. Gemeinsam ließen sie sich dann aufs Bett sinken, während sie mit den Händen hektisch die empfindsamsten Stellen des anderen suchten. Diesmal gab es kein ausgefeiltes Vorspiel, nur wildes, drängendes Handeln. Rico löste die Lippen lediglich von Renées, wenn er nach Atem ringen musste. Sie wirkte genauso begierig und legte ihm die Beine um die Hüften, wobei sie längst bereit war und schon bald mit ihm eins wurde.

„Oje", sagte sie dabei und stöhnte, „warum lasse ich das mit mir machen?"

„Was denn?", fragte er entgeistert. „Was tue ich dir denn an?"

„Du machst mich verrückt", keuchte sie. „Das ist verrückt. Ich kann nicht, nicht schon wieder." Doch dabei krallte sie die Nägel in seinen Po und drückte Rico so fest wie möglich an sich. „Ja, ja, ja", drängte sie dann und bog sich ihm entgegen, „genauso. Ich ... oh!" Und dann kam sie mit ungeahnter Heftigkeit.

Keuchend nahm Rico Renées Hände und drückte sie über ihrem Kopf aufs Kissen, ehe er sich zwang, einen Moment innezuhalten, um ihre ergebene Pose auszukosten. Warum, vermochte er nicht zu sagen. Vielleicht, weil er sich ihr in diesem Moment überlegen fühlte, was sonst nicht der Fall war. Und die ganze Zeit spürte er, wie ihn ihr Innerstes sanft massierte, wobei er dem eigenen Höhepunkt immer näher kam. Als es so weit war, ging ihm das Herz über, und er rief ihren Namen. Doch gleichzeitig breitete sich auch Betroffenheit in ihm aus.

Er machte sie also verrückt, was? Das war ja wohl ein Witz! Wusste sie denn nicht, dass es ihm mit ihr schon seit Jahren so ging? Warum sonst konnte er niemals genug von ihr bekommen, auch wenn er drei-, viermal hintereinander mit ihr schlief? Warum sonst dachte er immer schon an das nächste Mal, während er noch mit ihr schlief? Wie nannte man eine dermaßen selbstzerstörerische Begierde? Sexuelle Abhängigkeit? Besessenheit? *Liebe?*

Rico wusste es nicht, nur, dass er Renée behalten wollte – und zwar über den kommenden Monat hinaus – vielleicht für immer. Sie sollte bei ihm wohnen und nachts in seinem Bett schlafen. Dafür würde er alles in seiner Macht Stehende tun, jede Taktik anwenden – auch wenn er falsch spielen musste.

12. KAPITEL

„Du gehörst jetzt mir“, sagte Rico unvermittelt, nachdem er mit Renée angestoßen hatte, „und ich lasse dich nicht wieder gehen.“

Einen Augenblick sah sie ihn wie gebannt an, dann lächelte sie und nippte noch einmal an ihrem Glas Chablis. „Pass auf, Rico, deine italienische Abstammung macht sich bemerkbar!“

„Was soll das heißen?“

„Dass Italiener dazu neigen, übertrieben eifersüchtig und besitzergreifend zu sein, sobald sie mit einer Frau zusammen ...“, sie räusperte sich, „... sobald sie eine Frau gehabt haben.“

Er funkelte sie an und spürte, dass sie mit ihrer Anschuldigung recht hatte. Ja, er war eifersüchtig und besitzergreifend. Außerdem hatte er enorme Schwierigkeiten, sich vorzustellen, sie könnte jemals wieder mit einem anderen Mann schlafen, nachdem sie sich ihm so vorbehaltlos und leidenschaftlich hingegeben hatte. Jetzt musste sie nur noch begreifen, dass *er* etwas Besonderes für *sie* war.

In der Zwischenzeit wollte er unbedingt mehr über Renée erfahren und konnte unmöglich auf diesen blöden Bericht warten. Er hatte auch schon einen Punkt zum Anknüpfen gefunden. Obwohl Renée behauptet hatte, nicht über Privates reden zu wollen, hatte sie ihm gerade einen Hinweis auf ihre Vergangenheit gegeben. „Du hast schon mal einen italienischen Freund gehabt, stimmt's?“

Sie seufzte. „Siehst du, genau das habe ich gemeint. Man verbringt ein, zwei Nächte mit einem Italiener, und sofort denkt er, man sei sein Eigentum. Könnten wir jetzt bitte das Thema wechseln?“

„*Du* hast damit angefangen. Außerdem müssen wir doch über irgendetwas reden.“

Sie zuckte die Schultern. „Meinetwegen.“

„Du hattest also einmal einen Italiener zum Freund. Was war daran so schlimm, dass du mir nicht davon erzählen kannst?“

Sie seufzte wieder und spielte mit dem Stiel ihres Weinglases. „Er hieß Roberto und war Model – wie ich. Er sah sehr gut aus – wie du.“ Mit wehmütigem Blick fügte sie hinzu: „Und er war sehr gut im Bett – wie du.“ Ein spöttischer Blick. „Und ein unheimlicher Mistkerl.“

Rico wartete, ob sie auch diesmal ein „Wie du“ hinzufügen würde.

Aber sie tat es nicht. Stattdessen wurden ihre Augen ganz feucht. Dann leerte sie ihr Weinglas in einem Zug. „Ich glaube, ich brauche noch etwas zu trinken." Ihre Stimme klang fest, nur ihren Augen sah man die Traurigkeit noch an.

Bemüht, sich nicht anmerken zu lassen, wie aufgewühlt er war, nahm Rico die Flasche aus dem Kühler. Nur wegen dieses Mistkerls war Renée ihm gegenüber von Anfang an feindselig gewesen. Am liebsten hätte Rico diesen Roberto umgebracht, weil er Renée so hart und abweisend gemacht hatte. „Was hat er denn so Schlimmes getan?", fragte er dann gespielt locker, während er Renées Glas nachfüllte.

„Ich will nicht ins Detail gehen. Sagen wir einfach, er war unheimlich egoistisch."

„Das bin ich nicht." Rico rang sich ein Lächeln ab.

„Kommt darauf an, wie man es sieht."

„Ich sorge immer dafür, dass du im Bett auch deinen Spaß hast."

„Stimmt, aber ich spreche nicht von Egoismus im Bett, sondern von der Fähigkeit, sich in die Gefühle anderer hineinzuversetzen oder zumindest Rücksicht darauf zu nehmen." Unverwandt sah sie ihm in die Augen. „Einen Monat, Rico. Denk ja nicht, dass diese Sache länger gehen könnte."

„Und wenn du am Ende feststellst, dass du sie nicht beenden willst?"

Amüsiert sah sie ihn an. „Ich gehe keine langfristige Beziehung mehr ein, mit keinem Mann, Rico, und bestimmt nicht mit dir."

„Warum nicht? Weil ich Italiener bin?"

„Nein, weil ich es einfach nicht will."

Rico beschloss, den einzigen Trumpf, den er hatte, auszuspielen. „Warum hast du dir dann bei unserem Pokerabend gewünscht, dass ich dich heirate?"

Beinah hätte sie ihren Wein verschüttet. Danach saß sie wie versteinert da, während Rico den schraffierten Zettel aus der Hosentasche nahm und ihr reichte. Mit bebenden Händen stellte Renée das Glas hin und sah wie gebannt auf die weiße Schrift auf grauem Grund – auf die Worte, die eindeutig von ihr stammten. „Sehr clever", flüsterte sie dann, bevor sie den Zettel zerknüllte.

„Und", fragte Rico ungeduldig, „erklärst du mir das jetzt?"

„Nein", stieß sie hervor. „Wir hatten eine Abmachung, und du hast sie gebrochen. Eigentlich hättest du nicht erfahren sollen, was ich mir gewünscht habe."

„Warum so geheimnisvoll? Schließlich bist du nicht über beide Ohren in mich verliebt. Und was könnte es sonst noch für einen Grund geben, dir die Ehe von mir zu wünschen? Trotz, Geld, *Sex?*"

„Nein, ich wusste, dass du Sex von mir wolltest, und habe das nur geschrieben, um deinem Wunsch noch eins draufzusetzen. Aber es war ein blöder Einfall, und ich war froh, als du gewonnen hast."

Sie war wirklich erleichtert gewesen, aus welchem Grund auch immer. „Dann bist du also nicht hinter meinem Geld her?"

Gekränkt sah sie ihn an. „Weißt du, Rico, das ist jetzt schon das zweite Mal, dass du davon anfängst. Du glaubst, ich hätte Joseph des Geldes wegen geheiratet und dass die meisten Frauen, die reiche Männer haben, nur deshalb mit ihnen zusammen sind. Aber glaub mir, mich interessiert dein Geld nicht. Ah, da kommt unser Essen!"

Offensichtlich war sie froh, das Thema zu beenden, und sie hatte nicht bestritten, ihren verstorbenen Mann des Geldes wegen geheiratet zu haben. Doch merkwürdigerweise glaubte ihr Rico, dass dessen finanzielle Verhältnisse nicht der Grund für die Ehe mit ihm gewesen waren. Renée machte zwar ein Geheimnis um sich und ihre Vergangenheit, aber sie war nicht berechnend.

Rico begann zu essen und überlegte gerade, welches Thema er als Nächstes anschneiden sollte, als sein Handy klingelte. „Ich hätte das verdammte Dinge ausschalten sollen", meinte er entschuldigend und nahm das Gespräch an.

„Enrico!" Mehr sagte seine Mutter nicht, aber es reichte, damit Rico ein Schauder über den Rücken lief und sofort in Alarmbereitschaft versetzt wurde.

„Ja, Mum, was gibt's denn?", fragte er dann, bemüht, sich die Bestürzung nicht anmerken zu lassen. Doch sein Gesichtsausdruck musste ihn verraten haben, denn Renée hatte ihn noch nie so besorgt angesehen.

„Es ist etwas mit deinem *papa*", fuhr seine Mutter fort. „Nach dem Abendessen hat er Schmerzen in der Brust gehabt und es auf die Verdauung geschoben, weil ich zu schweres Essen gekocht hätte. Aber er sah so schlecht aus, ganz blass im Gesicht, und hat auch schwer geatmet. Da habe ich einfach nicht länger auf ihn gehört und einen Krankenwagen kommen lassen. Jetzt bin ich im Liverpool-Krankenhaus, und die Ärzte machen … Tests. Sie reden nicht viel, sehen aber besorgt aus. Enrico, ich glaube, du solltest herkommen. Mit dir werden sie sprechen."

„Ich bin schon unterwegs, Mum." Sein Herz schlug wie wild. Nicht Dad, dachte er dabei immer wieder, nicht jetzt, wenigstens nicht, bevor ich da bin. „Ich muss gehen, Renée. Mein Vater ist mit Verdacht auf Herzinfarkt ins Krankenhaus eingeliefert worden."

„Ich komme mit." Renée sprang sofort auf.

„Nein, du wirst nicht mit mir Schritt halten können. Ich muss erst noch nach Hause und meinen Wagen holen. Und da kann ich leider keine Rücksicht auf dich nehmen." Er war schon dabei, das Restaurant zu verlassen und rief dem Wirt, den er gut kannte, eine Entschuldigung zu. Auf der Straße angelangt, begann Rico sofort zu rennen.

Als Renée ihn einholte und sogar mit ihm Schritt hielt, bis sie beim Penthaus ankamen, war Rico sehr erstaunt. Doch er wollte keine Zeit verlieren und erkundigte sich erst im Wagen, als sie an einer Ampel halten mussten, wieso sie so schnell rennen könne. Dabei war er immer noch atemlos, während sich Renée längst wieder erholt hatte.

„Ich jogge, um mich fit zu halten, und nehme regelmäßig an Dauerläufen teil", antwortete Renée.

Er nickte nur und sah sie entschuldigend an. Ihm war nicht danach, sich zu unterhalten. Er hatte nur seine Neugier befriedigen wollen.

„Fahr einfach", sagte da Renée überraschend einsichtig. „Und übertreib's nicht. Ein Unfall oder eine Fahrzeugkontrolle bringt dich nicht schneller ans Krankenbett deines Vaters."

Rico warf ihr einen dankbaren Blick zu und fuhr zügig weiter, aber ohne zu sehr aufs Gaspedal zu gehen. Dabei versuchte er, die Panik zu verdrängen, die ihn beschlich, während er an seinen Vater dachte. Schließlich kamen heutzutage viele Herzinfarktpatienten durch, wenn man sie rechtzeitig ins Krankenhaus brachte.

Trotz aller möglichen Abkürzungen dauerte es vierzig Minuten, bis sie ankamen, und dann wusste Rico vor lauter Stress und Anspannung nicht, wohin er sich wenden sollte.

„An die Notaufnahme", riet ihm Renée und zeigte auf das entsprechende Hinweisschild. „In der Zwischenzeit parke ich den Wagen. Dann komme ich nach, okay?"

„Danke." Er gab ihr noch einen Kuss.

„Viel Glück!", rief sie ihm nach. „Ich drücke deinem Dad die Daumen."

In der Notaufnahme ging es drunter und drüber. Kein Wunder an einem Samstagabend. Es dauerte eine Weile, bis jemand Zeit hatte, Rico zu seinem Vater zu bringen.

Das Gesicht aschfahl, die Augen geschlossen, lag Frederico Mandretti auf einer schmalen Krankenhauspritsche. Seine Frau saß neben ihm. „Endlich bist du da!", rief sie erleichtert, als sie Rico sah.

„Wie geht es Dad?", fragte er, während er sie umarmte.

„Mir geht es gut", antwortete sein Vater missmutig und öffnete die Augen. „Ich habe deiner *mamma* gesagt, dass ich nichts Schlimmes habe. Aber sie ist nun einmal ein Sturkopf, und jetzt bin ich hier und muss diese blöden Untersuchungen über mich ergehen lassen. Dabei könnte ich zu Hause meine Lieblingssendung sehen."

„Was für Untersuchungen haben sie denn gemacht, Mum?", fragte Rico, und als sein Vater antworten wollte, fügte er hinzu: „Du bist ruhig und ruhst dich aus. Ich spreche mit Mum."

„Wie redest du eigentlich mit mir?", fragte sein Vater noch, war dann aber ruhig und schloss die Augen.

„Ich weiß nicht, welche Untersuchungen sie gemacht haben", sagte Ricos Mutter besorgt. „Sie haben ganz viele Geräte an ihn angeschlossen, und überall waren Schläuche und so. Und er hat Medikamente bekommen. Welche, kann ich nicht sagen."

Rico nahm das Krankenblatt. „Was für eine Klaue!", rief er, während er versuchte, die Schrift zu entziffern. „Hm, sieht so aus, als hätten sie ein EKG und eine Ultraschalluntersuchung vorgenommen. Der Blutdruck ist sehr hoch, und ich bezweifle, dass du nur eine Magenverstimmung hast, Dad. Aber anscheinend liegst du nicht im Sterben."

„Ein Mandretti stirbt nicht vor neunzig", erwiderte sein Vater, „es sei denn, er wird ermordet."

Als jemand leise lachte, zuckte Teresa Mandretti zusammen. Eine Frau hatte sich neben ihren Sohn ans Fußende des Bettes gestellt. Sie war groß, beeindruckend schön, hatte rabenschwarzes Haar und ein einnehmendes Lächeln. Teresa mochte sie sofort. Aber wer war sie?

„Hast du uns gefunden", sagte da ihr Sohn lächelnd.

„Ich musste mich als deine Verlobte ausgeben, um reingelassen zu werden“, erwiderte die Fremde, wobei ihre hübschen grünen Augen glänzten. „Wie ich sehe, geht's deinem Dad wieder besser. Sehr schön, dann hat es doch geholfen, dass ich ihm die Daumen gedrückt habe.“

Als Teresa Mandretti das hörte, mochte sie die Frau noch lieber.

„Mum, Dad, das ist Renée. Sie gehört zu unserer Eigentümergemeinschaft und nimmt an unserer Pokerrunde teil. Wir waren gerade zusammen essen, als du angerufen hast, Mum. Renée ist so nett gewesen, mich zu begleiten und davon abzuhalten, dass ich einen Strafzettel wegen überhöhter Geschwindigkeit kassiere.“

Das war Renée? Überraschter hätte Teresa nicht sein können. Die Frau sah aus wie fünfundzwanzig und war ganz anders als die Frauen, die Enrico sonst immer anschleppte. Nicht blond, kein Busenwunder und nicht so angeberisch. Und sie hatte mit ihrem Sohn zu Abend gegessen! „Wie schön, Sie endlich kennenzulernen, Renée!“ Teresa reichte Renée die Hand. „Enrico hat mir schon viel von Ihnen erzählt. Aber Sie sehen viel jünger aus, als ich dachte. Sie müssen uns unbedingt einmal zu Hause besuchen. Stimmt's, *papa?*“

„*Sí,* wenn ich jemals wieder hier rauskomme.“

„Nun, heute Abend jedenfalls noch nicht, Mr. Mandretti“, mischte sich ein Arzt ein, der in diesem Augenblick hereinkam. „Wir werden Sie einige Tage zur Beobachtung hier behalten. Und jetzt …“

Was immer er hatte sagen wollen, wurde vom Auftauchen Katrinas, Teresas jüngster Tochter, unterbrochen. Die anderen Kinder hatte Teresa nicht angerufen, um ihren Mann nicht zu überfordern. Aber Katrina war sein Liebling. Leider hatte sie ihre jüngste Tochter Gina mitgebracht, die wegen jedes bisschens zu schreien anfing. Als die Kleine ihren Großvater im Bett liegen sah, begann sie auch sofort, laut zu weinen.

„Pst, Liebes“, sagte Katrina gehetzt. „Tut mir leid, *mamma,* aber Paulo arbeitet heute Abend, und ich konnte Gina nicht bei ihren Geschwistern lassen. Sie kommen einfach nicht mit ihr klar.“

Ricos Meinung nach gelang das niemandem und ganz bestimmt nicht seiner Schwester, die ihre Tochter total verwöhnt hatte.

„Ich kann auf sie aufpassen“, bot sich da Renée an und nahm der völlig verwunderten Katrina das schreiende Kind aus den Armen. „Ich bin Renée.“

„Meine Verlobte", fügte Rico spöttisch hinzu und lachte über das erstaunte Gesicht seiner Schwester. „Ich erklär's dir später."

„Ich bin draußen im Wartezimmer", sagte Renée, während Katrina zwischen den beiden hin- und hersah.

„Aber … aber …", rief sie.

„Machen Sie sich keine Sorgen", fiel ihr Renée ins Wort, „ich kann sehr gut mit Kindern umgehen."

Offenbar entsprach das der Wahrheit, denn die Kleine hatte, wie Rico überrascht feststellte, sofort aufgehört zu schreien. Einmal mehr an diesem Abend war es Renée damit gelungen, ihn zu erstaunen. „Danke dir, Renée."

Lächelnd ging sie mit der Kleinen auf dem Arm davon. Rico hörte noch, wie sie mit ihr zu plaudern begann. Dann wandte er sich gedanklich wieder der Gesundheit seines Vaters zu, auch wenn dieser nicht mehr unmittelbar in Lebensgefahr schwebte.

Der Arzt sagte den Familienangehörigen, dass Frederico Mandretti keinen Herzanfall erlitten, aber eine ernst zu nehmende Angina pectoris habe. Er schlug vor, ihn in die darauf spezialisierte Abteilung der Klinik zu verlegen, wo er einige Tage überwacht und behandelt werden sollte. Man würde ihm eine Änderung seines Lebensstils und seiner Ernährung empfehlen, fuhr der Arzt fort, was Ricos Vater überhaupt nicht gefiel. Doch seine Frau warf ihm einen entsprechenden Blick zu.

„Du wirst tun, was die Ärzte sagen."

„Und ich werde dir zwei Windspiele kaufen", mischte sich Rico ein. „Dann gehst du regelmäßig mit ihnen Gassi, und dein Herz wird wieder fit wie ein Turnschuh, und das Ganze macht auch noch Spaß."

„Mit Freude spazieren zu gehen ist eine hervorragende Herztherapie", pflichtete ihm der Arzt bei und fügte an Ricos Vater gewandt hinzu: „Sie sollten auf Ihre Frau und Ihren Sohn hören, Mr. Mandretti. Die beiden wissen, was gut für Sie ist."

„Sí, sí", Ricos Vater schnitt ein Gesicht, „Enrico weiß immer alles besser. Wenn er so clever ist, warum hat er dann nicht die hübsche Frau geheiratet, die gerade hier drin war, sondern die mit den blondierten Haaren und dem dümmlichen Lachen?"

Rico stöhnte, als er an Jasmines aufgesetzte Lache erinnert wurde, die genauso falsch war wie sie selbst.

„Ich komme später noch einmal“, fügte der Arzt hinzu.

„Aber Rico hat doch behauptet, sie sei seine Verlobte, *papa*“, meinte Katrina, nachdem der Arzt gegangen war.

„Das war nur ein dummer Scherz. Sie will unseren Jungen nicht heiraten. Das hat mir deine *mamma* schon erzählt.“

Verärgert sah Rico zu seiner Mutter, besann sich dann aber eines Besseren. Schließlich hatte sie recht: Renée wollte ihn nicht heiraten, oder?

Hm, auf ihrem Wunschzettel hatte sie ihn um die Ehe gebeten. Okay, und dann hatte sie behauptet, sie habe seinem Wunsch nur eins draufsetzen wollen. Aber was, wenn da noch etwas anderes im Spiel gewesen war? Was, wenn ...?

Zum ersten Mal zog Rico in Erwägung, dass etwas in Renée vorging, dem gegenüber er bisher blind gewesen war. Vielleicht stimmte Alis Behauptung, dass zweierlei sei, was Frauen sagten und fühlten. Außerdem hatte er, Rico, eindeutige Beweise für die Gefühle, die Renée ihm entgegenbrachte. Wenn sie mit ihm im Bett war, funktionierten ihre Schutzmechanismen nicht mehr. Da waren nicht nur Lust und Begehren, sondern auch Leidenschaft, die sie Dinge empfinden ließ, die ihr verstandesmäßig widerstrebten.

Warum lasse ich das mit mir machen? hatte sie sich gefragt, nachdem sie sich vorher den Anschein gegeben hatte, nicht mit ihm schlafen zu wollen und ihm nur zu Willen zu sein, weil sie das Pokerspiel verloren hatte. Dabei war sie längst für ihn entbrannt gewesen. Aber warum?, überlegte Rico. Was brachte eine Frau wie Renée dazu, einen Mann, den sie angeblich hasste, so zu begehren?

Und dann ging ihm ein Licht auf. Das Gegenteil von Hass: Liebe. Rico war wie vor den Kopf geschlagen. War das denn die Möglichkeit? Doch es bestand kein Zweifel: Renée liebte ihn.

Natürlich würde sie es abstreiten. Vielleicht war ihr auch nicht bewusst, was sie für ihn empfand. Auch er war sich erst heute Abend im Klaren über seine Gefühle für sie geworden. Vielleicht lag es aber auch an ihrem blöden Stolz oder diesen Vorurteilen Männern italienischer Abstammung gegenüber, dass sie sich ihre Empfindungen nicht eingestand.

Rico runzelte die Stirn. Diese Vorurteile waren wirklich ein Problem. Er musste Renée zeigen, dass nicht alle Italiener waren wie dieser Roberto und dass er, Rico, nicht nur Sex von ihr wollte, sondern sich eine gemeinsame Zukunft – und eine Familie wünschte. Sie war noch nicht zu alt, um Kinder zu bekommen. Sie …

„Enrico", sagte da seine Mutter und legte ihm zärtlich eine Hand auf den Arm. „Die Schwestern wollen deinen Vater jetzt in sein Zimmer schieben."

„O entschuldige, Mum, ich bin mit den Gedanken ganz woanders gewesen."

„Ich weiß …" Sie lächelte auf ihre verständnisvolle Art. „Vielleicht solltest du mal nachsehen, wie Renée mit Gina klarkommt."

Ihre Blicke begegneten sich. Mum weiß Bescheid, dachte Rico. Sie wusste, dass er Renée liebte.

Jetzt tätschelte sie ihm lächelnd den Arm. „Geh ruhig zu ihr, bis dein Vater untergebracht ist. Und dann kommt ihr drei und bleibt noch ein bisschen bei ihm, ja?"

„Ja, Mum." Rico gab ihr einen Kuss auf die Wange. „Ich habe dich lieb, Mum." Ein wenig lauter und an seinen Vater gewandt fügte er hinzu: „Ich bin gleich wieder da, Dad. Und du, Katrina, mach dir keine Sorgen wegen Gina. Sie hat es gut bei Renée."

Teresa blickte ihrem Sohn nach und war einen Moment richtig traurig. Diesmal habe ich ihn wirklich verloren, dachte sie, jetzt gehört er einer anderen.

„Teresa", sagte da ihr Mann ungewöhnlich flehentlich. Obwohl sie jetzt schon über fünfzig Jahre verheiratet waren, hatte sie ihn noch nie mit dieser Furcht im Blick gesehen. Sie eilte an seine Seite und nahm seine Hand, die sich ganz kalt anfühlte.

„Es ist alles in Ordnung, Frederico. Ich bin ja da. Und dir geht es bald wieder besser. Dafür sorge ich schon."

Erst wirkte er erstaunt und dann sehr zufrieden. „Ich weiß, Teresa." Sich an seine Tochter wendend, fuhr er fort: „Deine Mutter ist eine gute Frau, eine sehr gute."

So gut nun auch wieder nicht, dachte Teresa. Sie war nur eine dumme, egoistische alte *mamma,* die endlich erwachsen geworden war.

13. KAPITEL

Als Rico ins Wartezimmer kam, saß Renée mit Gina, die glücklicherweise ganz friedlich war, in einer Ecke des Raumes, wobei die Kleine Renée mit offenem Mund ansah. Beim Näherkommen hörte Rico, dass Renée ihr eine Geschichte erzählte.

„Und der große, böse Wolf zog Großmutters Nachthemd an und sprang in ihr Bett, kurz bevor Rotkäppchen …" Sobald Renée Rico sah, hörte sie auf zu erzählen, und die Kleine protestierte sofort. Bevor das Kind zu weinen anfing, nahm Rico es auf den Arm und setzte sich neben Renée. „Wenn du nicht lieb bist, Gina, erzählt Renée nicht weiter." Sofort hörte die Kleine auf zu quengeln. „Bitte fahr fort, Renée", meinte Rico dann. „*Rotkäppchen* gehört zu meinen Lieblingsmärchen."

„Dass du Geschichten magst, in denen ein großer, böser Wolf die Hauptrolle spielt, habe ich mir schon gedacht", spottete Renée, ehe sie weitermachte.

Rico lachte und war beeindruckt, wie gut Renée erzählen konnte. Dummerweise ging es Gina da genauso, und sobald Renée mit *Rotkäppchen* fertig war, wollte sie ein neues Märchen hören. Ohne zu zögern, begann Renée mit *Die drei kleinen Schweinchen,* deren Abenteuer sie genauso flüssig wiedergab wie Rotkäppchens Besuch bei der Großmutter. Glücklicherweise wurde Gina dabei langsam müde und schlief ein.

Als Renée diesmal aufhörte zu erzählen, protestierte Rico: „Ich will das Ende hören."

„Meinst du die Stelle, an der der Wolf seine Abreibung bekommt?"

„Genau."

„Hm, wie schade, dass es im wahren Leben nicht auch so zugeht. Ich kenne einen großen bösen Wolf, dem eine Abreibung guttun würde."

„Autsch, das hat gesessen! Aber jetzt mal im Ernst, Renée, wieso kannst du so gut Märchen erzählen?"

„Weil ich als Teenager meinen Cousins und Cousinen jeden Abend vorgelesen habe."

„Und wieso?"

„Mit zwölf bin ich zu meiner Tante und meinem Onkel gekommen."

„Und wieso?"

Sie seufzte. „Du stellst aber ganz schön viele Fragen."

„Weil du mich interessierst."

„Ich weiß genau, was dich an mir interessiert, Rico Mandretti. Aber ich gehe davon aus, dass du deinen Appetit hier nicht stillen kannst, deshalb verlegst du dich darauf, deine Neugier zu befriedigen. Nun gut, wenn du es unbedingt wissen willst. Mit zwölf bin ich Waise geworden. Meine Eltern und meine jüngere Schwester sind bei einem Autounfall ums Leben gekommen. Ich hatte das Glück – oder das Pech –, dass ich an jenem Tag nicht mit im Wagen saß, sondern bei meinem Onkel und meiner Tante war. Danach haben sie mich bei sich aufgenommen, bis ich von der Schule abging und mich nach Sydney aufmachte, um Arbeit zu finden."

„Aber du bist nicht glücklich bei ihnen gewesen, stimmt's?"

Renée zuckte die Schultern. „Sie haben, so gut es ging, für mich gesorgt. Ich meine ... schließlich bin ich nicht ihre Tochter, nur ihre Nichte. Außerdem ist meine Tante nicht gerade der mütterliche Typ. Kein Mensch weiß, warum sie ein Baby nach dem anderen bekommen hat. Ich weiß nur, dass sie sehr froh war, in mir einen Babysitter zu haben, der rund um die Uhr verfügbar war. Aber das hat mir nichts ausgemacht. Ihre Kinder mochten mich, und damals brauchte ich einfach jemanden, der mir ein bisschen Liebe entgegenbrachte."

Betroffen hörte sich Rico Renées Geschichte an. Bisher hatte er kaum einen Gedanken an ihre Jugend verschwendet oder sich überlegt, welche Erziehung sie genossen hatte. Trotzdem behauptete er von sich, sie zu lieben. Vielleicht war er genauso selbstsüchtig wie dieser Roberto. Womöglich waren das alle Männer. Wie auch immer, es war höchste Zeit, dass er einmal an Renée dachte und nicht nur an sich selbst.

„Du hast gar nicht von deinem Onkel gesprochen. Hoffentlich hattest du keine Probleme mit ihm."

Verwundert sah sie ihn an. „Was meinst du damit? Oh ... ich verstehe. Warum denken die Leute immer gleich an so etwas?"

Rico zuckte die Schultern. „Bestimmt hast du schon mit zwölf hübsch ausgesehen."

„Nein, eigentlich nicht. Ich bin nie süß und knuddelig gewesen. Dazu war ich zu dürr. Ich ähnelte mehr einem Strich in der Landschaft mit riesengroßen grünen Augen. Mein Spitzname in der Schule war *Froschauge.* Und dann, so mit vierzehn, hatte ich noch einmal einen Wachstumsschub. Das bescherte mir spindeldürre Beine, wobei sich meine Brüste kaum entwickelt hatten. Ich gehörte nicht zu den Mädchen, nach denen Männer sich umsahen. Außerdem war ich ziemlich gehemmt. Das besserte sich zwar so mit achtzehn. Aber auch da hatte ich noch kein bisschen Klasse, bin immer leicht gebückt gegangen und habe den Blick ständig auf den Boden gerichtet."

„Das kann ich mir kaum vorstellen. Heute gehst du so ... grazil."

„Dank eines Ballettkurses. Als ich nach Sydney kam, habe ich bei einem Preisausschreiben mitgemacht und die Teilnahme an diesem Kurs gewonnen. Damals arbeitete ich in einer chemischen Fabrik und habe dort die Post verteilt. Wie auch immer, der Kursleiter sagte damals, ich hätte das klassische Aussehen eines Models, und empfahl mich einer Agentur. Nie hätte ich damit gerechnet, angenommen zu werden, aber in null Komma nichts war ich auf dem Laufsteg. Zwar hat es nie zum Supermodel gereicht – dazu bin ich dann doch nicht groß genug –, aber mein Honorar bescherte mir trotzdem ein sorgenfreies Leben."

„Ich muss gestehen, dass ich mich nicht erinnere, in diesem Zusammenhang einmal deinen Namen gehört zu haben. Aber damals hatte ich mit Models ohnehin nichts am Hut."

„Wegen der mangelnden Oberweite?"

„Sehr witzig! Aber nein, ich glaube, mein Ego war nicht stark genug, um mich mit erfolgreichen Frauen zu messen. Ich wollte Mädchen, die mich anhimmeln und mir immer sagen, wie toll ich sei. Ich hoffe, dass sich das inzwischen geändert hat. Ich weiß, dass du der Meinung bist, ich würde von einer Blondine zur nächsten schwirren. Aber das stimmt nicht. Zumindest nicht mehr."

Gedankenverloren sah sie ihn an. „Du überraschst mich, Rico. Es ist ein Zeichen von Reife, wenn man zurückblicken kann und versteht, warum man Dinge damals so und so gemacht hat. Ich bin wirklich froh, dass du dich nicht wieder mit Frauen wie Jasmine einlassen willst. Du hast etwas Besseres verdient." Sie lächelte. „Ich kann gar nicht glauben, dass ich so etwas sage."

Ihre Blicke begegneten sich, und Rico hätte sie am liebsten geküsst.

Aber er hielt sich zurück und beschloss, noch mehr über sie herauszufinden. „Wie kam es denn zu dem Unfall deiner Eltern?"

Traurig sah Renée ihn an. „Mum und Dad mussten meine kleine Schwester Fay zu einem Spezialisten nach Sydney bringen. Sie hatte eine Rückgratverkrümmung. Wir wohnten auf einem Bauernhof unweit von Mudgee, und auf dem Land gibt es nun einmal keine Spezialisten. Meine Eltern waren ganz früh am Morgen losgefahren und haben den Tag im Krankenhaus verbracht. Danach sind sie noch essen gegangen und haben erst ziemlich spät den Heimweg angetreten. Sie waren kurz vor Mudgee, als der Wagen von der Spur abkam und frontal mit einem entgegenkommenden LKW zusammenstieß. Die Polizei ging davon aus, dass mein Vater am Steuer eingenickt ist."

„Du Arme, das tut mir so leid, Renée!", rief Rico betroffen. Ihre Blicke begegneten sich, und er hoffte, Renée würde erkennen, dass er wirklich mitfühlte.

„Du bist gar nicht der große, böse Wolf", stellte sie stirnrunzelnd fest, und Rico lächelte glücklich darüber, dass Renée endlich einmal nicht nur den Playboy in ihm sah.

„Nein, aber die letzten beiden Tage bin ich nicht wirklich in Form gewesen."

„Wow, dann kann ich mich den kommenden Monat ja noch auf etwas gefasst machen."

Rico lachte. Renée hatte einen seltsamen Sinn für Humor. Fast war er geneigt, ihr zu erzählen, dass sie ihm nichts vormachen könne. Er wusste, dass sie mehr als Sex von ihm wollte.

Aber hier war weder der richtige Ort noch der richtige Zeitpunkt, ihr das auf den Kopf zuzusagen. Er wollte sie nicht wieder verlieren, weil er zu ungeduldig war, und würde abwarten, bis sie bereit war, seine Liebe zu akzeptieren. In der Zwischenzeit wollte er sie einfach weiter ausfragen.

Aber Renée kam ihm zuvor. „Was machen sie denn jetzt mit deinem Dad? Er sah mir nicht allzu krank aus. Vielleicht ein bisschen blass um die Nase, aber durchaus in der Lage, das Mandretti-Alter von neunzig zu erreichen."

Rico lächelte und begann Renée zu erzählen, was der Arzt gesagt hatte, als Katrina erschien und erstaunt feststellte, dass ihre Tochter schlief. „Ich habe mir schon Sorgen gemacht, dass Sie vielleicht doch nicht mit ihr klarkommen", sagte sie an Renée gewandt, als sie ihrem Bruder das schlafende Kind aus den Armen nahm. „*Papa* ist gut untergebracht. Schön, Sie kennengelernt zu haben, Renée, und danke, dass Sie auf Gina aufgepasst haben. Schade, dass Sie nicht wirklich Ricos Verlobte sind. Er könnte mal eine nette Frau brauchen. Bye, Rico." Sie gab ihm noch einen Kuss auf die Wange und flüsterte dabei: „Jetzt streng dich aber mal an!"

Er schnitt ein Gesicht. Katrina war immer wie eine zweite Mutter zu ihm gewesen und hatte ihn genauso verwöhnt, wie sie es jetzt mit Gina tat. Es bedeutete ihm viel, dass Katrina Renée als zukünftige Schwägerin gutheißen würde.

„Bis morgen, Schwesterherz."

„Sehen alle deine Geschwister so gut aus wie du?", fragte Renée, als Ricos Schwester außer Hörweite war.

Rico überlegte kurz. „Hm, nur beinah", sagte er dann, und Renée boxte ihn freundschaftlich auf die Schulter.

„Eingebildeter Fatzke!"

„Das ist nun einmal eine Schwäche vom großen, bösen Wolf." Das Thema wechselnd, fragte Rico dann: „Wollen wir jetzt mal nach meinem Vater sehen?"

Renée nickte, und Rico stand auf und reichte ihr die Hand.

„Sollte ich nicht lieber im Wagen warten?"

„Nein, nein, bloß nicht! Mein Vater hat sich schon immer an schönen Frauen erfreut. Wenn er dich wiedersieht, beschleunigt das seinen Herzschlag."

„Schmeichler."

„Das ist auch noch so eine Eigenschaft, die einen großen, bösen Wolf auszeichnet."

„Ich habe doch schon gesagt, dass du das nicht bist."

„Na, dann musst du wohl wirklich hübsch sein."

Renée schnitt ein Gesicht. „Bitte nach Ihnen, Mr. Mandretti", sagte sie dann scherzhaft.

Rico war sehr zufrieden mit dem Einzelzimmer seines Vaters, der sich auch richtig wohl zu fühlen schien. Sein Gesicht hatte wieder etwas Farbe bekommen, und er schlief tief und fest.

„Ihr könnt ruhig nach Hause gehen", sagte Ricos Mutter, „und ihn morgen besuchen."

„Aber was ist mit dir, Mum? Du brauchst auch ein bisschen Schlaf. Ich fahre dich nach Hause."

„Danke, Enrico, aber ich bleibe hier. Die Schwester bringt mir gleich noch eine Pritsche. Dann kann ich neben deinem *papa* schlafen."

Rico runzelte die Stirn. Das gefiel ihm gar nicht. Warum erlaubte man seiner Mutter, hier zu bleiben, wenn nicht …?

„Mach dir keine Sorgen, Rico", mischte sich da Renée ein, die seine Gedanken offensichtlich erraten hatte. „Heutzutage ist das durchaus üblich."

Er sah zu ihr. „Woher wusstest du …?" Er verstummte und schüttelte den Kopf. „Vergiss es!", fügte er dann hinzu. Rico wollte einfach glauben, dass sie seine Gedanken erraten hatte und begann, sich ihm auch geistig nahe zu fühlen. Zum Abschied nahm er seine Mutter noch einmal in den Arm und gab auch seinem Vater einen Kuss. „Ich habe dich lieb", raunte er ihm dabei ins Ohr.

Im Hinausgehen hakte sich Renée bei Rico unter. „Dein Vater kommt schon wieder in Ordnung", sagte sie auf dem Weg zum Wagen. „Er ist hier in guten Händen."

„Ich glaube auch."

„Aber trotzdem machst du dir Sorgen. Du magst deine Familie sehr, was?"

„Natürlich, sie bedeutet mir alles."

Renée traten Tränen in die Augen, und Rico hätte sich für seine Gedankenlosigkeit ohrfeigen können. „Was bin ich nur für ein Idiot!", sagte er leise und nahm Renée in die Arme. Als sie den Kopf an seiner Schulter barg und leise zu weinen begann, hielt Rico sie fest und strich ihr über den Kopf. „Das hätte ich nicht sagen sollen", erklärte er dabei bedauernd. „Das war wirklich dumm von mir."

„Nein", stieß Renée unter Tränen hervor, „es war sehr schön." Und dann weinte sie sich erst einmal richtig aus.

Rico ließ sie gewähren und streichelte ihr dabei nur beruhigend den Rücken. „Ich weiß nicht, wie es dir geht", sagte er schließlich, „aber ich könnte jetzt etwas zu essen gebrauchen. Meinst du, im Restaurant haben sie unser Essen warm gehalten?"

„Warum gehen wir nicht einfach zu mir?", antwortete Renée mit einer Gegenfrage. Dabei sah sie ihn mit ihren immer noch schönen, wenn auch rot geränderten Augen an. „Meine Kühltruhe ist voll von Fertiggerichten, die wir nur in die Mikrowelle zu stellen brauchen. Und dabei handelt es sich nicht um Tiefkühlkost aus dem Supermarkt. Ich habe alles selbst gekocht und portionsweise eingefroren."

„Hört sich großartig an." Nur mit Mühe konnte Rico sein Erstaunen verbergen, dass Renée überhaupt für sich kochte.

Ihr Zuhause hielt dann noch weitere Überraschungen für ihn bereit. Es war sehr behaglich mit Landhausmöbeln eingerichtet. Dabei hatte Rico mit Antiquitäten oder diesem kalten minimalistischen Mobiliar gerechnet, das immer in schicken Wohnzeitungen abgebildet wurde. Aber von wegen, da saß er nun auf einem Sofa mit Blumenmuster und ließ sich Renées Thaihühnchen mit Glasnudeln schmecken. Dazu gab es grünen Tee.

„Du hast ja keine Ahnung, wie gern ich esse, was andere Leute gekocht haben."

„Und du hast keine Ahnung, wie gern ich es sehe, wenn jemandem mein Essen schmeckt", erwiderte Renée. „Sonst sitze ich immer allein am Tisch."

Interessant, dachte Rico und aß weiter. Er wusste so wenig über Renée. „Warum hast du einen Mann geheiratet, der so viel älter war als du?", fragte er schließlich. „Und bitte komm mir nicht mit irgendeiner Ausrede. Ich will die Wahrheit hören."

„Die Wahrheit …", wiederholte Renée langsam und sah ihn bedauernd an, während sie sich zurücklehnte, „… die Wahrheit ist, dass du heute Abend wirklich ganz besonders neugierig bist. Aber vielleicht ist es inzwischen an der Zeit, dass ich dir von Jo erzähle. Er hat mich geliebt und wollte keine Kinder, deshalb habe ich ihn geheiratet."

Erschrockener hätte Rico nicht sein können.

„Es hatte absolut nichts mit seinem Geld zu tun", fügte sie nun hinzu.

Rico nickte. „Okay, ich glaube dir. Aber warum wolltest du keine Kinder haben?"

„Das habe ich nicht gesagt. Jo wollte keine."

„Entschuldige, ich glaube, ich bin ein bisschen durcheinander."

„Ich erzähle dir das auch nur, weil ich mir denken kann, worauf das Ganze hinausläuft. Die Wahrheit ist, dass ich keine Kinder bekommen kann, Rico."

Das traf ihn wie ein Hammerschlag und machte all seine Pläne zunichte. Wie sollte Renée so Mutter seiner Kinder werden? „Wie ... wie lange weißt du das schon?“, fragte er schließlich mit hängenden Schultern.

„Seit ich sechsundzwanzig bin. Ich hatte eine doppelte Eileiterschwangerschaft: Zwillinge. Es gab Komplikationen, und schließlich bekam ich eine Blutvergiftung. Nach der Operation, die mir das Leben rettete, hat man mir die vermeintlich gute Neuigkeit überbracht.“

Rico wusste nicht, was er sagen sollte. Natürlich war ihm bewusst, dass Renée hinter ihren sarkastischen Bemerkungen nur ihren Schmerz verbarg. Er sah es an ihren Augen. Offenbar hatte man ihr bei der Operation die Eierstöcke entfernt. Was für eine niederschmetternde Mitteilung für eine Frau Mitte zwanzig! Aber das erklärte vieles. Ihre Ehe mit Joseph Selinsky, ihr Entschluss, nachdem sie Witwe geworden war, keine weitere Beziehung mehr einzugehen, und ihre Weigerung, über Liebe zu sprechen.

„Roberto war der Vater, stimmt's?“

„Wie bist du darauf gekommen?“

„Das war nicht schwierig. Deine Abneigung Männern italienischer Abstammung gegenüber lässt sich mit einer einfachen Trennung nicht erklären. Er hat dich nach dieser Operation verlassen, habe ich recht?“

„Nein, nein, dazu war Roberto viel zu selbstsüchtig. Er gab vor mitzufühlen, sagte mir, es sei nicht so schlimm und dass er immer noch total vernarrt in mich sei und wir trotzdem heiraten würden. Natürlich hat er auch weiterhin mit mir geschlafen. Doch er fing an, Model-Aufträge in Übersee anzunehmen. Etwa um die gleiche Zeit begann ich mit meiner Agentur und fand durch meine Geschäftskontakte bald heraus, dass Roberto seit Jahren nicht mehr als Model arbeitete. Ich habe ihn sofort angerufen und gefragt, was los sei. Am Telefon gestand er mir dann, dass er die ganze Zeit in Italien bei seiner frisch angetrauten Frau verbracht habe, die auch noch schwanger sei.“

Rico schluckte. Da hatte sich dieser Mistkerl doch glatt aus dem Staub gemacht und hinter Renées Rücken geheiratet.

„Sie stammte aus einer sehr wohlhabenden Familie“, fuhr Renée fort und schnitt ein Gesicht. „Witzigerweise hat er überhaupt nicht verstanden, warum ich mich so aufgeregt habe. Ob ich denn tatsächlich erwartet hätte, dass er mich unter diesen Umständen heiratet – als

Italiener? Trotzdem würde er mich noch lieben. Sein Schwiegervater sei eine große Nummer im Schuhhandel und habe ihm einen Job im Export gegeben. Dadurch käme er, Roberto, regelmäßig nach Australien, und ich könne doch seine Geliebte sein. Seiner Meinung nach ein perfektes Arrangement, zumal ich mich nach der Operation hervorragend zur Geliebten eignen würde. Da ich nicht mehr schwanger werden könnte, brauchte er sich nicht mit Kondomen aufzuhalten. Er hat mir sogar versprochen, nur mit seiner Frau und mir zu schlafen. Da bräuchte ich mir keine Gedanken wegen Krankheiten zu machen."

Rico traute seinen Ohren nicht. Wie konnte man bloß so gefühllos sein? „Und ... wie hast du reagiert?"

„Was glaubst du wohl? Ich habe ihm natürlich gesagt, er solle bleiben, wo der Pfeffer wächst. Und wenn er es wagen sollte, mir jemals wieder zu nahe zu kommen, würde ich ihm ein Messer in den Bauch rammen!" Renée schrie beinah und sprang auf. Dabei fuchtelte sie mit den Fäusten. „Glaubst du etwa, ich hätte mich einfach hingelegt und ihn gewähren lassen? Also wirklich, Rico, ein bisschen Stolz besitze ich auch! Normalerweise erzähle ich niemandem davon. Du sollst es nur wissen, damit du dir eine Heirat mit mir aus dem Kopf schlägst. Das ist es doch, worüber du schon den ganzen Abend nachgrübelst, hm? Du glaubst, mich zu lieben. Wahrscheinlich denkst du sogar, ich würde dich lieben, und womöglich hast du recht. Aber unter den Umständen ist das völlig irrelevant. Du willst Kinder, und ich kann dir keine schenken. Punkt, aus, Ende."

Rico stand auf, ging um den Tisch herum und nahm die bebende Renée in die Arme. „Ich glaube nicht nur, dich zu lieben, Renée, ich weiß, dass ich es tue, und zwar schon immer. Ich liebe dich, und ich will, dass du meine Frau wirst. Dann kannst du eben keine Kinder bekommen, na und? Meine Gefühle für dich sind stärker." Und das sagte er nicht nur so dahin. Schließlich konnte er nicht eine andere heiraten, nur um Kinder zu haben, während sein Herz Renée gehörte – dieser unglaublich schönen, tapferen, stolzen und starrköpfigen Frau.

„Nein, das sind sie nicht", sagte sie unter Tränen. „Kinder gehören zu dem Wichtigsten dieser Welt, und sie sind ganz bestimmt nicht zweitrangig, und schon gar nicht für dich. Du bildest dir nur ein, dass du mich liebst. In Wirklichkeit ist es der Sex, der dich reizt. Wenn du erst einmal einen Monat lang mit mir geschlafen hast, wird deine so genannte Liebe für mich nur noch auf Sparflamme brennen, und du wirst mir dankbar sein, dass ich heute Abend nicht eingewilligt habe, dich zu heiraten. Selbst wenn du mich wirklich lieben würdest, wäre eine Ehe zwischen uns von Anfang an zum Scheitern verurteilt. Am Ende würdest du mich hassen."

„Das bezweifle ich. Ich habe schon einmal versucht, dich zu hassen, und es hat nicht funktioniert. Im Umkehrfall bei dir übrigens auch nicht. Wir lieben einander, Renée, und das wird sich durch nichts ändern. Deshalb sollten wir als Mann und Frau zusammenleben. Und was Kinder betrifft … können wir immer noch welche adoptieren. Ich weiß, dass in Australien nicht viele zur Adoption freigegeben werden. Aber es gibt genug Länder auf dieser Welt, wo Waisen sich über ein neues Zuhause freuen würden. Und wir beide sind bestimmt gute Eltern."

Sie sah ihn an, während ihr Tränen der Rührung in die Augen traten. „Das ist wirklich dein Ernst, hm?"

„Und ob."

„Wie … wie kann ich da noch Nein sagen? Aber das geht alles viel zu schnell. Du … du kannst im Augenblick nicht klar denken. Pass auf, ich schlage dir einen Deal vor. Die nächsten vier Wochen werde ich deine Geliebte sein, wie vereinbart. Einen Monat lang bekommst du wilden, ungezügelten Sex von mir, Rico, wann immer du willst. Wenn du mich danach noch heiraten willst, bin ich einverstanden."

„Kein Quatsch?" Vor Freude konnte sich Rico kaum halten.

„Kein Quatsch!"

„Und du machst auch keinen Rückzieher?", fragte Rico und nahm Renée auf den Arm.

„Nur wenn du etwas ganz Schreckliches tust."

„Was, zum Beispiel?"

„Ich weiß nicht, zum Massenmörder wirst oder anfängst, dich am Wochenende zu rasieren", fügte sie leise hinzu und fuhr ihm übers Stoppelkinn. „Ich glaube, meine Brustknospen sind inzwischen davon abhängig."

„Nur die?", fragte Rico lächelnd.

„Vielleicht auch noch die eine oder andere Körperstelle mehr."

„Du weißt doch gar nicht, was Abhängigkeit ist", sagte Rico und trug sie ins Schlafzimmer. „Das zeige ich dir jetzt, und auch, wie man damit umgeht."

Sie schliefen bereits zum zweiten Mal miteinander – diesmal in der Löffelchenstellung –, als Rico sich an die Berichte erinnerte, die er in Auftrag gegeben hatte. Wenn Renée davon erfuhr, war es aus. Unwillkürlich hielt er in seinem Liebesspiel inne.

„Was ist denn, Rico?", fragte sie und seufzte leise.

„Ich brauche nur mal eine kleine Verschnaufpause, Darling." Er küsste sie auf die Schulter und überlegte, ob er Keith anrufen und alles absagen sollte. Hm, zu spät, die Nachforschungen waren längst angelaufen. Und wenn er, Rico, ehrlich war, interessierte ihn schon, mit wem Renée in der Vergangenheit geschlafen hatte und wie es um ihre Finanzen stand.

„Bitte ... Rico", sagte sie jetzt und bog sich ihm entgegen, „mach weiter!"

Er stöhnte und strich ihr über den flachen Bauch, während er die andere Hand auf ihrer Brust beließ. Dann drückte er sie erneut an sich. Als sie sich unter seinen Zärtlichkeiten wand, durchfuhr es ihn wie ein Blitz, und wieder war er kurz vorm Höhepunkt. Er rollte sich auf den Rücken und nahm Renée mit, wobei er sie nicht mehr ganz ausfüllte. Als sie sich auf ihm räkelte, blieb er ganz still liegen. Nur seine Hände bewegten sich, wobei er mit der linken ihre voll erblühten Brustknospen streichelte, während er die rechte zwischen ihre Beine gleiten ließ.

Er brauchte Renée nur ganz zart zu berühren, und ihr stockte der Atem. Als seine Liebkosungen fordernder wurden, hielt sie inne und kam stöhnend zum Höhepunkt.

„Du gehörst mir!", sagte er leise, während auch er die Erfüllung fand. Bis dass der Tod uns scheidet, dachte er dabei. Oder bis sie von den Berichten erfuhr!

Nein, nein, schwor sich Rico. Das würde nicht geschehen. Nie! Die Berichte blieben auf immer sein Geheimnis.

14. KAPITEL

Rico legte die beiden Umschläge auf den Couchtisch und ging an die Bar, um sich einen Whiskey einzuschenken. Dabei zitterten ihm die Hände.

Die Nerven!

Mit dem Glas in der Hand ging er dann hinaus, stützte sich mit den Ellbogen aufs Dachterrassengeländer und trank in kleinen Schlucken, während er versuchte, sich zusammenzureißen. Die Dämmerung legte sich bereits über die Stadt, und die Straßenbeleuchtung ging an. Der Abend würde kalt werden und versprach einen sternenklaren Himmel.

Unter ihm am Kai fuhren die Fähren immer noch in regelmäßigen Abständen und brachten die Arbeiter aus der Innenstadt nach Hause. Es war Freitag, da waren wahrscheinlich viele nach der Arbeit noch auf einen Drink in der Stadt geblieben. Renée würde jeden Augenblick von einer Geschäftsreise nach Melbourne zurückkehren. Die sei unvermeidbar, hatte sie ihm vergangenen Montag ganz spät am Abend erzählt, als sie schon halb auf dem Weg zum Flughafen gewesen war. Ein personeller Notfall in ihrer Niederlassung im Bundesland Victoria. Rico wollte sie begleiten, aber Renée lehnte ab. Ihrer Meinung nach sollte man Geschäftliches und Privates nicht miteinander vermischen. Abgesehen davon, sei sie in ein, zwei Tagen zurück. Danach hatte sie ihm dann jeden Morgen versprochen, am Abend zurückzukehren, und jedes Mal war ihr etwas anderes dazwischengekommen. Aber heute Abend würde sie garantiert zurückkehren, hatte sie ihm vom Flughafen aus versichert.

Die vergangenen vier Tage hatte er sie furchtbar vermisst. Seit drei Wochen wohnte Renée sozusagen bei ihm und ging nur noch nach Hause, um ihre Goldfische zu füttern und sich frische Wäsche zu holen. Rico konnte sich nichts Schöneres vorstellen, als für immer mit ihr zu leben, und hatte auch schon seinen Anwalt beauftragt, Länder auszukundschaften, in denen eine legale Adoption in kurzer Zeit möglich war. Er zweifelte nicht an Renées Liebe, auch wenn sie ihm nie sagte, was sie für ihn empfand. Außerdem war er sicher, dass sie Ja sagen würde, wenn er ihr am Monatsende einen Heiratsantrag machte.

Deshalb trank er jetzt auch so nervös seinen Whiskey. Die Frau, die er mehr als sein Leben liebte, würde jeden Augenblick zur Tür hereinkommen, und er beabsichtigte, seine Zukunft mit ihr aufs Spiel zu setzen, indem er ihr doch von den Berichten erzählte. Die letzten Nächte hatte er deswegen kaum ein Auge zugetan. Aber er konnte einfach nicht länger mit diesem Geheimnis leben. Außerdem hatten die Berichte wenigstens genauso viele Fragen aufgeworfen wie beantwortet. Nicht dass sie Renée betreffend etwas Schlechtes enthüllt hätten, im Gegenteil. Danach musste die Frau eine Heilige sein.

Als hinter ihm die Glasschiebetür geöffnet wurde, wirbelte Rico herum. „Ich habe dich gar nicht hereinkommen hören", sagte er und merkte selbst, wie angespannt er klang.

Renée blieb auf der Schwelle stehen. „Das sehe ich. Was trinkst du denn da, Bourbon?"

„Nein, schottischen Malt. Möchtest du auch einen?"

„Gern. Fliegen strengt mich immer unheimlich an."

Er spürte ihren fragenden Blick, als er an ihr vorbei zur Bar ging und einen Whiskey-Soda mit Eis mischte, wie sie ihn gern als Aperitif trank.

„Und was ist mit dir? Weshalb bist du so angespannt?", fragte sie, als Rico ihr das Glas reichte. „Ist diese Woche etwas beim Dreh schief gegangen?"

„Nein, alles lief wie am Schnürchen. Komm her, und setz dich. Ich muss dir etwas sagen, und glaub nicht, dass es warten kann", fügte er noch hinzu, weil er wusste, dass er sonst wahrscheinlich nie mit der Sprache herausrücken würde.

„Hm, das hört sich ernst an. Aber lass mich erst noch die Jacke ausziehen." Renée stellte ihr Glas neben die Berichte auf den Tisch und legte ihre maßgeschneiderte Kostümjacke im Matrosenstil ab. Das T-Shirt darunter war trotz der Reise immer noch tadellos. Als Schmuck trug sie nur eine einreihige Perlenkette und dazu passende Ohrringe. Sie sah unheimlich chic und sexy aus, und Rico hätte am liebsten die Berichte Berichte sein lassen und stattdessen sofort mit Renée geschlafen. Aber er wollte nicht kneifen.

„Was ist das?", fragte sie jetzt und deutete auf die beiden Umschläge, ehe sie ihr Glas vom Tisch nahm.

„Davon wollte ich dir erzählen."

„Oh?" Ehe sich's Rico versah, hatte sie das Glas wieder hingestellt, einen der Berichte in die Hand genommen und zu lesen begonnen.

„Bitte sei nicht böse!“, rief Rico, als sie den Blick von den Seiten wandte und ihn wütend ansah.

„Du hast mir einen Privatdetektiv auf den Hals gehetzt“, sagte sie ungläubig. „Genau wie der armen Dominique.“

„Nicht ganz so.“ Bei Charles’ Frau hatte er den Detektiv gebeten, ihm einen kompletten Lebenslauf zusammenzustellen. „Bei dir wollte ich nur einige wenige Fragen geklärt haben.“

„Das glaube ich einfach nicht!“, rief Renée und fuchtelte mit den Seiten herum. „Wie ... wie konntest du ...?“

„Bitte hör mir doch erst einmal zu“, bat Rico und hoffte, dabei bestimmt und ruhig zu klingen – und vor allem nicht panisch. „Die Berichte habe ich nach unserer ersten gemeinsamen Nacht in Auftrag gegeben, direkt nachdem ich herausgefunden hatte, dass du dir die Ehe von mir wünschst. Das hat mich schlichtweg umgeworfen, Renée, und ich konnte mir einfach nicht erklären, wieso du mich heiraten wolltest. Ich hatte Angst, es wäre wegen des Geldes. Damals kannte ich dich einfach noch nicht gut genug. Verdammt, eigentlich kannte ich dich überhaupt nicht und habe geglaubt, du hättest deinen verstorbenen Mann wegen seines Bankkontos geheiratet.“

„Und was glaubst du jetzt?“, fragte sie wütend. „Bist du inzwischen überzeugt davon, dass ich es nicht auf dein Geld abgesehen habe, weil ich genug eigenes besitze?“

„Ja, und ich freue mich, dass du dich so für karitative Zwecke einsetzt und von den Pferdewetten und unserer Pokerrunde einmal abgesehen ein sehr solides Leben führst.“

„Pah!“

„Bitte versteh doch, Renée, bei diesen Berichten ging es eher um meinen kleinen Spleen als um dich. Nach Jasmine habe ich den Glauben an die Aufrichtigkeit schöner Frauen verloren. Und du kannst nicht leugnen, dass es sowohl bei Dominique als auch bei dir so aussah, als hättet ihr des Geldes wegen geheiratet.“

Renée schnitt ein Gesicht und seufzte. „Nein, das kann ich wohl nicht.“ Inzwischen war ein Großteil ihres Ärgers verflogen. „Aber du hättest doch auch mich fragen können, Rico, und nicht irgendeinen professionellen Schnüffler beauftragen müssen, der meine Finanzen unter die Lupe nimmt und ...“ Sie verstummte, wirbelte herum und nahm den zweiten Bericht in die Hand. Dann begann sie, darin zu blättern, ehe Rico es verhindern konnte. Innerlich total aufgewühlt wartete er auf Renées nächsten Wutanfall.

Da brauchte er nicht lange zu warten. Mit hochroten Wangen sah sie ihn an. „Du meine Güte, du hast ja sogar mein Privatleben unter die Lupe nehmen lassen! Meine ... meine Sexualkontakte!“

„Nur, was die vergangenen fünf Jahre angeht“, sagte Rico entschuldigend.

„Damit minderst du deine Schuld nicht, Rico. Das ist unverzeihlich!“, fügte sie noch hinzu und warf die Berichte auf den Couchtisch, ehe sie ihren Drink in die bebenden Hände nahm. „Außerdem ist das ja mal wieder typisch.“ Sie trank einen großen Schluck. „Miese Italiener, man kann ihnen einfach nicht trauen, und sie vertrauen niemandem – und Liebe ... pah, die kennen sie nur vom Hörensagen. Sie wollen eine Frau lediglich besitzen und alles über ihr sexuelles Vorleben erfahren, um sich dann vor lauter Eifersucht ...“

„Aber du hast doch gar keine Geheimnisse, was das angeht, Renée“, gab Rico zu bedenken und versuchte angesichts ihrer Empörung ruhig zu bleiben. „Du hattest keine Sexualpartner, seitdem dein Mann tot ist. Und ich würde gern wissen, warum nicht.“

„Natürlich“, rief sie spöttisch, „jetzt interessiert es dich. Und das ist auch typisch italienisch, am liebsten wollt ihr doch eine Jungfrau. Roberto war gar nicht begeistert, als er festgestellt hat, dass ich vor ihm schon mit anderen Männern geschlafen hatte. Und dann wollte der *arme Kerl* alles über mein Vorleben wissen. Und weißt du, was daran wirklich krank war? Dass ich dachte, seine Eifersucht sei auf seine Liebe zu mir zurückzuführen. Ich dachte, er sei ganz verrückt nach mir und würde nie wieder eine andere Frau ansehen. Ich war ja so dumm!“ Sie begann, im Wohnzimmer auf und ab zu gehen, wobei sie hin und wieder an ihrem Whiskey nippte. „Aber ich habe dazugelernt. Seit Roberto weiß ich genau, worauf es Männer abgesehen haben. Nicht auf Liebe, Rico. Liebe war nie ein Thema, bis Jo kam.“

Rico schnitt ein Gesicht. „Oh, tatsächlich“, meinte er dann spöttisch. Wenn die Sache mit Renée schon vorbei sein sollte, dann wollte er auf jeden Fall nicht wortlos aus ihrem letzten Zweikampf hervorgehen. „Wie kommst du auf die Idee, dass ein Mann in den Sechzigern anders wäre als einer in den Dreißigern? Schließlich wollte Jo dich doch haben. Jetzt erzähl mir nicht, dass er nur an deinem Feingeist interessiert war, Renée. Das wäre totaler Blödsinn, und du weißt es."

„Nur zu deiner Information: Als ich Jo geheiratet habe, hatte er bereits Prostatakrebs im fortgeschrittenen Stadium. Durch die Behandlung war er impotent geworden. Sex ist niemals Teil unserer Beziehung gewesen. Er wollte nur Zuneigung und Gesellschaft von mir. Nach Roberto und all den anderen Windbeuteln erschien mir das wie der Himmel auf Erden. Okay, ich war nicht über beide Ohren in ihn verliebt, aber er hat mir viele glückliche Momente beschert und mich gelehrt, wieder zu geben. Er war ein netter Mensch, und ich will nicht noch einmal hören, dass du von ihm als *geilen Tattergreis* sprichst, verstanden?"

Rico seufzte. „Okay, aber das hättest du mir ja schon früher einmal sagen können."

„Ich ... ich bin nicht daran gewöhnt, mich anderen Menschen anzuvertrauen."

„Ich bin doch nicht *irgendjemand,* sondern der Mann, der dich liebt und heiraten will. Und ich werde auch nicht mehr bis zum Monatsende warten. Bring dein verdammtes Goldfischglas her, dann regeln wir die notwendigen Formalitäten und heiraten so schnell wie möglich, basta!"

Nachdem Renée ihn zunächst nur ungläubig angesehen hatte, begann sie zu lächeln. „Wenn das so ist, Rico, kann ich wohl nicht anders, als Ja zu sagen."

„Wurde auch Zeit, dass du Vernunft annimmst", meinte Rico. „Und jetzt komm her, und lass dich küssen!"

Sie gehorchte tatsächlich, und Rico nahm sie erleichtert in die Arme.

„Du ...", sagte sie dann leise, während sie den Kopf an seiner Schulter barg.

„Hm?"

„Ich muss dir auch etwas gestehen."

Rico ergriff Panik. „Was denn?"

„Als ich dir erzählt habe, dass ich keine Kinder bekommen könnte, hast du sofort geschlussfolgert, ich hätte eine Totaloperation gehabt."

„Und?"

„Nun, meine Gebärmutter ist noch in Ordnung. Man musste mir

nur die Eileiter entfernen. Theoretisch ist es möglich, dass ich bei künstlicher Befruchtung ein Kind austragen kann."

Rico wusste nicht, ob er Renée vor Freude um den Hals fallen oder ihn ihr lieber umdrehen sollte. Warum hatte sie nicht gleich die Wahrheit gesagt?

Eigentlich kannte er die Antwort: Roberto war der Grund. Wenn er den Kerl in die Finger bekam … Doch eins wurde Rico jetzt klar: Auch wenn Renée ihm gerade Hoffnung auf ein gemeinsames Kind gemacht hatte, stand das bei ihm nicht mehr an erster Stelle. Das Wichtigste war, den Rest seines Lebens mit dieser wunderbaren Frau zu verbringen.

„Bitte sei mir nicht böse", flüsterte Renée jetzt verzweifelt. „Ich … ich musste einfach sicher sein, dass du mich um meinetwillen liebst, so wie du sicher sein wolltest, dass ich dich nicht nur des Geldes wegen heiraten will. Ich dachte, wenn du einen Monat lang wilden Sex mit mir gehabt hättest und mich dann immer noch hättest heiraten wollen, würdest du mich wirklich lieben, besonders wenn du davon ausgehst, dass ich keine Kinder bekommen kann. Aber dann ist letzten Montag ein kleines Problem aufgetaucht …"

„Was denn für ein …?" Plötzlich begriff Rico. „Du hast deine Periode bekommen", sagte er.

„Genau, und ich wollte nicht, dass du mir unbequeme Fragen stellst, deshalb habe ich eine Ausflucht gesucht. Dabei wäre ich viel lieber bei dir geblieben, aber ich … ich musste einfach sichergehen, dass du mich liebst – nachdem ich schon fünf Jahre darauf gewartet hatte."

„Wie bitte?" Rico traute seinen Ohren nicht. „Soll das heißen, du liebst mich schon so lange?"

„Hm."

„Aber warum bist du dann immer so schnippisch zu mir gewesen?"

„Wegen deiner italienischen Abstammung, und weil du verlobt warst. Nach deiner Scheidung habe ich dann gedacht, ich darf mich nie wieder auf einen Roberto einlassen. Dabei hat es mich unheimlich nach dir verlangt. Aber du bist ihm so ähnlich."

„Inwiefern?"

„Denk doch mal nach! Du bist italienischer Abstammung wie er und hast nur geheiratet, um eine Familie zu gründen. Als sich Jasmine weigerte, Kinder zu bekommen, hast du dich scheiden lassen. Ich hätte es einfach nicht ertragen, mein Herz noch einmal an einen Mann zu verlieren, der so handelt wie Roberto."

„Aber dein Wunschzettel?"

„Darauf habe ich dich um die Ehe gebeten, weil ich schon wusste, dass du die besseren Karten haben würdest. Ich wollte einfach nur die Worte geschrieben sehen. Das hat mir einen gewissen Kick gegeben. Ich hätte ja nie gedacht, dass du meinen Wunsch herausfindest."

„Hm, das war eigentlich auch gegen die Spielregeln. Und was Jasmine betrifft ... Ich habe sie tatsächlich nicht geliebt. Aber dessen bin ich mir damals nicht bewusst gewesen. Als Mann in den besten Jahren ist es manchmal schwierig, zwischen Liebe und Lust zu unterscheiden. Und Jasmine hat ihr Bestes getan, um mir weiszumachen, sie würde mich lieben. Da war es für mich einfacher, davon auszugehen, die Sache mit ihr sei auf Liebe zurückzuführen und die mit dir auf Lust. Besonders da du dich mir gegenüber so feindselig verhalten hast."

„Ich weiß, ich bin unmöglich gewesen."

Er lächelte. „Rückblickend hat mir jeder dieser Augenblicke gefallen."

Erstaunt sah Renée ihn an. „Wie denn das?"

„Wahrscheinlich, weil ich die Herausforderung liebe. Meine Güte, als ich dieses unschlagbare Blatt auf die Hand bekam und du auf die Bedingungen eingegangen bist, habe ich auf Wolke sieben geschwebt."

„Ich war auch ziemlich aufgeregt, weil ich wusste, worum du mich bitten würdest. Als wir bei der Hochzeitssuite ankamen, hättest du mich nur zu berühren brauchen, und ich wäre gekommen. Als ich dann die Statuen gesehen habe, habe ich mir die ganze Zeit vorgestellt, wie du nackt aussehen würdest und wie es sein würde, mit dir eins zu werden."

Unwillkürlich reagierte Rico jetzt auf diese Vorstellung. „Ich konnte es selbst kaum erwarten, dich nackt zu sehen", sagte er und schob ihr das T-Shirt hoch. „Es ist vier Tage her, dass mir das vergönnt war, und ich glaube, ich brauche eine Auffrischung."

Renée sagte nichts, bis Rico innehielt. „Was hast du denn?", fragte sie dann – schon ein wenig atemlos. „Warum hörst du auf?"

„Sag mir, dass du mich liebst."

„Das ist Erpressung!"

„Stimmt, deshalb solltest du dich auch beeilen, sonst gehe ich, und du musst bis nach dem Pokerabend warten, bis ich mit dir schlafe."

Sie schnitt ein Gesicht. „Okay, wie du willst. Ich liebe dich."

„Sag das noch einmal bitte und mit etwas mehr Gefühl."

„Ich ... *liebe* ... dich", sagte sie, klimperte mit den Wimpern und sah dabei zu ihm auf. „Gut so?"

Er lächelte. „Besser."

„Schön, dann mach bitte weiter. Wir müssen um acht Uhr in Alis Suite sein, und es ist schon nach sieben."

„Tse, tse, tse, wie ungeduldig du bist!"

„Rico!"

Er lachte.

15. KAPITEL

„Ich habe noch nie so schöne Azaleen gesehen, Teresa“, sagte Renée, nachdem sie mit Rico zu ihren zukünftigen Schwiegereltern gefahren war.

Rico hatte sich sofort bei seinem Vater untergehakt, um zu besprechen, wo er die Zwinger und die Rennbahn für die Windspiele bauen sollte, die er seinem Vater zu Weihnachten schenken wollte. Der tat nach wie vor, als müsste er noch überlegen, aber Teresa wusste, dass er sich insgeheim schon darauf freute.

Es war der erste Oktobersonntag mit dem traditionellen Familientreffen, das man rasch zu einer Verlobungsfeier umfunktioniert hatte. Teresa war nur eine Woche für die Vorbereitungen geblieben, und sie hatte ihr Bestes gegeben. Nun standen kalte und warme italienische Speisen bereit und köstliche Weine, und ein herrliches Ambiente erwartete die Gäste.

Die anderen Frauen der Familie würden ebenfalls etwas zum Büfett beisteuern, und die Männer hatten bereits am Vortag den Garten und die Terrasse für die Feier vorbereitet, wobei Frederico immer noch nicht schwer heben durfte. Man erwartete über sechzig Gäste, und Renée und Rico waren selbstverständlich schon vorher gekommen.

Sobald die Männer gegangen waren, hatte Teresa sich und Renée ein Glas Wein eingeschenkt, und jetzt saßen sie unter der Pergola auf der Terrasse, um noch ein bisschen zu entspannen.

„Die Leute sagen, ich hätte einen grünen Daumen“, meinte Teresa.

„Sie haben recht.“

Teresa lächelte. „Da wir gerade von Fingern sprechen, lass mich bitte noch einmal deinen Ringfinger sehen.“

Als Renée die Linke ins Sonnenlicht hielt, glitzerte der große Diamant ihres Verlobungsrings in allen Regenbogenfarben.

„*Magnifico!*“, rief Teresa.

Renée lachte. „Ich weiß, genau wie mein Rico“, fügte sie dann in einem Ton hinzu, der Teresa mehr verriet, als Renée selbst Rico gegenüber jemals geäußert hatte.

Allmählich begriff Teresa, warum ihr Sohn eine Frau heiraten wollte, die ihm womöglich niemals ein Kind gebären konnte. Am Anfang war sie entsetzt und besorgt, aber irgendwie auch stolz gewesen, dass ihr Enrico so selbstlos lieben konnte. Als er ihr erzählte, dass Renée und er auf jeden Fall so bald wie möglich Kinder adoptieren wollten, hatte sie sich schnell wieder beruhigt.

„Ich … ich hoffe, du bist nicht allzu enttäuscht, Teresa“, fügte Renée hinzu, als ihre Schwiegermutter in spe nicht gleich antwortete. „Ich weiß, dass du dir für deinen Sohn eine Frau gewünscht hast, die ihm problemlos Babys schenken kann.“

„Ich will nur, dass mein Sohn glücklich ist“, erwiderte Teresa und legte Renée eine Hand auf den Arm. „Und du machst ihn glücklich. Mehr kann sich eine Mutter nicht wünschen.“

Renée traten Tränen in die Augen. „Danke, Teresa, jetzt fühle ich mich besser. Oje, da kommen schon die ersten Gäste, und mein Augen-Make-up ist verschmiert.“

„Bestimmt brauchst du nicht lange, um den Schaden zu beheben“, sagte Teresa lächelnd.

Und tatsächlich, als es klingelte, sah Renée wieder perfekt aus. Teresa fand sogar, dass ihre zukünftige Schwiegertochter noch schöner war als sonst, in dem fließenden lindgrünen Kleid, das farblich so gut zu ihren Augen passte und auch wunderbar ihre helle Haut und das dunkle Haar zur Geltung brachte.

Aber Renée nahm die Mandrettis nicht mit ihrer äußerlichen Schönheit gefangen, sondern mit ihrer Herzlichkeit und offenkundigen Liebe zum jüngsten erwachsenen Spross der Familie. Sie hatten alle Ricos zerstörerische Beziehung zu Jasmine miterlebt und waren froh, ihn jetzt in Begleitung einer Frau zu sehen, die Rückgrat und Stil besaß.

Nachdem Rico die wahre Liebe gefunden hatte, sprühte er nur so vor Freude und Energie und steckte alle damit an. Selbst sein bester Freund Charles, der normalerweise sehr ernst war, lachte und scherzte an diesem Nachmittag viel mehr als sonst.

Nach dem Essen saßen die Erwachsenen zusammen und ließen sich Fredericos hervorragenden Wein schmecken, während die älteren Mädchen sich im Haus über Jungen und Make-up unterhielten und die kleineren Kinder einen Mittagsschlaf machten. Der Rest spielte vor dem Haus Fußball.

„Da kommt ein Riesen-Lkw die Auffahrt hoch, Poppa!“, riefen sie wie aus einem Mund, als sie jetzt herbeigelaufen kamen.

Fragend sah Frederico zu seiner Frau. Aber die zuckte nur die Schultern. „Alle, die wir eingeladen haben, sind gekommen", erklärte sie daraufhin.

„Na, dann sehen wir doch mal nach, wer das ist", antwortete Frederico und ging mit seinen Enkeln ums Haus.

Sobald Rico Alis königliche Insignien auf dem Pferdetransporter sah, ahnte er etwas und drückte Renée an sich. „Mag sein, dass ich mich irre, aber es sieht ganz so aus, als würde dir jetzt gleich noch ein Herzenswunsch erfüllt."

Sie sah zu ihm auf. „Ein Pferd? Von Ali?"

„Das nehme ich an." Ali hatte die Einladung zur Verlobungsfeier ausgeschlagen, so wie er alle derartigen Einladungen ablehnte. Die notwendigen Sicherheitsmaßnahmen würden den anderen Gästen den Spaß verderben, hatte er gesagt.

Der Fahrer brachte den LKW kurz vor der wartenden Menge zum Stehen. Dann stieg er zusammen mit dem Beifahrer aus. „Ich habe hier ein Pferd für ein junges Paar namens Enrico und Renée!", sagte er und strahlte.

„Das sind wir!", rief Renée aufgeregt.

„Freut mich, Sie kennenzulernen, Ma'am, Sir." Der Mann tippte sich an die Hutkrempe. „Die besten Wünsche zu Ihrer Verlobung von Ihrer königlichen Hoheit Prinz Ali von Dubar, der Ihnen außerdem noch ein kleines Präsent schicken lässt – ein nicht ganz so kleines Pferd. Hier sind Stammbaum und Papiere des Tieres."

Als Renée sah, welcher Linie das Pferd entstammte, stockte ihr der Atem. „Sieh nur, Rico, es ist der zweijährige Halbbruder von *Ebony Fire!* Die gleiche Mutter, aber ein anderer Vater."

„Das stimmt, Ma'am", erklärte der Beifahrer – offensichtlich ein Pferdepfleger. „Und er ist ein echter Flitzer. Der Boss wollte ihn eigentlich selbst behalten. Sie haben wirklich Glück. Sein Stallname ist *Bobbie* und sein Turniername *Streak of Lightning – Blitz.*"

„Gefällt mir!", rief Renée begeistert. „Ich kann es kaum erwarten, das Pferd zu sehen. Werden Sie es jetzt gleich abladen?"

„Kein Problem, Ma'am. Wir haben den Auftrag, das Tier so lange vor Ihnen auf und ab zu führen, wie Sie wollen. Danach sollen wir es nach Randwick in Ward Jackmans Stall bringen."

Der Hengst war dunkelgrau und hatte einen schwarzen Schweif

und eine schwarze Mähne. „Mit der Zeit wird er noch etwas heller", meinte der Pferdepfleger.

Schließlich wurde das Tier zu Ward Jackman gebracht. „Ich muss Ali sofort anrufen und ihm sagen, wie begeistert wir von seinem Geschenk sind", erklärte Rico und benutzte sein Handy. Er erwischte Ali gerade noch, als dieser das Hotel verlassen wollte, um nach dem Wochenende nach Hause zu fliegen. Renée sprach auch mit ihm, bedankte sich und versprach, ihn die kommenden vier Wochen nicht beim Pokern zu schlagen.

Ali lachte. „Ich bin viel zu clever, Renée, um darauf hereinzufallen. Jetzt werde ich nächsten Freitag noch vorsichtiger sein."

„Ich wusste ja gar nicht, dass Ali so einfühlsam und großzügig sein kann", stellte Renée später auf dem Nachhauseweg fest. „Er gibt sich immer so kühl und reserviert."

„Er ist auch nur ein gebranntes Kind, das jetzt das Feuer scheut", erwiderte Rico.

Skeptisch sah Renée zu ihm. „Meinst du mit *scheu* wirklich unseren Ali, der allen gut aussehenden Frauen auf der Rennbahn schöne Augen macht?"

„Na ja, vielleicht ist *scheu* nicht das richtige Wort, und *vorsichtig* wäre passender. Er vertraut sich nicht leicht jemandem an und verschenkt erst recht nicht mehr leichtsinnig sein Herz. Ali ist einmal sehr verletzt worden, weißt du?"

„Von einer Frau?"

„Ja, und von seinem Bruder und seiner Familie, schätze ich mal."

„Da weißt du ja einiges mehr als ich."

„Nein, nur das, und auch erst seit kurzem."

„Erzählst du mir die ganze Geschichte?"

„Nur wenn du versprichst, sie für dich zu behalten. Ali will bestimmt nicht, dass seine Vergangenheit die Runde macht."

„Ich verspreche es."

„Gut, wenn wir zu Hause im Bett sind, erzähle ich's dir."

Renée lachte. „Du bist so leicht zu durchschauen, Rico Mandretti, aber ich liebe dich trotzdem."

Er sah zu ihr und strahlte. „Nett gesagt, Darling, aber das war erst das siebte Mal heute. Du weißt doch, dass du es täglich auf zehn Liebesschwüre bringen musst."

Renée lachte. „Wann lässt du mich denn in diesem Punkt vom Haken?“

„Wenn du deine Gefühle mir gegenüber *gern* äußerst.“

„Ich dachte, das würde ich jede Nacht tun.“

„Aber nicht mit Worten. Ich höre es nun einmal so gern.“

Sie lachte. „In Ordnung: Ich liebe dich, ich liebe dich, ich liebe dich. Wie war das?“

„Hm, nicht schlecht. Aber vielleicht zählen Taten doch mehr als Worte“, sagte Rico und trat aufs Gaspedal.

– ENDE –

Miranda Lee

Lass mich dein Traumprinz sein

Roman

Aus dem Englischen von
Marion Koppelmann

MIRA®

PROLOG

Sobald sie einander vorgestellt worden waren, wusste Charmaine, dass Seine Königliche Hoheit, Prinz Ali von Dubar, ihr noch vor Ende des letzten Pferderennens Avancen machen würde. Den ganzen Nachmittag hatte er sie mit arroganten Blicken aus dunklen Augen verfolgt, sodass sie beinah bereute, den Job angenommen zu haben. So vergnüglich es auch sein mochte, zu den Juroren der „Rennbahn-Modequeen-Wahl" zu gehören, so nervtötend war es, schon wieder von einem international berüchtigten Playboy begehrt zu werden.

Nichts stieß Charmaine mehr ab, als gut aussehende und reiche Männer, die sich einbildeten, jede Frau um den Preis eines Abendessens oder womöglich noch weniger haben zu können. Und dieser arabische Prinz war nicht nur extrem reich, sondern sah auch noch super aus. Er trug einen hellgrauen Anzug zum blütenweißen Hemd, das seinen dunklen Teint, die braunen Augen und das rabenschwarze Haar noch besser zur Geltung brachte. Er war groß, schlank und durchtrainiert und besaß äußerst markante Züge.

Der Mann sah ganz anders aus als die Scheichs, die Charmaine bisher getroffen hatte, und als Supermodel bot sich ihr dazu so manche Gelegenheit. Die Reichen dieser Welt umgaben sich besonders bei öffentlichen Veranstaltungen gern mit schönen Frauen. So hatte es Charmaine weder gewundert, dass Prinz Ali sie in seine Loge einlud, noch dass er den Gedanken Ausdruck verlieh, die ihn umgetrieben haben mussten, während er sie beobachtete. Aus Erfahrung wusste Charmaine, dass milliardenschwere arabische Playboys dazu neigten, ihre angeblich unwiderstehliche Wirkung auf westliche Frauen maßlos zu über- und deren moralische Vorstellungen gnadenlos zu unterschätzen. Wahrscheinlich setzten diese Männer den Begriff „Supermodel" mit „Superflittchen" gleich.

Sie sollte recht behalten. Während sie zur Tribüne zurückkehrte, schien er sie mit Blicken geradezu auszuziehen. Dabei freute sich Charmaine schon darauf, diesen eingebildeten Prinzen ein wenig zurechtzustutzen und seinem aufgeblasenen Ego einen Dämpfer zu versetzen.

Er ließ sie keine Sekunde aus den Augen, und nicht zum ersten

Mal verwünschte sie ihre körperlichen Vorzüge: die Größe und den nordischen Hauttyp, den sie ihrem Vater, und die babyblauen Augen und weiblichen Kurven, die sie ihrer Mutter verdankte. Schon im Teenageralter hatte man sich überall nach ihr umgedreht, sodass sich ihr bereits als Sechzehnjährige die Modelkarriere eröffnet hatte.

Jetzt, neun Jahre später, war Charmaine noch schöner und vor allem fraulicher geworden. Mit ihren atemberaubenden Maßen – neunzig, sechzig, neunzig – rissen sich die Designer geradezu um sie, denn an ihr sahen alle Entwürfe unheimlich sexy aus, womit sie die noch schlankeren Kolleginnen ausstach. Besonders gern wurde sie für Bademoden und Dessous gebucht und hatte damit bereits ein kleines Vermögen gemacht.

Doch so spärlich bekleidet auf Titelbildern und Werbeplakaten zu erscheinen hatte einen unangenehmen Nebeneffekt: Männer bildeten sich ein, ihr ganzer Körper und nicht nur ein Foto davon sei käuflich. Besonders reiche Männer dachten, sie könnten sich mit ihr als Freundin, Geliebte oder Ehefrau schmücken, wenn sie genug dafür bezahlten. Aber darüber konnte Charmaine nur lachen. Sie war bestimmt das Allerletzte, was sich ein Mann im Bett wünschte. Auch der arabische Prinz, der sie nun schon so lange beobachtete, wäre bitter enttäuscht, sollte er die Wahrheit erfahren, sodass sie ihm nur einen Gefallen tat, wenn sie seine Offerte ablehnte – woran er dabei auch immer denken mochte.

Lächelnd ließ sie sich nun auf dem Sessel neben ihm nieder, den er ihr offensichtlich freigehalten hatte – ganz dicht neben seinem, damit sie auch ja sein sündhaft teures Aftershave einatmen konnte. Sonst war niemand in der Loge, nicht einmal der Bodyguard mit dem maskenhaft starren Gesicht, der sich sonst immer in unmittelbarer Nähe aufhielt. Bestimmt hatte er schon oft eine derartige Situation erlebt und wusste, dass er sich rar machen musste, wenn sein Boss mit einer Frau plauderte, auf die er aufmerksam geworden war.

„Ich habe schon ganz ungeduldig auf Ihre Rückkehr gewartet, meine Gnädigste", sagte der Prinz nun so gestelzt, wie man es nur auf einer englischen Privatschule lernte. „Sind Sie für heute mit der Sichtung der Damen fertig?"

„Ja, glücklicherweise. Es ist unheimlich schwierig, bei so vielen perfekt gekleideten Frauen die Gewinnerin zu ermitteln."

„Wäre ich Preisrichter, würde es für mich nur eine geben: Sie."

Bitte nicht, dachte Charmaine genervt. *Spar dir dein Süßholzgeraspel für eine, die sich davon beeindrucken lässt.* Aber sie gab ihrer Verärgerung keinen Ausdruck, sondern wartete geduldig, während der Mann seine Avancen vorantrieb.

„Ich habe mich gefragt, ob Sie heute Abend frei sind", fuhr er wie erwartet fort, „und würde mich freuen, wenn Sie mich zum Dinner begleiten."

Worüber du dich freuen würdest, mein aufgeblasener Prinz, ist mich zu vernaschen, dachte Charmaine.

Während er ihr schmachtend in die Augen sah, wurde ihr Blick eiskalt. „Tut mir leid", erwiderte sie dann und hob das Kinn, „aber heute Abend habe ich schon etwas vor." Dabei wusste sie genau, dass er sich dadurch nicht von seinem Vorhaben abbringen lassen würde.

„Dann vielleicht ein andermal. Wie ich höre, wohnen Sie in Sydney. Es mag Ihnen nicht bewusst sein, aber ich verbringe dort immer die Wochenenden."

Das war ihr tatsächlich entgangen, aber den Prinzen hatte sie heute auch zum ersten Mal gesehen. Wie so viele Scheichs trat er nur selten in der Öffentlichkeit auf. Doch heute war von seiner Familie ein Preis gestiftet worden, den er samt Pokal übergeben hatte. Dabei war ein Pärchen aus Melbourne so freundlich gewesen, Charmaine über Prinz Ali aufzuklären. Jetzt wusste sie, dass er Mitte dreißig war und seit zehn Jahren sehr erfolgreich ein großes Gestüt im oberen „Hunter Valley" nordwestlich von Sydney leitete.

Hinter vorgehaltener Hand hatte sie auch von seinem Ruf als Frauenheld und Liebhaber erfahren, wobei sie nicht genau wusste, ob das als Anreiz oder Warnung gedacht war. Sollte es Ersteres gewesen sein, war es reine Zeitverschwendung. Sie dachte nicht im Traum daran, sich mit dem Mann einzulassen. Ganz im Gegenteil, sie konnte es kaum erwarten, ihm deutlich zu machen, dass er sich eine andere Bettgefährtin suchen musste.

„Ich bin morgen Nachmittag wieder in Sydney", fuhr er jetzt mit verführerischer Stimme fort, wobei er Charmaine nicht aus den Augen ließ. „Ich pokere freitagabends immer in meiner Hotelsuite und sehe mir samstags die Pferderennen an. Hätten Sie vielleicht Zeit, übermorgen Abend mit mir essen zu gehen?", fragte er, und Charmaine dachte:

Er lässt nicht locker. Aber das hatte sie ja schon erwartet. „Oder haben Sie hier in Melbourne noch Termine?"

„Nein, ich fliege morgen früh zurück nach Sydney. Aber Samstagabend habe ich leider auch keine Zeit", erklärte Charmaine und musste ein zynisches Lächeln unterdrücken.

Erstaunt sah er sie an. „Haben Sie eine andere Verabredung?"

„Nein", antwortete sie kurz angebunden.

Er runzelte die Stirn. „Dann gibt es einen festen Freund, der etwas dagegen hat, wenn Sie mit mir essen gehen? Oder einen heimlichen Liebhaber?"

Charmaines Verärgerung erreichte ein bisher nicht da gewesenes Höchstmaß, hervorgerufen von seiner gestelzten Ausdrucksweise und der Annahme, es müsse einen anderen Mann geben, der sie davon abhielt, mit ihm, dem Prinzen, auszugehen. Auf die Idee, dass sie ihn *nicht* unwiderstehlich fand und einfach *nicht* mit ihm zusammen sein wollte, kam er gar nicht. Doch am meisten brachte sie seine letzte Mutmaßung auf, dass sie womöglich bereits die heimliche Geliebte eines reichen Mannes sei.

„Ich habe keinen Freund und auch keinen *Liebhaber*. Ich gehe einfach grundsätzlich nicht mit jemandem wie Ihnen aus. Also sparen Sie sich die Mühe, und fragen Sie mich nicht mehr."

Der Blick des Prinzen wurde hart, und er zog die Brauen zusammen. „Darf ich vielleicht fragen, was Sie mit ‚einem Mann, wie ich es bin' meinen?" Er klang eisig.

„Sie dürfen", erwiderte sie genauso kalt, „aber Sie werden keine Antwort bekommen."

„Ich habe doch wohl ein Recht zu erfahren, warum Sie mir auf derart unhöfliche Weise die kalte Schulter zeigen!"

„*Sie* reden von Recht?", stieß Charmaine hervor und sprang auf, wobei sich eine Wut Bahn brach, die sie seit Jahren unter Verschluss gehalten hatte. „Was mich betrifft, stehen Ihnen überhaupt keine Rechte zu. Sie haben mich eingeladen, und ich habe abgelehnt. Sie haben mich noch einmal gefragt, obwohl ich ziemlich unmissverständlich klargemacht habe, dass ich nicht an Ihnen interessiert bin. Wenn ich dann deutlich werden muss, weil Sie einfach nicht locker lassen, finde ich das nicht unhöflich. Es ist mein Recht, mich nicht von einem verwöhnten und arroganten Mann belästigen zu lassen, nur weil er selten ein Nein zu hören bekommt. Aber meine Antwort wird immer negativ ausfallen, Prinz Ali. Und merken Sie sich das gut, denn wenn Sie mich weiter belästigen, zeige ich Sie an!"

Charmaine machte auf dem Absatz kehrt und verließ eilends die Zuschauertribüne. Beinah erwartete sie, dass er ihr folgen würde, aber leider tat er es nicht. Hätte er es gewagt, ihre Schulter zu berühren, hätte sie ihn geohrfeigt. Sie umklammerte den Griff ihrer Handtasche, sodass die Knöchel weiß hervortraten. Liebend gern hätte sie diesem arroganten Mistkerl gezeigt, was sie von ihm hielt. Worte allein waren bei weitem nicht genug, um ihrer Wut Ausdruck zu verleihen. Am Wagen angekommen, zitterte Charmaine immer noch vor Aufregung.

Doch als sie sich hinters Steuer setzte und den Motor anließ, hatte sie plötzlich des Scheichs völlig erstauntes Gesicht vor Augen und stöhnte auf. Diesmal war sie zu weit gegangen – viel zu weit. Normalerweise formulierte sie ihre Abfuhren diplomatischer. Aber irgendetwas an dem Mann hatte sie einfach auf die Palme gebracht. Was, konnte sie nicht sagen. Wahrscheinlich war er zu attraktiv, als dass man ihm hätte widerstehen können. Allein diese Augen!

Sie fuhr aus der Parklücke. Hör auf, an den Kerl zu denken! befahl sie sich dann. *Und vor allem hör auf, Schuldgefühle zu haben! Männer wie er empfinden nicht wie normale Menschen. Es hat ihn heute nur für einen kurzen Augenblick nach dir verlangt, aber heute Abend wird er weder allein zum Essen noch allein ins Bett gehen. Um sein Wohlergehen kümmern sich viele Leute. Und irgendeine Frau wird schon dumm genug sein, sein Ego und seine Wünsche zu befriedigen.* Da brauchte sich Charmaine keine Sorgen zu machen und konnte getrost aufhören, an ihn zu denken.

Aber das tat sie nicht, sondern beschäftigte sich noch die ganze folgende Woche mit ihm. Das waren, wie sie annahm, ihre Schuldgefühle. Normalerweise wurde sie nie so deutlich, sondern behielt ihre Meinung für sich. Deshalb war es geradezu beunruhigend, wie sie den Scheich behandelt hatte. Doch am Wochenende verschwendete sie dann keinen Gedanken mehr an ihn. Schließlich befand sie sich auf einer Mission, die ihr keine Zeit für Männer wie Prinz Ali ließ. Mit solchen Typen hatte sie schon vor Jahren abgeschlossen, und erst vor Kurzem auch den netteren für immer den Rücken gekehrt.

Die Presseleute wären sicher erstaunt zu hören, dass sie als Supermodel von „Down under“, das schon von so manchem Hochglanzmagazin zur attraktivsten Frau des Landes gekürt worden war, inzwischen sozusagen enthaltsam lebte. Sie wollte auch keinen Freund und ganz bestimmt keinen reichen Liebhaber mehr haben. Allein bei dem Gedanken lief es ihr eiskalt den Rücken hinunter. Natürlich wäre die Neuigkeit von ihrem neuen nonnenhaften Dasein schlecht fürs Geschäft. Dem Begehren der Männer nachzugeben war Teil ihres Images. Deshalb zeigte sie sich anlässlich von Premieren und Partys auch weiterhin in Begleitung junger, gut aussehender Männer, die allerdings ihr eigenes kleines Geheimnis hatten. Sie waren schwul. So wurde Charmaine nach der Veranstaltung nicht belästigt, aber ihr Image blieb gewahrt. Und das bescherte ihr auch weiterhin hoch dotierte Modelaufträge für Dessous und Bademoden.

In der Vergangenheit hatte ihr das Millionen eingebracht, und wenn sie ihr sexy Image aufrechterhielt, würde das Geld auch in Zukunft fließen. Allein darauf kam es an. Sie brauchte Abermillionen, um die von ihr gegründete Kinderkrebshilfe-Stiftung zu finanzieren, die den Betroffenen das Leben ein wenig erleichterte und die Forschung unterstützte.

Manchmal, wenn Charmaine so darüber nachdachte, verzweifelte sie fast an der Aufgabe, die sie sich gestellt hatte. Bin ich wirklich in der Lage, etwas zu bewegen?, überlegte sie dann deprimiert. Doch meistens überwog ihr stoischer Siegeswille, und sie tat alles in ihrer Macht Stehende, um Geld für ihren ganz persönlichen Kreuzzug zu sammeln.

1. KAPITEL

Oktober, der „Mai" Australiens, elf Monate später …

„Ich bewundere deinen Mut", sagte Charmaines Agenturchefin Renée, als sie von der Speisekarte aufsah. „Hast du dir überlegt, dass derjenige, der bei deiner Wohltätigkeitsveranstaltung ein Dinner mit dir ersteigert, womöglich ein Mistkerl ist?"

„Hauptsache er ist reich", antwortete Charmaine und rang sich ein Lächeln ab. „Mit dem Essen und der Auktion am nächsten Samstag möchte ich wenigstens zehn Millionen Dollar einnehmen. Und was den edlen Spender angeht, der sich zwei, drei Stunden meiner Gesellschaft wünscht, ist mir egal, wer er ist, solange er dafür ein ordentliches Sümmchen hinlegt. Dabei brauchst du dir um meine Sicherheit keine Sorgen zu machen, Renée. In den Auktionsunterlagen steht ausdrücklich, dass das Abendessen im Restaurant ‚Candlelight' des ‚Regency Hotels' stattfindet – in der Öffentlichkeit sozusagen. Und wenn es nur den Hauch eines Problems gibt, bin ich verschwunden."

Bestimmt, dachte Renée. Mit Charmaine hatte man kein leichtes Spiel. Sie war viel härter, als sie sich gab. Ihr Aussehen und Benehmen bediente Männerfantasien, ohne auf das weibliche Geschlecht abstoßend zu wirken. Ein Wunder! Schon oft hatte Renée überlegt, worauf es beruhte. Woher kam der Hauch von Unschuld, der Charmaine trotz des sexy Images umgab? Vielleicht von ihrem frischen Teint und dem langen blonden Haar, das ihr mädchenhaft schlicht über die Schultern fiel. Auf jeden Fall nicht von ihrem Schmollmund und der für Modelverhältnisse üppigen Figur oder den blauen Augen.

Dabei schien Charmaine an Männern nicht einmal interessiert zu sein. Die Begleiter, mit denen sie sich zeigte, waren samt und sonders schwul. Als Modelagenturchefin wusste Renée um diese Geheimnisse. Aber sie würde nie ihren Vertrag mit Charmaine – Australiens erfolgreichstem weiblichem Model – aufs Spiel setzen, indem sie es nach seinen sexuellen Vorlieben fragte. Sie konnte von Glück reden, dass Charmaine vor anderthalb Jahren überhaupt einen Vertrag mit ihr eingegangen war.

Davor hatte das Model ihren persönlichen Agenten gefeuert, weil er seine Spesenabrechnung gefälscht hatte. Wenn es ums Geld ging, war Charmaine gnadenlos. Sie wollte gut bezahlt werden und gab keinen unnötigen Cent aus. Wahrscheinlich floss ein Großteil ihrer Honorare in ihre Stiftung. Vor einem Jahr war ihre jüngere Schwester an Leukämie gestorben. Ein Verlust, der Charmaine so sehr getroffen hatte, dass sie sich mehrere Monate von sämtlichen Aufträgen freistellen ließ, um in Ruhe trauern zu können. Als sie sich wieder zurückmeldete, war sie wild entschlossen, etwas gegen die Krankheit zu unternehmen, und gründete ihre Stiftung.

Renée hatte sich von ihr sogar überreden lassen, ihren Mann Rico zu bitten, als Schirmherr und Auktionator der Wohltätigkeitsveranstaltung am kommenden Samstag aufzutreten. Sie selbst war aufgrund ihrer Schwangerschaft – Zwillinge im siebten Monat – von derartigen Aufgaben entbunden. Aber sie würde natürlich an der Veranstaltung teilnehmen und freute sich schon riesig darauf. Charles und seine Frau wollten auch kommen, dann konnte sie mit Dominique über Babys reden. Selbst Ali hatte sein Erscheinen zugesichert, wenn auch nur zur Auktion. Dazu musste Renée ihm allerdings den Hochglanzprospekt mit Charmaines Konterfei und den Zielen ihrer Stiftung zeigen.

Trotzdem überraschte sie sein Sinneswandel. Normalerweise erschien er aus Sicherheitsgründen kaum in der Öffentlichkeit, andererseits war das „Regency" für seinen Sicherheitsstandard berühmt.

„Übrigens", sagte Renée nun, „es ist mir gelungen, sämtliche Plätze an meinem Tisch zu besetzen. Es kommt noch jemand von meiner Pokerrunde in der Präsidentensuite des *Regency*, und alle sind superreich. Da wäre zunächst Charles Brandon. Von dem hast du sicher schon gehört. Er ist der Besitzer der Brandon-Brauerei."

„Natürlich, ich habe ihn erst kürzlich bei einer Premierenfeier getroffen. Seine Frau sieht umwerfend aus."

„Stimmt. Sie heißt Dominique, und beide werden bei deiner Auktion einiges springen lassen. Sie haben ein Herz aus Gold, was ich von meinem anderen Pokerfreund nicht behaupten würde, obwohl er durchaus großzügig sein kann. Er heißt …"

„Haben Sie schon gewählt?", wurde Renée in diesem Augenblick von der Bedienung unterbrochen.

„Ich fürchte nicht", antwortete sie, und auch Charmaine schüttelte den Kopf.

Als die Frau zum Nachbartisch ging, widmeten sich die beiden erst einmal der Karte.

„Weißt du schon, welches Geschlecht die Babys haben werden?", fragte Charmaine, nachdem sie gewählt hatte.

Renée strahlte wie immer, wenn das Gespräch auf ihren zukünftigen Nachwuchs kam. „Ja, ein Junge und ein Mädchen. Bin ich nicht zu beneiden?"

„Wenn das mit der Schwangerschaft so ist, wie meine Mutter behauptet, unbedingt."

Renée war erstaunt, dass Charmaine ihre Familie erwähnte. Normalerweise schwieg sie sich darüber aus, besonders nach dem Tod ihrer Schwester. Aus Zeitungsartikeln wusste Renée, dass Charmaines Eltern westlich der „Great Divide" – also irgendwo im Nirgendwo – eine große Baumwollfarm führten. Das nächstgelegene Städtchen besaß lediglich eine Autowerkstatt, ein Hotel und einen Kramladen. Mit fünfzehn hatte Charmaine begonnen, dort auszuhelfen – und wenn gerade niemand einkaufen kam – was wahrscheinlich meistens der Fall gewesen war –, las sie Frauenzeitschriften und träumte davon, eines Tages selbst Model zu sein. Mit fünfzehneinhalb bewarb sie sich dann auch bei einer Modegazette, für die ein neues Gesicht für das Titelbild gesucht wurde, und gewann. Mit sechzehn machte sie zum ersten Mal bei einer Profi-Modenschau mit, anlässlich Australiens „Fashion Week".

Renée hatte früher selbst gemodelt und erinnerte sich noch gut, wie entrüstet die Kolleginnen gewesen waren, als ihnen dieser unerfahrene, kurvenreiche Teenager die Schau stahl. Doch an Charmaine sahen alle Entwürfe einfach supersexy aus. Und als sie für eine Weile wieder nach Hause zurückkehren musste, weil sie Drüsenfieber bekommen hatte, atmeten die anderen erleichtert auf. Aber im darauf folgenden Jahr kehrte sie zurück und schloss nahtlos an ihre Erfolge an.

Da war sie achtzehn und ein wenig schlanker, sah aber reifer und schlichtweg umwerfend aus. Die Journalisten der Modepresse nannten sie „hinreißend" und „mit Potenzial für die Zukunft", was sich bewahrheitet hatte, wie Renée aus eigener Erfahrung wusste. Inzwischen erhielt sie einen kleinen Prozentsatz von Charmaines enormen Honoraren – immer noch ein hübsches Sümmchen.

„Ähnelst du eher deiner Mutter oder deinem Vater?", fragte Renée nun.

„Beiden, was das Aussehen betrifft. Aber von ihren Charaktereigenschaften habe ich keine geerbt. Meine Mutter ist eine ganz Liebe und mein Vater ein Softie. Vielleicht verhalte ich mich manchmal auch so, aber in Wirklichkeit bin ich ein echtes Miststück", fügte sie lachend hinzu. „Doch das weißt du ja, oder nicht?"

„Aber woher denn?", erwiderte Renée erstaunt. „Im Geschäftsleben magst du knallhart sein, das heißt allerdings nicht, dass du ein schlechter Mensch bist. Dann würdest du dich zum Beispiel nicht so für karitative Zwecke einsetzen."

„Krebskranke Kinder tun mir einfach leid", sagte Charmaine und wirkte einen Moment sehr nachdenklich. „Ich kann es ertragen, wenn das Leben hart zu Erwachsenen ist, die vorher Raubbau mit ihrer Gesundheit getrieben haben, aber Kinder haben diese furchtbare Krankheit nicht verdient." Sie schluckte und biss die Zähne zusammen.

Du weinst jetzt nicht. Damit erreicht man gar nichts. Nur Babys weinen oder Leute mit Liebeskummer. Und du bist wohl kaum noch ein Baby, und dein Herz ist auch nicht mehr gebrochen, Charmaine. Es ist wieder verheilt, und zwar so gut, dass es nie wieder brechen wird.

Sie griff zu ihrem Wasserglas und nippte daran, bis sie sich wieder unter Kontrolle hatte. Dann stellte sie es hin und lächelte Renée zu, die sie besorgt beobachtete. „Tut mir leid, wenn ich von krebskranken Kindern spreche, werde ich immer sentimental."

„Das braucht dir nicht leid zu tun. Ich kann dich gut verstehen."

Als Charmaine das hörte, hätte sie beinah ein Gesicht geschnitten. Wie wollte Renée sie denn verstehen? Das konnte keiner, der nicht dasselbe durchgemacht hatte wie sie: mit ansehen zu müssen, wie ein Kind litt und dann doch starb – ein süßes, unschuldiges Wesen.

Aber Renée meinte es wahrscheinlich nur gut. Wie alt ist sie eigentlich?, überlegte Charmaine dann. Anfang dreißig? Älter? Wahrscheinlich ein bisschen, obwohl sie immer noch hervorragend aussah. Manche Frauen blühten in der Schwangerschaft richtig auf.

Die Bedienung kam wieder an ihren Tisch. „Haben Sie inzwischen gewählt, Ladys?"

„Und ob", antwortete Charmaine und bestellte einen Burger mit

Pommes frites und Salat, Käsekuchen und einen Cappuccino mit Sahne zum Nachtisch.

Als Renée sie wie gebannt ansah, begann Charmaine zu lachen. „Mach dir keine Sorgen, heute Abend esse ich nichts mehr, und morgen werde ich mich im Fitnessstudio richtig schinden." Doch das tat sie eigentlich immer, sogar am Wochenende. Ihr ganzes Leben war inzwischen eine einzige Strafe geworden. Sie büßte für ihre Sünden, besonders für die eine, die sie sich niemals verzeihen würde.

„Das musst du auch, wenn du am Samstag in dein Kleid passen willst", gab Renée zu bedenken. „Schon jetzt sieht es aus, als hätte man es dir auf den Leib geschneidert."

„Verdammt, du hast recht! Daran habe ich gar nicht mehr gedacht." Charmaine seufzte und sah zu der geduldig wartenden Bedienung. „Könnte ich meine Bestellung noch einmal ändern und etwas weniger Fettes bekommen, ein Blatt Salat zum Beispiel?"

Die Frau lächelte. „Was bin ich froh, dass Sie auch auf Ihre Linie achten müssen. Ich dachte schon, Sie sehen so aus und können trotzdem jeden Tag Burger essen."

„Keine Sorge", meinte Charmaine, „was das Essen betrifft, leide ich mehr als nur ein bisschen. Okay, also bringen Sie mir den Fisch von der Tageskarte, gegrillt, mit Salatbeilage, kein Dressing, keinen Nachtisch und zum Abschluss einen Espresso."

Die Frau nickte.

„Wie klingt das?", fragte Charmaine dann lachend an Renée gewandt.

„Wunderbar", erklärte diese, „das nehme ich auch."

2. KAPITEL

Der Ballsaal im „Regency Hotel“ war ein beliebter Veranstaltungsort der Reichen und Schönen Sydneys. Sein spektakuläres, von Versailles inspiriertes Interieur hatte schon so manchem gesellschaftlichen Ereignis den passenden Rahmen gegeben: Preisverleihungen, extravagante Modenschauen, Produkteinführungen, Firmenweihnachtsfeiern und auch der einen oder anderen Wohltätigkeitsveranstaltung.

An diesem Abend ging es um krebskranke Kinder, ein Thema, das auch den Hartherzigsten rührte. Das hatte Charmaine schon oft festgestellt und sich diesen Umstand bei den Vorbereitungen zu ihrem ersten Wohltätigkeitsbankett mit anschließender Auktion zu Nutze gemacht. Es war unheimlich viel Arbeit gewesen und hatte ihre gesamte Freizeit in Anspruch genommen. In den vergangenen sechs Monaten hatte darunter nicht nur ihr Privatleben gelitten – oder besser gesagt, was davon noch übrig war –, sondern auch ihre Karriere. Angebote, die sie mehr als einige Tage ins Ausland führten, musste sie ablehnen.

Wenn sie sich aber jetzt ansah, was dabei herausgekommen war, hatte es sich gelohnt. Der Saal mit den hohen Decken und prächtigen Kronleuchtern war bis zum letzten Platz besetzt, und zwar von Menschen, die sich die tausend Dollar Eintritt locker leisten konnten. Dafür bekamen sie ein schlichtes Dreigängemenü, das sie normalerweise wahrscheinlich weniger als fünfzig Dollar gekostet hätte.

Nicht dass Charmaine und ihre Stiftung etwas dafür zahlen mussten. Der neue Eigentümer des „Regency Hotels“, Max Richmond, hatte die dreihundert Menüs gespendet, genauso wie die Getränke und die Nutzung des Ballsaals. Sein Bruder war als junger Mann an Krebs gestorben, eine schreckliche Tragödie, die Charmaine skrupellos für ihre Zwecke genutzt hatte.

Sie würde vor nichts zurückschrecken, um ihr Ziel des heutigen Abends zu erreichen, zehn Millionen Dollar für leukämische Kinder einzunehmen. Auch wenn das schon im Vorfeld bedeutet hatte, zwei Tage fast ohne Essen auszukommen, damit ihr das Kleid passte, das sie trug. Dafür war es allerdings auch etwas ganz Besonderes und nur schwer zu beschreiben.

„Faszinierend", traf es noch am ehesten. Allein schon wie es in ihren Besitz gelangt war, konnte man sich faszinierender kaum vorstellen. Charmaine hatte die Besitzerin von „Campbell Jewels" zu Hause besucht, so wie sie es bei allen Inhabern großer, in Sydney ansässiger Firmen gemacht hatte, um Spenden oder Sachpreise für ihre Auktion zu erbeten. Celeste Campbell war sehr freigebig gewesen und hatte ihr eine hübsche Schmuckauswahl zur Verfügung gestellt. Nebenbei stand sie mit beiden Beinen fest auf der Erde, ein Charakterzug, der Charmaine besonders gefiel, sodass sie rasch einen Draht zueinander gefunden hatten.

Als Celeste erfuhr, dass die Wohltätigkeitsveranstaltung im Ballsaal des „Regency" stattfinden würde, erzählte sie von einer anderen Auktion, die dort vor zehn Jahren abgehalten worden war. Es hatte ebenfalls ein Bankett gegeben, dem die Versteigerung des berühmten „Heart of Fire" gefolgt war, einem schwarzen Opal, der sich nun im Museum befand.

Während des Abends hatte man versucht, so erfuhr die gespannt lauschende Charmaine, das Schmuckstück zu stehlen. Darüber war es zu einer Schießerei gekommen. Die Geschichte allein faszinierte sie, aber als ihr Celeste das Kleid zeigte, das sie an jenem Abend getragen hatte, war Charmaine hin und weg. So etwas Provokantes hatte sie noch nie gesehen.

Celeste verkündete auch sofort, sie sei zu alt, um es noch einmal anzuziehen, und Charmaine erkannte ihre Chance. Das war genau das Outfit, das irgendeinen reichen Trottel dazu veranlassen würde, ein Vermögen für ein Essen mit ihr auszugeben. Sie bat Celeste, ihr das Kleid für die Wohltätigkeitsauktion zu leihen. Doch Celeste Campbell weigerte sich … und schenkte es ihr stattdessen.

Jetzt trug Charmaine das Kleid, war aber nicht mehr überzeugt, dass es auch das Richtige war. Ihr Magen schlug Kapriolen wie bei ihrer ersten Modenschau, obwohl sie heutzutage normalerweise nicht mehr interessierte, wie viel nackte Haut sie zeigte.

Nicht dass Celeste Campbells Kleid so offenherzig gewesen wäre. Seine verwegene Wirkung war viel subtiler. An dem bodenlangen, trägerlosen Satinunterkleid war nichts gewagt, außer vielleicht die etwas zu geringe Oberweite für Charmaines Brüste. Selbst dieses Problemchen wurde weitestgehend vom Chiffon des Oberkleides verdeckt, das hochgeschlossen und mit langen Ärmeln zunächst beinah züchtig wirkte.

Es war vielmehr der Farbton der Stoffe und die Perlenstickerei an ganz bestimmten Stellen, die das Kleid verwegen machten, da sie die Illusion schufen, Charmaine würde anstelle eines Ballkleides ein sehr gewagtes Badekostüm tragen. Selbst aus kurzer Distanz wirkte das hautfarbene Material wie bloße Haut, die lediglich von einigen Goldperlen bedeckt schien.

Von vorn sah es aus, als bildeten die Perlen einen Bikini. Die Rückansicht war noch provokanter, da der Rücken lediglich von dem beinah unsichtbaren Chiffon bedeckt wurde und die Perlen oberhalb des Pos ein kleines Dreieck bildeten, als würde Charmaine lediglich einen Tanga tragen. Hinzu kam der besonders hohe Schlitz des Kleides.

Wenigstens konnte sie damit ihre gewohnten, weit ausholenden Schritte machen und war mit den langen Beinen nicht zum Trippeln verurteilt. Denn laufen musste sie heute Abend viel, und zwar auf dem Steg, der für die bereits erfolgte Modenschau aufgebaut worden war. Gut beleuchtet stach er ins Auge und teilte den Raum in zwei Hälften, sodass man von jedem Platz einen hervorragenden Blick hatte.

Bei den Proben am Vorabend hatte Rico zu Charmaine gesagt, sie solle darauf auf und ab gehen, während er die Angebote für ein Abendessen mit ihr entgegennahm. Der Gedanke war ihr da nicht verwegen vorgekommen – in Jeans. Aber dieses schreiend auffällige Kleid sorgte dafür, dass sich ihr Mut verflüchtigte. Sie musste die ganze Zeit daran denken, dass sie beinah nackt aussah, und hatte dadurch kaum etwas gegessen – was gut war, denn wenn sie saß, war das Kleid noch enger. Doch jetzt stand sie auf der Bühne des Ballsaals, spähte durch einen Spalt im schweren weinroten Vorhang auf die riesige Menschenmenge im Saal und versuchte ihre Befürchtung zu verdrängen, dass sie sich gleich lächerlich machte.

Was, um alles in der Welt, war bloß mit ihr los? Normalerweise interessierte es sie nicht, was sie trug – oder besser gesagt, wie wenig – oder ob man sie wie gebannt ansah, vor allem Männer. Ach was, sollten sie doch denken, was sie wollten! Hauptsache, einer von ihnen rückte mit einem dicken Scheck für ihre Stiftung heraus. Bei dem Gedanken fühlte sich Charmaine gleich ein bisschen besser und warf einen Blick auf ihre schmale goldene Armbanduhr. Höchste Zeit, dass

Rico auftauchte, um die Auktion zu beginnen. In diesem Augenblick hörte sie hinter sich einen anerkennenden Pfiff und wirbelte herum. Da stand Rico und lächelte sie an.

„Na, das ist vielleicht ein Kleid! Bist du sicher, dass sie dich deswegen nicht einbuchten?"

„Ich habe schon weniger angehabt."

„Ja, aber in diesem Fall wäre *mehr* eher schlecht."

„Starr mich nicht so an, Rico!"

„Das tue ich nicht."

„Nein, das stimmt", sagte sie und seufzte. „Tut mir leid. Ehrlich gesagt, bist du viel netter, als es bei einem so gut aussehenden Mann normal wäre." Und er sah wirklich gut aus: groß, dunkelhaarig und sehr, sehr anziehend. Aber nicht so, dass sie hätte schwach werden können, wenn sie noch etwas von Männern gewollt hätte.

„Danke", antwortete Rico. „Das war doch ein Kompliment, oder?" Er rückte seine Krawatte zurecht und atmete tief durch. „Sollen wir anfangen?"

Wieder spürte sie die Nervosität und hätte sich am liebsten auf und davon gemacht. „In Ordnung!", sagte sie dann aber.

Obwohl die Stimmung im Saal gut war, lagen sie nach einer Stunde immer noch knapp unter sieben Millionen Dollar, und Charmaine seufzte enttäuscht. Die Reise auf eine einsame Insel, die Rico gerade anbot, würde vielleicht fünfzigtausend Dollar bringen. Damit blieben bis zu ihrem gesetzten Ziel immer noch drei Millionen. So viel würde kein Mann für ein Dinner mit ihr ausgeben, selbst wenn sie splitterfasernackt auf dem Laufsteg erschien.

Die Reise ging für dreißigtausend weg. Wie schade!

„Und nun, Ladys und Gentlemen", fuhr Rico fort, „kommen wir zum letzten Preis des heutigen Abends. Unsere wunderschöne Gastgeberin Charmaine, Australiens Supermodel Nummer eins, bietet Ihnen ein Abendessen bei Kerzenschein hier im „Regency Hotel" am nächsten Samstag um neunzehn Uhr. Meines Erachtens ein hervorragendes Angebot, um den heutigen Abend zu beenden, und ich erwarte entsprechende Gebote, meine Herren", sagte er und lächelte Charmaine aufmunternd zu. „Nun aber auf den *Catwalk* mit dir. Zeig, was du hast."

Charmaine verdrehte die Augen, bevor sie den Laufsteg mit diesem herrlich schwingenden Gang betrat, den Models bis zur Perfektion beherrschten. Dabei lächelte sie – so gut es mit zusammengebissenen Zähnen eben ging – und war sich bewusst, dass nun aller Blicke auf sie gerichtet waren. Nicht dass sie selbst viel gesehen hätte. Die Scheinwerfer am Rand des Laufstegs blendeten und tauchten den übrigen Saal in Dunkelheit. Charmaine konnte lediglich Umrisse erkennen, aber keine Gesichter ausmachen.

Trotzdem spürte sie, wie man sie mit Blicken auszog. In diesem Maß hatte sie das noch nie wahrgenommen. Das lag bestimmt an dem verdammten Kleid. Woran sonst?

„Darf ich Sie daran erinnern, dass Charmaine erst kürzlich von einem australischen Männermagazin zur begehrenswertesten Frau des Landes gewählt wurde?", fuhr Rico fort, potenzielle Bieter heiß zu machen. „Nun können Sie sich selbst davon überzeugen. Bestimmt ist so mancher unter Ihnen, dessen Traum wahr werden würde, ganz privat mit einer so bezaubernden Frau zu speisen. Also, meine Herren, geben Sie Ihr Gebot ab. Eine solche Gelegenheit kommt nicht mehr!"

Beinah hätte Charmaine aufgestöhnt. Du liebes bisschen, das war ja wie auf dem Sklavenmarkt! Als sollte sie selbst versteigert werden und nicht nur einige Stunden in ihrer Gesellschaft.

Was soll's, beruhigte sie sich dann, wenn die Stiftung nachher das Geld bekommt? Trotzdem war sie froh, die Presse außen vor gelassen zu haben. Das Letzte, was sie im Augenblick gebrauchen konnte, war ein Blitzlichtgewitter. Von der Aussicht darauf, am nächsten Morgen ihr Bild in sämtlichen Zeitungen auf dem Titel zu sehen, ganz zu schweigen.

Aber das hatte sie ja glücklicherweise verhindert, und mit diesem beruhigenden Gedanken gelang ihr sogar ein betörendes Lächeln aufzusetzen und einen Hüftschwung hinzulegen, der seine Wirkung bisher noch nie verfehlt hatte. Als sie das Ende des Laufstegs erreichte, stützte sie die Hände in die Seiten und sah ins Publikum, als würde sie mit dem Mann, der einen Abend mit ihr ersteigerte, nicht nur essen gehen. Dann drehte sie sich langsam und aufreizend um und hörte regelrecht, wie die Menge den Atem anhielt.

Ihr Blick begegnete Ricos, und er lächelte geradezu lasziv. „Nur nicht so schüchtern", wandte er sich dann wieder ans Publikum. „Wenn ich noch allein stehend wäre, hätte ich längst geboten. Aber leider bin ich nicht mehr zu haben, wie Ihnen meine wunderbare Frau sicher bestätigen wird." Er nickte zum Tisch hinunter, der links von Charmaine stand. Automatisch folgte sie Ricos Blick ... und erstarrte.

Er saß neben Renée und sah umwerfend und völlig lässig aus, während er in seinem schwarzen Abendanzug kühl und arrogant zu ihr aufblickte: Prinz Ali von Dubar.

Später an jenem Abend, lange nachdem dieser schreckliche Moment der Vergangenheit angehörte, war Charmaine dankbar, dass sie sich in diesem Augenblick nicht bewegt hatte. Denn dann wäre sie sicherlich gestolpert, vielleicht sogar gestürzt. Auf jeden Fall lähmte sie der Schreck so, dass sie keinen klaren Gedanken fassen konnte. Was, zum Teufel, machte dieser Mann an Renées Tisch? Die beiden waren doch wohl nicht befreundet, oder?

Erst nach einigen Momenten fielen Charmaine Dinge wieder ein, die sie zunächst als nebensächlich oder unwichtig eingestuft hatte. Der Prinz selbst hatte letztes Jahr erwähnt, er komme jedes Wochenende nach Sydney, um zu pokern und zum Pferderennen zu gehen. Und beim Mittagessen mit Renée vor einigen Tagen hatte ihre Agenturchefin gesagt, sie pokere freitags immer mit einigen sehr reichen Leuten in der Präsidentensuite des „Regency".

Wer konnte sich die schon leisten, wenn nicht ein Präsident oder Ölscheich oder dessen Sohn? Und dann auch noch einer, den sie so unmöglich behandelt hatte. Es konnte nur einen Grund geben, warum sich Prinz Ali heute unter den Gästen befand, um sie, Charmaine, Lügen zu strafen, indem er sie zwang, mit ihm auszugehen, weil er sich dieses Privileg ersteigern würde.

Zweifellos wäre Prinz Ali von Dubar der Meistbietende. Warum sonst hätte er kommen sollen? Bisher hatte er für nichts anderes geboten, denn dann hätte sie ihn früher bemerkt. Nach dem Zuschlag richtete man die Scheinwerfer immer kurz auf den Gewinner eines Gebots.

Sie würde am nächsten Samstag also nicht mit einem ihr völlig fremden Mann zu Abend essen, sondern mit diesem, dessen Stolz sie maßlos gekränkt hatte. Jetzt war es an ihm, sie zu demütigen, indem er sie zwang, mehrere Stunden seiner Gesellschaft zu erdulden und dabei seine eindeutig zweideutigen Blicke zu ertragen.

Bei dem Gedanken geriet sie beinah in Panik. *Ihr Stolz* verlangte, sich einer derartigen Situation nicht auszusetzen, aber derselbe Stolz wollte auch, dass sie sich jetzt zusammenriss und zeigte, dass sie vor nichts und niemandem Angst hatte. Denn selbst wenn der Scheich der Meistbietende sein würde – und dafür schien alles zu sprechen –, was konnte er ihr in einem Restaurant schon anhaben? Sie noch einmal fragen, ob sie mit ihm ausgehen wolle? Versuchen, sie mit seinem Charme zu verführen? Allein der Gedanke …

Als wäre nichts gewesen, lächelte sie ihm jetzt zu. Komm schon, du Mistkerl, dachte sie dabei, obwohl ihr Blick und ihre Körperhaltung alles versprachen, biete! Ist mir doch egal.

Bei ihrem Lächeln zog er kurz die Augenbrauen zusammen, um Charmaine von Kopf bis Fuß zu mustern, als wollte er feststellen, ob sie es überhaupt wert sei. Den Bruchteil einer Sekunde fürchtete sie schon, er würde kein Gebot abgeben – auch eine Möglichkeit, sie zu demütigen.

Doch während ein Wirrwarr der Gefühle in ihr tobte, sagte er mit fester Stimme: „Fünf Millionen Dollar." Und Charmaine stockte der Atem.

„Wow", rief Rico, „das ist ja mal ein Gebot, Ladys und Gentlemen! Prinz Ali von Dubar hat fünf Millionen Dollar für einen Abend mit unserer wunderschönen Charmaine geboten. Irgendwie habe ich den Eindruck, es wird kein höheres Gebot geben. Wenn da draußen aber noch ein Gentleman sitzen sollte, der gewillt ist, Prinz Ali zu überbieten, sollte er es jetzt tun oder für immer schweigen."

Charmaine seufzte. Musste Rico klingen wie ein Pfarrer bei einer Hochzeit? Was für eine Ironie, wenn man bedachte, dass das Treffen zwischen ihr und dem Prinzen unromantischer nicht hätte werden können. Seine Königliche Hoheit wollte sich nur an ihr rächen, indem er sie demütigte, und dafür war er bereit, eine enorm hohe Summe zu bezahlen.

„Keine weiteren Gebote? Wenn das so ist … erhält Prinz Ali von Dubar den Zuschlag!"

Als Rico den Hammer aufs Pult schnellen ließ, ging Charmaine der Klang durch und durch. Die Anwesenden begannen zu klatschen, und der rote Pfeil des riesigen Spendengeldmessers zeigte auf „zwölf Millionen". Charmaine war gezwungen, gute Miene zum bösen Spiel zu machen, obwohl sie lieber geschrien hätte, so wütend war sie.

Aber das ging natürlich nicht. Sie musste an die Stiftung denken. Nur weil sie in ihrem Stolz gekränkt war, durfte sie die fünf Millionen Dollar nicht ausschlagen. Außerdem kam es überhaupt nicht infrage, diesem arroganten Kerl zu zeigen, wie ärgerlich sie war. Das aber zu demonstrieren bedeutete, es machte einem etwas aus. Deshalb beschloss sie, am nächsten Samstag hundertprozentig höflich zu bleiben. Es würde keine kränkenden Bemerkungen geben und auch keinen Versuch, Prinz Alis Ego einen Dämpfer zu versetzen. Sie würde es nicht zulassen, dass ihr Temperament noch einmal mit ihr durchging.

Sobald sie sich dazu entschlossen hatte, konnte sie allerdings unmöglich bleiben. Denn so wie der Mann sie ansah, war es unheimlich schwierig, die Formen der Höflichkeit zu wahren. Es wird noch schwieriger sein, dich nächsten Samstag unter Kontrolle zu halten, dachte sie besorgt, während sie bei tosendem Applaus den Laufsteg verließ.

„Ich kann es immer noch nicht glauben", sagte Rico, als sie zu ihm hinter die Bühne kam. „Der gute alte Ali bietet fünf Millionen Mäuse, nur um mit dir essen zu gehen. Der Kerl hat offensichtlich mehr Geld als Verstand. Entschuldige, Charmaine, aber selbst du musst doch zugeben, dass dieses Gebot völlig überzogen war."

Als Charmaine das hörte, runzelte sie unwillkürlich die Stirn. Dann wurde ihr bewusst, dass nicht nur Renée, sondern auch Rico gut mit dem Prinzen bekannt sein musste. „Du klingst, als wärt ihr befreundet", erklärte sie, trotz allem neugierig, wer da gerade fünf Millionen Dollar für ein Essen mit ihr ausgegeben hatte.

„Das sind wir", sagte Rico. „Wir spielen jetzt seit fast sechs Jahren freitagabends zusammen Karten. Außerdem verkauft er unserer Wettgemeinschaft die Rennpferde und hält sogar noch Beteiligungen. Ali ist ein toller Typ, du wirst ihn mögen."

Unwillkürlich verzog Charmaine die Lippen. Aber dann beschloss sie, mit der Wahrheit herauszurücken. In ihrem Privatleben wollte sie ehrlich sein können. „Der Prinz und ich sind uns schon einmal begegnet, und ich habe ihn damals genauso wenig gemocht wie heute."

Erstaunt sah Rico sie an. „Ihr habt euch schon einmal getroffen? Wo?"

„Vergangenes Jahr beim ‚Melbourne Cup'. Ich war dort, um die bestangezogene Frau zu küren, und dein königlicher Freund ist total auf mich abgefahren."

„Und?“

„Nichts und. Ich habe dir doch gesagt, dass ich ihn nicht mag.“

„Das erstaunt mich. Normalerweise lieben ihn die Frauen.“

„Vielleicht kann ich ihn deshalb nicht leiden“, erwiderte Charmaine schnippisch. „Aber es ist egal, ob ich ihn mag oder nicht. Er hat sich einige Stunden meiner Gesellschaft erkauft, und das werde ich honorieren. Aber wenn du mit deinem arabischen Freund sprichst, schlage ich vor, dass du ihn warnst. Auch wenn er fünf Millionen Dollar bezahlt hat, kann er sich irgendwelche Privilegien – oder Anrechte – aus dem Kopf schlagen. Sag ihm das, Rico. Oh, und noch etwas, ich werde nächsten Samstag Punkt neunzehn Uhr im *Candlelight* sein, aber er soll bloß nicht versuchen, vorher Kontakt zu mir aufzunehmen. In diesem Zusammenhang wäre ich übrigens sehr ungehalten, wenn meine Geheimnummer irgendwie in die Hände Seiner Königlichen Hoheit gelangen würde. Verstanden, Rico?“

„Ich weiß, worauf du hinaus willst. Ich frage mich nur, ob man von dir in Bezug auf Ali das Gleiche behaupten kann.“

„Was soll das heißen?“

„Demnach zu urteilen, was du mir gerade erzählt hast, ist er heute Abend offensichtlich nur hergekommen, um sein Gebot für das Essen mit dir abzugeben. Das veranlasst mich zu der Annahme, dass er sich tatsächlich in dich verguckt hat. Wenn dem so ist, wird dein Missfallen ihm gegenüber lediglich eine kleine Hürde darstellen.“

Charmaine kochte. „Ist das eine Warnung?“

„Ich denke schon. Sieh mal, wenn du ihn wirklich nicht magst, musst du gut überlegen, wie du dich ihm gegenüber verhältst. Ali ist kein Mann, mit dem man seine Spielchen treibt.“

„Das habe ich auch nicht getan.“

„Jetzt hör aber auf, Charmaine! Ich weiß noch gut, wie du ihn da vorhin vom Laufsteg herunter angelächelt hast. Das war nicht das Lächeln einer Frau, die nichts von einem will.“

Charmaine errötete. „Das verstehst du nicht. Ich habe ihn nur … nur …“

„Gereizt?“

Sie zuckte die Schultern. „Gewissermaßen.“

„Tu das nicht“, riet ihr Rico scharf. „So benimmt man sich einem Mann wie Ali gegenüber nicht. Das … Das könnte gefährlich werden.“

Sie sah ihn erstaunt an. „Inwiefern?"

Rico schüttelte den Kopf. „Sieh mal, ich rede mit ihm und sorge dafür, dass er versteht, wie der Hase läuft. Er wird deine Wünsche respektieren, wenn er glaubt, dass du wirklich kein Interesse an ihm hast."

Sie nickte.

„Stimmt das auch?"

„Ich bitte dich! Auf einen Scheich, der sich einbildet, unwiderstehlich zu sein, kann ich gut verzichten."

„Vielleicht hat er Grund dazu."

Charmaine lachte höhnisch auf. „Das Einzige, worauf sich Prinz Ali bei mir etwas einbilden kann, ist die Größe seiner Brieftasche. Und dann auch nur, wenn er sie für die Stiftung öffnet. Sag ihm das, Rico. Aber jetzt muss ich wirklich gehen und dieses verdammte Kleid ausziehen."

Dafür, dass Ali sie angeblich nicht interessiert, dachte Rico, während er Charmaine nachsah, regt sie sich viel zu sehr über ihn auf.

3. KAPITEL

Am darauf folgenden Samstag stieg Charmaine kurz vor achtzehn Uhr aus einem völlig unscheinbaren Wagen, gab dem Parkwächter in Livree ihre Schlüssel und betrat mit dem Handgepäck das im Arkadenstil gehaltene Foyer des „Regency Hotels". Und das, ganz ohne einem einzigen lästigen Reporter zu begegnen.

Aus Erfahrung wusste sie, dass es verschiedene Tricks gab, Paparazzi aus dem Weg zu gehen. Man kam möglichst deutlich vor dem offiziellen Beginn einer Veranstaltung und am besten verkleidet. Dummerweise war ihr Dinner-Rendezvous mit dem Scheich doch weithin bekannt geworden. Eine Journalistin hatte sich unter die Gäste geschmuggelt und am nächsten Tag einen Artikel über den Abend verfasst. Da ihre Zeitung Frauenherzen höher schlagen lassen sollte, klang alles unheimlich romantisch, wobei die Frau besonders betonte, wie erstaunlich viel Geld Prinz Ali von Dubar für ein Dinner mit *unserer Charmaine* zu zahlen bereit gewesen war.

Charmaine bereute, dass Rico bei der Auktion den Zeitpunkt des Dinners bekannt gegeben hatte. Aber sie wollte auf keinen Fall den Prinzen kontaktieren, um einen anderen zu vereinbaren. Allerdings nahm sie Kontakt zum Eigentümer des „Regency" auf, um eine ähnliche „Panne" wie bei der Wohltätigkeitsveranstaltung zu vermeiden. Mr. Richmond versicherte ihr, sie oder seinen hoch geschätzten Stammgast Prinz Ali von Dubar würde kein Journalist belästigen. Er versprach auch, das Sicherheitspersonal am Eingang zu verstärken, und sicherte ihr während des Essens absolute Privatsphäre zu.

Charmaine bedankte sich, buchte aber trotzdem ein Zimmer, damit sie früher kommen und sich erst vor Ort für das Dinner umziehen konnte. Außerdem hatte sie so die Möglichkeit, über Nacht zu bleiben und die Lokalität am nächsten Morgen zu verlassen, wann immer sie wollte, um unerkannt zu bleiben.

Und jetzt war sie hier in ihrer Verkleidung und ging zur Rezeption. Die nichts sagende braune Perücke und die große Sonnenbrille hatten sie davor bewahrt, von irgendwelchen Fotografen oder Kameraleuten belästigt zu werden. Glücklicherweise! Denn sonst hätte sie womöglich die Fassung verloren. Es war eine sehr anstrengende Woche gewesen, und ihre Nerven lagen blank.

Während Charmaine mit dem Aufzug in den zweiten Stock fuhr, warf sie einen Blick auf die Uhr. Es blieb ihr weniger als eine halbe Stunde. Doch das war Zeit genug, um sich fertig zu machen. Sie brauchte nur noch Ohrringe anzulegen, etwas Make-up aufzutragen und die Kleidung zu wechseln. Das wäre im Handumdrehen geschehen, denn Charmaine hatte beschlossen, sich für die Gelegenheit besonders unspektakulär zurechtzumachen.

Wenn der Scheich dachte, sie würde etwas ähnlich Aufreizendes tragen wie vergangenen Samstag, konnte er sich auf eine Überraschung gefasst machen. Heute Abend gab es keine bloße Haut, nichts, worauf sein begehrlicher Blick verweilen konnte.

Exakt fünf Minuten vor sieben Uhr befand sie sich wieder im Aufzug und hatte statt ihrer Jeans eine legere schwarze Seidenhose und eine Tunika an, die ihre Kurven ein wenig zurücktreten ließen. Das Haar hatte sie zu einem strengen Pferdeschwanz zusammengenommen, ihre Ohrläppchen schmückten kleine Diamantohrstecker – bezeichnender Kontrast zu den sexy Ohrhängern von vergangenem Samstag –, und sie trug kaum Make-up. Nur ein bisschen Grundierung, einen Hauch Lidschatten, etwas Wimperntusche und einen bronzefarbenen Lippenstift, der zu ihrem Nagellack passte. Aber bei einer so natürlichen Schönheit war weniger oft mehr. Dessen war sie sich allerdings nicht bewusst und dachte, sie würde so schlicht wie möglich aussehen. Hätte sie nur geahnt, wie verführerisch unschuldig sie wirkte, als sie zum „Candlelight"-Restaurant ging.

Der Oberkellner – ein großer, glatzköpfiger Mann mit schmalem Schnurrbart und intelligent blickenden Augen – lächelte sie von seinem Pult aus an. „Mademoiselle Charmaine", sagte er mit französischem Akzent, der echt sein konnte oder auch nicht. „Welche Freude, Sie diesen Abend bei uns begrüßen zu dürfen. Seine Hoheit, Prinz Ali, sind bereits eingetroffen. Ich bringe Sie direkt zu *monsieur le prince.*"

Der Prinz ist schon da, dachte Charmaine erstaunt, während sie dem Oberkellner in den hinteren Teil des Restaurants folgte, vorbei an weitestgehend leeren Tischen. Schließlich war es noch ziemlich früh am Abend. Da hatte sie angenommen, auch der Prinz würde noch ein wenig auf sich warten lassen, um sie gefügiger zu machen.

Doch dann rief sie sich in Erinnerung, dass der heutige Abend ja kein Rendezvous war, sondern seine Gelegenheit, sich zu rächen.

Selbstverständlich wollte er da keinen Moment ihrer Demütigung missen. Er hatte ja keine Ahnung, mit wem er es zu tun hatte. Dieses Bewusstsein ließ sie zumindest nicht bedauern, überhaupt hier zu sein, sodass sie sogar lächelte.

Bei dem Separee, zu dem man sie brachte, handelte es sich um einen quadratischen Raum in einer stillen Ecke des Restaurants. Ein offener Bogen führte hinein, aber selbst der war von großen Palmen flankiert. Die Wände hatte man schwarz gestrichen, und lediglich einige kleine Strahler spendeten etwas Licht. Außer dem runden Tischchen und den Stühlen gab es kein Mobiliar. Auf der weißen Decke stand eine weinrote Kerze, die den Blick auf das Gegenüber nicht behinderte.

Zweifellos hatte man bei der Gestaltung des Raums an Liebespaare gedacht, die unter sich bleiben wollten. Reiche Geschäftsleute speisten hier mit ihrer Geliebten und Berühmtheiten mit dem jeweiligen Lebensabschnittsgefährten. Wahrscheinlich saß an diesem Tisch selten ein Paar wie der Prinz und sie.

Zuerst konnte sie den Mann in dem spärlich beleuchteten Raum kaum ausmachen, wozu seine dunkle Kleidung und der Teint noch beitrugen. Aber sobald sich ihre Augen an die Lichtverhältnisse gewöhnt hatten, trat er gleichsam aus dem Schatten hervor – zunächst sein Gesicht und dann auch alles andere.

Er trug wieder einen teuren, aber lässigen Anzug und sah damit ganz wie der typische Playboy der westlichen Hemisphäre aus. Doch hoppla, was war denn das? Schlug da etwa ihr Herz höher bei seinem eleganten Äußeren? Oder war der Adrenalinschub auf die bevorstehende Gegenüberstellung zurückzuführen? Rico hatte gesagt, der Prinz sei gefährlich, und Rico war kein Narr. Auf jeden Fall hatte Charmaine das Gefühl, Prinz Alis Blick würde sie verbrennen, so wie er sie ansah. Nun, da ihre Kurven nicht gleich ins Auge sprangen, schien er sie noch mehr zu begehren.

Als er sich erhob, um sie zu begrüßen, zuckte sie regelrecht zusammen. So viel Benimm hätte sie ihm gar nicht zugetraut.

„Guten Abend, Charmaine“, sagte er und nickte leicht. Dabei fiel ihr sein wunderbar dichtes Haar auf, leicht wellig und perfekt frisiert. Da hinein hätte sie gern einmal die Hände geschoben. *Wie bitte?* Sie erschrak, als ihr klar wurde, was sie gerade gedacht hatte.

„Sie sehen sehr ... hübsch aus", fügte er nun hinzu und sah sie nach wie vor begehrlich an.

Charmaine war froh, dass ihr der Oberkellner in diesem Moment den Stuhl herauszog. So konnte sie beim Hinsetzen den Blick abwenden, und der Scheich sah nicht, dass sie sich über sein Kompliment freute.

„Ich schicke sofort jemand vom *personel,* der Ihnen den ganzen Abend *exclusivement* zur Verfügung steht, Eure Hoheit", sagte der Oberkellner und verneigte sich vor dem Prinzen, bevor er geschäftig davoneilte und die beiden allein ließ.

Charmaine war nach wie vor so geschockt über ihren Wunsch, das Haar des Prinzen zu berühren, dass ihr um nichts in der Welt einfallen wollte, was sie sagen sollte. Für einige Sekunden herrschte unangenehmes Schweigen, und Charmaine hoffte inständig, ihre Bedienung möge bald kommen. Glücklicherweise erschien gleich darauf ein schlanker junger Mann mit feingliedrigen Händen. Er reichte jedem eine Speisekarte, ratterte – ohne französischen Akzent – die Empfehlungen des Chefkochs herunter und fragte dann, ob sie einen Aperitif wünschten oder eine Flasche Wein.

„Bringen Sie mir Mineralwasser", befahl der Prinz, ohne die Weinkarte eines Blickes zu würdigen. „Mit Kohlensäure." An Charmaine gewandt fügte er hinzu: „Ich trinke keinen Alkohol, aber wenn Sie einen Drink zum Essen möchten ..." Er reichte ihr die Karte.

„Ich trinke auch keinen Alkohol", antwortete sie und gab dem Ober die Karte zurück. „Mineralwasser ist wunderbar." Daraufhin schenkte sie ihrem Gegenüber sogar ein Lächeln, sehr zufrieden, dass sie ihm gerade die Tour vermasselt hatte. Falls er darauf aus gewesen sein sollte, sie mit Alkohol gefügig zu machen, um sie dann in seiner Suite zu vernaschen, musste er sich etwas anderes überlegen.

Die Bedienung eilte davon, und sie waren wieder allein.

„Trinken Sie denn nie Alkohol?", fragte der Prinz, allerdings eher erstaunt als enttäuscht.

„Nein, nie."

„Und warum nicht?"

„Ich habe meine Gründe."

„Die Sie mir aber nicht erzählen wollen", meinte er daraufhin lächelnd, wodurch seine strengen Züge gemildert wurden.

„Messerscharf bemerkt", sagte sie locker, doch im Schoß ballte sie die Hände zu Fäusten. Dieser Mann brachte sie einfach ständig auf die Palme. Das lag eindeutig daran, wie er sie ansah. So ... So ... begehrlich. Und gleichzeitig so verdammt vertraulich, als würde sie bereits mit ihm schlafen. Wie gern hätte sie irgendeinen Vorwand benutzt, um ihn zu ohrfeigen, damit dieser arrogante Ausdruck aus seinem Gesicht verschwand und nur noch der glühend rote Abdruck ihrer Hand zu sehen wäre.

„Es missfällt Ihnen im höchsten Maß, den heutigen Abend mit mir verbringen zu müssen", stellte er nun fest und überraschte sie damit, dass er ihre Gedanken so gut lesen konnte. Aber vielleicht brauchte man dazu auch kein zweites Gesicht. Man konnte sich leicht vorstellen, dass sie über die Situation nicht erfreut war.

„Aber woher denn?", log sie trotzdem und rang sich ein Lächeln ab. „Meine Stiftung ist aufgrund des heutigen Abends um fünf Millionen Dollar reicher geworden. Wieso sollte ich etwas dagegen haben?"

„Bei unserem letzten Treffen haben Sie geschworen, niemals mit mir auszugehen", erinnerte er sie da an jene peinliche Szene vor elf Monaten und beobachtete sie genau.

Sie zuckte die Schultern. „Das war damals, und heute ist heute. Das Leben ist nun einmal nicht vorhersehbar. Da nimmt man die Dinge besser, wie sie kommen."

Er lächelte, und das ärgerte Charmaine, weil sie nicht wusste, was er damit ausdrücken wollte.

„Was die Unvorhersehbarkeit des Lebens betrifft, haben Sie absolut recht, meine liebe Charmaine. Oder stört es Sie, wenn ich Sie so anrede? Anscheinend kennt kein Mensch Ihren Nachnamen. Da wusste ich nicht, wie ich Sie sonst nennen soll."

„Ich heiße *Christie* mit Nachnamen. Aber *Charmaine* ist in Ordnung." Sie war versucht hinzuzufügen, er könne das Wort „liebe" weglassen. Aber wenn sie einmal spitzfindig wurde, fand sie kein Ende mehr.

„Dann müssen Sie aber auch *Ali* zu mir sagen."

„Ich glaube nicht, dass ich das will, Eure Hoheit", antwortete sie scharf. „Das ist eine viel zu persönliche Anrede. Mich nennen alle *Charmaine,* wobei ich sicher bin, dass nur Ihre nächsten Verwandten und Freunde *Sie* mit dem Vornamen anreden. Und zu Letzteren zähle ich mich nun wirklich nicht."

Kurzzeitig trat ein gefährliches Funkeln in seine Augen, und Charmaine konnte sich in etwa vorstellen, was Rico mit „der Mann kann gefährlich werden“ gemeint hatte. Offenbar wurde Prinz Ali ziemlich aufbrausend, wenn man ihm auf diese Art kam. Aber da ging es ihr nicht anders.

„Warum sind Sie eigentlich so darauf aus, unhöflich zu mir zu sein?“, wollte er jetzt wissen.

„Ganz im Gegenteil, ich bemühe mich, die Regeln des Anstands zu wahren. Manchmal hält man uns Australier für unhöflich, nur weil wir ehrlich sind. Sie haben sich meine Gesellschaft zum Essen für den heutigen Abend erkauft, aber sonst nichts. Das sollte Rico Ihnen klarmachen. Hat er es vergessen?“

„Nein, Enrico hat mir ganz genau gesagt, was Sie mich wissen lassen wollten, und ich habe gut aufgepasst. Vielleicht war es dumm von mir, zu hoffen, Sie von Ihrem Missfallen meine Person betreffend abbringen zu können. Indem Sie mir heute Abend die Gelegenheit geben, Ihnen zu zeigen, dass ich nicht so bin, wie Sie es glauben. Wie haben Sie mich noch letztes Jahr genannt? Einen verzogenen, arroganten Mann, dem man nur selten etwas abschlägt?“

„Hört sich ganz danach an“, sagte Charmaine, obwohl sie genau wusste, dass es ihr exakter Wortlaut gewesen war. Offensichtlich hatte sich dem Prinzen jedes beleidigende Wort ins Gedächtnis gegraben und sein aufgeblasenes Ego nachhaltig erschüttert. Jetzt wollte er sie vom Gegenteil ihrer Behauptung überzeugen, aber das konnte er vergessen. Schließlich war sie heute Abend nur hier, weil er verzogen, arrogant und nicht in der Lage war, ein Nein zu akzeptieren.

Der Ober kam mit dem Mineralwasser und fragte, ob sie jetzt bestellen wollten. Doch der Prinz winkte ab. „Geben Sie uns noch zehn Minuten“, sagte er. „Bisher hatten wir keine Zeit, einen Blick in die Speisekarte zu werfen.“

Bei der Vorstellung, das angeschnittene Thema zu vertiefen, wankte Charmaines Entschluss, höflich zu bleiben. Vorsorglich hielt sie die in Leder gebundene Speisekarte so, dass sie ihr als Sichtschutz diente. Doch obwohl der Prinz ihr jetzt keine schmachtenden Blicke mehr zuwerfen konnte, blieb ihr die Erinnerung daran, und sie kam sich vor wie ein seltener Schmetterling, den ein fanatischer Sammler unbedingt haben wollte – tot oder lebendig –, um ihn sich unter der Lupe anzusehen.

Langsam senkte sie die Karte, nur um festzustellen, dass der Prinz sie immer noch beobachtete. Irgendwie ergriff sie dabei Panik, und das machte sie wütend. „Ich habe keine Ahnung, was ich bestellen soll“, sagte sie brüsk und schlug die Karte zu. „Würden Sie vielleicht für mich wählen, Eure Hoheit? Ich esse alles, außer Backpflaumen, die kann ich nicht ausstehen.“

„Sie trinken keinen Alkohol und sind beim Essen nicht wählerisch, ziemlich ungewöhnlich für eine Frau aus dem Westen“, sagte er wie zu sich selbst, aber wenigstens wandte er sein Augenmerk jetzt der Karte zu. Charmaine verspürte eine enorme Erleichterung, seufzte unwillkürlich und lehnte sich zurück.

„Sie klingen müde“, bemerkte der Prinz, glücklicherweise, ohne aufzusehen.

„Ich hatte eine sehr arbeitsintensive Woche.“

„Wegen Ihrer Stiftung oder wegen des Modelns?“, fragte er, wiederum ohne aufzusehen.

„Letzteres. Die Marketingleiterin der Dessousfirma *Femme Fatale* hat mich gebucht. Das ewige An- und Ausziehen und Schminken ist unheimlich anstrengend. Aber wenigstens durfte ich sämtliche Dessous behalten.“

Jetzt sah er allerdings doch auf, und Charmaine musste sich eingestehen, dass sie bei einem Mann noch nie so eindrucksvolle Augen gesehen hatte. Wahrscheinlich fiel es einer normalen Frau schwer, sich ihrem Zauber zu entziehen. Gut, dass sie, was das betraf, nicht normal war, sonst wäre es dem Scheich sicher gelungen, sie zu verführen. Denn das hatte er bestimmt vor. Sein Stolz verlangte mehr als nur ihre Gesellschaft bei einem miserablen Dinner.

„Ich wusste ja gar nicht, dass *Femme Fatale* auch Unterwäsche herstellt. Ich dachte, es sei eine Parfümfirma. Dabei habe ich Sie auch zum ersten Mal gesehen, in einem Werbespot für Unterwäsche, bei dem Sie die Salome darstellten.“

Daher also sein Interesse an ihr! Das wunderte Charmaine nicht. In dem Spot hatte sie beinah nichts angehabt. Und die Fernsehzensoren hatten befunden, ihr Tanz der sieben Schleier müsse beim fünften enden.

„Die Leute von *Femme Fatale* haben mit Parfüm angefangen, aber jetzt wollen sie auch eine Linie mit sexy Dessous herausbringen. Ich bin das Gesicht für ihre Sommerkollektion, die demnächst auf der Website des Unternehmens im Internet veröffentlicht wird."

„Dann kann Sie ja alle Welt halb nackt sehen!"

„Darüber scheinen Sie ja geradezu schockiert zu sein, verehrter Prinz!", rief Charmaine belustigt und verärgert zugleich. „Wahrscheinlich empfinden Sie es als unmoralisch, wenn sich eine Frau in Unterwäsche fotografieren lässt."

Bemüht, seine Gefühle im Zaum zu halten, biss er die Zähne zusammen. „Ich … Ich halte es für unter Ihrer Würde."

„Ach tatsächlich! Na ja, da, wo Sie herkommen, dürfen die Männer wahrscheinlich alles, und die Frauen werden in sämtlichen Lebensbereichen eingeengt. Begründen tut man das dann mit ihrer Würde."

„Bitte", sagte er mit zusammengekniffenen Augen, „lassen Sie sich nicht von Ihren Vorurteilen leiten. In Dubar werden die Frauen hoch geachtet und beschützt und nicht eingeengt."

Gern hätte Charmaine das Thema vertieft, aber in diesem Augenblick kam der Ober zurück. Was vielleicht besser war, denn sie wollte sich nicht schon jetzt mit dem Prinzen streiten.

Er bestellte drei Gänge: als Vorspeise „Garnelen orientalische Art", als Hauptgang „Ente" und danach „Mousse au chocolat". Das klang alles lecker, bedeutete aber eine zusätzliche Stunde im Fitnessstudio. Egal, morgen hatte sie ohnehin nichts vor. Am Wochenende wurde nicht gemodelt, da speziell für Außenaufnahmen viel zu viele Menschen unterwegs waren. Einen festen Freund gab es nicht, und für ihre Stiftung musste sie dank Prinz Ali erst einmal nichts mehr tun. Am Montag brauchte sie auch nicht irgendwo zu sein, sodass sie sonntagabends schon hätte an den Flug denken müssen. Eigentlich hatte sie die beiden nächsten Wochen frei, bevor es dann bis Weihnachten wieder richtig eng wurde.

Vielleicht, dachte sie jetzt, sollte ich die Zeit nutzen, um mich einmal so richtig auszuruhen. Sie könnte ihre Eltern besuchen. Aber bei dem Gedanken befiel sie sofort ein ungutes Gefühl. Nein, nein, das hatte Zeit bis Weihnachten. Da würde sich ein Besuch ohnehin nicht vermeiden lassen.

„Ich nehme an", sagte der Prinz, sobald der Ober das Separee verlassen hatte, „es gibt keine Möglichkeit, Ihr Vorurteil bezüglich meiner Person zu revidieren. Ich bin Araber, und das genügt Ihnen, um mich zu verurteilen, ohne dass Sie je etwas von meinem Land und unserer Kultur gehört haben."

Wie konnte er nur so etwas behaupten? Um sich zu beruhigen, nippte Charmaine mehrmals an ihrem Wasser. „Dass Sie Araber sind, hat nichts mit meiner Einstellung Ihnen gegenüber zu tun. Obwohl ich eingestehen muss, dass mir nicht gefällt, wie Frauen bei Ihnen behandelt werden. Dem können Sie noch so oft widersprechen, die Realität straft Sie Lügen. Was mich an Männern wie Ihnen aufbringt, hat aber nicht so sehr etwas mit Ihrer Herkunft, sondern mit Ihrem enormen Reichtum und den Extratouren zu tun, die Sie sich dabei herausnehmen. Milliardäre glauben, sich mit ihrem Geld alles kaufen zu können: Flugzeuge, Paläste und Frauen."

Eine Weile sagte er nichts, dann lehnte er sich zurück, sodass sein Gesicht im Schatten lag. „Sie glauben also", fragte er dann scheinbar gelassen, „ich würde Sie einfach nur *haben wollen?*"

„Das weiß ich sogar!", entrüstete sich Charmaine bei des Prinzen Versuch, seine Beweggründe zu verschleiern. „Sie haben mich Ihre Lust von Anfang an spüren lassen und erwartet, ich würde Ja zu Ihnen sagen. Als ich Ihre Einladung zum Abendessen ausschlug, hat Sie das dermaßen gefuchst, dass Sie sogar bereit waren, fünf Millionen Dollar hinzulegen, um mich zu zwingen. Deshalb finde ich es auch ziemlich dreist, dass Sie sich einbilden, ich würde mein Missfallen heute Abend nicht zeigen. Und, um Ihre Frage zu beantworten, es gibt nichts, das meine Meinung von Ihnen ändern könnte. Ich weiß längst, was Sie für ein Mensch sind."

„Das bezweifle ich doch sehr, Verehrteste", sagte er in einem Ton, bei dem es ihr eiskalt den Rücken hinunterlief. Als er sich nun wieder vorbeugte, war sein Gesichtsausdruck hart und wirkte seltsam entschlossen. „In diesem Fall", stieß er dann hervor, „lassen Sie mir keine Wahl."

Charmaine schluckte und bekam eine Gänsehaut. „Was meinen Sie damit?", fragte sie dann, obwohl sie wusste, dass ihr die Antwort nicht gefallen würde.

„Ich habe fünf Millionen Dollar für einige wenige Stunden mit Ihnen gezahlt. Ich zahle *fünfhundert Millionen* an Ihre Stiftung, wenn ... wenn Sie eine Woche mit mir verbringen."

4. KAPITEL

Charmaine brauchte sich gar nicht einzubilden, dass der Prinz nur ihre Gesellschaft wollte. Ihn interessierte nur Sex. „Das ist doch wohl nicht Ihr Ernst?“, meinte sie schließlich entgeistert.

„Doch, mein voller Ernst.“

Charmaine musste erst einmal einige Schluck trinken. Als sie ihr Glas hob, bebte ihre Hand. „Sie sind doch verrückt“, sagte sie dann leise.

„Vielleicht, aber das steht hier nicht zur Debatte. Mein Angebot ist ehrlich gemeint. Wie lautet Ihre Antwort?“

Im Traum dachte sie nicht daran, seinem Wunsch nachzukommen, und wollte schon ablehnen. Aber irgendwie brachte sie kein Wort über die Lippen. Fünfhundert Millionen Dollar, fünfhundert Millionen Dollar, an etwas anderes konnte sie gar nicht denken. Fünfhundert Millionen, eine halbe Milliarde – ein gigantisches Vermögen!

So viel Geld würde sie nicht auftreiben, wenn sie ein Leben lang modelte und jede Sekunde ihrer Freizeit opferte, um Gelder lockerzumachen. Doch jetzt bot sich ihr die Chance dazu, wenn sie bloß eine einzige Woche ihres Lebens im Bett des Scheichsohns verbrachte. Und wie viel Gutes sie danach tun könnte!

„Eine Woche, haben Sie gesagt?“ Als sie das triumphierende Glitzern in den Augen ihres Gegenübers sah, hätte sie die Frage am liebsten zurückgenommen. Aber weder konnte noch wollte sie es, und damit war der Deal so gut wie besiegelt.

„Eigentlich nur fünf Tage“, meinte der Prinz jetzt. „Jeden Sonntagabend, so gegen sechs Uhr, kehre ich per Hubschrauber auf mein Gestüt zurück und bin am darauf folgenden Freitag um die gleiche Zeit wieder in Sydney. Das bedeutet für Sie hundert Millionen Dollar für jeden Tag, an dem Sie mir Ihre Zeit widmen.“

„Meine Zeit?“, fragte Charmaine spöttisch. „Na, das ist ja wohl die Untertreibung des Jahrhunderts! Sie wollen viel mehr von mir, Eure Hoheit. Sie wollen, dass ich mit Ihnen schlafe.“

Das stritt er nicht ab, und während er nach wie vor den Blick auf sie richtete, kämpfte Charmaine mit ihrem Gefühlswirrwarr. „Ich würde das Geld vorab haben wollen“, verlangte sie schließlich, obwohl sie davor zurückschreckte, mit dem Mann ins Bett zu steigen und fünf Tage und Nächte seinen sexuellen Wünschen ausgesetzt zu sein.

Doch das ließ sie sich nicht anmerken. Scheinbar mühelos hielt sie seinem Blick stand. Verhalf ihr der Stolz dazu oder nur die Übung? Seit langem beherrschte sie die Kunst, einem Mann nicht das Gefühl zu geben, er sei ihr überlegen.

„Selbstverständlich, wenn Sie es wünschen", sagte er jetzt, „wird die volle Summe am kommenden Montag Ihrem Stiftungskonto gutgeschrieben. Dafür erwarte ich, dass Sie am Sonntag in acht Tagen um siebzehn Uhr in meiner Hotelsuite erscheinen und passende Kleidung dabeihaben."

Erst am nächsten Sonntag? Da würde sie sich dann eine Woche Gedanken machen, was sie mit ihm tun musste. „Was meinen Sie mit *passender Kleidung?*"

„Sie brauchen Sachen für alle möglichen Aktivitäten."

Ach tatsächlich?, dachte Charmaine spöttisch. Sie war davon ausgegangen, ihre bloße Haut würde ihm genügen. „Was zum Beispiel?"

„Freizeitkleidung für verschiedene Sportarten. Auf meinem Besitz befinden sich ein beheizter Pool, ein Tennisplatz und ein komplett ausgestattetes Fitnessstudio, die Pferde nicht zu vergessen. Können Sie reiten?"

„Ich bleibe oben, wenn das Tier nicht zu wild ist."

„Dann wähle ich Ihnen ein sanftes aus", versprach er. Das aufgeregte Leuchten in seinen Augen schien darauf hinzudeuten, dass er dabei an eine andere Form des Reitens und ein weniger sanftes Wesen dachte – sich selbst.

„Tun Sie das!" Bei der Vorstellung, auf ihm zu sitzen, bekam sie Magenkrämpfe. „Wieso nicht schon morgen?", fragte sie dann geradeheraus. Je eher sie das Ganze hinter sich brachte, desto besser.

Erstaunt sah er sie an. „Bis dahin wäre das Geld Ihrem Konto aber noch nicht gutgeschrieben."

„Ich nehme Sie beim Wort, dass Sie es bis Montag überweisen."

„Bei meinem Wort als Araber?", fragte er belustigt.

„Nein, bei Ihrem Wort als Gentleman. Das sind Sie doch hoffentlich, sonst würde ich dieses Arrangement nicht einmal in Erwägung ziehen." Noch während sie das sagte, wurde ihr bewusst, wie lächerlich es war. Ein Gentleman würde sie doch nicht mit seinem ungeheuren Reichtum zum Sex nötigen!

Er lächelte spöttisch. „Bitte versuchen Sie nicht, mich zum Narren zu halten, Charmaine. Wir beide wissen, dass ich kein Gentleman bin. Aber ich stehe zu meinem Wort. In Rico und Renée haben wir gemeinsame Freunde. Sicher legen beide die Hand für mich ins Feuer."

Charmaine behielt für sich, dass Rico ihr geraten hatte, sich vor Ali in acht zu nehmen. Zu dumm nur, dass sie seine Warnung in den Wind geschlagen hatte. Aber woher hätte sie auch wissen sollen, dass der Prinz zu derartigen Mitteln greifen würde?

Wieder erbebte sie bei dem Gedanken, was ihr bevorstand. Allein bei der Vorstellung, sich vor ihm auszuziehen, schlug ihr das Herz bis zum Hals. Dabei hatte sie schon oft beinah nackt gemodelt, und vor den Shows zog sie sich, ohne mit der Wimper zu zucken, vor fremden Leuten aus und zeigte sich dann ebenfalls ohne jede Scham auf dem Laufsteg. Da würde es ihr ja wohl gelingen, das Gleiche vor dem Scheich zu tun. Schließlich brauchte sie sich ihres Körpers nicht zu schämen. Schüchtern war sie auch nicht. Wahrscheinlich bereitete ihr eher der Sex danach Probleme.

Denk einfach nur an das Geld, befahl sie sich nun, und wie viel Gutes du damit tun kannst: Forschungsarbeiten in Auftrag geben, kostspieliges medizinisches Gerät anschaffen und Unterkünfte für Familienmitglieder erkrankter Kinder finanzieren, für die eine Hotelunterbringung zu teuer wäre.

Während sie diese Erwägungen anstellte, verstärkte sich ihre Überzeugung, das Angebot des Scheichs anzunehmen, egal, wie sehr es sie in ihrem Stolz verletzen mochte. Schließlich war es keine große Sache, mit ihm ins Bett zu gehen. Wenn er fett, hässlich oder unhöflich gewesen wäre … Aber er war durchtrainiert und schlank und hatte angenehme Manieren. Da war nichts, was sie abstieß.

Wenn sie vergessen könnte, dass er reich war, würde sich ihre sexuelle Begegnung kaum von den anderen unterscheiden. Dabei hatte sie sich auch nicht wohl gefühlt, geschweige denn etwas genossen. Natürlich hatte sie die Männer gemocht, mit denen sie ins Bett gegangen war, und darin lag wahrscheinlich der Unterschied.

„Ich frage Rico und Renée lieber nicht nach Ihrem Charakter. Ich möchte, dass die Sache mit nächster Woche geheim bleibt."

„Bestimmt würde Ihr sexy Image unterstützt, wenn die Öffentlichkeit erfahren würde, dass unser Dinner zu einer Affäre geführt hat.“

„Ich bitte Sie! Dazu wird es nicht kommen.“

„Woher wollen Sie das wissen? Vielleicht passen wir ja perfekt zueinander, und vielleicht genießen Sie es so sehr, mit mir zu schlafen, dass Sie sich wünschen, die Woche würde niemals enden.“

„Sie sind ja verrückt!“, sagte Charmaine, als der Ober die Vorspeise brachte. Doch ihr war der Appetit vergangen.

Prinz Ali dagegen griff herzhaft zu. „Essen Sie!“, forderte er sie auf, als er bemerkte, dass Charmaine nichts anrührte.

„Ich bin nicht hungrig“, fuhr sie ihn an.

Ungehalten erwiderte er ihren Blick. „Ich kann schmollende Frauen nicht ausstehen.“

„Und ich verabscheue Männer, die mich zum Sex zwingen.“

„Ich zwinge Sie zu nichts, Charmaine. Sie können immer noch Nein sagen.“

„Das kann ich nicht, und das wissen Sie genau.“

„Ja“, stimmte er ihr zu, wobei seine Augen glitzerten, „und deshalb verlangt es mich umso mehr nach Ihnen.“

Verwundert schüttelte sie den Kopf. „Es gibt so viele Frauen, die genauso schön sind wie ich und für viel weniger zu haben wären.“

„Das ist mir durchaus bewusst. Aber ich will nun einmal Sie.“

„Warum gerade mich?“

Er zuckte die Schultern, doch sein Blick wirkte keineswegs gelassen, sondern merkwürdig intensiv. „Um ehrlich zu sein, weiß ich es auch nicht. Normalerweise reizen mich Frauen nicht, die sich so offen zur Schau stellen. Aber als ich Sie gesehen habe, musste ich Sie einfach haben.“

„Das ist Ihnen aber auch nur gelungen, weil Sie Geld genug besitzen, um mich zu kaufen“, spottete Charmaine. „Wären Sie arm, würde ich heute Abend nicht hier sitzen.“

„Wenn ich arm wäre“, sagte er mit einem spöttischen Lächeln, „hätten Sie mir von Anfang an mehr Wohlwollen entgegengebracht. Aber mein Geld und meine gesellschaftliche Stellung hat Sie der Anziehungskraft zwischen uns gegenüber blind gemacht.“

„Wie bitte? Ich habe Ihnen doch schon einmal gesagt, dass ich mich nicht zu Ihnen hingezogen fühle.“

„Mag sein, dass Sie mich nicht mögen. Aber Sie lügen, wenn Sie behaupten, Sie würden sich nicht zu mir hingezogen fühlen. Schon letztes Jahr beim Pferderennen konnten Sie den Blick nicht von mir wenden, von gestern Abend gar nicht zu reden. Sie wollen mich, Charmaine, auch wenn Sie es sich nicht eingestehen. Aber mit der Zeit wird sich auch dieses Problem in Luft auflösen."

Während er sich wieder seiner Vorspeise widmete, sah Charmaine ihn entgeistert an. Der Kerl war doch nicht recht bei Trost! Er hatte doch letztes Jahr nicht den Blick von ihr abwenden können. Und am Abend zuvor hatte nicht sexuelles Verlangen aus ihrem Blick gesprochen, sondern Wut. Genau wie jetzt.

„Ich bin ein hervorragender Liebhaber", stellte der Prinz nun selbstgefällig fest. „Sie mit Ihrer Erfahrung werden das zu würdigen wissen."

„Wie ich sehe, gehört Bescheidenheit nicht gerade zu Ihren Tugenden."

„Ich bin einfach nur ehrlich, darauf legen Australier doch so großen Wert. Außerdem kenne ich meine Vor- und Nachteile. Was den Umgang mit Pferden, Karten und Frauen betrifft, bin ich sehr talentiert. Besonders bei Frauen stelle ich das gern unter Beweis."

„Dann hatten Sie wohl noch nie eine, die Ihrem Charme nicht erlegen ist."

„Genau."

Charmaine verdrehte die Augen. „Ist Ihnen nie in den Sinn gekommen, dass die eine oder andere ihre Lust nur vorgetäuscht hat, weil Sie ihr Dinge gekauft haben, die sie sich selbst nicht leisten konnte?"

Er lächelte. „Natürlich, und bestimmt hat mir die eine oder andere anfänglich auch etwas vorgemacht. Aber schließlich haben alle in meinem Bett die Erfüllung gefunden. Mit Können und Geduld kommt man immer zum Ziel. Da unterscheiden sich Frauen nicht viel von Pferden."

„Ich höre wohl nicht richtig?", ereiferte sich Charmaine.

Doch der Prinz wollte sie offensichtlich missverstehen und erzählte von einer störrischen Stute, die niemanden an sich heranließ. „Ich habe sie von der Herde isoliert, jeden Tag eigenhändig gefüttert und ihren Stall sauber gemacht. Sie wollte nicht, dass ich näher komme. Aber von Tag zu Tag wurde deutlicher, dass sie nur bluffte.

Wenn sie stieg, dann immer so, dass sie mich nicht verletzte. Ich habe dafür gesorgt, dass ich ihre einzige Gesellschaft war. Nach einer Weile wartete sie schon am Gatter, wenn ich kam. Irgendwann ließ sie sich streicheln, erst am Kopf, dann am Hals und schließlich an den Flanken. Dabei erschauerte sie jedes Mal vor Vergnügen."

Bei dem Gedanken, vom Prinzen gestreichelt zu werden, überlief auch Charmaine ein Schauer, aber ein eiskalter.

„Bald fraß sie mir aus der Hand, und das im doppelten Wortsinn. Danach ging alles andere wie von selbst. Sie ließ sich gern reiten, und besonders von mir."

Das wird mir nie passieren, dachte Charmaine. Selbst wenn der Prinz fünfhundert Tage hätte, würde sie sich immer nur langweilen und abgestoßen fühlen, wenn er beim Sex auf ihr saß. Insgeheim freute sie sich schon auf seine Reaktion, wenn sie nicht kam.

„Wie viel hat die Stute gekostet, an der Sie beinah gescheitert wären?"

„Einige Millionen Dollar."

„Das ist viel Geld. Dafür tut man bestimmt einiges. Aber es ist nicht annähernd so viel wie die halbe Milliarde, die Sie bezahlen wollen, um Sex mit mir zu haben", sagte sie und dachte dabei amüsiert, das Geld wäre wirklich verschwendet.

„Ich will keinen Sex mit Ihnen, Charmaine, ich will Sie lieben."

„Egal, wie Sie das nennen." Wenn er hier den romantischen Liebhaber spielen wollte, gern. Da brauchte sie schon keine absonderlichen Sexpraktiken zu fürchten. Nicht, dass sie die bedient hätte. Selbst fünfhundert Millionen Dollar brachten sie nicht dazu, etwas anderes als die herkömmlichen Stellungen über sich ergehen zu lassen. Das musste sie ihm noch deutlich machen, bevor der Abend vorüber war. Vielleicht konnte sie es am Geld aufhängen.

„Sie werden ja wohl zugeben müssen, dass Ihr Angebot total überzogen ist", fuhr sie deshalb fort. „Sie hätten mich wahrscheinlich auch für weniger haben können."

„Sie sollten nicht denken, ich hielte Sie für ein billiges Flittchen."

„Jetzt halten Sie mich mal nicht zum Narren, Eure Hoheit!", erwiderte Charmaine unbeeindruckt von seiner Schmeichelei. Dabei fragte sie sich unwillkürlich, wie viele Frauen schon darauf hereingefallen waren. *Ich will keinen Sex mit Ihnen, ich will Sie lieben.* Was für ein

Blödsinn! „Sie haben nur so viel geboten, weil Sie wussten, dass ich dann nicht Nein sagen würde. Wobei wir wieder beim Thema wären."

„Da haben Sie absolut recht, Charmaine", sagte er mit einem kühlen Lächeln.

„Sehen Sie, Sie sind doch verdorben, arrogant und selbstgerecht."

Sein Blick verfinsterte sich. „Denken Sie, was Sie wollen, seien Sie morgen Nachmittag nur pünktlich in meiner Suite."

„Bevor ich dieser Vereinbarung endgültig zustimme, sollten Sie wissen, dass ich nichts tue, was ich für pervers oder abartig halte."

Sein nachdenklicher Blick bewirkte, dass sich Charmaine so unwohl wie noch nie fühlte.

„Da ich nicht weiß, was Sie unter *pervers* und *abartig* verstehen, garantiere ich Ihnen, dass Sie jederzeit Nein sagen können, wenn Ihnen etwas nicht behagt."

Unwillkürlich musste sie lachen. „In diesem Fall, Eure Hoheit, liegt eine lange, frustrierende Woche vor Ihnen."

Erstaunt sah er sie an. „Soll das heißen, Sie schlafen nicht gern mit einem Mann?"

Für den Bruchteil einer Sekunde befürchtete Charmaine schon, den herrlichen Batzen Geld für ihre Stiftung verloren zu haben. Aber dann fiel ihr wieder ein, dass es dem Scheich ja hauptsächlich darum ging, sie gehabt zu haben.

„Leider ist das so, Eure Hoheit. Sex macht mir keinen Spaß. Über die Jahre hatte ich mehrere Liebhaber, doch keiner konnte etwas daran ändern. Aber", fügte sie spöttisch hinzu, „ein Mann mit Ihrer Erfahrung hat vielleicht mehr Erfolg. Ich warte schon gespannt auf die Stunde der Wahrheit."

Abschätzend sah er sie an. „Sie machen sich doch über mich lustig."

„Denken Sie, was Sie wollen, Eure Hoheit."

Wieder maß er ihr Gesicht. „Mögen Sie den Liebesakt als solchen oder auch alles andere, was dazu führt, nicht? Hätten Sie zum Beispiel etwas dagegen, wenn ich Ihre Brüste liebkose?"

Bei der Vorstellung stockte Charmaine der Atem. Wie gebannt sah sie dem Scheich auf den Mund und wartete auf den Ekel. Stattdessen überkam sie eine Hitzewelle, bei der sie sich vorstellte, wie er an ihren Brustknospen saugte und auch ihre empfindsamste Stelle nicht ausließ. Unwillkürlich spürte Charmaine ein nie da gewesenes Ziehen im Bauch, ihre Wangen röteten sich, und ihr Herz schlug wie wild.

„Ihrer Reaktion nach zu urteilen haben Sie nichts gegen das Vorspiel. Also verspreche ich Ihnen, den Akt nicht zu vollziehen, wenn ich nicht den Eindruck habe, dass Sie ihn auch genießen. Ist das fair?"

Mehr als das, dachte Charmaine wie benommen und nickte nur, da es ihr unmöglich war zu sprechen, so trocken war ihr Mund.

„Gut", sagte er, „jetzt essen Sie auf!"

Wie der Prinz zufrieden feststellte, tat Charmaine zum ersten Mal, was er sagte. Dabei war ihm durchaus bewusst, dass sie irgendetwas aus der Bahn geworfen haben musste. War ihr endlich klar geworden, dass auch sie von ihm eingenommen war? Oder hatte sie die Vorstellung seiner Liebkosungen erregt?

Ihre geröteten Wangen rührten sicherlich daher. In Verbindung mit dem erschrockenen Blick konnte Ali nur schließen, dass Charmaine über ihre sexuelle Reaktion auf ihn überrascht war.

Aber warum sollte eine so stolze und schöne Frau es nicht genießen, mit einem Mann zu schlafen?

In ihrer Vergangenheit musste irgendetwas vorgefallen sein, das ihr den Spaß am Sex genommen hatte. Irgendein unangenehmes oder traumatisches Erlebnis. Frauen und Pferde hatten tatsächlich viel gemein. Beide waren sehr empfindsam und leicht zu verschrecken, besonders in jungen Jahren. Er würde herausfinden, was in Charmaines Jugend passiert war. Gleich morgen früh wollte er seine Detektei in Sydney beauftragen. Einen Vorabcheck hatte er bereits machen lassen. Der zielte aber nur darauf ab, ob Charmaine ein Sicherheitsrisiko darstellte. Jetzt sollten die Detektive alles herausfinden, was ihr bisher widerfahren war. Er weigerte sich einfach zu glauben, sie sei frigide auf die Welt gekommen. Dafür gab es immer einen Grund.

Nicht dass sie wirklich gefühlskalt gewesen wäre. Ihre sexuelle Reaktion auf ihn hatte er ja die ganze Zeit gespürt, und er konnte sie auch jetzt von ihrem Gesichtsausdruck und ihrer Körpersprache ablesen.

Charmaines Feindseligkeit hatte nichts mit seiner Person zu tun und war vernunftmäßig nicht zu erklären. Er musste herausfinden, woran das lag. Bis die Woche mit Charmaine um war, wollte er alles wissen, was es über sie zu erfahren gab. Die Detektei sollte ihm täglich eine E-Mail mit den neuesten Erkenntnissen schicken. Bis dahin musste er sich in Geduld üben. Auch wenn es ihm schwerfallen würde, vorerst die Hände von Charmaine zu lassen.

Ali seufzte, als er daran dachte, wie viel Geld und Selbstbeherrschung ihn diese Frau noch kosten würde. Ob sie es wert war?

Jetzt sah sie von ihrem Vorspeisenteller zu ihm – mit diesen unglaublichen Augen. Das erregte ihn so, dass ihm klar wurde: Es war jeden Cent wert, endlich wieder Frieden zu finden. Er hatte genug von dieser Besessenheit oder was immer es sein mochte. Auf jeden Fall dauerte es schon viel zu lang.

Während des vergangenen Jahrs hatte ihn weder eine andere Frau noch irgendeine Aktivität für längere Zeit von Charmaine abbringen können. Er begehrte sie mit einer unbeschreiblichen Heftigkeit. Wenn das Schicksal ihm nicht diese Auktion beschert hätte, wäre er wohl darauf verfallen, Charmaine zu entführen. Aber das Schicksal hatte ihm in die Hände gespielt, und jetzt gehörte sie ihm – zumindest für fünf Tage. Fünf Tage, in denen er sie verführen und dafür sorgen konnte, dass sie danach freiwillig bei ihm blieb.

Fünf Tage, hm, eigentlich Zeit genug. Normalerweise schmolzen bei ihm die Frauen in einer Nacht dahin.

„Sie brauchen sich keine Sorgen zu machen“, sagte er jetzt, da Charmaine ihn nach wie vor musterte, „ich würde Ihnen niemals wehtun.“

Sie setzte sich aufrecht hin und sah ihn mit blitzenden Augen an. Wie viel Mut sie besaß, wie viel Freigeist und wie viel Feuer! Diese Frau konnte unmöglich richtig frigide sein.

„Das wäre nur zu Ihrem eigenen Nachteil, Eure Hoheit“, sagte sie nun und warf stolz den Kopf zurück, sodass ihr herrliches Haar flog. „Wenn Sie mich verletzen, bringe ich Sie um.“

„Das brauchen Sie nicht“, erwiderte er wehmütig, „wenn ich dumm genug wäre, das zu tun, würde ich das schon selbst besorgen.“

5. KAPITEL

Sein Hubschrauber war groß und schwarz und stammte aus Armeebeständen, wie Prinz Ali erzählte, als er Charmaine über das Flachdach des Hotels zum Landeplatz und einem ziemlich geheimnisvoll aussehenden Verkehrsmittel führte, dessen finstere Wirkung von den dunklen Regenwolken noch unterstrichen wurde.

Die Wettervorhersage hatte für Sydney einen warmen, schwülen Tag prophezeit, dem am Spätnachmittag ein Gewitter folgen würde. Bei dem Gedanken, durch Blitz und Donner fliegen zu müssen, verkrampfte sich Charmaine nur noch mehr.

„Wegen des Wetters brauchen Sie sich keine Sorgen zu machen“, sagte der Prinz, als er sie stirnrunzelnd zum Himmel blicken sah. „Vor Ihrer Ankunft habe ich im Internet noch einmal die Wetterkarte überprüft. Nördlich von Sydney befinden sich keine Wolken. Die ziehen aufs Meer hinaus. Wenn eine Gefahr bestehen würde, ließe ich den Piloten nicht starten.“

Dessen war sich Charmaine nicht so sicher. Sie hatte das Gefühl, Prinz Ali würde alles riskieren, um sie heute Abend mit auf seinen Privatbesitz zu nehmen. Als sie in die Präsidentensuite gekommen war, hatte er nicht einmal den Versuch unternommen, die Begierde in seinen Augen zu verhehlen.

Dabei war sie wieder absichtlich wenig zurechtgemacht. Sie trug eine dreiviertellange verwaschene Safarihose, ein einfaches kurzärmliges T-Shirt, das weder anlag noch in den Hosenbund gesteckt war, so wie sonst, damit man ihren flachen sonnengebräunten Bauch sehen konnte. Komplettiert wurde ihr Look durch flache Sandaletten und nur einen Hauch Make-up. Auf Schmuck oder Parfüm hatte sie gänzlich verzichtet. Wenn überhaupt, duftete sie nach ihrem Duschgel.

Aber anscheinend brachte diesen Mann nichts von seiner Lust auf sie ab. Das sprach ganz deutlich aus dem Blick seiner feurigen dunklen Augen, während er sie bezeichnend schnell auf die Plattform führte. Offensichtlich wollte er die Sache ins Rollen bringen. Woran auch ihr merkwürdigerweise gelegen war. Die vergangenen vierundzwanzig Stunden hatte sie Höllenqualen ausgestanden und seit dem Verlassen des Restaurants am Samstagabend weder geschlafen noch gegessen. Nach dem üppigen Menü im „Candlelight" war das vielleicht auch ganz gut so. Wie hatte sie dieses Dinner bloß überlebt?

Nach ihrer melodramatischen Drohung, ihn töten zu wollen, sollte er sie verletzen, und seiner wohl eher ironisch gemeinten Antwort, das würde er schon selbst besorgen, war der Rest des Abends irgendwie ganz unwirklich verlaufen. Der Prinz hatte während der folgenden zwei Gänge und dem abschließenden Kaffee ganz locker über dies und jenes geplaudert, und sie sprachen nicht mehr über die bevorstehende Woche, mieden auch sonst verfängliche Themen, sodass sich ihr Gespräch meist um Australien drehte: die Wirtschaft, das Wetter, die bevorstehenden Wahlen. Glücklicherweise hatte der Prinz auch aufgehört, sie pausenlos anzusehen, als wäre er am Verdursten und sie die einzige Chance, etwas dagegen zu tun. Dadurch war Charmaine in der Lage, sich so weit zu entspannen, dass sie ihren Teil zur Unterhaltung beisteuern konnte.

Aber sobald sie in ihr Hotelzimmer zurückkehrte, war ihr wieder richtig bewusst geworden, worauf sie sich da eingelassen hatte. Was hatte sie sich nur dabei gedacht? Keine Summe war ausreichend, um sie dafür zu entschädigen, was sie jetzt zu tun gezwungen war.

Bei dem Gedanken drehte es ihr den Magen um, und ihre Haut brannte wie Feuer. Ein Schreckensszenario jagte das andere, und sie ging stundenlang im Zimmer auf und ab, bevor sie sich schließlich eine lange, heiße Dusche gönnte, in der Hoffnung, sich dadurch zu entspannen. Aber die Selbsterkenntnis, die daraus erwuchs, beunruhigte sie noch viel mehr als das Arrangement, dem sie erst vor wenigen Stunden zugestimmt hatte. Die Erinnerung an ihre erregten Brustknospen und die Erkenntnis, dass sie bereit war, mit dem Prinzen zu schlafen, schockierten sie nach wie vor.

Als ihr jetzt bewusst wurde, dass ihre Brustknospen noch immer erregt waren, errötete sie unwillkürlich. Der Scheich hatte recht, es verlangte sie tatsächlich nach ihm – zumindest körperlich. Ansonsten verabscheute sie ihn nach wie vor. Etwas anderes war ja auch kaum möglich! Trotzdem fühlte sie sich körperlich zu ihm hingezogen. Dahinter stand kein vernünftiger oder erklärbarer Grund. Die Anziehung beruhte auf Urinstinkten und hatte wohl irgendetwas mit der Erhaltung der Art zu tun. Vor Jahrmillionen ließen sich die Frauen automatisch mit den Männern ein, die die widerstandsfähigsten Nachkommen versprachen und gleichzeitig die Brut schützten.

Dass eine Frau in der Vergangenheit eine solche Wahl getroffen hatte, verstand Charmaine durchaus. Aber in der zivilisierten Neuzeit war das völlig überholt. Was ihr an einem Mann gefiel, hatte nichts mit Größe, Stärke, Macht oder Reichtum zu tun. Freundlichkeit, Zärtlichkeit, Ehrlichkeit und Anstand waren ihr wichtiger.

Wie schade, dass mein Körper da nicht meiner Meinung ist, dachte sie nervös, während sie sich von dem geheimnisvollen und mächtigen Mann zur Leiter führen ließ, die in seinen großen schwarzen Hubschrauber führte. Kein Wunder, dass sie vergangene Nacht nicht geschlafen hatte! Aber da war nicht nur Verärgerung über diese unmögliche Situation, sondern auch ein wenig Erleichterung, dass sie vielleicht doch normal war. Bisher hatte sie einfach nur mit den falschen Männern Sex gehabt. Während sie sich geistig zu den netten Jungen hingezogen fühlte, sehnte sich ihr Körper nach dem Gegenteil.

Plötzlich ärgerte sie der besitzergreifende Griff des Prinzen, und sie warf ihm einen bösen Blick zu. „Das kann ich allein!“, fuhr sie ihn an, als er ihr die Leiter hinaufhelfen wollte.

Sein gleichgültiges Nicken stand im Widerspruch zum Funkeln seiner Augen. Offensichtlich strapazierte sie seine Geduld. Genauso offensichtlich wollte er sie unbedingt allein in seinem Palast im „Hunter Valley“ haben, damit er sie endlich verführen konnte.

Daran versuchte Charmaine lieber nicht zu denken, da sie der Sache mit gemischten Gefühlen entgegensah. Umso mehr, als sich inzwischen alles geändert hatte. In der Nacht zuvor hatte sie sich vorgestellt, wie ein Brett unter ihm zu liegen, seine sexuellen Aufmerksamkeiten mit ihrer üblichen Zurückhaltung zu bedenken und gleichzeitig darüber zu triumphieren, dass er niemals in der Lage wäre, sie zu befriedigen.

Die Erkenntnis, dass sie durchaus auf ihn reagierte, erschreckte sie genauso wie die Aussicht darauf, dass sie nicht mehr Nein sagen würde, wenn er vom Vorspiel zum Liebesakt überging. Dabei verabscheute sie die Vorstellung, womöglich zu genießen, was er dann mit ihr tat.

Hätte sie damals dem Therapeuten erzählt, dass sie die Vorstellung abstieß, irgendwann Gefallen am Sex zu finden, hätte er sie wahrscheinlich endgültig für verrückt erklärt. Doch nun brachte es Charmaine auf, womöglich ausgerechnet bei diesem Frauenhelden Genuss dabei zu empfinden.

Damit brachte sie sich in eine mehr als frustrierende Lage, der sie sich spätestens heute Nacht würde stellen müssen. Oder vielleicht schon in den folgenden Stunden.

„Du meine Güte!", rief sie unwillkürlich, als sie das supermoderne Innere des Hubschraubers betrat. Es sah aus wie in einem eleganten Wohnzimmer mit einem Sofa, das so groß war wie ein Doppelbett. Creme- und Goldtöne herrschten vor, Wände und Decke waren mit Holz verkleidet, und der Teppich bestand aus dichtem Plüsch.

„Ich fliege viel und mag es bequem", sagte der Prinz nun direkt hinter ihr. „Die Einrichtung habe ich auf meine Erfordernisse abstimmen lassen. An Bord gibt es noch eine komplett ausgestattete Küche sowie ein Badezimmer und eine Bar für meine Gäste. Wenn wir erst einmal in der Luft sind, werden Sie außerdem feststellen, dass dieser Raum schallgedämpft ist. Ein so großer Hubschrauber macht einen unglaublichen Lärm."

„Bestimmt haben Sie auch umwerfend gut aussehende Stewardessen", erwiderte Charmaine mit Blick auf die beiden Türen im hinteren Bereich.

„Nicht bei so kurzen Flügen und auch nicht, wenn ich mit einer lieben Freundin unterwegs bin."

Charmaine wirbelte herum. Als sich die große Tür hinter ihm schloss, kam ihr zusätzlich der Gedanke, dass keiner ihre Schreie hören würde. „Soll das heißen, wir … wir sind allein?"

„Ja", antwortete der Prinz und sah ihr forschend ins Gesicht. „Haben Sie etwas dagegen?"

„Nein … Ja … Nein, ich glaube nicht." Trotzdem erschauderte sie.

„Denken Sie an mein Versprechen. Ich tue nichts, was Sie nicht wollen."

„Ich will zum Beispiel nicht, dass Sie mich anfassen", erklärte sie aufgebracht. *„Niemals!"*, fügte sie dann hinzu.

„Es ist Ihnen doch bewusst, dass es gegen unsere Vereinbarung verstößt", erwiderte er kühl.

„Ja."

„Ich könnte verlangen, dass Sie uneingeschränkt unserer Abmachung nachkommen."

„Das können Sie gern versuchen."

Er lächelte. „Das wäre nicht meine Art. Doch wenn Ihrer Stiftung morgen fünfhundert Millionen Dollar gutgeschrieben werden sollen, empfehle ich Ihnen dringend, Ihre Haltung noch einmal zu überdenken."

Als er sie daran erinnerte, warum sie der Sache zugestimmt hatte, stöhnte Charmaine zunächst auf. Aber was machte es schon, wenn dieser Mann dachte, er sei Gottes Geschenk an die Frauenwelt, und wenn auch sie ihm erlag?

Des Scheichs Befriedigung und ihre Niederlage wären umso größer, wenn sie zunächst so tat, als würde sie nicht wollen, um dann dahinzuschmelzen, wenn er sie schließlich in die Arme nahm. Da ging sie doch besser freiwillig auf ihn zu, ergriff die Initiative – und triumphierte auch ein bisschen. Das klang alles ganz vernünftig, aber sie konnte es einfach nicht tun.

Als er jetzt auf sie zukam, wich sie unwillkürlich zurück, sodass er wie angewurzelt stehen blieb und sie besorgt ansah. „Ich will Sie gar nicht anfassen", sagte er entschuldigend, als er ihr die Tasche von der Schulter nehmen wollte, die sie allerdings verzweifelt umklammerte, „zumindest nicht so, wie Sie denken."

Sie gab die Tasche frei.

„Setzen Sie sich, und entspannen Sie sich ein bisschen. Sie sehen müde aus."

„Weil ich Ihretwegen nicht geschlafen habe!", stieß sie hervor.

Wieder musterte er sie fragend. „Wenn das so ist, legen Sie sich aufs Sofa und halten ein Nickerchen."

„Wie kann ich denn schlafen, während die bevorstehende Nacht wie ein Damoklesschwert über mir schwebt? Ich verabscheue Sex und bin noch nie mit einem Mann ins Bett gegangen, den ich nicht mochte."

„Wenn das so ist, sollten Sie sich beeilen, mich zu mögen", erwiderte er trocken, ging zum Wandschrank und entnahm dem Fach auf Kopfhöhe zwei Kissen und eine Decke.

Erstaunt beobachtete Charmaine, wie er ihr damit ein Lager auf dem Sofa bereitete. Er bewegt sich unglaublich geschmeidig, dachte sie dabei, und hat einen absolut schönen Körper. Trotz der schwarzen Jeans und des dunklen T-Shirts ließen sich seine körperlichen Vorzüge nicht verbergen, genauso wenig wie seine Fitness. Charmaine mochte den typischen Bodybuilder-Typ nicht, sondern bevorzugte große, schlanke Männer mit breiten Schultern, Waschbrettbauch und schmalen Hüften. Prinz Ali besaß sämtliche dieser Attribute, und mehr, wie sie jetzt feststellen musste.

Errötend senkte sie den Blick. Unwillkürlich dachte sie an seine Behauptung, sie würde ihn begehren, weil sie ihn letztes Jahr beim Pferderennen nicht aus den Augen gelassen hatte. Womöglich war das so gewesen. Und jetzt hatte er sie schon wieder dabei erwischt, dass sie ihn wie gebannt ansah, nein! „Sich nach ihm verzehrte", traf es besser.

Taten sagten mehr als Worte, und ihre sprachen gegen die Behauptung, sie habe keinerlei Interesse an ihm.

„Kommen Sie", meinte er nun, „Ihr Bett ist fertig."

Charmaine war so müde, dass sie seiner Aufforderung umgehend folgte, dazu trugen auch sein Blick und ihr plötzlich aufloderndes Verlangen bei. Sie kam näher, bis sie auf Armeslänge vor ihm stehen blieb. Was würde wohl passieren, überlegte sie dann benommen, wenn ich für einen Moment alles andere vergesse, meinen Gefühlen freien Lauf lasse und einfach die Arme nach ihm ausstrecke?

Beinah hätte sie es getan, hätte sein Gesicht berührt und ihm übers Haar gestrichen. Aber dann schaltete sich ihr Stolz ein, und sie ballte die Hände zu Fäusten.

Als Prinz Ali das sah, schnitt er ein Gesicht und wandte sich ab. Er setzte sich in einen Sessel, umfasste mit verschlossener Miene die Armlehnen und ließ sich zurücksinken. Erst danach sah er wieder zu ihr – immer noch ärgerlich. „Hinlegen!", sagte er, und es klang wie ein Befehl.

Verwundert, aber auch erleichtert ließ sich Charmaine aufs Sofa sinken. „Danke", flüsterte sie und zog sich die Decke über die bebenden Schultern.

„Danken Sie mir lieber noch nicht. Heute Nacht kommen Sie mir nicht so einfach davon. Ich werde Sie berühren, Madam, und Sie werden es genießen. So, und jetzt schlafen Sie, damit Sie ausgeruht sind, wenn wir ankommen."

Ali war froh, als Charmaine seiner Aufforderung nachkam und die Augen schloss. Zumindest tat sie so, als würde sie schlafen. Auch er versuchte sich zu entspannen. Aber wie sollte das gehen, wenn man frustriert die Zähne zusammenbiss?

Die Frau war einfach unmöglich und vermittelte ihm die ganze Zeit widersprüchliche Aussagen. Er wusste, dass es sie nach ihm verlangte, und als sie gerade auf ihn zugekommen war, hatte sie ihn berühren wollen. Das hatte er an ihren Augen gesehen. Aber dann war irgendetwas passiert, und sie hatte es sich anders überlegt.

Zweifellos lag es an ihrem Stolz. Wusste sie denn nicht, dass Frauen dazu da waren, zu berühren und berührt zu werden, besonders so leidenschaftliche wie sie?

Leidenschaftlich, o ja, das war sie und würde es auch bei ihm sein! Da konnte sie sich noch so unnahbar geben. Er hatte das Feuer in ihren Augen gesehen. Außerdem war es kaum möglich, dass eine Frau mit einem solchen Körper nicht auf das andere Geschlecht reagierte. Wenn er sie erst einmal küsste, würde sie ihre kühle Haltung schon aufgeben.

Heute Nacht ist es so weit, beschloss er nun und gab damit seinen Vorsatz auf, noch abzuwarten. Wenn er das Unvermeidliche hinausschob, würde Charmaine nur noch unnahbarer werden. Abgesehen davon, spürte er ein furchtbares Ziehen in den Lenden. So hatte er nicht einmal bei Nadia gelitten.

Ali runzelte die Stirn. Hatte er damals tatsächlich nicht so stark empfunden? Wenn man bedachte, dass er da noch jünger und unsterblich verliebt gewesen war, hätte sein Verlangen doch größer sein müssen. Aber er erinnerte sich nicht. Und dann kam ihm noch eine erschreckende Erkenntnis: Seitdem er Charmaine in dem Werbespot gesehen hatte – das war über ein Jahr her –, hatte er nicht mehr an Nadia gedacht. Bedeutete das, er liebte seine Schwägerin nicht mehr? Oder war mit der Zeit nur die Erinnerung an sie verblasst? Bestimmt käme alles zurück, wenn er sie wiedersah, die Leidenschaft der alles verzehrenden Liebe und die Bereitschaft, sein Leben zu geben, nur um einmal mit ihr zusammen zu sein.

Aber er würde Nadia nie wiedersehen. Dafür hatten ihre beiden Familien schon gesorgt. Nadia war jetzt die Frau seines Bruders Khaled, des Kronprinzen, und Mutter dessen Sohnes und Erben Faisal. Eines Tages wäre sie Königin von Dubar. In ihrem Leben gab es keinen Platz mehr für ihn, und seines spielte sich jetzt hier ab, in Australien, bei seinen Pferden und seinem …

Er sah zu Charmaine, die sich auf dem Sofa zusammengerollt

hatte. Mit „Hobby" hatte er den Gedanken beenden wollen, aber Charmaine konnte er wohl kaum als solches bezeichnen. Er war von ihr besessen und quälte sich, weil er sie nicht haben konnte. Sie verfolgte ihn in seinen Träumen, und selbst tagsüber musste er immer an sie denken.

Während Alis Blick auf ihrem hübschen Gesicht ruhte, spürte er wieder das schmerzliche Ziehen in den Lenden und schwor sich, all sein sexuelles Können einzubringen, um diese Frau mit dem widersprüchlichen Wesen zu verführen, damit sie sich ihm ganz hingab und vielleicht sogar in ihn verliebte.

Genau! Plötzlich ging Ali ein Licht auf: Das war es! Sie sollte sich in ihn verlieben und mindestens genauso von ihm besessen sein wie er von ihr.

Aber wieso? Aus Rache? Vielleicht. Wenn sie sich in ihn verliebte, konnte er sie so lange haben, wie er wollte, und sobald er ihrer überdrüssig wurde, fallen lassen. Immerhin hatte sie ihm letztes Jahr ziemlich unverschämt die kalte Schulter gezeigt. Auch sie würde dann nächtelang wach liegen, sich nach ihm verzehren und schließlich ganz närrische Dinge tun, ohne an ihren Stolz oder ihre Ehre zu denken.

Vor seinem geistigen Auge sah Ali Charmaine, wie sie vor ihm kniete und versprach, alles zu tun, wenn er sie nur wieder in sein Leben lassen würde.

Ja, die Vorstellung gefiel ihm!

Ein Blick auf seine goldene Edelarmbanduhr zeigte ihm, dass sie noch eine Flugstunde vor sich hatten, und ein Blick zu Charmaine offenbarte, dass sie tatsächlich schlief. Gut, dann wäre sie später ausgeruht für die lange Nacht, die ihr bevorstand.

6. KAPITEL

Als sie jemand an der Schulter rüttelte, schreckte Charmaine hoch. Dabei glitt ihre Decke herunter, die Prinz Ali, der sich über sie gebeugt hatte, aufhob.

„Wir landen gleich“, sagte er, als er sich wieder aufrichtete.

„Wie bitte?“

„Ich dachte, Sie möchten sich vorher vielleicht noch frisch machen.“

„Oh! Ja, ja doch, das würde ich gern“, rief Charmaine und wunderte sich, dass sie überhaupt eingeschlafen war. Vielleicht hat es am Motorengeräusch gelegen, dachte sie beim Aufstehen, oder ich bin wirklich so erledigt gewesen. Was auch immer der Grund war, jetzt fühlte sie sich besser – ein bisschen ruhiger und weniger panisch.

„Das Badezimmer befindet sich hinter der rechten Tür.“

„Danke.“ Charmaine nahm ihre Handtasche vom Beistelltisch und ging auf die Tür zu. Dabei ließ der Prinz sie nicht aus den Augen, und sofort war die Aufregung wieder da. Es half auch nicht, hinter sich abzuschließen. „Mistkerl!“, sagte Charmaine leise, während sie in den Spiegel des Luxusbades sah.

Als sie zehn Minuten später wieder herauskam, waren sie bereits gelandet, und Charmaine fühlte sich ein bisschen besser. Das schaffe ich, sagte sie sich und ging auf den Ausgang zu, wobei sie dem Scheich einen vernichtenden Blick zuwarf. Wenigstens war er clever genug, ihr beim Verlassen des Hubschraubers nicht behilflich zu sein. Womöglich hätte sie dann überzogen reagiert. Er kletterte lediglich nach ihr hinunter. Trotzdem war sie so davon eingenommen, ihn über sich auf der Leiter zu wissen, dass sie erst gar nicht auf die Umgebung aufmerksam wurde. Außerdem war es beinah dunkel und der Himmel wolkenbedeckt, sodass ein Großteil des Anwesens im Verborgenen lag. Das galt allerdings nicht für das herrliche, in Stucktechnik gehaltene Hauptgebäude auf dem Hügel vor ihr. Als Charmaine es bemerkte, stockte ihr der Atem.

Sie hatte mit einem Palast gerechnet, aber dass er so groß sein würde, hätte sie nicht gedacht.

„Kommen Sie“, sagte der Prinz jetzt direkt hinter ihr. „Wir fahren den Hügel hinauf.“

„Womit denn?", fragte Charmaine erstaunt. Doch als sie sich umdrehte, entdeckte sie den kleinen Golfwagen. Ein Bediensteter lud bereits die Koffer ein. Der Mann sah wie ein Australier aus, nicht wie ein Araber, und hatte merkwürdig kindliche Züge, obwohl er sicher schon über dreißig war. Außerdem achtete er peinlich genau darauf, sie nicht zu lange anzusehen. Sobald er die Koffer verstaut hatte, setzte er sich hinters Steuer.

„Danke, Jack", sagte der Prinz von der Rückbank aus, bevor er sich an Charmaine wandte, die ein wenig pikiert war, weil er sie nicht vorgestellt hatte. „Wollen Sie nicht einsteigen?"

„Doch, doch."

Sobald sie neben dem Scheich Platz genommen hatte, fuhren sie los, und zwar so rasant, dass sich Charmaine festhalten musste, um nicht das Gleichgewicht zu verlieren. Auf keinen Fall wollte sie gegen den Prinzen geschleudert werden, der ihr ohnehin schon unangenehm nah war.

Auf dem relativ steilen Pfad den Hügel hinauf unterhielt er sich vorwiegend mit Jack – über das Gewitter in Sydney und wie viel Glück sie im „Hunter Valley" bisher mit dem Wetter gehabt hatten, dass der Frühlingsregen angenehm gewesen sei und so weiter.

Charmaine war dankbar, ihre Ruhe zu haben und ein bisschen mehr von dem Besitz zu sehen. Ihre Augen hatten sich ans Dämmerlicht gewöhnt, sodass sie im Tal unter ihnen einige Häuser ausmachen konnte. Da war auch ein Fluss, dessen Ufer große Bäume säumten. Beidseitig lagen Felder. Je weiter man sich vom Fluss entfernte, desto hügeliger wurde die Landschaft, und die Felder wurden von zahlreichen weiß umzäunten Weiden abgelöst. Umschlossen wurde das Tal von enormen Bergzügen, die sich dem wolkenverhangenen Himmel entgegenstreckten.

Trotz des atemberaubenden Panoramas wandte Charmaine den Blick bald wieder dem Herrenhaus zu. Eigentlich glich es eher einer Festung als einem Wohnhaus, mit seinen Veranden und Bogenfenstern im maurischen Stil.

Schließlich hielten sie vor einer großen Freitreppe mit Terracottafliesen, die auf eine schlichte, massive Eingangstür zuführte, an der ein großer Messingklopfer befestigt war. Das dunkle Holz der Tür hob sich sogar noch im Dämmerlicht von der weißen Fassade des Hauses ab.

Rasch verließ Charmaine den Golfcart, damit ihr der Prinz nicht behilflich sein konnte. Seinem spöttischen Gesichtsausdruck nach zu urteilen, entging es ihm nicht. Gemeinsam, aber doch mit einem gewissen Abstand zueinander, gingen sie dann die Stufen hinauf, während sich Jack hinter ihnen mit dem Gepäck abmühte.

Bevor noch jemand den Türklopfer betätigen konnte, öffnete ihnen eine Frau mittleren Alters mit roter Stoppelfrisur und lebhaften blauen Augen, die vor echter Willkommensfreude über Alis Rückkehr glänzten. Als ihr Blick Charmaine streifte, nickte sie ihr freundlich zu.

Diesmal ließ sich der Prinz sogar dazu herab, Charmaine vorzustellen. „Cleo, das ist Charmaine Christie, die Sie bestimmt schon auf Frauenmagazintiteln gesehen haben. Charmaine, das ist meine Haushälterin Cleo."

„Freut mich", erklärte Charmaine.

„Ich bin entzückt, meine Liebe", erwiderte die Haushälterin, „kommen Sie herein." Herzlich nahm sie Charmaines Hand und zog sie in das riesige Atrium der Eingangshalle. „Augenblick bitte, Liebes", sagte sie dann, ehe sie sich an Jack wandte, der es mittlerweile ebenfalls bis ins Haus geschafft hatte. „Du weißt doch, wo du die Koffer hinbringen sollst? Den großen schwarzen in die Räume des Chefs, die anderen gehören der Lady. Die bringst du ins Zimmer dahinter. Man kann es nicht verfehlen. Für alle Fälle habe ich die Tür offen gelassen. Wenn du fertig bist, benutz bitte den Hintereingang, okay?"

Jack nickte und verschwand durch den Torbogen zu Charmaines Linken. Die Haushälterin wandte sich ihr wieder zu und musterte sie diesmal von Kopf bis Fuß. „Meine Güte", rief sie dann ehrfürchtig, „Sie sind ja noch schöner als auf den Titelblättern!" Dann wandte sie sich an den Prinzen. „Wir werden sie unter Verschluss halten müssen, oder die Männer arbeiten kein Stück mehr, Ali."

Erstaunt hörte Charmaine, dass die Frau ihren Arbeitgeber mit dem Vornamen ansprach. Na ja, wahrscheinlich kannten sich die beiden schon ziemlich lang. Da wäre es einfach umständlich gewesen, ihn die ganze Zeit „Eure Hoheit" zu nennen.

Als Ali lachte, zuckte Charmaine zusammen. Bisher hatte sie ihn noch nie lachen hören. Dadurch verwandelte er sich vom eiskalten Ladykiller in einen warmherzigen Charmeur. „Da mögen Sie recht haben, Cleo. Ich wette, Norm hat ruckzuck alle möglichen Ausreden parat, um sich nur noch den Rosenstöcken am Haus zu widmen."

„Mit Sicherheit. Bei schönen Frauen wird er einfach schwach."

„Nur zu wahr, Cleo, wenn ich Sie mir so ansehe ..."

„Jetzt hören Sie aber auf!", rief seine Haushälterin, und der Prinz wandte sich erklärend an Charmaine. „Norm ist mein Gärtner und Cleos Ehemann." Plötzlich war nichts mehr königlich oder arrogant an ihm. Er sprach auch nicht mehr so gestelzt.

„Ich gehöre doch schon bald zum alten Eisen", wandte sich die Haushälterin jetzt an Charmaine, die sich immer noch über des Prinzen Verwandlung wunderte. „Letzte Woche habe ich meinen Fünfzigsten gefeiert, Liebes. Um die Zeit ein wenig zurückzudrehen, bin ich dann gleich zum Friseur gegangen. Und das ist dabei herausgekommen." Sie deutete auf ihre Frisur. „Wie finden Sie es? Sie können mir ruhig die Wahrheit sagen."

„Ich finde es großartig und hätte Sie auf keinen Fall über vierzig geschätzt."

„Ich wusste ja, dass Sie Geschmack haben und ein anständiges Mädchen sind." Die Haushälterin strahlte, ehe sie sich an ihren Chef wandte. „Meinen Segen haben Sie."

„Danke, Cleo, aber ich glaube, Charmaine hat da auch noch ein Wörtchen mitzureden." Lächelnd sah er zu Charmaine, die seine Geste ausnahmsweise erwiderte. Sie mochte die Haushälterin und wollte ihr keinen Kummer machen, nur weil ihr Boss so ein gerissener Mistkerl war.

„Ich nehme an", mutmaßte er nun, „Sie haben meine Anweisungen bereits ausgeführt, Cleo."

Unwillkürlich runzelte Charmaine die Stirn. Was denn für Anweisungen?, fragte sie sich.

„Alles ist, wie Sie es haben wollten, Ali. Ich bringe auch bald das Essen."

„Gut."

Als er Charmaine am Ellbogen nahm, erstarrte sie. Doch sein Blick verbot ihr, ihm in Cleos Beisein eine Szene zu machen. Zögerlich ließ sie sich den Flur entlangführen, der sich endlos hinzuziehen schien. „Welche Anweisungen denn?", fragte sie verunsichert, als sie außer Hörweite waren.

„Nichts, worüber Sie sich aufregen müssten. Vor unserem Abflug habe ich Cleo angerufen und ihr mitgeteilt, dass ich für diese Woche eine liebe Freundin mitbringen und wir heute Abend in meinen Räumen dinieren würden."

„Bei diesem Anruf haben Sie ihr offensichtlich verschwiegen, wer ich bin."

„Ja."

„Dann ist sie wohl daran gewöhnt, dass Sie so genannte Freundinnen aus Sydney mitbringen."

„Das kommt gelegentlich vor. Aber Sie sind bei weitem die berühmteste und schönste Lady, die uns jemals beehrt hat."

Charmaine machte eine Unmutsbezeugung. Dann fiel ihr wieder ein, dass ihn die Haushälterin mit dem Vornamen ansprach. „Cleo sagt *Ali* zu Ihnen. Ich bin erstaunt, dass Sie einer Dienerin derartige Vertraulichkeiten gestatten."

„Cleo ist keine Dienerin", antwortete er kühl. „Sie ist meine Angestellte."

„Entschuldigen Sie den Lapsus, ich dachte, arabische Prinzen würden ihre Angestellten als Diener betrachten."

„Zu Hause in Dubar mag das so sein, aber nicht hier in Australien. Inzwischen ziehe ich es vor, mir den Respekt meiner Angestellten zu verdienen und ihn nicht einfach nur zu erwarten wie ein gehätschelter Königssohn. Natürlich bin ich immer noch der Boss. Aber viele Menschen, die für mich arbeiten, sehen mich auch als Freund."

„Bewundernswert! Doch ich würde mir da nichts vormachen, Eure Hoheit. Meiner Erfahrung nach haben reiche und berühmte Leute keine Freunde in den Menschen, die für sie arbeiten."

„Da vertreten Sie aber einen sehr zynischen Standpunkt."

„Weil ich ein zynischer Mensch bin."

„Ja, das habe ich bereits bemerkt. Aber Zynismus wie jede andere negative Einstellung kann außer Kontrolle geraten und schließlich eine selbstzerstörerische Wirkung entfalten. Das weiß ich aus eigener Erfahrung. Als ich in Australien ankam, bin ich auch sehr zynisch und negativ eingestellt gewesen. Aber bald darauf machte ich mir klar, dass ich eigentlich Erfolg haben und mit meinem Leben einigermaßen zufrieden sein wollte. Dazu musste ich lernen, die australische Lebensart anzunehmen, die viel lässiger ist, als ich es im englischen Nobelinternat gelernt hatte. Zugegebenermaßen erleide ich gelegentlich einen Rückfall, wenn ich mich in der Öffentlichkeit oder in Gesellschaft meiner reichen Freunde aus der Stadt befinde. Aber sobald ich wieder hierher komme, bin ich wie verwandelt."

„Einigermaßen zufrieden leben?", wiederholte Charmaine. „Das hört sich an, als könnten Sie in Australien niemals richtig glücklich sein. Warum kehren Sie dann nicht nach Dubar zurück?"

„Jetzt erstaunen Sie mich aber, Charmaine, oder vielleicht wäre *enttäuschen* treffender, weil Sie sich noch nicht einmal die Mühe gemacht haben, die wichtigsten Punkte meiner Vergangenheit herauszufinden. Es ist allgemein bekannt, zumindest im Pferdesportumfeld, dass ich Dubar nicht freiwillig verlassen habe. Man hat mich ausgewiesen."

„Wie bitte?", fragte Charmaine erschrocken. „Aber … Aber wieso denn?"

„Da gibt es so einige Gerüchte. Am häufigsten wird erzählt, man habe mich mit einer verheirateten Frau in deren Schlafzimmer erwischt, während ihr Ehemann verreist war."

„Und was ist die Wahrheit?"

„Dass die Frau, um die es ging, nur verlobt war. Unglücklicherweise mit meinem ältesten Bruder, dem Thronfolger."

„Oh! Und Sie haben wirklich mit ihr geschlafen?"

„Ich hatte es auf jeden Fall vor. Aber wir wurden entdeckt. Dann hat man mich ins nächste Flugzeug gesetzt und für immer des Landes verwiesen. Meinem Bruder wurde erzählt, ich hätte mich unsterblich in eine verheiratete Frau verliebt – in Dubar eine gefährliche Angelegenheit – und sei zu meinem eigenen Schutz ausgeflogen worden."

„Ich verstehe", sagte Charmaine, der durchaus bewusst war, dass Ehebruch in arabischen Staaten ein kapitales Verbrechen darstellte, auf das manchmal sogar die Todesstrafe stand. „Aber", meinte sie dann, „das Verliebtsein war nicht einseitig, nehme ich an."

„Nein, Nadia erwiderte meine Liebe, oder zumindest dachte ich, sie würde es tun. Doch innerhalb weniger Tage nach meiner Ausreise hat sie meinen Bruder Khaled geheiratet und jetzt einen Sohn mit ihm. Was man so hört, ist die Ehe glücklich."

„Lieben Sie Nadia immer noch?"

„Würde Ihnen das etwas ausmachen?" Forschend sah er Charmaine an.

Gute Frage, dachte sie und blinzelte. „Ich war nur neugierig“, antwortete sie dann. „Das würde vielleicht erklären, warum ein Mann wie Sie nicht verheiratet ist. So abgeschieden, wie Sie hier leben, wäre es doch viel praktischer, eine Ehefrau zu haben als eine Affäre nach der anderen.“

„Aha, dann wissen Sie also doch von den Gerüchten, die über mich im Umlauf sind.“

„Ich bin sogar vor Ihnen gewarnt worden.“

„Interessant! Ich weiß auch schon von wem. Von Enrico. Nein, Sie brauchen es gar nicht abzustreiten, meine Liebe. Er ist der Einzige, der es wagen würde. Aber um Ihre Frage von vorhin zu beantworten, ja, ich habe Nadia sehr geliebt, mehr als mein Leben. Ich hätte alles riskiert, um mit ihr zusammen zu sein. Wie Sie heute Nacht noch feststellen werden“, fügte er nun ganz leise und einschmeichelnd hinzu, „bin ich ein besonders leidenschaftlicher Mensch.“

Wie gebannt sah Charmaine ihn an, und er erwiderte ihren Blick mit einem Glühen in den Augen. Aber brannte das Feuer darin für sie, oder gab es da noch diese andere Frau? Charmaine musste es wissen. „Erinnere ich Sie irgendwie an Nadia?“, fragte sie deshalb und bekam einen ganz trockenen Mund, während sie auf die Antwort wartete.

Langsam ließ er den Blick an ihr hinab- und wieder hinaufgleiten. „Nicht im Geringsten“, sagte er schließlich eisig. „Kommen Sie“, meinte er dann unverhofft freundlich und nahm sie wieder beim Arm, „lassen wir die Vergangenheit ruhen. Sie hat keine Auswirkung mehr auf mich.“

Von wegen, dachte Charmaine, während der Prinz sie den Korridor entlangführte. Er wurde genauso von seiner Vergangenheit beeinflusst wie sie von ihrer. Bestimmt hatte er nur so viel Geld für sie bezahlt, weil er schon einmal bei einer Frau, nach der es ihn unheimlich verlangt hatte, nicht zum Zug gekommen war. Bei Nadia mochte sein Antrieb Liebe gewesen sein. In ihrem, Charmaines, Fall hatte ihre außergewöhnliche Schönheit dafür gesorgt, dass es den Prinzen nach ihr gelüstete, und diesmal konnte ihn nichts davon abhalten, diese Lust zu befriedigen. Auch wenn ihn nicht die Liebe antrieb, war sein Beweggrund genauso mächtig. Charmaine konnte es spüren, wenn er sie berührte, als würde der Funke überspringen. Auf jeden Fall bescherte ihr seine Hand auf dem Arm ein eigenartiges Gefühl im Bauch und brachte ihr Herz zum Rasen.

Gerade noch rechtzeitig blieb er vor einer Tür stehen und ließ Charmaines Arm los. Einen Schritt weiter, und seine Finger hätten sich ihr in die Haut gebrannt. Als er die Tür aufstieß und Charmaine bedeutete hineinzugehen, war sein Gesichtsausdruck grimmig entschlossen. Dadurch steigerte sich ihre Spannung. Aber der Anblick, der sich ihr gleich darauf bot, lenkte sie kurzzeitig ab.

„Während Ihres Aufenthalts schlafen Sie hier", verkündete der Prinz und ging zu den Flügeltüren, die auf eine im maurischen Stil gehaltene Veranda führten. Charmaine hatte ein Schlafzimmer erwartet, aber nicht so eins. Als er die Fenster öffnete, wehte ein laues Lüftchen herein und bewegte den Betthimmel aus weißem Organza.

Wie gebannt blickte Charmaine auf die herrliche Schlafstätte mit einem Überwurf aus rosafarbener Spitze und dazu passenden Kissen. Darauf sollte sie mit dem Scheich liegen? Unmöglich! Dieses Bett strahlte Romantik und Unschuld aus, der ganze Raum war höchstens für ein zärtliches Tête-à-Tête gemacht, aber nicht für das Vorhaben des Prinzen. Schon jetzt wusste Charmaine, dass ihre Schäferstündchen weder romantisch noch unschuldig sein würden, geschweige denn zärtlich.

„Da geht's zum Ankleidezimmer und zum angrenzenden Badezimmer", riss er sie aus ihren Gedanken und zeigte auf die Tür neben dem Kopfende des Bettes. „Darin finden Sie alles, was Sie brauchen. Und durch diese ...", er ging zu einer Tür gegenüber des Bettes und stieß sie auf, „... gelangt man in meine Räume."

Beinah hätte Charmaine über ihre Naivität gelacht. Das war natürlich nicht das Schlafzimmer des Scheichs, sondern die Rückzugsmöglichkeit für die Dame des Hauses. Hier sollte sie sich entspannen. Sündiges Verlangen und Verführung standen dabei nicht auf dem Programm. Zweifellos enthielt sein Schlafzimmer dafür ein noch größeres Bett und Accessoires, um den sexuellen Genuss eines Mannes seiner Weltläufigkeit zu garantieren.

„Ich erwarte Sie dort – passend gekleidet – in einer halben Stunde", erklärte er nun, verneigte sich leicht und entschwand durch die Verbindungstür.

Böse sah Charmaine ihm nach. Der Funken Sympathie, den er mit seiner rührseligen Geschichte in ihr hervorgerufen hatte, war durch seine letzte Aufforderung zunichte gemacht worden.

„Passend gekleidet, das kannst du haben!", stieß sie hervor, wirbelte herum und ging auf die Tür zu, hinter der sich der begehbare Kleiderschrank und das Badezimmer befinden sollten.

Ihr Gepäck stand auf zwei Hockern in dem riesigen Ankleidezimmer. Ärgerlich zerrte sie an den Reißverschlüssen und entnahm den Taschen alles, was sie für die bevorstehende Nacht brauchte. Dann ging sie ins Bad, das genauso anheimelnd war wie das Schlafzimmer – überall weiße Fliesen, rosafarbene Accessoires und silberne Armaturen. Über der Saunabank hing ein riesiger Spiegel, den man zur Seite schieben konnte. Dahinter befanden sich kleine Regale mit einer erstaunlichen Auswahl an Kosmetikartikeln.

In einer Ecke des Raums lud ein Whirlpool zum Entspannungsbad ein, in einer anderen eine geräumige Glaskabine zum erfrischenden Duschvergnügen. An zwei Wänden befanden sich Stangen mit einer großen Auswahl rosafarbener Frotteehandtücher allererster Güte. Darunter stand ein Wäschekorb mit kleinem Hinweisschild, das besagte, schmutzige Wäsche würde noch am selben Tag gewaschen, gebügelt und zurückgebracht.

So viel zum Thema, seine Gäste verwöhnen!

Solchen Schnickschnack kann er sich ja auch leisten, dachte Charmaine, als sie ihre Duschhaube aus der Schutzhülle nahm und aufsetzte. Immerhin hatte er fünfhundert Millionen gezahlt, um mit ihr zu schlafen. Da musste auch ein umfassender Zimmerservice drin sein. Wie auch immer, Sex war käuflich, aber Liebe nicht! Nicht dass der Scheich darauf aus gewesen wäre. Sein Herz gehörte noch immer der Frau in Dubar, die jetzt mit seinem Bruder verheiratet war. Um das zu erkennen, brauchte man kein Genie zu sein. Und von den Frauen, die er hierher brachte, wollte er keine Liebe, sondern nur Sex.

„Und dazu soll ich mich passend kleiden?“, überlegte Charmaine laut und lachte abfällig. Dann zog sie sich erst einmal aus, warf jedes Kleidungsstück einzeln in den Wäschekorb und ging unter die Dusche. Dort rieb sie sich von Kopf bis Fuß mit einem sündhaft teuren Duschgel ein, das sie unter zahlreichen anderen auf einem schmalen Einlass in der Duschwand entdeckt hatte. Als sie fertig war, stellte sie den Wasserstrahl auf kalt und ließ ihn auf ihren Körper prasseln, bis sie vor Kälte zitterte.

Der Meinung, sich ausreichend abgekühlt zu haben, drehte sie schließlich das Wasser ab. Doch ihre voll erblühten Brustknospen sprachen eine andere Sprache, und Charmaine war verärgert, weil sie nicht daran gedacht hatte, was eiskaltes Wasser damit anstellte. Dabei hatte sie den Trick erst vor Kurzem bei einem Fotoshooting angewendet, um noch verführerischer auszusehen.

Beim Abtrocknen bedauerte sie auch, dem Scheich erzählt zu haben, dass sie Sex nicht mochte. Wie viel einfacher wäre es gewesen, wenn er sie für eine Schlampe gehalten hätte. Jetzt betrachtete er sie als sexuelle Herausforderung. Da war es vielleicht besser, selbst die Initiative zu ergreifen, zumal sie ihm den Triumph nicht gönnte, zu glauben, er habe sie verführt. Da sie sich ohnehin zu ihm hingezogen fühlte, würde es ihr nicht schwerfallen, den ersten Schritt zu tun. Also zog sie das Outfit an, das sie mit ins Badezimmer gebracht hatte, und machte sich ans Schminken.

Danach betrachtete sie sich noch einmal eingehend im Spiegel. Perfekt, befand sie, obwohl es ihr bei ihrem Anblick eiskalt den Rücken hinunterlief. Das Nachthemd und dazu passende Neglige gehörten zu der „Femme fatale"-Sommerkollektion, die sie erst kürzlich gemodelt hatte. Das Nachthemd bestand aus roter Seide, wobei das Oberteil mit Halterneck wie angegossen saß und der Rock in großzügigen Bahnen bis auf den Boden fiel. Man hätte es als Abendkleid verwenden können, wenn auch als sehr gewagtes, so wie ihre Brüste unter dem durchscheinenden Material zu sehen waren.

Das bodenlange Darüber hätte jeder Hollywooddiva alle Ehre gemacht. Es bestand aus durchsichtigem Chiffon, besaß Dreiviertelärmel, und sämtliche Säume waren mit Straußenfedern verziert. Dazu trug sie farblich passende hochhackige Pumps aus Satin, die die Zehen freiließen, wobei deren Lack zur Lippenstiftfarbe passte. Alles in allem war alles ein bisschen zu viel des Guten und ließ sie wie ein teures Callgirl aussehen!

„Ja, so ist es genau richtig!", sagte sie zu ihrem Spiegelbild. Dann wirbelte sie herum und verließ das Badezimmer. Es war Zeit, sich dem Unvermeidlichen zu stellen. Doch diesmal würde sie nicht das hilflose Opfer sein – so wie damals.

7. KAPITEL

Unterwegs fasste Charmaine einen Entschluss, der allerdings zu wanken drohte, als ihr der Scheich die Tür öffnete. Hielt sie da etwa den Atem an? Hoffentlich nicht.

Bis zu diesem Moment hatte Charmaine keinen Gedanken daran verschwendet, was der Scheich wohl tragen würde, viel zu sehr war sie mit dem eigenen Erscheinungsbild beschäftigt gewesen. Aber was die provokative Seite anging, stand er ihr mit seinem Aufzug in nichts nach. Die schwarz-seidene Pyjamahose saß ihm gefährlich tief auf den Hüften, und der dazu passende Morgenmantel stand offen, sodass Charmaine seinen trainierten Oberkörper und eine Handbreit Bauch unterhalb des Nabels sehen konnte.

Das Haar des Scheichs glänzte noch feucht. Offensichtlich war er gerade aus der Dusche gekommen. Auch seine Füße waren bloß, und auf seinem breiten Oberkörper glitzerten zahlreiche Wassertröpfchen, die Charmaine am liebsten mit den Fingern weggetupft hätte. Wie gut dieser Mann aussah! Geradezu verboten gut, mit dem dichten, glänzenden Haar und dem dunklen Teint, von seinem athletischen Körperbau gar nicht zu reden.

Doch die stärkste Anziehungskraft ging von seinen Augen aus, mit denen er sie jetzt derartig warm ansah, dass es Charmaine schwerfiel, bei ihrem Entschluss zu bleiben. Längst war ihr Blut in Wallung geraten, und es kribbelte sie am ganzen Körper. Dabei gingen ihr die unmöglichsten Gedanken durch den Kopf. Die Vorstellung, dass sie ihn bald berühren konnte – falls sie ihrem Verlangen nachgab –, ließ sie beinah schwach werden.

Charmaine spürte, wie sie errötete, und das weckte ihr Ehrgefühl zu neuem Leben. Wieso schwärmte sie für diesen Mann wie ein verliebter Teenager? Noch tiefer konnte sie ja wohl kaum sinken. Nein, nein, nein und nochmals nein, nicht für alles Geld dieser Welt würde sie mit ihm schlafen!

Bevor sie dem Prinzen ihren Entschluss mitteilte, rauschte sie erhobenen Hauptes an ihm vorbei in seine Räumlichkeiten, umso etwas wie einen Sicherheitsabstand zwischen sie zu bringen. Für den Bruchteil einer Sekunde wurde Charmaine von der Einrichtung abgelenkt. Es sah ganz anders aus, als sie erwartet hatte. Viel gemütlicher. Ein zartgrüner Teppich und cremefarbene Wände ließen den Raum sommerlich wirken, der offene Kamin und die Bücherregale machten ihn wohnlich, und die Möbel schufen eine Wohlfühlatmosphäre. Vor den großen Erkerfenstern stand ein Esstisch mit einer Glasplatte, den frische Blumen und ein Kandelaber besonders einladend machten. Daneben befand sich ein Servierwagen mit einem Sektkühler. Das perfekte Arrangement für ein romantisches Dinner.

„Möchten Sie sofort Platz nehmen?“, fragte der Scheich, und Charmaine wandte sich ihm wieder zu, während ihr das Herz bis zum Hals schlug.

„Was ich möchte, Eure Hoheit“, sagte sie dann steif, „ist, dieser Sache ein für alle Mal ein Ende zu bereiten.“

Sein Blick wurde finster. „Was soll das heißen?“

„Dass ich meine Meinung geändert habe. Ich kann das nicht. Ich gehe jetzt zurück in mein Zimmer, ziehe mich um und packe. Dann erwarte ich von Ihnen, dass Sie mich nach Sydney zurückfliegen lassen, und zwar noch heute Abend.“

„Einfach so?“, fragte er mit einem geheimnisvollen Glitzern in den Augen.

„Ja.“

Daraufhin sagte er nichts, aber seine Körperhaltung sprach Bände. Er würde sie nicht gehen lassen. Aber sie war ja gewarnt worden. Warum hatte sie bloß nicht auf Rico gehört?

„Es tut mir leid, dass ich Ihnen solche Unannehmlichkeiten bereite“, stieß Charmaine nun hervor und ging tapfer auf die Tür zu. Dummerweise musste sie dabei am Prinzen vorbei. Schon wähnte sie sich in Sicherheit, aber da umfasste er auch schon Charmaines Handgelenk und zog sie ungestüm an sich.

Wie immer, wenn sie sich in die Enge getrieben fühlte, setzte sie sich zur Wehr, holte mit der freien Hand aus und verpasste dem Prinzen eine schallende Ohrfeige. Sie hätte ihn noch einmal geschlagen, hätte er ihr nicht ihre Hand festgehalten.

„Lassen Sie mich los“, stieß sie wütend hervor, „oder ich schreie!“

„Nur zu. Das Haus hat dicke Wände und Fenster mit Doppelverglasung, die wegen der Klimaanlage alle geschlossen sind. Und selbst wenn Ihr Schreien nach außen dringen würde, wäre niemand da, um es zu hören. Cleo und ihr Mann sind in die Stadt gefahren. Dadurch sind Sie jetzt genauso allein mit mir wie im Hubschrauber."

Während er das sagte, verstärkte er den Druck um ihre Handgelenke, wodurch Charmaine sofort klar wurde, wer hier der Stärkere war. Obwohl sie sich so oft im Fitnessstudio plagte, kam sie gegen diesen Mann nicht an. Es war also sinnlos, sich zur Wehr zu setzen. Ohnehin hätte sie selbst in diesem Augenblick nichts lieber getan, als sich dem Prinzen hinzugeben.

Charmaine genoss es regelrecht, ihm so nah zu sein, seine breite Brust und seine Hüften zu spüren. Da er keine Schuhe trug und sie hohe Absätze anhatte, befanden sich ihre Gesichter auf gleicher Höhe. Wie leicht hätte sie ihm einen Kuss auf die Lippen hauchen können, um ihren Mund dann bereitwillig zu öffnen und seine Zunge willkommen zu heißen. Genauso leicht, wie ihm eine weit intimere Annäherung zu gestatten. Bei dem Gedanken erschauerte Charmaine.

„Sie … Sie haben mir versichert, dass Sie niemals etwas tun würden, das gegen meinen Willen ist", stieß sie trotzdem hervor.

„Das werde ich auch nicht."

„Dann lassen Sie mich los!"

„Sie haben dem Vorspiel zugestimmt", erinnerte er sie.

„Entspricht diese Situation etwa Ihrer Vorstellung davon?", fragte Charmaine aufgebracht.

„Wenn ich Sie loslasse, versuchen Sie wegzulaufen, obwohl ich genau weiß, dass Sie viel lieber geküsst und berührt werden wollen."

„Da irren Sie sich aber gewaltig!", log sie, um das Gesicht zu wahren. Er sollte nicht wissen, wie sehr sie sich insgeheim nach ihm verzehrte.

„Was wollen Sie dann? Dass die Initiative von Ihnen ausgeht?"

„Wie bitte? O nein, nein, bestimmt nicht!" Allein der Gedanke … „Ich habe Ihnen doch schon gesagt", widersprach sie ihm in einem letzten Versuch, das scheinbar Unvermeidliche abzuwenden, „dass ich Sex nicht mag, und schon gar nicht mit Ihnen."

„Das wird sich ändern", versprach er, und während er sich zu ihr hinunterbeugte, besaß er sogar die Frechheit zu lächeln.

Charmaine presste die Lippen zusammen und wehrte sich gegen seine Küsse, erreichte damit aber genau das Gegenteil. Während sie den Kopf hin und her bewegte, erhöhte sich nur die köstliche Reibung zwischen ihren Mündern. Und was das Hin- und Herbewegen ihres Unterkörpers betraf ... Dadurch wurde ihr erst bewusst, welches Ausmaß die Erregung des Mannes erreicht hatte. Allein bei dem Gedanken bekam sie weiche Knie.

Unwillkürlich drückte sie der Scheich noch fester an sich, und Charmaine erstarrte vor Schreck – oder war es Lust? Trotz des Entschlusses, noch in derselben Nacht abzureisen, schmolz sie jetzt tatsächlich dahin, und ihr Ehrgefühl stand ihr nicht mehr im Weg. An dessen Stelle trat ein mächtiges Drängen, sich einfach an den Prinzen zu schmiegen und der Natur freien Lauf zu lassen.

So war dann auch ihr Seufzer unmissverständlich, ein sinnlicher Laut, der dem Mann sagte, dass er sie haben könne. Er verstärkte seine Umarmung. „Küss mich", flüsterte er schließlich und sah ihr in die glänzenden Augen. „Küss mich auf die Stelle, auf die du mich geschlagen hast."

Wie gebannt sah Charmaine auf seine nach wie vor gerötete Wange, bevor sie erneut des Prinzen Blick suchte. Hätte er sie überheblich oder böse angesehen, wäre der erotische Zauber gebrochen worden. Aber er sah sie zärtlich an, und so kam sie seiner Aufforderung nach und küsste ihn.

Sie ließ die Lippen über seine Wange gleiten, die sich heiß und ein wenig rau anfühlte. Obwohl er sich erst vor Kurzem rasiert hatte, begann sein Bart bereits wieder zu wachsen. Doch als Charmaine bewusst wurde, was sie tat, wich sie erschrocken zurück.

„Das hat dir gefallen, nicht wahr?"

„Ja", gab sie immer noch verwirrt zu und sah ihm wieder in die Augen. Wieso vergaß sie all ihre Vorsätze? Lag es an ihm selbst oder an seinem Geschick, die Situation zu meistern?

Oder fühlte sie sich geschmeichelt, dass er eine halbe Milliarde Dollar für sie zahlen würde? Vielleicht gefiel es ihr auch, dass sie ihn gar nicht zu mögen brauchte, um Sex mit ihm zu haben. So konnte sie sich gleich danach distanzieren und brauchte nicht zu befürchten, sich in tiefere Gefühle zu verstricken.

Was auch immer der Grund sein mochte, es gab kein Zurück mehr. Sie musste einfach wissen, wie es sein würde, mit ihm zu schlafen.

„Mach dir keine Sorgen, weil es dir gefallen hat", sagte er da leise und küsste sie zärtlich. „Bevor diese Nacht vorüber ist, werden dir noch ganz andere Dinge Vergnügen bereiten." Unvermittelt ließ er sie los, und Charmaine verspürte so etwas wie Enttäuschung. Es hatte ihr also tatsächlich gefallen, in seinen Armen zu liegen, genauso wie ihr die anderen Dinge gefallen würden, die er mit ihr vorhatte. Das machte ihr Sorgen. Gleichzeitig spürte sie den drängenden Wunsch, einfach alles zu erfahren, was es mit diesem Mann zu erfahren gab.

Dabei sah ihr das gar nicht ähnlich. In den vergangenen Jahren hatte sie jegliches Interesse an Sex verloren. Obwohl sie einmal sehr neugierig darauf gewesen war, langweilte es sie inzwischen nur noch.

Als der Prinz nun begann, ihr das Neglige von den Schultern zu streifen, riss er Charmaine damit aus ihren Gedanken. Gleich darauf glitt das rote Nichts zu Boden.

„Du hast dich extra so zurechtgemacht", sagte er, „um mich zu provozieren."

Das konnte sie nicht abstreiten.

„Es hat funktioniert", fügte er hinzu und schob ihr die Träger des Nachthemds herunter. Seine Fingerspitzen berührten dabei ihre Haut, und sie erstarrte. Er wollte sie doch wohl nicht hier – mitten im Wohnzimmer – ausziehen, damit sie nackt mit ihm dinierte? Stieß sie der Gedanke nun ab, oder erregte er sie?

„Mit dem Fummel siehst du aus wie ein Flittchen", erklärte er jetzt, und Charmaine war betroffen, obwohl es der Wahrheit entsprach. Gleich darauf kam das Nachthemd auf dem Morgenmantel zu liegen. Nun trug sie nur noch die roten Highheels, und der Prinz machte einen Schritt zurück und hielt den Atem an.

Ist aus mir wirklich eine Prostituierte geworden?, überlegte Charmaine, während er sie betrachtete.

„Du bist viel zu schön", flüsterte er dann, bevor Charmaine noch zu einer Entscheidung hätte kommen können, „und viel zu schamlos." Während er das sagte, hob er sie hoch und trug sie in sein Schlafzimmer.

8. KAPITEL

Was ist denn mit dem Dinner, Eure Hoheit?", fragte Charmaine, als der Prinz sie auf den seidenen Überwurf seines Bettes legte. Dass er sie schamlos genannt hatte, hatte ihren Kampfgeist wieder erweckt. Das redete sie sich zumindest ein. Aber wahrscheinlich versuchte sie nur den Moment hinauszuschieben, an dem der Prinz feststellen würde, dass es sie tatsächlich nach ihm verlangte.

„Das Dinner kann warten", verkündete er nun und riss sich den Morgenmantel herunter. „Und du hörst jetzt sofort auf, mich ‚Eure Hoheit' zu nennen. Mein Name ist Ali."

„Wie du willst. Schließlich hast du dafür bezahlt, dass ich mir Intimitäten erlaube."

Daran wollte er nicht erinnert werden und zog entsprechend heftig an der Kordel seiner Pyjamahose.

Gleich darauf wusste Charmaine, warum er bei Frauen so viel Erfolg hatte, und schluckte. Prinz Ali von Dubar besaß zweifellos einen unfairen Vorteil gegenüber anderen Männern.

Aber des Scheichs augenfällige Männlichkeit alarmierte sie. Damit lebte er bestimmt nicht monogam. Und es war noch nicht so sehr um sie geschehen, als dass sie vergessen hätte, sich zu schützen, nur umso schnell wie möglich herauszufinden, ob sie bei diesem großzügig ausgestatteten Liebhaber Sex endlich genießen konnte. Wegen einer möglichen Schwangerschaft brauchte sie sich dabei keine Gedanken zu machen, sie nahm die Pille. Aber es gab ja noch andere Gefahrenquellen bei der Begegnung der Geschlechter.

„Noch eins, bevor du loslegst", sagte sie deshalb und war stolz, trotz allem so nüchtern zu klingen, „ich hoffe, du hast an Verhütung gedacht, denn sonst muss ich wirklich nach Hause gehen."

„Da drin sind zwei volle Schachteln", er deutete mit dem Kopf zu seinem Nachttisch, „und einige lose liegen bereits griffbereit unterm Kopfkissen. Ich habe selbst ein großes Interesse daran, ungewollte Schwangerschaften zu vermeiden", fügte er hinzu, als Charmaine ihn erstaunt ansah.

„Das kann ich mir vorstellen. Wenn man so unverschämt viel Geld besitzt wie du, kann man nicht vorsichtig genug sein. Aber bei mir brauchst du dir keine Sorgen zu machen. Zum einen gehört mir bereits ein Großteil deines Vermögens, und zum anderen ist ein Baby das Letzte, was ich von dir haben will."

Es blitzte gefährlich in seinen Augen, und Charmaine erkannte zu spät, dass er ihre Bemerkung persönlich genommen hatte. Aus irgendeinem Grund beunruhigte sie die Vorstellung. Dabei hatte er sie auch nicht korrekt behandelt, als er sich eingebildet hatte, sie kaufen zu können. Nun, das war ihm ja auch gelungen.

Trotzdem glaubte Charmaine, sich entschuldigen zu müssen. „Es ... Es tut mir leid, Ali. Ich habe es nicht so gemeint. Ich wollte damit ausdrücken, dass ich überhaupt kein Baby haben möchte – egal, von wem."

Ali sah Charmaine in die Augen und entdeckte darin ehrliches Bedauern. Seufzend wünschte er zu verstehen, warum sie so widersprüchlich war. Doch er wusste nur, dass sie unbedingt die halbe Milliarde für ihre Stiftung haben wollte. Dabei war sein Ziel, sie das Geld vergessen zu lassen.

„Entspann dich", flüsterte er deshalb und ließ eine Hand sanft über ihren Schenkel gleiten.

Sie sollte sich entspannen? Wie denn, wenn er sie streichelte und splitterfasernackt vor ihr stand? Ständig musste sie ihn ansehen und daran denken, dass er gleich mit ihr eins werden würde. Ob er dafür nicht zu groß war?

Schließlich zog er ihr den einen Pumps aus. Für die Liebkosung des anderen Beins schien er noch länger zu brauchen, und als er ihr dort den Schuh abstreifte, bebte sie vor Erregung. „Ali ..."

Ihre Blicke begegneten sich. „Ja?"

„Lass ... Lass mich nicht so lange warten." Eigentlich hatte sie nichts sagen und sich dabei schon gar nicht so begierig anhören wollen. Aber er nickte nur, hob sie hoch und legte sie in die Mitte des Bettes.

Mit großen Augen beobachtete Charmaine, wie er unters Kopfkissen griff und sich mit wenigen geübten Handgriffen schützte.

„Soll ich dich nicht erst mit der Zunge verwöhnen?", fragte er und beugte sich über sie.

Sollte er? Charmaine blinzelte, und ihr klopfte das Herz vor Aufregung bis zum Hals. „Ich ... Ich weiß es nicht."

Erstaunt runzelte er die Stirn.

„Vielleicht ein bisschen“, hauchte sie dann und überlegte gleich darauf, was sie gesagt hatte.

Zu spät. Er begann bereits, sie mit der Zunge zu verwöhnen, auch wenn er zunächst bei ihren Brüsten verweilte und an den Knospen saugte, bis sie ganz hart waren, wodurch sich Charmaine noch mehr nach ihm verzehrte. Jetzt wollte sie ihn überall spüren, und dabei sollte er sie streicheln, küssen und mit der Zunge verwöhnen.

Als hätte er ihre Gedanken gelesen, ließ er die Zungenspitze in ihren Nabel gleiten. Charmaine war richtig glücklich und schob ihm die Finger ins Haar. Sekundenlang sah der Prinz lächelnd zu ihr auf, ehe er sich noch weiter hinabbewegte, ihren Bauch liebkoste und dabei ihre Beine öffnete.

In Erwartung seines Mundes erbebte Charmaine, und als er schließlich ihre empfindsamste Stelle berührte, zuckte sie unwillkürlich zusammen.

„Schh“, er legte ihr die flache Hand auf den Bauch, „entspann dich!“

Schon wieder diese lächerliche Aufforderung! Inzwischen war er mit seiner Zunge überall, und seine Finger simulierten ein Einswerden. Charmaine war hin und her gerissen, sollte er sie nun weiter verwöhnen oder sofort mit ihr schlafen? „Ali“, stieß sie schließlich hervor, und er hörte mit seinen Liebkosungen auf.

Beinah wäre sie in Tränen ausgebrochen wie ein Kind, dem man den Lutscher wegnahm. Doch es blieb ihr nicht viel Zeit, seinen Liebkosungen hinterherzutrauern, denn er wurde nun tatsächlich mit ihr eins.

Obwohl Ali mehr zu bieten hatte als jeder Mann, mit dem sie bisher geschlafen hatte, konnte sie ihn ganz leicht in sich aufnehmen. Vielleicht sogar noch besser, wenn sie ihm die Beine um die Hüften legte. Sie tat es, und der Unterschied wurde sofort spürbar. Ali stöhnte auf, und Charmaine war gespannt, wie es sich anfühlen würde, wenn er sich zu bewegen begann. Als es so weit war, schrie sie entzückt auf, und er hielt inne.

„Tue ich dir weh?“

„Nein, nein, es ist fantastisch!“

„Bist du sicher?“

„Ja, bitte mach weiter!“

Lachend fuhr er fort, und Charmaine erreichte in null Komma nichts den Höhepunkt, der sich in zahlreichen Wellenbewegungen bemerkbar machte, sodass sie vor Vergnügen beinah geschrien hätte. Ali drückte sie fest an sich und kam ebenfalls. Sobald Charmaine das Pulsieren in sich fühlte, überrollte sie eine Woge der Zärtlichkeit, die sie ihn an Schultern und Hals liebkosen ließ, bevor sie ihn innig küsste. Ali erwiderte den Kuss und bewegte sich weiter, bis Charmaine noch einmal kam – etwas ganz Neues für sie. Erst danach ließ er sich auf sie sinken.

Er war schwer, aber das störte Charmaine nicht, im Gegenteil, sie genoss es und strich ihm zärtlich über den Rücken. Dabei versuchte sie sich daran zu erinnern, warum sie ihn nicht mochte.

Und dann fiel es ihr wieder ein. Er war der Ladykiller, der sie zum Sex genötigt hatte. Doch sie würde ihm niemals erzählen, wie froh sie darüber war. Diese Blöße konnte sie sich nicht geben. Um ihre positive Reaktion auf ihn zu erklären, musste sie sich etwas einfallen lassen.

„Siehst du, Sex gefällt dir doch, zumindest mit mir“, stellte er etwas später fest, während er neben ihr lag und mit ihren Brüsten spielte.

„Ich muss zugeben, dass ich zunächst erstaunt war, wie positiv ich auf dich reagiert habe. Aber inzwischen weiß ich, worauf das zurückzuführen ist. In jeder Frau steckt auch ein bisschen das Callgirl. Viele nähren die Fantasie, einmal im Leben fürstlich für Sex bezahlt zu werden.“ Auf Alis erstaunten Blick hin fuhr sie fort: „Diese Vorstellung erregt die Frauen der westlichen Hemisphäre schon seit Jahrzehnten.“

„Und, *erregt* sie dich?“, fragte er nur und zupfte dabei an ihrer Brustknospe.

„Wer weiß?“, stellte Charmaine die Gegenfrage, bemüht, locker zu wirken, obwohl sie den Prinzen am liebsten angefleht hätte, es ihr noch einmal zu besorgen. „Irgendetwas muss mich ja wohl erregt haben“, meinte sie dann, „und Romantik oder Liebe scheiden dabei definitiv aus.“

„Findest du mich denn nicht romantisch oder liebenswert?“ Er zupfte an der anderen Knospe.

Unweigerlich musste Charmaine lachen. „Ich bitte dich, Ali. Einer Frau eine halbe Milliarde Dollar zu zahlen, um sie eine Woche lang zum Sex zu zwingen, kann man wohl kaum als romantisch oder liebenswert bezeichnen.“

„Ich habe dich nicht gezwungen."

„Aber so gut wie." Glücklicherweise hörte er jetzt auf, sich mit ihren Brüsten zu beschäftigen. „Du wusstest, dass ich das Angebot nicht ablehnen würde."

„Du hast doch gern mit mir geschlafen."

„Das spielt keine Rolle, so oder so hättest du deinen Tribut gefordert."

„Nein, das hätte ich nicht."

Sagte er die Wahrheit? Nachdenklich sah Charmaine zu ihm auf, dann zuckte sie die Schultern. „Ist auch egal. Offensichtlich macht es mir Spaß, deine Sexsklavin zu spielen. Bis Freitag tue ich, was du willst. Also, sieh zu, dass du auf deine Kosten kommst. Die Nacht ist noch jung."

„Eine Sexsklavin befiehlt ihrem Herrn nicht, es mit ihr zu tun", sagte er leise und verführerisch. „Und es geht ihr dabei auch nicht um den eigenen Spaß."

Charmaine schnitt ein Gesicht. „Mit diesem Anspruch wirst du in Australien nicht viele Freunde finden. Natürlich erreichst du mit einer halben Milliarde einiges. Aber wenn du dich erinnern willst, bekommst du dafür bei mir nur ‚normalen' Sex. Ich behalte mir vor, Nein zu sagen, wenn es mir zu schlüpfrig wird." Sie verstummte. „Würde dich eine Sklavin überhaupt beim Vornamen nennen?", fragte sie dann, um sich die Frage gleich selbst zu beantworten. „Wohl kaum. Wie wär's dann also mit ‚Herr und Gebieter'? Das klingt so unterwürfig, findest du nicht?" Sie stand auf und verbeugte sich mit ehrerbietig zusammengelegten Händen. „Ich bereite Euch gleich ein Bad vor, mein Herr und Gebieter."

„Ich bin hier derjenige, der bestimmt, was du machst", verkündete der Prinz gespielt arrogant.

„Aber nur so lange, bis ich dir mitteile, dass das Spiel aus ist."

„Einverstanden", erklärte er, aber das teuflische Glitzern in seinen Augen sprach eine andere Sprache. „Ich muss allerdings darauf bestehen, dass du rechtzeitig sagst: ‚Ich passe', bevor das Spiel richtig begonnen hat, meine ich. Es ist unfair, einen Mann zu erregen, um ihn dann hängen zu lassen."

Sie lachte. „Dass bei dir jemals etwas hängt, kann ich mir kaum vorstellen."

„Das ist doch nur so eine Redensart. Und nachdem wir das geklärt hätten … Willst du jetzt auch weiterhin meine Sexsklavin sein?“

Charmaine spürte ein lustvolles Ziehen im Bauch. Verdammt, daran konnte man sich wirklich gewöhnen. Aber das war gefährlich, allerdings nicht so, wie zugeben zu müssen, dass sie Ali womöglich doch mochte. „Zumindest heute Nacht will ich deine Sklavin sein“, antwortete sie deshalb einschränkend.

„Dann bereite uns jetzt ein Bad. Aber bitte ohne farbige Zusätze oder Schaumberge. Ich will dich die ganze Zeit überall sehen können.“

9. KAPITEL

Charmaine erwachte morgens oft sehr früh und fühlte sich dann allein und deprimiert. Wenn das geschah, ging sie sofort ins Fitnessstudio, um so lange zu trainieren, bis die schlechte Stimmung verflogen war.

Aber an diesem Morgen erwachte sie nicht nur viel später als sonst, sondern fühlte sich auch herrlich entspannt und zufrieden, obwohl sie zunächst erstaunt war, sich in dem rosafarbenen Zimmer wiederzufinden. Ali musste sie herübergetragen haben, nachdem sie irgendwann gegen morgen der Schlaf übermannt hatte.

Leider ist er in seine Räumlichkeiten zurückgekehrt, dachte sie zunächst. Sehr bald wurde ihr allerdings klar, dass es von Vorteil war, nach einer solchen Nacht allein aufzuwachen. So konnte sie sich noch einmal unter die Decke kuscheln und an das Geschehene denken, ohne sich zu neuen Taten gedrängt oder peinlich berührt zu fühlen, weil sie immer noch nackt an Alis nacktem Körper geschmiegt lag.

Denk nicht daran! befahl sie sich gleich darauf. Aber zu spät. Sie wusste noch genau, wie Ali nackt ausgesehen und sich angefühlt hatte und dass sie die ganze Zeit gezwungen gewesen war, ihn zu berühren und zu küssen und immer wieder mit ihm zu schlafen. Trotzdem war sie heute Morgen kein bisschen wund. Offensichtlich war sie jedes Mal mehr als bereit für ihn gewesen.

Nach einer Weile kam sie zu dem Schluss, dass guter Sex mehr Wirkung zeigte als jede Schlaftablette, und als Antidepressiva taugte er auch. Wenn man erst einmal richtig heiß war, ließ er einen alles vergessen, und dann konnte man nicht mehr genug bekommen.

Glücklicherweise war Ali sehr potent. Er schien sie genauso oft zu begehren wie sie ihn. Natürlich musste jemand, der eine halbe Milliarde Dollar für Sex hinlegte, enorme Begierde verspüren. Selbst der Gedanke an die monetäre Seite ihres Deals verdarb Charmaine an diesem Morgen nicht die Stimmung. Inzwischen war sie mit ihrem Arrangement erstaunlicherweise ziemlich zufrieden. All die erfüllenden Höhepunkte und das viele Geld! Wen das nicht glücklich machte, der musste schon verrückt sein. Na ja, aber so richtig glücklich würde sie wohl nie wieder werden. Das brauchte sie sich erst gar nicht vorzumachen.

Doch für ihre Verhältnisse lief es im Augenblick ganz gut. Sie hatte fünfhundert Millionen Dollar, mit denen sie Gutes tun konnte, und einen Scheich, bei dem sie das böse Mädchen spielen durfte. Stellte sich nur das Problem, dass sie sich bis Freitag womöglich an die Schäferstündchen gewöhnt hatte. Schon jetzt freute sie sich auf heute Abend. Ob Ali wohl eine Neuauflage des Sexsklavinnenspiels wünschte? Hoffentlich, mit der Rolle konnte sie ihre Gefühle gut überspielen. Sie musste aufpassen, dass sie ihr nicht außer Kontrolle gerieten. Nach wie vor konnte sie kaum glauben, wozu sie dieser Mann in der vergangenen Nacht alles gebracht hatte.

Schnell war ihr klar geworden, dass er beim Sex gern das Sagen hatte. Rückblickend erbebte Charmaine bei dem Gedanken an all die Dinge, die er vergangene Nacht mit ihr getan hatte. Sie hatte gar nicht gewusst, wie viele verschiedene Positionen ihr Spaß machen würden und wo man überall Sex haben konnte. Eins stand fest: Es musste nicht immer das Bett sein. Beim Dinner im Wohnzimmer hatte sie sogar *noch* etwas dazu gelernt. Wer hätte gedacht, dass man normale Nahrungsmittel als Aphrodisiakum benutzen oder dass ein Esstisch zur Lusterzeugung dienen konnte? Seine Glasplatte hatte sich an ihrem erhitzten Körper herrlich kühl und prickelnd angefühlt.

Aber das war nur einer von zahlreichen äußerst skurrilen Einfällen gewesen. Ali hatte Stellungen gewählt, von denen sie nicht einmal zu träumen gewagt hatte. Aber niemals war etwas dabei gewesen, das sie nicht in vollen Zügen genossen hätte, selbst nicht, als sie ihn anflehen sollte, mit ihr eins zu werden.

Charmaine war nicht sicher, ob Ali insgeheim ein Sadist war oder sich nur dafür rächen wollte, dass sie ihn am Anfang abgelehnt hatte. Ihm jetzt etwas abzuschlagen – zumindest wenn es um Sex ging –, käme überhaupt nicht infrage, schließlich war sie keine Masochistin. Es beschäftigte sie allerdings, dass sie sich zu einem Mann wie ihm hingezogen fühlte. Aber wenn es um Sex ging, war sie einfach wie Wachs in seinen Händen.

Was seine Liebeskünste betraf, hatte er nicht gelogen – im Gegenteil. Der Mann wusste genau, was er tun musste, um eine Frau zufrieden zu stellen. Wie schade, dass sie ihn am Freitag aufgeben musste!

Während Charmaine so darüber nachdachte, gab es dafür eigentlich überhaupt keinen Grund. Wenn er wollte – und dessen war sie sich ziemlich sicher –, konnten sie sich auch weiterhin treffen. Ali hatte gesagt, er käme jedes Wochenende nach Sydney, um zu pokern und zum Pferderennen zu gehen. Da konnten sie sich doch samstagabends in seiner Hotelsuite heimlich treffen und einander genießen, ohne ihre Affäre an die große Glocke zu hängen. Natürlich würde sie ganz besonders vorsichtig sein müssen, dass die Paparazzi keinen Wind davon bekamen. Um nichts in der Welt sollten die Leute denken, sie sei Prinz Alis neueste Gespielin, die er bei einer Auktion ersteigert hatte.

Bei dem Gedanken, was ihre Mutter dazu sagen würde, erschauderte Charmaine. Diese hatte sie schon letzte Woche am Telefon ausgehorcht, nachdem sie in der Zeitung gelesen hatte, dass es einem arabischen Prinzen mehrere Millionen Dollar wert sei, mit ihrer Tochter essen zu gehen. Dabei befürchtete ihre Mutter, sie würde einem besessenen Bewunderer in die Hände fallen. Unter den Umständen eine verständliche Sorge.

Glücklicherweise gab sich ihre Mutter mit der Erklärung zufrieden, Ali sei ein stinkreicher Ölscheich, der jede Entschuldigung gelten lassen würde, um seine Millionen für karitative Zwecke auszugeben. Dabei hatte Charmaine zwar zugegeben, dass sie mit ihm dinieren, sich aber auch geschworen habe, dass niemals etwas zwischen ihnen sein würde.

Charmaine seufzte. Ihre Mutter wäre nicht glücklich, wenn sie herausfand, dass ihre geliebte Tochter sie belogen hatte und beabsichtigte, die Beziehung zu einem solchen Mann aufrechtzuerhalten. Nein, das Risiko, diese Affäre fortzusetzen, war einfach zu groß. Sie hatte ihren Eltern in der Vergangenheit genug Angst und Sorge bereitet. Am Freitag würde sie Ali den Laufpass geben. Aber bis dahin beabsichtigte sie, in vollen Zügen zu genießen, was er ihr zu bieten hatte.

Das Klingeln des Telefons auf dem Nachttisch beendete Charmaines Grübelei. Sie drehte sich zur Seite und betrachtete einen Augenblick stirnrunzelnd den rosafarbenen Apparat. Da niemand wusste, dass sie hier war, konnte dies nur ein hausinterner Anruf sein. Zu Hause auf dem Anrufbeantworter hatte sie hinterlassen, sie sei die ganze Woche nicht erreichbar, und außerdem das Handy daneben gelegt. Instinktiv hatte sie gewusst, dass es, was auch immer diese Woche geschehen würde, klug wäre, nicht erreichbar zu sein.

Es klingelte immer noch. Ob das Ali war?

Sie würde sich ihm gegenüber nicht wie ein verliebter Teenager benehmen und vor Begeisterung den Hörer von der Gabel reißen. Ali war immer noch der Mann, der fünf Millionen Dollar bezahlt hatte, um sie zu einem Dinner mit ihm zu zwingen, und fünfhundert Millionen, damit sie mit ihm schlief. Nur weil sie es genossen hatte, brauchte sie jetzt nicht sentimental zu werden.

Es klingelte weiter, und Charmaine atmete tief durch, bevor sie den rosafarbenen Hörer abnahm. „Ja", sagte sie dann ziemlich gereizt.

„Hier ist Cleo. Ich hoffe, ich habe Sie nicht geweckt."

„Nein, nein, ganz und gar nicht." Charmaine war irgendwie erleichtert und auch wieder enttäuscht. „Ich wollte gerade aufstehen. Bestimmt ist es schon schrecklich spät." Ihre Uhr war noch im Badezimmer, und auf dem Nachttisch stand kein Wecker. Aber durch die Flügeltüren sah sie die Sonne hoch am Himmel stehen. „Wie viel Uhr ist es denn?"

„Kurz vor elf."

„Wie bitte, so spät?" Das letzte Mal als Charmaine auf die Uhr gesehen hatte – auf Alis goldene –, war es gerade vier Uhr morgens gewesen. Kurz darauf war sie eingenickt. Das hieß, sie hatte mehr als sechs Stunden geschlafen, ein Rekord für ihre Verhältnisse. Normalerweise fiel es ihr schon schwer, nur vier Stunden im Bett zu bleiben.

„Ali sagte, ich solle Sie nicht stören", erklärte jetzt Cleo am anderen Ende der Leitung. „Er ist auch erst seit ein, zwei Stunden auf den Beinen, hat schnell gefrühstückt und sich dann auf seinen täglichen Rundgang durch die Ställe gemacht. Ich dachte, Sie möchten sich ihm nach der Mittagspause vielleicht anschließen. Dann bereite ich Ihnen beiden etwas ganz Besonderes zum Lunch am Pool vor. Heute ist ein herrlicher Tag."

„Das klingt wunderbar, Cleo. Ich stehe auch sofort auf."

„Wie wär's, wenn ich Ihnen schon einmal Kaffee und Croissants aufs Zimmer bringe. Dann halten Sie bis zum Lunch besser durch. Oder sind Ihnen das zu viele Kalorien?"

„Nein, Kaffee und Croissants sind wunderbar."

„Meine Güte, Sie sind wirklich einfach zufrieden zu stellen! Über die Jahre hat Ali das eine oder andere Model mit hierher gebracht, aber die waren meist hochmütig und sehr wählerisch, besonders, was das Essen betraf."

„Da werden Sie bei mir keine Probleme haben“, erwiderte Charmaine, während sie sich Gedanken darüber machte, dass Ali offensichtlich einen Hang zu Models hatte. Die Vorstellung, nur eine von vielen zu sein, machte ihr zu schaffen und bestätigte sie in dem Entschluss, Ali nach Freitag nicht wiederzusehen.

„Bis gleich dann“, sagte Cleo noch und legte auf.

In weniger als zehn Minuten stand sie vor der Tür. Bis dahin hatte es Charmaine gerade geschafft, sich die Zähne zu putzen und den rosafarbenen Bademantel anzuziehen, der an der Badezimmertür gehangen hatte. Ihre eigene Nachtwäsche – das rote Ensemble und eine ähnliche Kombination in Schwarz – war wohl nicht ganz das Richtige, um darin der Haushälterin entgegenzutreten.

„Sie sind aber schnell!“, sagte Charmaine, als sie Cleo hereinließ und versuchte, über deren farbenfrohen Aufzug hinwegzusehen. „Hat Ihnen der Film gestern Abend gefallen?“

„Wie bitte?“ Cleo, die Charmaine gerade Kaffee einschenkte, sah auf. „O ja, ja, ein guter Film.“

„Was ich Sie fragen wollte ...“ Charmaine räusperte sich. „Schlafen Alis andere weiblichen Gäste auch hier?“

Cleo lächelte. „Sie brauchen nicht eifersüchtig zu sein. Ali hat seit einer Ewigkeit keine Frau mehr mit nach Hause gebracht, und keine hat jemals in diesem Zimmer übernachtet.“

„Ich bin nicht eifersüchtig“, widersprach Charmaine, ohne überzeugend zu wirken, „nur neugierig.“

„Sie brauchen sich auch nicht zu schämen, weil Sie etwas für ihn empfinden. Er ist es wert.“

Charmaine behielt für sich, dass sie nichts für Ali fühlte, zumindest nicht so, wie die Haushälterin es meinte. „So, ist er das“, sagte sie nur ausweichend und biss in ein Croissant.

„Ja, das ist er. Die Leute beurteilen ihn oft falsch, weil er manchmal ein bisschen förmlich sein kann“, erklärte Cleo, während sie Charmaines Kaffeetasse voll schenkte. „Aber ich kenne ihn ja nun schon ein bisschen länger und kann mit Fug und Recht behaupten, dass er der netteste Mann ist, den ich je getroffen habe. Er ist aufrichtig, freundlich und mitfühlend. Milch und Zucker?“

Charmaine nickte. „Zwei Stück, bitte.“ Sie hatte vergangene Nacht genug Kalorien verbrannt und am Ende kaum etwas von dem Dinner angerührt, um es sich heute mal so richtig gut gehen zu lassen. Ali hatte das meiste gegessen, einiges von Stellen auf ihrem Körper, die sie im Nachhinein hätten schockieren sollen. Aber das war nicht der Fall. Es erinnerte sie nur an die Kategorie Mann, mit der sie es hier zu tun hatte: Er war ein Schurke und Frauenverführer.

„Und wie äußern sich seine Freundlichkeit und sein Mitgefühl?", fragte sie deshalb skeptisch.

„Oh, auf vielfältige Weise. Nehmen Sie zum Beispiel Jack."

„Jack?"

„Ja, der junge Mann, der Ihr Gepäck getragen hat. Er ist ein Cousin von mir und ein bisschen einfältig. Keiner wollte ihm einen Job geben, aber Ali hat es sofort getan, als ich ihn darum bat. Ali hat schon oft Leuten mit einem Job aus der Patsche geholfen, besonders verheirateten Männern mit Kindern. Und frei wohnen können sie bei uns auch. Es gibt hier ziemlich viele alte Cottages. Ali ist sehr gut zu seinen Mitarbeitern, vorausgesetzt, sie arbeiten hart. Aber er erwartet nichts, das er nicht selbst tun würde. Er mistet Ställe aus, bleibt die ganze Nacht bei einer Stute, wenn sie fohlt, pflügt und streicht Zäune. Die Männer wissen das zu schätzen, und Jack sagt immer, Ali habe Ameisen im Hintern. Der Meinung sind die anderen auch. Sie brauchen sie nur zu fragen." Cleo lachte. „Obwohl das vielleicht keine so gute Idee ist. Ali wird leicht eifersüchtig. Wenn er Ihnen nachher alles zeigt, nicken Sie den Leuten am besten nur zu."

„Meinen Sie denn, er wird mich schon heute herumführen?"

„O ja, er ist furchtbar stolz auf das Gestüt. Seitdem er hier ist, hat er auch wahre Wunder bewirkt."

„Geht das Haus auch auf sein Konto?"

„Du meine Güte, nein, das war sein Vorgänger. Es gibt allein zwölf Schlafzimmer, müssen Sie wissen. Meistens sind die Möbel abgedeckt und die Türen verschlossen. Nur zu Weihnachten stellt Ali die Räume seinen Angestellten zur Verfügung. Wir feiern dann alle gemeinsam."

Erstaunt sah Charmaine sie an. „Aber ich dachte, Ali sei Moslem."

„Das ist er auch. Deshalb kann er doch seinen Mitarbeitern eine Freude machen, indem er sie über die Feiertage hier wohnen lässt. Und von seiner Familie kommt ja keiner, ich meine, auch das Jahr über nicht. Ein merkwürdiger Verein. Aber ich sollte nicht darüber sprechen. Das würde Ali nicht mögen. Dafür mag er Sie, und zwar sehr. Kennen Sie ihn schon lang?“

Charmaine wusste nicht recht, was sie darauf antworten sollte. Bestimmt hatte Cleo keine Ahnung von der Auktion und dem Deal zwischen ihr, Charmaine, und Ali. „Wir haben uns vor einem Jahr beim ‚Melbourne Cup‘ kennengelernt.“

„Was, so lange ist das schon her! Und da bringt er Sie erst jetzt mit? Sie haben sich wohl geziert, um ihn noch mehr zu reizen, hm?“ Cleo lachte verschwörerisch. „Na, wie auch immer, es hat funktioniert. Ich habe ihn noch nie so aufgedreht gesehen wie letzte Woche. Und als er dann am Sonntag anrief, um mir zu sagen, dass er eine ganz liebe Freundin mitbringt und ich das Zimmer fertig machen soll, das vom Architekten für die Dame des Hauses vorgesehen war, habe ich mir schon gedacht, dass Sie etwas ganz Besonderes sein müssen. Und ich hatte recht.“

„So etwas Besonderes bin ich gar nicht“, widersprach Charmaine ein wenig beschämt, weil sie sich hatte kaufen lassen. „Die Leute denken immer, der Ruhm würde einen zu etwas Besonderem machen, aber das stimmt nicht.“

„Oh, das weiß ich doch, meine Liebe. Ich meinte damit auch nicht Ihre Karriere oder Ihre Schönheit, sondern Sie als Menschen. Sie sind wirklich liebenswert und trotz Ihres Berufs natürlich geblieben. Genau so eine Frau braucht Ali, damit sie ihn aus dem Schneckenhäuschen holt, in das er sich gelegentlich zurückzieht. Aber heute Morgen beim Frühstück hat er regelrecht gestrahlt.“ Erneut warf sie Charmaine einen verschwörerischen Blick zu, und beinah wäre Charmaine errötet.

„Das höre ich gern“, sagte sie dann aber und dachte, diese Frau ist unverbesserlich.

Cleo lachte. „Sie ziehen es wohl vor, sich bedeckt zu halten, hm? Cleveres Mädchen! Ich schicke Ali zu Ihnen, wenn er zurückkommt. Vorm Lunch duscht er meist noch einmal und zieht sich um.“

„Ich möchte lieber nicht hier auf ihn warten. Dann würde ich nur hier herumsitzen und Däumchen drehen. Ich brauche höchstens eine halbe Stunde, um mich fertig zu machen. Wenn ich angezogen bin, komme ich zu Ihnen in die Küche und helfe beim Kochen.“

Cleo blinzelte erstaunt. „Sie sind wirklich eine ganz ungewöhnliche junge Frau. Aber gegen ein bisschen Hilfe habe ich nichts einzuwenden. Also, Sie finden mich dann in der Küche."

„Den Weg sollten Sie mir lieber beschreiben, sonst verlaufe ich mich noch."

„Aber nein. Das Haus ist zwar groß, hat aber einen einfachen Grundriss: Er ist wie ein T geformt. Hier befinden Sie sich sozusagen am Fuß des Buchstabens."

„Ich verstehe."

„Also, Sie gehen einfach den Flur entlang zurück, bis Sie in die Eingangshalle kommen. Dann wenden Sie sich nach links. Die Küche befindet sich hinter der zweiten Tür rechts."

„Ich glaube, das finde ich."

„Eins noch, bitte machen Sie nicht selbst das Bett. Ein junges Mädchen hilft mir bei den Zimmern und mit der Wäsche. Es soll ruhig ein bisschen zu tun haben."

Nachdem Cleo gegangen war, stürzte Charmaine ihren Kaffee hinunter und genehmigte sich noch ein Croissant, bevor sie sich anzog. Da sie erklärt hatte, keine eingebildete Pute zu sein, die stundenlang brauchte, um sich zurechtzumachen, musste sie sich jetzt auch danach verhalten. Doch selbst das brauchte seine Zeit, besonders wenn einem das Haar bis zu den Hüften reichte. Am Ende flocht Charmaine es einfach und schlüpfte in weiße Jeans. Dazu wählte sie eine weiße Weste, deren Ausschnitt nicht zu tief war. Sie zog flache, bequeme Schuhe an und beschränkte ihr Make-up auf ein wenig Rouge und roséfarbenen Lippenstift. Parfüm sparte sie sich für den Abend.

Auf dem Weg in die Küche fielen ihr zum ersten Mal die zahlreichen Ölgemälde an den Wänden des Korridors auf. Deren verschiedene Stilrichtungen reichten von supermodern über abstrakt bis hin zu traditionell – zweifellos waren alles Originale, und jedes stellte ein Vermögen dar.

Die Küche war so groß und gut ausgestattet, wie man sich einen Haushalt eines Prinzen vorstellte. Große Fenster gingen auf die mit Terracottafliesen ausgelegte Terrasse und den riesigen Swimmingpool, dessen Wasser genauso blau wirkte wie der wolkenlose Himmel darüber. Am anderen Ende des Pools befand sich ein Pavillon, von dem man einen Rundumblick auf das gesamte Anwesen hatte.

In dem Pavillon, erklärte Cleo, würde sie für Charmaine und Ali den Lunch bereitstellen, auf einem Marmortisch, so wie es sich für einen Prinzen und seine Herzdame gehörte. Auch diesmal stritt Charmaine nicht ab, diese Position bei Ali einzunehmen. Seine Haushälterin würde ihr sowieso nicht glauben.

Am Ende hatte Charmaine bei der Vorbereitung des Mittagessens gar nicht so viel zu tun. Cleo bat sie hin und wieder, etwas zu holen oder wegzustellen. Aber das war es dann auch.

Noch bevor Ali erschien, verkündete die Haushälterin, er würde gleich da sein und im Augenblick duschen. Woher sie das wusste, konnte Charmaine nur ahnen. Vielleicht hörte sie das Wasser in den Leitungen rauschen. Auf jeden Fall bat Cleo sie, schon einmal am Pool Platz zu nehmen.

Charmaine entschied sich allerdings für die Sitzgruppe im Pavillon. Als Ali auftauchte, war sie froh darüber. Im Schatten des Pavillons sah man ihre Reaktion nicht. Früher hatte sie immer ungläubig den Kopf geschüttelt, wenn Frauen behaupteten, ein Mann würde ihnen den Atem nehmen. Aber genau das tat Ali, als er auf die sonnenüberflutete Terrasse trat: Er sah einfach atemberaubend aus! Hätte sie am Pool gesessen, hätte er ihre Reaktion bemerkt. Aber bis er bei ihr im Pavillon angekommen war, hatte sie sich wieder unter Kontrolle.

Dabei überlegte sie die ganze Zeit, wieso er eine derartige Reaktion bei ihr auslöste. Sein elegantes Äußeres konnte es nicht sein. Schließlich sah er immer außergewöhnlich gut aus und war äußerst geschmackvoll gekleidet. Heute trug er eine weite Leinenhose und ein himmelblaues Poloshirt. Beide Kleidungsstücke betonten seine männlichen Attribute.

Während Charmaine daran dachte, wie gut er erst einmal nackt aussah, musste sie unwillkürlich schlucken. Dass sie eine solche Lust auf ihn verspürte, war bestimmt auch der Grund für ihre anfängliche Reaktion auf sein Erscheinen gewesen. Schließlich hatte sie es noch nie nach einem Mann gelüstet, zumindest nicht wirklich. Selbst jenes eine Mal, das jetzt schon so lang zurücklag und in einer Katastrophe geendet hatte, war nichts dagegen gewesen.

Glücklicherweise war sie inzwischen reifer und charakterfest genug, um ihre Gefühle unter Kontrolle zu halten. Sie schämte sich auch nicht für ihr Verhalten in der vergangenen Nacht, schätzte aber ihre Besonnenheit in Momenten wie diesem. Frauen, die vor lauter Begeisterung die Augen aufrissen und nicht mehr zu halten waren, wenn ihr Liebhaber kam, verachtete sie.

Natürlich hätte sie sich noch besser unter Kontrolle gehabt, hätte Ali sie nicht die ganze Zeit angesehen, als wollte er sie zum Lunch verspeisen. Der Blick seiner dunklen Augen schien sich ihr regelrecht einzubrennen, während er ihn beim Näherkommen begehrlich über ihren Körper gleiten ließ. Damit schien er sagen zu wollen, dass jedweder Rundgang durch die Ställe kurz ausfallen würde. Und wieder musste Charmaine schlucken.

Er setzte sich ihr gegenüber. „Wie ich höre, hast du gut geschlafen", begrüßte er sie.

„Sogar sehr gut, und du?"

„So gut wie seit Jahren nicht mehr."

Charmaine verstand sehr wohl, was er damit ausdrücken wollte, gedachte aber nicht, sich durch seine Schmeichelei von ihrem Vorhaben, ihm am Freitag Lebewohl zu sagen, abbringen zu lassen.

Er nahm ein Stück Brot. „Was möchtest du nach dem Lunch tun?"

Mit dir schlafen, hätte Charmaine am liebsten geantwortet, kämpfte aber mit aller Macht gegen die Versuchung an. Gestern Nacht hatte sie es problemlos sagen können, aber heute war das etwas ganz anderes. Besonders, da ihr inzwischen bewusst geworden war, dass sie in seiner Gegenwart schwach wurde. Sie musste sich unbedingt zusammenreißen, sonst hatte sie bald ein großes Problem. Mit Männern wie Ali konnte man eine Affäre haben, durfte sich aber nicht in sie verlieben.

„Cleo meinte, du würdest mir heute Nachmittag vielleicht gern die Ställe zeigen", erklärte Charmaine und schenkte sich ein Glas Wasser ein.

Er lächelte. „Meinst du denn, dass ich den Nachmittag auch so mit dir verbringen möchte?"

Sie erwiderte seinen Blick – offen und kühl. „Das will ich doch hoffen. Durch deine Unersättlichkeit von letzter Nacht bin ich jetzt ein wenig – nun wie soll ich sagen? – wund. Ich brauche noch ein paar Stunden, um mich für heute Abend zu erholen."

Er lachte. „*Meine* Unersättlichkeit? Wenn ich mich recht erinnere, hast du mich doch angebettelt, immer wieder mit dir zu schlafen."

„Womöglich stimmt das", sagte sie betont lässig, ohne es wirklich zu sein. „Ein- oder zweimal. Ich muss zugeben, dass du im Bett sehr gut bist. Ich bedauere beinah, dass unser Arrangement am Freitag ausläuft. Meine zukünftigen Liebhaber werden es schwer haben, dagegen anzukommen.“ Charmaine tat so, als hätte sie nicht bemerkt, dass Ali bei ihrer Feststellung die Zähne zusammenbiss. „Oh, wo wir gerade davon sprechen … Hast du das Geld schon überwiesen?“

10. KAPITEL

Rückblickend wusste Ali nicht, wie es ihm gelungen war, in diesem Augenblick seine Gefühle zu unterdrücken. Zunächst war er enttäuscht gewesen, dass Charmaine ihn an den finanziellen Aspekt ihres Beisammenseins erinnerte.

Dann hätte er sich für seine eigene Dummheit ohrfeigen können. Hatte er denn tatsächlich angenommen, sie würde mehr für ihn empfinden als Lust?

Was war er doch für ein Narr! Er war ganz verrückt nach Charmaine, deren Zauber er bereits erlegen war, als er sie zum ersten Mal gesehen hatte – in diesem Werbespot. Und dann hatte sie ihn gestern Nacht schon wieder mit ihrer erstaunlichen Hingabe verzaubert. Wenn er daran dachte, wie sie bei seinen Liebkosungen gestöhnt hatte und bei seinen Berührungen erbebt war und wie sie sich beim Höhepunkt an ihn geklammert hatte …

Heute jedoch glänzten ihre Augen nicht mehr lustvoll. Ihr Blick war klar und kühl, und sie wirkte sehr kontrolliert. Während er sie musterte, bemerkte er natürlich auch ihre jungfräulich weiße Kleidung und den mädchenhaft frechen Zopf. Beides verstärkte den Hauch von Unschuld, der sie umgab und von dem er von Anfang an hingerissen gewesen war, der ihm allerdings heute besonders verlogen vorkam.

Dabei litt sein Ego darunter, dass Charmaine – egal, wie sehr sie die Liebesnächte mit ihm genießen würde – die fünfhundert Millionen Dollar immer wichtiger wären als er.

„Das Geld ist überwiesen worden“, stieß er schließlich hervor und schwor sich, Charmaine heute Nacht umso härter ranzunehmen.

Diese bedauerte längst, dass sie ihn daran erinnert hatte. Sie wollte sich nicht geldgierig anhören. Aber was erwartete er denn? Dass sie vergaß, wieso sie hier war, und die verliebte Frau spielte? Okay, sie hatten eine großartige Nacht gehabt. Aber mehr als Sex war zwischen ihnen nicht gewesen. Da spielte sie ihm bestimmt nicht irgendetwas vor. Andererseits wollte sie auch nicht, dass die nächsten vier Tage in einer feindseligen Atmosphäre verliefen. Also musste sie jetzt irgendwie einlenken.

„Es tut mir leid, ich wollte dich nicht aufregen, aber ich kann nicht so tun, als wäre mir die Stiftung nicht wichtig. Das heißt nicht, dass ich die vergangene Nacht nicht genossen hätte. Ganz im Gegenteil, ich freue mich schon auf heute Abend und fange sogar an, dich gern zu haben. Ein bisschen zumindest", fügte sie rasch hinzu, als sie seine zufriedene Miene sah. „Cleo hat heute Morgen so nette Dinge über dich gesagt, dass ich meine Meinung, du seist arrogant und verwöhnt, nicht weiter aufrechterhalten konnte. Obwohl es nicht gerade zu deinen Tugenden gehört, ein Nein zu verstehen."

„Wenn ich das tatsächlich nicht verstehen könnte, würde ich jetzt den Tisch leer fegen, dich auf die Marmorplatte legen und so richtig hernehmen. Würdest du das zulassen?" Er sah ihr tief in die Augen.

Bei der Vorstellung erbebte Charmaine. „Nein", antwortete sie trotzdem mit erstaunlich fester Stimme.

„Nein?", fragte er lächelnd und zuckte die Schultern. „Siehst du, ich kann ein Nein verstehen. Aber wenn du jetzt wirklich keine Lust auf Sex hast, machen wir einen ausgedehnten Rundgang durchs Gestüt und anschließend ein Bad im Pool."

„Ich ... Ich darf nicht so lange in der Sonne sein", sagte Charmaine entschuldigend. Dabei hatte sie nur Angst, sie würde die Hände nicht von ihm lassen können, wenn sie ihn erst einmal in Badehose vor sich hatte. „Ich könnte einen Sonnenbrand bekommen oder ungleichmäßig gebräunt sein. Das sieht weder auf dem Laufsteg noch auf Fotos gut aus."

„Ich verstehe. Dann sollten wir besser den Golfcart benutzen. Er hat ein Dach. Eigentlich wollte ich reiten, aber das kann warten. Nach der Tour schlage ich vor, dass du dich bis zum Dinner hinlegst oder ein schönes, langes Bad nimmst. Apropos Dinner, heute Abend speisen wir im großen Esszimmer. Dadurch hast du noch ein bisschen mehr Zeit, dich zu erholen." Er lächelte eindeutig zweideutig.

„Wie gnädig von dir", sagte Charmaine. Was für ein verschlagener Teufel er doch war, aber offensichtlich auch ein guter Mensch. „Cleo hat mir erzählt, was du alles für deine Mitarbeiter tust. Dass du zum Beispiel Jack einen Job angeboten hast, obwohl ihn vorher alle abgelehnt haben."

„Für mich war es eine Kleinigkeit, und Jack hat es sehr geholfen", versuchte Ali die Sache herunterzuspielen. Dabei wirkte er ein wenig verlegen, und das machte ihn Charmaine noch sympathischer. Auch sie handelte nach dem Motto: Tue Gutes, aber rede nicht davon.

„Was wirst du also mit den fünfhundert Millionen Dollar anfangen?“, fragte Ali nun. „Hoffentlich nicht an irgendwelche Finanzstrategen verschwenden. Gib das Geld für Projekte aus, die dir dein Bauch diktiert. Ich bin sicher, dass du dabei vor allem im Interesse der betroffenen Kinder handelst.“

„Mach dir keine Sorgen. Ich verwende das Geld klug, aber ich werde mir den Rat einiger Leute einholen, denen ich vertrauen kann, um dann unverzüglich einige Projekte zu starten, die schon seit Langem auf der Warteliste stehen. In puncto Forschung zählt jeder Tag, damit die bereits erkrankten Kleinen die größtmögliche Chance auf Heilung haben. Glücklicherweise habe ich die nächste Woche auch noch frei, da kann ich mich dann gleich darum kümmern, wenn ich nach Sydney zurückkehre. Ich würde auch gern …“ Charmaine verstummte. „Entschuldige“, sagte sie dann lächelnd, „wenn ich einmal damit anfange, höre ich so schnell nicht wieder auf.“

„Das macht mir nichts aus. Ehrlich“, sagte er. „Ich höre einer Frau gern zu, aus der die Leidenschaft spricht.“

Charmaine schluckte und entschied sich dann zu einem krassen Themenwechsel. „Wir sollten endlich anfangen, Cleos Köstlichkeiten zu probieren. Ich finde deine Haushälterin richtig nett.“

„Ja, das ist sie. Für Cleo bin ich so etwas wie ein Ersatzsohn. Sie und ihr Mann konnten keine Kinder bekommen.“

„O wie traurig! Sie wäre bestimmt eine wundervolle Mutter geworden.“

„Hm“, stimmte Ali ziemlich einsilbig zu.

Auch Charmaine wollte nicht länger über dieses Thema sprechen und erkundigte sich stattdessen über das Gestüt. Da sie auf dem Land geboren und aufgewachsen war, kannte sie sich mit Pferden und Feldarbeit ein bisschen aus, was Ali zu überraschen schien.

Danach unterhielten sie sich richtig gut, und auch die anschließende Tour durch die Ställe fand in gelöster Atmosphäre statt. Charmaine war von den supermodern eingerichteten Stallungen begeistert, die auch bei der Gluthitze im Sommer eine angenehme Temperatur gewährleisteten. Derzeit verfügte das Gestüt über sechs Deckhengste – darunter vielversprechende junge Rennpferde genauso wie verlässliche Turniersieger. Einer der Letzteren, ein Rappe namens „Ebony Boy“, war atemberaubend schön und ein unverbesserlicher

Angeber. Als ihn ein Pfleger in den Hof führte, damit Charmaine ihn besser betrachten konnte, zog das Tier eine richtige Show ab, galoppierte herum, trat aus und schüttelte schließlich schnaubend die herrliche Mähne.

„Der ist ja ganz schön übermütig", meinte sie nach der Vorstellung. „Ich wette, man kann ihn nur schwer bändigen."

„Da magst du recht haben. Er gehört zu den Hengsten, die nur zufrieden sind, wenn sie am Tag mehrere Stuten beglücken dürfen."

„Wie bitte? Das kommt mir aber ganz schön viel vor. Wird er denn nie müde?"

„Nie." Dabei sah Ali sie an, als würden sie von ihm sprechen. Und wenn Charmaine an vergangene Nacht dachte, war das auch nicht übertrieben. Aber …

„Cleo hat gesagt, ich sei die Erste, die du seit langem wieder mit nach Hause gebracht hast."

Ali runzelte die Stirn. „Cleo hat einen Nachteil: Sie redet zu viel."

„Mag sein, aber wie eine Lügnerin kommt sie mir nicht vor."

„Ich fliege jedes Wochenende nach Sydney, Charmaine, da komme ich auf meine Kosten. Glaub ja nicht, ich hätte darauf gewartet, dass du mir endlich in die Arme fällst."

Wieso schmerzte sie diese Bemerkung? Es konnte ihr doch egal sein, selbst wenn er jedes Wochenende eine andere hatte. Aber Charmaine war trotzdem eifersüchtig und verletzt. „Darauf hättest du auch lange warten können", stieß sie deshalb entsprechend verärgert hervor.

„Was glaubst du wohl, warum ich mir dich so viel habe kosten lassen?"

„Weiß ich nicht." Kalt begegnete sie seinem Blick. „Und, bist du auf deine *Kosten* gekommen?"

Arrogant und betont locker zugleich zog er die dunklen Augenbrauen hoch. „Die Investition hat bereits Früchte getragen. Aber heute Nacht beabsichtige ich, noch mehr Kapital daraus zu schlagen, und die nächsten beiden auch. Ich schätze mal, bis Freitag bin ich dann endgültig zufrieden gestellt. Aber wenn nicht, sorge ich dafür, dass der Flug zurück ereignisreicher verläuft als der Hinflug."

Da war sie wieder, die Feindseligkeit zwischen ihnen. Ali behauptete zwar, er würde es vorziehen, eine Frau zu lieben, anstatt sich mit ihr zu streiten. Aber so wie die Dinge standen, würde es bei ihnen das eine ohne das andere nicht geben.

„Ein ereignisreicher Rückflug, und das war es dann?“, fragte sie angespannt.

„Soll das heißen, du willst eine Verlängerung?“, fragte Ali herausfordernd.

„Nicht in tausend Jahren! Du hast für fünf Tage bezahlt, und die bekommst du, nicht mehr und nicht weniger.“

Dazu sagte er nichts, sah sie nur eine Weile nachdenklich an, ehe er zum Pferdepfleger ging, um ihm mitzuteilen, er könne den Hengst jetzt wieder hineinbringen. Während Charmaine Ali beobachtete, hatte sie ein ungutes Gefühl. Sollte zwischen ihnen jetzt wieder Krieg herrschen, hatte sie soeben einen taktischen Fehler begangen.

Was man aus Zorn – oder Furcht – sagte, war immer ein Fehler. Sie hätte Ruhe bewahren und nicht gleich die Krallen ausfahren sollen. Zweifellos vermutete er jetzt, sie würde insgeheim auf eine Verlängerung ihrer Affäre hoffen. Aber eine Vermutung war eben nur eine Vermutung. Sie brauchte sich bis Freitag nur tagsüber zusammenzureißen, um ihm zu beweisen, dass sie nicht wie Wachs in seinen Händen war.

Und wie willst du das tun? meldete sich da ihre innere Stimme. *Der Mann braucht dich doch nur anzusehen, und du stehst in Flammen. Selbst jetzt, da du stinksauer bist, würde eine Berührung von ihm genügen, damit du ihm wieder alles durchgehen lässt. Das ist eine Zwickmühle, finde dich damit ab!*

Aber wenn sich Charmaine in die Enge getrieben fühlte, reagierte sie nie, wie sie sollte. Vor langer Zeit hatte sie sich einmal geschworen, dass sie kein Mann jemals wieder in die Falle locken würde. Deshalb suchte sie sich ihre Liebhaber normalerweise auch aus. Aber bei Ali wäre sie am Ende so oder so schwach geworden.

Also hör auf, dem Mann die Schuld zu geben, sagte sie sich. *Du willst ihn doch als Liebhaber und wirst ihm ohnehin wieder in die Arme fallen. Soll er dann vielleicht denken, du seist ein dummes Frauchen, das das eine sagt und das andere tut?*

Als Charmaine darüber lächeln musste, weckte das erneut seine Aufmerksamkeit. „Was ist denn so amüsant?“

„Wir beide. Da sitzen wir hier und benehmen uns wie streitende

Kinder. Aber ich besonders. Du hast recht gehabt, Ali. Ich will gar nicht, dass unsere Affäre am Freitag endet. Ich war nur zu stolz, es zuzugeben. Außerdem ärgere ich mich noch ein bisschen darüber, dass du mich zum Sex gezwungen hast. Oh, du brauchst es gar nicht abzustreiten. Du hast deinen Reichtum rücksichtslos dafür eingesetzt, mir ein Angebot zu machen, das ich nicht abschlagen konnte."

„Manchmal muss ein Mann eben tun, was ein Mann tun muss."

Wieder lachte Charmaine. „Wie auch immer. Aber ich wäre verrückt, nur aus Stolz die Sache zu beenden, wo du doch genauso gut im Bett bist, wie du behauptet hast. Um ehrlich zu sein, möchte ich die Sinnesfreuden, die ich in deinen Armen erleben durfte, nicht einfach so aufgeben. Allerdings macht mir Sorgen, dass es bisher keinem Mann gelungen ist, meine Bedürfnisse im gleichen Maß zu stillen wie du. Offensichtlich reicht mir das Übliche einfach nicht. Ich brauche jemanden, der so erfahren ist wie du. Denn das bist du wirklich."

„Wieso, meine liebe Charmaine, hört sich dieses Kompliment bei dir bloß an wie eine Beleidigung?"

„Weil ich zwar lieb aussehen mag, aber eigentlich ein echtes Miststück bin. Das musst du doch inzwischen herausgefunden haben."

Er sah sie nur an.

„Aber zurück zum Thema. Ich bleibe gern auch noch nach Freitag deine Sexgespielin, bis einer von uns die Sache leid wird. Und mit Sexgespielin meine ich Sexgespielin, nicht Geliebte. Kein Geld mehr, keine Geschenke, nichts außer deinem herrlichen Körper, der mich auf so hervorragende Weise zu befriedigen weiß. Verstanden?"

Wieder sagte er keinen Ton, obwohl seine Blicke Bände sprachen. Ablehnung wechselte mit heißem Begehren.

„Ich denke, ich könnte samstagabends immer zu dir in die Suite kommen", fuhr sie fort, entschlossen sich praktisch und nicht romantisch zu geben, „außer natürlich, wenn ich in Übersee bin. Ansonsten würde ich samstags die Nacht mit dir verbringen und auch die Sonntage, wenn du willst."

„Ob ich will?", fragte er mit einem spöttischen Lächeln. „Ich muss wohl annehmen, was du mir gewährst."

„Jetzt tu bloß nicht so, als wäre ich die Liebe deines Lebens. Wir wissen doch beide, dass ich es nicht bin. Du findest mich sexuell unheimlich attraktiv und willst mich so lange, bis sich das gelegt hat.

Dazu gebe ich dir jetzt die Gelegenheit. Und ehe du fragst ... Nein, ich möchte mich nicht mit dir in der Öffentlichkeit zeigen. Das ist auch gleichzeitig meine Bedingung: keine Verabredungen zum Abendessen, keine Anwesenheit meinerseits auf der Rennbahn. Wir haben nur eine sexuelle Verbindung. Einverstanden?"

Einen schrecklichen Augenblick lang dachte Charmaine, er würde ihren Vorschlag ablehnen, um ihr heimzuzahlen, was sie ihm angetan hatte. Aber dann kam es ganz anders. „Erwartest du von mir, dass ich dir treu bin?", fragte er und sah sie nicht mehr begehrlich, sondern kühl an.

Was sollte sie darauf antworten? *Wenn du eine andere Frau anrührst, bringe ich dich um* schien ihr übertrieben und außerdem zu aussagekräftig. „Ob du mir treu bist, bleibt dir überlassen", erklärte sie schließlich und hatte dabei das ungute Gefühl, gerade den größten Fehler ihres Lebens begangen zu haben. Aber nun war es zu spät. „Ich habe kein Recht, irgendetwas von dir zu verlangen", fuhr sie deshalb konsequent fort, „genauso wie du nicht das Recht hast, etwas von mir zu verlangen."

Es war unübersehbar, dass ihm das nicht gefiel. Aber daran konnte sie leider nichts ändern. Hätte Ali sie in Ruhe gelassen, wäre es gar nicht erst so weit gekommen. Aber nein, er musste sie haben. Nun ja, ihren Körper konnte er bekommen, nicht aber ihr Herz – zumindest nicht so, dass er es wusste.

„Aber wenn wir versprechen, einander treu zu sein", sagte er nun und sah sie nach wie vor kühl an, „könntest du doch auch die Pille nehmen, damit wir uns noch intensiver und spontaner genießen können und nicht immer eine Pause einzulegen brauchen, um uns vor ungewollter Empfängnis zu schützen." Charmaine verschwieg ihm auch weiterhin, dass sie diese Verhütungsmethode längst gewählt hatte. Denn auf eine allein würde sie sich nie verlassen.

„Die Natur hat nicht vorgesehen", fuhr er fort, „dass Mann und Frau während des Liebesaktes durch etwas getrennt werden. Man fühlt viel mehr ohne Schutz, und das Vergnügen wird noch gesteigert."

Unwillkürlich begannen sich bei Charmaine die Gedanken zu überschlagen. Ein noch größerer sexueller Genuss als der von letzter Nacht? Schön wär's ja, aber ging das?

„Einige Frauen kommen automatisch, sobald sie spüren, dass der Mann so weit ist", meinte er nun. „Man sagt, diese Form des Höhepunkts sei nicht nur körperlich, sondern auch seelisch viel erhebender."

Wenn er gedacht hatte, sie würde bei der Vorstellung seines Samens in ihr schwach werden, hatte er sich böse getäuscht. Vielmehr das Gegenteil war der Fall: Es brachte sie auf den Boden der Tatsachen zurück. Ali war doch nur ein Schürzenjäger, dem jedes Mittel recht war, um ans Ziel zu gelangen: Er wollte sie als Sexspielzeug behalten, ohne sich irgendwelche Gedanken um Verhütung machen zu müssen.

„Ich werde die Pille nicht nehmen", sagte Charmaine deshalb entschieden. „Und wenn du einmal vergessen solltest zu verhüten, Ali, siehst du mich nie wieder."

Erschrocken blickte er sie an. Dann wurde er nachdenklich. „Ich tue, was du von mir verlangst", sagte er schließlich.

„Gut. In diesem Fall will ich jetzt ins Haus zurückgebracht werden. Ich habe Kopfschmerzen."

Er zog die Augenbrauen zusammen. „Ist das die Wahrheit oder nur ein Vorwand, um meiner Gesellschaft zu entgehen?"

„Es ist die absolute Wahrheit." Ali wusste nicht, dass er mit seinen Worten Erinnerungen geweckt hatte, die sie lieber für immer vergessen hätte. Jedes Mal, wenn sie daran erinnert wurde, stieg ihr Blutdruck rapide an und führte zu einem unerträglichen Kopfschmerz.

„Ich leide an Migräne", sagte Charmaine, als sie die ersten Lichtblitze am Rande ihres Gesichtsfelds bemerkte. Dem folgte in der Regel sehr bald ein schreckliches Klopfen in den Schläfen und Übelkeit. „Ich muss sofort eine Tablette nehmen und mich hinlegen, sonst wird heute Nacht zwischen uns nichts stattfinden."

„Dann komm!" Ali nahm sie beim Arm und kümmerte sich rührend um sie. Charmaine war nicht sicher, ob er die folgende halbe Stunde so hilfsbereit war, weil es nun einmal seinem Wesen entsprach oder weil er befürchtete, sie würde ihn am Abend nicht beehren. Was auch immer der Grund sein mochte, Ali brachte sie in ihr Zimmer, wo er selbst die Vorhänge zuzog und die Bettdecke zurückschlug. Er brachte ihr auch ein Glas Wasser, damit sie ihre Tabletten einnehmen konnte, und sorgte dafür, dass sie es bequem hatte.

Dann verkündete er, das Essen im großen Speisesaal abzusagen, sollten die Kopfschmerzen bis dahin nicht verschwunden sein. In dem Fall wollte er ihr etwas auf einem Tablett bringen lassen, und sie könnte entscheiden, ob sie bei sich oder bei ihm im Zimmer essen wollte, je nachdem, wie sie sich fühlte. Charmaine sollte es ihn nur wissen lassen. Er sei in seinen Räumen, gleich nebenan. Sie könnte aber auch das Haustelefon benutzen und Cleo Bescheid sagen, wenn ihr das lieber wäre.

„Wähl einfach die Null", sagte er beim Verlassen des Zimmers, ehe er sacht die Tür hinter sich schloss.

Charmaine lag unter dem rosafarbenen Bettüberwurf und sah wie gebannt an die Zimmerdecke, während sie darauf wartete, dass die Migräne richtig einsetzte. Aber weder das Klopfen in den Schläfen noch die Übelkeit stellten sich ein. Offensichtlich hatten die Tabletten noch rechtzeitig Wirkung gezeigt. Mit der durch die Einnahme erzwungenen Ruhe kamen die Entspannung und die Tränen – nicht wegen der Ereignisse in der Vergangenheit, sondern wegen der gegenwärtigen Geschehnisse.

Was für ein Durcheinander!

Aber das war bei ihr ja nichts Neues. Ali hatte sie gefragt, ob ihre Kopfschmerzen nur eine Ausflucht seien, um seiner Gesellschaft zu entgehen. In dem Augenblick hatte sie nicht daran gedacht, aber rückblickend betrachtet hatte er vielleicht recht gehabt. Auch wenn sie ihm gegenüber ständig beteuerte, gefühlsmäßig nicht an ihn gebunden zu sein, war das Gegenteil der Fall. Sie fühlte sich so sehr zu ihm hingezogen, dass es ihr richtig Angst machte. Warum musste sie sich denn ausgerechnet in diesen Mann verlieben?

„Oje", rief sie schließlich schluchzend und barg das Gesicht in den Kissen. Tränen rollten ihr über die Wangen und durchfeuchteten die Bettwäsche. Aber sie ließen sich durch nichts aufhalten, rannen immer weiter, bis Charmaine völlig erschöpft war und ihr der Schlaf vorübergehend Vergessen schenkte.

Zur gleichen Zeit saß Ali an seinem Schreibtisch und sah stirnrunzelnd auf eine E-Mail vom Detektivbüro. Dabei handelte es sich nicht um einen Bericht über das Vorangehen der Untersuchungen, sondern um die Bitte, sich telefonisch zu melden. Sobald Ali das getan hatte, wurde er direkt zu Ryan Harris durchgestellt, mit dem er schon oft zu tun gehabt hatte.

„Ich bin froh, dass Sie anrufen, Eure Hoheit", sagte Mr. Harris. „Ich wollte persönlich mit Ihnen sprechen, was die Durchleuchtung des Hintergrunds einer gewissen Dame betrifft, die Sie bei uns in Auftrag gegeben haben. Entschuldigen Sie meine umständliche Ausdrucksweise, aber ich glaube, es ist besser, den Namen der Lady nicht zu erwähnen. Telefongespräche werden leider hin und wieder abgehört, und E-Mails sind natürlich besonders anfällig für neugierige Dritte."

„Ich weiß Ihre Vorsicht zu schätzen, Mr. Harris", sagte Ali. „Wenn man jemanden überprüft, muss man sich so verhalten. Also, was haben Sie herausgefunden?"

„In den vergangenen Tagen ist uns ein Gerücht zu Ohren gekommen, das angesichts des hohen Bekanntheitsgrades der Dame zu einem Problem werden könnte. Einfach nur Fragen zu stellen, egal, wie diskret, kann einen unerwünschten Dominoeffekt haben, besonders wenn es um Reiche und Schöne geht. Ich wollte mich nur noch einmal vergewissern, ob wir weitermachen sollen."

„Welches Gerücht meinen Sie denn?", fragte Ali, der sofort ein ungutes Gefühl hatte.

„Eine Person in der Heimatstadt der Dame scheint zu glauben, dass die Schwester der Lady, die an Leukämie gestorben ist, nicht ihre Schwester, sondern ihre Tochter gewesen ist."

Darüber war Ali so erschrocken, dass er den Hörer umklammerte, bis seine Knöchel weiß hervortraten.

„Wie das geheim gehalten werden konnte", fuhr Harris fort, „verstehe ich nicht, besonders da die fragliche Person so berühmt ist. Aber ich nehme an, normalerweise halten die Leute da alle dicht. Meine Information habe ich von einer Bardame, die im ortsansässigen Hotel arbeitet und mit besagter Lady zur Schule ging. Vielleicht hat sie aus Eifersucht oder Neid geredet, aber noch tiefer zu schürfen würde bedeuten, man glaubt den Gerüchten, und dann dauert es nicht lange, bis die Journalisten der Klatschpresse Wind davon bekommen. Ich dachte, das würden Sie vielleicht nicht wollen, Eure Hoheit."

„Da haben Sie verdammt recht, Mr. Harris. Bitte brechen Sie die Untersuchungen sofort ab, und zerstören Sie die betreffenden Akten und Dateien. Selbstverständlich erhalten Sie das vereinbarte Honorar genauso wie die versprochene Sonderzahlung. Ich bin Ihnen für Ihre Diskretion äußerst dankbar."

Ali legte auf, fuhr sich mehrfach aufgeregt durchs Haar und lehnte sich in seinem Schreibtischstuhl zurück. War das mit dem Kind die Wahrheit? Und wenn ja, wann war es geboren worden, und wieso verleugnete Charmaine ihre eigene Tochter?

Aus Scham? Sie machte nicht den Eindruck, als würde sie zu den Frauen gehören, die sich schämten, allein erziehend zu sein.

Aus Ehrgeiz? Wenn sie so ehrgeizig gewesen wäre, wieso hätte sie dann überhaupt ein Kind bekommen sollen?

Wegen eines gebrochenen Herzens? Na, das kam der Wahrheit wahrscheinlich am nächsten. Erst verführt und dann vom Liebhaber sitzen gelassen zu werden erklärte nicht nur Charmaines Notlüge, sondern auch ihre Haltung gegenüber Sex und den Männern. Natürlich bedingte es nicht automatisch, dass eine Frau ihr Kind verleugnete, weil sie dessen Vater inzwischen nicht mehr liebte. Aber Charmaine war ziemlich extrem. Extrem und zynisch.

Ali runzelte die Stirn und drehte sich mit dem Stuhl so, dass er aus dem Fenster sehen konnte. Normalerweise beruhigte ihn die Aussicht, besonders wenn die Sonne unterging und die Hügellandschaft in ein wundervoll anheimelndes Licht tauchte. Aber diesmal achtete er überhaupt nicht auf die atemberaubende Szenerie, sondern dachte über das nach, was er da gerade gehört hatte, und über seine Gefühle.

Wie hatte er sich in so eine Frau verlieben können?

„Das ist ja pervers!“, schimpfte er schließlich leise vor sich hin und schnitt ein Gesicht.

Ja, eine solche Liebe war pervers. Er hatte angenommen, wenn er über Charmaines Vergangenheit Bescheid wusste, würde ihm das Macht über sie geben. Stattdessen hatte es nur dazu geführt, jetzt mit Sicherheit zu wissen, dass es keine Zukunft mit ihr geben würde, zumindest nicht so, wie er sie sich vorstellte.

Charmaine war nur gut für eine Sache. Sich irgendetwas anderes einzubilden war Dummheit. In diesem Punkt waren sie zumindest einer Meinung. Charmaine hatte ihm ja schon ganz deutlich gesagt, wie sie sich eine Zukunft mit ihm vorstellte: Sie wollte ihn als Geliebten, bis sie genug von ihm hatte. Es war ihr sogar egal, wenn er ihr untreu würde. Sie erwartete es regelrecht.

Die Erkenntnis, dass sie so wenig von ihm hielt, regte Ali mehr auf als alles andere. Sie glaubte, er sei ein gewissenloser Weiberheld, der ständig mit Frauen ins Bett stieg, ohne etwas für sie zu empfinden. Und das Problem daran war … sie hatte recht. Genau das hatten die vergangenen zehn Jahre aus ihm gemacht: einen kaltblütigen Abschlepper. Aber er war nicht kaltblütig, wenn es um Charmaine ging. Und was die Zuneigung zu ihr betraf …

Ali stöhnte auf. Er wollte nicht in sie verliebt sein. Unter den gegebenen Umständen wäre es ihm viel lieber gewesen, er würde nur Lust für sie empfinden. Aber er wollte mehr von ihr, und die Samstagabende, an denen sie ihm zur Verfügung stehen wollte, falls sie in Sydney war, reichten ihm längst nicht aus. Doch was konnte er tun, um sie öfter zu sehen? Wie konnte er sie dazu bringen, mit ihm zusammenzuleben?

Wenn er ihr eine Liebeserklärung machte, würde sie ihn auslachen. Charme und Schmeicheleien zeigten bei Charmaine so gut wie keine Wirkung. Er hatte eigentlich nur eine Möglichkeit, sie dazu zu bringen, das zu tun, was er wollte.

11. KAPITEL

„Bist du nicht froh, dass deine Kopfschmerzen verschwunden sind?“, fragte Ali leise, als er sich über Charmaine beugte, um ihr einen Kuss auf den Nacken zu geben.

Charmaine erschauerte und wandte den Kopf, damit Ali besser an sie herankam. „Hm“, brachte sie nur heraus. Sie lag bäuchlings in der Mitte seines großen Bettes und war noch ganz benommen vom Sex. Jetzt ließ er die Lippen langsam über ihren Rücken gleiten, während er sie zärtlich streichelte. Sein Mund verweilte einen Augenblick an ihrem Poansatz, und dann schob er die Hände zwischen ihre Schenkel.

Charmaine stöhnte auf und hätte ihn dann beinah angefleht, endlich wieder mit ihr eins zu werden, auch wenn das letzte Mal erst wenige Minuten zurücklag.

„Ali …“, stieß sie schließlich hervor.

„Was ist denn, Darling?“

Bei dem Kosenamen zuckte sie zusammen, oder lag es daran, dass seine Finger sich nun zu ihrer empfindsamsten Stelle vorarbeiteten?

„O ja, ja. Ja!“

„Gedulde dich“, flüsterte er heiser, „es ist noch nicht so weit.“

Bei ihr schon. Sie würde jeden Augenblick kommen. Das wäre dann ihr zweiter Höhepunkt in der erstaunlich kurzen Zeit, seitdem sie an Alis Tür geklopft hatte.

Sie war aufgewacht, als es im Zimmer bereits dunkel gewesen war. Die Kopfschmerzen waren verschwunden gewesen, dafür verzehrte sie sich innerhalb weniger Sekunden schmerzlich nach Ali und versuchte, mit einer kalten Dusche dagegen vorzugehen. Aber es funktionierte nicht. Ihre Begierde war so groß, dass sie einfach den rosafarbenen Gästebademantel überwarf und zu Ali ging – ohne einen Hauch von Make-up. Das hatte sie auch nicht nötig, so gerötet, wie ihre Wangen waren. Vor Lust? Oder war es Scham? Sie vermochte es nicht zu sagen.

Als Ali öffnete, sagte er kein Wort. Er brauchte sie nur anzusehen, um zu wissen, weshalb sie gekommen war. Rasch nahm er Charmaine in die Arme und trug sie in sein Schlafzimmer. Während er sie dort aufs Bett legte, sah er ihr tief in die Augen, öffnete den Bademantel und befahl ihr, sich nicht zu bewegen. Dann zog er sich aus und schützte sich. Als er endlich mit ihr eins wurde, konnte es Charmaine kaum noch erwarten und kam innerhalb von dreißig Sekunden – Ali jedoch nicht. Stattdessen zog er sich zurück und streichelte und küsste sie, bis Charmaine wieder vor Begierde bebte und kurz davor war, erneut zu kommen, wohingegen Ali sich ungemein unter Kontrolle hatte.

Wie macht er das bloß?, überlegte sie verwundert. Wie konnte er sich derartig beherrschen, während sie hin und weg war?

Ali hatte mit seinen Liebkosungen ihren Po erreicht und rieb die rauen Wangen daran. Charmaine stöhnte auf und hob unwillkürlich die Hüften. Als ihr Ali ein Kissen unter den Bauch schob, erstarrte sie in Erwartung dessen, dass er gleich zu ihr kommen würde. Aber stattdessen begann er seine Wangen an den Innenseiten ihrer Schenkel zu reiben, wobei sie seinen heißen Atem an ihrer empfindsamsten Stelle spürte.

Charmaine stöhnte und bewegte den Po hin und her. Aber Ali gab ihr immer noch nicht, was sie sich so verzweifelt wünschte. Stattdessen umkreiste er mit der Zunge ihre intimste Stelle. Als er sie tiefer gleiten ließ, schrie Charmaine vor Lust und versuchte, nicht zu kommen. Viel zu sehr wünschte sie sich, dass er mit ihr eins wurde, doch er heizte ihr nur immer weiter ein. Aber dann, ganz plötzlich, war er da und füllte sie aus, sodass sie vor Erleichterung erschauerte.

Als Ali sie auf die Knie zog und ihre Brüste umfing, hielt Charmaine vor Lust den Atem an. An diese Form des Liebesspiels hatte er sie vergangene Nacht auf dem grünen Teppich in seinem Wohnzimmer herangeführt. Die Stellung hatte sie besonders genossen und begrüßte sie jetzt noch mehr, weil er dabei ihre Augen nicht sehen konnte. Er beobachtete gern, wenn sie kam, und Charmaine fürchtete, er könnte dabei feststellen, dass sie jedes Mal mehr für ihn empfand.

Als er jetzt kam, schloss sie die Lider und versuchte sich vorzustellen, sie wären zwei kopulierende Tiere im Dschungel. Dabei ging es nicht um Liebe, sondern nur um Sex, besonders was ihn betraf. Daran musste sie immer denken. Sein Rhythmus war mörderisch, seine Umklammerung besitzergreifend, und schließlich gab sie sich ganz dem Gefühl hin, das sie dem Moment des herrlichen Vergessens zuführte.

Als Charmaine laut stöhnend zum Höhepunkt kam, stöhnte Ali ebenfalls, bäumte sich auf, zog sie zu sich hoch und drückte sie fest an sich – die Hände auf ihre Brüste gepresst. Charmaine rang nach Atem, während sich ihre Gedanken überschlugen, weil es so herrlich wild war, was sie da beide taten.

Es kam ihr vor wie eine Ewigkeit, ehe ihrer beider Höhepunkt endete und sie sich – immer noch vereint – aufs Bett sinken ließen, sodass Charmaine mit dem Rücken zu Ali lag.

„Unglaublich", flüsterte er ihr ins Ohr. „Zusammen können wir zaubern, Darling."

Urplötzlich kämpfte Charmaine mit den Tränen und war doppelt froh, dass Ali ihr Gesicht nicht sehen konnte.

In diesem Moment klingelte plötzlich das Telefon. Ali schimpfte leise, und Charmaine befürchtete, er würde sich sofort von ihr zurückziehen. Aus Angst, dass er sie dann herumrollte und ihre Tränen sah, wollte sie sich von ihm lösen.

„Liegen bleiben!", stieß er hervor und drückte sie fest an sich, während er mit der freien Hand den Hörer abnahm. Da er ihn nur wenige Zentimeter von Charmaines Kopf entfernt ans Ohr hielt, konnte sie jedes Wort hören. Auch wenn Arabisch gesprochen wurde, war klar, dass es sich bei der Person am anderen Ende der Leitung um eine Frau handelte. Als Ali schließlich erschrocken rief: „Nadia!", wusste Charmaine, mit wem er sprach. *Sie* war es, seine große Liebe und inzwischen Ehefrau seines Bruders, deretwegen er des Landes verwiesen worden war.

Während Charmaine so dalag, immer noch mit Ali vereint, war sie gezwungen, jede Gefühlsregung, die sich auf seine Stimme übertrug, mitzubekommen: seine Überraschung, von Nadia zu hören, dass er über irgendetwas besorgt war und sie mit zärtlichen Worten tröstete. Traurigkeit erfüllte Charmaines Herz. Wie konnte er es wagen, bei dieser Frau Süßholz zu raspeln, während er immer noch mit ihr, Charmaine, vereint war?

Als sie noch einmal versuchte, sich von ihm zu lösen, drückte er sie noch fester an sich und erinnerte sie daran, wie stark er war. Zu stark für sie. Am besten, sie blieb ganz still liegen, bis er sein Telefonat beendet hatte. Jetzt verzweifelt sich aus seinen Armen zu befreien, würde nur verraten, dass sie eifersüchtig war. Zumindest wusste sie selbst dadurch, wie sie zu ihm stand. Sie fühlte sich nicht nur körperlich immer mehr zu Ali hingezogen, sie war bereits bis über beide Ohren in ihn verliebt. Deshalb hatte sie auch den Eindruck, gleich weinen zu müssen. Denn egal, wie gern Ali mit ihr schlief, er liebte sie nicht und würde es nie tun.

Endlich hatte er sein Telefonat beendet. Aber kein Wort der Erklärung oder Entschuldigung kam ihm über die Lippen. Für einen Moment herrschte absolute Stille, bevor er sich wieder mit Charmaine beschäftigte. Einerseits wollte sie von ihm abrücken, andererseits war sie viel zu erregt dazu und wünschte sehnlichst, dass er mit seinen Zärtlichkeiten fortfuhr.

„Wo war ich stehen geblieben?", fragte er, während er eine Hand über ihren Bauch und Oberkörper gleiten ließ. Als er dabei ihre erregten Brustknospen streifte, erschauerte sie unwillkürlich.

„Bitte beweg dich nicht!", stieß Ali hervor.

„Zum Teufel mit dir!", schimpfte sie. Dass sie ihm derart verfallen war, machte sie wütend. „Ich bewege mich, wann und wie ich will. Ich habe es satt, dass du mir Vorschriften machst."

Er seufzte. „Du wirst nie richtig gut im Bett sein, wenn du nicht bereit bist, dazuzulernen oder dich in Geduld zu üben, meine Liebe."

„Ich bin nicht ‚deine Liebe' und werde es auch nie sein. Und im Gegensatz zu dir mag ich es nicht, wenn man mich kontrollieren will", fügte sie hitzig hinzu.

„Denkst du etwa, ich will dich kontrollieren?"

„Etwa nicht?"

„Ich glaube nicht, dass es irgendeinem Mann gelingen würde, dich unter der Fuchtel zu haben, zumindest nicht völlig. Doch anscheinend ist eine Frau umso zügelloser, je mehr sie sich in der Öffentlichkeit kontrollieren muss. Fühlst du dich nicht befreit, wenn du tust, was ich dir sage? Einfach einmal nicht nachdenken müssen und jemand anders die Verantwortung für die eigene Erfüllung überlassen? Du weißt, dass ich dazu hervorragend geeignet bin. Deshalb bist du heute Abend auch zu mir gekommen, und deshalb wirst du auch weiterhin zu mir kommen, wann und wo immer ich es will."

„Wunschträume!", rief Charmaine und lachte. Aber ihr Lachen verebbte bald unter dem Zauber seiner Hände. Der Mann wusste genau, wo er sie berühren musste, um ihr Verlangen zu steigern.

„Jetzt kannst du dich bewegen“, flüsterte er nach einigen Minuten, und Charmaine wollte es so gern, weigerte sich allerdings, nach seiner Pfeife zu tanzen. Sie würde ihm zeigen, dass sie sich in der Gewalt hatte und ihm widerstehen konnte. Ich werde mich nicht bewegen, schwor sie sich. Ich werde mich ihm nicht lustvoll entgegenbiegen. Nein, nein, nein und nochmals nein!

Doch dann tat sie es trotzdem.

12. KAPITEL

Ali konnte nicht glauben, dass sich Charmaine am Freitagabend nach der Landung auf dem Dach des „Regency“ geweigert hatte, mit in seine Suite zu kommen. Sie habe diese Woche schon genug Zeit verschwendet, hatte sie gesagt, und dass sie aufgrund der neuen Finanzsituation viel für ihre Stiftung zu arbeiten habe und sich bei ihm melden werde.

Sie ließ ihm nicht einmal ihre Telefonnummer oder Adresse da, auch wenn er beide längst kannte. Charmaine lebte allein in einem bewachten Wohngebäude in der Nähe von „Chatswood Station“ und besaß eine Geheimnummer.

Nachdem sein Ärger verraucht war, kam Ali zu dem Schluss, dass ihr Verhalten an ihrem Stolz lag, ihrem verdammten Stolz. Und dann meldete sich seiner. Sosehr es ihn auch nach ihr verlangte, nahm er während des ganzen Wochenendes keinen Kontakt zu ihr auf. Er wollte warten, bis sie zu ihm kam. Und daran bestand kein Zweifel. Keine Frau, die mit einem Mann geteilt hatte, was sie mit ihm geteilt hatte, konnte derartigen Freuden für immer den Rücken kehren. Früher oder später würde Charmaines körperliches Bedürfnis so stark werden, dass sie ihm nachgab. Er brauchte nur Geduld zu haben.

Eine Woche, eine ganze Woche war es nun her, dass Charmaine Ali gesehen hatte. Eine Woche höchster seelischer Qualen und schlafloser Nächte. Um sich abzulenken, hatte sie oft bis spät in die Nacht gearbeitet und sich tagsüber mit Leuten getroffen, die die neuen Gelder ihrer Stiftung gut anlegen würden: Krankenhausverwalter, Krebsspezialisten und Chefs von Baufirmen.

Bis zum Freitag waren Entscheidungen gefällt und Weichen gestellt worden. Das Krankenhaus, für das sie sich engagierte, würde einen ganz neuen Anbau mit Kinderkrebsstation und Forschungsabteilung bekommen. In Übersee war das neueste medizinische Gerät bestellt und in Australien ein Grundstücksmakler damit beauftragt worden, Wohneigentum in Krankenhausnähe aufzukaufen, um Unterbringungsmöglichkeiten für die Angehörigen der betroffenen Kinder zu schaffen. Außerdem hatte Charmaine den Kauf zahlreicher Neuwagen in Auftrag gegeben, die zur Verfügung gestellt werden sollten, falls kein verlässlicher fahrbarer Untersatz vorhanden war. Wenn man ein krankes Kind hatte, musste man unzählige Wege hinter sich bringen.

Abends hatte sie Arbeit mit nach Hause genommen, nur um nicht in Versuchung zu kommen, sich bei Ali zu melden. Doch an eben diesem Freitag konnte es Charmaine nicht mehr aushalten. Sie musste zu ihm gehen, obwohl sie längst nicht lange genug von ihm getrennt gewesen war, um sich seinem Einfluss zu entziehen. Die sexuelle Macht, die er über sie hatte, war noch stärker als befürchtet, und die Liebe, die Charmaine für ihn empfand, machte alles noch schlimmer.

Also buchte sie am Freitagmorgen ein Zimmer im „Regency", damit sie einen Platz hatte, an dem sie sich umziehen und an den sie flüchten konnte. Auf dem Rückflug nach Sydney in der Woche zuvor hatte Ali erwähnt, dass seine Freunde freitags immer kurz vor zwanzig Uhr in seiner Suite eintrafen, um dann etwa bis Mitternacht mit ihm zu pokern. Als er ihr das erzählte, hatte er wahrscheinlich erwartet, sie würde die Nacht mit ihm verbringen. Eine durchaus berechtigte Annahme, da er davon ausgehen konnte, sie hätte während der Woche bei ihm jeden eigenen Willen verloren. Selbst noch im Hubschrauber hatte sie alles getan, was er von ihr verlangte, und die Rolle der völlig betörten Geliebten gespielt.

Aber der Gedanke, dass er mit Rico und Renée am Kartentisch saß, während sie sich in seinem Schlafzimmer versteckte und darauf wartete, dass er für sie Zeit hatte, war ihr unerträglich. Das hatte sie weder letzten Freitag tun können, noch wäre sie diesmal dazu in der Lage. Aber genauso wenig konnte sie bis nach Mitternacht warten. Sie musste mit ihm zusammen sein, und zwar schnell!

Charmaine rief an, kurz nachdem Ali im Hotel eintraf, und er war sehr erleichtert. Dass sie kurz zu ihm kommen wollte, bevor er sich mit seinen Freunden traf, freute ihn, machte ihm aber auch Angst. Kam sie aus dem Grund, den er sich erhoffte? Während des Telefonats wagte Ali nicht, danach zu fragen. Im Augenblick reichte es ihm schon, sie nur zu sehen.

„Ich lasse dir durch James eine Schlüsselkarte bringen, mit der du problemlos in meine Suite kommst."

„James, wer ist das?"

„Der hauseigene Butler, der mir am Wochenende immer zur Verfügung steht."

„Ja, er soll sie mir bringen, und dann solltest du ihm vielleicht für einige Zeit freigeben. Ich möchte dich allein sprechen."

War das jetzt eine gute oder eine schlechte Nachricht? Ali hoffte Ersteres, besonders da er körperlich mehr als bereit für sie war. „Ich werde ihn sofort zu dir schicken und ihm danach freigeben."

„Nichts anderes habe ich von dir erwartet", sagte sie so, als wäre Sex das Einzige, was er von ihr wollte. Diesmal musste er ihr beweisen, dass es nicht so war. Er hatte sie schrecklich vermisst und dabei nicht nur ihren Körper im Sinn gehabt. Es hatte ihm imponiert, dass Charmaine ihn am vergangenen Freitag tatsächlich allein gelassen hatte. Dabei wusste er, dass sie ihn wollte. Keine Frau verhielt sich eine Woche lang so, wie Charmaine es getan hatte, wenn sie sich nicht wirklich zu dem Mann hingezogen fühlte. Aber mit ihrer Aktion letzten Freitag hatte sie ihm wohl zeigen wollen, dass sie zu ihrem Wort stand. Was für eine charakterstarke und stolze Frau!

Bei dem Gedanken geriet er sekundenlang in Panik. Kam sie jetzt etwa, um ihm persönlich zu sagen, dass sie nichts mehr mit ihm zu tun haben wolle? Hoffentlich nicht.

Während der vergangenen Tage war ihm bewusst geworden, dass das Leben ohne Charmaine keinen Sinn mehr hatte. Deshalb war seine „Mission impossible" nicht mehr nur, sie zu überreden, bei ihm einzuziehen, sondern ihn zu heiraten.

Als es zehn Minuten später klingelte, war Ali außer sich vor Sorge, Charmaine könnte ihn ablehnen. Er musste sich richtig zwingen, zur Tür zu gehen und zu öffnen. Da stand sie und sah atemberaubend schön aus. Ali atmete erst einmal tief durch, so sehr verlangte es ihn nach ihr. Selbst wenn er es gewollt hätte, hätte er nicht verhehlen können, wie es um ihn bestellt war.

Sein Verlangen wurde noch gesteigert, da sie keinen BH trug und ihre Brustknospen sich sexy abzeichneten. Und dann war da noch ihr Blick, mit dem sie so deutlich ausdrückte, dass sie ihn wollte, als hätte sie es laut gesagt.

„Ist er weg?", fragte sie heiser. „Den Butler meine ich."

Ali nickte, da ihm das Sprechen schwerfiel. Ihre Begierde war zu seiner geworden und hatte ihn mächtig erregt.

Charmaine betrat den Flur und schloss die Tür. Kurzatmig fasste sie ihm dann in den Schritt. „Es ist grausam", stieß sie dabei hervor. Ali verstand sofort, was sie meinte: Es war grausam, wie sehr sie sich zueinander hingezogen fühlten. Rasch öffnete sie ihm die Hose und befreite ihn aus der Enge, sodass Ali schon meinte, er könnte die Hitzewellen spüren, die von ihr ausgingen. Oder lag es an ihm und seinem rasanten Pulsschlag?

Für den Bruchteil einer Sekunde dachte Ali, Charmaine wollte sich vor ihn hinknien, um ihn mit dem Mund zu verwöhnen. Doch dann sah sie ihm nur tief in die Augen, während sie sich das Kleid hochzog und seine Verwunderung darüber zu genießen schien, dass sie nichts darunter anhatte.

„Mach's mir!" Ihr Atem ging noch schneller. Sie lehnte sich gegen die Tür, stützte sich mit den Händen am Türblatt ab und öffnete die Beine. „Kein Vorspiel, komm sofort zur Sache!"

Wollte sie ihm damit eine Falle stellen, um sich daraus einen Grund abzuleiten, ihn zu verlassen? So erregt Ali auch war, erinnerte er sich doch, womit sie ihm gedroht hatte, wenn er es jemals ohne Schutz mit ihr machen sollte. „Warte, lass mich erst das ..."

„Ich nehme die Pille", stieß sie hervor, „und zwar schon die ganze Zeit. Sieh mich nicht so an! Sei lieber spontan. Das wolltest du doch immer: mir zeigen, wie unglaublich es erst zwischen uns ist, wenn uns nichts mehr trennt."

Schließlich kam er ihrem Wunsch nach und berauschte sich an dem herrlichen Erbeben, das ihn dabei umfing. Als Charmaine in seinen Armen kam, triumphierte er. Jetzt gehörte sie ihm wirklich! Gleich darauf kam er ebenfalls zum Höhepunkt und schrie vor Erleichterung, sodass er nicht gleich bemerkte, dass Charmaine zu schluchzen begonnen hatte. Erst als der beste sexuelle Rauschzustand seines Lebens langsam nachließ, stellte Ali fest, dass etwas nicht in Ordnung war.

„Charmaine? Charmaine, Liebling, was ist denn?" Er umfasste ihr Gesicht, aber sie weinte einfach weiter. Als ihre Knie allmählich nachgaben, schob er ihr die Hände unter den Po, hob sie hoch und trug sie – immer noch eins mit ihr – ins Schlafzimmer. Um sie auf die Tagesdecke zu legen, musste er ihre Verbindung lösen, und Charmaine erbebte. Ali bedeckte ihre Blöße, doch Charmaine schluchzte auf und rollte sich zur Seite. Die Augen hatte sie fest geschlossen, nichtsdestotrotz quollen Tränen unter den Lidern hervor.

Ali wusste nicht, wie er sie trösten sollte. Warum weinte sie, als hätte man ihr das Herz aus dem Leib gerissen? Hatte es ihr nicht gefallen, oder hätte er ihren Wunsch nicht befolgen sollen? Offensichtlich nicht. Wahrscheinlich war es tatsächlich ein Test gewesen, und er hatte ihn nicht bestanden. Wie auch immer, Ali wurde das Gefühl nicht los, einen schrecklichen Fehler begangen zu haben. Da hatte er sich erst vor wenigen Minuten vorgenommen, Charmaine zu zeigen, wie sehr er sie liebte, damit sie bei ihm blieb. Und was hatte er getan? Sie wie ein Wilder gleich an der Tür genommen!

Als er an sich herabsah und feststellen musste, dass er längst noch nicht genug hatte, ekelte er sich vor sich selbst. Ärgerlich zog er sich an und legte sich zu Charmaine. „So beruhige dich doch, my Love", flüsterte er und begann ihr übers Haar zu streichen.

„Das verstehst du nicht", brachte sie heraus. „Dass … Dass ich mich jetzt schlecht fühle, ist meine Strafe."

„Strafe? Wie meinst du das? Wofür denn?"

Sie setzte sich auf. „Für die größte Sünde überhaupt."

„Und welche ist das?"

„Eine schlechte Mutter zu sein. Oje, das wollte ich dir eigentlich gar nicht erzählen! Jetzt wirst du mich noch mehr verabscheuen."

„Dich *verabscheuen?* Charmaine, Darling, ich *liebe* dich! Das musst du doch gespürt haben."

Sie erstarrte, ehe sie sich zu ihm herumrollte und ihn unter schweren Augenlidern ansah. „Wie kannst du es wagen, so etwas zu mir zu sagen? Ich weiß doch genau, dass es nicht der Wahrheit entspricht. Erinnerst du dich nicht, dass ich bei dem Telefonat mit deiner Ex dabei war? Ich habe gehört, wie zärtlich und liebevoll du mit Nadia gesprochen hast."

Ali bedauerte zutiefst, Charmaine nicht schon früher erklärt zu haben, warum Nadia angerufen hatte. Aber zu dem Zeitpunkt hatte er wirklich angenommen, es sei ihr egal. Jetzt hätte er sich dafür ohrfeigen können. Positiv betrachtet, zeigte Charmaines Eifersucht allerdings, dass sie ihm mehr als nur Lustgefühle entgegenbrachte.

Ali beugte sich über sie, gab ihr einen Kuss und drückte sie dabei sanft in die Kissen zurück. „Nadia ist nicht mehr die Frau, die ich liebe. Ich bin auch nicht sicher, ob ich sie jemals richtig geliebt habe. Damals war ich ein verzogener junger Bengel, dem man nie einen Wunsch abgeschlagen hatte. Ich schätze, dadurch, dass ich Nadia nicht haben konnte, erschienen mir meine Gefühle für sie stärker, als sie tatsächlich waren. Erst seitdem ich mich in dich verliebt habe, weiß ich, was wahre Liebe ist. Nadia hat mich angerufen, um mir zu sagen, dass sie Krebs hatte."

„Krebs?"

„Ja, Gebärmutterhalskrebs. Die Ärzte sind allerdings der Meinung, er sei noch rechtzeitig entdeckt worden. Aber dem Tod ins Auge sehen zu müssen – wie Nadia zunächst dachte –, hat ihr gezeigt, wie sehr sie eigentlich ihren Mann liebt und umgekehrt. Zum ersten Mal in ihrer Ehe haben mein Bruder und Nadia offen miteinander geredet und über ihre Gefühle gesprochen. Als sie Khaled die Geschichte mit mir gebeichtet hat, stellte sie entsetzt fest, dass er längst davon wusste und die ganze Zeit befürchtet hat, sie würde mich noch immer lieben. Daraufhin versicherte sie ihm, dass er der einzige Mann in ihrem Leben sei, und er schlug vor, mich anzurufen, um reinen Tisch zu machen. Beide hatten Angst, ich würde womöglich Nadias wegen nicht heiraten. Aber da konnte ich sie beruhigen und ihr erzählen, dass ich jemanden gefunden habe, den ich liebe und heiraten möchte."

„Du willst mich heiraten?"

„Mehr als alles andere."

„Aber das geht nicht! Du kennst mich doch gar nicht. Ich habe dir schon gesagt, dass ich ein schlechter Mensch bin."

„Wegen des Kindes, dem gegenüber du glaubst, deine Mutterpflichten vernachlässigt zu haben?" Er musste sehr vorsichtig sein und Charmaine alles selbst erzählen lassen, um nicht zu verraten, was er bereits wusste.

Sie nickte, und wieder traten in ihre Augen Tränen. „Becky ...", sagte sie heiser. „Sie hieß Becky und ist gestorben, als sie sechs Jahre alt war. An Leukämie. Sie ... Sie hat niemals erfahren, dass ich ihre Mutter gewesen bin. Sie dachte, ich sei ihre Schwester."

Nachdem das heraus war, brach Charmaine wieder zusammen, und Ali nahm sie in die Arme und hielt sie einfach nur fest, bis sie aufhörte zu weinen. „Entschuldige", sagte sie dann und trocknete sich die

Augen. „Ich … Ich spreche nicht gern darüber. Das regt mich unheimlich auf."

„Erzähl es mir trotzdem, Charmaine. Wenn wir heiraten, sollten wir keine Geheimnisse voreinander haben."

Wie gebannt sah sie ihn an. „Du meinst das ernst, oder? Von wegen, dass du mich liebst und heiraten willst? Es … Es ist nicht nur ein übles Spiel, das du da mit mir treibst, damit ich dir beim Sex zu Willen bin?"

Ali musste lächeln. „Meine liebe Charmaine, glaubst du, nach deiner Vorstellung vorhin im Flur, müsste ich dich belügen, um mehr Sex von dir zu bekommen?"

Sie errötete. „Ich … Ich weiß gar nicht, was da in mich gefahren ist. So etwas habe ich noch nie gemacht. Aber ich habe auch noch nie jemanden geliebt."

Ali traute seinen Ohren nicht. Er hatte ja gehofft, dass Charmaine sich in ihn verliebt haben würde, aber es aus ihrem Mund zu hören … „Und was war mit dem Vater des Kindes?", fragte er leise. „Hast du ihn nicht geliebt?"

„John? Ach du liebes bisschen, nein! Nein!", wiederholte sie, während sie ein Schauder überlief. „Ich muss zugeben, dass ich mich extrem zu ihm hingezogen gefühlt habe. Er hatte eine gewisse Ähnlichkeit mit dir, sah super aus, war sehr reich und äußerst weltmännisch. Ich habe ihn kennengelernt, als ich mit sechzehn Jahren das erste Mal nach Sydney kam, um zu modeln. Er war einige Jahre älter als ich, so um die Dreißig. Als er mich zum Essen ausführte, fühlte ich mich geschmeichelt und war ganz aufgeregt. Danach lud er mich noch auf einen Mitternachtsdrink in sein Apartment ein, und ich bin blöderweise mitgegangen. Ich … Ich hatte schon ziemlich viel Alkohol intus und habe dann bei ihm auch noch ein Glas getrunken."

Aha, so langsam begriff Ali, warum Charmaine ihm gegenüber am Anfang so feindselig gewesen war und warum sie Alkohol ablehnte. „Dieser Mistkerl hat es sich zu Nutze gemacht, als du betrunken warst."

„Nein, so zivilisiert ist die Sache nicht abgelaufen", sagte Charmaine und lachte trocken, und Ali gefror das Blut in den Adern.

„Hat er dich vergewaltigt?"

Sie nickte.

Ali schluckte. „Ich hoffe, das hat ihm Knast eingebracht, denn sonst bringe ich ihn um."

„Er ist schon tot", sagte Charmaine ausdruckslos, „vor einigen Jahren an einer Überdosis gestorben."

„Allah ist gerecht."

„Ich erinnere mich auch nicht an die Vergewaltigung. Er hat mir irgendetwas ins Glas getan. Ich weiß noch, wie mir plötzlich ganz merkwürdig wurde, sodass ich mich aufs Sofa legen musste. Von da ab bis zum nächsten Morgen habe ich eine Gedächtnislücke. Als ich aufgewacht bin, lag ich nackt in seinem Bett und wusste einfach, dass er ... Sachen mit mir gemacht hat, während ich bewusstlos gewesen bin. Das Problem war nur: Ich konnte nicht beweisen, dass er mir Gewalt angetan hat. Ich blutete nicht und hatte auch keine blauen Flecken. Als ich ihn zur Rede stellte, hat er es zugegeben. Dann meinte er, ich bräuchte erst gar nicht zur Polizei zu gehen, weil sein Vater ein wichtiger Mann sei und ohnehin nichts aus einer Anzeige werden würde. Aber ich bin trotzdem hingegangen, ich Trottel."

„Wieso, was ist passiert?"

„Das Übliche. Ein peinlicher Besuch im Krankenhaus. Dort wurde leider kein Beweis für eine Vergewaltigung gefunden, nur unheimlich viel Sperma. Der Bluttest ergab keine Drogenrückstände. Was auch immer er mir eingeflößt hatte, war bis dahin abgebaut. Als er von dem Polizisten befragt wurde, gab er zu, mehrmals mit mir geschlafen zu haben. Es sah auch nicht gut aus, dass ich freiwillig mit ihm in die Wohnung gegangen bin. Aber den Rest hat er mir mit den Polaroids gegeben."

„Wie bitte?" Ali war ganz schlecht.

„Er hat Fotos von mir gemacht, als ich nackt war, in allen möglichen Stellungen. Dummerweise hatte ich auf einigen die Augen halb offen. Meiner Meinung nach sah ich eindeutig benebelt aus. Aber der Polizist sagte, ich würde aussehen, als sei ich hin und weg vom Sex gewesen."

Ali unterdrückte ein Stöhnen. Er verstand immer mehr, warum Charmaine am Anfang so abweisend zu ihm gewesen war. Er hatte keinen Hehl daraus gemacht, dass er sie begehrte. Aber Charmaine musste all die Jahre bei der an sich schönsten Sache der Welt mit der Erinnerung an dieses Drama leben.

„Er hat dem Polizisten erzählt, ich sei ein ehrgeiziges Model, das sich gern für die Fotos hergegeben hätte, hätte aber ärgerlich reagiert, als er es bei dem One-Night-Stand hätte belassen wollen. Sein Vater hat dann irgendeinen Staranwalt eingeschaltet, um ihn zu verteidigen, und es dauerte nicht lang, da wurden sämtliche Anschuldigungen fallen gelassen."

„Ich möchte ja nicht gefühllos erscheinen, Charmaine, aber warum hast du unter den Umständen nicht abgetrieben?"

„Am Anfang wollte ich es einfach nicht wahrhaben, dass ich schwanger bin, und habe die ganze Sache verdrängt. Erst als ich einen Job nicht bekam, weil mein Bauch bereits dicker zu werden begann, war ich gezwungen, den Tatsachen ins Auge zu sehen. Ich sagte meinem Agenten, ich sei krank, und bin zu meinen Eltern gefahren. Da war ich bereits über den fünften Monat hinaus. Ich ... Ich hatte so etwas wie einen Nervenzusammenbruch und wollte das Kind zur Adoption freigeben."

„Mein armer Darling!" Ali streichelte sie, aber Charmaine zuckte zurück, während sie einen imaginären Punkt an der Decke fixierte.

„Meine Mutter hat gewusst, dass zu dem Zeitpunkt alles zu viel für mich war, ich aber irgendwann bedauern würde, mein Kind weggegeben zu haben. Deshalb schlug sie mir vor, es als ihr Baby auszugeben, und wenn sie ins Städtchen fuhr, hat sie sich etwas unter die Kleidung gestopft und jedem erzählt, sie würde ein Kind erwarten. Wir leben auf einer einsamen Farm, da konnte ich es austragen, ohne dass jemand meine Schwangerschaft mitbekam. Ohnehin habe ich die meiste Zeit in meinem Zimmer verbracht und geschlafen. Und nach der Geburt konnte ich nicht schnell genug wieder wegkommen und ließ das Kind bei meinen Eltern." Traurig sah sie ihn an.

„Bestimmt denkst du jetzt schlecht von mir. Aber ich war nicht in der Lage, das Baby anzusehen, ohne daran zu denken, was John mir angetan hat. Als ich schließlich wieder in der Stadt lebte, war aus mir eine zynische, kaltblütige, ehrgeizige Zicke geworden, entschlossen, mir von diesem einen Kerl nichts kaputtmachen zu lassen. Also nahm ich mir einen Liebhaber nach dem anderen. Ich wollte mir unbedingt beweisen, dass ich nicht frigide geworden war. Aber es funktionierte nicht. Also habe ich das mit den Männern irgendwann gelassen und mich nur noch meiner Karriere gewidmet."

„Und wann hast du bedauert, dein Kind deiner Mutter überlassen zu haben?“

„Das geschah allmählich. Wenn ich nach Hause kam, habe ich gesehen, dass sich Becky zu einem liebenswerten Kind entwickelte. Sie war so offen und klug. Am Anfang habe ich mir Sorgen gemacht, dass sie sich so zu mir hingezogen fühlte. Aber irgendwann gefiel es mir. Wahrscheinlich habe ich sie auch zu sehr verwöhnt, besonders zu ihrem Geburtstag und zu Weihnachten habe ich ungeheuer viele und teure Geschenke mitgebracht – wohl um sie zu entschädigen, dass ich nicht immer für sie da sein konnte. Meine Mutter und mein Vater haben sie vergöttert, und ich habe mir eingeredet, ich hätte das Richtige getan. Für Becky sei es so am besten.“

Sie seufzte traurig. „Ich habe erst begriffen, was ich versäumt habe, als man bei ihr Leukämie feststellte. Ich werde niemals das Telefonat vergessen, bei dem es mir meine Mutter erzählt hat. Es war wie …“

Sie verstummte und schloss für einen Moment die Augen. Als sie die Lider wieder öffnete, warf sie Ali einen herzzerreißenden Blick zu. „Ich … Ich kann es einfach nicht beschreiben. Wie auch immer, wir haben alles versucht, um Becky zu retten. Aber keine der Therapien schlug an. Sie hatte eine ganz seltene Form von Leukämie. Eine Chemotherapie brachte kurzzeitige Besserung, aber danach kam die Krankheit mit Macht zurück.“

Charmaine lag einen Moment nur da und ergab sich ihrem Schmerz. „Ich wäre fast verrückt geworden“, fuhr sie dann fort, „weil ich hilflos zusehen musste, wie es mit ihr immer weiter bergab ging. Meiner Mutter ging es da nicht anders. Aber wenigstens konnte sie sich damit trösten, dass mein kleines Mädchen sie ‚Mom‘ nannte. Als wir wussten, dass es mit Becky nun bald zu Ende gehen würde, wollte ich es ihr erzählen. Ich wollte sie im Arm wiegen und ihr sagen: ‚Ich bin deine *Mummy,* Darling, nicht deine Schwester.‘ Aber dann kam es mir grausam und selbstsüchtig vor. Also sagte ich nichts, und Becky starb in den Armen meiner Mutter, und ich … O Ali …“ In ihre Augen traten Tränen. „Halt mich einfach ganz fest!“

Das tat er, und sie weinte sich so richtig aus. Dabei fasste Ali den Entschluss, alles zu tun, um für Charmaine – die Frau, die er liebte – die Welt wieder in Ordnung zu bringen.

13. KAPITEL

Nachdem Rico den Hörer aufgelegt hatte, wandte er sich an Renée. „Ali hat gerade unseren Kartenabend für heute abgesagt."

Renée blinzelte erstaunt. „Du meine Güte! Wieso denn?"

„Du kennst doch Ali. Er hat es nicht wirklich erklärt. ‚Ein Notfall', meinte er nur."

„Wahrscheinlich hat es mit einer Frau zu tun."

„Deshalb sagt Ali doch keinen Kartenabend ab."

„Vielleicht hat er endlich eine gefunden, die ihn seine große Liebe in Dubar vergessen lässt."

„Hm, ob vielleicht …?"

„Was denn, Rico?"

„Weißt du noch, wie du erwähnt hast, du könntest Charmaine nicht erreichen? Das war vor zwei Wochen. Und als sie zurückkam, hielt sie sich über ihren Aufenthaltsort bedeckt."

„Du glaubst doch nicht …?"

„Doch, das tue ich."

„Nein!"

„Du kennst Ali nicht", sagte Rico trocken.

„Und du nicht Charmaine. Ali ist überhaupt nicht ihr Typ. Er ist viel zu sehr ein Macho."

„Wollen wir wetten?"

Renée lächelte. „Gern, du verlierst sowieso."

„Ich wette, Ali taucht morgen mit Charmaine beim Pferderennen auf."

„Worum wollen wir wetten?"

„Darum, wer die Namen der Babys bestimmen darf." Seit Tagen debattierten die beiden darüber, ob die Kinder nun italienische oder englische Vornamen bekommen sollten.

„In Ordnung!", sagte Renée, zuversichtlich, dass sie gewinnen würde.

Als Charmaine aus dem Badezimmer kam, machte sie sich auf die Suche nach Ali. Er schob gerade einen Servierwagen durch den Salon der Hotelsuite. Als er sie nur mit dem großen hoteleigenen Handtuch bekleidet sah, ließ er den Blick über sie gleiten.

„Ich bin froh, dass du das Kleid nicht mehr angezogen hast.“

Charmaine lächelte. „Was führen wir denn da wieder im Schilde?“

„Nicht, was du denkst.“

„Oh, wie schade!“

„Ich hätte gern, dass wir noch einmal von vorn anfangen und uns ein bisschen besser kennenlernen, bevor wir das nächste Mal miteinander schlafen“, sagte Ali. „Deshalb dachte ich, wir setzen uns heute Abend einfach nur auf den Balkon, essen etwas und unterhalten uns dabei.“

Obwohl Charmaine wusste, dass sie spätestens um Mitternacht völlig frustriert wäre, musste sie ihm zustimmen. „Du hast recht, gute Idee! Ach, und Ali ...“

„Was denn?“

„Ich liebe dich, aber bitte ... versuch nicht, mich zu einer Ehe zu drängen. Ich bin nicht sicher, ob das zwischen uns funktionieren würde.“

Ali wollte nicht in Panik geraten. Es ist gut, vorsichtig zu sein, sagte er sich. „Ich glaube, ich kenne dich mittlerweile gut genug“, sagte er dann zu Charmaine, „um zu wissen, dass man dich zu nichts zwingen kann. Trotzdem bin ich der Meinung, eine Ehe zwischen uns würde wunderbar funktionieren.“

„Aber, was ist mit Kindern?“

„Was soll damit sein?“

„Ich ... Ich bin nicht sicher, ob ich welche haben möchte.“

Ali wurde das Herz schwer, aber er blieb ruhig. „Und warum nicht, meine Liebe?“, fragte er freundlich. „Wegen deiner Vergangenheit oder vielleicht wegen deiner Karriere?“

„Meine Karriere ist mir völlig egal! Modeln ist für mich nur ein Mittel zum Geldverdienen. Ich hätte kein Problem damit, wenn ich nie wieder einen Fuß auf den Laufsteg setzen würde.“

Das hörte Ali gern. „Wenn du mich heiratest, brauchst du das auch nicht zu tun. Dann hast du genug Geld für deine Stiftung.“

„Würdest du mich denn auch heiraten, wenn ich niemals Kinder haben wollte?“

„Ja.“

„Einfach so?“

„Ja.“

„O Ali!“ Sie kam zu ihm und strich ihm zärtlich über die Wange. „Was für ein wunderbarer Narr du doch bist! Aber ich liebe dich so sehr. Zu sehr.“

„Das geht gar nicht. Man kann nie zu viel lieben.“ Noch bemühte sich Ali, bei seinem Vorhaben zu bleiben und sich erst einmal nur besser kennenzulernen.

„Dir ist anscheinend auch klar, dass wir das mit der Unterhaltung nicht einmal eine halbe Stunde lang hinbekommen“, sagte Charmaine augenzwinkernd.

„Ja“, antwortete er, inzwischen nur allzu bereit, die Pläne für den Abend zu ändern.

„Aber wir können es wenigstens versuchen“, fügte sie hinzu und ließ die Hand sinken. „Soll ich dir beim Auftragen des Essens helfen?“

„Nein, geh einfach schon mal hinaus, und setz dich. Und vor allem, behalt die Hände bei dir.“

Sie lachte. „Fast hätte ich dich herumbekommen, hm?“

Er runzelte die Stirn. „Dafür wirst du mir noch büßen.“

„Ach, das sind doch nur leere Versprechungen“, antwortete Charmaine und ging mit betont sexy Hüftschwung hinaus auf den Balkon.

Während Ali den Servierwagen hinter ihr herschob, malte er sich schon aus, wie er sie heute Nacht dafür „büßen“ lassen würde.

14. KAPITEL

„Nun, du hattest also recht." Renée seufzte, wobei sie sich immer noch nicht ganz von dem Schock erholt hatte, dass Ali tatsächlich mit einer strahlenden Charmaine am Arm zur Rennbahn gekommen war.

„Natürlich hatte ich recht", antwortete Rico. „Jetzt kann ich unsere Tochter ‚Angelina' und unseren Sohn ‚Alphonso' nennen."

Renée zuckte die Schultern. „In Ordnung, dann mache ich ‚Angie' und ‚Alfie' daraus."

Rico sah sie entsetzt an. „Die Namen werden nicht abgekürzt. Warum sollten wir ihnen stolze italienische Namen geben, wenn du daraus australische Spitznamen machst?"

„Rico, darf ich dich daran erinnern, dass dich niemand ‚Enrico' nennt, außer deiner Mutter und Ali? Wir sind hier in Australien. Wenn ein Name mehr als zwei Silben hat, hast du keine Chance, ihn komplett übers Schulalter hinaus zu retten. Also gewöhn dich schon einmal daran, dass deine Kinder ‚Angie' und ‚Alfie' heißen werden. Oder ‚Ange' und ‚Alf'."

„Das ist ja noch schlimmer!"

„Na, wir können sie ja immer noch meinem Vorschlag entsprechend ‚Lisa' und ‚Luke' nennen."

Rico murmelte etwas Unverständliches. „Du hast doch die Wette verloren", sagte er dann. „Ich bestimme die Namen der Kinder. Vielleicht fallen mir ja noch welche ein, die einfach nicht abzukürzen sind."

„Ja, ja, lass dir nur Zeit. Ich muss ohnehin wieder einmal zum Waschraum", sagte Renée und ließ sich von Rico aufhelfen. „Wann fängt das nächste Rennen an?"

„In vier Minuten. Vielleicht wartest du lieber, bis es vorbei ist."

„Ach du meine Güte!", rief Renée und sah an sich herunter.

Erst dachte Rico, ihr sei ein Malheur passiert, aber dann wurde ihm klar, dass die Fruchtblase geplatzt war. Als er darüber gelesen hatte, war er die Ruhe selbst gewesen, doch jetzt stand er kurz vor einem Nervenzusammenbruch. „Du musst dich sofort hinlegen! Wir müssen ins Krankenhaus! Hast du schon Wehen?"

„Nein, ich meine … Lass uns einfach ein Taxi rufen."

„Ja, ja, ein Taxi! Ich kann sowieso nicht mehr fahren."

„Was ist denn los?"

Sie wirbelten herum. Ali stand da mit Charmaine am Arm.

„Es geht los", erklärte Renée und legte beschützend ihre Hände auf den stark gerundeten Bauch.

„Wir sind mit der Stretchlimousine hier", verkündete Ali. „Mein Bodyguard soll dem Chauffeur Bescheid sagen, dass er vorm Ausgang wartet. Da vorn sind gleich die Sanitäter. Die sollen dich mit einer Trage hinbringen, Renée."

Kurze Zeit später gingen Ali und Charmaine hinter den Sanitätern und Rico zum Ausgang. „Sie ist erst im achten Monat", raunte Charmaine Ali zu, „hoffentlich geht alles gut."

„Bestimmt", versicherte er ihr.

Charmaine wünschte, auch so zuversichtlich sein zu können. Aber das Leben war nicht immer fair. Nur weil sich Renée die beiden Kinder sehnlichst wünschte, bedeutete es nicht, dass sie sie auch unversehrt auf die Welt bringen würde.

Glücklicherweise befand sich die Privatklinik, bei der sich Renée schon vor Monaten angemeldet hatte, nur wenige Autominuten entfernt. Während Renée in einem Rollstuhl in die Gynäkologie gebracht wurde und Rico sie selbstverständlich begleitete, bekamen Ali und Charmaine den Auftrag, Renées Klinikkoffer zu holen.

Eine Stunde später gaben sie ihn einer Hebamme und warteten auf dem Gang vor dem Kreißsaal. Charmaine war ganz schlecht vor Aufregung und ging die ganze Zeit auf und ab. „Ich könnte das niemals tun", sagte sie irgendwann.

Ali wusste sofort, was sie meinte, und es gab ihm einen Stich ins Herz. Wie gern hätte er mit dieser Frau Kinder gehabt. Aber es war ihre Entscheidung, und er würde sie so oder so heiraten, weil er sie über alles liebte.

Ungefähr eine Stunde später kam die Hebamme, der sie Renées Klinikkoffer in die Hand gedrückt hatten, lächelnd zu ihnen. „Die Babys sind da, beide gesund und munter. Sie müssen lediglich noch einige Tage im Wärmebettchen liegen. Die Mutter hat mich gebeten, Sie hereinzuholen."

Charmaine liefen Freudentränen über die Wangen, und Ali nahm sie lächelnd und fürsorglich beim Arm. „Ich habe dir doch gesagt, dass alles gut gehen würde."

„Das hast du.“ Charmaine tupfte sich die Augen. „Nächstes Mal höre ich auf dich.“ Sie ging zu Renée. Dafür, dass sie gerade zwei Kinder geboren hatte, sah sie blendend aus. Auch Rico strahlte, während er seiner Mutter am Telefon die freudige Mitteilung überbrachte. Und dann fiel Charmaines Blick auf die Babys, die in ihren Bettchen neben Renée lagen. Die beiden Knirpse hatten schon ganz dichtes dunkles Haar und wirkten überhaupt nicht so zerknittert, wie Charmaine es sich vorgestellt hatte.

„O Renée, sie sind so süß!“

„Ja, das sind sie.“

„Das finde ich auch“, pflichtete Ali den beiden bei.

Auf dem Nachhauseweg war Charmaine ungewöhnlich schweigsam, genau wie er. Wenn sie ihre Meinung über das Kinderbekommen geändert haben sollte, musste sie es schon selbst sagen. Er konnte und wollte ihr da nicht reinreden. Auch zu Hause blieb Charmaine einsilbig. Das änderte sich erst, nachdem sie sich an diesem Abend geliebt hatten und eng umschlungen im Bett lagen.

„Ali …“, fing sie an.

„Hm.“

„Weißt du, nächste Woche muss ich nach Italien. Den Vertrag habe ich schon lange unterschrieben und kann da wirklich nicht mehr raus.“

„Ich verstehe.“

„Dann habe ich noch einige Aufträge bis Jahresende, allerdings vorwiegend in Australien. Die würde ich gern wahrnehmen.“

„Klar, das ist schließlich dein Job.“

„Ja, aber ich möchte das Modeln im nächsten Jahr einschränken und mit dir zusammenziehen, wenn das für dich in Ordnung ist.“

„Mir wäre lieber, wir würden heiraten.“

Er spürte, wie sie lächelte. „Ich wusste, dass du das sagen würdest. Dann wird es also eine Hochzeit zu Silvester werden. Wir könnten sie auf deinem Anwesen feiern, im Freien, entweder am Pool oder im Pavillon. Aber nicht mit so vielen Leuten, nur die engsten Freunde und Verwandte.“

„Hört sich gut an. Aber für jemanden, der nicht gedrängt werden möchte, kommt mir das ziemlich schnell vor.“

„Ich will sichergehen, dass ich auf den Fotos nicht dick aussehe."

„Was meinst du damit?"

„Dass ich dann schwanger sein könnte."

Ali stockte der Atem.

„Gleich morgen setze ich die Pille ab, wenn das für dich in Ordnung ist."

Er atmete wieder. „Natürlich."

„Heute Abend bei Renée im Kreißsaal habe ich begriffen, dass ich doch ein Baby haben möchte. Und diesmal werde ich ihm eine gute Mutter sein."

„Du wirst bestimmt die beste Mutter der Welt."

„Das weiß ich nicht. Aber ich möchte es gern versuchen."

Ali verstärkte seine Umarmung und barg das Gesicht in Charmaines Haar. „Damit machst du mich zum glücklichsten Mann der Welt."

„Noch glücklicher als Rico?"

„Enrico hat auch viel Glück gehabt, aber ich habe noch mehr."

„O Ali, ich glaube eher, ich bin hier diejenige, die das große Los gezogen hat."

„Wir beide, würde ich sagen."

„Ja", bestätigte Charmaine und seufzte glücklich, „bestimmt."

EPILOG

Weihnachten, ein Jahr später

„Wessen Idee war das eigentlich?“, fragte Charmaine, als sie an Ali vorbei ins Badezimmer sprintete, um sich die Haare zu machen. „Alle zu Weihnachten hierher einzuladen, meine ich.“

„Deine“, antwortete Ali, stellte sich neben sie und begann sich in aller Seelenruhe zu rasieren.

Charmaine nahm die Bürste. „Du hättest Nein sagen können.“

„Du weißt doch, dass ich zu dir niemals ‚Nein‘ sagen würde, Darling. Aber was macht dir denn solche Sorgen? Alles ist organisiert. Cleo hat mir erst vor einer halben Stunde mitgeteilt, alles sei längst fertig, weil ihr die Frauen bei den Essensvorbereitungen geholfen hätten. Sie müssen sich nur noch umziehen.“

„Ja, Renée und Dominique waren heute Morgen richtig fleißig. Und Rico und Charles haben die Kinder gehütet. Ich glaube, ich bin nur so aufgeregt, weil meine Eltern da sind. Sie machen mich nervös, nachdem sie auf unsere Eheschließung so merkwürdig reagiert haben. Ich meine ... sie waren nicht gerade begeistert, als wir geheiratet haben, oder?“

„Es ist doch verständlich, dass sie am Anfang zurückhaltend gewesen sind, was mich betrifft. Aber als Amanda geboren wurde, haben sie endlich geglaubt, dass ich dir gegenüber ehrbare Absichten hege.“

„Ja, das stimmt. Jetzt vergöttern sie dich, genau wie Amanda. Aber sie ist ja auch süß! Erst fünf Monate alt und schon eine Herzensbrecherin.“

„Da kommt sie wohl nach ihrer Mutter“, meinte Ali wie zu sich selbst, während er den Kopf zurückneigte, um sich unterm Kinn zu rasieren.

Charmaine lachte. „Du weißt ganz genau, du eingebildeter Mistkerl, dass sie zumindest äußerlich so gut wie nichts von mir hat. Du scheinst auch zu denjenigen zu zählen, deren Erbgut dominant ist.“

Ali hielt mit dem Rasieren inne. „Hast du etwa meine Bücher über Pferdezucht gelesen?“

Sie zuckte die Schultern. Aber sie war bei weitem nicht so gelassen, wie sie sich gab. Dabei ging es nicht um die Anwesenheit ihrer Eltern, sondern um die Neuigkeit, die sie Ali zu machen hatte. „Ich …“ Sie räusperte sich. „Nun, ich dachte, wenn ich erst einmal ganz zu Hause bleibe, muss ich doch irgendetwas zu tun haben. Deshalb habe ich beschlossen, mich eingehender mit dem Thema ‚Pferde‘ zu befassen. Damit ich mitreden kann. Außerdem hat Renée versprochen, mir das Pokern beizubringen, damit wir zusammen spielen können.“

„Das ist ja großartig!“, rief Ali.

„Freut mich, dass du dich freust. Hoffentlich gefällt dir mein anderes Weihnachtsgeschenk auch.“

Er zog die dunklen Brauen zusammen. „Noch ein Geschenk? Aber du hast mir doch schon die Handycam geschenkt und die tollen Klamotten, die ich heute Abend anziehen werde. Was hast du mir denn noch gekauft?“

„Es ist kein Geschenk, das man kaufen kann, Ali.“

„Nein? Was dann?“

„Ich … Ich bin wieder schwanger. Wir bekommen noch ein Baby.“

„Wie bitte? Ich dachte, eine Frau könnte nicht empfangen, wenn sie stillt“, meinte Ali nüchtern.

„Nun, inzwischen stille ich ja nicht mehr voll“, erklärte Charmaine beinah entschuldigend. „Ich war noch nicht beim Frauenarzt, aber ich bin jetzt eine Woche überfällig, und alle drei Schwangerschaftstests, die ich selbst gemacht habe, sind positiv gewesen.“

Ali legte sein Rasierzeug zur Seite und nahm Charmaine in die Arme. „Noch ein Kind“, sagte er dann, „ist das schönste Weihnachtsgeschenk, das du mir machen konntest.“

„Vielleicht wird es diesmal ein Junge.“

„Das wäre schön. Aber über ein weiteres Mädchen würde ich mich genauso freuen.“

„Aber ich dachte …“

„Manchmal denkst du einfach zu viel.“

Charmaine seufzte erleichtert. Sie hatte schon befürchtet, Ali könnte der Meinung sein, es wäre zu früh für ein weiteres Baby oder dass er unbedingt einen Jungen wollte.

„Ich hätte gern ein Dutzend Kinder“, sagte er jetzt, „und es würde mir nichts ausmachen, wenn es alles Mädchen wären.“ Er sah sie an. „Aber jetzt wein doch nicht!“

„Ich weine vor Freude."

„Ist das wahr? Bist du wirklich glücklich?"

„Ja, ich wusste gar nicht, dass man so glücklich sein kann."

Ali war selbst ganz gerührt. „Ich werde dich jetzt küssen. Aber nur einmal. Du weißt ja, was passiert, wenn ich dich zweimal küsse."

Er küsste sie – einmal und dann noch einmal –, und sie kamen auch nur ein bisschen zu spät zum Weihnachtsessen.

– ENDE –

Emilie Richards
Am Ufer der Sehnsucht
Band-Nr. 20010
9,95 € (D)
ISBN: 978-3-89941-730-2
384 Seiten

Karen Hawkins
Die Erben von Rochester
Band-Nr. 20012
8,95 € (D)
ISBN: 978-3-89941-747-0
576 Seiten

Carly Phillips
Verliebt, skandalös & sexy
Band-Nr. 20011
8,95 € (D)
ISBN: 978-3-89941-738-8
400 Seiten

Nora Roberts
First Class Affären
Band-Nr. 20008
8,95 € (D)
ISBN: 978-3-89941-710-4
512 Seiten